El Lienzo de

El Origen De La Oscuridad

Guty - Man

En memoria de Carlos Ivan Hernandez:

Nunca dejes de perseguir tus sueños mi buen Guty-Man...

Espero nunca olvidar tus palabras Bro...

Introducción

Cuenta la leyenda que en el principio cuando en el universo estaba vacío y lo invadía la nada, un ser supremo conocido como el creador inicio con la creación misma sobre un lienzo vacío, donde poco a poco con una precisión perfecta comenzó a pintar un planeta, planeta que en un futuro muy lejano terminaría por convertirse en el planeta natal de la humanidad.

Como toda gran obra la construcción se inició por los cimientos, si son fuertes y firmes serán capaces de soportar cualquier cosa que sobre ellos ocurra, por lo que se tomó con calma la elaboración de cada uno de ellos, con lujo de detalle pilar por pilar fueron construidos para ser fuertes e indestructibles, posteriormente fueron ensamblados de forma perfecta partiendo de un punto intermedio para unirlos uno a uno con el pilar angular quien mantendrá unidos a los otros.

Una vez que las bases fueron terminadas, comenzaron a rellenarse los huecos creados en su construcción con capas de tierra, para crear una superficie perfecta que facilite el decorado de la primera capa, al mismo tiempo cada una de las capas de tierra tiene que afianzarse en los cimientos para que todo gire en un movimiento armónico simple manteniendo todo en su lugar. Luego se vertió el agua sobre la última capa de tierra usándola como instrumento de presión para mantener el núcleo en su lugar.

Una vez que los elementos asentaron, pudieron separarse para diversificar el planeta y todo lo que en el contenía, bajo ciertas condiciones el agua podía ser dulce o salada, mientras que la tierra fue afectada por el movimiento armónico causando que las capas superficiales se revolvieran un poco dando cavidad a los diferentes tipos de relieve.

Después creo a las plantas y a los animales que habitarían en el para posteriormente crear un ciclo autosustentable que permitiera al planeta subsistir por su cuenta con un enlace cuádruple, las plantas necesitarían una semilla, tierra, agua y luz para reproducirse y los animales necesitarían, agua, luz, aire y comida para reproducirse, regulando su ciclo reproductivo para detenerse hasta que el planeta estuviera en equilibrio entre alimento y criaturas vivientes.

Por ultimo creo a las primeras criaturas pensantes del planeta para que vivieran en él y coexistieran con el resto de la creación, de igual forma los diseño para ser obedientes y autosustentables, les indico como deberían de vivir y los llamo en su propio lenguaje como "Mayas" que en lenguaje común quiere decir "Primogénitos".

Cuando finalmente el lienzo de la creación fue terminado decidió llamarlo "Abilion" cuyo nombre en lengua común significa "La tierra de las dos Lunas" haciendo honor a las dos lunas que orbitaban alrededor del planeta..., a partir de ese día el mundo giró y siguió el camino que les fue marcado, iniciando una era de paz eterna que duro cerca de 10 millones de años, en ese momento mientras el creador contemplaba su obra sus ojos no miraban el lienzo sino el futuro sin fin que le aguardaba, miles de imágenes pasaban por su mente a una velocidad increíble y en ese momento tan perfecto se dio cuenta que la perfección... crea un cuadro muerto que no tiene vida, es ver la misma pintura una y otra vez por toda la eternidad, cuya voluntad no existe y su existencia solo sirve para seguir el mismo propósito que les fue impuesto.

Ese día el creador decidió darles a los mayas un poder que jamás habían conocido con la esperanza que lo usaran sabiamente y pudieran encontrar el equilibrio por su cuenta, ese poder se llamó "Libertad" se les libero de seguir la ley implantada por el creador y elegir por ellos mismos su propio camino. Como si fuera magia el lienzo comenzó a cambiar e impregnarse de sus propios colores, finalmente había cobrado vida y podía dibujarse solo.

Esto fascino al creador quien admiro los diferentes colores que aparecieron en él y como cambiaban con el tiempo, la monotonía se había roto y con el paso de los años no se parecía en nada a la obra original, fue un momento de júbilo y gozo que duro cerca de 20 mil años hasta que un día un color negro apareció en el lienzo y comenzó a invadirlo por completo devorando todo lo que se cruzaba a su paso... hasta llegar el punto de cubrir todo de negro.

Los Mayas se volvieron locos..., la libertad que llego para cambiar el mundo se transformó en libertinaje y con un manto negro arrasó con todo a su paso creando guerras, destrucción, hambruna y muerte que acabando con Abilion tal y como lo conocían...

El creador miró con horror y tristeza como termino su obra y se llenó de una inmensa amargura que atormento su corazón durante siglos..., intento hacer entrar en razón a los Mayas de forma indirecta, pero sus intentos fueron inútiles a tal grado que no había un solo Maya que pudiera ser salvado, así que por un largo tiempo permaneció en silencio observando a los Mayas y sus locuras con la esperanza de que regresaran al buen camino, desafortunadamente nunca pudieron salir del mal que los aquejaba..., en ese momento el creador se vio obligado a tomar la difícil decisión de acabar con su amada creación y empezar de nuevo... solo que esta vez haría una cultura que conociera la libertad desde su inicio lo que los haría más resistentes al libertinaje al cual llamo "Oscuridad". No obstante, las cosas no parecían tan fáciles, a pesar de lo perdidos que estuvieran los Mayas, no tenía el corazón para acabar con algo que había aprendido a amar...

Después de 10 mil años más, se vio obligado a realizar lo que tanto temía... la aniquilación de los mayas... sin importar que tan duro fuera, era un hecho que tenía que pasar así que se decidió a hacerlo, pero cuando llego el momento una vez más titubeo y desistió... posponiendo el exterminio una vez más. Paso un año y el creador seguía sin poder exterminar a los mayas, fue un año de bastante reflexión y búsqueda de una posible solución... hasta que un día llego a la conclusión de que si no podía exterminarlos el mismo, crearía a alguien que si lo fuera...

En un punto medio de la creación misma y el creador, nació la criatura más poderosa que jamás haya existido, un ser capaz de aniquilar cualquier cosa que el creador hiciera, a quien el creador llamo en su propia lengua "Thrasher Overkain" lo que se traduce en lengua común como "El Destructor".

Aquel día se decidió el destino de Abilion, era hora de liberarlo de su martirio y comenzar de nuevo, así que a pesar del dolor que vendría después el creador le dio la orden a El Destructor de bajar a Abilion y liberarlo del cautiverio de los Mayas..., aquel día quedaría marcado en la historia como el día que el cielo se oscureció o como lo llamó el creador... "El Dark Sky"

Dark Sky el día que separa la vida de la muerte, un punto de restauración y regeneración donde todo ser viviente es aniquilado sin dejar rastro..., un día donde el cielo se oscurece y envuelto en una cortina de poder puro desciende sobre Abilion la criatura más poderosa jamás creada, tan poderosa que el mismo planeta se estremece al sentir cuando sus pies tocan el suelo... su mera presencia seca las plantas y mata a todos los animales a su alrededor... cuando los Mayas lo vieron corrieron despavoridos en todas direcciones, pues su mente no podía soportar la inmensidad de su poder...

Cuando El Destructor decidió ponerse en marcha... de su espalda desenvaino lentamente..., una poderosa espada de hoja blanca cuyo sonido afilado resonó por todo el lugar dando muerte a todo aquel que escuchaba la sinfonía del filo al salir de su vaina, este simple echo termino con la vida de 20 mil Mayas que se encontraban en los alrededores... causando el pánico nacional...

Mientras la multitud corría despavorida en todas direcciones, El Destructor clavo su espada al suelo por 5 segundos en ese momento todos los animales, peces, aves y plantas de Abilion murieron irremediablemente, en algunas naciones llovieron cientos de aves muertas del cielo desatando el caos, mientras que en otros lugares millones de peces flotaban muertos en las aguas de los océanos, mares y ríos. Ni si quiera habían transcurrido 10 minutos y los únicos seres vivientes de la tierra eran los Mayas. Quienes en breves momentos conocerían su fin…

Thrashert Overkain… recorrió Abilion en menos de 10 minutos y aniquilo al 99.999999999% de la población mundial solo con el resonar de su espada dejando solamente a un Maya con vida…

-Maya: ¿¡Que veux-tu de nous!? (¿¡Qué quieres de nosotros!?) ¿¡Pourquoi nous annihilez-vous!? (¿¡Porque nos aniquilas!?)

El poder inmenso que lo cubría se disipo como si fuera humo, y camino lentamente hacia el último miembro de la que solía ser la especie dominante de Abilion, mientras arrastraba la punta de la espada por el suelo, el maya intento huir, pero su cuerpo no se movía, y solo podía escuchar el sonido del resonar de la espada que no dejaba de sonar como si se estuviera comunicando directamente con El Destructor…

-Maya: Mon Dieu… (Dios mío…)

El Maya quien se encontraba tirado en el suelo, ni siquiera tenía el valor de mirarlo a la cara… lo más alto que su mirada tuvo el valor de levantarse fue solo para ver el mango dorado con negro de la espada que sostenía en la mano.

-Maya: Qui es tu…? (¿Quién eres…?)

Un fuerte silencio azotaba Abilion, y las palabras del ultimo Maya resonaron por todo el mundo haciendo que el destructor se detuviera justo en frente suyo… en un momento de silencio que hacia aún más desesperante la situación como si le estuviera dando la opción al último Maya de morir con la duda o morir llevando la respuesta consigo… por lo que lentamente levanto su rostro hacia el encontrando el resplandor de unos potentes ojos azul marino que resplandecían en la oscuridad de la inmensa soledad… cuando sus miradas se cruzaron la respuesta a su pregunta fue revelada de la forma más inesperada posible…

-*Thrasher Overkain: I'm… The End. (Soy… El Fin)*

Sus palabras explotaron los oídos del Maya haciéndolo caer el suelo de dolor mientras gritaba hacia resonar en el mundo el ultimo clamor de angustia de lo que llego a ser una civilización…

Una vez que el ultimo Maya murió, El Destructor se elevó en el cielo y desapareció en el, dejando volver a brillar la luz del sol sobre el vacío y desolado Abilion… mientras el creador observaba el desolado paisaje desde el espacio, una enorme pena en el alma lo azotaba…, sin embargo, con el tiempo entendió que fue un mal necesario y tuvo que vivir con eso…, Después de mil años decidió volver a crear vida sobre el planeta, estas vez los seres pensantes nacerían junto con la libertad lo que tal vez facilitaría el poder controlarla y hacer buen uso de ella.

La siguiente generación fue llamada Ascalls y eran caracterizados por tener vidas longevas y poseer cabello blanco como la nieve, ellos vivieron en paz con la tierra por 40 mil años, el doble de lo que habían durado los Maya, no obstante… a pesar de su buena trayectoria los Ascalls también sucumbieron ante La Oscuridad... corrompiendo su avanzada civilización y oscureciendo una vez más el lienzo...

Por lo que el creador tuvo que hacer descender nuevamente a Thrasher Overkain...

Este ciclo se repitió una y otra vez alrededor de 120 veces, por alguna extraña razón aunque la siguiente raza presentara mayor resistencia a la Oscuridad que la anterior, eventualmente terminaban sucumbiendo ante ella... como si se tratara de una broma de mal gusto, el creador insistió en seguir adelante hasta encontrar a la raza perfecta, hasta que finalmente un día creo a una poderosa raza llamada Infinity, quienes poseías grandes poderes y habilidades sorprendentes, pensó que tal vez si les daba un poco de poder podrían comprender y dominar la libertad convirtiéndose en la raza elegida..., más tarde se daría cuenta que ese se convertiría en su más grande error, ya que la raza de los Infinity solamente duro 100 años en oscurecer el lienzo y naufragar a lo más profundo de La Oscuridad, a donde ninguna otra raza había logrado llegar e inclusive intentaron convertirse en creadores y esclavizaron al resto de los seres vivientes de aquella época obligándolos a cumplir con sus demandas y satisfacer sus locuras.

Tales actos indignaron al creador quien por primera vez se avergonzó de su propia creación e hizo descender al Destructor para que acabara con ellos, no obstante los Infinity en su inmensa arrogancia intentaron derrotarlo... ingenuamente pensaron que uniéndose unos cuantos lograrían detenerlo cosa que más adelante probo ser la mayor estupidez en la historia, por primera vez en las 120 ocasiones que Overkain había descendido a Abilion utilizo sus poderes de tortura y sufrimiento eterno, atormentando a los más valientes Infinitys frente al resto de su raza, se dice que después de eso, el resto de ellos se defecaron sobre si mismos al saber lo que les estaba por venir... Al final de la masacre, algunos mejor tomaron la decisión de suicidarse dejando una vez más a Abilion deshabitado...

Cuando Overkain se elevó de Abilion y el Dark Sky termino, no pudo evitar contemplar el rostro devastado del creador, quien contemplaba inexpresivo su último gran fracaso... entonces se acercó al creador quien lo vio venir desde la distancia y espero su llegada en silencio.

-*Thrasher Overkain:* My lord...

Ante las palabras del Destructor, el creador sin expresión alguna, solo asintió...

-*Thresher Overkain:* you have done much better your creations each time..., and even so all of them have failed (Has hecho mucho mejor tus creaciones cada vez ..., y aun así todas han fallado)

La mirada del creador se aparta por un momento del vacío Abilion para prestar atención a su más grande creación...

-*Creator: Oh si...?* (Oh, si...?)

-Thresher Overkain: I know where are we going... we´re in the wrong way... (Se a donde vamos ... estamos en el camino equivocado ...)

-*Creator: ¿Crees que el progreso y la perfección son el camino equivocados?* (¿Crees que el progreso y la perfección son el camino equivocados?)

-*Thrasher Overkain:* I'm the Power itself, that's why I can tell you that power and freedom it's not a good combination, but you know that..., that's why you made me loyal. (Yo soy el Poder en sí mismo, por eso puedo decirte que poder y libertad no es una buena combinación ... pero tú lo sabes, por eso me hiciste leal.)

-*Creador: la única cosa que no he intentado... Debilidad.* (La única cosa que no he intentado... Debilidad)

-*Thresher Overkain:* If Power and Freedom is the way to the doom, what is the correct way? (Si el poder y la libertad son el camino a la perdición ¿Cual es el camino correcto?)

Una sonrisa se dibujó en el rostro del Creador, jamás pensó que el mejor consejo para crear algo provendría del encargado de destruirlos, sin embargo, decidió tomarlo en cuenta creando finalmente la raza humana, una raza caracterizada por su debilidad, aunque al mismo tiempo poseían bastante sabiduría y su inteligencia era elevada, aprendían fácilmente y a pesar de su baja fuerza física, lograron someter al resto de los seres vivientes tomando el control global de Abilion…

El creador observo desde la distancia el desarrollo de la nueva raza con ansias, tenía altas expectativas en la humanidad y esperaba finalmente lograr su cometido, crear una raza que cambie con el tiempo y no sucumba a la oscuridad, aunque al principio parecía un sueño finalmente el deseo más anhelado del creador se estaba haciendo realidad, la raza humana logro batir el record en sucumbir a La Oscuridad llegando hasta los 200 mil años sin ningún incidente fatal…

Cuando todo iba viento en vela algo extraño sucedió… sin ninguna razón aparecieron en Abilion 5 criaturas de la raza Infinity la cual había sido aniquilada desde hace más de 200 mil años, este suceso fue un golpe fatal para la humanidad, a pesar de su avanzada tecnología, el poder de los Infinitys era inmenso y no hubo nada que pudieran hacer para detenerlos…, fueron esclavizados y condenados a una vida de sufrimiento el lienzo se oscureció a causa de aquella raza maldita …

Desde el espacio el creador miraba como la población humana se redujo en un 60% y los sobrevivientes no corrieron con tanta suerte…, con el paso del tiempo la humanidad se reducía cada vez más hasta llegar al 30% por lo que el creador se vio en la necesidad de crear otras subespecies parecidas a la raza humana para compensarlo, pero por desgracia corrieron el mismo destino de los humanos, algunas se extinguieron completamente, otras fueron repartidas entre los Infinitys para convertirse en sus esclavos, la vida en Abilion no podía continuar mientras los Infinitys estuvieran ahí así que decidió enviar a Overkain a lidiar con el problema, pero cuando El Destructor estaba a punto de descender, el creador se dio cuenta que la humanidad no soportaría el embiste de su poder , incluso si intentara no matarlos, su poder era demasiado grande… Así que lo detuvo y pensó en otra opción para liberar a la humanidad; Cuando pasaron alrededor de 2 mil años, no encontró otra opción que darles el poder suficiente para que pudiera liberarse de los Infinitys, pero al ser una raza tan débil el poder tal vez los volvería locos y terminarían siguiendo los pasos de sus captores…

Después de pensarlo detenidamente probo abriendo la puerta del poder y les dio solo un poco, para ver como lo recibían, espero por 100 años para estudiar detenidamente el comportamiento de la humanidad y aunque la inmensa mayoría intento usar el poder para liberarse de los Infinitys 1 de cada mil hombres lo usaba para dañar a sus compañeros…, lo sucedido complico más las cosas, al parecer la raza humana no lidiaba tan bien como se esperaba con el poder, así que tardo 100 años más en tomar la decisión… cuando la humanidad descendió a un estado alarmante de 20% a nivel global, decidió correr el riesgo y crear al humano más poderoso que jamás había existido… a quien decidió llamar en su propia lengua Thanatos… lo que se traduce en lenguaje común como "Imparable" le dio un poder único como ningún otro y lo condiciono en una clausula final para no correr riesgos, el seria el salvador de la humanidad y cargaría con el peso que eso conlleva, en su esencia iba impregnada inconscientemente su misión, y no se detendría hasta cumplirla sin importar que.

Al terminar los preparativos, lo hizo descender hacia Abilion y lo envió a un rincón donde pudiera crecer fuerte y sano, lo guio hacia los mejores maestros quienes sacaron el mejor partido de él y lo guiaron su hacia su meta, paso por algunos contra tiempos, pero al final todo ocurrió tal y como estaba previsto.

Cuando los Infinitys se dieron cuenta de lo terrible que podía llegar a ser su poder, ya era demasiado tarde…, intentaron detenerlo, pero sus esfuerzos fueron en vano, en una encarnizaba batalla combatieron a muerte hasta que finalmente con una última estocada, Thanatos puso fin a una era de esclavitud y sufrimiento.

Sin embargo, todo tiene un precio, la paz no sería la excepción, le cobro un precio muy alto el cual tuvo que pagar con su propia vida…, al terminar la batalla se dice que solo quedó su espada clavada en el suelo. Dando lugar al nacimiento de la leyenda de Thanatos… el guerrero que finalmente le dio a la humanidad la paz y libertad que tanto deseaban.

El nombre de Thanatos recorrió el mundo llevando libertad a todos los rincones de Abilion, muchas personas de todos lados fueron al lugar donde se encontraba la espada e intentaron sacarla, por desgracia la espada no cedió ante nadie ya que tenia mente propia y solamente reconocía a Thanatos como su dueño, incapaces de hacer algo construyeron un monumento sobre la espada para honrar así al valiente guerrero.

Los años pasaron rápidamente olvidando el lugar donde fue construido el monumento a Thanatos no obstante su la leyenda perduro a pesar de los siglos.

Con la muerte de Thanatos la puerta hacia el poder se cerró, regresando a los humanos a su estado original, desafortunadamente mil años más tarde contra todo pronóstico ese suceso dio a luz a La Oscuridad…

Los humanos se encontraron nuevamente cara a cara con la extinción e intentaron encontrar con desesperación el monumento a Thanatos con la esperanza de que con ayuda de la legendaria espada pudieran salvarse, así que buscaron y buscaron sin éxito, con el tiempo el lugar donde la espada había sido guardada se olvidó y nadie logro encontrarla.

Han pasado mil años desde el regreso de la oscuridad, el tiempo siguió su curso y poco a poco las tinieblas han comenzado a cubrir el lienzo...

La Oscuridad ha vuelto acompañada del caos…, la historia se escribe de nuevo y la humanidad espera nuevamente al guerrero que los libre de este triste fin.

Año 2000…

Capitulo 1: Oscuridad.

Con el paso de los años La Oscuridad se ha ido expandiendo a lo largo de Abilion, poco a poco ha conseguido apoderarse totalmente del continente de Shiria, sin nada que la detenga lentamente consumirá los otros dos continentes: Euriath y Ayita

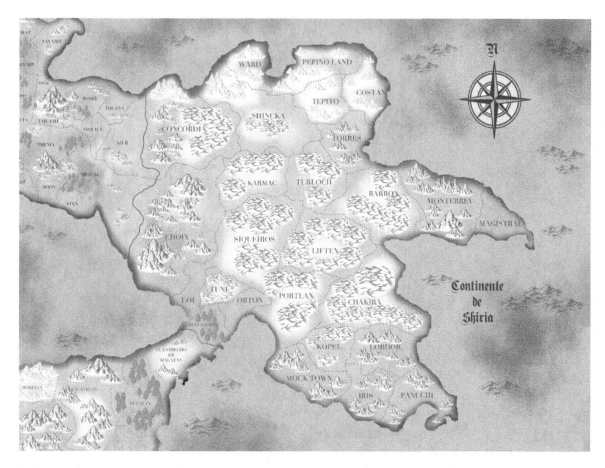

Ayita continente que se encuentra al sur del continente de Shiria, cuenta con una enorme ventaja en comparación a Euriath para frenar el paso de La Oscuridad, ya que se encuentra unido a Shiria sola mente por un estrecho de tierra conocido como "El Estrecho del Magayan" una extensión de tierra la cual es azotado por violentas ráfagas de viento y poderozas tormentas eléctricas, que frenan naturalmente a las criaturas de la noche que intentan infiltrarse en el. Dándole a sus habitantes una ligera sensación de tranquilidad.

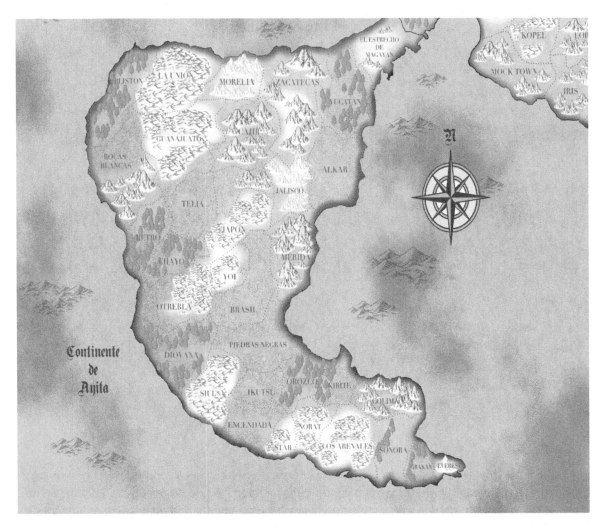

Por otro lado, Euriath se encuentra directamente conectada con el continente de Shiria lo que lo hace el principal objetivo de los ataques de las criaturas de la noche. Muchos de sus países han sido tomados por la oscuridad y los humanos que habitan en el, se han visto obligados a vivir en pequeños grupos para no llamar la atención de estas malignas bestias, probablemente sea el segundo continente que tome la oscuridad, dejando solamente al continente de Ayita para obtener la dominación global.

En el país de Kitamuke al este de Euriath, se encuentra una pequeña aldea oculta en lo profundo de un tranquilo bosque la cual lleva el nombre de "Marou" que significa cabaña en idioma antiguo.

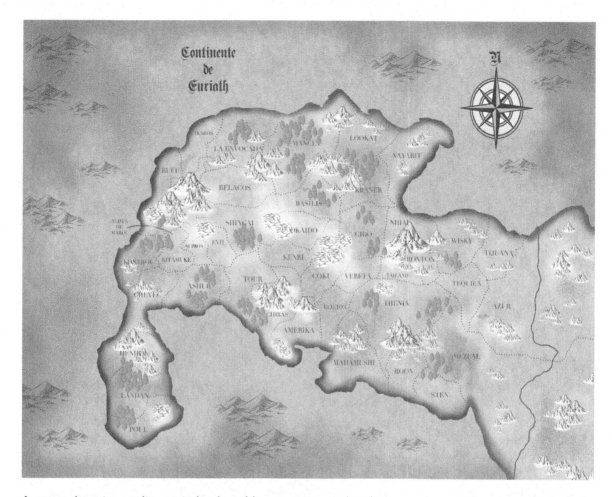

A pesar de estar oculta, no todas las aldeas corren con la misma suerte a veces son violentamente masacradas con el paso de oleadas de bestias, mas sin embargo las personas de Euriath prefieren quedarse en un solo lugar que vivir emigrando.

En la aldea Marou el tranquilo silencio es roto por el correr de una muchedumbre que resuena a lo lejos, el viento frio sopla por el lugar acompañado de los gritos de una joven mujer de nombre Alice, una joven perseguida por una enardecida multitud...

-Aldeanos: atrápenla tenemos que ofrecérsela al vampiro para que nos deje en paz, tal vez si la mata se valla del pueblo, atrápenla (Desesperados corren como lobos detrás de su presa)

-Alice: no... por favor (Corre tan rápido como puede, pero ha corrido tanto tiempo que el cansancio se apodera de ella hasta caer al suelo, jadeando por el cansancio intenta levantarse, desafortunadamente la muchedumbre la enviste furiosa)

-Aldeano: por fin nos desharemos de ti maldita (Armados con cuerdas atan a la indefensa chica y se la llevan)

-Alice: por favor déjenme ir... (Su delicada voz pide que la liberen, pero el frenesí es tanto que sus palabras se las lleva el viento, el frio viento ondean su largo cabello rubio como los rayos del sol, la luz de las lámparas hacen brillar su piel blanca como la nieve y sus ojos rojos resalta en su rostro)

-Aldeana: te dijimos que te largaras de la aldea de una vez por todas, no entiendes que no te queremos por aquí (Una furiosa mujer arremete contra ella tirando de su cabello mientras es trasladada a la plaza del pueblo)

-Alice: ¡Deténganse por favor! (Otros de los aldeanos contagiados por la cólera también comienzan a golpear a la joven) ¡Ah! (Su delicado cuerpo es golpeado sin piedad por sus captores)

-Aldeano: ¡Ya deténganse! Si la matamos... no podremos usarla como ofrenda...

-Aldeano: tiene razón, ya fue suficiente.

-Alice: siempre es lo mismo... (Por sus mejillas cubiertas de polvo se deslizan un par de cristalinas lágrimas que poco a poco se oscurecen) ¿Porque me tiene que pasar esto a mí? ¿Qué hice para merecer esto? tal vez el mundo estaría mejor si muriera... alguien como yo no vale nada... soy solo una hoja en el viento que es arrojada contra el suelo... sin rumbo alguno... sin propósito... oh dios... ¡Quisiera estar muerta! (Su grito recorre el bosque completo, pero los oídos de los aldeanos parecen ser incapaces de escucharlo pues los ensórdese la rabia, en este momento solo piensan en... matar a la joven) toda mi vida se arruino aquel día... ¡Aquel día que se llevo la felicidad de mi vida! ¿¡Porque a mí!? ¿Qué fue lo que hice...?

Pero no todo fue siempre así para la joven Alice... su vida no siempre estuvo llena del dolor que ahora la aqueja, las cosas eran diferentes hace siete años... en ese entonces su vida era como la de cualquier niña de su edad, vivía en una vieja casa echa de madera de roble con su familia.

-Alice: mama, dicen que un vampiro entro a la aldea, tengo miedo...

-Margaret: no temas hija todo estará bien, cuando tu papa llegue nos encerraremos bien para estar a salvo, te prometo que no te pasará nada (La voz cálida de una madre amorosa tranquiliza hasta el más asustado niño)

-Alice: ¿Deberás? gracias mamá, te quiero mucho. (La dulce inocencia de un niño que confía ciegamente en sus padres, dibuja una tierna sonrisa en su rostro)

El día transcurre tranquilamente en la aldea de Marou, el sol comienza a bajar y la hora en la que los trabajadores vuelven a sus casas llega.

-Margaret: cariño ¿Ya escuchaste lo que dicen en el pueblo?

-José: si... tenemos que cerrar todo y estar alerta, debemos cuidar a nuestro rayito de luz (Arroja una mirada a su amada hija que se encuentra durmiendo tranquilamente en la comodidad de su cama)

-Margaret: ¿Qué te parece si empecemos de una vez? aprovechemos que aun hay sol.

-José: manos a la obra (Al estar su seguridad de por medio no escatiman en protecciones, cierran las ventanas con tablas de madera y clavos, consiguen cadenas para las puertas junto con candados, al cabo de unas horas finalmente su casa queda muy bien protegida)

-Alice: ¡Papa! Ya volviste (Corre hacia él como si no lo hubiera visto en años y lo abraza)

-José: hola mi niña (Carga a la pequeña en sus brazos) ven hija es hora de cenar, vamos a ver que preparo tu mama.

-Alice: si papi.

A pesar del peligro las personas en Euriath intenta vivir lo mejor que pueden, aunque la unión como sociedad ha decaído, el nucleo familiar se mantiene mas fuerte que nunca. Después de una agradable cena la común familia se dispone a dormir.

-José: buenas noches hija.

-Alice: buenas noches papa, dile a mama que también buenas noches (Con un tierno beso en la mejilla le da las buenas noches a su papa y se acuesta a dormir)

-José: dulces sueños amor… (Al cerrar la puerta del cuarto de su hija, por un breve momento escucha que alguien toca la puerta) ¿Hmm? ¿Que fue eso? (Eran cerca de las once de la noche la gente del pueblo solía encerrarse en sus casas poco antes de las diez… que alguien tocara a tu puerta después de esa hora, no era nada bueno) maldición… (Rápidamente va a su cuarto a buscar su arma) Margaret… ve por la niña y vallan a la puerta de atrás.

-Margaret: (Su esposa al ver el rostro de José sabe perfectamente que algo no anda bien y sin hacer preguntas hace lo que dice mientras José se acerca a la puerta de enfrente)

-¿?: ¿Los desperté? Disculpen las molestias por llamarlos tan tarde, pero verán… me estoy muriendo de hambre y su casa tiene un amora alucinante… (Con una sola patada el misterioso sujeto consigue derribar la puerta)

-Margaret: (Todo ocurre tan rápido que en un acto inesperado corre atrás de su esposo) ¡José!

-José: ¡ALEJATE DE AQUI! (Sin dudarlo jala el gatillo de su arma disparándole al agresor, sin embargo, las balas parecen no surtir efecto en el) maldito, ¿No serás... el vampiro que anda en la aldea?

-Vampiro: ¡Bingo! (Hace un chasquido con sus dedos) Estas de suerte hoy me comeréa toda tu familia ¿No es grandioso? (Su voz sarcástica convierte la noche en un horror)

Al escuchar los disparos Alice se despierta y corre hacia la sala de su casa.

-Alice: ¡Papi! ¿Qué está pasando?

-José: ¡ALICE!¡VETE DE AQUÍ RAPIDO! (A la velocidad de un rayo el vampiro ataca al padre usando su mano como si se tratara de un cuchillo atraviesa al hombre de lado a lado)

-Alice: ¡PAPA! (Sin dudarlo la pequeña niña corre hacia su padre el cual se encuentra bañado en sangre tendido en el suelo) papi no te mueras papi yo te quiero mucho, no me dejes... papi...

-José: Alice... corre... (Con su último aliento le pide a su hija que huya antes de que la vida se escape de su cuerpo) por favor...

-Vampiro: (Su siniestra sonrisa resplandece en la oscuridad) que tipo más delicado, no cabe duda que los humanos son frágiles (Depues de contemplar la desgarradora escena continua como si nada hubiera pasado) bien... ahora voy por la mujer de la casa (Mira a Margaret quien se encuentra en shock ante lo que acaba de suceder)

-Margaret: ¡JOSE! (Desesperada corre hacia el cuerpo de su esposo y lo abraza con todas sus fuerzas) ¿¡POR QUE!? (Su cuerpo se estremece ante semejante agonía, nunca pensó que una noche como cualquier otra podría cambiar tan drásticamente) ¿Porque mataste a mi esposo? ¡CONTESTA!

-Alice: mama, papa esta...

-Vampiro: llámalo como quieras... mala suerte, destino o tal vez fue mera casualidad sin embargo tengo hambre y tengo que comer, cuando los humanos tienen hambre matan un cordero o una res sin importar los gritos que hagan los animales, bueno... es exactamente lo mismo solo que en mi caso ustedes son la res y yo... el carnicero demente (Su rostro no puede ocultar el placer que le causa haber matado a José, con su sonrisa resaltando en la oscuridad fija sus ojos en Alice) en fin... ¿Ahora continuo con la vaca o con la pequeña ternera?

-Margaret: (Toma a su hija fuertemente en sus brazos para protegerla) no nos hagas daño por fav... (En cuestión de segundos el desalmado vampiro corta el cuello de la mujer usando su mano)

-Vampiro: ¡Bam! Sin tocar a la niña ¡Vean que habilidad! (Como si sus ojos prenceciaran un acto de comedia empieza a reír a carcajadas, su risa se escucha resonar por las calles de la aldea de Marou)

-Alice: ¡NO! ¡MAMA! (La indefensa niña explota en una mar de llanto pues sus padres murieron sin que pudiera evitarlo, su frágil y delicada mente no soporta tal atrocidad quedando paralizada en estado de shock)

-Vampiro: (Sus carcajadas hacen eco en la casa de Alice) ahora sigues tu pequeña (Baila alrededor de los cuerpos sin vida de los padres como si estuviese en una fiesta) ¡Oh, ya se! enana se me ha ocurrido una idea magnifica (Agarra una de las sillas del comedor y usando el mantel como cuerda amarra a Alice a la silla)

-Alice: ¡DETENTE! (Sus desesperadas suplicas caen en oídos sordos)

-Vampiro: (Sonríe sutilmente) ahora te pondré en frente de los restos de tus padres y me veras comérmelos ¿No es una idea magnifica? (Esta criatura sin sentimientos se regocija con el sufrimiento de la pequeña) los humanos son tan divertidos, nunca me cansare de ellos.

-Alice: ¡NO! (Forcejea por liberarse pero sus intentos son en vano)

-Vampiro: ¿Por quién debería empezar?

-Alice: por favor detente… te lo pido…

-Vampiro: veamos… (Acercando una silla se aproxima tranquilamente a los cuerpos después toma el brazo de Margaret para beber su sangre) ¡Deliciosa! Esta exquisita esta sangre debe de ser de humanos finos sabe mas deliciosa de lo normal, tal vez debí secuestrar a toda la familia luego hacer mi propia granja de humanos (Hace bromas tontas mientras ríe y bebe la sangre de Margaret)

-Alice: (Un fuerte sentimiento de miedo, impotencia y coraje recorren el cuerpo de la desdichada niña) ¡Detente! (Un grito desgarrador escapa de sus labios, intentando detener la traumatica escena que esta precensiando)

-Vampiro: (Deja de beber sangre) ¿O qué? ¿Qué harás si no me detengo?

-Alice: yo… yo… ¡Te matare! (A pesar de haber experimentando toda clase de sentimientos de dolor, como si fuera una chispa todo aquello desaparece para dar lugar a la Ira…)

-Vampiro: oh… que interesante… (Sujeta nuevamente el brazo de la mama) pruébalo… (Muerde el brazo y contempla los gestos de Alice)

-Alice: (Comienza a forcejear en la silla) ¡No! (Su cuerpo se lastima al intentar liberarse, pero su ira es tanta que el dolor físico dejo de ser un factor)

-Vampiro: (Los gestos de Alice le hacen gracia como si se tratase de una obra de teatro) ¡Que espectáculo tan precioso! Me diviertes niña… (Deja caer el brazo de la madre)

-Alice: ¡Mama!

-Vampiro: bien…, ahora sigue este viejo (Agarra el brazo del padre para después morderlo y beber su sangre)

-Alice: ¡Ah! (Desesperada se sacude haciendo que la silla pierda el balance cayendo al piso) ¡DEJALOS!

Después de que el vampiro termina de comerse a sus padres se acerca a la pequeña niña.

-Vampiro: sabes pensaba en comerte, pero se me ocurrió otra idea brillante, te convertiré en un vampiro… ¡Un vampiro! beberás sangre de personas, así como yo lo hice, serás la cosa que mas odias (Acomoda nuevamente la silla y acerca una de sus manos hacia el hombro de la niña)

-Alice: Estás loco… ¡No quiero nada tuyo! (Intenta morder al vampiro cuando acerca su mano)

-Vampiro: oh… que niña tan interesante… (Con sus manos la sujeta bien para inmovilizarla, luego la muerde bebiendo un poco de su sangre e inyectándole la suya con sus colmillos)

-Alice: ¡No! ¡Déjame! (Siente como algo muy dentro de ella comienza a cambiar) ¡Aléjate de mí! ¡Suéltame! ¡AAAHHH! (La sangre del vampiro se esparce rápidamente dentro de su organismo como si fuera veneno, provocándole un agonizante dolor)

-Vampiro: (Al terminar deja caer a la niña como si fuera un costal de papas para posteriormente alejarse de ella con una sonrisa en el rostro) bien… mi trabajo aquí ha terminado, nos volveremos a ver mocosa espero grandes cosas de ti...

-Alice: (Su cuerpo se adormece) yo… te… te… matare.

-Vampiro: ternurita, muero de ganas por verte intentarlo… (Después de torturarla toda la noche con ese espectáculo decide liberarla e irse del lugar con su tenebrosa sonrisa en el rostro)

-Alice: (Al cabo de unos minutos de ser desatada vuelve en sí, en ese momento sale corriendo desespera de su casa) ¡AYUDA! ¡QUE ALGUIEN ME AYUDE!

Todos los aldeanos salen a ver qué es lo que estaba sucediendo.

-Aldeanos: ¿Qué pasa Alice porque gritas?

-Aldeanos: ¿Sucede algo Alice?

-Alice: ¡UN VAMPIRO MATO A MI FAMILIA! (La desesperación aun habita en ella)

-Aldeanos: ¿¡QUE!?

-Aldeanos: ¡HEY! ¡Miren eso! Los ojos de Alice son rojos ya es uno de ellos (Todos observan con atención los ojos de Alice los cuales se han vuelto rojos)

-Aldeanos: es verdad…

-Aldeanos: ¡Tiene razón!

-Aldeanos: hay que deshacernos de ella, ya es un vampiro ¡Si no la matamos primero, nos matara despues!

Las personas de Euriath han sido los mas afectados con el avanze de la oscuridad, por lo cual rápidamente entran en panico cuando algo relacionado con esto se presenta ante ellos, realmente han pasado por tanto que se volvieron asi.

-Alice: ¡No, yo no haría eso! (Cuando pensaba que las cosas no podían empeorar ahora los aldeanos que conocía conspiran contra ella)

-Aldeanos: muerte al vampiro (La multitud comienza a buscar armas para matar a la pequeña)

-Alice: ¡No por favor! (Al ver que las cosas estaban tornándose en su contra corrió tan fuerte como pudo lejos de ahí adentrándose en el bosque) ¿Porque? ¿Porque me tuvo que pasar esto a mi...? (Corrio y corrió hasta que finalmente el cansancio la obligo a detenerse en lo profundo del bosque cerca de un gran árbol) ah… ah… Mami… Papi… (Era una noche fría y el viento soplaba, cansada se recostó y se cubrió con unas ramas que había cerca) no me abandonen… (Con su corazón destrozado llora en silencio hasta quedar profundamente dormida)

Al día siguiente vuelve silenciosamente al pueblo y al llegar se topa a un buen amigo suyo, a quien intenta pedir ayuda…

-Alice: hola… Joe… (Su voz es suave y muy bajita debido al dolor de garganta causado por los gritos de anoche)

-Joe: me dijeron que te convertiste… ¡En un vampiro!

-Alice: no es verdad… (Corren lágrimas por sus mejillas) mira… es de día y estoy aquí, no me ha pasado nada, vez soy normal.

-Joe: eres un fenómeno hasta entre los vampiros… los vampiros mueren con el sol, eres una abominación, lárgate de aquí (Junta una piedra del suelo para agilmente lanzarle con ella golpeándola en la frente) muérete maldita.

-Alice: (Corre nuevamente al bosque llorando) ah… ah… (Corre tanto que sus pies no pueden mas cayendo al suelo) ¡Ah! (Sin animos de levantars se queda tendida sobre la tierra bajo un gran roble) creo que… estoy completamente sola… ya no me queda nada… solo tengo esta terrible tristeza…

Después de unos días la pequeña Alice seguía en el bosque ocultándose de los aldeanos, sin probar bocado alguno mas que agua que bebía de un pequeño arroyo que cruza por el bosque, en ese momento comenzó a darse cuenta de algo…

-Alice: tengo mucha sed…, pero por másque bebo agua no se me quita (Entonces recuerda lo que le dijo el vampiro antes de irse "Te convertiré en un vampiro beberás sangre de personas, así como yo lo hice") no… yo no puedo hacer eso, no debo beber la sangre de la gente.

Pasaron días, meses e incluso años y Alice no probo ni una sola gota de sangre, con el paso del tiempo se dio cuenta que sin importar cuanto comiera su sed crecía mas y mas, tambien se percato que la comida normal solo ayudaba a mantenerla con vida, no obstante, su cuerpo se debilitaba cada vez mas… a veces no se movía del mismo lugar para ahorra un poco de energía, se recostaba sobre la tierra y contemplaba con nostalgia las nubes arrastradas por el viento pensando cada vez con mas frecuencia si podría ser como las nubes, levantarse cada dia sin saber a donde las llevaría el viento, recorrer el mundo y llevar la lluvia a donde fuera necesario…

-Alice: Debe ser genial poder ir a cualquier parte…

Ha menudo las personas que son relacionadas con la oscuridad son exiliadas o incluso asesinadas por miembros de su propia aldea, para evitar que "Atraigan" a mas criaturas de la noche hacia ellos, a pesar de que esto no parecía afectar en el numero de ataques, los aldeanos realmente no querían correr el riesgo.

Se dice que cuando has tocado fondo lo único que queda es subir, quien pensaría que este dicho podría ser verdad y fue Alice quien comprobó que lo era.

Actualmente…

-Alice: otro dia mas en este horrible mundo, no le encuentro sentido a la vida... si no fuera porque mis padres dieron la vida para protegerme, me habría suicidado desde hace tiempo... (En el fondo de un callejón que se encuentra cerca de una frutería, buscando las frutas botadas a la basura para poder llevar algo a su estomago) Creo que vi unos cuantos platanos al fondo de este recipiente...

Mientras intentaba llegar al fondo del contenedor comenzó a escuchar la conversación de dos aldeanos que se detuvieron cerca de la frutería...

-Aldeanos: oye ¿Has escuchado el comunicado que dio el jefe de la aldea?

-Aldeanos: no ¿Qué dijo?

-Aldeanos: dijo que andaba un vampiro por la aldea...

-Aldeanos: ¿Quién? ¿Alice?

-Aldeanos: no, esta vez es otro

-Aldeanos: ¿¡OTRO!? Suficiente tenemos con esa maldita de Alice.

-Aldeanos: yo me ire a casa a tomar mis precauciones.

-Aldeanos: tienes razón, creo que tambien hare lo mismo (Esta pequeña conversación dio a Alice una terrible idea)

-Alice: ¿Un... vampiro... aquí en la aldea? (A pesar de todo lo que había sufrido, aun así, se preocupaba por las personas del pueblo) tal vez... si lo encuentro primero, pueda distraerlo... hacer que me persiga para alejarlo de la aldea y quizas podría volverme a ganar la confianza de los aldeanos... (Muy optimista, ingenuamente espera que su plan tenga éxito) esperare hasta que oscurezca...

Esa noche Alice fue a la ciudad a buscar al vampiro.

-Alice: ¿Dónde estará? ya tengo rato buscándolo, no hay nadie en las calles... ¡No! no me daré por vencida ¡Seguiré buscando! (La noche transcurre tranquilamente, sin embargo, Alice se niega a dar su brazo a torcer, continúa con opstinacion buscando por toda la villa hasta que inesperadamente encuentra a un aldeano en la calle, al verlo ella sabe que corre peligro así que se acerca a avisarle del vampiro que anda suelto) señor no debe estar aquí es muy peligroso anda un vampiro suelto.

-Señor: si eso ya lo sé, de hecho, te estaba buscando

-Alice: ¿A mí?

-Señor: ¡SALGAN MUCHACHOS! (Como delincuentes se aparece una gran multitud de aldeanos con antorchas y cadenas en mano)

-Aldeanos: atrápenla se la daremos al vampiro para que nos deje en paz, tal vez si la mata se valla del pueblo, atrápenla (Desesperados corren como lobos detrás de su presa)

-Alice: ¿Qué...? no... ¡Por favor! (Corre tan rápido como puede, lo intenta con todas sus fuerzas, pero los aldeanos se rehúsan a darse por vencidos, la persiguen por todo el pueblo, hasta que poco a poco el cansancio se apodera de ella) ah... ah... ¡Yo los ayudare! Por favor... denme la oportunidad... (En ese momento uno de los aldeanos logra darle con una cadena en la cabeza haciendola caer al suelo) ¡Ah! (Jadeando por el cansancio intenta levantarse, pero la muchedumbre la enviste furiosamente) ¡Dejenme! ¡Se los ruego!

-Aldeano: por fin nos desharemos de ti maldita (Armados con cuerdas atan a la indefensa chica y se la llevan)

En aquellos tiempos la humanidad estaba comenzando a perder su buen juicio, después de tantos ataques los humanos solo se preocupaban por si mismos, si vendiendo al prójimo podían estar en paz lo hacían, así que esperaron en la plaza con la esperanza de poder intercambiar a Alice por un poco mas de paz...

-Aldeanos: miren ahí viene

Como un fantasma a plena noche un misterioso sujeto se aparece ante la multitud...

-Aldeanos: ¿Es usted el vampiro que esta rondando por nuestra aldea?

-Vampiro: ¿Qué rayos están haciendo? ¿Una especie de emboscada?

-Aldeanos: no señor, le vamos a dar algo a cambio para que deje la aldea en paz.

-Vampiro: ¿Algo a cambio? (Dice confundido) que clase de broma es esta ¿Qué podrían darme a cambio unos simples mortales a mi?

Como si fuera un animal cautivo los aldeanos sacan a Alice de entre la multitud.

-Aldeanos: mira ella es un vampiro como tú, te la damos a cambio de que nos dejes en paz.

-Vampiro: hmm... (Observa a Alice) no puedo creerlo, en verdad son los humanos mas locos que he conocido hasta ahora (Rie a carcajadas mientras se acerca a Alice) es muy bonita... me gusta (Los vampiros que no beben sangre son afectados por el tiempo e incluso pueden morir por ello, Alice envejeció por lo que ahora tiene la edad y la apariencia de una joven de 18 años)

-Aldeanos: entonces llévesela por favor y déjenos en paz...

-Vampiro: de acuerdo es un trato razonable (Mira a Alice) ustedes en verdad me han hecho la noche, son las criaturas mas rastreras en todo el maldito continente (Sujeta firmemente del brazo a la indefensa chica y comienza a arrastrarla) no he estado con una mujer en semanas, tu alegraras mis mañanas cuando el sol brille... cerca de aquí hay una cueva donde podremos relajarnos... (Su mirada se funde en Alice maravillado con la belleza de su cuerpo)

-Alice: no... por favor no... (Como si la noche de la tragedia se volviera a repetir nuevamente se encuentra a merced de un vampiro, una ola de viejos sentimientos la invade haciendo que se desmaye)

En medio de toda la conmoción el vampiro arrastra el cuerpo de Alice alejándose de la multitud, cuando una escalofriante sensación helada recorre su brazo, sin que nadie lo notara una espada cruza el lugar cortando el brazo que sujetaba a la inconciente chica.

-Vampiro: ¡AH! ¿¡QUIEN ESTA AHÍ!?

-Desconocido: el que te cortara la cabeza… (Una aterradora declaración resuena en lo profundo de la villa, en la oscuridad de la noche una pobre alma camina en dirección al vampiro, como si todo se hubiese congelado, la muchedumbre se queda estupefacta, hasta que el joven llega con el vampiro) paracitos chupa sangre… son muy valientes cuando atacan a alguien que no puede defenderse ¿Por que no me atacas a mi? (Lo sujeta fuertemente del cuello)

-Vampiro: (Sonríe) Admito que tienes huevos para venir hasta aquí y decir toda esa basura a la cara, pero esta es la parte donde tu mueres…

-Desconocido: … (Como el sonido de un fuerte trueno un golpe en la cara borra la sonrisa del vampiro, el impacto es tan fuerte que después de retirar su puño caen cuatro dientes al suelo)

-Vampiro: ¡AAHH! (Apenas recobra un poco la compostura, su sangrante rostro no puede evitar ocultar la gran sorpresa que se llevo) ¿Qué demonios fue eso? (Exclama mientras intenta parar la emorragia de su boca) ¡Tú no eres normal!

-Desconocido: Con el paso de los años, la palabra normal ha empezado a adquirir diferentes significados (Otro golpe resuena en la cara del vampiro en esta ocasión su nariz queda completamente rota) nuestro afán de sobrevivir ha abierto nuevamente la puerta… (Con un brutal movimiento y fuerza arranca la tráquea del vampiro) dándonos poder… (El cuerpo del vampiro se desploma sin vida sobre el suelo) para recobrar nuestra liberta… (Recoge su espada y la cuelga en su espalda)

-Aldeanos: (Al ver semejante acto los aldeanos quedaron maravillados con la fuerza del joven e inmediatamente lo rodearon) lo derroto, increíble lo derroto ¡QUE BIEN!

Sin decir una palabra el joven hace caso omiso de los comentarios de los aldeanos caminando entre la multitud.

-Aldeanos: gracias por todo, eres el mejor.

Sus alagos caen en oídos sordos…

-Aldeanos: ¿Qué le pasa? ¿No nos escucha? ¡Hey tú!

Su mirada se desliza de un lado a otro buscando entre la multitud hasta que encuentra en el piso a una joven amarrada e inconciente, se acerca a ella para liberarla y tomarla en sus brazos.

-Aldeanos: ¿¡QUE HACES!? ¡NO LIBERES A ALICE

-Desconocido: ¡Fuera de mi camino! (Exclama con gran enojo, no soportaba la presencia de las personas de ese pueblo)

-Aldeanos: este tipo está loco vayámonos de aquí (Todos los aldeanos salen corriendo a sus casas)

Despues de un par de horas la noche finalmente termina, los rayos del sol comienzan a iluminar el cielo, mientras el misterioso joven se adentra en el bosque con Alice en sus brazos, entre ramas y arboles, un sonido de agua corriendo llama su atención, cambiando la dirección en la que iba hasta llegar al rio el cual cruza por el bosque, se detiene cerca de la orilla, las pequeñas cascadas sueltan una ligera briza que empiezan a despertar a Alice, asi que la recuesta cerca de un árbol.

-Alice: (La briza cae en su rostro empapándolo poco a poco, lentamente abre sus ojos encontrando a un joven mirándola a unos pasos de distancia) ¿Me… vas a matar?

-Desconocido: no… (Dice seriamente)

-Alice: (Un intercambio de miradas no responde las miles de preguntas que tiene en su mente) ¿Porque me... salvaste?

-Desconocido: con lo rápido que se esta expandiendo la oscuridad cada humano que salve es frenar su avance, aunque sea un poco.

-Alice: ah… (Un suspiro escapa de la cansada joven) ¿La oscuridad? Tiene años traganze todo a su paso, y aunque logremos sobrevivir termina volviéndote parte de ella… (Mira sus manos)

-Desconocido: ¿Por qué no te fuiste de esa villa?

-Alice: no es como si tuviera un lugar a donde ir, ¿Sabes…? (Su voz empieza a quebrarse) todo mi mundo estaba en ese pueblo…

-Desconocido: pues… tu mundo estaba a punto de entregarte a un vampiro demente (Se recuesta en la hierva)

-Alice: ¡Tú no tienes idea de lo que eh sufrido! ¿Qué puede saber alguien como tú de mi? (Sus ojos se cubren de lagrimas) ¿Crees que no pensé en irme? ¿Crees que no lo intente? Que fácil para ti decirlo…

-Desconocido: torturarte con tu desgracia no te ayudara a salir de esa miseria en la que te encuentras, si te caes te levantas, así de sencillo… en este mundo nunca esperes que alguien te de la mano, si eres tan dependiente solo morirás…

-Alice: ¿Vale la pena vivir así? (Se le queda mirando) Todos me odiaban, me decían que me muriera, me lanzaban cosas y a los restos de mis padres los quemaron porque decían que estaban infectados, mis amigos me abandonaron, me tacharon de fenómeno, mis parientes intentaron matarme… ¡Me corrieron del pueblo!

-Desconocido: ¿Y tú qué hiciste…? ¿Llorar? (Dice con un tono serio mientras la mira) o te levantaste fuerte del suelo gritando ¡Mundo aquí estoy! ¡No me vas a vencer! Apretaste la tierra entre tus manos llena de rabia, diciendo "Esto no sequedará así ¡Me voy a levantar!" (Un profundo silencio recorre el bosque) No… tu solo lloraste

-Alice: como puede haber una persona tan fría como tu, que no sabe lo que es pasar por todo lo que yo he pasado…

-Desconocido: he viajado por muchas partes, he visto la misera por la que pasa la gente y como la oscuridad se come todo a su paso ¿Crees que eres la única que sufre? ¡Sorpresa! En el mundo hay miles de personas que han pasado lo mismo o peores cosas que tu.

-Alice: (Lo mira a los ojos) tus ojos se parecen a los míos.

-Desconocido: ¿Y acaso me vez llorando?

-Alice: no… (Dice seriamente)

-Desconocido: hoy estuviste a punto de morir, suerte la tuya que me tope con tu pueblo, pero la próxima vez tal vez no tengas tanta suerte, piensa eso… (Se levanta)

-Alice: ¡Espera!

-Desconocido: (Voltea hacia Alice)

-Alice: enséñame…

-Desconocido: ¿Qué te enseñe?

-Alice: tienes razón… he llorado suficiente… quiero… (Salen lagrimas de sus ojos) ¡Enséñame a dejar de llorar!

-Desconocido: (La mira fijamente a los ojos, contemplando sus ojos rojos) ¿Es esto lo que quieres?

-Alice: yo… yo… quiero…, lo que yo quiero… es ¡Venganza! (Seca sus lagrimas)

-Desconocido: ¿Vengarte de quien?

-Alice: de la criatura que me quito todo… todo lo que yo… más quería… dejándome sola en el mundo…

-Desconocido: ¿Qué serías capaz de hacer?

-Alice: lo que sea… si es necesario dar mi vida para verlo muerto la daré.

-Desconocido: bien, entonces sígueme y adéntrate conmigo en lo profundo de la oscuridad, hasta llegar a su corazón y clavar una estaca en el.

-Alice: como Thanatos lo hizo alguna vez…

-Desconocido: si…

-Alice: (Un sentimiento de duda pasa por su mente) ¿Crees que ese milagro pueda volver a repetirse? ¿Tú… crees en los milagros?

-Desconocido: no basta con creer para que ocurra un milagro… es necesario ser el milagro.

-Alice: ¿Ser… el milagro…? (Se queda pensativa)

-Desconocido: bienvenida a… "La Sombra Del Viento"

-Alice: ¿Qué es eso?

-Desconocido: en su momento lo sabrás…

-Alice: ...

-Desconocido: iré a buscar algo de comer, enseguida vuelvo. (Se aleja caminando)

-Alice: ¡Espera!

-Desconocido: (Voltea a verla)

-Alice: ¿Cómo debo llamarte?

-Dark: soy Dark Alcalá... (Se aleja caminando)

-Alice: ¡Mi nombre es Alice! ¡Alice Walker! (Grita)

Nunca se sabe cuando tu vida dará un giro drástico, las oportunidades pasan, algunas vuelven, otras se van para siempre, si tienes la oportunidad TOMALA puede que nunca la vuelvas a tener.

-Alice: (Toma tierra entre sus manos y la aprieta fuertemente) ¡Mundo estoy aquí, no me vas a vencer! ¡Lo encontrare y me vengaré! (Grita tan fuerte como su garganta le permite)

Mientras tanto Dark...

-Dark: (El sentimiento de haber sembrado la semilla de la esperanza en algunas personas vale la pena celebrarlo con una sonrisa) tonta...

Capítulos 2: Sangre

Las ramas de los arboles danzaban al son del calido viento del medio dia mientras los rayos del sol se filtraban entre las hojas llegando hasta los mas profundos rincones del bosque, poco a poco la luz ilumina momentáneamente el rostro de una joven mujer quien aun permanecia dormida...

-Alice: (La joven se encontraba recostada tranquilamente sobre la hierba, fue una dura noche para ella, dormir era la única cosa que le permitía alejarse de todo y fantasear tranquilamente) Hmm... (La luz del sol molesta sus ojos y la obliga a abrirlos lentamente mirando la hierba a su alrededor) ¿Qué... paso...? ¿Dónde... estoy? (Con un poco de esfuerzo y a pesar del sueño la joven logra sentarse) ah... (Un suave suspiro escapa de sus labios) ahora recuerdo... (Frota sus ojos con sus delicadas manos) ayer de nuevo estuvieron a punto de matarme..., si no fuera por aquel chico no me encontraria en este lugar... (Con su mirada perdida, poco a poco recuerda los acontecimientos de anoche) ¿Me pregunto a donde habrá ido? (Dice mientras mira a su alrededor) desde que murieron mis padres... nunca he dormido con compañía alguna.

Se escucha el crujir de las plantar al ser aplastadas...

-Dark: aun vives eh ¿Qué tal la siesta? (Dice el viajero que sale de entre la maleza)

-Alice: dormí bien... (Acomoda un poco su cabello)

-Dark: lo sé dormiste toda la mañana (Deja caer al piso una gran ave) esto será nuestro almuerzo ¿Te gusta termino medio o lo prefieres frito?

-Alice: no tienes porque molestarte yo puedo cocinar. Es lo menos que puedo hacer después de que me salvaste la vida ayer...

-Dark: no lo menciones, solo ve a lavarte las manos en lo que preparo esto.

-Alice: esta bien... (Apenada por la amabilidad del viajero, decide tomarle la palabra) disculpa las molestias (Se aleja del lugar transitando descalza por la humeda tierra del bosque, la malesa se encuentra humeda por el rocío de la briza del rio que atraviesa el bosque) hacía tanto tiempo que no hablo con alguien que no sé qué decir... además tampoco es como si lo conociera de toda la vida… (Poco a poco se escucha el caudal del rio corriendo con fuerza) este año ha llovido mucho… (Al llegar a la orilla, sumerge sus blancas manos en las heladas aguas del rio) el otoño esta por comenzar, la temperatura del agua esta bajando… (Al terminar de lavarse las manos vuelve a donde se encuentra el misterioso viajero, el camino pareció mas corto de regreso o serian los nervios que comenzaba a sentir por la presencia de aquel joven) ¡Ya terminé! (Dice con alegría)

-Dark: ¿Todo bien? (El cambio radical en su estado de ánimo lo confunde un poco)

-Alice: si… (Sonríe un poco nerviosa)

-Dark: toma (Le entrega un pedazo del ave bien frito) es comestible.

-Alice: gracias (Observa con asombro la textura del ave, pareciera como si hubiera explotado) Amm… ¿Qué le paso al ave…?

-Dark: cómetelo…

-Alice: si… eso planeo hacer… (En su vida había visto muchas clases diferentes de aves cocinadas, pero nunca algo que se viera tan desagradable como lo que Dark le entrego) bueno… la probare (Al morderlo siente como sus papilas gustativas bailan de alegria) ¡Esta buenísima! (Dice sorprendida)

-Dark: si no te gusta no te lo comas…

-Alice: lo digo de verdad, esta rico.

-Dark: (Se queda observando a Alice).

-Alice: (Nota que Dark la observa detenidamente) es enserio…

-Dark: (Bebe un poco de agua)

-Alice: ¿Pasa algo…? Porque me miras así… (Pregunta un poco nerviosa)

-Dark: no había tenido tiempo de ver los ojos vampíricos tanto tiempo, son realmente bellos

-Alice: ¿Eso crees? Yo no les encuentro la belleza por ningún lado…

-Dark: entiendo el por qué…

-Alice: (Termina de comer) he pensado en lo que me dijiste…. (En sus ojos comienza a arder la llama del valor) Hoy más que nunca quiero volverme más fuerte.

-Dark: hmm… no será fácil (Dice mientras termina de comer) pero… si tu motivación es fuerte podrás lograrlo.

-Alice: motivación… (Una gran cantidad de recuerdos cruzan por su mente a gran velocidad, en un breve ataque de rabia golpea el piso)

-Dark: (Sonríe sutilmente) ¿Venganza? Esa es una fuerte motivación.

-Alice: ese desgraciado… mis padres ni siquiera pudieron defenderse… (El simple hecho de echar un breve vistazo al pasado, la llenaba de rabia e impotencia)

-Dark: a todos nos mueve un motivo… algunos más profundos que otros (Su mirada se pierde en el vacio) alrededor del mundo, casos como el tuyo están ocurriendo, sin que nadie pueda evitarlo…

-Alice: Euriath esta siendo devorada lentamente por toda esa maldita oscuridad… ¿Acaso no hay nada que podamos hacer?

-Dark: lo hay, hay algo que podemos hacer, luchar… ¡Debemos pelear! si de igual modo vamos a morir, que mejor manera de hacerlo que morir peleando por la liberdad…

-Alice: morir por la libertad… supongo que es mejor que morir huyendo (Ella que solo se había limitado a autocompadecerse y lamentarse por las crueles cosas que le sucedían, se dio cuenta que al final nada de eso servia para nada) llorar no resuelve tus problemas… ahora me doy cuenta, es justo como dijiste, me puedo quedar llorando o levantarme y hacer algo al respecto.

-Dark: La puerta se ha abierto, si hay un momento de hacer algo… ¡Es ahora!

-Alice: ¿A que te refieres? ¿De que puerta estas hablando?

-Dark: La puerta es el libre acceso al poder, se dice que cuando la humanidad estuvo al borde de la extinción hace 2,000 años, el creador dio libre acceso al poder y miles de niños humanos nacieron con el poder suficiente para desafiar a los autoproclamados dioses.

-Alice: nunca había escuchado hablar de ella…

-Dark: Con el paso del tiempo hemos logrado optener mucha información que se creía perdida de los años ceros o como también se le conoce el tiempo después del Dark Sky…

-Alice: todo esto es demaciada información para mi, me agobia…

-Dark: ya habrá momento para explicártelo mas a detalle… (Mira el cielo) el día está perfecto, debemos partir ya ¿Hay algo que quieras llevar?

-Alice: no tengo mucho realmente…, pero aunque suene tonto quiero despedirme de mi pequeño hogar…

-Dark: entonces vamos.

-Alice: bien, sígueme.

Comienzan el camino hacia la casa de Alice, poco a poco se adentran mas en el verde y frondoso bosque, en el camino Dark mira detenidamente el estado físico de Alice, que en ocasiones cae al suelo debido a lo débil que se encuentra su cuerpo…

-Dark: ¿Aun no llegamos?

-Alice: falta poco… (Su respiración se agita con el viaje, Dark se sorprende de su debilidad, pero continua sin hacer preguntas)

-Dark: nos encontramos muy retirados de tu aldea…

-Alice: es una medida que tuve que tomar, despues de que intentaron matarme en diferentes ocasiones…

Al terminar de subir una enorme colina, se alcanza a ver una pequeña choza echa de muchos troncos cubiertos por hojas de palmera ademas de un gran toque de ingenio, a pesar de su aspecto tan decadente es bastante resistente.

-Alice: este es mi hogar, si quieres puedes entrar.

-Dark: (Entra en la casa observándola detenidamente, encuentra un colchón muy viejo de esponja el cual se encuentra en muy mal estado junto con un sillón en las mismas condiciones luego mira la mesa de madera que está en medio con muchas plantas medicinales como árnica, ginseng entre otras) ¿Conoces acerca de plantas medicinales?

-Alice: tuve que aprenderlo, era agredida físicamente muy seguido, gracias a un libro de la flora y fauna conocí estas magnificas plantas, tengo muchos relajantes musculares que sirven para desinflamar golpes.

-Dark: (Toma un poco de eucalipto entre sus manos después lo pasa sutilmente por su nariz) siempre me ha gustado como huele esta planta.

-Alice: es una de mis favoritas, junto con la hierba buena y la albahaca.

-Dark: (Decide salir de la casa para brindarle un poco de privacidad) avísame cuando termines.

-Alice: si… (Observa su hogar) gracias por cuidar de mi… fueron duros tiempos los que vivimos juntos, pero sin importar que tan fuerte lloviera nunca te viniste abajo…, gracias mi dulce hogar… (Sus ojos se llenan de lagrimas) estas son las ultimas lagrimas que espero derramar y son para ti mi dulce hogar (Llena de nostalgia por su mente recorren diversos momentos que vivio dentro) la próxima vez que nos veamos te prometo que te hare más grande y mucho más bonita (Sonríe) solo espérame… (Recorriendo las paredes con la punta de sus dedos sale de su hogar) adiós… (Como si sus pies pesaran cientos de kilos, cada paso que la aleja de su hogar se vuelve mas pesado) Ah… (Con una pena en el alma continua hasta llegar con Dark) podemos irnos...

-Dark: Bien, debemos apresurarnos, no podemos perder mucho tiempo en un sitio o Genesis nos encontrara.

-Alice: ¿Quien es Genesis?

-Dark: si un día… te preguntaste cual es la plaga que se está devorando este mundo, ahí tienes la respuesta.

-Alice: ¿Genesis?

-Dark: La Oscuridad como nosotros la conocemos, en su interior navega con el nombre de Genesis, la cual es una elite bastante organizada que calcula precisamente cada uno de sus movimientos, señalando objetivos, diseñando planes o comandando un sinfín de criaturas a sus servicios, si alguna vez pensaste que solo eran un monton de bestias que atacaban al azar o de manera aleatoria, dejame decirte que cada uno de sus movimientos están previamente calculados y organizados.

-Alice: Eso quiere decir que lo que les paso a mis padres no fue mera casualidad…

-Dark: probablemente enviaron en una misión de reconocimiento a uno de sus lacayos…

-Alice: (Cada que Dark le revela algo del mundo exterior se da cuenta que muchas de las personas ni si quiera saben por que están muriendo o lo que realmente ocurre a su alrededor) es increíble la ignorancia con la que vivo…

-Dark: el conocimiento es poder, entre mas sepas te daras cuenta que el mundo que conoces no gira de la manera que tu creías…

-Alice: ¿Entonces "La Sombra del Viento" es…?

-Dark: "La Sombra del Viento" está formada por gente que tiene motivos tan fuertes como los tuyos, cada uno de los miembros a nacido atraves de la puerta, lo que los hace únicos y realmente poderosos…

-Alice: en ese caso me imagino que debe de tener muchos miembros.

-Dark: no, de hecho, somos solo seis miembros.

-Alice: ¿¡Solo seis!?

-Dark: La puerta no fue echa para ser cruzada por cualquiera…, solamente la cruzan los que son escogidos por el creador para generar un impacto en este mundo.

-Alice: Aun asi… 6 personas no es una cifra muy alentadora comparada con la inmensidad de la ocuridad…

-Dark: hace 2,000 años un individuo nacio atravez de la puerta… y fue suficiente para eliminar a los autoproclamados.

-Alice: Thanatos…

-Dark: tenemos suerte de ser 6…

-Alice: Supongo que somos afortunados… (A pesar de que una parte de ella duda, intenta creer todo lo que Dark le revela).

-Dark: (Sonríe) así es, vámonos.

De esta forma Alice deja atrás su hogar para continuar en una nueva dirección, donde la historia comienza a escribirse, sin embargo, no son los únicos que se están movilizando, en lo profundo de la oscuridad muy dentro del continente de "Shiria" donde la tierra es arida e infértil carente de flora y fauna, cientos de criaturas comienzan a movilizarse como si se prepararan para un gran evento, el cual es coordinado por la mas selecta Elite.

-Quinto General: El avanze con los preparativos va viento en popa.

-Segundo General: Bien, ahora solo debemos preocuparnos por el avanze en Euriath…

-Tercer General: la frontera ya es nuestra, mas sin embargo han comenzado a amurallar sus ciudades para frenarnos el paso…

-Cuarto General: podemos usar la ciudad "Evil" como punto intermediario de acceso, con eso lograremos abrirnos paso por el centro del continente…

-Quinto General: Tienes razón.

-Tercer General: no obstante, no debemos descartar una posible intervención de La Sombre Del Viento…

-Segundo General: la ultima vez nos cerraron el paso en "Mahamushi" impidiéndonos el paso en la frontera sur.

-Cuarto General: La Sombre Del Viento … no importa lo que hagan ni lo que intenten jamás podrán detenernos… nada puede detener al progreso…

-Quinto General: solo retrasan lo inevitable… la era del hombre esta llegando a su fin.

-Segundo General: me gustaría ser tan optimista, pero hasta no eliminarlos, no podremos descartar esa posibilidad…, sigue siendo una realidad que después de tomar la frontera nuestro avance a sido complemamente neutralizado…

-Tercer General: Quizas deberíamos concentranos en el continente de Ayita.

-Primer General: El estrecho de Magayan nos impide enviar grandes cantidades de criaturas para adueñarse de la frontera, ademas que las ciudades cercanas al estrecho están fuertemente acuarteladas.

-Segundo General: el principal problema es lograr cruzar el estrecho sin sufrir bajas.

-Quinto General: no olvidemos tampoco la tarea que nos encomendó el señor Alejandro, debemos de encontrar la espada de Thanatos…

-Tercer General: nadie la ha visto en 2,000 años ¿Por qué seguimos preocupándonos por algo tan trivial como eso?

-Primer General: porque seria muy trivial que la consigan y nos la metan por el culo, no seas estúpido, sabes lo que esa cosa podría hacernos.

-Cuarto General: yo me ocupare de revisar la frontera de Euriath, les dejo el resto a ustedes (Sale de la habitación)

-Primer General: bien, en esta ocacion les dejare las tareas de búsqueda, hay algo que he estado pensando acerca del Estrecho de Magayan, lo cual tengo que analizar personalmente… (Sale del cuarto)

-Quinto General: si no hay más de que hablar, también me iré (Sale de la habitación)

-Tercer General: ¿Hmm? (Un pequeño murciélago hecho de humo negro entra en el cuarto revoloteando, para finalmente posarse frente al el) ¿Qué noticias me traes? (Toca con su dedo índice al pequeño múrcielago el cual se deshace transmitiéndole información en un mensaje telepático previamente encriptado) valla que interesante…

-Segundo General: ¿Ocurre algo?

-Tercer General: me acaban de informar que vieron cruzar a "El Suspiro de la Muerte" por las tierras de Kitamuke acompañado de una joven mujer…

-Segundo General: ese bastardo hijo de puta…

-Tercer General: algo que me parece bastante extraño ya que la ciudad de Evil Se encuentra cruzando la nación de Supron, la cual casualmente esta a un costado de la nación de Kitamuke…

-Segundo General: Estas insinuando que el muy desgraciado se dirige a Evil, Aprovechando que se encuentra incomunicada con la frontera.

-Tercer General: ¿No te parece extraño que las ciudades cercanas a la frontera se amurallaran tan rápidamente para frenarnos el paso sobre el continente?

-Segundo General: Maldita sea, esta es obra de los Generales de La Sombre Del Viento, probablemente ayudaron a esas ciudades para romper nuestra coneccion con la ciudad Evil.

-Tercer General: Exacto, en este momento ellos se encuentran incomunicados, sabían que los usaríamos como punto de aceso para facilitar la propagación dentro del continente…

-Segundo General: ¡Maldita sea! como no lo vimos venir…

-Tercer General: llamare a los demás de inmediato.

-Segundo General: espera… yo me ocupare de esto.

-Tercer General: ese sujeto no es alguien de quien te deberías confiar… ¿Estas seguro de esto?

-Segundo General: ese desgraciado lamentara haberse acercado a la ciudad de Evil cuando termine con el…

Mientras Dark y Alice caminan por una verde pradera donde corre una sutil corriente de viento que mueve las ramas de los escasos arboles que hay

-Dark: casi estamos en la ciudad de "Supron" (Como un suceso inesperado la joven pierde el conocimiento mientras caminaban, rápidamente Dark alcanza a sujetarla) la consumió el cansancio…

-Alice: (Abre los ojos lentamente) estoy… bien (No le quedan energías ni si quiera para hablar) no te preocupes…

-Dark: (Un cuerpo de vampiro sin beber sangre se deteriora demasiado y él lo sabe) en tu actual condición no podremos llegar a "Supron" (Recuesta a Alice bajo un árbol) encenderé fuego.

-Alice: ya… te dije que estoy bien, sigamos…

-Dark: no puedes seguir.

-Alice: no seré una carga (Se pone de pie a pesar del temblar de sus piernas)

-Dark: está bien… pero antes toma un poco de agua (Le da a beber de una cantimplora)

-Alice: esto sabe raro ¿Qué le echaste?

-Dark: es té de "tilo"…

-Alice: ¿Tilo? ¿La planta del sueño? (Cae al suelo dormida)

-Dark: la tome prestada de las plantas medicinales que tenias en tu casa, espero no te importe…

Pasa el tiempo y llega la fresca noche en las praderas, Alice está descansando junto a un gran árbol mientras Dark está sentado frente al fuego

-Dark: ¿Aun duerme? (Examina cuidadosamente el estado de la joven) no se cuanto tenga sin probar sangre, pero si no bebe algo pronto, morirá. (Se aleja un poco del lugar, después empieza a correr rápidamente a la ciudad de Supron) Debe de haber algo por aquí… (Impulsandose fuertemente con los pies da un enorme salto y sale disparado por los cielos a una velocidad increíble) sabía que no estábamos muy lejos de la nación Supron (Mira la muralla que resguarda a la nación) bajare en esa granja de ahí (A la misma velocidad que subió baja enfrente de un corral destrozando parte de la cerca) tengo que llevarle algo… ¿Una vaca? No… es demasiada sangre… ¿Un pollo? Creo que sería muy poca… (Mira a una oveja) ¡Tu! (Agarra la oveja luego da un salto y vuela por los aires nuevamente hasta llegar donde se encuentra la joven, al llegar examina su condición notando que está un poco más estable) despierta, te traje algo que te ayudara.

-Alice: ¿Dónde… estoy…? (Dice con una voz muy baja difícilmente puede hablar) ¿Dark… eres tu?

-Dark: Alice tienes que beber sangre.

-Alice: (En una fracción de segundo los recuerdos del Vampiro devorando la sangre de sus padres pasan por su mente) ¡NO!

-Dark: ¡Tienes que hacerlo!

-Alice: yo nunca beberé sangre (Empieza a toser).

-Dark: ¡Hazlo o morirás!

-Alice: ¡Prefiero la muerte! (Su respiración se agita) ah… ah… no puedo… no puedo beber sangre…

-Dark: si quieres seguir avanzando tendrás que aceptar lo que eres, si no todo este esfuerzo que has hecho será en vano.

-Alice: pero… tengo miedo… ¡Tengo miedo de hacerlo! (A pesar de la necesidad no puede evitar sentir miedo de intentarlo)

-Dark: dime una sola vez que el miedo te haya servido de algo, dime solo una.

-Mie: ¿Pero si lo hago no seré como él? Matar personas para beber su sangre…

-Dark: Ah... (Un suspiro de alivio escapa de su boca) no te lo dijo ¿Verdad? La sangre no tiene que venir directamente de personas… puede ser de cualquier ser vivo.

-Alice: (Al escuchar esas palabras siente como un enorme peso cae de sus hombros) que bien…

-Dark: pero aun así debes de matar al animal del que beberás su sangre… tiene que ser fresca o no servirá.

-Alice: (Mira a la asustada oveja que Dark está sosteniendo) ¿Tengo que matarla?

-Dark: exacto… (La oveja se asusta y comienza a intentar escapar, sin éxito alguno)

-Alice: (Mira como la pobre oveja luchar por su vida recordándole su trágico pasado) No puedo hacerlo... (Un fuerte sentimiento de tristeza la inunda, pero de sus ojos no salen lagrimas)

-Dark: Alice, si no lo haces no podrás detenerlo.

-Alice: ¡Gck! (Como una explocion, su objetivo aparece claramente dentro de su mente) Esta bien... lo hare... (Se acerca a la oveja)

-Dark: ¡Hazlo!

-Alice: Perdón... (Por un momento su mirada y la del animal se cruzan fijamente, los sentimientos de ambas pasan de una hacia la otra) ¡PERDON! (Muerde a la oveja empezando a beber su sangre, mientras la oveja grita siente como la vida se le va del cuerpo, entre más sangre bebe la luz en los ojos del animal poco a poco se va apagando) perdón... (Cuando la oveja pierde la vida Alice siente un gran estallido dentro de su cuerpo)

-Dark: (Observa los ojos de Alice y ve que están brillando color rojo) esto no se ve bien... bebe más despacio (Sin esperarlo un fuerte puñetazo lo conecta lanzándolo a unos metros de ahí) ¿Pero que? (La reacción de Alice fue completamente inesperada) maldición... al ser la primera vez que bebe sangre, su parte vampiro esta apoderándose de ella (Corre hacia ella y la toma por la espalda) contrólate, vuelve en si.

-Alice: ¡DEJAME ESTUPIDO! (Sumergida en un estado de frenesí pierde totalmente el control de su cuerpo, los intentos de Dark por controlarla pacíficamente no surten efecto y vuelve a conectarle otro fuerte golpe que lo arroja lejos de ahí) ¡Ah! (Grita frenéticamente sin control) ¡QUIERO MAS! (En ese momento algo despertó dentro de Alice, algo que había estado dormido dentro de ella durante mucho tiempo, su naturaleza interna... aquella que fue puesta en ella sin su consentimiento la cual sería su maldición y bendición, las uñas se convierten en garras muy filosas, sus ojos empiezan a brillar rojo como el fuego enfurecido de la lava de un volcán al igual que su cabello) ¡Ah!

-Dark: ¡Suficiente! (Se acerca a Alice)

-Alice: (Al ver que algo se acerca a ella no duda en atacarlo) ¡MUERE!

-Dark: (Esquiva todos sus golpes fácilmente) ¡Detente! (Como si el tiempo se detuviera el puño de Dark avanza hacia Alice hasta llegar a su estomago impactandolo fuertemente con precisión y energía suficiente para dejarla fuera de combate)

-Alice: ¡GOAH!

-Dark: ¿Fue suficiente?

-Alice: (Todo ocurrió tan rápido que solo sintió como la fuerza se le escapaba de las manos) si, lo fue... (Poco a poco su cuerpo vuelve a la normalidad mientras cae al suelo inconsiente).

-Dark: ah... (Suspira) es más fuerte de lo que pensé (Se acerca para contemplarla desmayada en el suelo) de verdad no me esperaba eso (La toma en sus brazos luego la recuesta junto al árbol) ha sido un largo día..., será mejor que descansemos aquí hasta mañana...

A La Mañana Siguiente

-Alice: (Abre los ojos y energéticamente se levanta) que bien dormí (Mira sus manos) me siento diferente, no me duele nada, no tengo ninguna marca (Su cuerpo se encuentra en perfecto estado)

-Dark: es sorprendente la regeneración vampírica.

-Alice: ¿¡Eh!? No tengo ninguna herida ni siquiera un rasguño, antes tardaba días en sanar ¿Porque?

-Dark: con la sangre que bebiste ayer debes estar como nueva (Se percata de una enorme roca que se encuentra en el suelo) ¿Vez aquella roca de alla? Tráela aquí

-Alice: ¡Esta enorme! debe pesar cerca de 200 kilos, tienes que estar bromeando…

-Dark: (La mira seriamente) tráela aquí.

-Alice: está bien, está bien…, no te molestes (Se acerca hacia la roca y la sujeta) aunque no creo que pueda (Sin medir sus fuerzas intenta levantarla con todo lo que tiene) aquí voy… (Levanta la roca tan rápido que se cae con ella de espalda) ¡Ah!

-Dark: tonta… (Se aleja caminando)

-Alice: (La sorpresa fue tan grande que pierde el habla por un rato) ¿¡COMO HIZE ESO!?

-Dark: es momento de ponernos en marcha… (Se aleja caminando)

-Alice: ¡Soy más fuerte que una vaca! (Corre detrás de el)

-Dark: Sera mejor que midas tu fuerza apartir de ahora, o podrias lastimar a alguien…

-Alice: gracias por el consejo, pero aun no puedo creerlo (Dice mientras observa con asombro sus manos)

-Dark: o tal vez sea mejor que te prepares para lastimar a alguien con ella.

-Alice: ¿Tu crees…?

-Dark: mas adelante lo averiguaras… (Continúa caminando)

-Alice: ¿Hmm? (Mira que cambian de dirección) oye la nación de Supron se encuentra en aquella dirección (Señala la frontera, la cual se contempla desde lejos)

La nacion de Supron era bastante pequeña, ya que carecían de tierras ricas para la agricultura y era difícil mantener a su ganado, afortunadamente habia varios yacimientos de plata, lo que les ayudaba a suplir sus carencias, aunque eran frecuentemente atacados por las criaturas que habitaban en la nación de Evil, los habitantes se reusaban a irse, e incluso se pensó que comenzaron a pactar acuerdos con las criaturas de dicha nación con tal de conseguir un poco de paz…

-Dark: no es necesario entrar directamente, pasaremos por la frontera para no llamar la atención…

-Alice: ¿La atención de quien?

-Dark: Aunque lo paresca, no siempre estamos solos Alice…

-Alice: ¿Te refieres a que alguien nos observa?

-Dark: no todos los enemigos son criaturas de La Oscuridad…

-Alice: ¿Me estas diciendo que hay humanos que ayudan a las criaturas a matar personas?

-Dark: no necesariamente, pero les facilitan el acceso a ciertos lugares o les brindan información sobres nuestros movimientos, a cambio de dejarlos vivir…

-Alice: no me lo puedo creer…

-Dark: realmente no los culpo, cualquiera haría lo que sea por sobrevivir ¿Tu no lo harias?

-Alice: …

-Dark: Por eso, solo confio ciegamente en mis Generales.

-Alice: los otros 5 que pertenecen a La Sombra Del Viento ¿Verdad?

-Dark: pronto los conoceras.

-Alice: eso me pone un poco nerviosa (Sonrie)

-Dark: ¿Hmm? (Se detiene) la ciudad Evil esta aun lejos, pero puedo sentir hasta acá el aura demoniaca que tiene ¿Sera prudente llevar a Alice? (Habla para si mismo)

-Alice: ¿Dijiste algo?

-Dark: no, nada en especial…

Sin basilar se dirigen hacia su destino la ciudad de Evil, la cual es una de las tantas ciudades tomadas por la oscuridad, un nido de criaturas de la noche donde pocos tienen el valor si quiera de acercarse.

-Sirviente: señor, se me ha informado que en una granja cerca de la frontera de Supron, un hombre callo del cielo y se robo una oveja…

-Segundo General: ¿Qué? (La noticia fue tan sorpresiva que rompe la copa que traía en su mano) avanzaron mas rápido de lo esperado…, Avisale a Shei que sus invitados están a escasas horas de llegar, y dile que se apegue a lo que habíamos planeado…

-Sirviente: ¡Enseguida señor! (Sin perder más tiempo sale de la habitación)

-Segundo General: No veo llegar el día donde pueda matar a ese imbécil con mis propias manos…

Capitulo 3: La Ciudad "Evil"

Despúes de dos días de camino a lo largo de la frontera de la nación de Supron, poco a poco aparecen los vestigios de lo que solia ser una nación. La Oscuridad es una plaga que devora todo a su paso, de lo que solia ser una prospera ciudad al este de Euriath, ahora solo queda el recuerdo…

Alice: ¿Cuánto falta para llegar?

-Dark: estamos cerca….

-Alice: Que silencio hay por aquí… (Siente como su piel se eriza de solo ver tal soledad) solo se escucha el soplar del viento.

-Dark: Contempla con tus propios ojos el paso de La Oscuridad, cientos de naciones se encuentran en las mismas condiciones, esta sombra de destrucción es deprimente…

-Alice: (Mira con tristeza el paisaje desolador) en algún momento este lugar estuvo lleno de vida.

-Dark: El continente Shiria a sido completamente devorado por la oscuridad, por lo que sabemos, solo queda el recuerdo de que alguna vez vivieron humanos ahí…

-Alice: ¿No queda nadie?

-Dark: los humanos que puedas encontrarte en Shiria, son raptados y sirven de alimento para las criaturas que viven bajo la oscuridad.

-Alice: estoy segura que merecemos algo mejor que esto…

-Dark: la gente no volverá a tener paz hasta que eliminemos este cáncer que nos aqueja…

-Alice: si Thanatos libero a la humanidad del mal que los asotaba en aquel tiempo, ¿Como fue que La Ocuridad volvió?

-Dark: aun no tenemos todas las respuestas…, pero todo parece indicar que fue la propia humanidad quien la creo…

-Alice: ¿¡Qué!? ¿Pero como? Es imposible.

-Dark: la obsesion con el poder no lleva a nada bueno…

-Alice: ¿Me estas diciendo que los vampiros fueron creados por humanos?

-Dark: Vampiros, Demonios, Bestias, Criaturas y los No-Muertos, tienen sus raizes en la raza humana, y sus primogenitos aun viven en la inmortalidad…

Una vez mas el patrón vuelve a repetirse como si se tratara de un ciclo sin fin, nuevamente la creación esta tendiendo a la oscuridad, como si se tratara de una maldición que toda creación tiende a padecer, si esto continua solo traerá consigo la calamidad, la destrucción de toda la creación… El Dark Sky.

-Dark: (Mientras deambulan a lo largo de la frontera de Supron, a lo lejos se alcanza a ver una vieja posada) que suerte…

-Alice: (Aun impreisionada por la información que le fue revelada, intenta tratar de entender la complejidad del problema que actualmente sufre Abilion) pero como es posible…

-Dark: (Al llegar a la posada pueden verse luces encendidas dentro) intenta no pensarlo demasiado… conozco personas que se volvieron locas por pensar demasiado en ello…

-Alice: … (Aun con mucha incertidumbre en su interior, prefiere hacer caso al consejo de Dark y tratar de no pensar en ello)

Es normal encontrarse con Posadas a lo largo de los continentes y naciones, debido a la gran cantidad de gente que siempre se encuentra en constante movimiento, por lo que los posaderos disfrutan de un negocio bastante rentable, sin embargo, al igual que todo tiene sus desventajas, al tener gran cantidad de personas albergadas en el lugar, tienden a volverse objetivo de ataques de parte de criaturas exploradoras.

-Dark: (Sin perder mucho tiempo solicita un cuarto, al posadero quien se lo renta en 2 monedas de plata) veamos… (Abre la puerta y echa un vistazo dentro, donde encuentra una cama matrimonial, un cuarto para el baño, un pequeño comedor junto a un sofá.) está bastante bien (Entra)

-Alice: (No puede evitar sorprenderse por la habitación) ¡Increible! Es muy grande y también tiene una cama enorme (Como si fuera una niña pequeña corre hacia la cama y se lanza sobre ella) ¡Es super comoda!

Dark: (Con solo mirar su reacción se da cuenta que comparada con su antigua casa, esa habitación parece un lugar de ensueño) puedes dormir un rato si quieres.

-Alice: quiero dormir, pero primero tomare un baño. (Se dirige al baño) ¿Crees que funcione la regadera?

-Dark: (Se quita su chaqueta y camisa después deja su espada junto a la cama para luego acostarse) no lo sé, averígualo

-Alice: (Entra al baño) no… (Sus ojos se iluminan como si hubiera visto el mas hermoso paisaje en su vida; La limpieza del baño es bastante buena y cuenta con una toalla limpia, un retrete, y una gran tina) por favor funciona (Abre la regadera) ¡Si funciona! Está saliendo agua caliente, no he tenido una ducha decente en años… (Comienza a quitarse la ropa para bañarse) no puedo esperar para entrar… (Dice ansiosa) esto es como un sueño (Entra en la tina) ¡Dios! Que relajante… oh… si… me encanta…

-Dark: (Escucha sonidos extraños provenientes del baño) ¿Pero qué rayos…?

-Alice: ¡Oh… sí! (El escándalo que hace puede escucharse en toda la habitación)

-Dark: …

-Alice: (Se talla la espalda con un cepillo de baño) ah… que rico…

-Dark: ¿Qué demonios está haciendo esta mujer? (Gira hacia un lado de la cama justo donde dejo su espada) ah… (Un suspiro escapa de su boca) ha pasado mucho tiempo desde que me topé con un alto mando de Genesis, me pregunto qué tramaran… después de que termine con la ciudad Evil, tendré que contactar con los demás, quizas han averiguado algo. (Se estira) si todo salió bien… en este momento Evil debería estar completamente incomunicada, no sabran ni que los golpeo…

-Alice: (Termina de bañarse) que rico estuvo el baño (Sale del baño en toalla)

-Dark: ¿Placentero?

-Alice: si, mucho.

-Dark: ¿Hmm? (Sus ojos no puede evitar observarla mientras se encuentra envuelta en la toalla)

-Alice: … (Al ver a Dark acostado en la cama sin camisa observándola detalladamente, su cara se torna roja mientras un sentimiento de pena hace explocion dentro de ella)

Silencio incomodo…

-Alice: ¿¡Que tanto miras!?

-Dark: ¿Yo? ¿¡Porque sales así del baño!?

-Alice: ¡Fue un pequeño descuido! (Se regresa molesta al baño)

-Dark: pero que le pasa…

-Alice: (Al volver al baño su respiración de agita por un momento) ¿Qué fue eso…? Será que no estoy acostumbrada a la compañía… ni mucho menos a la de un hombre…, (Con calma vuelve a vestirse) tal vez exageré un poco... (Sale del baño)

-Dark: (Se levanta de la cama)

Silencio incomodo…

-Alice: ¡Pervertido!

-Dark: ¿Yo? Tú eres la depravada aquí.

-Alice: ¿¡Que!?

-Dark: ¡Me voy a bañar! (Entra al baño y cierra la puerta con fuerza)

-Alice: Gck… Le volvi a gritar de nuevo… (Guarda silencio un momento) tal vez me pasé un poco… digo después de todo el me salvo la vida (Se acuesta en la cama) pero soy una chica... (Pone la almohada en su cara) madre… ¿Cómo debería comportarse una chica de mi edad en esta situación…?

-Dark: esta mujer esta loca… (Se desviste y entra a la tina) cuando se duerma iré a la ciudad de Evil, quiero terminar con esto lo más rápido posible, ademas si la llevo podrían matarla… (Recuerda cuando le dio de beber sangre) o… ¿No…? (Cuando termina de bañarse se vuelve a vestir luego sale del baño) Alice descansaremos toda la noche, mañana en la mañana partiremos así que duerme todo lo que puedas.

-Alice: (Se encuentra profundamente dormida)

-Dark: se me adelanto… (Toma una almohada y se acuesta a dormir en el sofá)

Cerca de las tres de la mañana, mientras Alice aun duerme, Dark aprovecha para salir de la posada, con dirección al corazón de Evil, lugar que se encuentra totalmente controlado por toda clase de criaturas de la noche, el gobierno de Supron reforzó considerablemente la defensa de la frontera Este, para evitar cualquier intención de ataque proveniente de la ciudad de Evil.

-Dark: (Se inclina un poco luego da un salto el cual lo impulsa a una velocidad increíble por los aires, en cuestión de minutos se encuentra sobre el corazón de Evil) debe ser ahí... (Al aterrizar claramente puede apreciar de cerca las ruinas de lo que una vez fue una ciudad).

-Demonios: ¿Quién es este tipo? Debe de estar loco para venir aquí el solo.

-Dark: he oído que últimamente hay problemas con la mensajería por esta zona, por lo que podrían experimentar problemas de comunicación.

-Demonios: ¿Cómo sabes eso?

-Dark: fue bastante ingenioso crear un punto de acceso entre Shiria y Euriath para facilitar una posible invacion, pero me temo que tendre que cortar su puente, y cuando digo cortar (Saca su espada) lo estoy diciendo literalmente.

-Demonios: ¡Ataquen! (En ese momento emerge una estampida de criaturas de la noche como una manada de bestias salvajes en búsqueda de su presa)

-Dark: asi que no me dejaran aburrirme eh... (La batalla da inicio, como si fuese una danza mortal Dark esquiva los ataques de sus agresores y los corta en pedazos uno tras otro, su espada se desliza de un lado a otro cortando todo a su paso)

-Demonios: ¿Quién rayos es este tipo?

-Demonios: Atácalo (Hacen crecer aun mas sus afiladas garras)

-Dark: (Con una gran determinación contempla cada detalle del campo de batalla para aprovechar el terreno a su favor)

-Demonios: (A pesar de sus esfuerzos ninguno de sus ataques consigue alcanzarlo)

-Dark: veo que no hay zombies... eso me evitara la pena de tener que quemarlos.

-Demonios: no te burles desgraciado (Al igual que una presa acorralada lanza un alarido al aire)

-Dark: me has ahorrado el trabajo de ir a buscarlos...

Como si se tratara de un espectáculo de mágica criaturas emergen de entre los escombros y de los edificios destruidos

-Dark: por donde debería empezar...

-Demonio: (De entre la multitud un poderoso demonio sale corriendo dispuesto a atacar a Dark)

-Dark: (Al ver que la criatura se acerca hacia él, hace un movimiento rápido con la espada cortándole la cabeza) ¿Hay alguien más?

Respondiendo su desafio emerge una gigantesca criatura de ojos rojos como las llamas del infierno, de su boca emana vapor ardiente al igual que una locomotora, mientras que su cuerpo esta cubierto por poderosos musculos junto a un basto pelaje...

-Bestia: Los humanos son débiles sabandijas... pero tu... no lo eres, eres diferente al resto de la escoria que se ha atrevido a venir aquí..., probablemente seas un miembro de La Sombre Del Viento ...

-Dark: entonces sabes que esto no terminara bien...

-Bestia: estoy de acuerdo... esto no terminara bien... ¡Pero para ti! (Repentinamente la enorme Bestia se abalanza contra Dark, a pesar de ser mas grande que el resto de las criaturas es mas rápida que los demás)

-Dark: (Uno de sus ataques alcanza a romperle un pedazo de la chaqueta que lleva puesta) interesante...

-Bestia: esto acaba de comenzar (Sus filosas garras cortan el aire, pero no consiguen alcanzarlo) ¡Maldito! (Con gran persistencia intenta rebanar la cabeza de su oponente, pero sus ataques son fácilmente esquivados)

-Dark: (Con una expresión seria en el rostro, sus ojos se dezlisan de un lado a otro observando detenidamente los ataques de su rival, no obstante, pareciera que puede verlos venir lentamente hacia el, ya que logra esquivarlos solamente moviendo partes especificas de su cuerpo)

-Bestia: ¡Grahh! (Un gran rugido emana de la Bestia mientras uno de sus brazos comienza a brillar bañado en un manto de energía) ¡Muere! (Sin escatimar esfuerzos, se lanza con todo lo que tiene para intentar golpearlo con ese ataque)

-Dark: (En ese momento es alcanzado por el poderoso golpe que logra lanzarlo disparado contra los escombros de un edificio levantando una enorme cortina de polvo)

-Bestia: (A pesar de haber conseguido golpearlo, no duda en continuar con su ataque) ¡GRAAHH!

-Dark: (Sale de entre los escombros) Asi que tiene mas... (Sacude el polvo de su ropa) no es tan débil como pensé...

-Bestia: (Corre hacia él logrando sujetarlo de la cabeza después lo estrella contra los escombros una y otra vez) ¡Muere! ¡Muere! ¡MUERE! (Como si fuera muñeco de trapo es violentamente sacudido e impactado contra los escombros y edificion del lugar) ¡GRAH! (En un ultimo movimiento lo impacta contra el piso para posteriormente alejarse un poco jadeando) ah... ah... ah...

-Dark: (Todo parece indicar que esa feroz bestia logro vencerlo, ya que se encuentra en el suelo inmóvil)

-Bestia: (Contempla el cuerpo de su enemigo postrado sobre el suelo) lo derrote... ¡Lo elimine! ¿Que te pareció mi verdadero poder? apuesto a que has de estar llorando como un bebe en el infierno.

-Dark: no hagas apuestas que no puedes ganar... (Sin mostrar daño alguno, salvo sus ropas desgarradas, logra ponerse de pie)

-Bestia: ¡Maldito! ¿Sigues con vida?

-Dark: la raza humana no es tan débil como ustedes piensan, ahora que la puerta se ha abierto de nuevo, la balanza comienza a equilibrarse...

-Bestia: ¡Maldita sea! (Se enfurece) ¡Son solo basura!

-Dark: basura de la cual provienes, pedazo de mierda.

-Bestia: ¡Callate! (Arremete contra Dark en una feroz embestida) los humanos se quedaron atrás, cuando nosotros logramos evolucionar, son débiles porque tuvieron miedo de abrazar el verdadero poder.

-Dark: el poder que ustedes tomaron… (Con un movimiento rápido de espada parte a la mitad a la bestia frente a toda la multitud de criaturas) ¡Oscurecera el cielo!

-Demonios: ¡No puede ser! Lo mató

-Dark (Corre hacia la estupefacta multitud, cuando se encuentra cerca da un salto cayendo con la espada sobre uno partiéndolo a la mitad, enseguida todos los demonios se lanzan al ataque, pero Dark en pieza a partir en pedazos a todo el que se le acerca hasta reducir la enorme multitud a cero) ese truco de hacerte el muerto tampoco te salvara… (Se acerca a uno de los mutilados demonios) espero que estés dispuesto a contestar todas mis preguntas, por que de eso dependerá si tendras una muerte rápida o una muy lenta y dolorosa…

-Demonio: (Empieza a reírse felizmente) ¿Oh si?

-Dark: veo que, al estar cerca de la muerte, has caído en la demencia…

-Demonio: al inicio dijiste que estábamos incomunicados ¿Verdad? Sin embargo, lo único que bloquearon fueron las comunicaciones directas, hace unas cuantas horas uno de esos humanos vino a la ciudad con un mensaje bastante interesante, sobre un hombre que había llegado a una posada cercana…

-Dark: asi que usaron a los traidores para comunicarse…

-Demonio: después de eso llego el capitán Shei desde el cuartel general con un plan entre manos, diseñado directamente por un miembro de la elite…

-Dark: ¿Quién rayos es Shei?

-Demonio: sabemos lo difícil que es para ti encontrar "Humanos especiales" tal vez seas muy fuerte, pero tus compañeros no, asi que tu nueva adquisición probablemente tenga un muy doloroso y triste final (Con una última carcajada finalmente muere)

-Dark: (Mira en dirección hacia la posada) Asi que planean atacar a Alice… (Sonríe) ¿Que no se ve muy fuerte? ¿Eso creen? Su apariencia es su mayor virtud… esa mujer es un león disfrazado de conejo y pagaran caro el descubrirlo…

En la posada una hora después de que Dark se fue, se escucha que tocan la puerta de un cuarto.

-Alice: hmm… son las 3 de la mañana ¿Quién podrá ser…? ¿Dark… olvidaste tus llaves? (Abre la puerta)

-Desconocido: Buenas noches jovencita (Sonríe a carcajadas)

-Alice: (Mira hacia atrás para buscar a Dark pero ni él ni sus cosas se encuentran) será mejor que te alejes de mi.

-Shei: ¿Qué me aleje de ti dices? Pero si acabo de llegar… (Una extraña criatura se hace presente con su cuerpo cubierto de sangre)

-Alice: (Poco a poco se aleja de la puerta) si no te vas, me obligaras a luchar contigo…

-Shei: (Su cuerpo empieza a deformarse poniéndose musculoso, sus uñas se transforman en enormes garras) ¡Entonces lucha! (De una manera precipitada golpea a la joven fuertemente en el estomago, el impacto lanza a Alice hacia atras hasta impactar con la pared de madera del cuarto la cual no resiste el daño y termina por romperse, de tal modo que sale disparada hacia la calle)

-Alice: ¡Ah! (Cae al piso fuertemente rodando por todo ese desértico y agrietado suelo) ¡Gck! eso me dolió… (Se levanta del piso muy lentamente cubierta de polvo, el impacto le causa múltiples raspaduras en el cuerpo que empiezan a sangrar)

-Shei: ahora vendrás conmigo…

-Alice: No… (Consigue ponerse de pie)

-Shei: eres bastante resistente, mas de lo que espere… aunque debía de esperarse de los vampiros, debes de estar feliz de pertenecer a una raza superior.

-Alice: ¿Feliz… Dices…? (Al arcuchar sus palabras una explecion de rabia estalla dentro de ella) ¿¡CREES QUE YO LO ELEGI!?

-Shei: ¿Por qué te enfadas? Deberías estar agradecida, la era del hombre esta por terminar, debe de dar paso a la evolución.

-Alice: los odio… ¡Los odio! Odio todo lo que ustedes representan, solo son unos monton de criaturas malditas que atacan a los débiles que no pueden defenderse.

-Shei: ¿¡Que!? (Toma a Alice fuertemente del cuello) ¡Repite eso!

-Alice: ¡Son unos cobardes que solo atacan a personas que no pueden defenderse!

-Shei: ¿¡Pero quien te has creído!? (Impacta violentamente el rostro de la joven con un fuerte puñetazo en repatidas ocaciones) ¡Como se atreve una basura como tu a faltarme al respeto! (La continua golpeando sin piedad, luego le da un fuerte golpe en el estomago)

-Alice: ¡Goah! (Escupe sangre) he recibido peores palizas que esta… los ancianos golpean más duro que tú.

-Shei: ¿¡Que!? (Continúa golpeando en todas partes del cuerpo)

-Alice: (A pesar de su valor nunca había luchado contra nadie…, su mente analiza la situación pensando "Si continúo recibiendo tanto daño, este tipo me matara…, pero ¿Qué puedo hacer…?")

-Shei: (Deja de golpearla) ¡Lo has visto! No puedes hacer nada contra mí. (La levanta del cuello) Si te dejaras consumir por la oscuridad estuvieras matando humanos y bebiendo su sangre que es para lo único que nos sirven ¡De alimento!

-Alice: Jamas… jamas beberé sangre humana… (A pesar de tener el rostro cubierto de sangre y heridas, el valor que lleva dentro se niega a apagarse) no me compares con esas malditas criaturas…

-Shei: eres una vergüenza para los vampiros, no mereces vivir… (Aprieta fuertemente su mano izquierda con la cual está sujetando a Alice, mientras toma impulso con la derecha para darle el golpe final) alguien como tu… no debería existir…

-Alice: Si tantas ganas tienes de que mate y me alimente de sangre ¡Entonces beberé la tuya! (Con sus manos toma uno de los dedos de Shei y lo muerde)

-Shei: ¡AH! ¿¡Qué rayos haces!? ¡Suéltame! (Agita su mano violentamente para liberarse de Alice) ¡Maldita estas bebiéndote mi sangre! (Hasta que logra quitársela)

-Alice: ¡Ah! (Cae fuertemente al suelo rodando sobre la tierra hasta quedar completamente inmóvil)

-Shei: desgraciada… (Mira como brota sangre de su dedo mientras se sujeta su adolorida mano) esta la pagaras muy caro… (Se acerca hacia Alice quien continúa tirada sobre el suelo sin moverse)

-Alice: (Rempentinamente su cuerpo comienza a retorcerse como si estuviera padeciendo de ataques epilépticos por un corto tiempo, después se queda quieta como si hubiese muerto)

-Shei: (Mira con atención los ataques epilépticos que sufre) Parece que ese golpe fue demasiado duro para ti…, tranquila… pronto te iras al infierno.

-Alice: (Algo raro ocurre en ese momento… los movimientos de Alice se vuelven extraños y comienza a levantarse del suelo como si fuese un zombie)

-Shei: (Se sorprende al verla levantarse) asi que sigues viva…, estaba siendo gentil contigo, pero esta vez no tendré misericordia alguna hacia ti ¡Escuchaste!

-Alice: (Lentamente levanta el rostro observando a Shei con una sombría sonrisa en el rostro)

-Shei: ¿Qué es tan gracioso?

-Alice: (Las uñas se convierten en garras muy filosas, sus ojos empiezan a brillar de color rojo como el fuego enfurecido de la lava de un volcán al igual que su cabello) ¡Ah! (Su grito estremese el lugar mientras su cuerpo comienza a bañarse de un aura roja)

-Shei: ¿Qué es esto? ¿Qué te está pasando? (Dice impresionado) ¡Los vampiros no se transforman asi!

-Alice: (Su mirada se fija en su objetivo mientras inhala y exhala profundamente) ah…

-Shei: ¿Qué es este instinto asesino que siento?

-Alice: (Como si fuera una bala que parte del cañon de un fusil sale disparada hacia él)

-Shei: ¿¡Que fue esa velocidad!? (Logra esquivar la embestida de Alice)

-Alice: ah… ah… (A pesar de no haberlo golpeado no parece haber fallado)

-Shei: esto no puede estar pasando… (Mira su mano derecha y no está) ¡Me ha arrancado el brazo! ¡Ah! (Grita de dolor sujetándose el muñón)

-Alice: ah… ah… (Muerde el brazo de Shei que tiene en sus manos, bebiéndose toda la sangre que tenia) mas… quiero más…

-Shei: como alguien tan débil pudo adquirir tanto poder (Dice asustado) ¿Porque su cabello se volvió rojo? Eso nunca había pasado antes.

-Alice: (Violentamente embiste nuevamente a Shei haciéndolo caer)

-Shei: ¡Ah! (Intentó resistir la embestida, pero no pudo)

-Alice: (Sin uno de sus brazos Shei queda a merced de la desquiciada Alice quien aprovecha para morder su cuello)

-Shei: ¡AAAAHHH! (Su grito resuena en toda la zona, el cazador se volvió presa) ¡Suéltame! (La sujeta del hombro con el brazo que le quedaba) ¡Que me sueltes!

-Alice: (Por unos breves segundos suelta a Shei para cortarle el brazo que la sujetaba)

-Shei: ¡AAHHH! (El cuerpo de la criatura es mutilado violentamente sin que pueda impedirlo)

-Alice: ah… ah… (Sujeta con sus manos el brazo que le arranco) mas… (Observa la sangre que escurre por el así que lo levanta y vierte la sangre directamente en su boca)

-Shei: ¡Eres una abominación! (Intenta levantarse, pero Alice lo detiene poniéndole su pie encima)

-Alice: (Se termina la sangre del brazo) ¿Se termino…? no… aun no… el aun tiene... si… tiene mucha sangre dentro… (Lentamente se dirige a su cuello)

-Shei: ¡Alejate de mi! (Intenta escapar sin éxito) ¡NOOO! (Sus gritos resuenan por todo el lugar, por desgracia sus esfuerzos por escapar son inútiles)

-Alice: (Increíblemente el lobo termina siendo mutilado y devorado por el conejo un final que el lobo nunca espero) ah… ah… (Mira hacia los lados sus ojos rojos ansiosos buscan mas presas) ah… ah… (En ese momento un aplauso rompe el silencio de la noche)

-Dark: (Se encuentra en lo alto de la posada observando todo) bien… buen trabajo Alice.

-Alice: ah… ah… (Como un perro rabioso se lanza hacia la siguiente víctima)

-Dark: (La esquiva) Con que aun no puedes controlarlo…

-Alice: (Al tocar tierra una vez mas se lanza contra Dark) ah… ah…

-Dark: (La detiene en seco con su pie, luego la tumba para después someterla)

-Alice: ¡AH! (Sujeta fuertemente el pie de Dark para liberarse, sin poder conseguirlo)

-Dark: (Con extrema presicion le da un golpe seco en la nuca dejándola inconciente) por ahora es mejor que duermas…

-Alice: ¡Ah! (Poco a poco su vista se nubla hasta perder la conciencia, volviendo a la normalidad)

-Dark: Es bastante fuerte cuando pierde el control…(La toma en sus brazos) ahora que Evil ha caído, podemos cruzar directamente hacia la nación de "Shingai" (Teniendo un nuevo destino en mente parte de inmediato, mientras contempla el rostro de Alice inconsciente) a mí también me sorprendió..., no había visto a ningún vampiro que se transformara de esa manera..., cuando la vi pensé que solo sería un síntoma al ser la primera vez en bebia sangre, pero estaba equivocado, hay algo mas en ella..., al parecer no fue tan mala idea el traerla... (Poco a poco se eleva del suelo comenzando a volar) en la siguiente reunión tendré que presentarla ante todos... (En ese momento mientras volaba un gran murciélago hecho de humo negro se interporne en su camino) ¿Hmm? (Se detiene suspendido en el aire)

-Sombra: (Se escucha la voz del Segundo General) ¿Crees que con destruir nuestro punto de acceso en Evil lograras frenarnos?

-Dark: Detener su avanze era el paso uno de nuestro plan y lo hemos logrado, lo que viene después lo sentiran en carne propia... oiste Isao...

-Isao: La próxima vez que nos veamos... no será como la ultima...

-Dark: ¿oh enserio?

-Isao: Recuperare a mi hija, aunque tenga que pedir ayuda para lograrlo.

-Dark: ¿Recuperar a tu hija dices? La torturaste tanto que te odia a muerte.

-Isao: yo puedo hacer con mis hijos lo que me plazca, si quiero torturarlos lo hago tú no eres nadie para negármelo, ellos deben hacer mi voluntan o serán castigados por ello.

-Dark: en eso te equivocas, en este mundo nadie es propiedad de nadie, tu hija me pidió que la liberara de tu cautiverio, ahora es mas poderosa de lo que jamás fue y nos ayuda a recuperar el terreno que la oscuridad nos ha robado.

-Isao: la recuperare Dark... sin importar cómo.

-Dark: Sera mejor que traigas refuerzos ese dia... (Carga a Alice en su brazo derecho y con el izquierdo toma su espada para destruir la sombra) si hay algo más que me quieras decir... dímelo a la cara.

Mientras tanto en Genesis...

-Tercer General: Perdiste la ciudad de Evil, el señor Alejandro se volverá loco cuando se entere...

-Isao: maldita sea..., tendre que cobrar un viejo favor...

Capitulo 4: El general John

Al día siguiente lejos de la ciudad de Evil, una prospera nación de nombre Shingai, se encontraba gozando de un pequeño periodo de paz, ya que hacia cerca de 5 años que no habían recibido ningún tipo de ataque, lo cual era estraño en el estado que se encontraba el continente, por lo que muchas personas de lugares distantes emigraron a dicha nación, buscando conseguir un poco de paz, sin embargo, con tanta gente viniendo de todos lados, el gobierno de Shingai se volvió mas estricto con la admicion de personas a la ciudad, por lo que no cualquiera podía entrar...

Su ubicación céntrica le permitía comercializar cualquier clase de mercancía, de echo el principal pilar económico de la ciudad era el comercio, se dedicaba a comprar y vender mercancia a todas las naciones cernadas, comprando barato y vendiendo caro logró hacerse de una economía bastante solida que le permitia darse ciertos lujos además de una buena seguridad, la mayor parte de la frontera con Evil estaba fuertemente protegida por lo que muy rara vez se reportaban incidentes...

-Alice: hmm... (Abre los ojos lentamente notando que esta en un lugar nuevo, la habitación esta echa de buena madera, en el techo hay velas para iluminar en la noche, además esta una pequeña cómoda y un buro) ¿Qué... ha pasado...? ¿Dónde estoy...? (Dice somnolienta)

-Dark: ya era hora de que despertaras...

-Alice: ¿Cuánto llevo dormida? (Al intentar levantarse la sabana que la cubría baja un poco mostrando parte de su delicada piel desnuda) ¿¡Eh!? ¿Qué me hiciste? (Pensando lo peor reclama frenética) ¿¡Me has hecho algo!?

-Dark: tranquila..., le he pedido a una mucama que lo hiciera por mí, tu ropa estaba cubierta de sangre y en muy mal estado, el gobierno de este lugar es muy estricto, por lo que no puedes andar por ahí bañada de sangre...

-Alice: (Cuando escucha sus palabras su memoria se aclara recordando pequeños fragmentos de la batalla que libró la noche anterior) cierto... disculpa.

-Dark: te traje esto (Le lanza a la cama una bolsa) es ropa provisional, cuando estés lista puedes ir a comprar otra.

-Alice: (Mira el contenido de la bolsa) con estas ropas voy a parecer anciana... (Saca de la bolsa un vestido que usalmente usan las mujeres mayores de color café)

-Dark: agradece que te he comprado algo (Deja unas monedas de oro en la cómoda) como lo dije hace un momento, es ropa "Provisional"

-Alice: bueno... gracias.

-Dark: Iré a caminar por la ciudad (Sale del cuarto)

-Alice: (Mira las monedas) hace tanto tiempo que no compro algo que he olvidado el valor de las monedas (Sale de la cama, luego se pone el feo vestido que Dark le compro) espero que con esto sea suficiente, la economía varía mucho (Toma las monedas y sale de la posada) veamos... donde venderán ropa (Mira que muchas personas pasan frente a la posada así que aprovecha para preguntar) señor ¿Dónde puedo encontrar una tienda de ropa?

-Ciudadano: en el centro de la ciudad hay un mercado donde puede encontrar muchas cosas, ahí venden buena ropa, está en aquella dirección (El hombre le indica el camino a tomar para encontrar lo que busca)

-Alice: gracias. (Con una dirección a donde ir pasea por las calles de Shingai, en el camino contempla los detalles de la ciudad, sus fuertes murallas parecen que han logrado proteger a los habitantes de la invacion del exterior) que bonito lugar... (Encuentra un cartel de direcciones con una flecha indicando donde se encuentra el centro de la ciudad) ¡Bien! (Los edificios y viviendas están costruidos en su mayoría por piedra labrada lo cual es poco usual ya que a lo largo de

Euriath son pocas las naciones que cuentan con una economía tan solida, camina por un rato hasta llegar al mercado mirando muchos puestos ambulantes y también elegantes puestos establecidos en locales del lugar) veamos… ropa ¿Donde venderan? (En ese momento observa un largo vestido rojo muy elegante en una vitrina de cristal) parece que aquí es un buen lugar (Se acerca a la vitrina) que bonito vestido…

-Vendedor: (Observa a Alice) disculpe señorita ¿Podemos ayudarle en algo?

-Alice: de momento, solo estoy mirando, gracias.

-Vendedor: (Observa con detalle la ropa que la joven lleva puesta) tal vez… aquí no tengamos ropa de su presupuesto señorita, podría retirarse de aquí, espanta a los clientes.

-Alice: (Sin decir una palabra da media vuelta y se retira, en ese momento se le cae una moneda de oro al piso)

-Vendedor: (Al ver la moneda el hombre queda impactado)

-Alice: (Junta la moneda, luego continúa caminando)

-Vendedor: ¡Espere! (Corre hacia ella)

-Alice: (Con un tono molesto responde a su pregunta) ¿Qué quieres?

-Vendedor: pase a nuestra tienda por favor.

-Alice: (Irónicamente ahora el vendedor le estaba pidiendo entrar en la tienda, es increíble como a veces las cosas cambian a tu favor, como si el universo te hiciera justicia) pensé que estaba espantando a los clientes… (Una picara sonrisa se dibuja en su rostro)

-Vendedor: nada de eso, lo que pasa es que con una mujer tan importante como usted, los demás clientes podrían intimidarse, disculpé si fui rudo con usted antes, es solo que su presencia fue demasiado para mí y no podía pensar con claridad ¿Qué dice? ¿Pasara a mi tienda?

-Alice: está bien pasaré a tu tienda. (Entra al lugar)

-Vendedor: ¡Mire! Este vestido se verá precioso en usted pruébeselo (Le muestra un vestido rojo de gala, pegado al cuerpo, con la parte de abajo abierta de la rodilla hacia abajo, un par de tirantes y un escote en forma de corazón con encaje)

-Alice: (Se lo prueba) … (Jamas había usado algo tan fino y elegante)

-Vendedor: ¡Se ve preciosa! Ese vestido le queda exquisito.

-Alice: ¿Tú crees?

-Vendedor: ¡Por supuesto! Pero aún queda mucho por ver (El Vendedor sacó sus mejores vestidos, e hizo que Alice se los probara todos, cada uno de ellos muy bonito y las cosas siguieron así hasta pasar 2 horas) entonces… ¿Cuál de todos esos fabulosos vestidos se va a llevar señorita?

-Alice: hmm… creo que… ninguno.

-Vendedor: ¿Qué? pero… pensé que usted…

-Alice: acepte "Pasar a tu tienda" pero en ningún momento dije que te compraría algo.

-Vendedor: … (A veces juzgamos a las personas antes de conocerlas)

-Alice: bueno… gracias por todo (Con un gran sentimiento de satisfacción abandona la tienda) veamos… otra tienda (Mira una tienda de ropa al fondo) está también tiene buena ropa.

-Vendedora: pásele señorita, puedo mostrarle toda la ropa con gusto ¿Cual le gustaría probarse?

-Alice: a pesar de ser otoño últimamente hace mucho calor… así que comprare una camisa, me puede mostrar esa azul marino de allá (Señala a donde se encuentra la camisa)

-Vendedora: ¿La que tiene un dibujo de corazón con alas verdad?

-Alice: si por favor.

-Vendedora: aquí la tiene, puede probársela.

-Alice: si, pero quiero probarme todo de una vez así que por favor aquel short negro de ahí también.

-Vendedora: aquí lo tiene (Le entrega un short negro y corto)

-Alice: gracias. (Entra a los probadores, después al haberse probado la ropa se da cuenta que le queda perfecta y decide salir con ella puesta) me gusta, me los llevare puestos ¿Cuánto le debo?

-Vendedora: son 400 monedas de cobre.

-Alice: hmm... solo traigo de estas (Saca las monedas de oro)

-Vendedora: (Al ver semejante monto de monedas de oro se desmaya)

-Alice: ¿Señorita?

-Vendedora: (Después de unos minutos la Vendedora vuelve en sí y le explica a Alice el precio de cada moneda) mire señorita, 1 moneda de oro es igual a diez mil monedas de plata, y una moneda de plata es igual a mil monedas de cobre por lo que le aviso que lleva mucho dinero con usted en estos momentos, con 1 sola moneda de oro puede comprarnos toda la tienda y quedaríamos en deuda con usted.

-Alice: solo tengo de estas monedas, tome (Le entrega una de oro) quédese con el cambio, solo quiero esta ropa.

-Encargada: (Se desmaya de nuevo)

-Alice: ¿Otra vez? (Suspira) ah...

En Abilion, el oro es de los materiales mas escasos que puede haber y posee una particularidad de brillo único el cual resplandece con la luz del sol y de la luna, por lo que su valor es extraordinariamente alto, incluso mas que el del diamante. Alrededor del mundo solamente las personas mas ricas poseen grandes cantidades de monedas de oro, la inmensa mayoría suele usar monedas de plata o de cobre.

Después de una ajetreada mañana de compras finalmente vuelve a la posada...

-Dark: ya se tardo mucho, ¿Le habrá pasado algo? No creo... la ciudad esta muy bien resguardada (En ese momento se escucha que tocan la puerta) ya era hora (Se levanta de la cama luego abre la puerta, encontrando a Alice sosteniendo muchas cajas y bolsas, demasiadas cajas y bolsas) ... (Silencio incomodo)

-Alice: ...

-Dark: veo... que te gustan las compras...

-Alice: intenté decirles que solo quería lo que traía puesto, pero no los pude convencer... ¡No pude!

-Dark: (Ríe) deja te ayudo (Entran a la habitación)

-Alice: ¡Hey! No te burles...

Los rayos del sol habían bajado con la tarde el clima estaba cálido y el cielo despejado cuando partieron de la posada.

-Alice: ¿Qué hare con toda esta ropa?

-Dark: tendremos que guardarla con los "Tender"

-Alice: ¿Tender? ¿Qué es eso?

-Dark: son un grupo de magos que guardan equipaje difícil de transportar, lo guardan en grandes bodegas, después cuando lo necesitas llegas a cualquier Tender, solicitas tu mercancía y ellos mediante un portal te lo envían, no importa con que Tender te encuentres, cualquiera puede darte o guardarte mercancía.

-Alice: suena muy bien.

-Dark: esta ciudad debería contar con sus servicios, ya que la mayoría de ellos se encuentran en sitios comerciales

-Alice: espero que encontremos uno.

Caminan hacia el centro de la ciudad de Shingai con la esperanza de encontrar un lugar de servicios Tender en el camino, pero no fue hasta llegar a las afueras de la ciudad cuando encuentran un establecimiento el cual es solamente un cuarto de cemento con una gran mesa de piedra en el medio para poner todo el material a procesar, tiene un gran letrero de madera en la parte de enfrente con letras verde limón que dicen "Tender"

-Dark: amigo puedes guardarnos esto (Deja caer todas las bolsas de ropa de Alice)

-Alice: por favor.

-Tender: ¡Vaya! Esto sí que es mucha ropa (Dice sorprendido) ¿Modernizando el guardaropa?

-Alice: no exactamente…

-Tender: enseguida se las guardo.

-Alice: espero que no sea mucha molestia.

-Tender: no, para nada, hemos guardado cosas más grandes es solo que me sorprende ver tanta ropa. Deje despejar un poco.

-Alice: mira Dark (Sostiene un brazalete que estaba en la mesa) esta precioso.

-Dark: es mejor que dejes eso.

-Alice: si, es solo que nunca había visto uno de estos, disculpe ¿Lo vende?

-Tender: no, lo siento, este producto está esperando a que vengan por él, nos pidieron tenerlo listo con antelación.

-Alice; valla que pena, se me habían hecho bonitas esas dos serpientes que tiene enrolladas… ¿Tienen ojos de rubys?

-Tender: si, son rubys y además muy bonitos, creo que es mejor que no lo tenga a la vista (Lo guarda bajo el mostrador)

-Alice: si, creo que sería mejor guardarlo.

-Tender: ahora está todo listo para guardar sus cosas (Etiqueta cada una de las bolsas luego crea un pequeño portal para arrojar las bolsas dentro después de absorberlas el portal desaparece)

-Alice: (Se sorprende) no había visto la magia tan de cerca.

-Tender: bien (Saca un pequeño cristal) ahora tomen esto, este pequeño cristal tiene el registro de su pertenencia.

-Alice: gracias, solo espero no perderlo.

-Tender: no se preocupes el cristal está hecho para que este con su portador en todo momento, ahorrándonos así los problemas de extravio.

-Dark: ¿Cuánto es?

-Tender: 500 monedas de cobre.

-Dark: (Coloca una moneda de oro en la mesa) guarda el cambio, vámonos Alice (Se dirige a la salida de la ciudad Shingai)

-Tender: ¡Ah! (Al ver tal canditad de dinero casi se desmaya) ¡Muchas gracias señor! (Les grita desde lejos) con esto mi familia no pasara hambre nunca.

-Alice: sabes…, pagar con esas monedas ocasiona muchos problemas ¿No tienes de otras?

-Tender: ¡Hay dios mio! Con esto podre comprar un plan dental para todos mis hijos

-Dark: por desgracia no….

-Tender: ¡Podremos comprarle una novia a pancho para que no muera solo!

-Alice: ya que... (Salen de la ciudad Shingai la cual está rodeada por maizales, aunque están un poco secas por elotoño) ¿Hacia dónde nos dirigimos ahora?

-Dark: necesito ir a un lugar lejos de aquí, pero no podre llevarte a ese viaje.

-Alice: entonces ¿Que pasara conmigo?

-Dark: no te preocupes, te quedaras con un miembro de mi organización, el cuidara de ti hasta mi regreso.

-Alice: hmm...

-Dark: ahora eres una de nosotros, necesito que vallas conociendo a tus compañeros

-Alice: Esta bien... espero ser de ayuda en tu organización.

-Dark: ya no eres tan débil como antes y eso lo tiene muy claro Genesis.

-Alice: gracias por el cumplido, supongo...

-Dark: el General John es un tipo musculoso de cabello negro con un peinado hacia arriba y abundante barba, piel morena clara y de alta estatura, además viste ropa negra, se encuentra en la ciudad de Belacos, me envió un "Mensajero" esta mañana mientras dormías, dijo que estaría ahí un par de días, así que te encontraras con él, le dices que vienes de mi parte que eres el nuevo miembro.

-Alice: ¿Me creará con solo decirle?

-Dark: también le envié uno diciendo que te enviaría con el así que no debe ser problema.

-Alice: entiendo, cuenta conmigo entonces.

-Dark: te acompañare hasta las cercanías de la ciudad, después corres por tu cuenta.

-Alice: esta bien, muchas gracias.

Parten hacia su nuevo destino la Nacion de Belacos, después de varias horas casi cayendo la noche salen de los límites del territorio de Shingai para entrar a Belacos por un viejo camino en medio de un frondoso bosque.

-Alice: a pesar de ser otoño, las noches por aquí no son tan frías eh…

-Dark: ya debes de estar acostumbrada (Se detiene) bien hasta aquí llego yo, dejo el resto en tus manos, solo continua este camino hasta llegar a Belacos, ten (Le entrega una carta de cristal)

-Alice: ¿Qué es esto?

-Dark: es una carta de teletransportacion si estas en verdadero peligro, úsala te llevará a un lugar seguro, además con ella será más fácil encontrarte

-Alice: sorprendente.

-Dark: hasta entonces Alice. (Tomando un poco de impulso salta alejándose volando del lugar)

-Alice: ¡Ah! (Se sorprende) ¡Puede volar! (Dice mientras mira como se aleja) esto es asombroso… no sabia que había personas capases de volar (Continua su camino)

-Desconocido: ¿Increíble no?

-Alice: ¿Quién dijo eso? (Se detiene)

-Desconocido: (De entre las sombras un chico de baja estatura y cabello negro aparece vistiendo un sueter café que hace juego con sus ojos) ¿Increíble no?

-Alice: ¿Aqué te refieres?

-Desconocido: a su forma de volar (Mira hacia la dirección donde fue Dark) muy pocas personas son capaces de volar en este mundo por eso es que me sorprendo cada vez que lo veo volar.

-Alice: ¿Conoces a Dark?

-Desconocido: claro, lo veo varias veces al año.

-Alice: (Dudando de las intenciones de este joven prefiere mantener la distancia) quiero que te identifiques o tendremos problemas.

-Desconocido: tranquila…, no quiero pelear contigo, una persona como yo no podría luchar a la par con un General de La Sombra Del Viento.

-Alice: ¿General? (Dice confundida)

-Asael: Mi nombre es Asael Durany soy el ayudante del General John ¿Cuál es tu nombre?

-Alice: asi que eres ayudante del General John… (La experiencia le ha enseñado a no confiar rápidamente en los desconocidos) mi nombre es Alice Walker, estoy encamino a encontrarme con John

-Asael: General Walker por favor acompáñeme…

-Alice: (Aunque no puede evitar sentirse alaga por que la llamen General su desconfianza hacia el joven se mantiene) ¿Cómo se que no eres el enemigo?

-Asael: (Le muestra un tatuaje en el brazo) cada miembro de "La Sombra Del Viento" portamos este tatuaje en alguna parte de nuestro cuerpo, yo lo tengo en el brazo.

-Alice: (Observa el tatuaje) tiene la forma de una llave con alas… no recuerdo a ver visto a Dark un tatuaje como ese.

-Asael: Lo tiene en su espalda.

-Alice: Recuerdo que lo vi sin camisa… pero estaba acostado en la cama.

-Asael: guardare mis comentarios…

-Alice: (La versión del joven suena convincente pero no logra despejar sus dudas)

-Asael: vamos… confía en mí, si ocurre algo malo solamente elimíname, no creo que te tome mucho tiempo.

-Alice: (Mira hacia el cielo) se está haciendo tarde…

-Asael: tienes razón debemos partir cuanto antes (Comienza a caminar)

-Alice: Esta bien vamos… (Con sus sentidos alerta decide acompañar al joven, teniendo muy presente la carta que Dark le entrego)

-Asael: creo que cualquiera en tus condiciones pensaría lo mismo, pero no te preocupes espero ayudarte a aclarar tus dudas pronto.

-Alice: yo también...

-Asael: démonos prisa, entre más pronto lleguemos mejor, además el general tampoco se queda en un lugar mucho tiempo

-Alice: (Aceleran el paso mientras caminan en la oscuridad del bosque) conozco su descripción física pero no se de que temperamento sea.

-Asael: no te preocupes cuando conozcas al general estoy seguro que te sentirás a salvo es un verdadero hombre lo admiro mucho, algún dia espero ser como el.

-Alice: eso espero.

-Asael: ¿De dónde eres?

-Alice: vengo de la aldea de Marou.

-Asael: ¿Es alguna de las que se encuentran en la nación de Kitamuke?

-Alice: si.

-Asael: yo vivía en la nación de "Henira" en una ciudad muy al sur de aquí, solía ser un lugar muy pacífico y agricultor, hasta que un dia fue alcanzada por la oscuridad..., hasta el dia de hoy todavía tengo pesadillas acerca de ese momento..., como bestias salvajes llegaron en todas direcciones asesinando a todo aquel que se cruzaba en su camino, ni si quiera tuvimos la oportunidad de defendernos... nunca había conocido el infierno hasta ese dia..., la sangre no dejaba de manchar el suelo y los gritos no sesaban, de no ser por el General John, no hubiera habido ningún sobreviviente...

-Alice: (Ese dia la ciudad donde vivio el joven fue prácticamente aniquilada por una pequeña invacion) hace tiempo mi pueblo también sufrió un ataque proveniente de la oscuridad... aquel día perdí... a mis padres (Se detiene)

-Asael: asi como nosotros, miles de familias a lo largo del continente de Euriath sufren la perdida de sus seres queridos... (Se detiene)

-Alice: esto no tiene por que seguir asi... (Aprieta sus manos) no me detendré hasta asesinar al desgraciado que se atrevió a arrebatar la vida a mis padres...

-Asael: hace algunos años, no había nada que frenara el avance de la oscuridad, hasta que La Sombra Del Viento llego..., ahora las personas están comenzando a albergar esperanza y creen que tal vez esto un dia acabe.

-Alice: ah... (Un nostálgico suspiro escapa de su boca) terminará... estoy segura que lo hará (Reanudan la caminata)

Después de caminar por varias horas por fin llegan a la ciudad de Belacos, una ciudad famosa por su licor, ya que en su territorio crece una planta llamada Arraz, con la que se puede preparar una deliciosa cerveza, que los viajeros bautizaron como "Ambrocia" al afirmar que semejante sabor solo podía ser por obra de los dioses, no obstante, habia otros tipos de cervezas y alcoholes muy bien aceptados entre los consumidores, quienes viajaban grandes distancias para reabastecer sus negocios con la mas finas bebidas de todo Euriath.

La ciudad estaba plagada de bares y cantinas donde la fiesta nunca terminaba, las bebidas eran baratas y muchos músicos se ganaban la vida de noche.

-Asael: mira ahí es la ciudad Belacos, démonos prisa el general suele meterse en problemas rápidamente así que nos cambiamos de lugar antes de lo planeado … espero que siga en esta ciudad

-Alice: eso espero. (Entran corriendo a la cuidad)

-Asael: solo hay un lugar donde puede estar, sígueme Alice

-Alice: ¿A qué te refieres?

-Asael: Conozco al General desde hace tiempo (Se detienen en frente de una taberna) le gusta mucho beber después de un largo viaje

-Alice: hmm… (Lee el letrero del bar "La única taberna donde servimos El Levanta Muertos") ¿Qué es eso?

-Asael: es un licor muy fuerte, si el general esta bebiendo eso… esto se pondrá feo, Walker espérame aquí, si escuchas gritos corre… (Entra al bar)

-Alice: este lugar a primera vista se nota que es un sitio de mala muerte (Observa el lugar con desconfianza) bueno… el dijo que lo espere aquí (Se sienta en una banca de madera que está afuera)

Al entrar Asael al bar, encuentra que está casi destruido, al fondo se ve sentado un hombre con la descripción que le dieron a Alice

-Asael: ¿General…? ¿Es usted…? (El tipo lo voltea a ver con una cara que asusta hasta el más valiente de los hombres) "glumb" (Pasa saliva) efectivamente es el general…

-John: ¿Qué haces aquí? ¡Ya volviste de traer lo que te pedí!

-Asael: si señor he traído a la General Alice Walker, y… sobre su cena pensaba en traerle algo de pizza

-John: ¡Pizza! ¿¡Quien rayos te encargo una pizza!? (La ira se apodera de el) ¡Dime! (Lo levanta del cuello con una sola mano)

-Asael: ¡Ah! (Grita asustado) general no puedo respirar… ¿Acaso no le gusta la pizza?

-John: ¡ODIO LA PIZZA! (Suelta a Asael y levanta a uno de los tipos que estaba en el suelo golpeado, al parecer ya lo había golpeado antes) ¡Hey tu! ¿Acaso paresco de esos tipos que les gusta la pizza? ¡EH!

-Tipo del suelo: ¡No! (Dice llorando) no señor…, no lo parece.

-John: (Lo vuelve a arrogar al suelo) ¡Vez! cuando te pido que me traigas algo de cenar quiero comida decente ¡Entiendes! ¡Asael!

-Asael: ¡Si señor! Ya no volverá a pasar, perdone mi torpeza, por favor señor.

-John: está bien, pero… tendrás que pagar por ello (Ríe a carcajadas)

-Asael: ¡Ah! (Se escucha que alguien grita en el bar)

Mientras tanto Alice escucha el grito…

-Alice: me pareció escuchar la voz de Asael… tal vez esta muerto (Mira la puerta del bar) Parece que alguien va a salir (Observa de nuevo y ve que es Asael llevando a alguien en los hombros) ¿Ese es John…?

-Asael: el es… el general John…, como pesa…

-John: ¿EH? no te escucho cantar imbécil ¡Canta!

-Asael: usted es el rey del mundo ♪

-John: yo soy el rey del mundo ♪ (Canta riendo a carcajadas) vamos con más fuerza.

-Asael: Usted es el rey del mundo ♪

-John: yo soy el rey del mundo ♪ así me gusta soldado.

-Alice: (Al ver al General John por primera vez surgen muchas preguntas en su cabeza ya que parece más un villano que un General a favor de la justicia)

-John: ¡Hey! Asael ¿Quién es la chica? ¿La conoces? (Baja de los hombros de su ayudante)

-Asael: es Alice… Alice Walker

-John: (Leda un golpe en la cabeza) General Walker, idiota, solo la gente importante como yo puede llamarla directamente por su nombre.

-Alice: efectivamente…, usted es el hombre que me describió Dark.

-John: claro que si, aquel maniaco me envío un "Mensajero" para avisarme que te reunirías conmigo.

-Alice: ya veo.

-John: por ahora vamos a la posada donde me estoy quedando.

-Asael: ¡Vamos Walker! (Voltea a ver a John percatándose que lo observa) digo… General Walker.

-Alice: descansemos un poco para seguir mañana.

-Asael: créame la acción apenas comienza.

-Alice: (Sonríe) ya veo.

-John: ¡Hey Asael! antes de que te vayas, quiero que repares el bar

-Asael: ¿¡Eh!? ¿Todo el bar? pero si usted… (Se calla)

-John: ¿¡Que!? ¿Dijiste algo?

-Asael: ¡No señor! Bueno… nos vemos después, ya que termine de reparar esto los alcanzare en la posada.

-John: vamos Alice, luego nos alcanzará.

-Alice: (Se detiene) Alguien nos esta observando…

-John: ¿Enserio? (Mira hacia alrededor localizando a una extraña criatura) bueno…, no tienes que ensuciarte las manos, déjame a este a mí, me encanta mi trabajo… (De entre sus ropas saca dos pistolas escuadras calibre 45) se que estas ahí sal de una vez o tendré que ir a buscarte…

-Alice: ahí esta.

De arriba de un edificio salta una criatura de la noche…

-John: hasta que decidiste aparecer, vas a probar mis balas del ¡Sufrimiento! (Le dispara a la criatura, pero esquiva las balas) valla… es más rápido de lo que creí.

-Criatura: pensaste que con eso me derrotarías, eres más ingenuo de lo que pensé

-Alice: (En ese momento Alice lo impacta con un puñetazo en la cara destrozándole los dientes delanteros)

-John: ¡No! (Grita)

-Alice: ¿Qué?

-John: era mío…

-Alice: pensé que… bueno… (Se hace a un lado)

-Criatura: maldita seas mocosa me tomaste desprevenido, pero esta vez me encargare de ti.

-John: (Ríe) oye tu oponente soy yo

-Criatura: me ocupare después de ti, primero matare a esta mujer (Observa a Alice)

-John: oh… ya sé lo que pasa aquí ¿Te dio miedo no? Tienes miedo de que te parta el trasero en mil pedazos, no sabía que había criaturas maricas

-Criatura: ¿Qué dijiste?

-John: Además padeces sordera, que cruel a sido la vida contigo.

-Criatura: Maldito ¡Te tragaras tus palabras! (Como un perro rabioso corre desenfrenado hacia John intentando matarlo sin embargo todos sus ataques fallan)

-John: ¡Ups! (Esquiva uno de sus ataques) ¿Seguro que estas intentando golpearme?

-Criatura: ¡Cállate!

-John: vamos ¡Aráñame! ¡Aráñame! con esas garritas (Con gran habilidad esquiva las filosas Garras de la criatura) voy a tener que enseñarte como se dan los buenos golpes (Al esquivar el último ataque, lo impacta con un puñetazo que lo azota contra el suelo) ¡Así se golpea cabron!

-Criatura: (Con gran esfuerzo logra levantarse) asi que este es el poder de un General de La Sombra Del viento… es mas fuerte de lo que pensé…

-John: ¿Qué? ¡No seas mamon! si apenas te toque, que delicado me saliste.

-Criatura: es cierto que te subestime al inicio, pero esta vez ire con todo… (Nuevamente se lanza al ataque como una bestia desesperada)

-John: no entiendo a estas cosas, una persona como yo intenta ser civilizada y entablar una conversación razonable de no violencia, pero que hacen estas cosas se golpean una y otra vez contra mi puño hasta quedar casi muertos… (Espera tranquilamente hasta que la criatura entra en alcance de sus puños para después impactarlo violentamente con un derechazo que derriba varios de sus dientes seguido de un izquierdazo que derriba los dientes del otro lado)

-Criatura: ¡Goah! (Los golpes lo hacen perder el equilibro cayendo al suelo)

-John: Ops… espero que hayan sido tus dientes de leche, ahora que te parece si nos relajamos y hablamos un poco.

-Criatura: ¡Maldito! No te diré nada, así que pierdes tu tiempo

-John: ¿Conque no quieres hablar eh? Bien… entonces tendré que presentarte a mi amiga la… ¡Motosierra! (Rápidamente del Bar sale una motosierra como si alguien se la hubiese arrogado a las manos)

-Criatura: ¿Qué intentas hacer? ¿¡Estas demente!?

-John: ¡No temas! He hecho esto cientos de veces, solo han muerto el 100% de mis pacientes (La enciende)

-Criatura: ¡No! Está bien te lo diré

-John: ¿Qué? (Le corta una mano)

-Criatura: ¡AH! ¡Maldito dije que hablaría! (Cae su mano sin vida al suelo bañada en sangre)

-John: perdón… es la costumbre, bien empecemos con… ¿Qué rayos están planeando los Generales del Genesis? ¿Porque no encuentro a mi peluche favorito? Y ¿Por qué hablo contigo en vez de matarte?

-Criatura: El momento se acerca… su llegada esta próxima y nada podrá detenerla.

-John: ¿Qué llegada? ¿De que estas hablando? Estas diciendo puras pendejadas, te voy a cortar la otra mano (Acelera la motocierra)

-Criatura: ¡No! ¡No! ¡Espera! lo que digo es verdad… ¿Conoces la leyenda no? hace mucho tiempo… cerca de los años cero hubo una batalla sin precedentes, donde Thanatos… erradicó al mal y libero a la humanidad…

-John: si, si, historias viejas… bla… bla… bla… ¡Vamos al punto! ¡O quieres que mejor te corte los huevos! (Acerca la motocierra a la entrepierna de la criatura)

-Criatura: ¡No! ¡No! No! ¡Cálmate! Seré breve… supuestamente erradico todo el mal que acosaba el mundo… pero eso no es del todo cierto, una parte de ese mal logro sobrevivir.

-John: ¿Cómo es eso posible? ¿Dónde estuvo escondido todo este tiempo?

-Criatura: no lo sé…, solo sé que volverá y con el traerá el regreso de los autoproclamados dioses…

-John: ¿¡Dioses!? (Se sorprende)

-Criatura: (Sonríe) ¿Sorprendido? O ¿Estás asustado?

-John: a mí no me asusta nada ¿Escuchaste? (Dice molesto)

-Criatura: Nadie conoce el verdadero terror hasta que lo tiene en frente, lo que han visto hasta ahora no se compara en nada con lo que esta por venir…

-John: ¿Cuándo llegará ese supuesto Dios?

-Criatura: Ya esta en camino… lo único que les espera es la muerte…

-John: ¡Maldito! (Le acerca la motosierra)

-Criatura: ¡Oye! ¡Oye! Te dije lo que sabia, dejame ir.

-John: cierto fue un trato justo (Lo libera) Puedes irte

-Criatura: (Rápidamente se levanta del suelo y se aleja corriendo)

-Alice: ¿Lo dejaras ir? ¿Es eso prudente?

-John: le dije que lo dejaría ir

-Alice: así es.

-John: ¿Ya se fue no?

-Alice: si.

-John: entonces yo ya cumplí… sin embargo nadie dijo nada de dejarlo vivir (Apunta a la criatura con una de sus pistolas luego jala el gatillo impactándolo con la bala en la cabeza asesinándolo al instante) me preocupa lo que menciono ¿Un dios? ¿Es eso posible? Hasta ahora pensaba que la vieja leyenda de Thanatos no era mas que una vieja historia inventada…, pero si lo que decía esa criatura es cierto, tal vez haya mas en esos cuentos viejos que solo invenciones… (Se aleja caminando del lugar) vámonos Alice…

-Alice: General John no se si me da mas miedo usted o las criaturas con las que me he topado… (Lo sigue)

-John: ¿Qué?

Capitulo 5: Mensajero.

Despues de lo ocurrido, los miembros de La Sombra Del Viento no han podido parar de pensar en las palabras que dijo aquella criatura, ¿Sera posible que alguien haya logrado sobrevivir a la batalla contra Thanatos? No podían parar de hacerse esa pregunta… La noche transcurría mientras se encontraban alojados en una posada cerca del centro de la ciudad.

-Alice: ¿Qué opinas?

-John: me vale a quien traigan, le voy a patear el trasero.

-Alice: realmente no se mucho acerca de todo esto, pero según la leyenda, las cosas contra las que luchó Thanatos eran invencibles.

-John: aunque no tenemos la certeza de que todo eso sea cierto… en si la leyenda está muy fantasiosa, no creo que un solo hombre haya sido capas de liberar solo a la humanidad, creo que han exagerado la leyenda con el paso de los años.

-Alice: yo no solía creer en cuentos o leyendas, pero estos últimos días eh visto tantas cosas que jamás hubiese pensado que fueran verdad y de repente llega alguien hablando de un supuesto Dios que vendrá apoderarse de todo…

-John: ya te lo dije, esa historia esta exagerada, de igual modo quizás lo que en aquel tiempo era invencible, actualmente no sea la gran cosa, podría ser que ahora seamos mas fuertes que las criaturas de aquel tiempo y no lo sabemos, realmente lo único seguro es que si se aparece ese supuesto dios, le voy a patear el trasero.

-Alice: (Sonríe)

-John: ¿Qué es tan gracioso?

-Alice: nada, es solo que eres muy divertido.

-John: ¿Soy gracioso? (El general disfruta de intimidar a la gente mirándolos de forma altanera con una cara de loco)

-Alice: (Ríe) si, lo eres.

-John: valla esto no me había pasado antes… mi cara más terrorífica y ni un grito de pánico… esto no es normal.

-Alice: no das tanto miedo como crees.

-John: hmm… ¿Podría ser…? (Dice dudando)

-Alice: ¿Qué pasa?

-John: Alice soy un hombre casado…, no será que tu…

-Alice: ¿¡EH!? (Dice sorprendida)

-John: ¿Estás enamorada de mi? (Comienza a reír a carcajadas)

-Alice: ¡NO! Solo por decir que eres gracioso no quiere decir que me haya enamorado de ti.

-John: bueno…, siempre tengo ese efecto en las mujeres, es que como soy una persona bellísima no pueden resistirse.

-Alice: ¡NO! ¡John! No me estas entendiendo.

-John: se que será difícil… Alice, pero tienes que aceptar que… soy un hombre prohibido.

-Alice: ¡JOHN!

-John: no te preocupes, yo se que podemos seguir siendo amigos sin importar lo que sientas por mí.

-Alice: (Se enoja) ¡Eso no tiene nada de gracioso! ¡Eres un demente!

-John: (Deja de reír) tranquila, si gustas puedes darme un abrazo, solo eso, vamos (Se acerca a ella) abrázame.

-Alice: ¡Aléjate de mí! (Se aleja de John poco a poco hasta topar con la pared)

-John: que no te de pena, vamos (Se acerca un poco mas)

En ese momento llega Asael a la habitación.

-Asael: ¡Uf! (Exhausto después de un duro día de trabajo arreglando el bar) estoy terriblemente cansado de limpiar todo el desastre que hiciste jefe, deberías tener más cuidado

-John: ¿Hmm? (Mira a Asael)

-Asael: (Encuentra una situación un tanto extraña) yo, yo, yo no vi nada (Sale rápidamente del cuarto)

-Alice: ¡Asael! (Aprovecha para salir de la habitación)

-John: será mejor así… si está muy cerca de mi terminará suicidándose por no poder estar a mi lado.

-Asael: (Se encuentra en el balcón de la posada, un pequeño balcón pintado de color verde con un hermoso barandal blancoy adornado con macetas que cuelgan de el) ah… que vergonzoso

-Alice: ¡Asael! (Llega corriendo)

-Asael: ¡Walker! ¿Qué haces aquí?

-Alice: ahora entiendo cómo te sientes al lidiar con el general, esta algo dañado del cerebro, solo le dije que era gracioso y se puso como loco.

-Asael: oh… ahora entiendo, con razón se me hizo tan raro todo.

-Alice: el muy demente piensa que estoy enamorada de él.

-Asael: (No puede evitar reír) ¿Qué? (Dice riendo) no puedo creerlo

-Alice: oye… no es nada gracioso.

-Asael: valla… siempre metiéndose en problemas.

-Alice: me compadezco de ti.

-Asael: es agradable una vez que lo conoces, tranquila solo le durara algunas semanas, después lo olvidara.

-Alice: ¿Semanas…?

-Asael: bueno, mucha diversión para una noche volvamos a la habitación. (Camina de vuelta a la habitación)

-Alice: ¿Eh? Si…, claro…

-Asael: ¿Señor? (Abre un poco la puerta) ¿Hmm?

-Alice: ¿Qué pasa? (Mira una sombra negra)

-Asael: ¿Un mensajero?

-Alice: ¿Mensajero?

-Asael: me pregunto de quien será…

-Alice: tengo rato escuchando eso de mensajero, pero aun no lo entiendo del todo.

-Asael: valla…, es un poco raro que una general como usted no lo conozca, pero le contare… es una técnica que lleva un mensaje hacia alguna persona, se transforma en una sombra y viaja hasta encontrar a la persona que le fue enviado, cabe mencionar que para usarlo las personas involucradas deben tener algo en común, es por eso que los miembros de La Sombra Del Viento, tienen el mismo tatuaje en alguna parte de su cuerpo de este modo forman un vinculo entre ellos y el mensajero puede llegar sin ningún problema, un vez que el mensajero llega a su destido reproduce el mensaje que lleva consigo.

-Alice: una técnica en verdad útil (Entra al cuarto) ¿Y que pasa si alguna criatura copea el tatuaje de La Sombra Del Viento?

-Asael: ¡Espera! (Intenta detenerla, pero no lo consigue)

-John: ¿Hmm?

-Asael: ¡AH! Por favor no nos mate general, no quería espiar su mensaje.

-John: ah... ¿Esto? es un mensaje para Alice continua al terminar el mío.

-Alice: ¡Hey! ¡Eso se llama espiar!

-John: Tranquila... venia junto con el mío era casi inevitable oírlo.

-Alice: hmm... bueno, lo dejare pasar por esta vez...

-John: Estas exagerando, aunque entiendo cómo te sientes estas emocionalmente frustrada por el hecho de saber que soy un hombre prohibido, así que intentas descargar toda esa furia contenida dentro de tu corazón...

-Alice: esta vez si te mato... (Se acerca a John, pero es detenida)

-Asael: ¡Tranquila Walker! No le hagas caso.

-Alice: ah... (Después de inhalar y exhalar profundamente se calma)

-John: Lo pondré de nuevo para que escuchen también mi parte

-Mensajero: John ¿Has encontrado algo? Últimamente los altos mandos de Genesis han estado en movimiento, prepararon una trampa para mi en la ciudad de Evil, probablemente intenten atacarlos a ustedes también, no bajes la guardia.

-Alice: esa voz...

-John: ¿Esos desgraciados se atrevieron a ponerles una trampa? Asi que les gusta jugar sucio...

-Mensajero: en fin..., me eh encontrado con Marie ya está al tanto de la situación además me confirmó que todos están enterados de la próxima reunión.

-John: La próxima reunión se pondrá interesante...

-Mensajero: por cierto, no perviertas a Alice, ella es un buen elemento.

-John: Chale...

-Asael: Genesis esta moviendo sus fichas... ¡Debemos estar alerta general!

-John: No me hace falta que me lo digas... También pusieron criaturas a seguirme... hace rato descubrimos a una.

-Mensajero: Alice...

-Alice: (Toma a John de la playera y lo echa hacia afuera)

-John: ¡Hey! ¿Qué te pasa?

-Asael: yo me salgo solo.

-Alice: gracias…

-Mensajero: A estas alturas ya debes de ir conociendo al General John, estarás a salvo con él, sin embargo, como has visto no podemos bajar la guardia, Genesis solo esta esperando el momento indicado y si puede, atacará siempre al eslabón mas débil así que ten mucho cuidado, por cierto, te encargo mucho procurar que John recabe toda la información que pueda antes de matar a las criaturas, disfruta tanto matándolas que olvida sacarles información.

-Alice: entiendo… estaré alerta.

-Mensajero: por ultimo… si tu "Sed" aumenta demasiado coméntaselo a John el sabra que hacer, no se te ocurra alimentarte sola, podría ser peligroso… cuídate y nos veremos pronto.

-Alice: agradezco mucho tus consejos Dark...

-Mensajero: posdata… ten un poco de cuidado con él, tiene unas manías muy extrañas…, pero nada que no se pueda manejar. (Mensaje terminado)

-Alice: me hubiese gustado que esa última parte me la hubiera mencionado antes… ¡Ya pueden entrar!

-Asael: he traído la cena (Llega con dos cajas grandes)

-Alice: gracias Asael, ya tenía hambre ¿Qué has traído?

-Asael: ¡Pizza!

-Alice: con eso es mas que suficiente, con su permiso (El olor de la pizza caliente y humeante comienza a bañar el cuarto, su exquisito aroma a queso fundido con peperoni hace difícil que alguien se resiste a su encantador aroma)

-Asael: señor usted no come… (Recuerda algo)

-John: ¿¡PIZZA!? (Dice molesto) ¡Ahora veras inutil!

-Asael: ¡Señor! ¡Por favor cálmese! (Dice muy asustado) ¡Ah!

-Alice: ¡John! ¡No golpees a Asael!

-John: me las pagaras inútil ¡Hare que te la comas toda!

-Asael: ¡No! ¡Guack!

-Alice: ¡No John! ¡Dejalo! ¡Lo vas a ahogar!

Mientras tanto a cientos de kilómetros de distancia en una ciudad destruida por el paso de la oscuridad, cientos de criaturas arden muertas en el suelo…

-General: hmm joder… mira el desastre que has hecho de nuevo (Le dice una mujer de cabello rojo y piel blanca) cadáveres por todos lados.

-Dark: no hago lo suficiente… apenas estamos logrando frenar el paso de la oscuridad, su ventaja numérica es gigantesca, no logramos hacerlos retroceder…

-General: trabajas muy duro Dark…, no deberías esforzarte tanto (Dice con voz seductora)

-Dark: (Sonríe) Marie… contrólate…

-Marie: (Se acerca a Dark) ¿Qué quieres que haga…? me atraes… seria una fantasía mía si me dijeras que nos reunimos solo para pasar el rato… no digo que no me agrade la idea… aunque no eres de los hombres fáciles de atrapar (Le pasa su dedo índice por el pecho) aunque… cambiando de tema, tengo lo que quieres…

-Dark: ¿Qué averiguaste?

-Marie: Genesis se está preparando para la llegada de algo grande, hacen referencia a la ascensión de un ser superior que se elevará sobre el mundo y caerá fuego del cielo extinguiendo la vida de todo el que esté en su contra, hará temblar la tierra con una ola de destrucción incontenible volviendo cenizas todo rastro de oposición

-Dark: he escuchado algo similar en otros lugares.

-Marie: dicen que con su llegada inclinará finalmente la balanza que hemos creado.

-Dark: hemos viajado por todo el mundo y nunca hemos visto algo así.

-Marie: exacto, si ese ser superior existe ¿Porque nunca lo hemos visto? ¿Por qué viene hasta ahora?

-Dark: tal vez… por que no podía.

-Marie: ¿A qué te refieres?

-Dark: Si la leyenda es cierta escaparse de tal batalla no debió ser tarea fácil, tal vez… a pesar de haber escapado terminó gravemente herido y tuvo que esperar a que sus heridas sanaran para volver, si estoy en lo correcto esto podría ponerse feo…

-Marie: ¿Crees que sea verdad?

-Dark: no lo se…, pero si mis suposiciones son acertadas podría haber una posibilidad.

-Marie: tal vez el poder de un dios será demasiado para nosotros.

-Dark: cuando finalmente logramos frenar el paso de la oscuridad, nos topamos con algo como esto…, es algo que definitivamente arruinara nuestros planes…

-Marie: aunque todavía no tenemos pruebas suficientes de que sea cierto, no podemos descartar del todo su existencia, ¿Que haremos si llega a aparecer?

-Dark: Hemos llegado demasiado lejos para titubear ante algo como eso, exista o no ese supuesto dios, seguiremos avanzando, Crees que ¿Thanatos titubeo cuando estaba por enfrentarse a ellos?

-Marie: a veces dudo de la leyenda… Un humano contra dioses, ¿Acaso es eso posible?

-Dark: ¿Un humano erradico la oscuridad del mundo? Difícil de creer ¿Cierto?

-Marie: nosotros los humanos tenemos un límite, la leyenda tal vez esté un poco exagerada.

-Dark: exagerada o no…, él le trajo paz al mundo por mil años sacrificando su vida en ello, lo que el hizo es de admirarse e independientemente de lo que en verdad sucedió lo admiro mucho.

-Marie: según la leyenda lo único que quedó es la espada, la paz le sentó mal a la humanidad se confiaron de ella y abandonaron la espada a su suerte.

-Dark: Se cree que esa espada posee mente propia y te brinda una gran fuerza, si logramos encontrarla quizás tengamos una oportunidad de vencer a ese supuesto dios.

-Marie: espero que con la información que hayan reunido los demás lleguemos a algo, yo tengo mi parte, pero aun así ocupamos al resto.

-Dark: lo sé, no queda más que esperar… (Se recarga en una casa destruida) ah… (Cierra los ojos)

-Marie: (Lentamente se acerca a él luego se recarga en su pecho) podríamos… hacer que el tiempo transcurra más rápido… (Dice seductoramente)

-Dark: (Sonríe) sigue soñando Marie (La hace a un lado luego se empieza a alejar caminando)

-Marie: ¿A dónde vas? ¿Me despreciaras de nuevo?

-Dark: ya será después, hay mucho que hacer y tan poco tiempo…

-Marie: entonces iré contigo

-Dark: bien.

-Marie: siempre haces lo mismo, pero ya verás algún día te convenceré (Sonríe) solo es cuestión de tiempo

-Dark: (Sonríe) tienes una muy buena imaginación Marie (Da un salto y se aleja volando del lugar)

-Marie: ah… adoro a ese hombre (Sus mejillas se sonrojan) es mas escurridizo que un pez (Observa que Dark se aleja caba vez mas) falta poco tiempo para que nos reunamos, aun estoy un poco preocupada (En ese momento de su espalda sale fuego que comienza a tomar la forma de unas hermosas alas y con un gran impulso vuela detrás Dark)

Genesis organización…

-Quinto General: Perdimos la ciudad de Evil… con eso definitivamente nos han hecho retroceder un paso…

-Cuarto General: opino lo mismo, esa ciudad era nuestro punto de aceso para continuar con la expansión…

-Primer General: En efecto, esa ciudad nos permitia avanzar por la barricada que La Sombra Del Viento ha hecho a lo largo de Euriath para planear un ataque desde la retaguardia…

-Tercer General: Nuestros infiltrados pueden atravesar la barricada, pero no podemos enviar tropas de manera masiva, esos desgraciados los derribarían…

-Isao: lo he subestimado…, pero encontrare la forma de abrir una brecha en la barricada…

-Líder: silencio imbécil… (Aparece un sujeto de cabello castaño peinado hacia atrás y piel morena clara, de alta estatura) tus estúpidas acciones nos han hecho retroceder a la frontera de Euriath, sabias que era nuestro punto de acceso y aun asi lo regalaste al enemigo.

-Isao: señor… se que cometi un error imperdonable, pero encontrare la forma de…

-Líder: ¡Callate! (Violentamente asota con un manotazo el rostro de su subordinado derribándolo al suelo) guarda silencio… antes de que te arranque la cabeza pedazo de mierda, la única razón por la que sigues vivo es por que Maximiliano te recomendó como representante de los demonios.

-Isao: … (Lentamente se levanta del suelo limpiandoce la sangre del rostro para posteriormente reincorporarse con los demas)

-Lider: "La Sombra Del Viento" no es un oponente que se deba subestimar, Ese imbecil de Dark debería de estar a mi altura y a la de cualquier líder de Genesis, no tomen desiciones estúpidas cuando de el se trate, el antiguo primer general lo subestimo y perdimos Nayarit ese dia…, terreno que hasta la fecha no hemos podido recuperar…

-Todos: como usted diga señor…

-Líder: los mantendremos a raya antes de la audiencia no quiero que la echen a perder…

-Todos: ¡Así será señor!

-Líder: Dark tenia repartido sus generales entre las naciones de Nihai, Tailand, Thenia y Mahamushi, cerrándonos el paso, encuentren al eslavon mas débil y abran una brecha.

-Quinto General: si me permite señor… mis subordinados tienen ubicado a uno de sus miembros, estamos esperando el momento indicado para atacarlo.

-Líder: Critsu, espero buenos resultados…, si fracasas no te molestes en volver…

-Critsu: téngalo por seguro mi señor…

-Líder: en cuanto a Dark déjenlo a la deriva eviten contacto con él…

-Todos: como usted diga…

-Líder: espero que me reciban con buenas noticias cuando vuelva, estaré fuera por un tiempo, es mi turno de hacer guardia en Mock Town.

-Todos: no se preocupe señor, le cubriremos la espalda.

-Líder: bien. (Cuando sale de la sala se encuentra con otro sujeto)

-Desconocido: se te hace tarde Alejandro… Maximiliano dice que una cucaracha te ha estado dando problemas y no has podido controlarla (Dice un sujeto piel blanca, cabello rubio ojos azules de alta estatura)

-Alejandro (Líder): sabes de qué cucaracha estamos hablando, así que no te hagas el fuerte Rogelio.

-Rogelio: lo sé, yo solo te digo lo que él me ha dicho.

-Alejandro: como odio a ese bastardo…, por culpa de uno de sus ex subordinados, perdi un punto de acceso en Euriath.

-Rogelio: Eso escuché…, fue una verdadera lastima (Da media vuelta) apresúrate a Mock Town o terminaran peleando, vine a advertirte como un favor espero lo recuerdes por que te lo cobraré pronto. (Se retira)

-Alejandro: hmm… odio cuando me toca cambiar turno con ese maldito de Maximiliano… (Se aleja caminando)

Mientras tanto…

-Alice: por fin un poco de paz…

-Asael: cuando el general está durmiendo es el único momento donde puedo relajarme.

-Alice: se a lo que te refieres… (Se estira un poco) ese hombre puede llegar a ser muy estresante (Camina hacia el barandal del balcón luego se recarga sobre el y mira desde ahí la calma de la ciudad donde se alcanzan a ver algunos guardias patrullando)

-Asael: ah… (Se recarga a la pared) después de que terminé de reparar el bar, noté que estas algo preocupada ¿Acaso sucedió algo?

-Alice: algo así…, cuando veníamos en camino a la posada nos intento atacar una criatura, pero pudimos fácilmente derrotarla.

-Asael: me imagino que sí.

-Alice: sin embargo, mientras John lo interrogaba dijo muchas cosas que me hicieron pensar.

-Asael: ¿Qué tipo de cosas?

-Alice: hablo sobre un dios, que vendrá a terminar con la resistencia humana y reclamar el mundo como suyo…

-Asael: ¿Un dios? (No puede evitar sorprenderse) valla… hemos luchado contra muchas cosas, pero nunca contra uno de esos.

-Alice: naturalmente John ni siquiera titubeo, pero yo si me sentí un poco impactada, antes de este viaje solo me limitaba a pensar como pasaría el día siguiente, hoy tengo que pensar cómo sobrevivir en una lucha contra un dios, es un sentimiento extraño, el saber que mientras ustedes se enfrentaban a estos grandes desafíos, yo estaba en mi aldea llorando porque nadie me quería… ¿Es algo tonto no crees?

-Asael: no, es algo muy normal.

-Alice: ahora que se la verdad y estoy recorriendo el mundo (Aprieta sus manos) me arrepiento de no haber venido ayudar antes…, en vez de llorar como una idiota, pude haber estado salvando vidas, de personas como yo…

-Asael: vamos…, no seas tan dura contigo misma Walker.

-Alice: ah… (Suspira) cambiare el rumbo de las cosas, lo hare… definitivamente… (Se aleja de la ventana) iré a dormir, nos vemos mañana.

-Asael: claro, buenas noches.

-Alice: buenas noches… (Se detiene un momento) ahora que recuerdo, con toda la conmocion que se hizo hace un momento, no pudiste responder a mi pregunta.

-Asael: ¿Cuál? ¿Sobre el tatuaje y el mensajero?

-Alice: Si.

-Asael: el tatuaje no se puede copiar, ya que la tinta esta echa de una misteriosa mescla de distintas tintas que solo puede optenerse en la ciudad de Nayarit.

-Alice: ya veo…, ahora podre dormir tranquila… el pensar que cualquier podía hacerse ese tatuaje me provocaba algo de incertidumbre.

-Asael: tranquila, solo nosotros podemos enviarnos mensajeros.

-Alice: entiendo, gracias por aclarar mi duda, ahora si puedo irme a dormir tranquila.

-Asael: Esta bien, que descanses.

-Alice: Igualmente (Se dirige tranquilamente hacia el cuarto) aunque eso quiere decir, que tendre que tatuarme yo tambien… (Cierra la puerta)

-Asael: hmm… es una general muy extraña o podría ser una de las más comprometidas, desde que entre a aquí he conocido a mucha gente rara, el general John pues… que puedo decir… es un desastre, el general Daniel pocas veces he hablado con él, el general Allen es muy raro, la general Marie es algo… extrovertida, la general Sasha me da miedo y Dark… creo que me asusta un poco también… somos un grupo muy peculiar, y ahora tenemos una nueva integrante, cada vez que alguien se une a nosotros nace en mi ese sentimiento de que tal vez podamos ganar…, espero que al igual que esta noche, Abilion pueda ser un lugar tranquilo… (Observa la hermosa Luna que resplandece en el cielo la cual ilumina la oscuridad de la noche con un ligero brillo azul)

Capitulo 6: Vampiros.

Al día siguiente el sol baña la tierra con sus calidos rayos, iluminando la ciudad y con su radiante calor ahuyenta el helado frio de la oscura noche…

-Asael: jefe ya salió el sol, es hora de irnos, no debemos de estar en un lugar mucho tiempo

-John: ¡Déjame dormir!

-Asael: pero señor…

Se escucha que tocan la puerta del cuarto…

-Alice: ya es hora de levantarse ¿Aun no están despiertos?

-John: (Entre sueño y flojera se levanta rápidamente) si… eso es lo que le estoy diciendo a este inútil, pero no quiere levantarse.

-Asael: ¿Qué? pero señor usted era el que… (Nota que John le hace mala cara) ¡Ah!

-John: ¿Dijiste algo inútil!?

-Asael: no nada señor…

-Alice: estaré afuera tomando un poco de aire fresco.

-John: ¡No te alejes mucho recuerda el incidente de ayer!

-Alice: está bien (Se escucha como baja las escaleras de la posada)

-John: apresúrate, no tengo tu tiempo

-Asael: estoy listo desde hace una hora.

-John: entonces vamos…

-Asael: me parece bien… (Hace una pausa) algo no anda bien aquí (Se asoma por la ventana del cuarto) hmm…

-John: ¿Qué te ocurre inutil? ¿Pasa algo?

-Asael: ¡Rayos! nos descubrieron vamos por Walker rápido (Salen corriendo hacia la parte de debajo de la posada) ¡Corre General!

Mientras tanto Alice…

-Alice: ah… (Respira el agradable aire de la mañana)

-Anciano: señorita ¿Le pasa algo? Se ve muy pensativa

-Alice: (Voltea a ver al anciano) estoy bien… no se preocupe

-Anciano: ¿Será que tiene que ver con el incidente de ayer?

-Alice: (Las palabras del misterioso anciano sorprende a la joven) ¿Cómo sabe eso? ¿Quién es usted?

-Anciano: ahora por favor no haga mucho alboroto y venga con nosotros

-Alice: ¿Qué pasa si me rehusó?

-Anciano: bueno…, si no quieres hacerlo por las buenas, tendremos que usar la fuerza (Otro sujeto dispara desde un edificio bombas que al impactar con el suelo liberan un espeso humo gris)

-Alice: ¿Humo? (Empieza a sentirse mareada) ¡Gck! Siento que mi cuerpo se está durmiendo…

-Anciano: te dije que vinieras con nosotros por las buenas (Se acerca a Alice)

-Alice: ¡Aléjate! (Alcanza a golpear al sujeto fuertemente en el rostro, luego cae de rodillas al piso) ¡Cof! ¡Cof! (El humo proveniente de las bombas la hace tocer en repetidad ocaciones)

-Anciano: ¡Gck! (Con dificultad consigue ponerse de pie percatandoce que el golpe de la joven consiguió derribarle dos dientes) esta maldita es fuerte ¡Dispárale mas! (Nuevamente le lanzan bombas de humo)

-Alice: (Su tos se intensifica tanto que comienza a toser sangre) ¡Cof! ¡Cof! Estoy perdiendo la conciencia… (Mira que sus manos brillan) ¿Polvo de plata?

-Anciano: exacto…, los vampiros tienen debilidad por la plata, que mejor forma de derrotar a un vampiro que con bombas de humo de plata.

-Alice: (Intenta levantarse) John… (Sin embargo, sus intentos son en vano, callendo inconciente al piso) …

-Anciano: vamos hay que atarla rápido y llévenosla (El otro sujeto baja del edificio y ayuda a atarla después se alejan rápidamente del lugar)

Al llegar a unas bodegas entran y dejan a Alice atada junto a un pilar…, Mientras tanto en la posada sale volando una de las puertas de la entrada…

-John: ¡Rápido corre! (Mira alrededor, pero no ve a Alice por ningún lado) ¡Maldición! Llegamos tarde

-Asael: ¿¡Dónde está Alice!?

-John: se la llevaron ¡Esos malditos! (Mira que el piso brilla mucho) ¿Hmm? (Se acerca al lugar) ¿Podría ser? (Con el dedo toca el polvo) desgraciados usaron bombas de plata para dejarla indefensa.

-Asael: la plata debilita mucho a los vampiros… esa fue una jugada muy sucia.

-John: no son más que unos cobardes de mierda, pero deja que se les acaben las bombas a los estúpidos y verán lo que es bueno.

-Asael: ¿Qué caso tiene atrapar a un vampiro por unos momentos?

-John: ¡Están idiotas! eso es lo que pasa, les gusta la mala vida, pero si eso quieren yo se las daré, se arrepentirán de haber nacido ¡Les voy a sacar la mierda! Y despúes haré que se la traguen.

-Asael: tal vez quieran sacarle información.

-John: Alice no sabe mucho acerca de nosotros…, deber ser por otro motivo.

-Asael: bueno… eso es cierto.

-John: ¡Vámonos! (Corren rápidamente por las calles en busca de Alice) ¿Donde se habrán metido?

Mientras tanto en una de las bodegas de la ciudad

-Criaturas: ¿Ahora qué hacemos?

-Criaturas: no sé, esperemos instrucciones del general

-Criaturas: tienes razón…

-Alice: (Abre los ojos lentamente aun se siente mareada) ¿Donde… estoy?

-Criaturas: (Voltean a ver a Alice) Mira ya está recuperando el conocimiento

-Alice: ¿Dónde estoy?

-Criaturas: estás prisionera en una de nuestras miles de bases secretas, ponte cómoda porque estarás aquí mucho tiempo

-Alice: ¿Quiénes son ustedes? ¿Qué piensan hacer conmigo?

-Criaturas: (Ríe) uno de nuestros generales quiere que te llevemos con el para examinarte…

-Alice: ¿Examinarme? ¿A que te refieres?

-Criaturas: sabes… desde que tu aparición se hizo pública muchos vampiros se han molestado

-Criaturas: cierto, un miembro de su raza está luchando para derrocarlos, eso irritaría a cualquiera…

-Alice: ¡Yo no escogí esta vida! (En ese momento Alice empieza a transformarse sus uñas se convierten en garras muy filosas, sus ojos empiezan a brillar de rojo como el fuego enfurecido de la lava de un volcán al igual que su cabello)

-Criaturas: (Inesperadamente su pricionera comienza a liberar una gran cantidad de energía) ¿¡Qué está pasando!?

-Alice: ¿¡Creen que yo quiero ser asi!?

-Criaturas: (Desconcertados, se miran entre si) ¿¡Qué hacemos!?

-Criaturas: arrójale más bombas

-Criaturas: ¡Bien! (Le arrojan bombas de humo de plata)

-Alice: ¡Ah! (Las partículas de plata entran en su organismo debilitándola) ¡Gck! (La transformación se pierde y vuelve a la normalidad) ¡Cof! ¡Cof!

-Criaturas: así que los rumores de que no eres un vampiro ordinario eran ciertos

-Alice: ¿Y eso qué…? ¡Cof! (El efecto que causa la plata en su organismo debilita todo su cuerpo) ¡Cof! ¿Qué es un… vampiro ordinario? ¡Cof! ¡Cof! ¿Qué diferencia hay entre uno y otro? No entiendo las tonterías que me están diciendo (Nuevamente empieza a toser sangre) ¡Cof! ¡Cof!

-Criaturas: escucha, he visto a muchos de ellos y se reconocer a un vampiro a kilómetros, pero… ellos solo salen de noche…

-Alice: solo es una pequeña diferencia.

-Criaturas: eso no es todo, además tu transformación es muy diferente al resto de los vampiros

-Alice: ¿Mi transformación?

-Criaturas: si… tu transformación, nos diste un buen susto hace un momento, pero ahora es nuestro turno de divertirnos.

En ese presiso momento una de las ventanas de la bodega se rompe y se escucha…

-John: ¡Diviértete con esto imbécil! (De un disparo pulveriza la cabeza de una de las dos criaturas del lugar)

-Criatura: ¡AH! ¿De dónde salió este?

-Asael: del mismo lugar que vengo yo.

-Criatura: ¿¡Eh!? (Voltea a ver a Asael)

-Asael: (Lo golpea con un báculo en la cabeza) ¡Muere maldito!

-Criatura: (Recibe el golpe y sangra un poco) ¡GOAH! no me subestimes (Muerde el báculo con el que fue golpeado y lo quiebra en pedazos) ahora veras (Toma impulso para golpear a Asael cuando su mano es sujetada)

-John: ¿A dónde crees que vas?

-Criatura: ¡Ah! ¡Suéltame idiota! (Intenta soltarse)

-Asael: (Aprovecha para ir con Alice) ¿¡Alice estas bien!? ¿No te hicieron daño?

-Alice: estoy bien… (Aun débil por el polvo de plata logra ponerse de pie) gracias por salvar me…. (Agacha un poco la cabeza)

-Asael: no fue nada, ven vámonos de aquí (La conduce hacia la salida de la bodega)

-John: (Sujeta a la criatura llevándolo con lo él) tu y yo tenemos mucho de qué hablar.

-Criatura: no tengo nada de qué hablar contigo basura ¡Te matare! solo deja que me suelte y te torturare hasta matarte.

Unos cuantos golpes después….

-Criatura: está bien… te diré todo lo que se (Al hablar varios de sus dientes caen de su boca, además se pueden ver varios de sus huesos rotos)

-John: ¡Vez! Las cosas se pueden hacer de forma civilizada, pero tenias que ponerte pendejo, espero que ya tengas ganas de hablar

-Criatura: si señor le diré lo que sea

-Asael: el jefe puede ser aterrador cuando lo desea… (Lo dice en voz baja)

-John: ¿¡Que dices inútil!?

-Asael: ¡Nada señor! bueno, de hecho, creo que siempre da miedo…

-Alice: aun me siento muy débil…

-Asael: el polvo de plata puede ser mortal para los vampiros, el general se impresiono por la cantidad que usaron contigo.

-Alice: ¿Era mucho?

-Asael: demasiado, incluso llegó a pensar que te hubieran matado.

-Alice: ellos dijeron que no soy un vampiro ordinario…

-Asael: nunca pensé que podrías caminar bajo el sol, ahora que veo que sobreviviste a tal cantidad de plata, entiendo porque eres un general.

-Alice: Asael… no soy un general

-Asael: ¿No? Pero lo he visto con mis propios ojos

-Alice: aun así, solo soy la ayudante de Dark.

-Asael: no puedo creerlo…

-Alice: tal vez sea débil ahora…, pero me hare más fuerte, mucho más… lo haré.

-Asael: ¡Así se habla!

Mientras tanto John…

-John: ya no te necesito, ahora tengo toda la información que queria.

-Criatura: no espera, dijiste que me dejarías ir.

-John: ¿Enserio? Bien… entonces puedes irte, pero antes te daré un pequeño bocadillo (Rápidamente le mete algo en la boca y hace que se lo trague) bien… ahora ¡Lárgate!

-Criatura: (Se retira a toda velocidad del lugar) maldito…

-Alice: ¿Lo dejaras ir John?

-John: si es que… ya no necesito mas a ese infeliz, hasta le regalé un delicioso bocadillo cortesía de ¡La señora granada! (Girada el anillo de seguridad en su dedo) muy bien chicos apresurémonos a llegar al hotel

-Alice: claro (Intenta levantarse)

-John: deja ayudarte (La carga y comienza a correr)

-Asael: ¡Espérenme!

Después de correr unas cuadras se escucha que explota algo…

-Alice: ¿Que fue eso?

-John: es el sonido de la justicia.

-Alice: valla… (Sonríe un poco)

Llegan al cuarto del hotel donde estaban hospedados

-John: Alice tengo que hablar contigo de algo.

-Alice: sí, claro…

-John: sal de aquí inútil ¡Vamos muévete!

-Asael: claro… (Sale del cuarto)

-John: Alice ¿Qué fue lo que te dijeron aquellas basuras?

-Alice: decían que los miembros de mi especie estaban molestos porque les estaba ayudando a ustedes…

-John: que se vallan a la mierda esos idiotas, si tienen algún problema pueden venir a quejarse conmigo y les bolare la cabeza.

-Alice: yo no escogí ser lo que soy…

-John: chale…, no te deprimas mujer, lo que esos cabrones piensen no tienen nada que ver contigo.

-Alice: lo sé… yo escogí terminar con todo esto… quiero evitar que más personas pasen por lo mismo…

-John: esa es la idea, sigue con nosotros y veras como le pondremos fin a toda esta mierda…

-Alice: si…

-John: ¿Eso fue todo lo que te dijeron?

-Alice: también dijeron que yo… no soy un vampiro ordinario…

-John: hmm… por la noche no me di cuenta, pero al ver que saliste al sol, me imprecione bastante…

-Alice: ¿Es tan grave?

-John: no, no es grave, esto no es algo que deba asustarte Alice, sino todo lo contrario, los vampiros han soñado por años poder ver la luz del sol, sin embargo, tu caminas bajo ella sin que te pase nada, no eres un fenómeno si no algo superior, deberías sentirte orgullosa

-Alice: bueno, nunca pensé que ser vampiro fuera motivo de orgullo

-John: es difícil pero tienes que aceptarte por lo que eres ahora

-Alice: ¿Un súper vampiro?

-John: algo asi…, ahora me doy cuenta que eres muy valiosa, fue muy buena idea haberte unido a nosotros serás de mucha ayuda.

-Alice: entonces… sere como un arma.

-John: no es así, eres un miembro y amigo valioso de nuestra organización

-Alice: ¿En verdad lo crees?

-John: te lo aseguro.

-Alice; eso me alegra un poco, hare mi mejor esfuerzo para no ser una carga.

-John: aun te falta conocer a los demás, te caerán bien.

-Alice: gracias John.

-John: no te acostumbres a estas conversaciones Alice, me hacen sentir como marica, un hombre como yo no habla mamadas como esas, eso de hablar de sentimientos son puras pendejadas…

-Alice: (Ríe) entiendo.

-John: no me digas que te estás volviendo a enamorar de mí

-Alice: no empieces con eso por favor…

-John: (Ríe a carcajadas)

-Alice: John ¿Puedes decirme como es un vampiro ordinario?

-John: veraz…. Un vampiro normal es asesino por naturaleza además no puede durar tiempo sin beber sangre, la verdad en el tiempo que tenemos aquí no te he visto beber sangre en tu forma consiente.

-Alice: ¿Mi que?

-John: asi que tampoco lo sabes…, veras todos los vampiros se transforman para liberar todo su poder ¿Cierto?

-Alice: si.

-John: no te he visto en tu forma liberada, por lo tanto, no sé si en esa forma haya otra anomalía

-Alice: ¿Qué les pasa a los vampiros en esa forma?

-John: un vampiro normal sus colmillos cresen al igual que sus uñas las cuales se convierten en garras, además su fuerza y agilidad aumentan enormemente, también su cabello se vuelve blanco.

-Alice: entiendo, creo que había escuchado algo así.

-John: a eso se le podría llamar un vampiro normal en su forma liberada, tendría que verte para saber que hay diferente, sin embargo, entrar en esa fase por si solo es muy difícil será imposible querer entrar sin tener nociones de nada como te encuentras ahora.

-Alice: ¿Por qué los demás vampiros no pueden estar bajo los rayos del sol?

-John: no lo sé, tampoco soy un fanatico de los vampiros, aunque créeme seria una verdadera pesadilla si pudieran hacerlo, me es muy difícil enfrentarme a ellos porque la verdad son seres muy poderosos, sería el colmo lidiar con ellos también en el día.

-Alice: menos mal que soy la única.

-John: ahora que ellos saben de tu poder, te envidiarán y serás motivo de caza, irán detrás de ti para destruirte.

-Alice: eso no suena muy bien…

-John: por eso tienes que entrenar Alice (Se escucha como si se estuviera rompiendo algo de madera) ¿Qué es ese sonido?

Cae la puerta rota y Asael cae junto con ella

-John: ¿¡Nos estabas espiando!?

-Asael: no señor… bueno… si…, pero estaba escuchando lo que decía y me intereso mucho.

-Alice: tengo que tomar un poco de aire fresco (Sale de la habitación)

-Asael: ¡Espera Walker!

-John: no cabe duda que eres un imbécil.

-Asael: ¿Porque?

-John: ella está muy confundida con esto de no ser un vampiro ordinario.

-Asael: creo que lo eche a perder…, pero señor tengo una pregunta que me surgió cuando los escuchaba hablar de cierta parte de la transformación de los vampiros

-John: ¿Cuál es?

-Asael: en el caso de todos los vampiros ¿Cuál es la etapa donde son más poderosos? cuando están controlados o cuando se dejan llevar por su instinto asesino.

-John: ninguna de las dos, ellos son más poderosos cuando se encuentran en equilibro, es decir cuando están controlados y a la vez dejan salir el instinto asesino, tienen que tener un poco de ambas, cuando se encuentran las dos partes en un perfecto equilibrio se convierten en el vampiro perfecto independientemente de su poder, son perfectos en el manejo de él.

-Asael: entiendo, entonces pongamos el caso de Alice ¿Cuál sería su mejor forma de luchar?

-John: ella no tiene nada de control… si se transformara no sabría absolutamente nada de qué hacer con todo ese poder

-Asael: entonces sería mejor que se dejara llevar por su instinto

-John: desgraciadamente sería la mejor opción ya que el instinto asesino podría controlar perfectamente el cincuenta por ciento de poder que le pertenece, el problema de dejarse llevar por su instinto es que es muy difícil salir de él, aunque solo tenga la mitad de todo el poder puede hacer con él lo que le plazca.

-Asael: ¿Cuánto poder tendrá Alice dentro?

-John: no tengo idea, no tengo idea…

-Asael: hmm… ya veo…, en ese caso….

-John: tendremos que enseñar a Alice a usar todo su poder cuando este transformada.

-Asael: ¿Cómo aremos eso?

-John: (Sonríe) conozco a alguien que nos podría ayudar y por suerte esta en el camino que tomaremos.

-Asael: (Ríe) a eso le llamo suerte.

-John: entonces está decidido mañana llevaremos a Alice a que controlar el estado "Berserk"

-Asael: ¡Si señor!

En un lugar muy lejano en una ciudad aparentemente deshabitada…

-Allen: parece que no hay nada aquí, faltan unos cuantos días para que me reúna con los muchachos, aunque no he recabado tanta información como esperaba…

-Desconocido: Finalmente te encontré… Allen…

-Allen: (Se sorprende) ¿¡Quién está ahí!? Muéstrate criatura

-Desconocido: tenia mis dudas, pero por suerte estas solo.

-Allen: ¡Critsu! El señor de todas las criaturas de la noche (No puede evitar molestarse al verlo) ¿¡Qué quieres aquí!?

-Critsu: tengo que admitir que nos pusieron en un predicamente cerrándonos el paso a Euriath, aunque si te acesino ahora mismo, creare una brecha en su barricada y nos abriremos camino desde ahí.

-Allen: crees que puedes tomar mi cabeza, así como así, adelante ven por ella.

-Critsu: tranquilo todo a su tiempo, disfrutare esto… ¡Salgan mis esclavos! (De entre los escombros de la aparentemente deshabitada ciudad sale un ejército de criaturas de la noche) prepárate para morir.

-Allen: ¡Cobarde! no te atreves a luchar tu solo contra mí en un mano a mano.

-Critsu: seamos honestos Allen tú también eres el número cinco de "La Sombra Del Viento" eres el General más débil de todos por lo tanto no tienes oportunidad contra mí y mi ejercito.

-Allen: eres un maldito cobarde ¡Enfréntame!

-Critsu: está bien… (Levanta la mano luego hace unas señas extrañas con ella) bien, acabo de decirle a mis esclavos que no se metan en esto.

-Allen: así me gusta (Se prepara para el combate) ven cuando quieras te haré pedazos…

-Critsu: ¿De verdad? (La luna es cubierta por una nube haciendo el terreno más oscuro dejando a Critsu cubierto por la oscuridad) te enseñaré lo que es el infierno (La oscuridad lo envuelve haciéndolo ver como una sombra)

-Allen: (En ese momento la silueta que se veía de Critsu comienza a perder su forma y toma una mas grotesca) ¿Qué rayos… es eso…?

-Critsu: te dije que te mostraria el infierno y para hacerlo… liberare todo mi poder (La enorme bestia con gran frenesí salta al combate) ¡Grah!

-Allen: (Sin miedo enfrenta a la enorme bestia) ¡Lo veremos!

Después de horas de una larga e intensa lucha el terreno quedo completamente destruido y muchas criaturas se encuentran muertas sobre el, todo parece indicar que la batalla tomo un rumbo inesperado… a lo lejos se ve la silueta de Critsu sin su forma liberada…

-Critsu: (Contempla el cuerpo sin vida de Allen) ah… ah… ah… (Respira agitado) debo admitir que me diste pelea Allen, pero nunca contaste con que en el último ataque mi ejercito se lanzaría a la batalla, gracias a ti he cumplido con la promesa que le hice a nuestro líder ¡Vámonos mis esclavos de la noche! (La sombra de destrucción se aleja del campo de batalla dejando atrás el cadáver de un valiento que se atrevio a desafiarla…)

Capitulo 7: la anciana "Elaiza"

Debido al reciente ataque hacia Alice, tuvieron que esperar hasta el día siguiente para continuar su viaje.

-John: ¿Están listos? Es hora de irnos

-Asael: (Abre la puerta de su cuarto aun con mucho sueño) ¿No cree que está exagerando general? Ni si quiera ha salido el sol…

-John: ¡De que te quejas Inútil! si no te apresuras te hare mi técnica "Patada en el culo" haber que te parece

-Asael: No se lo tome tan enserio ¡Ya estoy bien despierto!

-John: (Ríe) más te vale, voy a la recepción.

-Asael: por cierto ¿Dónde está Walker? ¿Ya despertó?

-John: cuando llegué a la recepción en la madrugada ya estaba ahí, no sé a qué hora se despertó o si no durmió en toda la noche…

-Asael: entiendo…, me apresurare a equiparme puede irse adelantando, en un momento voy.

-John: no necesito que me lo digas (baja las escaleras y llega a la recepción donde esta Alice sentada en uno de los sofás de la sala de espera) ¿Dormiste bien Alice?

-Alice: no tuve sueño… (Dice seria) sabes… a pesar de no haber dormido nada no me siento cansada.

-John: eso es porque los vampiros no tienen esas necesidades…

-Alice: no lo había notado, no me hace falta nada… no siento hambre ni sed… ni cansancio…, sin embargo, solía comer y dormir como si aún fuera una humana… ¿No es algo tonto? Me sigo creyendo humana…

-John: la mente es muy poderosa y si tú crees que sigues siendo humana tu cerebro simula todas esas necesidades…

-Alice: si, ahora me doy cuenta de ello… en fin (Se levanta del sofá) ¿Nos vamos?

-John: si, solo tenemos que esperar a que baje el inútil.

-Alice: ¿A dónde iremos?

-John: debido a que el día de la reunión se aproxima creo que sería mejor ir tomando camino.

-Alice: entiendo, me parece bien.

-John: yo y el inútil iremos a la ciudad del encuentro, pero tú… no podrás estar ahí…

-Alice: ¿Por qué?

-John: veras en camino a esa ciudad hay una vieja amiga la cual me gustaría que conocieras.

-Alice: John, en la situación en la que nos encontramos… no creo que deba desperdiciar mi tiempo conociendo gente.

-John: todo lo contrario, Alice, es por eso que quiero que conozcas a esta persona.

-Alice: hmm…

-John: de ese modo te harás mas fuerte te lo aseguro.

-Alice: ¿Enserio?

-John: ten lo por seguro.

En medio de la charla Asael llega al lugar, aun con lagañas en los ojos.

-Asael: ¿Nos vamos ya…?

-John: (Lo golpea en la cabeza) nos hubiéramos ido antes de no ser por ti.

-Asael: ¡Auch! ¡Eso dolió!

-John: vámonos Alice (Salen de la posada donde se hospedaban)

-Asael: ¿Qué te pareció la idea?

-Alice: aun tengo mis dudas, John dice que me haré mas fuerte si la conozco, ¿Crees que sea verdad?

-Asael: yo no se mucho acerca de esa persona, aunque si el general lo dice no cabe duda que te ayudara.

-John: cuando ella te entrene, te volverás aun mas fuerte

-Alice: dudo que sea algo tan fácil, pero en fin…

-John: su casa está a unos 400 kilómetros más adelante

-Asael: nos tomara varios días llegar….

Sin perder tiempo dejan atrás la ciudad de Belacos cruzando por la frontera de la nacion de Mance, para posteriormente adentrarse en lo profundo de la nación de Lookat, con el fin de alcanzar su destino, un lugar donde los generales de La Sombra Del Viento se reúnen a intercambiar información y planear sus siguientes movimientos…

-Asael: ha sido un camino muy tranquilo ¿No creen?

-John: era de esperarse.

-Asael: ¿Por qué lo dices? Si a cada rato nos encontramos a criaturas locas que quieren pelear con nosotros.

-John: lo sé, pero aquí es diferente, veraz la persona con la que nos vamos a encontrar no es una persona normal.

-Asael: ¿Qué quieres decir?

-John: luego te lo explico, ya estamos aquí.

-Asael: ¿Ya llegamos? pero no veo ninguna casa.

-John: la casa de esa persona esta adentrándose en el bosque

-Asael: que alguien viva solo en un lugar como este, me hace imaginar muchas cosas.

-Alice: ¿Esa persona es hombre o mujer?

-John: es mujer, o mejor dicho una anciana.

-Asael: ¡Una anciana! ¿Es enserio?

-John: no tienes idea, esta vieja loca es más temible que cualquier criatura que hayas visto antes.

-Asael: ¿Acaso tiene aspecto desagradable?

-John: no es eso, es una ansiana demente con mucho poder, aunque con los años se ha ido debilitando

-Asael: me pregunto qué clase de anciana será…

-Alice: me va a entrenar una anciana... (Su rostro no puede ocultar la decepcion al enterarse que será entrenada por una ansiana)

Al avanzar mas y mas dentro del espeso bosque llegan a un lugar donde la luz no alcanza a filtrarse y se topan con una enorme mansión...

-Asael: ¡Es una casa Gigantesca!

-John: (Sonríe) no ha cambiado en nada desde la última vez que la mire

De repente se escucha que alguien se acerca...

-Anciana: ha pasado mucho tiempo John.

-John: cuanto tiempo sin verte "Elaiza"

-Elaiza: si que has crecido en todos estos años... casi no te reconozco ¿Dónde dejaste a tu amigo el rarito?

-John: ¿Allen? ¿Ese inútil pedazo de basura? no tengo idea de donde se encuentra, muerto de seguro.

-Elaiza: (Ríe) aun se siguen llevando tan mal, veo que algunas cosas nunca cambian, ahora te pregunto ¿A qué has venido?

-John: te traigo a una joven muy especial, su nombre es Alice Walker.

-Elaiza: lo note desde que llegaron, esta chica es vampiro ¿Cierto?

-Alice: (Se impresiona) ¿Cómo lo sabe?

-John: tan hábil como siempre, así es, esta chica es un vampiro, pero no cualquier vampiro, es un vampiro muy especial.

-Elaiza: ¿Un vampiro especial?

-John: ya lo veras tu misma, ¿Podrías enseñarle a controlar el estado "Berserk"?

-Elaiza: claro que puedo, pero esto llevara tiempo si no sabe nada acerca de sus poderes.

-Alice: ¡Me esforzare mucho! por favor ¡Enséñeme! (Dispuesta a superarse, se arrodilla y le hace una fuerte reverancia) ¡Por favor!

-Elaiza: (Aprecia detalladamente la determinación y volunta de la joven, no obstante, de su boca no sale respuesta alguna) ...

-John: tomate tu tiempo no hay prisa de hecho la dejare contigo y nos iremos.

-Elaiza: irán a la reunión de cada dos meses ¿Cierto?

-John: así es, tenía tiempo sin saludarte, espero que me puedas hacer este favor, de cualquier forma, tienes todo el tiempo del mundo para entrenarla.

-Elaiza: como ya sabes soy muy vieja y aunque aun tenga todo este poder lo tengo reprimido para que consuma lo que me queda de mi fuerza vital, no he probado una gota de sangre en decadas, el tiempo que me queda ni si quiera yo lo se…

-John: por eso te pido que la entrenes… Elaiza… ¿Me podrías hacer este ultimo favor?

-Alice: le ayudare en todo lo que me pida, tratare de no ser una molestia así que por favor… ¡Entréneme!

-Elaiza: (Después de pensarlo un poco responde) está bien lo hare, te entrenaré todo el tiempo que pueda.

-Alice: ¡Muchas gracias! Se lo agradezco mucho…

-Elaiza: ahora levántate por favor…

-Alice: si.

-John: gracias, te la encargo mucho Elaiza, se que puedes hacerlo ya has entrenado a personas peores.

-Elaiza: (Ríe) como olvidarlo.

-John: nos vemos después, eso espero…. (Se marchan de la casa)

-Asael: cuide de Alice por favor.

-Elaiza: no necesitas decirlo mocoso.

Después de una breve despedida John y Asael se marchan del lugar…

-John: vieja loca a mi no me engaña aun tiene toda esa fuerza dentro de ella.

-Asael: parece que le guardas rencor.

-John: ella fue en un tiempo mi maestra, me torturaba con sus infernales entrenamientos.

-Asael: no me imagino a una anciana torturando a alguien.

-John: esa es solo una forma temporal para dejar pasar el tiempo que le queda de vida.

-Asael: sigo sin poder imaginarmelo… parecía amable.

-John: es amable cuando no te está entrenando, vieja loca…

-Asael: (Por un momento imagina a John entrenando y sufriendo los castigos de la ansiana Elaiza, lo que hace que se le escape la risa)

-John: ¿De qué te ríes imbécil?

-Asael: de nada.

La casa de Elaiza esta situada en lo profundo de un bosque en la nación de Lookat, la cual al ser una nación situada en la costa del continente de Euriath, la mayor parte de sus habitantes viven a las orillas del mar por lo cual casi todos se dedican a la pesca convirtiéndola en su principal pilar económico y la usan para realizar intercambios con sus naciones vecinas…

-Elaiza: me pregunto que tendrá de especial esta chica… (La observa detalladamente)

-Alice: disculpe si al inicio dude de usted, pero al descubrir que era un vampiro me sorprendio bastante…

-Elaiza: (Sonríe) aun te falta mucho por vivir…, he vivido muchísimo tiempo, tambien he visto muchas cosas y aprendido otras, veré que puedo hacer por ti.

-Alice: si realmente puede ayúdeme por favor…

-Elaiza: si, pero primero te alimentaré, espera un poco (Entra en la casa después sale con una gallina en sus manos)

-Alice: ¿Justo ahora?

-Elaiza: así es ¿Cuánto hace que no bebes sangre algunas 12 o 24 horas?

-Alice: la última vez que bebí… fue en medio de una batalla y hasta hoy, creo que fue hace unos 10 días (Se aleja un poco de Elaiza) aun que solo he bebido sangre dos veces en mi vida no es algo que me guste…

-Elaiza: al parecer eres de un buen linaje, entre mas diluido es el linaje se requiere tomar sangre mas continuamente y aunque no te guste debes de hacerlo, si no tus poderes se irán al suelo… además necesito que lo hagas para ayudarte a controlar el estado Berserk (Se alejan tranquilamente de la casa hacia un área despajada)

-Alice: le prometí que me esforzaría y que no sería una molestia ah… (Suspira) lo haré, beberé la sangre (Titubea un poco sin embargo muerde a la gallina) sabe deliciosa… (La gallina lucha por liberarse, pero sus esfuerzos son en vano) está… exquisita…

-Elaiza: hasta ahora todo va bien, está a punto de entrar en el estado Berserk.

-Alice: (La gallina exhala su ultimo aliento muriendo en manos de Alice)

-Elaiza: ¿Qué paso? (Observa que Alice deja de beber sangre pareciera que se hubiera paralizado)

-Alice: … (En un silencio abrumador el rostro de Alice gira lentamente a ver a Elaiza)

-Elaiza: podría ser que… (Mira los ojos rojos de Alice) despertó… (Se impresiona) si… puedo sentir ese fuerte instinto asesino que emana de ella

-Alice: (Termina de beber la sangre que le quedaba a la gallina) ah…

-Elaiza: (Su rostro se torna serio al ver lo que esta ocurriendo) así que el estado "Berserk" de Alice no está balanceado, ahora veo un problema muy malo…

-Alice: (Una sonrisa se dibuja en su rostro, mientras a su alrededor comienza a emanar un enorme poder)

-Elaiza: es increíble..., pocas veces he sentido estas ansias de matar..., esta joven tiene un potencial increíble...

-Alice: (Las uñas se convierten en garras muy filosas, sus ojos empiezan a brillar de rojo como el fuego enfurecido de la lava de un volcán al igual que su cabello)

-Elaiza: con que ha esto te referías John, se ha convertido en un vampiro de más alto nivel sin embargo esto no es evolución... (Lentamente comienza a girar alrededor de Alice)

-Alice: (Observa detenidamente a Elaiza para repentinamente dirigirse hacia ella)

-Elaiza: ahí viene...

-Alice: (A una alta velocidad llega frente a Elaiza para después patearla haciendo que se estrelle con un árbol frente a la casa)

-Elaiza: ¡Gck! (Escupe sangre) este cuerpo es demasiado viejo para esto..., se mueve mas rápido de lo que esperaba.

-Alice: (Sin piedad arremete de nuevo contra la anciana al igual que un animal salvaje)

-Elaiza: (Esquiva hábilmente el ataque) aun te falta mucho por aprender de un combate (La toma del brazo y la estrella contra el piso)

-Alice: (En el suelo) estela... (La energía que baña el cuerpo de Alice comienza a tomar la forma de una mano que se estira y dirige rapidamente hacia Elaiza)

-Elaiza: ¿Estela? (La extraña mano de energía se desliaza como serpiente en el aire y sujeta de una pierna a Elaiza) ¿Quién te enseño a usar tu aura?

-Alice: (Con una potente fuerza el brazo la levanta violentamente para después impactarla contra los arboles en repetidas ocaciones hasta finalmente estrellarla contra el suelo)

-Elaiza: ¡Goah! (Se queda en el piso inmóvil)

Mientras tanto...

-John: recuerdo que una vez que estaba luchando con ella conseguí golpearla muchas veces seguidas... (Dice seriamente)

-Asael: ¿Eso es bueno no?

-John: no..., no lo es... en ese momento me arrepentí de haber hecho semejante cosa.

-Asael: ¿Qué fue lo que paso?

-John: la hice enojar...

De vuelta en el bosque...

-Alice: (Su distinguida sonrisa desaparece de su rostro y su semblante se torna serio)

-Elaiza: (En ese momento el cuerpo de la anciana se cubre en un aura negra)

-Alice: ¿Hmm?

-Elaiza: (El aura se desvanece mostrando a una mujer preciosa con cabello negro como la oscura noche piel blanca como la nieve y ojos rojos) creo que es hora de darte una lección…, una lección que jamas olvidaras.

-Alice: (Un poderoso instinto asesino emana de Elaiza captando por completo la atención de Alice quien por primera vez parece tomarse enserio el encuentro)

-Elaiza: espero que estes lista para lo que viene…

-Alice: (Sin darle oportunidad se abalanza contra Elaiza dando un potente salto cuando inesperadamente su rostro es impactado por un increíble puñetazo que se abre paso por su piel causando un efecto revote que la lanza hacia atrás) ¡Goah!

Mientras tanto…

-John: aun recuerdo como su puño hacia crujir cada uno de mis huesos…

-Asael: ¿Los huesos dices…?

-John: (Con una exprecion completamente seria confieza) en toda mi vida nadie me ha herido tan mortal como ella…

En el bosque…

-Alice: (El impulso generado por el golpe la hace estrellarse violentamente contra un árbol rompiéndolo en pedazos) ¡Goah! (A pesar del desconcierto intenta reincorporarse a la batalla, pero en su cuerpo siente un fuerte calor proveniente de su mandibula) ¡Gck! (Al intentar moverla siente como sus huesos se han roto)

-Elaiza: eres tan frágil y delicada aun… (Con su otra mano golpea el pecho de Alice empujándola hacia atrás)

-Alice: (El impacto destroza sus costillas una a una) ¡Goah! (Sin embargo, se reusa a caer) ¡Gr! (Su cuerpo tiembla del dolor, mas en sus ojos aun hay un poderoso espíritu de combate) ah… ah… (Intenta moverse, pero su cuerpo no le responde)

-Elaiza: (Cotempla a la joven quien apenas puede mantenerse en pie) antes de terminar con esta lección hay algo que tengo que hacer (Se acerca a Alice) veamos… quien fue el que te convirtió en vampiro (Rapidamente pone su mano sobre la cabeza de su contrincante)

-Alice: ¡Gck! (Cuando Elaiza toca su cuerpo queda paralisada)

-Elaiza: (Usando una extraña técnica logra entrar dentro de la mente de Alice) veamos… (Navega por su mente como si fuera un bote navegando en un mar de recuerdos) debe estar por aquí (Finalmente encuentra el recuerdo donde ella fue transformada en vampiro) con que fuiste tú… (Observa detalladamente los rasgos del vampiro intentando relacionarlo) el color de su cabello es blanco… por lo que debería ser vampiro de la nueva generación, por otro lado, hay algo extraño en el que no me puedo explicar… (Una vez terminado con su análisis sale de la mente de Alice)

-Alice: Ah… (Una vez liberada por la técnica de Elaiza las pocas fuerzas que le quedaban se desvanecen cayendo lentamente al suelo inconsciente, volviendo una vez mas a la normalidad)

-Elaiza: pensé que al entrar en su mente y descubrir al culpable podría comprobar mi teoría acerca de su "Evolución" sin embargo aparentemente no hay nada especial en el, por otro lado, sin duda esto no es evolución si no algo peor... (Observa sus manos suaves y jóvenes) después de esto quizás este mas cerca de la tumba de lo que esperaba... (Mira a Alice en el piso cubierta de sangre) ahora debo limpiar este desorden... (Levanta a la joven malherida del suelo luego la lleva dentro de la casa)

Al cabo de unas cuantas horas la joven vuelve a recobrar el conocimiento...

-Alice: (Despues de pasar horas en la oscuridad sus ojos vuelven a abrirse) ¿Qué... paso? ¿Perdí el control cierto...? (Se percata que se encuentra cubierta de vendas mientras un fuerte dolor recorre su mandibula al hablar) auch... (Sujeta su mejilla con su delicada mano)

-Elaiza: (Nuevamente su apariencia es la de una anciana) exacto eso paso ¿Ya te había pasado antes?

-Alice: si, al parecer siempre que bebo sangre pasa

-Elaiza: ¿Cuántas veces has bebido sangre?

-Alice: con esta serian tres veces... que lo hago.

-Elaiza: como lo sospechaba, tu organismo no está acostumbrado a beber sangre y cuando lo haces en lugar de calmar esa sed de vampiro la haces más grande

-Alice: ¿Quiere decir? ¿Que para poder mantenerme bien necesito beber sangre regularmente?

-Elaiza: exacto, así tu instinto será más débil y podrás balancear el estado Berserk.

-Alice: entonces lo hare mas a menudo...

-Elaiza: si, no te preocupes mañana lo volvemos a intentar cuando tus heridas ya estén totalmente curadas.

-Alice: gracias por sus sabios consejos.

-Elaiza: esto es solo el principio, controlar el estado Berserk requiere de años de entrenamiento, no lograras hacerlo de un día para el otro.

-Alice: pondré todo mi esfuerzo en ello, dominare esa parte de mi que ha causado tanto alboroto.

-Elaiza: me gusta tu actitud (Sonríe) por el resto del día concéntrate en descansar, mañana continuaremos con tu entrenamiento.

-Alice: se lo agradezco Elaiza y disculpe las molestias.

-Elaiza: no te preocupes.

Mientras tanto en una ciudad lejana...

-Asael: jefe...

-John: ¿Hmm?

-Asael: ¿Cree que hicimos bien al dejar a Walker con la anciana?

-John: claro que si, además si aprende a controlar sus poderes, podrá defenderse por sí misma, tiene un enorme poder dentro de ella solo que no sabe cómo controlarlo.

-Asael: si, creo que ya lo sabía…

-John: tiene potencial, Elaiza es la mejor maestra que puede tener, esta demente y sus entrenamientos son endemoniados… pero valen la pena, espero que Alice aproveche la oportunidad para hacerse más fuerte.

-Asael: valla esa anciana retirada es muy temible, aunque parecía buena persona, me pregunto… ¿Cuántos años tiene?

-John: no tengo idea… creo que cerca de 500 años…

-Asael: demasiado vieja, me asombra que aun viva

-John: podría vivir el tiempo que quiera solo que ella ya no quiere vivir

-Asael: es comprensible tantos años viviendo, se ve muy solitaria en ese bosque, me pregunto si habrá tenido pareja antes…

-John: esa vieja loca apuesto que nadie la quiere.

Despues de días de camino finalmente están por llegar a su destino, unas solitarias ruinas que se encuentran dentro de las tierras de la nación de Nayarit la cual se encuentra al costado derecho de la nación de Lookat.

-John: casi llegamos ya puedo ver las ruinas.

-Asael: ¡Por fin! ¿Seremos los únicos aquí?

-John: quizás.

-Asael: o tal vez ya empezó la reunión

-John: no creo (A lo lejos se pueden apreciar unas viejas construcciones echas de piedra pulida, las cuales han sido deterioradas por el tiempo y la naturaleza, cubiertas por fango y ramas)

-Asael: ahí está la entrada.

Llegan a las ruinas y ven que hay una persona ahí…

-Desconosido: llegas tarde John

-John: no es que llegue tarde, es que tu llegaste muy temprano

-Asael: ¿Ese no es…. Daniel Canvaz?

-Daniel: ha pasado mucho tiempo desde la última vez que no vimos ¿No crees?

-John: así es maniaco (Chocan las manos con un cordial saludo)

-Daniel: con que aun traes a este tipo de ayudante.

-John: si, es un inútil y no sirve para nada, pero algún día quizás aprenda algo, por cierto, maniaco ¿Cuánto tienes aquí?

-Daniel: llegué aquí hace tres días

-John: estas bien loco…, hace tres días andaba bebiendo

-Daniel: no tenía nada que hacer, por lo que decidi venirme antes, la gente de la ciudad me molestaba mucho así que no me quede mucho tiempo ahí.

-Asael: señor... Iré a la ciudad un momento.

-John: dile a mi mujer que ire a visitarla cuando termine la reunión.

-Asael: de acuerdo, se lo diré (Se marcha del lugar).

-Daniel: valla que es obediente el chico.

-John: lo tengo bien entrenado.

-Daniel: (Ríe) debo conseguirme unos de esos (Escucha que alguien se acerca) ¿Hmm?

-John: ¿Quién llegó?

-Daniel: por fin llegas… tenia rato esperándote "Sasha"

-Sasha: yo tambien te extrañe... (Algo en el aire llama su atención) veo que no llegue sola.

-Marie: hola ¿Me extrañaron? (Aparece enfrente de todos en una cortina de fuego)

-John: ¡Valla que te extrañe! (Observa detenidamente a Marie) ¡Estás que ardes!

-Marie: John Trinidad… ¿No es esa tu mujer la que viene ahí?

-John: ¿¡Que!? (Un terrible terror le recorre la espalda)

-Marie: calma solo era broma…

-John: ¡Chale! ¿¡Que pasa contigo!?

-Sasha: ¿Dónde están Dark y Allen? ¿Aun no llegan?

-Daniel: no deberían de tardar.

-Marie: esta reunión estará bastante entretenida.

-John: ahora que lo mencionas traigo mucha información valiosa, espero que junto con la suya lleguemos a algo.

-Sasha: yo también reuní buena información los pueblos del "Este" estaban infestados de criaturas y cosas interesante.

-Marie: ya llego Dark

Desde el cielo rápidamente cae un individuo…

-Dark: bien… Comencemos

Cada uno de los miembros relata lo que logro descrubrir a lo largo de sus dos meses de viaje, algunos lograron recabar mas información que otros, sin embargo, todo apunta hacia una misma dirección…, en cada uno de los viajes se toparon con criaturas que presagiaban el resurgimiento de la vieja era; La sombra de los Infinitys una vez mas volvia aparecer sobre Abilion ¿Seria acaso posible que nuevamente resurgirían para esclavizar a la humanidad? ¿Podría ser que lograran sobrevivir a la batalla contra Thanatos al igual que lo hicieron cuando desendio El Destructor a Exterminarlos…? ¿Que clase de poder oculto tienen los Infinitys para eludir su completa aniquilación…? Los miembros de La Sombra del Viento se cuestionan mutuamente la existencia de los que alguna vez se autoproclamaron dioses y la forma de enfrentarlos en caso de que los rumores sean ciertos…

-Sasha: Si lo que John descubrió es cierto, nada de lo que hagamos funcionara…, nos arrollaran por completo y perderemos Euriath…

-Marie: Estamos adelantándonos a los echos, a pesar de lo que hemos descubierto, no podemos descartar la posibilidad de que todo esto solo sea una trampa.

-John: Me vale madre si es verdad o no, de cualquier modo, si lo del supuesto dios es verdad le quitare lo divino a putazos, y cuando termine ¡Lo voy a orinar al imbécil! detesto la idea de creer que es invencible.

-Dark: Cierto o no, me rehuso a perder el progreso que llevamos con el continente de Euriath…, ¡La Sombra Del Viento no dara marcha atrás! (Exclamo con voz firme) no podemos permitirnos el lujo de fallarle a la gente que ya hemos salvado… (Las palabras de Dark despiertan viejos recuerdos en sus miembros los cuales parten de un Euriath apunto del colapso, donde la llegada de La Sombra Del viento fue la esperanza que la gente tanto anelaba) me niego a extinguir la luz de esta nueva espanza que hemos creado, me niego a borrar la sonrisa de la gente e intercambiarla por desesperación… ¿Cuál es nuestro propósito entonces…? ¿Ser valientes hasta que nos encontremos con algo que no podamos manejar? ¿Dar una paz momentánea a la gente para que después mueran irremediablemente? No podemos hacer eso… no podemos permitirnos fallar… (Las palabras de Dark tocan el corazón de sus miembros y les brinda un calor en el que comienza a arder la llama de la esperanza) y si llegara el dia donde tengamos a ese monstruo frente a nosotros y nos diga "Apartense" ese dia mi alma ardera y le gritare a la cara ¡No! ¡NO! Aunque mi cuerpo se haga pedazos al intentar detenerlo mi alma ¡No dara un paso atrás! Aunque ni si quiera pueda rasguñarlo, pondré todo lo que este a mi alcance para detenerlo ¡Hasta que no quede rastro de mi! Solo entonces podre estar satisfecho a pesar del resultado, por que la esperanza muere al ultimo y antes de que muera mi esperanza… prefiero morir yo… ¡Es por eso que somos La Sombra Del Viento! Por que la esperanza y el viento no se ven ¡Pero se sienten! y la sombra no es mas que el recuerdo que queda después de haberlo dado todo… como Thanatos los hizo alguna vez…, asi que preparence… por que de aquí saldremos triunfantes o moriremos en el intento…

Al escuchar el emotivo discurso de su líder, la llama de la esperanza arde mas fuerte que nunca en los miembros de La Sombra Del Viento, quienes responden a la determinación de su líder a una sola voz -¡Señor! ¡Si Señor!-

-Dark: Entonces, preparémonos para el contrataque…

-Daniel: Ahora que la ciudad Evil ha caído podemos retomar terreno y recuperar las naciones fronterisas, de este modo nos adueñaríamos completamente de Euriath.

-Marie: Si nos cordinamos y realizamos un ataque convinado a la frontera, podríamos atacar diferentes puntos al mismo tiempo, se creará un caos y no sabran a que ciudad ir.

-John: Me gusta la idea, Genesis no lo verá venir, cuando se den cuenta ya los tendremos agarrados del culo.

-Sasha: Seria un ataque totalmente inesperado, su tiempo de reacción seria lento, aunque envíen refuerzos será demasiado tarde.

-Daniel: una vez recuperado el continente, será nuestro turno de invadirlos.

-Sasha: para invadir Shiria necesitaremos mas que un ataque sorpresa, no podremos detener a todos los altos mandos de Genesis al mismo tiempo, estamos hablando de una pelea de 6 vs Miles.

-Dark: exacto, el problema no es la guerrilla, si no Genesis en si, El nucleo de Genesis esta formado por 4 Lideres, los cuales dividieron Shiria en Genesis de Norte, Sur, Este y Oeste, cada uno de ellos es casi tan fuerte como yo, y tienen su mesa directiva con sus respectivos Generales.

-Marie: Aun no tenemos los números para invadir directamente a Shiria, de momento creo que la mejor opción seria realizar lo acordado, y dejar la invacion para cuando estemos mas preparados.

-Daniel: a menos que consigamos la espada…

-John: No mames, no la hemos encontrado en 4 años ¿Que te hace pensar que la encontraremos para antes de la invacion? En mi ultima investigación solo encontré unos pergaminos que dicen que está resguardada en unas muy escondidas ruinas, ¿De que mierda me sirve eso? Pura documentación de porqueria ¿Quién fue el pendejo que escribió todos esos pergaminos? No sabia ni madre.

-Sasha: bueno…, yo encontré su nombre.

-Marie: ¿¡Encontraste el nombre de la espada!?

-Sasha: No fue algo sensillo de encontrar.

-Dark: ¿Donde lo encontraste?

-Sasha: ese dia, estaba cruzando por el desierto cuando repentinamente cai dentro de unas arenas movedizas…

-Daniel: eso suena peligroso…

-Sasha: en realidad no, pese a lo que mucha gente cree, no existen arenas movedisas en el desierto, a menos que haya una grieta o cueva subterránea cubierta por ellas.

-Marie: ¿Asi que decidiste bajar a investigar?

-Sasha: efectivamente, al dejarme ser tragada por la arena, me llevo a unas ruinas subterráneas, las cuales parecían ser una biblioteca muy antigua, no obstante, se veían como si alguien quisiera haber borrado toda información de ahí, ya que encontré vestigios de lucha.

-Dark: para que alguien se tomara la molestia de destruir la biblioteca, quiere decir que contenía información realmente valiosa…

-Daniel: Si me llevas al lugar, podría desenterrarla, para investigar mas a detalle.

-Sasha: eso no será necesario, realmente pasé cerca de 4 dias investigado a fondo las ruinas y solamente encontré un pergamino escondido en una de las paredes, estaba atrás de un estante destruido de libros…

-Marie: ¿Y solamente contenía el nombre de la espada?

-Sasha: además de decír el nombre de la espada, también contenia la localización de otras cinco bibliotecas antiguas…

-Dark: ¿Traes ese pergamino?

-Sasha: por desgracias el pergamino estaba en muy mal estado, gran parte de la información estaba indecifrable, todo lo que pude salvar lo transcribi en nuevos pergaminos.

-Dark: entonces está decidido, iremos a investigar cada una de esas supuestas bibliotecas subterráneas, danos una copia.

-Sasha: enseguida (Reparte las copias)

-Dark: me ocupare de las que están en las montañas de "Mahamushi"

-John: yo iré los bosques de "Thenia"

-Daniel: será divertido, iré por las montañas rocosas de "Kraner"

-Marie: iré a los rocosos picos de "Nihai"

-Sasha: y yo a las planicies de "Okaido"

-Dark: entonces esta decidido, una vez que terminemos con la investigación volveremos aquí para discutir nuestro siguiente movimiento.

-Sasha: tambien traje uno para Allen, pero al parecer llegara tarde ¿Esta en alguna misión especial?

-John: ese inútil, nunca hace nada bien…

-Marie: siempre hablas mal de el a pesar de conocerse desde hace mucho tiempo.

-Daniel: antes eran inseparables y peleaban todo el tiempo.

-John: ¡Mentiras! Yo ni le hablo a ese wey.

-Kase: sobre eso… (Una sombra de pena cubre su rostro) hay algo que debo contarles… (Al ver el semblante de Dark un fuerte escalofrio recorreo al resto de los miembros) Allen… fue asesinado hace unos días…

-John: ¿¡QUE!? (Exclamo en voz alta) ¿Cómo que se murió el cabron?

Las palabras de Dark provocan un fuerte vacio en el estomago de cada uno de sus miembros, pero la verdad tiene que saberse y merecen conocer cada detalle…

-Sasha: asi que fue Critsu quien lo hizo…

-Daniel: ese desgraciado, aprovecho de su falta de experiencia y lo mato a traición. (La ira se apodera el) ¡Maldicion! (Patea violentamente un pequeño pilar que se encuentra a su lado haciéndolo pedazos)

-Dark: su muerte es una terrible perdida… con la que tendremos que cargar, lo menos que podemos hacer es honrrarlo como un valiente miembro que ha caído en combate, ya he encontrado su cuerpo y hace unos días se lo entregue a la familia…, me comunicaron que lo enterraran en el cementerio de la ciudad (Es la primera vez que La Sombra Del Viento pierde a un miembro) guardemos un minuto de silencio por nuestro compañero… (Le dicen a dios a su compañero caído en combate, guardan un minuto de silencio en honor al valiente guerrero)

Los miembros de La Sombra Del Viento, sufre cada uno a su manera la perdida de un valioso miembro, entre ira, tristeza y llanto, intentan dejar ir el dolor que les provoca muy dentro de su corazón… sin embargo, no es algo tan simple… de solucionar. En una acción solidaria acompañan a la familia en su dolor, su presencia solo desata mas llanto entre los parientes del difunto, por desgracia en el camino a la libertad nadie esta excento de perder la vida en combate y a pesar de que todos saben eso, el dolor no desaparece en lo mas minimo…

Una dulce y pequeña niña quien con dificultad puede caminar, aun no entiende lo que esta ocurriendo y se acerca en silencio con los miembros del grupo hasta topar con John cruzando su mirada con la pequeña infante quien inocentemente le pregunta -¿Por qué mi papi esta en esa caja?-

-John: ¡Gck! (Su corazón se estremese con tan inocente pregunta… ¿Cómo responder ante eso…? pensó) a… (Su boca se abrió, pero no pudo decir nada)

Ante la incertidumbre de John, la niña precioso -¿Esta dormido?-

-John: (Su corazón colapso y no pudo evitar cargarla y abrazarla) Si… está dormido (Respondio… mientras intentaba no romper en llanto) el va a ir a descansar… a un lugar lejano… por mucho tiempo… (Por sus mejillas se dezlisaron lagrimas con las que se humedecio el cabello de la infante) pero no te preocupes… un dia… iras a ese lugar a visitarlo…

Una sonrisa se dibujo en el rostro de la pequeña quien al ponerla devuelta sobre el suelo se fue en paz con sus familiares…

-John: …

Ningun miembro dijo nada al respecto, solo pudieron contemplar como la niña se alejaba con sus familiares.

-Daniel: ¿Estas bien?

-John: Si…

Es increíble como a veces damos la vida por sentado sin detenernos a pensar que nadie tiene la vida comprada, nunca sabemos cuando un viaje puede ser el ultimo ni cuando podemos abrazar y besar a un ser querido por ultima vez; La Sombra Del Viento jamas habia experimentado la perdida de alguno de sus miembros por lo que la perdida de Allen significo un golpe devastador para ellos, aunque muy en el fondo sabían que la muerte siempre era un riesgo latente en su causa, jamas la habían experimentado de primera mano.

Cuando se esta verdaderamente comprometido con una causa mayor, se puede dar la vida por el bien común, y es que la causa siempre es mas grande que uno mismo, no porque sea mas importante si no por lo que en si significa, en este caso es dar la vida por darle a tus seres queridos un futuro mejor aunque tu no estes en el.

Allen lo sabia… y decidio ir hacia adelante, sin importar lo que significase…

La historia no esta echa por cualquiera, solo las personas que dan todo en el campo de batalla son los únicos que merecen ser recordados. En Abilion la libertad siempre ha sido pagada con el precio mas alto, asi fue antes, lo es ahora y asi será siempre.

-What are you looking? (¿Que estas viendo?)

-*Nada*… (Nada…)

Al terminar la ceremonia fúnebre los miembros de la sombra del viento se tomaron unos días para convivir con sus familias, la ciudad estuvo de luto por una semana entera y se le dio apoyo total a la familia del difunto…

Despues de dos semanas, los miembros de La Sombra Del Viento, se reunieron a las afueras de Nayarit en una extensa estepa que cubre la mayor parte de la zona donde reanudaron sus actividades según lo previsto emprendiendo su camino a lo largo de todo Euriath…

-John: (Observa como Dark se aleja del grupo) ¡Dark!

-Dark: (Al escuchar el llamado de su compañero, interrumpe su camino) ¿Qué pasa?

-John: deje a Alice entrenando con Elaiza, espero no te moleste, con todo esto de la muerte de Allen olvide por completo avisarte.

-Dark: en absoluto de hecho fue una decisión muy acertada (Observa que se encuentra solo) ¿Dónde esta tu ayudante?

-John: Decidi enviarlo con Elaiza para que vigile a Alice, a como están las cosas es mejor no dejarla sola.

-Dark: entiendo.

-John: Elaiza esta loca, pero es una excelente maestra, se que podrá sacarle el mejor partido posible al poder de Alice.

-Dark: dentro de ella habita un misterioso poder, que nos será de gran ayuda, en las batallas venideras…

-John: Despues de que Sasha se uniera a nosotros, jamás pensé que tendríamos nuevamente la oportunidad de reclutar a alguien con poderes provenientes de la oscuridad…

-Dark: Cuando la encontré, muy dentro de ella ya había tomado una decisión, lo único que hice fue despertar lo que ya estaba ahí…, ese poderoso deseo de venganza…

-John: Alice podrá ser un vampiro, pero odia a la oscuridad más que nadie…, lo vi en sus ojos…

-Dark: sus acciones tienen consecuencias, Genesis ya se ha enterado de su existencia, solo es cuestión de tiempo para que comiencen a seguirla.

-John: Hace tiempo unas criaturas la secuestraron por un par de horas…

-Dark: Asi que ya comenzó… (Dentro de él sabia que eso ocurriría tarde o temprano, ya que fue el primero en ver de cerca lo que Alice es) ¿Cómo lograron someterla?

-John: Paso demasiado rápido, los muy cobardes le arrojaron una lluvia de bombas de plata, cuando vi la cantidad de plata que usaron para secuestrarla, pensé lo peor…

-Dark: asi que la plata tiene efecto sobre ella.

-John: afortunadamente no logra matarla, pero si la debilita bastante…

-Dark: ¿Un vampiro al cual la plata no mata?

-John: Ellos creen que es un vampiro evolucionado, y quieren adueñarse de ese poder.

-Dark: con el solo hecho de salir al sol demuestra estar muy por encima de los demás.

-John: tampoco bebió sangre en todo el camino, a veces realmente olvidaba que era un vampiro…

-Dark: fue lo mejor que pudo haber echo, cuando la encontré me dijo que tenia años sin beber sangre, y cuando la obligue a hacerlo, su transformación fue increíble…

-John: Los vampiros que no beben sangre a menudo, se deterioran fácilmente, Elaiza quien es un vampiro antiguo es mas resistente a la abstinencia poco a poco se ha ido deteriorando con los años…

-Dark: Una vez que bebe sangre pierde el control y ataca todo lo que tenga pulso.

-John: me hubiera gustado verla (Sonrie)

-Dark: créeme es algo que no querrías ver, por lo menos en compañía de tu ayudante, ya que creo que fácilmente lo mataría aun contigo cuidándolo.

-John: ¿Estás diciendo que me podría derrotar?

-Dark: Solo digo que en ese momento no tendrías tiempo para preocuparte por la vida de los demás, sin estar dispuesto a perder la tuya…; Cada vez que Alice bebe sangre se vuelve mas fuerte, sin embargo, lo que mas me preocupa es que quizás solamente esta recuperando el poder que perdió con el paso de los años…

-John: rayos… entonces si esta cabron.

-Dark: una vez que llegue a su tope, podrá entrenar y esta vez volverse realmente fuerte, Cuando ese momento llegue será capas de tomar la venganza que tanto anela… (Se impulsa fuerte con sus pies dando un salto luego se aleja volando)

-Daniel: ¡John! nosotros tambien nos marchamos, nos vemos en dos meses.

-John: ya esta maniaco.

-Marie: hasta luego.

-John: Marie dame un abrazo ya no nos veremos en mucho tiempo.

-Marie: no tienes remedio John (Su espalda se cubre de fuego después las llamas forman dos alas con las que se aleja volando)

-Sasha: cuídense mucho...

-John: nos vemos Sasha (Se aleja caminando)

-Daniel: (Se acerca a por detrás a Sasha) cuida tu espalda Sasha.

-Sasha: (Sonríe) de ti… o ¿A que te refieres?

-Daniel: (Usando la hiema de los dedos lentamente recorre la cintura de Sasha hasta envolverla en sus brazos) Sabes que no podría soportar el perderte…

-Sasha: (Sus mejillas se sonrosa ante tales palabras) lo se… me lo estuviste diciendo todos los días que estuvimos en la ciudad… (En un dulce giro voltea para encontrarse frente a frente con la mirada de Daniel)

-Daniel: y lo volveria a hacer de ser necesario...

-Sasha: Daniel...

Al terminar de despedirse cada uno de los Generales toma su camino diciendo adiós a la ciudad de Nayarit donde esperan volverse a ver en los siguientes dos meses...

-John: cuando terminen los dos meses, pasare por Alice y Asael..., espero que ese inútil la vigile de cerca y no haga nada estúpido...

Capitulo 8: "Berserk"

El viento movía las copas de los arboles en el frondoso bosque de Lookat haciendo caer cientos de hojas sobre el pasto, como si hubieran sido días, han pasado casi dos meses desde que Alice comenzó su entrenamiento...

-Alice: Ayer me estaba acordando de Dark y los demás.

-Elaiza: ha pasado mucho tiempo desde que llegaste aquí (Observa con lujo de detalle a su joven pupila) has mejorado bastante...

-Alice: gracias Elaiza, todo es gracias a sus enseñanzas y rigurosos entrenamientos, se lo agradezco mucho (Hace una breve reverencia)

-Elaiza: aun queda mucho por aprender, este entrenamiento te encaminará al autodescubrimiento... donde tendras que progresar y mejorar tu sola.

-Alice: (Un brillo en sus ojos refleja una increíble confianza) con todo lo que he aprendido, realmente podre hacer la diferencia.

-Elaiza: al final, es uno mismo quien se fija sus limites, una vez que tu entrenamiento termine podrás defenderte de cualquier adversario.

-Alice: El cielo es el limite Elaiza (La alegría y emoción se reflejan en su rostro, a pesar de haber entrenado tan corto una poderosa confianza emana de ella) puedo vencer a cualquiera.

Mientras tanto desde lejos escondido entre las ramas de los arboles Asael observa la casa de la anciana...

-Asael: ha pasado tiempo desde que me enviaron a proteger a Walker... recuerdo lo que dijo el General John...

Tres meses antes...

-John: Sera mejor que regreses con Alice y la vigiles hasta que yo pase por ustedes...

-Asael: (En ese momento nota algo extraño en John –El General se comporta muy extraño... ¿Habra pasado algo en la reunión? – Pensó) sí señor, esperaremos con Elaiza hasta que pase por nosotros.

-John: ten mucho cuidado y si algo pasa avísame cuanto antes... ¡No hagas nada estúpido!

-Asael: si, lo sé… no se preocupe.

-John: intenta no interferir en el entrenamiento de Alice, tampoco le digas nada inesesario, no quiero que nada interfiera con su entrenamiento…

-Asael: entiendo, vigilaré a Walker, hasta que regrese por ella señor.

-John: Genesis ha estado muy activa… mantente alerta y si algo ocurre usa esta carta de teletransportacion, te llevara a Nayarit de inmediato (Le entrega una carta tansparente).

-Asael: ¡Wow! Es la primera vez que me da una de esas. (La guarda en su sueter)

-John: solo usala en casos de emergencia, lo dejo todo en tus manos…

-Asael: confié en mi jefe (Después de ese momento emprende su camino hacia Lookat hasta llegar al bosque de Elaiza donde observa a Alice desde lejos) el jefe dijo que no interfiriera en su entrenamiento así que me mantendré a distancia todo el tiempo para que no me vea…

Desde ese día vigilar a Alice se convirtió en la tarea de Asael…

-Asael: a pesar del tiempo que llevo aquí, he logrado evitar que me vea, debo de ser cuidadoso para no interrumpir su entrenamiento (Sube arriba de un árbol)

-Alice: ¿Siempre ha vivido en este bosque Elaiza?

-Elaiza: no, antes de que todo se saliera de control solía vivir en la ciudad de Tailand

-Alice: (La declaración de Elaiza consigue sorprenderla) ¿Vivía entre humanos?

-Elaiza: en aquel tiempo había más paz que ahora y nosotros los vampiros podíamos pasar desapercibidos, incluso solía tener amigos humanos.

-Alice: me parece difícil de creer ya que cuando me volví vampiro todos a los que conocía me abandonaron.

-Elaiza: la vida era diferente entonces…, además pocos conocían el ojo vampírico, yo siempre los despistaba diciendo que era una enfermedad en mis ojos.

-Alice: (Ríe) muy lista Elaiza.

-Elaiza: la vida era hermosa, realmente disfrutaba vivir entre humanos eran muy agradables y cuando pensé que mi vida no podía ser mejor lo conocí a él… (Le señala el cuadro de una pintura donde esta una pareja)

-Alice: Esa de ahí es usted verdad, entonces él es… su esposo.

-Elaiza: fue mi esposo…

-Alice: oh…, lo lamento.

-Elaiza: Su nombre era Joe Frost…, han pasado casi mas de cien años desde la última vez que lo vi.

-Alice: ¿Qué fue lo que le paso? Si se puede saber…

-Elaiza: el era un humano común y corriente, pero… había algo especial en el (Sonríe) siempre fue una persona muy amable y gentil con todo el mundo, su bondad no tenia limites.

-Alice: era humano… entonces fue un amor prohibido.

-Elaiza: no realmente, lo conocí en una feria que hubo en la ciudad, recuerdo que yo estaba mirando los premios que se podían ganar al derribar cinco figuras con un viejo rifle, fue entonces cuando el se acerco y me dijo "¿Cuál te gusta?" (Sonrie) Recuerdo que al inicio realmente no sabia que responder, fue algo muy sorpresivo, pero al final ya que me calme un poco respondí "El oso de allá" en ese momento no esperaba conocer a nadie ese día, yo solo estaba paseando por el lugar cuando de repente llego este hombre de la nada ofreciéndose a ganar un premio para mi, y confiadamente me dijo "Lo conseguiré en un dos por tres" sus palabras sonaron con tanta seguridad que me impresionaron, un desconocido que llego de la nada y prometió darme el oso que quería…, pensé que cosas como esas pasaban solo en los cuentos.

-Alice: que romántico… es una historia de amor preciosa, llegó tan varonil de la nada y te consiguió el muñeco del oso.

-Elaiza: (Al escuchar eso no puede evitar reír) no exactamente…, Joe era una persona sumamente pacifica nunca en su vida había usado un arma, aquella noche gasto todo su dinero y no pudo conseguirme el oso.

-Alice: (Ríe) ¡Eso de que va!

-Elaiza: Joe no pudo ganar el muñeco ese día, pero a cambio gano una parte de mi corazón… después de eso estuvimos platicando toda la noche e insistió persistentemente en acompañarme a casa cuando termino la feria, decía que una joven como yo no podía andar sola por la calle, si hubiese sabido en ese momento que yo era la criatura más peligrosa en toda la ciudad probablemente yo lo hubiera acompañado a él a su casa.

-Alice: qué bonito…

-Elaiza: desde aquel día noche tras noche iba a visitarme, fueron días sumamente hermosos para mi, el realmente quería estar conmigo, sin embargo, entre mas tiempo pasaba a su lado más comenzaba a temer que se enterara de lo que yo era realmente.

-Alice: te entiendo…, pero tenias que decírselo no podías ocultárselo para siempre.

-Elaiza: eso mismo pensé… luego de un año de estar juntos finalmente tuve el valor para confesárselo a lo que el respondió "Lo se" el siempre supo la verdad y aun asi me amaba sin importar lo que yo era… en el pasado perdi muchas personas queridas cuando les confesaba la verdad sobre mi… y a pesar de eso el seguía ahí…, ah… (Un pequeño suspiro escapa de sus labios) recuerdo que lloré toda la noche en sus brazos…, fue uno de los momentos mas felices de mi vida… (Sus ojos se humedecieron haciendo caer un par de delicadas lagrimas que seco tranquilamente con su mano) después de ese día, se vino a vivir conmigo.

-Alice: tu historia me ha llegado al corazón… Pero el tiempo les afecta muy diferente a los humanos y vampiros.

-Elaiza: lo sabíamos y tras hablarlo durante muchos días Joe finalmente se decidió a convertirse en vampiro.

-Alice: así podrían estar juntos para siempre…

-Elaiza: eso creímos, vivimos felices juntos por siglos hasta que… todo cambio.

-Alice: ¿Qué sucedió?

-Elaiza: Cuando la oscuridad finalmente termino de devorar el continenten de Shiria comenzó a expandirse al resto de los contienntes, los vampiros que invadieron Euriath empezaron a atacar humanos dando a conocer abiertamente nuestra existencia, los lugareños del pueblo atacaron nuestra casa destruyendo todo y nos acorralaron… recuerdo que le dije "Librémonos de ellos y escapemos" pero el dijo "Si les hacemos algo solo les comprobaremos que somos los mounstros que ellos creen" se negó rotundamente a atacar a los agresores, así que intentamos escabullirnos entre la multitud para escapar… sin embargo mientras Joe se escabullía entre la muchedumbre alguien le clavo una estaca en el corazón…

-Alice: no… (Rapidamente lleva sus manos al rostro en exprecion de asombro… su corazón se entristece al escuchar el desenlace)

-Elaiza: lo saque como pude y escape, pero sin importar lo que hiciera Joe murió en mis brazos ese día…

-Alice: ¡Elaiza! (Abraza a la anciana con fuerza)

-Elaiza: no he bebido sangre desde entonces esperando que mi fuerza vital se extinga para volver a ver a mi Joe.

-Alice: entiendo…, yo haría lo mismo de estar en su lugar.

-Elaiza: muy dentro de mi siento que falta poco para que eso suceda…

-Alice: … (Fue entonces cuando entendio que el fin de Elaiza estaba cerca) Elaiza…

-Elaiza: (Sonríe) bueno… es hora de entrenar Alice.

-Alice: si… iré a prepararme (Sale del cuarto) Nunca pensé que detrás de Elaiza, se ocultara tan triste historia… realmente me ha llegado al corazón… y al mismo tiempo me hace preguntarme si… realmente todos los seres provenientes de la oscuridad son tan malos…; Quizas asi como Elaiza, también haya criaturas que no estén de acuerdo de como van las cosas, tal vez… no todos son bestias iracundas, sedientas de sangre…

Al terminar con los preparativos salen fuera de la casa…

-Alice: bien… (Sonríe) empecemos (Se sienta en el centro del jardín)

-Elaiza: recuerda… deja fluir la energía… después encadena esas ansias de matar como si fueran un perro rabioso…

-Alice: ah… (Respira hondo luego sus uñas se convierten en garras muy filosas, sus ojos empiezan a brillar de rojo como el fuego enfurecido de la lava de un volcán al igual que su cabello)

-Asael: (Impresionado) esto es increíble…, nunca pensé que Walker tuviera tanto poder… sabia que tenia, pero en su estancia en esta casa a incrementado enormemente.

-Elaiza: falta poco Alice, sigue así, deja salir el poder que tienes dentro... abre las puertas de tu poder

-Alice: (Expulsa una cantidad de energía que mueve levementelas hojas del suelo)

-Elaiza: ya casi Alice un poco mas...

-Alice: ah... (Se levanta) lo logré, ya tengo todo el poder liberado

-Elaiza: bien hecho Alice lo has dominado perfectamente, esta vez tienes todo el poder que puedes controlar libre...

-Alice: valla que ha sido difícil llegar a este punto, aunque después de entrenar tanto me es más sencillo ahora.

-Elaiza: bien... vamos a la parte del combate (Se acerca a Alice)

-Alice: ¿Esta vez te transformaras tú también?

-Elaiza: no es necesario

-Alice: que injusticia yo soy la única que se transforma aquí, además nunca te eh visto transformarte, la vez que me dejaste tirada en la cama de los golpes que me diste no cuenta...

-Elaiza: (Ríe) ya te pedí disculpas por eso, además llego a ser necesario

-Alice: apuesto que puedo obligarte a usar ese poder como la vez pasada.

-Elaiza: entonces... ven e intentalo.

-Alice: me parece bien, esta vez te atacare con todo lo que tengo... ¡Aquí voy!

-Elaiza: cuando gustes... (Se prepara para el combate)

-Alice: (El sonido de un águila que volaba sobre el bosque inicia el combate) esta vez podré golpearte (Arremete contra Elaiza)

-Elaiza: (Con gran habilidad la esquiva fácilmente) tienes poder, pero eres mala peleando

-Alice: ya verás... (Ataca ferozmente a Elaiza con poderosos puñetazos, pero la experiencia lleva la ventaja)

-Elaiza: no me golpearas con solo lanzar golpes (Con un movimiento armonico esquiva y bloquea todos los golpes como si estuviera bailando) el combate también requiere de estrategia y técnica... no solo de fuerza bruta

-Alice: (Se agacha con un giro para darle una patada en las piernas) entonces te enseñare que tengo estrategia

-Elaiza: (Esquiva por poco la patada de Alice) valla eso estuvo bien...

-Alice: casi te tengo (Usando ágilmente sus piernas da veloces giros con los que lanza increíbles patadas que cada vez están más cerca de impactar a Elaiza)

-Elaiza: (Esquiva una y otra vez las patazas de Alice sin embargo poco a poco la joven pupila consigue ganar terreno haciendo retroceder a Elaiza) me gusta tu entusiasmo (Cuando una de las patadas esta apunto de impactarla da un fuerte salto que la eleva por los aires)

-Alice: ahora que estas en el aire no podrás esquivar (Un fuerte puñetazo se dirige hacia Elaiza) ¡Te tengo!

-Elaiza: (Bloquea su golpe usando sus manos) tal vez no pueda esquivar, pero si bloquear.

-Alice: (Se sorprende) ¡No lo puedo creer!

-Elaiza: (Cae al piso) nunca descartes una acción por completo

-Alice: Todavía no he acabado (Sonríe)

-Elaiza: ¿Me tienes alguna sorpresa?

-Alice: es algo que solo he practicado a escondidas pero esta vez lo llevare acabo (Acumula energía en su mano en forma de luz que poco a poco comienza a tomar forma, despúes la libera poco a poco moldeándola en forma de un átomo de veinte centímetros con un núcleo color rojo y las orbitas azules las cuales hacen girar unas pequeñas esferas de energía naranja como si fueran electrones)

-Elaiza: (Se asombra) que técnica tan rara es esa...

-Alice: si verdad (El cabello de Alice pierde el color rojo al igual que el brillo en sus ojos) yo la llamo "Centella"

-Elaiza: ¡Alice! ¿Usaste todo el poder de tu transformación para crearla?

-Alice: así es..., prácticamente es una técnica suicida porque me deja sin energía, pero valdrá la pena (Se la lanza a Elaiza)

-Asael: ¿Qué rayos es eso?

-Elaiza: (Se hace hacia un lado) ese tipo de técnicas son muy fácil de esquivar.

-Alice: ¿Eso crees? (Rápidamente lanza una cuerda de energía hacia el átomo haciendo que cambie de trayectoria y siga a Elaiza)

-Elaiza: ¡Es dirigible! (Se sorprende) Me atrapo (De repente nota algo extraño) ¿Hmm? el poder de Alice disminuye rápidamente (Voltea ver a Alice percatándose que ha quedado inconsciente y se esta cayendo al suelo)

-Alice: ¿Que esta... pasan...do? (Pierde la conciencia)

-Elaiza: (En ese momento la técnica de Alice desaparece) estuviste muy cerca.

-Asael: ¿Que habrá pasado?

-Elaiza: la técnica que utilizo Alice consumió mucha de su energía, al parecer el simple hecho de arrojarla le costó el estado Berserk y cuando intento dirigirla gasto las pocas energías que le quedaban, por un momento llegue a asustarme, aunque no se realmente que tan poderoso hubiera sido el impacto con esa técnica suya…

-Asael: fue increíble nunca pensé que pudiera volverse tan fuerte en tan poco tiempo…

-Elaiza: ha dominado el 30% del poder que le corresponde, así que al dominar el otro 20% que le queda se volverá realmente poderosa, sin embargo… la parte más difícil de todo el entrenamiento es lograr el equilibrio entre el instinto asesino y la cordura de Alice, desgraciadamente eso es algo que solamente ella puede conseguir, no puedo ayudarle con eso…

Mientras tanto en unas frias tierras cubiertas por hierva seca donde pocos animales suelen habitar, un hombre sobrevuela el lugar…

-Dark: la nación de "Mahamushi" según el pergamino de Sasha aquí hay una biblioteca antigua, sin embargo (Mira alrededor sin encontrar estructura alguna) creo que no será fácil de encontrar… (Desciende a la tierra) me alegro que se encuentre en una area no habitada y lejos de la ciudad… (Busca por todo el terreno hasta que después de unas cuantas horas encuentra una gran grieta en el suelo) esta grieta no parece muy natural, podría haber la posibilidad que fuera creada por el undimiento de la biblioteca… Tendre que descender para descubrirlo (Salta hacia la oscura grieta y desciende lentamete) maldición… tendre que encender una antorcha para poder investigar tranquilamente… (Usando hieva seca y viejos maderos, se construye una antorcha para posteriormente encenderla con un mechero) hmm… todo esta muy dañado y no parece haber sido ocacionado por el tiempo… (Camina por los oscuros pasillos de la biblioteca) todo indica que fue destruida al igual que la que Sasha encontró, veré si puedo encontrar algo que sirva de ayuda (Investiga durante horas, no obstante, la biblioteca no contiene nada de valor) No hay nada… será mejo que salga de aquí (En ese momento pisa un pedazo de papel en el piso) ¿Hmm? esto parece legible, veamos… creo que es lenguaje antiguo intentare descifrarlo dice… "Una vez que han sido enviados al mundo de los muertos solo las reliquias pueden volverlos a la vida" ¿Reliquias? ¿Mundo de los muertos? ¿Qué quiere decir eso exactamente? Me lo llevare para analizarlo en la próxima reunión…

Mientras tanto, en la casa de la anciana Elaiza…

-Alice: (Comienza a despertar) ¿Elaiza…? ¿Qué paso con el entrenamiento?

-Elaiza: casi lo lograste solo te falta un poco mas, incluso pensé que estaría en un gran aprieto con esa técnica que creaste.

-Alice: esa fue la primera vez que la lancé con toda mi fuerza, cuando practicaba lo hacía con cantidades bajas de energía creo que aun no estoy lista para lanzarla con todo mi poder…

-Elaiza: con un poco mas de practica podras hacerlo… ¿Descansaste bien? Es hora de volver con el entrenamiento.

-Alice: estoy bien, esta vez creo que podre transformarme mas rápido.

-Elaiza: eso espero, estaré afuera un momento (Sale de la casa)

-Alice: en un momento estaré ahí (Se levanta y empieza a tender la cama)

-Elaiza: veremos si hoy puede transformarse por su cuenta.

-Alice: (Sale fuera de la casa) ya podemos empezar.

Sin perder tiempo inician una vez mas el entrenamiento…

-Elaiza: ¡Comienza!

-Alice: ah… (Respira hondo luego sus uñas se convierten en garras muy filosas, sus ojos empiezan a brillar de rojo como el fuego enfurecido de la lava de un volcán al igual que su cabello)

-Asael: esta vez se siente un poco mas de fuerza que ayer… (Observando desde lejos)

-Elaiza: vamos Alice, ya sabes lo que tienes que hacer…

-Alice: ah… (Expulsa una cantidad de energía que mueve levementelas las hojas del suelo)

-Asael: es la segunda vez que lo veo, pero aun así me resulta impresionante… (Se inclina demasiado para ver desde la rama de un árbol que casi cae) ¡Ah! casi…

-Alice: ¡Lo lograre! (Una estela de energía color rojo cubre a Alice sutilmente)

-Elaiza: lo consiguió, lo has logrado sin apoyo.

-Alice: (Se observa las manos y ve la energía que fluye cerca de ella) son los frutos de mi arduo entrenamiento (Habla seriamente)

-Elaiza: tengo unas preguntas para ti

-Alice: ¿Cuáles?

-Elaiza: ¿Sabes lo que es evolución?

-Alice: creo que es el conjunto de transformaciones o… cambios a través del tiempo… que han originado la diversidad de formas de vida.

-Elaiza: supuestamente la evolución prepara a las especies de maneras más aptas para sobrevivir y ser mejores.

-Alice: evolucionar es mejorar.

-Elaiza: la mayor parte del tiempo lo es, sin embargo, para los vampiros la evolución es una regresión.

-Alice: ¿A qué te refieres?

-Elaiza: John me hablo acerca de lo que piensan los demás vampiros acerca de ti, ellos creen que eres un vampiro evolucionado, e incluso John piensa en eso, pero la realidad es otra…

-Alice: ¿Cuál es la verdad de todo esto?

-Elaiza: los vampiros más poderosos son los vampiros antiguos, quienes están más cerca al linaje original…, con el paso del tiempo los vampiros han ido evolucionando y el lazo de sangre se ha ido deteriorando causando que nazcan vampiros más débiles y con menos poder que los anteriores…

-Alice: eso quiere decir que no he sufrido una evolución si no una regresión, y... que en mi corre un linaje más antiguo al de los demás.

-Elaiza: exacto.

-Alice: valla... realmente no se qué pensar.

-Elaiza: a pesar de que soy antigua jamás había visto una transformación como la tuya, los vampiros de hoy en día su cabello se torna blanco, en cambio mi cabello mantiene su color natural..., mientras que el tuyo cambia a color rojo... algo realmente fuera de contraste, tal vez tu linaje sea incluso más antiguo que el mío, aunque eso es algo que no lo puedo asegurar.

-Alice: realmente no se qué tan bueno o malo sea eso, pero al menos se algo más sobre mí misma.

-Elaiza: no dejes que eso te deprima y continúa hacia adelante.

-Alice: tiene razón, decidí aceptarme como soy y usar mis poderes para proteger a las personas desde hace tiempo...

-Elaiza: me alegra que lo veas de ese modo.

-Alice: si...

-Elaiza: bien ahora que ya hemos aclarado todo esto continuemos con tu entrenamiento.

-Alice: está bien ¿Hmm? (En ese momento algo la inquieta) desde hace un momento siento la presencia de un individuo, pero no sé si es aliado o enemigo

-Elaiza: (Dentro de su mente una pequeña charla interna ocurre "Así que ya se dio cuenta, veo que su percepción a incrementado, pero no puedo dejar que ataque a Asael")

-Alice: esta por allá (Da un paso en la dirección de Asael)

-Elaiza: tranquila Alice

-Alice: ¿Qué pasa?

-Elaiza: recuerda que por aquí pasan muchos viajeros tal vez es uno de ellos, hace días también pasaron unos cerca de aquí...

-Alice: tal vez tengas razón...

-Elaiza: Alice... tú has sido mi mejor alumna, te he enseñado mucho solo queda una cosa por enseñarte, entonces mi labor habrá terminado

-Asael: valla... eso estuvo cerca...

-Alice: ¿Qué cosa falta por aprender?

-Elaiza: regresar a tu forma original después de entrar al estado "Berserk"

-Alice: cierto..., siempre me desmayo para regresar a la normalidad no sé como guardar toda esta energía (Mira sus manos)

-Elaiza: es mas sencillo de lo que parece… solo respira profundo, conforme vallas inhalando aire ve absorbiendo en tu cuerpo toda la energía que ahora tienes liberada, al momento de exhalar comprímela dentro de ti

-Alice: (Hace exactamente lo que le dijo Elaiza, en ese momento toda la energía liberada es absorbida por su cuerpo poco a poco hasta que finalmente logra regresar todo su poder dentro cayendo al piso volviendo a la normalidad) lo conseguí… no fue tan difícil (Se dibuja una sonrisa en su rostro) por fin lo logre ¡Ya domino el estado Berserk!

-Elaiza: si por fin lo has logrado (Sonríe) con esto tu entrenamiento lo doy por terminado mañana tendrás que seguir tu propio camino Alice.

-Alice: oh… es verdad…

-Asael: valla por fin todo está como debe de ser… aunque el General dijo que pasaría por nosotros cuando fuera en camino a la reunión ¿Debería… interceptarla y hablar con ella o seguir vigilándola de lejos…? (Pensamientos encontrados no lo dejan tomar una decisión) ire por proviciones al pueblo y luego tomare una decisión…

Esa noche Alice se encuentra sumergida en sus pensamientos girando de un lugar a otro en su cama…

-Alice: (Por mas que intenta dormir sus pensamientos no se lo permiten) mi entrenamiento se ha terminado…, así que Elaiza ya no tiene porque entrenarme más… (Suspira) es tan nostálgico…, por un momento me hiso recordar lo que se siente tener una madre, hace ya tantos años que la mía me fue arrebatada… habia olvidado este horrible sentimiento de no tener a nadie que espere por ti…, me siento sola…, como aquellas noches que pase en mi vieja casa (Recuerda cuando lloraba sola en su antiguo hogar) ah… (Abraza fuerte su cobija)

En una fría noche en los frondosos bosques de Lookat una joven sufre en silencio invadida por tristes recuerdos sobre su pasado, sin embargo, a pesar del dolor que siente sus ojos no derraman ninguna lágrima.

Alice: prometí no llorar más… no… no lloraré… (Una lagrima corre por su mejilla) mama…

Capítulo 9: Pelea al límite.

Una mañana de invierno en un frondoso bosque una joven se encuentra sentada a la puerta de una gigantesca casa.

-Alice: (Contemplando los verdes arboles frente a la casa de Elaiza, escucha la melodía de las aves que danzan en las copas de los arboles) a pesar de ser invierno, estos arboles conservan todas sus hojas (Mira como el vierto mece las copas de los arboles) creo que es hora de irme…(Entra a su cuarto y empieza a empacar sus cosas en una mochila Negra) llevaré lo más indispensable, después partiré a reunirme con los demás, si me encuentro con el General John, lo podría hacer mas rápido pero no se donde esta, estoy en un poso…. (Al terminar recorre por ultima vez los pasillos de esa enorme casa) voy a extrañar todo esto.

-Elaiza: (Se encuentra a Alice en el pasillo) veo que te estás preparando para tu viaje.

-Alice: (Suspira) si…, ya tengo que partir…

-Elaiza: (Con una sonrisa en el rostro le responde) fue un placer ser tu maestra mi joven discípula has hecho un buen trabajo.

-Alice: te agradezco todo lo que me has enseñado... (Un fuerte sentimiento se alverga en su pecho) Elaiza puedo hacerte una pregunta.

-Elaiza: claro que puedes.

-Alice: ¿Cuánto tiempo te queda?

-Elaiza: Después de la energía que he gastado me siento más fatigada, quizas me quede un año o tal vez menos.

-Alice: entiendo..., se que tienes muchas ganas de ver a Joe, pero, aunque suene egoísta realmente me gustaría volverte a ver después de que todo esto termine, lo digo enserio.

-Elaiza: tranquila... eres joven tienes una larga vida por delante no te encariñes tanto con una anciana como yo...

-Alice: mentiría si te dijera que no me he encariñado contigo, gracias a ti recordé lindos sentimientos que creí olvidados... (Abre su mochila revisando sus cosas)

-Elaiza: también yo me encariñé contigo, este pequeño tiempo pensé que no era tan malo continuar con vida.

-Alice: no te detendré si tu deseo es partir de este mundo, solo te digo que me gustaría verte cuando todo esto termine y estar nuevamente en tu compañía...

-Elaiza: ah... (Un nostálgico suspiro escapa de sus labios)

-Alice: discupe..., estoy diciendo tonterías... (Intenta cerrar rápidamente su mochila) no es momento para esto... (Sin querer se le cae la mochila al piso) maldición... (Se agacha a juntarla y se queda un momento agachada pensando) ¿Que estoy haciendo...? (Se pregunta en voz baja)

-Elaiza: bien..., hare una promesa contigo...

-Alice: ¿Una promesa? ¿Qué tipo de promesa...?

-Elaiza: yo te prometo que cuando vuelvas estaré aquí esperándote..., pero tú prométeme que volverás... sin importar que ¿Te parece bien?

-Alice: me parece bien... (Fuertes sentimientos estremecen su cuerpo) gracias..., muchas gracias... Elaiza... (Sin poder aguantar corre a abrazarla)

-Elaiza: tranquila no pasa nada..., no quiero que te vayas deprimida de este lugar, esto no es un adiós si no un hasta luego.

-Alice: tienes razón (Después de un cálido abrazo recoge sus cosas) muchas gracias por todo y espero verte pronto (Sonríe) hasta luego Elaiza.

-Elaiza: te esperaré aquí hija (Sonríe).

-Alice: (Con una sonrisa en el rostro se aleja poco a poco de la vieja casa) volveré Elaiza es una promesa... (Impulsada por un sentimiento de esperanza parte en búsqueda de sus compañeros)

-Elaiza: cuídate mucho Alice, espero que tengas muchas aventuras (Entra en su casa)

-Alice: te las contaré todas cuando vuelva (Se despide agitando su mano energéticamente después se va del lugar corriendo) vamos Alice... No mires atrás o no podras irte... (Comienza a correr) por mas tentador que sea... no volveré hasta que todo haya terminado, justo como prometi...

-Elaiza: (Toma a una de sus gallinas en sus brazos) solo un poco mas... quiero verla crecer (Muerde a la gallina) tendrás que esperarme un poco mas Joe..., hay alguien aquí que me necesita...

-Asael: (Mira a Alice que se aleja de la cabaña) ¿A dónde va? debo de seguirla, no puede andar por ahí ella sola... (Baja del árbol en que estaba) el General todavía no recibe el mensajero que le mande...

Mientras tanto en un lugar muy lejano en lo profundo del continente de Shiria...

-Critsu: pensé que con la muerte de su compañero, su moral se vendría abajo y conseguiríamos adentrarnos en el continente de Euriath, sin embargo sucedió lo contrario.

-Primer General: supongo que es obvio ¿No creen?

-Tercer General: estoy de acuerdo con él, después de perder a su compañero, se están empeñando en matar a cientos de nosotros.

-Isao: el problema no es la cantidad de criaturas que están matando, el problema son los lugares que están atacando...

-Cuarto General: Al párecer sabían mas de lo que creíamos, tenían nuestros puntos de acceso perfectamente identificados, pero esperaron para atacarlos.

-Primer General: Si se están preguntando porque hasta ahora, déjenme decirles que van un paso detrás de La Sombra Del Viento... (Mira detenidamente el rostro de sus compañeros, contemplando la exprecion de incertidumbre en sus rosotros) ¿No lo saben? (Una escalofriante sonrisa se dibuja en su rostro) ¿Sera que... están muy tristes por la perdida de su amigo? ¿Sera?

-Critsu: ¡Aun así no debemos permitir que maten a tantos de los nuestros!

-Primer General: no seas idiota, estas actuando justo como nosotros esperamos que ellos actuaran y es por esa idea estúpida que esta ocurriendo este desastre.

-Isao: ¿Estas diciendo que ellos contaban con que asesinaramos a su compañero para dar un contra golpe?

-Primer General: sin duda la muerte de su compañero los tomo por sorpresa, pero lo que ellos estaban esperando era a que nosotros reunieromos nuestras fuerzas para dominar Euriath, de este modo se ahorrarían la tarea de buscarlos y matarían enormes cantidades de los nuestros, de una sola vez...

-Critsu: estas diciendo que...

-Primer General: (Sonríe) exacto, La Sombra Del Viento, nos esta destruyendo con nuestra propia trampa…

-Critsu: ¿¡Qué!? (Se molesta) ¿Y eso que tiene de gracioso?

-Primer General: fue un plan brillante, la invacion a fracasado totalmente…

-Critsu: ¿Qué hacemos entonces?

-Isao: retiremos a las tropas sobrevivientes antes de que sean aniquilados.

-Cuarto General: si es que logran escapar.

-Isao: esto cambia por completo nuestros planes…

-Tercer General: cuando el señor Alejandro se entere, podría asesinar a uno de nosotros…

-Cuarto General: no necesariamente…, si logramos aniquilar a otro miembro de La Sombra Del Viento, podríamos nivelar las cosas.

-Isao: la pregunta es ¿A quien matamos?

-Todos: … (Un pequeño silencio cubre la sala)

-Isao: recientemente se ha visto a una joven acompañando a miembros del grupo, primero estuvo viajando junto con Dark, después se integro al grupo de John, actualmente perdimos su rastro en Lookat…

-Tercer General: ¿Crees que se trate de un nuevo miembro?

-Isao: no tengo informes confirmados, pero es una posibilidad.

-Critsu: si ese es el caso me ofrezco para eliminarla.

-Isao: su fuerza aun es desconocida, la última vez que se le puso a prueba… luchó contra uno de mis capitanes Shei el cual fue literalmente hecho pedazos.

-Primer General: valla… una joven chica que despedaza demonios, creo que eso es algo que no se ve todos los días…

-Tercer General: esto podría convertirse en un gran problema en el futuro.

-Cuarto General: exacto, debemos deshacernos de ella.

-Isao: eso no es todo…, después de investigarlo minuciosamente, se cree que no es un vampiro "Normal".

-Primer General: con que esa es la famosa mocosa de la que todo mundo habla…

-Cuarto General: ¿Asi que ya tenias conocimiento de su existencia?

-Primer General: en efecto, este tipo de cuestiones no pueden pasar desapercibidos, se cree que es un vampiro evolucionado.

-Isao: algunos dicen que su linaje podría compararse al del primero... (Al escuchar esas palabras, el nerviosismo se apodera del lugar)

-Tercer General: no seas estúpido Isao, no hay forma de que eso sea posible, ya que la prision esta fuertemente custodiada por los cuatro antiguos o como se les conoces, los portadores del linaje original.

-Cuarto General: el tiene razón..., no hay menera que se pueda heredar el linaje de esa forma, quizás solo es una coincidencia o una mutacion.

-Primer General: no lo sabremos hasta después de analizarla parte por parte (Dezlisa su lengua por sus colmillos)

-Critsu: Me aseguraré de no destruir mucho el cuerpo, para que puedan analizarla.

-Primer General: me encanta el entusiasmo con el que vas tras los débiles, me pregunto por que será... (Una sonsira burlesca se dibuja en su rostro) tal vez en el futuro podamos contar contigo para eliminar a un pez gordo... (Su tono de voz sarcástico lo hace ver débil y aprovechado)

-Critsu: ¿¡Que insinúas!?

-Primer General: nada..., solo quiero saber si contamos contigo para derribar a John o alguien más... (Sonríe)

-Critsu: (Cada una de las palabras del primer general ofenden su orgullo) traeré a la chica... (Envuelto en una fuerte rabia se retira sin reprocharle nada)

-Cuarto General: ¿Crees que pueda tráela?

-Primer General: si venció a Allen, quizás es mas fuerte de lo que parece...

-Isao: ¿Te diviertes con todo esto cierto?

-Primer General: como un zorro en el gallinero, solo quiero ver volar plumas a mi alrededor.

-Isao: maldito loco...

Han pasado dos días desde que Alice se fue de la casa de Elaiza...

-Alice: (Transita por un viejo camino de terracería cruzando entre blancas montañas cubiertas por nieve) me pregunto que tanto me faltara para llegar al siguiente pueblo, espero que no esté muy lejos ya tengo días caminando, haber salido sin un mapa no es una de las ideas mas brillantes que he tenido...

-Asael: (Sin que Alice se dé cuenta la persigue manteniendo cierta distancia) me pregunto a donde irá, tal vez debería alcanzarla y contarle todo, aunque estas tierras son bastante tranquilas no creo que haya peligro alguno.

-Alice: (Mientras se aleja poco a poco de las montañas se encuentra con un viajero) ¿Hmm? Una persona, preguntare indicaciones (Sin malicia alguna se acerca ingenuamente al viajero) disculpe...

-Viajero: (Al ver que la joven se acerca estira la mano hacia ella) ¿Podría ayudar a un pobre compañero que ha caído en desgracia?

-Alice: (Por un momento se sorprende al ver la reacción del hombre, afortunadamente parece no tener malas intenciones) ¿Qué le ocurre buen hombre?

-Viajero: Naci con un mal llamado "Mircon" tengo huesos y piel sumamente frágiles, cada mañana me rompo las piernas y por la tarde me fracturo los brazos, después en las noches me recuesto sufriendo hasta que mis paros cardiacos me hacen dormir y mis hemorragias internas me despiertan por las mañanas.

-Alice: oh dios… tenga esta moneda buen hombre.

-Viajero: (Mira la moneda de oro) ¡Muchas gracias! ¡Gracias señorita! Con esto podre pagar el tratamiento para curar mi enfermedad, yo sabía que había gente buena aun en este mundo.

-Alice: no se preocupe… (Sonrie)

-Viajero: ¿Hay algo que pueda hacer por usted?

-Alice: si, ¿Puede decirme el camino a la ciudad mas cercana?

-Viajero: Claro, siga este camino por 300 kilometros mas, después habrá un camino hacia la izquierda, siga por el y llegara a la ciudad de la Nacion de Gido, tenga cuidado en el camino, escuche que en Nihai la nación vecina se esta armando un gran alboroto…

-Alice: Gracias por la información, se lo agradesco mucho.

-Viajero: ¿Algo mas que pueda hacer por usted?

-Alice: Con eso es suficiente, vayase con cuidado (Continua con su camino)

-Viajero: Gracias (Continua con su camino) ¡En verdad muchas gracias!

-Alice: Las personas de estos lugares son muy amables (Sonrie)

-Viajero: (Unos minutos después se topa con Asael) ¡Tenga un excelente día joven viajero! (Dice con una sonrisa en el rostro)

-Asael: buen día… (Se extraña de lo feliz que va el hombre)

-Alice: (Después de caminar un par de dias más por fin llega a una ciudad de Gido) por fin llegue…, creo que lo primero que haré será ir a comprar comida… (Entra a la ciudad)

-Asael: llegamos a Gido la nación vecina de Kraner, estamos alejándonos demasiado hacia el sur… (La persigue escondiéndose entre la multitud) no es que Gido sea una nación peligrosa…, pero con tantos ataques ha los puntos estratégicos de Genesis, probablemente muchas criaturas comiencen a dispersarse por todo Euriath, no quiero que nos encontremos con algo que no podamos manejar…, El General me conto que, en este viaje, tendría dos misiones, la primera buscar una biblioteca en ruinas en Thenia, y la segunda seria… arrazar con todas las criaturas que habitan en la nación perdida de Mezcal…

-Alice: (Encuentra un mercado) Aquí es un buen lugar para comprar comida ¿Cuánto cuesta este saco de comida para viajeros?

-Vendedor: ¿Cuál de los dos? ¿El grande o el pequeño?

-Alice: el pequeño por favor

-Vendedor: cuesta 100 monedas de cobre.

-Alice: démelo por favor (Le entrega el dinero)

-Vendedor: aquí tiene.

-Alice: gracias (Continua con su camino).

-Vendedor: de nada, valla... que preciosa chica.

-Alice: (Saliendo a las afueras de la ciudad cerca del bosque arma un pequeño refugio con ramas y troncos para acampar) con esto será suficiente, solo me falta el fuego (Recoge hierba seca junto con troncos los acomoda para luego con gran habilidad encender fuego) con esto no me dara frio...

-Asael: valla... Alice sabe cuidarse sola más de lo que creí, en verdad me ha dejado sorprendido...

-Alice: (Despúes de un arduo trabajo se acuesta a descansar en la comodidad de su refugio) que a gusto estoy..., esto me hace recordar aquellos tiempos cuando solía vivir sola..., claro que desde que conocí a Dark y a los demás, mi vida cambio mucho, he pasado por muchas cosas (Sonríe) todo se ha vuelto aunque sea un poco más alegre además de que ya tengo casa a donde volver.

-Asael: bueno, creo que me pondré cómodo al parecer planea dormir aquí, hubiera sido mejor idea dormir en una posada, pero en fin... (Observa el campamento desde lejos) La ciudad de Thenia esta aun mas al sur..., pero ir hacia alla podría ser peligroso (Se recuesta sobre la tierra) creo que lo mejor será hablar con Alice y dirigirnos a Nayarit, ahí estaremos a salvo hasta la siguiente reunión.

-Alice: mañana continuare mi viaje, le preguntare a alguien cual es el camino hacia la siguiente ciudad...

-Asael: creo que lo mejor será usar el servicio Warp, pero para eso necesitare el pase de entrada, hmm... creo que lo guarde con los Tenders, tendre que ir a la ciudad a sacarlo (Se levanta rápidamente del suelo y se sacude el polvo) espero que siga abierto... (Se aleja de la zona)

La noche se hace presente trayendo consigo una fresca brisa que baña las afueras de la ciudad...

-Desconocido: (Se acerca al refugio de Alice) esa parece ser la chica vampira.

-Alice: (Siente una fuerte presencia) ¿Hmm? (Se viste luego rápidamente sale del refugio encontrando unos ojos brillantes en la oscuridad) ¿Quién eres tú?

-Desconocido: Guarda silencio y no opongas resistecia, si cooperas no te haremos daño... (Aparece una criatura enorme)

-Alice: ya veo… (Se pone en guardia) ¿Eso es parte del protocolo? Llegar y decirle a tu victima que no va a pasar nada…

-Criatura: Los altos mandos tienen gran interés en ti y quieren que te lleve en una pieza, por lo que prefiria no tener que hacerte mierda… además fue muy difícil encontrarte, de no ser por ese viajero probablemente no te habríamos encontrado…

-Alice: ¿Cual viajero?

-Criatura: un loco que iba hablando maravillas de la joven que le dio dinero para atender su enfermedad.

-Alice: ¡El viajero enfermo!

-Criatura: lo encontramos por las montañas caminando feliz, nos contó todo sobre la joven milagrosa que lo ayudo, realmente nos fue de utilidad espero que después de haber caído de ese acantilado donde lo lanzamos pueda ir a curarse.

-Alice: ¡Malditos! Ese hombre no merecía eso.

-Criatura: No te preocupes una vez que llegue al piso, de sus enfermedades será lo ultimo de lo que tenga que preocuparse (La bestia se abalanza contra Alice como un perro rabioso atacándola frenéticamente)

-Alice: (Con gran habilidad esquiva cada uno de sus ataques) Desgraciado… (Los enormes brazos de la criatura marcan la distancia entre ellos, sin embargo, Alice acorta la distancia entre ellos cada vez que esquiva sus ataques) Mi turno… (Con gran fuerza impacta con un rodillazo una de las costillas de la criatura)

-Criatura: ¡Goah! (El golpe fue tan fuerte que lo levanto medio metro del suelo)

-Alice: (Sin darle oportunidad entrelasa sus dos manos y le conecta otro golpe justo en la cabeza)

-Criatura: ¡Goah! (La fuerza del impacto lo estrella contra el suelo donde rápidamente se reincorpora dando un salto hacia atrás) desgraciada… eres más fuerte de lo que pensé (Libera su energía la cual utiliza para levantar las rocas a su alrededor) estaba siendo gentil contigo por que no quería llevarte en tan malas condiciones, pero si no me dejas de otra, luchare enserio…

-Alice: ¿Rocas? ahora que recuerdo, Elaiza dijo que algunas especies usan los elementos a su favor.

-Criatura: (Como si fueran proyectiles dispara las rocas hacia Alice) ¡Esquiva esto!

-Alice: (En una danza mortal esquiva las rocas sin embargo su cantidad es tal que se ve obligada a destrozar algunas con sus puños y pies) son muy molestas… (En ese momento una gran roca se dirige hacia ella la cual destruye de un solo golpe, desgraciadamente los pequeños fragmentos caen en sus ojos) ¡Maldición!

-Criatura: (Percatándose de que se encuentra segada embiste a la joven arrastrándola por el suelo) ¡Que te parece esto! (Despues de arrastrarla varios metros la lanza contra un grupo de piedras)

-Alice: ¡Gck! (Agilmente se pone de pie) sabes ya me estoy empezando a molestar (Cierra su puño luego lo abre creando una esfera resplandeciente color rojo con pequeños rayos emanando de ella como una bobina de tesla) ¡Caos!

-Criatura: ¿Qué es esa lucecita que creaste?

-Alice: pronto lo sabrás… (Corre hacia la criatura)

-Criatura: No creas que dejare que me atrapes con eso (Salta varios metros por los aires perdiendo de vista a su enemigo, en ese momento se da cuenta que Alice no se encuentra sobre el suelo) ¿Dónde está? (Justo en ese instante mira hacia arriba descubriendo que Alice está a punto de bajarlo con una patada) ¡No! (El golpe provoca que se impacte fuertemente con el piso) ¡Goah!

-Alice: (Cae sobre él impactándolo con la esfera resplandeciente)

-Criatura: (Al contacto emerge una gran explosión que destruye todo a su paso emitiendo un gran resplandor) ¡AAAHHH! (Cuando se disipa el humo solo se ve un cráter donde estaba la criatura)

-Alice: ah… (Cae de rodillas al suelo) eso consumió mucha de mi energía.

A lo lejos una desagradable voz rompe el breve silencio…

-Criaturas: ¿Ya te cansaste? esto acaba de empezar (Un grupo de cuatro criaturas se aproxima a Alice)

-Alice: ¿Aun hay mas…? (Se levanta)

-Criatura: Ahora que conocemos tu poder, te atacaremos con todo lo que tenemos…

Mientras tanto en la ciudad…

-Asael: entonces que opinan chicas ¿Les gusta la idea de ir a pasear a la feria?

-Chicas: claro guapo (Dos atractivas mujeres lo acompañan por las calles de la ciudad de Gido) ¿Cómo dices que llegaste a la ciudad?

-Asael: estoy protegiendo a una chica soy su guardaespaldas

-Chicas: ¿Guardaespaldas? Valla… entonces eres muy fuerte

-Asael: manos o menos.

-Chica: esta haciendo bastante frio hoy…

-Asael: no te preocupes (Se quita el sueter y abriga a la chica) ya esta.

-Chicas: eres todo un caballero.

-Asael: solo hago lo que cualquier hombre en mi situación haría… ¿Quieren algún caramelo?

-Chicas: ¡Sí! (Dicen sonriendo)

-Asael: (En ese momento mira hacia el área donde Alice estaba acampando observando un pequeño resplandor cuansado por la explocion) ¿Qué rayos? disculpen chicas pero tendremos que ir otro dia…

-Chicas: pero…

-Asael: disculpen… (Dice seriamente mientras se marcha)

-Chicas: era demasiado bueno para ser verdad…

-Asael: maldición… algo esta ocurriendo (Cuando va a medio camino un mensajero lo intrecepta) ¿Hmm? Debe ser la respuesta del General… (Sin dudarlo lo activa mientras corre en dirección al campamento de Alice)

-Mensajero: ¡Imbecil! ¿¡No te dije que me esperaran con Elaiza!? ¡Solo tenias un trabajo y la cagaste! (Una lluvia de reclamos salen del mensajero)

-Asael: Maldicion… cuando vuelva con el General me espera una horrible tortura…

-Mensajero: Alice esta siendo rastreada por Genesis desde hace tiempo, no dudaran en capturarla si tiene la oportunidad, buscala y regresen con Elaiza cuanto antes, esa vieja tiene el poder suficiente para vencer a quien sea, los vere allá.

-Asael: (El mensaje de John consigue alarmarlo y se da cuenta el terrible error que cometio en no detener a Alice) rayos… debo ir por ella cuanto antes.

En ese momento a las afueras de la ciudad de Gido una gran batalla se estaba llevando acabo…

-Criaturas: (Las cuatro bestias se lanzan contra Alice)

-Alice: (Evitando quedar en medio da pequeños saltos hacia atrás intentando aislar los ataques de las criaturas).

-Criaturas: ¿A dónde crees que vas? (Coordinados como bestias salvajes intentan cerrarle el paso para acorralarla)

-Alice: (Deslizándose de un lado a otro esquivando las filozas garras de las bestias buscando desesperadamente al eslabón más débil) vamos… (Como una revelación encuentra a una de las criaturas mas adelantada dejándolo expuesto a un fuerte golpe que Alice no desaprovecha) ¡Ahora! (Sin piedad le conecta un fuerte derechazo en la cabeza rompiendo su mandíbula)

-Criatura: (Retrocede un poco) Ja…ja… (Voltea a ver a Alice) me rompiste el hocico.

-Alice: (La sonrisa en la bestia la desconserta) Aun asi se rie… (Dice seriamente) romperle la mandíbula no fue suficiente para vencerlo…

-Criatura: creo que es mi turno… (Del suelo salen un par de manos que atrapan los pies de Alice)

-Alice: ¿¡Eh!?

-Criaturas: (Con su objetivo inmóvil, las otras tres criaturas atacan con todo lo que tienen)

-Alice: ¡Ah! (Una lluvia de golpes cae fuertemente sobre ella)

-Criaturas: no importa si la matamos, al final lo que cuenta es llevarla con nosotros (Golpean brutalmente a Alice con la intención de arrebatarle la vida) ¡No usen las garras! O la haremos pedazos (En ese momento dos de las criaturas son golpeadas fuertemente en la cabeza con un báculo) ¿Qué rayos fue eso?

-Asael: no dejare que lastimen a Walker... ¡Bestias!

-Criatura: (Una de las criaturas ataca fuertemente a Asael sin embargo el joven se defiende bien ante ella) es más fuerte de lo que parece... dejen a la chica y ayúdenme.

-Alice: ah... (Se desploma sobre el suelo)

-Asael: ¡Mierda! (Mira como corren hacia él como una manada de leones salvajes)

-Criaturas: (Agreden al joven como un conejo atrapado por una manada de lobos)

-Asael: ¡AAAHHH! (En cuestión de segundos muchos de sus huesos son rotos)

-Alice: ¿A... Asael? (Poco a poco su mente vuelve en si, mirando a su amigo a lo lejos) Pero... ¿Que haces aquí? (Desde lejos mira como es brutalmente agredido por las criaturas) dejen a Asael, en paz criaturas asquerosas... (Usando todas sus fuerzas logra ponerse en pie) ah... ah... ¡Dejenlo!

-Asael: (En un intento desesperado saca una daga que tenia oculta entre sus ropas y la clava al costado de una de las criaturas)

-Criatura: ¡Ah! (Remueve la daga clavada en su cuerpo) ¿Así que te gusta jugar con cuchillos? (Usando esa misma daga corta el brazo de Asael)

-Asael: ¡AAAAAHHH! (Su grito es tan fuerte que suena por todo el lugar)

-Criatura: (Tira el brazo de Asael al suelo como si se tratara de un trozo de madera) así no podrás intentar nada de nuevo, pero por si acaso (Al igual que el poderoso tiburón blanco usando sus mandíbulas corta el otro brazo del joven)

-Asael: ¡AAAHHH! (Se retuerce de dolor)

-Alice: ¡Asael! (Corre tan rápido como puede para liberar a su amigo, sin embargo cuatro criaturas mas aparcen en la escena estrellándola contra el suelo frenando en seco su avance) ¡AAHH! ¡Malditos! (A pesar de haber si completamente inmovilizada intenta liberarse de sus captores, al ver esa acción dos criaturas mas ayudan a someterla) ¡Dejenlo! ¡Gck! (Intenta en entrar en modo Berserk, pero su mente se encuentra tan abrumada que no logra concentrarse) vamos... ¡Vamos! (Su poder comienza a incrementar)

-Criaturas: Increible aun intenta liberarse... (Aplastan violentamente la cabeza de la joven haciendo que pierda la concentración y su poder se apague)

-Alice: ¡AH!

-Asael: ah... ah... (Su cuerpo se encuentra con la mayoría de los huesos rotos y sus brazos han sido amputados, nadie sabe a ciencia cierta que mantiene cuerdo a este hombre para no caer ante la desesperación) No le hagan daño… ah… Cof cof (Los daños internos lo hacen escupir sangre) ah… ah… por favor…

-Criatura: deberías mejor preocuparte por ti pedazo de mierda… (Patea al joven haciendo que ruede por el suelo)

-Asael: ¡Goah! (El piso se tiñe cada vez mas de rojo)

-Alice: ah… ah… (Con su cabeza bajo el pie de una de las criaturas implora por piedad para su compañero) ¡Detente! ¡Por favor! Ah… ah… ah…

-Criatura: ¿Qué me detenga? Pero si acabo de comenzar (Golpea fuertemente a Asael)

-Alice: ¡Si quieren llévenme, pero déjenlo en paz!

-Asael: Walker… (El estado en el que Asael se encuentra es verdaderamente lamentable su cuerpo esta bañado en sangre) Cof… cof… quiero que sepas… ¡Gck! (El dolor que siente es algo fuera de este mundo) lo lamento… ¡Cof! Lamento ser tan débil…

-Criatura: (Toma de los pies a Asael luego lo azota contra el piso una y otra vez como si fuera un trapo viejo) que divertido…

-Alice: ¡DIJE QUE TE DETENGAS! (Se siente un impacto de energía en el ambiente, las uñas de Alice se convierten en garras muy filosas, sus ojos empiezan a brillar de rojo como el fuego enfurecido de la lava de un volcán al igual que su cabello)

-Criatura: creo que se enojo (Sonríe)

-Alice: ¡Graaaaah! (Empieza a expulsar la energía que lleva dentro)

-Criatura: ¡Esto es increíble! nunca había visto tanto poder (Las criaturas que tenían sometida a Alice no pueden contenerla mas) ¡AH!

-Alice: (Toda la energía que Alice libero se concentra sobre ella) jamás se los perdonaré… (Un par de lagrimas se deslizan por sus mejillas)

-Criatura: no, esto no puede ser (Desconcertado por lo ocurrido atacan desesperadamente a Alice)

-Alice: (Con sus garras desmiembra a una de las criaturas sin piedad)

-Criaturas: ¿¡Qué está pasando!? (Sus ojos no pueden creer lo que les está ocurriendo) ¿Por qué su cabello se volvió rojo? (Deja caer a Asael al suelo)

-Alice: faltan mas… (A una velocidad impresionante se dirige hacia ellos sumergida en una furia incontrolable) ¿¡Les gusta esto!? ¡Malditos! (Como si fueran cuchillas cortando papel, sus garras cortan la carne de las criaturas)

-Criatura: ¡AAAHH! (Son destrozados brutalmente por Alice, uno a uno caen en pedazos al suelo)

-Alice: (Mira al suelo contemplando a las criaturas despedazadas) desgraciados…

En ese momento la tierra comienza a estremecerse como si algo se acercara…

-Alice: ¿Hmm?

A lo lejos se escucha el marchar de un ejército el cual hace temblar la tierra con el andar de cientos de criaturas en dirección hacia ella…

-Alice: (Un poderoso ejercito se aproxima hacia ella) ¿No se cansan de atormentarnos…? ¿Su ambicion no conoce limites? ¡Genesis! ¡Grah! (Se dirige hacia ellos a una gran velocidad) Ustedes también pagaran lo que le han hecho a Asael (Segada por la rabia arremete contra las criaturas que se avecinan) ¡Los matare a todos! (Entrando en alcance de la primer Bestia una de sus garras se dirige violentamente a cortar su garganta sin embargo… es parada en seco)

-Critsu: Mocosa ingenua… ¿Crees que puedes arremeter tu sola contra nosotros? (Con una fuerte patada lanza a Alice hacia la multitud de criaturas)

-Alice: ¡Goah! (Al tocar el piso una lluvia de golpeas cae sobre ella)

-Criaturas: ¡Destrócenla! (La golpean sin piedad)

-Alice: ¡Gck! (Sin importar los golpes se levanta rápidamente y usa sus garras para cortar los brazos de sus atacantes)

-Criaturas: ¡AAAHH! (Varios pares de brazos caen sobre el suelo)

-Alice: ¡Alejense de mi! (Consigue liberarse la la multitud, para posteriormente destrozar a todo aquel que se atreve a atacarla) ¡Malditos!

-Critsu: Muere… (Aprovechando la distracción de Alice la ataca por la espalda intentando cortarle el cuello, sin embargo alguien bloquea ese golpe mortal)

-Alice: ¿Eh?

Mientras tanto en un lugar muy lejos de ahí…

-John: (Siente un escalofrío) ¿Qué rayos fue esa sensación…? (Contempla con preocupación al horizonte)

La sombra de un valiente miembro cae al piso sin vida…

-Critsu: Maldición esta basura se entrometió… (Mira como el cuerpo del valiente joven cae al suelo partido en dos)

-Alice: (Sus ojos no quieren creer lo que acaba de ocurrir, a pesar de estar en estado critico el joven dio su vida para bloquear un ataque mortifico hacia Alice) ¡ASAEL! (A pesar de no tener brazos y tener la mayoría de sus huesos rotos corrió hacia el ataque para ofrecer su vida a cambio de la suya, Asael cae muerto sobre el suelo)

-Critsu: valla basura… se entrometió… (Limpia la sangre que cubre su mano).

-Alice: ¡MALDITO! ¡MALDITO SEAS! (Algo dentro de su mente colapsa, ver morir a su amigo fue demasiado para ella entrando en un frenesí de sangre)

-Critsu: estúpida vampiro… (A una gran velocidad esquiva y bloquea los feroces ataques provenientes de Alice)

-Alice: ¡AH! (Sus garras dan solamente al aire, por mas que lo intenta no consigue tocar a Critsu) ¡MUEREEEE! (Su combinación de puñetazos y patadas no logra alcanzarlo) ¡GRAAH! (Un poderoso ataque con sus garras busca cortar la garganta de Critsu)

-Critsu: ¿Hmm? (Con su mano izquierda consigue desviear el ataque de su enemigo) se está volviendo más fuerte... será mejor que termine con ella de una vez (Esquivando con un ligero movimiento de cabeza un puñetazo que se dirigía a su rostro, para después impactar el rostro de Alice con un poderoso contragolpe derribándola al suelo)

-Alice: ¡Goah! (Impacta fuertemente contra el piso, pero se levanta rápidamente)

-Critsu: ya veo... no caerá solo con eso... (Esquiva uno a uno sus ataques y la contragolpea una y otra vez)

-Alice: (La perseverancia no es suficiente para vencer a Critsu, poco a poco la cantidad de golpes que comienza a recibir es mayor) ¡Ah! (Los golpes de Critsu son tan fuertes que poco a poco la van dejando inconsciente)

-Critsu: reconosco que eres fuerte al soportar mis golpes, pero no tienes lo necesario para vencerme...

-Alice: (Su vista poco a poco comienza a nublarse) no... tengo que vengar a Asael...

-Critsu: no tienes lo que se requiere para vengarlo (Esquiva uno de sus golpes para posteriormente tomarla del brazo y estrellarla contra el suelo)

-Alice: ¡Ah! (Poco a poco sus fuerzas la abandonan) no... aun no... (Intenta levantarse) ¡El no merecia morir!

-Critsu: la muerte es la única salida para los débiles como ustedes (Camina hasta ella luego comienza a golpearla) los humanos ya no tienen lo que se requiere para conservar este mundo, es hora de que den paso a la nueva generación.

-Alice: ¡Ah! (Los golpes de Critsu resuenan en su cráneo como bombas)

-Critsu: (Golpe tras golpe impacta sin piedad a Alice) y cuando finalmente la oscuridad cubra por completo el planeta, el mundo progresara...

-Alice: ¿Voy... a morir aquí...? (Con cada golpe siente como su mente se va alejando de su cuerpo) perdón... perdóname Asael por no haber tenido la fuerza para protegerte... John... perdón John... por mi culpa... el... el... murió... (En un intento desesperado intenta levantarse)

-Critsu: ¿Aun te quedan fuerzas? Mira el estado en el que estas, en este momento no eres capas ni de salvarte a ti misma (Mira el cuerpo de Alice lleno de sangre) no entiendo por que los demás están interesados en conseguir tu cadáver, pensé que tendrías algo mas que tu cabello rojo... solo fueron meras especulaciones sin fundamentos... (Patea con gran fuerza a Alice)

-Alice: ¡AH! (La fuerza del golpe la hace rodar por el suelo) no puedo mas... no puedo mas... este sujeto me va a matar... (Con las pocas fuerzas que lequedan se arrastra por el suelo)

-Critsu: ¿A dónde crees que vas? (Mira como se arrastra por el suelo) es suficiente… ¿Eso estas pensando? (Rie) vampiro asqueroso… (Con gran fuerza aplasta con su pie el estomago de Alice) ¿Por qué te uniste a ellos? ¿Es mejor estar con los débiles?

-Alice: ¡AAHH! (Sujeta su pierna intentando quitársela de encima)

-Critsu: ¿Cómo fue que tu cabello se volvió rojo? (Preciona mas su pie contra Alice) ¿No vas a reponder?

-Alice: ¡NO LO SE! ¡AAHH! (Siente como sus órganos se rompen por dentro)

-Critsu: eres una inútil…, nada de lo que dices me sirve…. (Quita su pie del estomago de Alice)

-Alice: ah… ah… ah… (Respira agitada)

-Critsu: ya me cansé de estos juegos… es hora de terminar con esto… (Se acerca a Alice)

-Alice: (Mira como lentamente Critsu se acaerca hacia ella) no… aléjate…

-Critsu: se acabo… (Sujeta el cuello de la moribunda joven con su mano izquierda y comienza a apretarlo)

-Alice: ¡Gck! (Intenta liberarse pero no consigue hacerlo) ¡Gck! ¡Gck! (Siente como su vista comienza a nublarse) ¡Gck! (Hasta caer en la completa oscuridad) Elaiza… ayúdame… (En ese momento su mente se desconecta por completo) …

-Critsu: ¿Se desmayo?No duermas que este es el principio del fin (Con un fuerte golpe impacta la cara de la joven) Voy a destruir tu rostro con mi puño (Golpea una y otra vez el rostro de Alice) otro de los miembros de La Sombra Del Viento morirá por mis manos (Rie) soy el mas grande asesino de estas basuras (Rie a carcajadas hasta que recuerda el comentario del Primer General lo cual borra su risa) qué solo mato a los débiles dijeron… si son tan débiles por que no matan alguno, después de esto quizás me suban de categoría a General numero 3 (Mira a Alice) pero eso será después de matar a este vampiro hereje… (Con su mano derecha se dispone a destruir la cara de Alice) hasta nunca ¡Basura inmunda! (Cuando esta apunto de golpear a Alice… Un puñetazo le hace rezumbar la cabeza con tal magnitud que lo sume en el suelo) ¡AAAHHH!

-Marie: ¡Desgraciado! (Una misteriosa chica entra en escena impidiendo que Critsu logra su cometido)

-Critsu: (Se levanta adolorido, limpiando sangre que emerge de su boca) ¿Pero que demonios…? (Mira a Marie) ¡TU!

-Marie: (En ese momento ocurre una fuerte explosión la cual calcina al resto de las criaturas sobrevivientes)

-Critsu: (La explosión lo expulsa fuertemente destruyendo todo con lo que choca) ¡AH! ¡ME QUEMO! (Rodando por el suelo consigue apagar las llamas)

-Marie: (En las ardientes llamas se ve una silueta que se acerca cada vez mas, las llamas se dividen dejando salir a Marie) ahora que te he visto… creeme que no hay lugar en la tierra donde te puedas esconder de nosotros…

-Critsu: Marie la hija de las cenizas, una de los mas antiguos miembros de La Sombra Del Viento... (En ese instante decide liberar por completo su poder transformando su cuerpo en una enorme bestia cubierta de musculos y un basto pelajo en su espalda, portando cuernos grandes y afilados al igual que sus colmillos) he escuchado historia sobre ti, te eliminare como lo hice con Allen y me volveré una leyenda (En ese momento la gigantesca bestia arremete contra Marie)

-Marie: ¿¡FUISTE TU!? (Extendiendo sus manos violentamente liberando un poderoso torrente de fuego que saca disparado a Critsu como si hubiese sido arrollado por una locomotora)

-Critsu: ¡AAAAHH! (Todo ocurrió tan rápido que cuando se dio cuenta estaba siendo quemado vivo por el torrente)

-Marie: (En ese momento apaga el fuego en seco) ¡No! aun es muy pronto para que mueras... (Camina hacia el emvuelta en fuego que despés se concentra en su espalda transformándose dos hermosas alas de fuego que hacen que se eleve unos cuantos centímetros del suelo)

-Critsu: ¡Gck! (Poco a poco consigue ponerse de pie) ah... ah... (Las quemaduras en su cuerpo desprenden un olor desagradable) maldita sea, es mas fuerte de lo que pense..., aun no me has venciso, soy mas resistente de lo que crees

-Marie: Cuento con ello... (Desaparece)

-Critsu: ¿Qué? (Sin esperar nada, recibe un poderoso golpe en el estomago que lo impacta contra los escombros de la batalla) ¡AAHH! (Rapidamente busca a Marie pero no la encuentra) ¡Maldita sea! No logro ver nada ¡Cof! (Escupe Sangre)

-Marie: (Aparece frente a el) ni si quiera necesito mi fuego para vencerte pedazo de mierda...

-Critsu: (Se intenta levantar pero cae de rodillas y comienza a escupir mucha sangre) ¡Goah! ¿Cómo es posible? Todo el daño que me ha hecho con un simple golpe...

-Marie: levántate... (Camina hacia el) ¡Levantate! Si no lo haces, te levantare yo misma...

-Critsu: (Al tener a Marie lo suficientemente cerca aprovecha para lanzar un ataque sorpresa, pero sus garras sonfrenadas en seco) ¿Eh?

-Marie: (Sujeta sus garras directamente por el filo mirándolo seriamente)

-Critsu: ¡imposible! (Como un trailer que arrolla un pequeño auto recibe una patada en la frente que lo saca disparado hacia un conjunto de rocas) ¡AAHH!

-Marie: (De sus manos escurre un poco de sangre, pero repentinamente se cubren de llamas azules que sanan rápidamente su herida como si no tuviera nada)

-Critsu: (Mira como la herida de Marie desaparece) esto no puede estar pasando... (Se intenta levantar, pero tiene varios de sus huesos rotos)

-Marie: antes de meter la carne al fuego hay que prepararla... ahora tu ya estas listo...

-Critsu: ¿Qué quieres decir?

-Marie: ya lo veras... (En su mano una pequeña llama ondea con el viento) "Phoenix Fire" (La arroja hacia Critsu)

-Critsu: (Intenta esquivarla, pero su cuerpo no le responde) ¡NOO! (Al igual que una chispa en un charco de combustible Critsu comienza a incendiarse) ¡AHH! (Rueda por el suelo desesperadamente intentando apagar el fuego) ¡No se apaga!

-Marie: el fuego del Phoenix es eterno…

-Critsu: ¿¡Que estupideces estás diciendo!? ¡AAAHHH!

-Marie: aun que te arrastres o te metas al agua esas llamas arderán sobre ti hasta el dia de tu muerte…

-Critsu: (Se arrastra por el suelo intentando apagar el fuego sin ningún éxito) ¡Maldita! ¡Apágame!

-Marie: lo que hace especial a estas llamas además de no apagarse es que… no son tan fuertes como las demás así que te cocerás "A fuego lento" solo necesito hacer el sello del Phoenix sobre ti y jamás dejaras de arder.

-Critsu: ¡Ah! ¡Apágate! (En su desesperación por apagarse arrasa con la tienda de Alice buscando agua la cual por suerte encuentra vertiéndosela en el) esto me apagara (El agua cuando cae en su cuerpo efectivamente apaga las llamas pero cuando el agua se seca la llamas brotan de nuevo) ¡Ah! (Solo puede gritar de dolor)

-Marie: (En silencio contempla la desesperación de Critsu)

-Critsu: ¡AAAHHH! (Sus intentos por apagarse son en vano)

-Marie: bien… es hora de sellar las llamas a ti "Sello de Phoe…" (Pero antes de empezar a ejecutarlo algo la interrumpe)

-Líder Alejandro: creo que eso no se va a poder, Marie…

-Marie: ¿Tu? (Se sorprende) ¿Qué haces aquí?

Capitulo 10: Centella.

-Líder de Genesis (Alejandro): creo que eso no se va a poder, Marie…

-Marie: no me di cuenta cuando llegaste (Dice sorprendida mientras una capa de fuego gira a su alrededor)

-Alejandro: no puedo dejar que alguien como tu mate a uno de mis subordinados (Desenvaina lentamente la espada que lleva consigo)

-Marie: (Su atención se concentra en la espada de su enemigo escuchando el característico sonido metalico que provoca al salir de su vaina) ya veo… (En ese momento sus miradas se cruzan generando un pesado ambiente de tensión) en ese caso… creo que tendremos un pequeño inconveniente.

-Alejandro: (Con un veloz movimiento de su espada lanza una estocada la cual crea una onda de choque que impacta a Marie)

-Marie: ¡Goah! (El impacto la estrella contra las rocas lastimándola gravemente y desgarra parte de su ropa)

-Alejandro: (Observa el lugar del impacto al igual que sus alrededores) veo que viniste sola... si Dark estuviera aquí esto seria mas divertido...

-Critsu: (En ese momento las llamas que lo quemaban se apagan) Gracias señor... ah... ah... ah... (Su cuerpo humea y su carne despide un fuerte olor a quemado)

-Alejandro: eres un imbécil al subestimar a esta mujer asi...

-Critsu: no pensé que fuera tan fuerte..., admito que me tomo por sorpresa, pero gracias a usted ya no nos molestara mas...

-Alejandro: ¿Eso crees...?

-Critsu: ¿Señor? (Una respuesta inesperada por parte de su Lider)

-Alejandro: ¿Acaso crees que esa estocada fue capaz de matarla?

-Critsu: no..., yo solo pensaba que...

-Alejandro: Esa mujer... es la usuaria del poder del Phoenix, incluso si la hacemos pedazos no morirá, las heridas físicas no son problema para ella, solo es cuestión de tiempo para que sane y vuelva a la batalla...

-Critsu: ¡No puede ser! ¿Acaso es eso posible?

-Alejandro: ¿No has pensado porque no hemos podido apoderarnos de Euriath? ¿Piensas que los dejamos a la deriba por gusto? ¿Que solamente les estábamos dando tiempo para disfrutar de sus últimos momentos?

-Critsu: yo... pensé que era por que nos estábamos preparando para recibir a nuestro sueñor...

-Alejandro: imbécil, La Sombra Del Viento tiene tanto poder que freno nuestro avance en seco en Euriath, y eso es debido al increíble poder que tienen los miembros que la forman... Dark, Marie, Sasha, Daniel, John, cada uno de ellos tiene el poder suficiente incluso para desafiar a los cuatro del linaje original... norte, sur, este y oeste...

-Critsu: (Las palabras provenientes de su Líder hacen que un escalofriante terror recorra su cuerpo) que estupideces estuve pensando... (Recuerda como alardeaba sobre derrotarlos) "Ahora que te he visto... creeme que no hay lugar en la tierra donde te puedas esconder de nosotros..." (La amenaza a la cual no le había tomado importancia ahora resuena como una sentencia de muerte) no... no... ¿Eh? (Escucha el sonido de pasos provenientes de la cortina polvo donde se habia impatado Marie)

-Marie: Ese golpe me ayudo a despertar... (De entre la cortina de polvo emerge la valiente guerrera cubierta por rasguños y raspones en distintas áreas de su cuerpo)

-Alejandro: me preguntaba por cuanto tiempo te harias la muerta...

-Marie: solo me detuve un momento a pensar... eso fue todo.

-Alejandro: con que has pedido refuerzos (Mira su cuerpo lleno de heridas) vamos... se que puedes sanar eso en un parpadeo...

-Marie: (Sonríe) me encanta cuando mis oponentes creen que van ganando...

-Alejandro: aun no me has respondido se has pedido refuerzos...

-Marie: (De su cuerpo emanan llamas azules las cuales sanan totalmente sus heridas) quien sabe..., tal vez si, tal vez no... ¿Tu que cres?

-Alejandro: (Incitado por el desafío de Marie no duda en atacarla nuevamente con su espada pero en esta ocasión su espada es detenida) ¿Asi que esta vez planeas luchar enserio?

-Marie: (Una flameante espada detiene el violento ataque) eres tan fuerte como pensé...

-Critsu: ¡Jefe! (Intenta ayudar, pero el miedo que siente impiden que sus pies se muevan)

-Alejandro: no olvides a lo que viniste... (Le susurra antes de lanzarse a la batalla)

-Marie: (Las espadas de ambos impactan una y otra vez)

-Alejandro: (El sonido de sus espadas al impactar se escucha a lo lejos) admito que te mueves bien.

-Marie: no es la primera vez que lucho con alguien de tu categoría grandote... de echo creo que eres más débil que mi anterior oponente.

-Alejandro: ¿¡Que!? (Chocan sus espadas tratando de hacer retroceder uno al otro)

-Marie: Dark está en un nivel distinto al tuyo.

-Alejandro: ¡No me compares con ese bastardo! (Su espada rompe la defensa de Marie logrando cortar parte de su abdomen)

-Marie: Gck... (Con sus comentarios provoca la ira de su enemigo, recibiendo ataques cada vez mas fuertes que logran traspasar su defensa haciendo pequeños cortes en su cuerpo)

-Alejandro: ¡Grah! (En uno de sus ataques su espada impacta con la de su enemigo logrando desviarla hacia el lado izquiero aprovechando para clavar su espada en el adomen)

-Marie: ¡Goah! (Como si sus fuerzas se hubiesen acabado deja caer su espada sobre el suelo)

-Alejandro: te enviaré al infierno maldita...

-Marie: (En un repentino movimiento sujeta y tira fuertemente de la espada de su oponente acercandolo hacia ella) ¿Con que al infierno eh...? (Atrapa uno de los brazos del Líder de Genesis y se cubre en llamas) ¡Te enseñaré lo que es el infierno!

-Alejandro: ¡Ah! (El fuego corre por su brazo esparciéndose por su cuerpo cubriéndolo en llamas) ¡Desgraciada! (Golpea a Marie con una patada lazándola lejos de él mientras continúa incendiado) ¡Maldita sea!

-Critsu: esa maldita... (Observa desde lejos el combate) no tiene caso que intente ayudarlo, solo terminare muerto, aprovechare para hacerlo que el jefe dijo (Se aleja a buscar a Alice)

-Alejandro: estas malditas llamas causan un dolor infernal (Al igual que una aspiradora absorbe el aire a su alrededor atrayendo las llamas a su boca hasta devorarlas por completo) eso fue peligroso…

-Marie: (Se levanta en vuelta en llamas azules las cuales rápidamente sanan todas sus heridas) no contaba con que podrías devorar mi fuego, eso realmente me ha sorprendido.

-Alejandro: por un momento olvide que el poder del Phoenix te da inmortalidad bastarda de mierda

-Marie: brillante deducción (Recoge la espada del piso) mi defensa no pudo frenar tu ataque antes, así que tendré que aumentarla (Una columna de fuego se desprende de su mano izquierda y poco a poco comienza a comprimirse hasta tomar la forma de un escudo hecho de fuego) bien… continuemos

-Alejandro: hmm… (Observa el escudo)

Mientras tanto Critsu…

-Critsu: (Encuentra a Alice inconsciente en el suelo lejos de la batalla) con que aquí estabas… (La sujeta de una pierna luego comienza a arrastrarla) maldicion… de no ser por aquella estúpida entrometida, ya habría terminado exitosamente mi misión (Continua arrastrando a su inconsciente victima sobre el suelo) maldita mocosa de mierda nunca pensé que terminaría en medio de esta batalla a causa tuya… (Se detiene y mira a Alice) eres una maldita ¡Mierda! (Envuelto en un sentimiento de frustración, desquita su coraje pateando a su victima) todo esto es tu culpa (La patea de nuevo) no eres más que una mierda (Frustrado por su derrota contra Marie descarga su furia sobre Alice) ¡Tu eres la culpable de toda mi desgracia! (Intenta patearla una vez mas, cuando su pie es inesperadamente detenido) ¿¡Que!? ¡Imposible!

-Alice: (Su corazón empieza a latir agitadamente) ¡Gck! (Un rayo recorre su cuerpo rápidamente y explota una fuerte emanación de energía roja, las uñas se convierten en garras muy filosas, sus ojos empiezan a brillar de rojo como el fuego enfurecido de la lava de un volcán al igual que su cabello).

-Critsu: ¡Imposible! Deberías estar moribunda (Se sorprende)

-Alice: (Como un zombie que vuelve a la vida apoya sus manos en el piso y se levanta)

-Critsu: ¿Cómo es posible que puedas ponerte de pie?

-Alice: (Observa el estado de su cuerpo) ah… ah… (Sus ojos se clavan en Critsu como la mira de un misil)

-Critsu: bueno… da igual, no importa cuántas veces lo intentes volveré a vencerte, es mejor que vuelvas a desmayarte… ¿Qué? ¿De qué te ríes?

-Alice: (Una oscura sonrisa se dibuja en su rostro)

-Critsu: veo que has perdido el juicio… creo que tendré que ponerte a dormir nuevamente (Al igual que un elefante en estampida arremete contra Alice)

-Alice: (Sus ojos lo miran fijamente mientras se acerca)

-Critsu: (Continua ferozmente con su estampida, cuando inesperadamente pierde a su oponente de vista) ¿Me esquivó? (Se sorprende) maldición… la batalla contra Marie debió haberme debilitado.

-Alice: (El silencio es roto por pequeñas carcajadas)

-Critsu: ¿¡De que tanto te ríes!? ¿Crees que puedes vencerme? ¡Te venceré como lo hice antes! (Molesto por pensar que Alice se burla de él, arremete nuevamente hacia ella lanzándole un poderoso manotazo) ¡Te derrotare de nuevo!

-Alice: (El ataque de su enemigo se dirige violentamente hacia ella haciendo que se dezlise ligeramente a su derecha logrando esquivar por casi nada el mortal golpe, con lo que aprovecha para sujetar su brazo)

-Critsu: ¿¡Que!?

-Alice: (En ese momento sus miradas se cruzan como si supieran lo que estaba a punto de pasar)

-Critsu: ¡No!

-Alice: (Sin perder más tiempo clava sus colmillos en el brazo de su oponente)

-Critsu: ¡Mocosa te hare pedazos! (En un arranque de ira libera todo su poder convirtiéndose poco a poco en una horripilante bestia) si crees que puedes vencer a uno de los 5 generales de Genesis estás loca (Cuando termina la transformación es una criatura totalmente grotesca la cual tiene púas por todos lados de su cuerpo además de sus cuernos y musculatura, su boca se alarga tomando la forma de hocico) ¡Ahora veras mi verdadero poder!

-Alice: (Al ver en lo que Critsu se convertia, aprovecho para tomar un ultimo trago para posteriormente alejarse de el) ah… (Se escucha el crujir de sus huesos rotos reacomodándose y uniéndose de nuevo hasta sanar totalmente)

-Critsu: te has curado bebiendo mi sangre ¿¡Cómo te atreves!? (La gigantesca Bestia corre hacia Alice) ¡Muere!

-Alice: (Entrando en rango de ataque intercambian un atronador choque de puños deteniendo a Critsu en seco)

-Critsu: ¿¡Pero que!?

-Alice: (El climax no se hace esperar iniciando un agresivo intercambio de golpes donde la pequeña Alice queda completamente fuera de contraste resistiendo y bloqueando los ataques de la gigantesca bestia)

-Critsu: ¡Esto no puede ser! ¡GOAH! (Un pequeño pero letal golpe se filtra en su defensa estrellándolo contra una pila de escombros)

-Alice: ah… (Deslisa la lengua por su mano, lamiendo la sangre de Critsu)

-Critsu: (Se levanta lo más rápido que puede, pero cuando se da cuenta está a punto de recibir una patada en la cara) ¡AAHH! (El impacto hace que pierda el equilibrio desplomándose en el suelo) maldita… aun no estoy vencido… (Los golpes llegan uno trans otro sin poder hacer nada)

-Alice: (Como si lo estuvieran golpeando con un látigo los golpes de Alice chasquean con cada impacto en el cuerpo de Critsu)

-Critsu: ¡Desgraciada! (Intenta bloquear los ataques pero es inútil, son demasiado rapidos para interceptarlos)

-Alice: (Con una gran destreza lo sujeta aplicándole una llave al brazo, para posteriormente arrancarle los dedos de la mano a mordidas)

-Critsu: ¡AAAHH!

Mientras tanto Marie y Alejandro...

-Marie: ¿Hmm? (Mira en la dirección del grito y encuentra a Alice arrancándole los dedos a Critsu) ¿Pero qué diablos?

-Alejandro: ese estúpido de Critsu…

-Marie: (No puede evitar sorprenderse al ver semejante escena) tengo que detenerla… (Dejando el combate de lado se dirige hacia Alice)

-Alice: (Después de devorar la sangre de los dedos Critsu, se percata de que Marie se acerca)

-Marie: creo que ha perdido la razón…, es el instinto asesino el que tengo aquí enfrente…, si dejo que continúe al matar a Critsu podría atacarme por la espalda mientras peleo contra Alejandro…

-Alice: (Su sonrisa resplandece dentro de su rostro cubierto de sangre, en ese momento acumula energía en su mano después la libera poco a poco moldeándola en forma de un átomo de veinte centímetros con un núcleo color rojo y las orbitas azul Marieo las cuales hacen girar unas pequeñas esferas de energía color naranja)

-Marie: ¿Pero qué rayos es eso? Jamás había visto algo así.

-Alice: (El cabello de Alice comienza a perder su color rojo, pero sus ojos aun brillan)

-Marie: parece que está perdiendo la transformación, podría… estar volviendo a la normalidad.

En ese momento aparece Alejandro junto a Critsu.

-Alejandro: nuestro combate continuará después Marie (Activa una carta de teletransportacion sujeta a Critsu desapareciendo del lugar)

-Alice: "Centella" (Susurra liberando el átomo creado en su mano)

-Marie: (Contempla como el pequeño átomo se acerca) no sé lo que es, pero no me arriesgare a que me impacte (Lo esquiva)

-Alice: (Hace un movimiento con su mano en la dirección en la que Marie esquivo cambiando su trayectoria rápidamente)

-Marie: ¿¡Que!? (En un intento desesperado por escapar del impacto directo atraviesa su escudo el cual choca con la centella, al hacer contacto aparece un agujero negro de dos metros de diámetro succionando todo lo que se encuentra cerca de él) ¡Ah! (Es atraída al agujero negro, sin embargo, lo primero en ser succionado es el escudo, quien debido a la gran cantidad de energía que contenía en el, le dio un segundo a Marie para intentar apartarse del agujero negro, desesperadamente lanza todo el fuego que tiene para impulsarse y alejarse de él, liberando tanta energía que desgarra el suelo, desafortunadamente lo único que consigue es mantenerse en el mismo sitio) ¿¡No puedo alejarme!? Apenas y puedo detener la succión ¡Ah! (La energía que gasta para mantenerse en el mismo lugar es enorme) Es demasiado fuerte la fuerza de atracción de esta cosa. (La energía que tiene comienza a agotarse después de 20 segundos) ¡Cuánto tiempo estará abierto este maldito agujero! (Mira a Alice que se encuentra con sus manos extendidas de par en par sonriendo y mirándola fijamente) ¡No lo cerrara hasta que sea tragada por el! (Dice sorprendida)

-Alice: (Repentinamente sus ojos rojos dejan de brillar y su cabello vuelve a ser rubio, pero su sonrisa se mantiene)

-Marie: esta técnica esta drenándole energía rápidamente sin embargo aun sonríe ¿Todavía le queda energía para continuar?

-Alice: (El agujero lleva abierto 40 segundos exactamente)

-Marie: (Comienza a moverse hacia el agujero) ya no tengo la suficiente energía para mantenerme en el mismo sitio, seré tragada por esta cosa ¡Maldición! (Poco a poco se acerca al agujero) ¡No! ¡No puede ser!

-Alice: ¡Gck! (Sujeta su cabeza con una de sus manos como si le doliera)

-Marie: ¿Qué fue eso? (Observa que algo le pasa a Alice, en ese momento el diámetro del agujero negro se reduce en un metro)

-Alice: Gck… Gck… (Su cara luce como si estuviera sufriendo por dentro haciendo que el agujero se reduzca a medio metro) ¡AH! (Lanza un grito al aire luego con una de sus manos rasga su propia cara) ¡ALTO! (Inesperadamente el agujero negro se cierra súbitamente)

-Marie: (Cuando el agujero se cierra, sale disparada sin control estrellándose con todo lo que hay a su paso hasta que por fin logra detenerse cayendo inconsciente)

-Alice: (Cae de rodillas al piso jadeando de cansancio) ah… ah… ah…

Finalmente, la pesadilla parece haber terminado, lo que parecía ser una noche común y corriente llegó a convertirse en una de las mas horribles noches en la vida de Alice, cuando el sol salio dejo ver toda la destrucción de una terrible batalla…

-Marie: (Abre los ojos) ¿Donde… estoy...? (Mira a los alrededores un cráter junto a un escenario destrozado por la batalla) ¿Qué pasó…?

-Alice: ¿Estás bien? (Santada junto a ella esperaba a que recobrara el conocimiento)

-Marie: (Da un salto hacia atrás) ¡Tú!

-Alice: tranquila… ya ha terminado.

-Marie: ¿Qué fue todo eso?

-Alice: te lo contare, pero primero… ¿Podrías apagar todas esas llamas? De lo contrario se perderá lo poco que queda de los arboles.

-Marie: (Mira alrededor) tienes razón… (Extiende sus manos y las llamas se concentran en una columna de fuego que posteriormente se extingue)

-Alice: gracias… (Dice en un tono serio)

-Marie: ahora si no te molesta podrías decirme que fue toda esa locura de hace unas horas.

-Alice: ah… (Suspira) primero te pido disculpas por toda la agresión que cause contra ti…

-Marie: a estas alturas es lo que menos me preocupa, continua por favor.

-Alice: veras… en mi pelea fui gravemente lastimada y luego quede inconsciente, a decir verdad no recuerdo nada a partir de ahí, lo más seguro es que cuando mi cuerpo volvió a levantarse estaba siendo controlado por el instinto asesino que tenemos todos los vampiros…, mi maestra me contó que cuando no se tiene un equilibrio entre ambos, cada uno se mantiene independiente del otro, es decir que cuando yo caí inconsciente, pudo tomar control sobre mi cuerpo y causar toda esta destrucción.

-Marie: hmm… se un poco acerca del tema aunque aun así me es impresionante lo que ocurrió ¿Quién te enseño esa técnica?

-Alice: la desarrolle yo misma, pero nunca habia podido utilizarla a tal grado de lo que paso hoy, en realidad no sabía realmente lo que hacía al impactar contra algo, no había tenido la oportunidad de golpear a alguien con ella.

-Marie: hace un momento parecía todo lo contrario…

-Alice: cuando volví a ser consiente fue como si estuviera atrapada entre unas poderosas cadenas contemplando solamente lo que ocurría en el exterior, fue cuando empecé a luchar por salir.

-Marie: me percate de ese momento, de repente la expresión en tu cara cambio y parecía como si te doliera fuertemente la cabeza.

-Alice: cuando rompí una parte de esas cadenas fue cuando tuve control sobre mi brazo izquirdo asi que aproveché parar rasguñar mi cara, con eso las cadenas desaparecieron y volví a ser yo misma.

-Marie: entiendo, ha sido una batalla difícil...

Mientras tanto…

-Critsu: ¡He perdido los dedos de mi brazo izquierdo! (Dice molesto)

-Sirvientes: amo Critsu tranquilícese si no, no podremos curarle sus heridas

-Critsu: ¡Maldita sea! La destruiré a esa desgraciada ¡Maldición!

-Cuarto General: he escuchado de tu infortunio… mi buen amigo. (Dice un hombre con cabello castaño ojos negros de un metro setenta de altura de piel morena clara)

-Critsu: Miroku no te burles…

-Miroku: pensé que irías solo a una misión sencilla de secuestrar a una mujer, quien pensaría que pasaría esto ¿Acaso era una mujer muy fuerte?

-Critsu: no creo poder explicarte… hay algo raro en ella, creo que las sospechas eran ciertas…

-Miroku: ¿Acaso ella te dejo en este estado?

-Critsu: aun que debo admitir que casi me asesino, la que fue mi mayor problema fue Marie…

-Miroku: ¿¡Que!? ¿Acaso ella la acompañaba?

-Critsu: no, ella llego de repente…

-Miroku: vaya…, eres un sujeto sumamente afortunado… algunas criaturas la conocen como La Estrella de la Muerte…, aparece en el cielo volando con sus alas de fuego despidiendo una hermosa luz para después dejar caer una lluvia de fuego que arrasa con todo a su paso…

-Critsu: ese nombre le queda perfecto… (Mira el estado de sus manos sintiendo una profunda desilusión) después de vencer a Allen… pensé que los miembros de La Sombra del Viento, no eran tan fuertes como creíamos, sin embargo y aunque me duele admitirlo… quizás el Primer General tenia razón…

-Miroku: esta es la primera vez que nuestro escuadron de Elite, choca directamente con uno de los miembros fuertes de su equipo…, quizás esta derrota no fue en vano.

-Critsu: siempre hemos tenido los números, pero en poder ellos son superiores…

-Miroku: ¿Estas diciendo que son mas fuertes que nosotros?

-Critsu: En efecto…

-Miroku: quizás estas llendo demasiado lejos, no creo que la diferencia sea tan grande.

-Critsu: fue el mismo señor Alejandro quien me lo dijo, me revelo que los miembros de La Sombra Del Viento podrían enfrentar a los 4 emperadores del linaje original…

-Miroku: (No puede evitar sorprenderse) ¿¡Que dices!?

-Critsu: yo pude precenciar la batalla del señor Alejandro contra Marie y fue algo mas alla de nuestro nivel…, aunque hubiera querido intervenir de nada me habría servido…, su poder era demasiado alto, ni si quiera podía seguir el ritmo de la batalla…

-Primer General: valla que interesante… (Aparece un sujeto de cabello largo color negro, de piel blanca y cuerpo atlético)

-Miroku: Demetrio.

-Critsu: ah… Primer General… ¿En que le puedo ayudar…?

-Demetrio: Me he enterado de lo que te ha ocurrido… ¿Problemas con las pelirrojas?

-Critsu: La Sombra Del Viento… es una organización de temer… incluso la mocosa que intentaba secuestrar me hizo esto… (Le muestra la mano con varios dedos cortados) si permanece en ese grupo quizás termine convirtiéndose en un problema tan grande como ellos…

-Demetrio: ¿Eso crees? Cuéntame… exactamente ¿Que pasó?

Mientras tanto Marie y Alice se dirigen caminando a la ciudad…

-Marie: Asi que Genesis esta tras de ti, valla… me doy una idea del porque… ¿Estas bien?

-Alice: Gracias por salvarme, de no ser por ti, probablemente ya no estaría en este mundo…

-Marie: Fue mera casualidad…, en la reunión pasada tenia que ir a buscar una antigua biblioteca en ruinas en la nación de Nihai justamente al lado derecho de la nación de Gido.

-Alice: fue una suerte que después de investigar esas ruinas decidieras visitar Gido.

-Marie: En realidad decidi pasar por Gido porque supuse que algunas criaturas lograron escapar de la nación perdida de Wisky.

-Alice: Nunca había escuchado de esa ciudad.

-Marie: es una antigua Nacion cercana a la frontera que fue tomada por la oscuridad hace muchos años, por eso se les dice Naciones perdidas… ya que son territorio de Genesis.

-Alice: ¿Y fuiste a destruirla tu sola?

-Marie: Genesis se encontraba distraída y estaba concentrando bastante poder en las Naciones perdidas para planear una invacion a gran escala, encontrarlos reunidos en lugares claves nos facilito todo, los queme junto a aquella perdida nación.

-Alice: Increible, con eso de seguro sorprenden a Genesis y frenan la invacion.

-Marie: (Sonrie) ¿Frenar? En este momento cada miembro de La Sombra Del Viento, debio de haber destruido al menos una Nacion Perdida… Genesis debe de estar muriéndose de rabia.

-Alice: Despues de eso probablemente planeen una violenta ofensiva…

-Marie: tal vez… si se presentan los cuatro emperadores tendremos problemas, pero si no contestan a esta provocación todo apunta a que están ocupados atentiendo algo mas… algo importante… (Llegan a la ciudad)

-Alice: ¿Te refieres a la llegada de ese supuesto Dios?

-Marie: asi que también lo sabes, en ese caso sabras que si no hacen nada, es una prueba de que realmente ese supuesto dios esta por venir…

-Alice: no quiero ni si quiera pensarlo…

-Marie: lo hablaremos mas a detalle en la reunión (Mira sus rompas) de momento tenemos que arreglar nuestras ropas han quedado echas un desastre pasaré por una tienda de servicios "Tender" para sacar ropa nueva de mi almacén.

-Alice: si está bien.

-Marie: (Llegan a una posada y rentan un cuarto) bien, si gustas puedes esperarme aquí mientras voy a los servicios Tender.

-Alice: creo que me daré un baño (Observa sus manos) quiero aclarar un poco mi mente… (Dice desanimada)

-Marie: vuelvo enseguida ¿Quieres que te traiga algo?

-Alice: saca un cristal de su bolsillo, también trae un poco de ropa nueva para mí por favor.

-Marie: ¿Algún estilo en particular?

-Alice: que no sea muy llamativa, cuando solicites la mercancía con el Tender te dará una gran bolsa de ropa, puedes tomar cualquier cosa de ahí.

-Marie: ok, entonces vuelvo en un momento espérame aquí. (sale de la habitación) ¡Hey! (Se regresa) ¿Alice Walker verdad?

-Alice: ¡Sí! ¿Y tú?

-Marie: Soy Marie Stiphenzon, mucho gusto Alice, Dark ya me había hablado de ti, solo quería confirmar, con tanto alboroto no habíamos tenido tiempo de formalidades, bueno… regreso pronto. (Sale de la habitación)

-Alice: está bien… Marie (Entra al baño y abre el agua caliente de la bañera para que se comience a llenar) necesito un buen baño… (Espera a que se llene luego le cierra a la llave) cerraré la ventana… esta soplando mucho viento.

Unos sujetos pasan charlando cerca de la ventana de Alice

-Ciudadano: oye ¿Ya supiste?

- Ciudadano: dicen que encontraron el cadáver de un tipo, en el bosque…

- Ciudadano: ¡Guack! ¡Qué asco! De seguro debió ser otro vagabundo

-Alice: ¿¡Eh!?

-Ciudadano: si, pero al parecer era una persona importante, tenia ropas buenas

-Ciudadano: ¿Enserio? ¿Quién te dijo eso?

-Ciudadano: un amigo mio, dijo que antes de ir a reportarlo con la policía, le robaron todo.

-Ciudadano: valla ¿Entonces les fue muy bien no?

-Ciudadano: según me platico, traía mucho dinero consigo, creo que pudo haber sido algún embajador de una nación cercana o algo así

-Alice: (Salta por la ventana y corre hacia ellos) ¡Dígame donde está el cuerpo por favor! (Lo dice algo alterada)

-Ciudadano: (Se sorprenden al ver su ropa llena de sangre) ¿¡Estas bien!?

-Ciudadano: dios… estas llena de sangre… ¡Vamos a un hospital rápido!

-Alice: Estoy bien, ¡Solo díganme acerca del hombre del que hablaban! (Dice desesperada)

-Señores: tranquila… ¿Acaso lo conocías?

-Alice: no estoy segura, pero quiero ir a verlo ¿Me puede decir donde lo dejaron?

-Señores: creo que, en alguna parte del bosque, la policía lo están analizando, después de eso si no aparece algún familiar o alguien que se ocupe del cuerpo lo tiraran a un deshuesadero que esta lejos de la ciudad.

-Alice: ¡Gracias! (Corre por la ciudad) creo haber visto el departamento de policía cuando llegue a la ciudad, recuerdo que estaba junto a la iglesia… (Después de correr atravez de las calles de terracería de la nación de Gido, por fin llega y entra a la jefatura de policía) ¡Policía!

-Policía: (Mira su ropa llena de sangre) ¿¡Qué pasa!? ¿¡Estás bien!? (Pregunta alterado)

-Alice: sobre el cuerpo que encontraron en el bosque hace poco ¿Dónde está?

-Policía: ¿Pero te sientes bien? ¿Por qué estas llena de sangre?

-Alice: esto… es solo sangre de una vaca que matamos en la carnicería…

-Policía: hmm… (Se relaja un poco) ah…, por un momento pensé que era tu sangre…

-Alice: ahora… ¿Me podría decir que pasó con el cuerpo que le mencione hace poco?

-Policía: ¿El que estaba en el bosque?

-Alice: ¡Sí, ese! ¿Dónde está?

-Policía: después de estudiarlo detenidamente se llegó a la conclusión de que fue atacado por unas ciaturas provenientes de la oscuridad, estaba totalmente mutilado… pobre hombre… hacia meses que no encontrábamos algo asi, justo cuando creimos que la oscuridad estaba retrocediendo a la frontera ocurre eso…, tendre que hablar con el alcalde para proponerle la idea de invertir en un muro de protección…

-Alice: (Agacha la cabeza triste) valla… ¿Tienen… el cuerpo? me… gustaría verlo.

-Policía: como no tenia ninguna identificación y además no era ciudadano de la Nacion de Gido… lo tiramos en el deshuesadero…

-Alice: ¿Dónde esta ese deshuesadero?

-Policía: al sur de la ciudad… pero chica… créeme… cuando lo encontramos se lo estaban comiendo los buitres…

-Alice: (Sale corriendo de la jefatura en dirección hacia el bosque) ¡Maldicion!

-Policía: ¡Hey! ¡Chica espera, hey!

-Alice: (Corre mientras una serie de recuerdos transitan por su cabeza) ¿Cómo pude olvidarlo…?

-Campesino: (En el camino un lugareño se topa con Alice)

-Alice: disculpe… ¿Sabe usted dónde está el deshuesadero?

-Campesino: ¿Eh? Si lo sé, pero… ¿Qué quiere una chica como tú en un lugar así? Es muy peligroso… además escuche que hace poco atacaron a un hombre en el bosque, podrias ponerte en peligro.

-Alice: lo que pasa es que… al parecer el hombe que menciona era… (Su voz se corta) un buen amigo…

-Campesino: oh… ya veo…, mira… el deshuesadero queda en aquella dirección (Le indica el camino a tomar) ten cuidado…

-Alice: muchas gracias… en verdad… se lo agradezco (Corre en la dirección en la que le dijo)

-Campesino: ¡Ten mucho cuidado!, pobre chica…

-Alice: (Corre hasta llegar al lugar, encontrando un barranco rocoso de donde proviene un olor desagradable a putrefacción, al llegar ahí se pueden ver cadáveres por todas partes en estado de descomposición) hay demasiados cuerpos aqui… (Contempla el paisaje desolador) cuantas de esas personas murieron sin que nadie se enterara que dejaron de existir… simplemente desaparecieron de las faz de la tierra perdiéndose en el olvido, como el caer de un árbol en un bosque vacio… sin nadie para escucharlo caer no hace ruido alguno… hasta hace poco yo estuve tan sola como ellos…, sin que nadie recordara si llegaba a morir… la sensación de estar solo en todo el mundo… es lo más horrible por lo que alguien puede pasar…

En la actualidad era muy común que viajeros alrededor de Abilion, sufireran algún percanse en alguno de sus viajes, dejando sus cuerpos a la debira en alguna nación desconocida, por lo que muchas ciudades tenían grandes deshuesaderos para deshacerse de los cadáveres sin la necesidad de invertir en gastos de sepulcro, muchos de estos viajeros murieron sin que sus familias al menos lo supieran, aunque con el peligro latente y las constantes infiltraciones de La Oscuridad nadie estaba salvo de sufrir una calamidad de esta naturaleza.

-Alice: ah… no se preocupen… yo les traeré un ramo de flores a cada uno para demostrarles que no están solos, que por lo menos yo los recordare… (Camina de vuelta al bosque) creo que antes de llegar aquí había un campo de flores de montaña… (Despúes de caminar un rato) ¡Aquí esta! (Encuentra un pequeño campo donde hay muchas flores rojas y azules) llevaré tantas como pueda (Recolecta todas las flores que puede cargar, despúes las lleva al deshuesadero repartiendo pequeños ramos a los cadáveres) bien, ire por mas (Cada vez que sus flores se terminan Alice regresa por mas, una y otra vez) ¿Quién falta? (Continua con el siguiente hasta que casi todos los cadáveres tuvieron sus flores) ah… ah… Faltan los de la izquierda… (Sin importar el tiempo, continua sin parar repartiendo flores) Bien… ya solo me falta aquel puñado de alla… (Cuando llego con mas flores para uno de ellos) bueno ahora te toca a ti… (En ese cadáver encuentra algo familiar) no creo que sea este… ya van varias veces que me he equivocado, tal vez este sea otro error mío (El cadáver está irreconocible solo tiene el pantalón puesto) no… no creo que… además el llevaba una camiseta azul… (Recuerda "El tipo que lo encontró dijo que le habian robado) ah… (Mete la mano en la bolsa de su pantalón a ver si encuentra algo que le ayude a identificarlo, de repente siente una especie de papel) ¿Qué es esto? (Saca la hoja la cual resulta ser una foto) es una foto de Asael y su familia… (Intenta contener el llanto) Gck… ¿Asael…? ¡Gck! (Cubre su boca con sus manos) Ah… (Su respiración se agita y pequeños sosollos escapan de su boca) No… (Un fuerte dolor en el pecho le estrangula el alma y el aire parece no ser suficiente para respirar) No de nuevo… (Recuerda todos los momentos que pasaron Asael y John junto a ella) ¡Todos los que están cerca de mi mueren! ¡Debo de estar maldita! (Abrasa al cadáver sin importarle nada) ¿¡Porque todos los que son buenos conmigo tienen que morir!? ¡Ah! (Su llanto resuena a viva voz por el vacio deshuesadero) ¡AH! (Mientras un mar de lagrimas se dezlisapor su rostro) ¡Dios! ¡Ah!

-Marie: (Llega corriendo al lugar) ¡Alice! (Al encontrar a Alice queda estupefacta ante semejante escena) … (Sus lavios se mueven… pero no sale palabra alguna)

-Alice: (Con lagrimas corriendo por su rostro mira a Marie) Marie… yo… no pude salvarlo… ¡El dio su vida por mi y yo no pude hacer nada para ayudarlo!

-Marie: ese chico… es el ayudante de John…

-Alice: ¿Qué le voy a decir a John cuando me pregunte por él? (Su mirada desconcertada es el reflejo de un alma rota)

-Marie: (Abraza a la desconsolada joven) tranquila… (Acaricia su cabello intentando calmar su afligido corazón) mientras lo recuerdes… el jamas morirá, vivirá para siempre en tus recuerdos, todos esos buenos momentos que vivieron se quedan contigo…

-Alice: (Sus lagrimas se impregnan en la ropa de Marie) si tan solo hubiera sido mas fuerte… podría haberlo salvado…

-Marie: Si el decidio dar su vida para protegerte fue porque en verdad quería hacerlo…, en este mundo hay cosas por las que vale la pena dar la vida… (Mira hacia el horizonte) si el encontró la suya… creo que lo menos que debemos hacer es honrrar su ultimo deseo…, asi que ¡Vive! ¡Vive Alice! ¡Vive como nunca antes! si en verdad quieres honrrarlo vive cada dia como nunca, que su vida valga la pena.

-Alice: (Las palabras de Marie, hace eco en su mente) ah… (Limpia las lagrimas de sus ojos y recuesta lentamente el cadáver de Asael) lo hare… viviré como nadie y jamas me rendiré… Tu muerte no será en vano… te lo prometo…

-Marie: ¿Qué haras con el cuerpo?

Alice: no tengo el valor de mostrárselo a John y creo que a el tampoco le habría gustado que John lo viera en este estado… asi que lo sepultare aquí… en el mejor lugar de todos… (Sin importar el estado del cuerpo, toma los restos del valiente guerrero y se aleja del lugar)

-Marie: ¿Quieres que te ayude?

-Alice: Gracias, pero esto es algo que tengo que hacer yo misma… (Camina a traves del bosque)

Marie: (Mira como Alice se aleja) es… una chica muy noble…

Alice: (Al llegar al campo de flores se detiene y comienza a excavar) ¡Gck! (Excava y excava hasta hacer un agujero de dos metros de profundidad) ah… ah… ah… (Una vez que termina coloca con cuidado el cuerpo de su amigo dentro)

-Marie: (Se acerca al lugar con un escudo en la mano) Encontre este pequeño escudo que podríamos usar como lapida…

-Alice: gracias... (Al terminar de sepultarlo, Colocan el escudo sobre la tumba) el... tendrá flores para siempre... (Comtempla el enorme campo de flores)

-Marie: (Sobre la lapida pone su mano dejando una pequeña llama) Sello del Phoenix... (La pequeña llama se enciende con fuerza) ahora tu luz nunca se apagará... Asael, aun después de que nosotros nos hayamos ido, la llama de tu valor brillara para siempre.

-Alice: (Contempla la belleza de la pequeña llama que iluminara la tumba por toda la eternidad) ah...

-Marie: vamos... ya esta nuevamente anocheciendo...

-Alice: si... (Se alejan del lugar) adiós... (Cuando están apunto de perder de vista el lugar voltea a ver la tumba una ultima vez, mirando como la llama la ilumina con su luz) nunca... te olvidare...

Ese dia Abilion perdio una de sus estrellas mas brillantes, La historia de este joven guerrero perduraría por toda la eternidad, quien no era el mas fuerte ni el mas habilidoso de todos, pero si el mas valiente guerrero en todo Euriath.

Un hermoso polvo doraro emana de su tumba elevándose hacia al cielo donde se llenará de gloria y disfrutará de la paz eterna para siempre...

Capitulo 11: Nayarit.

Al día siguiente en una cálida habitación los rayos del sol comienzan a colarse por las ventanas de la posada.

-Alice: Hmm... ¿Ya amaneció...? (Los rayos del sol la despiertan al pegar en su cara)

-Marie: por fin despertaste.

-Alice: ¿Cuánto tiempo dormí?

-Marie: dormiste toda la noche.

-Alice: ya veo, gracias... (Sale de la cama en ropa interior)

-Marie: oye, te traje algo de ropa como me lo pediste, también está listo el baño, pasa cuando quieras.

-Alice: te lo agradezco Marie... (Paso a paso continua hasta llegar al baño)

-Marie: tomate el tiempo que quieras, tendremos pocos días como estos de ahora en adelante.

-Alice: entiendo... (Cierra la puerta, después comienza a desvestirse y entra en la bañera) todavía no puedo superarlo... (Mira el techo del baño) esta es la primera vez en mucho tiempo que pierdo a alguien cercano a mí, a pesar de tener poco tiempo conociéndolo fue una persona verdaderamente amable conmigo, el no merecía un final asi... (Su mirada se pierde por un momento observando el agua de la bañera) todo fue porque no tuve la fuerza para salvarlo... hubiera preferido morir yo en su lugar (Aprieta los puños y se levanta de la bañera) ¡No pasara de nuevo! Nadie volverá a morir frente a mis ojos mientras yo siga de pie ¡Nadie!

-Marie: (Se encuentra recargada sobre la pared junto a la puerta) que chica tan interesante (Al escuchar las palabras de la joven siente un gran alivio y se aleja de la puerta) Dark siempre logra sorprenderme con las personas que recluta… sin duda Alice nos ayudara a ponerle fin a esta era de oscuridad, estoy segura…

-Alice: (Luego de terminar de bañarse sale lentamente de la bañera) bien… (Agarra la toalla y envuelve su cuerpo en ella) no hay tiempo que perder… (Sale del baño) disculpa Marie ¿Dónde pusiste mi nueva ropa?

-Marie: se encuentra sobre la cama.

-Alice: gracias (Regresa a su cuarto y comienza a vestirse) hmm… esto es un poco… llamativo ¿No te parece?

-Marie: pero si te queda perfecto.

-Alice: no me refiero a eso, es que me da un poco de pena vestir de esta forma, el pantalón esta demasiado ajustado…

-Marie: vamos que no te de pena, además tienes bonito cuerpo deberías vestir acorde a tu edad.

-Alice: pero… (Un entallado pantalón negro con algunas partes rotas hace juego con una blusa blanca que Marie escogio para Alice)

-Marie: bien ahora que estas lista deberíamos irnos.

-Alice: ok. (Salen de la posada) ¿A dónde iremos exactamente?

-Marie: esta mañana recibí la respuesta de los generales, nos veremos en las ruinas que están a las afueras de Nayarit…

Transitan por las calles de Gido Nacion que gosa de una economía intermedia, anteriormente la oscuridad estaba ganando terreno sobre Euriath lo que apuntaba a que Gido seria próxima nación en caer bajo sus fauses por lo que muchas personas comenzaron a mudarse de la ciudad, al escuchar la noticia de que las naciones vecinas al Este de Euriath habían sido devoradas por la oscuridad, presagiando lo mismo para la nación de Gido, sin embargo, en los últimos meses su vecina mas cercana Nihai, ha logrado repeler a los imbazores gracias a la ayuda de La Sombra Del Viento, dándole mas tiempo y estabilidad para reforzar la defensa de su frontera Este)

-Alice: entiendo, entonces deberíamos apresurarnos.

-Marie: lo sé, usualmente me iría volando a toda velocidad, pero sería muy incomodo para ti, ya que… tu no vuelas.

-Alice: … (Guarda silencio)

-Marie: No lo digo para molestarte, de igual modo hay otros métodos para viajar rápidamente de un lugar a otro, solo tenemos que buscarlos, tranquila llegaremos a tiempo.

-Vendedor: ¡Pásele, solo aquí encontrara los mejores animales de transporte! (Llegan a una zona de muchos comerciantes) ¿Qué tipo de animal le interesa señorita? Pase y eche un vistazo.

-Alice: realmente no tengo idea nunca he tenido uno… ¿Marie a caso nos iremos montando algo?

-Marie: no lo tenía en mente, pero podríamos echar un vistazo.

-Vendedor: ¡No se preocupe señorita! Aquí tenemos de todo, desde ponis hasta el famoso chupacabras, le aseguro que encontrará algo de su agrado mire aquí hay caballos de carreras ¿Le gusta alguno?

-Alice: (Se acerca) hace años que no veía uno ¿Solo tiene de este color?

-Vendedor: no se preocupa señorita escoja el que guste si no le gusta el color ¡Se lo pintamos! aquí nos preocupamos por el cliente.

-Alice: ¿Caballos pintados? (Mira un conejo gigante de metro y medio de altura) que bonito conejo (Contempla al esponjadito animal)

-Vendedor: ¡Ah! (Corre frente al conejo agarra una macana luego comienza a golpearlo) ¡Atrás Bestia! ¡Atrás!

-Alice: ¿Qué le pasa a este hombre?

-Vendedor: ¡Ramin! Ya se salió otra vez el "Mepio come hombres" ¡Atrás bestia! (De repente el conejo se torna violento atacando al vendedor con sus garras) ¡Ah!

-Alice: los animales de hoy en día están locos...

-Marie: por esa razón prefiero volar, además de que es más barato (Se le acerca otro vendedor)

-Vendedor: cansada de lidiar con bestias locas ¡Que atentan contra su vida!

-Alice: ¿Hmm?

-Vendedor: olvídese de esos enormes animales que lo único para lo que sirven son para dejar excremento tirado por el camino, use nuestro servicio de "Warps" que lo llevaran satisfactoriamente a su destino en segundos

-Alice: ¿Qué es un Warp?

-Marie: ¡Warps! eso era precisamente lo que estaba buscando.

-Vendedor: es un sofisticado sistema de teletransportacion el cual lo lleva a una ciudad previamente escogida por usted en cuestión de segundos, es lo último en Magia ¿Qué le parece?

-Marie: lo tomaremos.

-Vendedor: son 100 monedas de cobre por persona.

-Marie: (Le entrega el dinero) aquí tiene.

-Vendedor: escoja la ciudad a la que desea ir (Le entrega un catalogo)

-Marie: (Ojea el catalogo) envíenos a la ciudad de Nayarit por favor.

-Vendedor: espere un momento, lo siento señorita desafortunadamente no podemos hacer Warp a la ciudad Nayarit... a menos que tenga un pase especial

-Marie: aquí lo tengo.

-Vendedor: ¡Oh que bien! entonces no habrá problemas… ¡Larry! crea un Warp para las señoritas

-Larry: está bien (Saca su barita y usando el pase crea un portal que parece un pequeño remolino echo de un espeso humo blanco) adelante.

-Vendedor: muchas gracias por su preferencia (Sonríe)

-Marie: Alice, vamos. (Entra en el portal)

-Alice: está bien (Entra también) ¡Ah! (Al entrar al portal siente como si hubiera saltado desde un trampolín al agua) ¡Gck! (En menos de dos segundos la sensación desaparece) ¿Hmm? (Aparece en medio de otro puesto de Warps) ¿Ya llegamos? (Mira hacia su alrededor) con que esta es la ciudad de Nayarit

Situada al norte de Euriath es la nacion mas impresionante de todas, su economía es la Mejor de los tres continentes y su ciudad esta fuertemente construida rodeada por una poderosa triple muralla de piedra la cual cuenta un gigantes torres vigías, sus calles están echas con mármol y su arquitectura es perfecta, diseñada para soportar sin problemas las cuatro estaciones del año, su capacidad poblacional esta perfectaente planificada para poder vivir sin problemas de espacio, por lo cual se regula constantemente el ingreso de viajeros y su tiempo de estancia en la ciudad, por una pequeña organización llamada "Yarda" quienes se encargan de la sustentabilidad de la ciudad.

-Alice: no había visto una ciudad tan concurrida.

-Marie: es bella ¿No es cierto?

-Alice: si, está intacta y las personas se ven muy tranquilas.

-Marie: esto es lo que Dark busca… ciudades sin miedo, llenas de tranquilidad.

-Alice: se siente un ambiente totalmente distinto aquí.

Al salir del local de los servicios Warp, se topan con grupo de Soldados Medievales quienes se encuentran en la puerta revisando todo aquel que ingresa a Nayarit atraves de los Warps.

-Soldado: ¡Vengan por aquí! (Les señala una pequeña área de inspección)

-Marie: (Sonrie) Vamos Alice… (Camina hacia el lugar)

-Alice: si, voy (Sigue a Marie saliendo de los servicios Warps)

-Soldado: ¿De donde vienen?

-Marie: de la ciudad de Gido.

-Soldado: ¿Transporta algo con usted?

-Marie: nada de equipaje…

-Soldado: ¿Viene a Nayarit sin equipaje alguno? ¿Cuánto tiempo planea quedarse en la ciudad?

-Marie: Aun no lo se, registrelo como indefinido.

-Soldado: La ciudad en estos momentos se encuentra a un 80% de su capacidad, por ordenes del consejo de sustentabilidad de los Yardeanos, tenemos prohibido hospedar viajeros por tiempo indefinido… al menos hasta que bajemos al 70% de la capacidad, o ¿Acaso es usted sea ciudadana?

-Marie: Lo soy, vivo aquí.

-Soldado: Bien, muéstreme su identificación (Los ciudadanos en Nayarit cuentan con una placa de Metal con sus datos la cual esta echa con un material único que solo se encuentra en las minas de la ciudad)

-Marie: (Saca el pase que anteriormente le había prestado al de los servicios Warps) aquí tiene (Se lo entrega)

-Soldado: (Checa el pase detenidamente) Residente #000003… Espere un momento por favor… (El nerviosismo se apodera del soldado y se retira del lugar a hablar con otros de sus compañeros que parecen sus superiores)

-Marie: ah… (Suspira impaciente) por eso prefiero llegar volando… el proceso de ingreso es bastante tardado…

-Alice: Parece una ciudad muy estricta, es la primera vez que veo este nivel de seguridad…

-Marie: es debido a los "Inquisidores" la organización acargo de la seguridad, ellos se encargan del orden dentro de la ciudad y son bastante estrictos con el mal comportamiento, aunque debo admitir que hacen bien su trabajo…

-Alice: increíble… todo esto es realmente asombroso…

-Soldado: disculpe las molestias, fueron a llamar al capitán encargado en turno, si no es mucha molestia espero me pueda hacer el favor de esperarlo…

-Marie: esta bien…

-Soldado: se lo agradesco mucho… (Se retira)

-Alice: su tono de voz y comportamiento cambiaron drásticamente ¿No?

-Marie: solo un poco…

En ese momento llega corriendo un hombre rodeado de soldados…

-Alice: Debe ser el hombre que menciono antes…

-Capitan: (Sin mirar el pase se lo regresa a Marie) no hay duda alguna… (Se arrodilla) disfrute su estancia y disculpe todas las molestias General…

-Marie: (Con una simple sonrisa toma el pase y continua su camino) Vamos Alice…

-Alice: (No puede evitar sorprenderse con la escena que acaba de presenciar) ¡Vaya! ¿Qué fue eso? Fue tan repentino que… ¿General? ¿Tienes un alto cargo aquí?

-Marie: ¿Por qué te sorprende? Pense que sabias que era un General…

-Alice: si, pero… (No logra entender realmente que esta ocurriendo) Creo que me he perdido de algo…

-Marie: La Sombra Del Viento fundo esta ciudad…

-Alice: ¿¡Qué!?

-Marie: asi que no solo yo, si no todos los Generales, tienen un alto rango aquí…

-Alice: ¿¡Todos!?

-Marie: así es, veras hace mucho tiempo… esta ciudad se encontraba bajo control del antiguo Primer General de Genesis, la ciudad estaba infestada de toda clase de criaturas… hasta que un día… Dark apareció…, el antiguo Primer General era también un vampiro el cual nunca había sido derrotado, ese día se paro frente a Dark diciendo que lo vencería en tan solo un suspiro, Dark lo miro fijamente afirmando lo mismo, asi que se dispusieron a luchar, cuando ya todo estaba listo una criatura dio inicio al combate, en ese momento Dark y el general desaparecieron por unos segundos, luego repentinamente el Primer General cayó al piso muerto, al ver esto las criaturas entraron en pánico y comenzaron a atacar a Dark, pero sus esfuerzos fueron inútiles… el acabo con todos excepto con la criatura que había dado inicio al combate, lo dejo ir con la condición de que contara todo lo que había visto… al terminar le dijo "Declaro Esta Ciudad Mi Territorio" después arrancó la capa que usaba el Primer General y la coloco en el edificio más alto de la ciudad para que sirviera como advertencia a los que intentaran desafiarlo, la noticia se esparció rápidamente comenzando a ser conocido como "El Suspiro De La Muerte" desde ese día ninguna criatura ha tenido el valor de poner un pie aquí, incluso si Dark no está, nadie se ha acercado a este sitio, fue entonces cuando las personas que escucharon ese rumor vinieron a este lugar con la esperanza de que Dark los protegiera, pero al llegar aquí descubrieron que no había nadie, así que decidieron esperarlo por un mes, al transcurrir el mes Dark seguía sin aparecer sin embargo se dieron cuenta que la ciudad no había sido atacada y se sentía una tranquilidad muy agradable, por lo que comenzaron a instalarse aquí, reparando todos los edificios dañados, poco a poco la ciudad se fue levantando hasta convertirse en lo que es hoy en día, los aldeanos vivían por fin en paz.

-Alice: ha sido una historia muy buena ¿Quién te la ha contado?

-Marie: Dark me conto una parte de la historia y los aldeanos otra.

-Alice: ¿Cuándo se encontraron los aldeanos con Dark?

-Marie: después de que los aldeanos terminaron de reparar la ciudad Dark volvió junto con John para mostrarle donde se reunirían a intercambiar información cada dos meses, pero se encontró con la sorpresa de que el lugar estaba habitado, la gente los recibió como héroes, incluso convirtieron ese día como un festival anual que se celera cada 10 de diciembre al que llaman "El regreso" el día en que Dark volvió a la ciudad.

-Alice: ¿El general John iba con Dark en ese momento? (Se sorprende) ¿Cuál fue su reacción?

-Marie: ah… (Suspira) bueno… míralo tú misma (Le señala una estatua)

-Alice: (Gira para ver el lugar señalado y se encuentra con una estatua de piedra de John) ¿Pero qué rayos…? (Dice confundida)

-Marie: Dark dijo que cuando se toparon con la enorme bienvenida, John grito "Yo soy su salvador ¡Alábenme!" las personas conmovidas le hicieron esa estatua en su honor y John tomó para él, el castillo más grande de la ciudad.

-Alice: ¿¡Que!? Ese John es un sinvergüenza, mira que tomar todo el crédito…

-Marie: ya sabes cómo es ese loco…

-Alice: si… lo sé… (Dice molesta)

-Marie: después de todo eso, los miembros fueron incrementando y la ciudad fue creciendo, pero era muy incomodo reunirnos con toda esa gente a nuestro alrededor así que por ley se prohibió a todos los ciudadanos el ingreso a unas pequeñas ruinas que se encuentran en las afueras de la ciudad.

-Alice: ¿Ahí es donde se reúnen cada dos meses?

-Marie: así es, las ruinas se encuentran afuera así que podemos evitarnos el entrar a la ciudad e ir directamente a ellas.

-Alice: no tenía idea de que un lugar así pudiera existir.

-Marie: (Se acercan a las afueras de la ciudad) lo sé, poco a poco, la ciudad ha ido progresando, cuando Sasha creo a los Yardeanos y a los Inquisidores, todo se volvió mas ordenado y el progreso aumento bastante…

-Alice: (Observa que todas las calles se encuentran limpias, los comercios tienen mercancías en perfectas condiciones y las personas se ven muy felices) todo esto… todo lo que han creado, me resulta facinante.

-Marie: Si logramos detener la ocuridad, podríamos compartir esto con el mundo.

-Alice: Es un sueño hermoso (Siente como una chispa de emoción se prende en su interior) yo también quiero compartir esto con el resto del mundo, les ayudare a hacer esto una realidad.

-Marie: (Sonrie) esa es la idea (Llegan a la puerta principal de la ciudad) abran la puerta.

-Inquisidores: ¡Si, General! (Abren las puertas gigantes de Acero)

-Alice: (Contempla una enorme muralla de piedra que rodea la ciudad) es aun mas impresionante de cerca…

-Marie: esa muralla fue hecha por el General Daniel para que proteja la ciudad. (Continúan caminando)

-Alice: debe de ser alguien muy fuerte como para hacer algo así.

-Marie: es una buena persona solo que no le gusta la sobre atención que le dan.

-Alice: que gente más rara…

-Marie: creo que a partir de aquí podemos irnos volando, será un viaje muy corto así que estarás bien, toma mi mano.

-Alice: está bien.

-Marie: (De su espalda salen una alas echas de fuego luego se impulsa con ellas y surca los cielos rápidamente)

-Alice: ¡Gck! (Se agarra fuertemente de la mano de Marie)

-Marie: tranquila ya casi llegamos. (Luego se detiene sobre unas ruinas y comienza a descender lentamente hasta llegar al piso) ¿Estás bien?

-Alice: eso creo…

-John: miren quien llego…

-Daniel: ya se estaban tardando…

-Sasha: no sean groseros, ustedes dos acaban de llegar también.

-John: ¡No seas mentirosa! Ya tengo días aquí.

-Sasha: John sabemos que eso no es verdad…

-John: Pero ¿Quién lo asegura?

-Dark: ya tranquilos todos (Se acerca a ellos) ¿Marie que fue exactamente lo que paso?

-John: ¿Fueron atacadas? pero en estos tiempos no es novedad… ¿Por qué tanto drama?

-Alice: John… (Al ver a John no puede evitar revivir esa enorme tristeza)

-John: ¿Qué? ¿Por qué me ves así?

-Marie: verán… cuando les envié los "mensajeros" no les conté toda la historia ya que quería hacerlo en persona, Alice también me conto cosas que no sabía, así que aquí va (Con lujo de detalle les cuentan todo lo que ocurrió en las cercanías de la ciudad Gido) eso fue lo que paso….

-John: ¡Grah! (Patea un pilar que está cerca haciéndolo pedazos) ¿¡Como que está muerto!?

-Marie: lo siento, cuando llegue ya era demasiado tarde… no pude hacer nada por el…

-John: ¡Puta Madre! iré ahora mismo y les sacare la cagada ¡Los haré pedazos! Esto es personal ese Critsu deseara estar muerto cuando lo encuentre, me largo a buscarlo

-Daniel: ¡Tranquilízate John! ahora es cuando debemos mantener la calma eso es lo que el enemigo quiere

-John: me importa poco lo que quiera el enemigo, ese cabron no merecia morir asi, no me jodas… chingada madre… (Se aleja frenético del grupo)

-Danie: ire por el… (Persigue a John)

-Alice: John…

-Sasha: ¿Tú qué opinas Dark…?

-Dark: no pensé que Alejandro aparecería personalmente, de verdad quieren apoderarse de Alice, si lo que dijo Elaiza es cierto, Alice será perseguida a todas horas, quieren apoderarse de su linaje para hacer a sus vampiros más fuertes.

-Sasha: eso sería un problema…

-Marie: Alice tiene un poder realmente sorprendente… si llegara a caer en las manos enemigas estaríamos en problemas.

-Dark: hay algo que me inquieta… ¿El caso de Alice fue solo una coincidencia o su mentor fue el causante…?

-Marie: ahora que lo mencionas no había pensando en eso.

-Alice: Elaiza dijo que no lo había visto antes…

-Sasha: deberíamos averiguar un poco más sobre él.

-Alice: …

-Sasha: a pesar de todo lo ocurrido, no respondieron a los ataques…, todo parece indicar que nuestras sospechas son ciertas…

-Marie: Sacrificaran todo para revivir a ese supuesto dios… (Dice serio)

-Dark: la misión fue un éxito… Recuperamos muchas de Las Naciones Perdidas: Mezcal, Wisky, Roon, y destruimos los nuevos puntos de acceso en Okaido y Kraner… con esto hemos recuperado el 90% del territorio de Euriath, solamente nos quedan unas cuantas ciudades en la frontera con Shiria para asumir el control total.

-Marie: Efectivamente, este fue un golpe mortifero para su invacion, sin embargo, me preocupa que no hagan nada para remediarlo, es como decir que cuando vuelva a la vida su dios , podrán recuperar todo sin problemas…

-Sasha: si bien es inevitable frenar esa supesta resurrección, entonces deberíamos que crear un plan de contingencia para cuando ocurra…

-Marie: ¿Te refieres a reforzar aun mas la defensa del continente?

-Sasha: Efectivamente.

-Marie: podríamos realentizar su pazo, pero no es del todo seguro que podamos denerlos, realmente ese dios nos tiene sumergidos en esta terrible incertidumbre.

-Dark: en ese caso… habrá que ir a verlo (Las palabras de Dark sorprenden al resto de los miembros) no lograremos nada con meras especulaciones, tenemos que encararlo y saber a que nos vamos a enfrentar…

-Sasha: ciertamente es la única forma de poner las cosas en orden…

-Marie: pero habría que ir todos ¿No? En caso de que ocurra lo peor.

-Dark: en todo caso seria una misión de reconocimiento, solo con fines de recabar información..., lo meditare por un tiempo y hablaremos de ello en la siguiente reunión..., Alguna otra información que quieran compartir.

-Sasha: yo encontré algo en las ruinas de Okaido (Al escuchar eso todos prestan atención) eran unas viejas escrituras, gracias a que ahora tenemos el nombre de la espada, es más fácil buscar información.

-John: (Con un poco mas de calma, nuevamente se integra a la converzacion) ¿Por qué ella es la única que siempre encuentra algo?

-Dark: ¿Qué decían esas escrituras?

-Sasha: "Elizion" la espada viviente que su creador no pudo usar..., fue entregada a un guerrero digno de semejante obra maestra" después de esa línea la escritura esta indescifrable, pero continúe avanzando y encontré más, que decía "Con la primera estocada Elizion fue hecha pedazos"

-John: ¡Pero qué mierda! ¿Se rompió?

-Daniel: quizás sea por eso que no la encontramos...

-Sasha: aun no termina el escrito... después de eso continua "Pero gracias al tiempo, Elizion no volvió a romperse jamas, incluso después de la muerte del tiempo, el hechizo seguía activo dándole el ultimo toque de perfeccion" ahí termina lo que encontré, ya no había nada más.

-Marie: gracias al tiempo... ¿Qué significa eso?

-Daniel: ¿Incluso después de la muerte del tiempo? Eso no tiene sentido

-John: esta historia está llena de mamadas, nada tiene sentido, yo también encontré algo de la mugrosa espada.

-Daniel: ¿Tu? ¿Encontraste algo? Valla... eso si que es noticia. (Sonrie)

-John: decía "Forjada en el volcán Thurken "Elizion" ha sido traída al mundo" después de esa chingadera ya no le entendí ni madres, estaba toda echa mierda el resto de la escritura.

-Sasha: yo conozco donde está ese volcán.

-Marie: el volcán Thurken... ¿Aún existe? Si es asi, podría ir, me sería muy sencillo porque... (Se llena de fuego) me llevo bien con las llamas... (Sonríe)

-Dark: No.

-Marie: ¿No? (Se sorprende) soy la más indicada para esta tarea, podría entrar y salir sin problemas, además si descubro algo sobre el supuesto dios, podría servirnos de algo.

-Dark: ¡He dicho que no! (La mira fijamente)

-Marie: pero... (Su mirada no soporta la presión y se desliza hacia otro lado) ...

-Dark: Como lo dije anteriormente, quiero pensar un poco mas a cerca de infiltrarse a Shiria, si la infiltración es un éxito se podría aprovechar para investigar un poco, en cullo caso, todo a punta a que tendre que hacerlo yo mismo.

-Marie: (No puede contenerse y reclama) ¿¡Por qué quieres hacerlo a tu!? ¡Mientras a mi me alejas de la misión!

-Dark: Porque está en territorio enemigo ¿¡Quieres que te ocurra lo mismo que a Allen!? (Dice molesto) ¡Ya hemos perdido a dos miembros, no quiero perder a otro más!

-Marie: (Al escuchar sus palabras se dio cuenta que solamente estaba preocupado por ella) disculpa... yo solo... lo siento... (Al entender los sentimientos de Dark se arrepiente de haber reaccionado asi)

-Sasha: (Le da una calida palmada en el hombro a Marie en signo de apoyo moral) entiende su punto..., pero Dark tiene mucha razón...

-Marie: si lo sé... lo acabo de entender...

-Dark: Sasha quiero que te encargues de Critsu... eres la única que conoce mejor que nadie el territorio de Genesis... ¿Puedes salir y entrar sin ser detectada?

-Sasha: efectivamente, no habrá ningún problema.

-Dark: si ocurre algo no dudes en usar tu carta de teletransportacion.

-Sasha: no creo que tenga la necesidad de usarla, pero lo tomare en cuenta.

-Daniel: Sasha no pongas en riesgo tu vida, si vez que la situación se pone difícil vete de ahí. (Se acerca a Sasha y sujeta su mano)

-Sasha: (Sus dados se entrelazan con los de Daniel) lo sé..., gracias por preocuparte.

-Dark: Daniel viaja en paralelo con Sasha y al llegar a la frontera de Shiria, busca el lugar mas propicio para hacer una apertura, necesito entrar sin ser detectado.

-Daniel: Bien, me agrada la idea (Mira fijamente ha su amada) Si ocurre algo no dudes en contactarme y estare ahí enseguida.

-Sasha: (Sonrie) esta bien.

-Dark: Marie vuelve a las Naciones Perdidas que recuperamos y asegúrate que no haya criaturas sobrevivientes.

-Marie: está bien...

-Dark: John... Imagino que tienes un lugar a donde ir..., pero te encargo que te mantengas en tus cavales...

-John: simon...

-Daniel: te enviaré un mensajero cuando este lista la abertura, vamos Sasha.

-Sasha: Si, hasta la próxima reunión.

-Daniel: nos vemos luego (Se alejan caminando juntos)

-Dark: ¡Esperen!

Todos se detienen…

-Daniel: pensé que ya habíamos terminado

-Dark: todos con excepción de Sasha nos veremos aquí en una semana.

-Sasha: entendido.

-John: enterado… (Se aleja del grupo)

-Alice: John… (Lo sigue)

-Dark: En la próxima reunión, presentare al grupo a un nuevo miembro.

-Marie: valla… esa es una buena noticia.

-Dark: es un sujeto sumamente fuerte, nos ayudara a fortalecer nuestra organización…

-Daniel: entre mas mejor, que buena onda.

-Dark: nos vemos dentro de una semana.

-John: (Se acerca a su motocicleta) … (Al escuchar los pasos de Alice, se detiene) no lo hagas…

-Alice: perdón… yo tuve la culpa de lo que le paso a Asael… (Unas delicadas lagrimas se deslizan por su mejilla)

-John: (Voltea a ver a Alice seriamente y se acerca a ella) No se te ocurra sentirte culpable.

-Alice: ¡Pero es que si hubiera sido mas fuerte lo habría salvado!

-John: ¿Crees que el te salvo para hacerte sentir miserable? ¡Eh!

-Alice: Pero…

-John: el dio su vida, porque fue su voluntad hacerlo, si te sientes miserable por haber sido salvada por el, es como decir que su sacrificio fue miserable y eso si no lo tolero…, asi que deja de llorar y usa tu vida para algo que valga la pena, el creyo en ti, no lo decepciones…

-Alice: … (Seca sus lagrimas con sus delicadas manos)

-John: (Se sube en su moto) un hombre tiene que hacer, lo que debe de hacer… eso fue lo que le enseñe…, seria una estupides de mi parte dehonrrar o cuestionar su deternimacion… (Se marcha en su moto)

-Alice: John tiene razón…, no volveré a ofender tu sacrificio… Asael… ni ahora, ni nunca…

-John: (Una terrible pena se explande desde su corazón mientras conduce hacia el horizonte) te has convertido en un hombre mocoso… estoy orgulloso de ti… y siempre lo estare… (Continua su camino).

Mientras tanto en lo profundo de la oscuridad en el continente de Shiria, Los Generales de Genesis del Oeste, discutían los problemas ocacionados por La Sombra del Viento…

-Demetrio: caballeros, la captura de la vampiro fallo, lo cual es realmente una pena…

-Critsu: la intromisión de Marie arruino la captura.

-Isao: ¿Fue mera casualidad que Marie te encontrara o habrá sido un plan del enemigo desde el inicio?

-Critsu: asesine a uno de sus integrantes lo cual casi volvió loca a la vampira, supongo que no fue algo planeado.

-Miroku: opino lo mismo, La Sombra del Viento no sacrifica a sus miembros aunque sea débiles…

-Tercer General (Shadow): El error táctico radico en que nos adentramos demasiado en Euriath sin un punto de acceso rápido, técnicamente Critsu se desconecto de nosotros.

-Miroku: imagino que por esa razón el señor Alejandro también decidio adentrarse.

-Isao: estar en territorio enemigo y sin refuerzos, realmente nos presipitamos en este ataque.

-Critsu: No me entere cuando Marie destruyo Wisky, al parecer ocurrio unos días después de que cruce con mi ejercito…

-Shadow: Despues de Destruir nuestras bases en Wisky, se dirigio a Nihai, imagino que era inevitable que ingresara a Gido.

-Demetrio: sin duda la introducción de Marie fue el principal problema de que tu misión fallara, sin embargo… ¿Puedes mencionarle al resto de los Generales como perdiste los dedos de tu mano?

-Critsu: Cuando estaba golpeando a la vampiro, se tranformo de una manera muy extraña, su cabello se volvió rojo y una enorme fuerza emanó de ella, fue algo que jamas había visto…

-Demetrio: (Se levanta de su silla) Si bien como mencionamos antes, la captura del Vampiro fallo (Comienza a caminar alrededor de la mesa) yo no lo consideraría un total fracaso…

-Miroku: ¿Por qué lo dices?

-Demetrio: (Sonrie) Porque optuvimos información…, un vampiro que al transformarse su cabello se vuelve rojo, y Marie tiene el poder suficiente como para combatir con el señor Alejandro… conseguimos todo eso sin perder a miembros del gabinete para asegurarlo, yo lo llamaría una misión con un final bastante satisfactorio, sin agraviar lo de tus dedos por su puesto…

-Isao: Confirmar de primera mano el poder de los altos mandos de La Sombra del Viento es bastante útil para las batallas venideras, pero que me puedes decir del color rojo en el cabello de la chica vampiro.

-Alejandro: El primer vampiro también tenia el cabello rojo cuando se transformaba… (La repentina revelación de Alejandro estremese al gabinete)

-Shadow: ¿El del Linaje original?

-Alejandro: efectivamente…

-Isao: es la primera vez que escucho algo sobre el…

-Alejandro: en aquel tiempo… cuando los cuatro de linaje original nacimos, nacieron también dos linajes mas… Maycross el primer vampiro y Arthur el héroe…

-Shadow: creía que solo habia cuatro linajes antiguos…

-Miroku: ¿Qué fue lo que sucedió con ellos? ¿Por qué nadie los habia mencionado antes?

-Alejandro: Se consideraba un tema de extrema discreción, no queríamos alarmar a la comunidad vampirica ni alentar una posible rebelión…

-Demetrio: posiblemente si la comunidad vampirica se enterara de que los ideales del original son diferentes al del resto, se podría incitar a una rebelión…

-Alejandro: es justo como dices Demetrio…, por ese motivo hemos considerado que es mejor ocultar su existencia…

-Shadow: ¿No se pudo llegar a algún acuerdo con ellos?

-Alejandro: la ambicion insaciable de Maycross y la inquebrantable rectitud de Arthur, hacian imposible el aliarse con ellos… por lo que decidimos esperar… y contemplar desde lejos lo inevitable…

-Miroku: una pelea entre dos originales…

-Isao: increíble…

-Alejandro: su poder siempre fue mas grande que el nuestro, pero cuando su batalla estaba por terminar decidimos poner en marcha nuestro plan…

-Demetrio: intervinieron en la lucha…

-Alejandro: exacto, con ellos tan débiles fuimos capaces de someterlos y encerrarlos en dos priciones distintas, para vigilarlos por toda la eternidad… hasta que finalmente encontremos la forma de eliminarlos y deshacernos para siempre de su amenaza…

-Shadow: ¿Esas son las dos priciones que se turnan en custodiar señor?

-Alejandro: La prisión de Arthur en Mock Town y la prision de Maycross en Monterrey…

-Critsu: es una pena que no se haya podido negociar con ellos en el pasado, con su poder de nuestro lado podríamos vencer fácilmente a La Sombra del Viento.

-Demetrio: podría ser…, pero es mejor no arriesgarse y que se mantengan encerrados…

-Alejandro: su poder no importa ya…, ahora que hemos encontrado la forma de revivir a uno de los autoproclamados… no habrá nada en este mundo que pueda detenernos…

-Isao: se han conseguido los requerimientos que se nos fueron asignados para la ceremonia mi señor…

-Alejandro: bien, ahora solo falta esperar…

Capitulo 12: El Nuevo Miembro

En los verdes pastales de las cercanías a la ciudad de Nayarit un pequeño campamento espera bajo un gigante árbol de huanacaxtle, la brisa mañanera cubre la zona sin embargo los calidos rayos del sol comienzan a disiparla, han transcurrido tres días desde la reunión y poco a poco se acerca el día donde se reúnan nuevamente.

-Alice: (Poco a poco los rayos del sol iluminan el rostro de Alice) ¿Ya amaneció…? (Abre los ojos lentamente luego mira hacia los lados) ¿Dónde está Dark…? (A pesar del sueño que aun tiene se levanta) ¿Dark estas por aquí? (Sale de la tienda) ¿A dónde fue tan temprano…? (Escucha un ruido y voltea)

-Dark: ¿Dormiste bien? hacía frio anoche

-Alice: si, dormir bien (Un agradable aroma a carne asada es percibido por su nariz) ¿Qué es eso que huele?

-Dark: pronto estará listo el desayuno, estoy preparando un par de conejos que atrapé hace poco.

-Alice: ok. (Mira la ciudad de Nayarit a lo lejos) ¿Por qué tenemos que quedarnos aquí? No sería mejor entrar en Nayarit…

-Dark: no. (Se acerca a la fogata donde se están asando los conejos)

-Alice: ¡Hey espera! (En ese momento siente como poco a poco la sed comienza a volver) ¿Hmm? (Observa sus manos) necesito beber un poco de sangre… (Se acerca hacia Dark)

-Dark: (Mira que Alice viene) aquí está tu desayuno (Le entrega una parte del conejo)

-Alice: gracias.

-Dark: apresúrate o se enfriara.

-Alice: si… (Mientras comen, mira la espada que lleva Dark) Dark…

-Dark: dime.

-Alice: ¿Crees que debería aprender a usar un arma?

-Dark: no seria mala idea, ¿Has usado alguna?

-Alice: no…, pero podría intentarlo.

-Dark: cuando terminemos de comer, te enseñare…

-Alice: ¡Bien! (Entuciasmada por la idea come aprisa)

Despues de un par de horas de haber terminado el desayuno se disponen a entrenar…

-Alice: intentare primero con la espada… (Balancea la espada de Dark de un lado a otro sin ninguna técnica)

-Dark: … (Contempla con horror, a la mas inexperta persona que ha visto usar un arma)

-Alice: No parece tan difícil

-Dark: creo que… primero deberíamos comenzar con algo menos afilado… (Se sube al Huanacaxtle y corta dos baras) ten esto (Le lanza una bara) imagina que esto es una espada.

-Alice: (Mira detenidamente la bara) tendre cuidado de no cortarme con ella… (Dice decepcionadamente)

-Dark: bien… ahora es este movimiento (Realiza una estocada hacia el frente)

-Alice: ¿Asi? (Intenta realizar la estocada pero su movimiento es muy simple)

-Dark: no…, eso es solo agitar la bara, tienes que hacerlo asi (Repite el movimiento)

-Alice: Hmm…

Durante la mañana Dark enseña a Alice el manejo de la espada, pero por alguna razón Alice tiene dificultades para aprenderlo…

-Alice: esto es mas difícil de lo que pensé… ¿No hay alguna otra cosa que pueda usar?

-Dark: podríamos intentar poner a prueba tu puntería, quizás lanzando cuchillos o algún tipo de arma arrojadiza, también podríamos usar el arco…

-Alice: ¡Ese me gusta! Acabo de recordar que papa usaba mucho esa arma para ir de caceria.

-Dark: desafortunadamente no tengo ningún arco, asi que tendríamos que ir a algún pueblo para conseguir uno (Se sienta sobre la hierva)

-Alice: hmm…

-Dark: (Se queda contemplando el huanacaxtle seriamente)

-Alice: (Mira hacia la dirección que Dark se encuentra observando) ¿Ocurre algo?

-Dark: (Su cuerpo estaba sentado en la hierva, pero su mente se mantenía distante)

-Alice: ¿Dark? Dark (A pesar de su llamado parece no oírla) ¡Dark!

-Dark: (La fuerte voz de Alice lo hace volver en si) ¿Si?

-Alice: ¿Ocurre algo? Estas muy pensativo…

-Dark: estaba pensando en algo que descubri en la biblioteca que me toco investigar…

-Alice: ¿Y que era?

-Dark: Nada importante… olvídalo.

-Alice: ¿Seguro? ¿Tiene que ver con Genesis?

-Dark: En cierto sentido… podría decirse que si…

-Alice: Desde que me atacaron en Gido, no hemos tenido noticias sobre ellos.

-Dark: Genesis… ha estado evitándonos últimamente, a estas alturas Alejandro debio haber pedido ayuda a los otros 3 del Linage original para recobrar terreno en Euriath, sin embargo, no lo ha hecho…, sigue perdiendo terreno en Euriath, de seguir asi recobraremos el control total del continente…

-Alice: ¿Eso no es bueno?

-Dark: no se como responder a esa pregunta…, si están sacrificando todo Euriath eso quiere decir que quizás el tema del supuesto dios… se este convirtiendo en una realidad…

-Alice: perdona que te interrumpa… pero me esta llegando sed… podríamos ir a Nayarit a comprar algo…

-Dark: no…, conozco un pueblo cerca de aquí donde podríamos comprar algo para que bebas y también podemos aprovechar para comprarte un arco, vamos (Toma su espada y emprende el viaje)

-Alice: Ok, voy (Toma sus cosas rápidamente y alcanza a Dark)

-Dark: esta solo a un par de horas, no deberíamos tardar en llegar…

Continuan su camino por aproximadamente una hora a travez de los verdes caminos de la nación de Nayarit en esas fechas era temporada de lluvias, por lo que el paisaje era muy verde y habia pequeños arrollos con agua cristalina fluyendo…

-Dark: Ya vamos a medio camino.

-Alice: si…, entonces… ¿Crees que lo del supuesto dios sea una realidad?

-Dark: hace mucho tiempo que nadie habla de ello, lo único que queda son las viejas historias sobre Thanatos liberando a la humanidad de los famosos "Autoproclamados"

-Alice: yo también los conozco aunque siempre pensé que eran historias inventadas.

-Dark: hay poca información de los años cero… en mi viaje decifre un fragmento de un viejo pergamino destruido que decía "Una vez que han sido enviados al mundo de los muertossolo las reliquias pueden volverlos a la vida" eso quiere decir… que hay una forma de traerlos de nuevo a este mundo…

-Alice: ¿"Volverlos a la vida"? eso suena plural, ¿No lo crees?

-Dark: exacto…, esa frase deja claro que no es solo uno…

-Alice: (Al escuchar eso queda perpleja y un fuerte escalofrio recorre su cuerpo) ¿Por qué no lo dijiste en la reunión?

-Dark: porque podría haber desatado el caos y no quiero que nadie se altere mas de la cuenta, hasta no tener claro a que se refiere la frase exactamente… no podemos permitirnos ser presa del pánico.

-Alice: ya veo... (No puede evitar darle vueltas en su mente, pero todo parece apuntar a que realmente se puede revivir a mas de un dios) ...

-Dark: ... (Pensando también en ello, intenta guardar la compostura)

En ese momento un alegre saludo rompe el ambiente lleno de tension...

-Desconocido: ¡Buenos Dias viajeros! (Un amigable saludo se escucha de un costado del camino)

-Alice: (Voltea a ver al viajero) ¡Buenos días!

-Desconocido: ¿Estan bien? Parecen asustados (Se encuentra sentado pescando con una caña a la horilla de un grande y hermoso arrollo)

-Dark: ¿Disfrutando de la tarde?

-Desconocido: a veces vale la pena relajarse un poco ¿No creen? Vengan un momento descansen esos pies...

-Alice: (Se acerca al arrollo) ¡Es hermoso! El agua esta tan limpia y cristalina, no habia visto un arrollo asi.

-Desconocido: es de mis favoritos (Sonrie)

-Alice: ya veo porque (Sonrie)

-Guty: Soy Guty, ¿Que los trae por aquí?

-Dark: vamos camino a un pueblo sercano por probiciones.

-Guty: ya veo ¿Y que tal su viaje?

-Dark: tranquilo hasta ahora...

-Guty: que pena que hoy en dia poca gente pueda disfrutar de un viaje asi...

-Alice: desafortunadamente en muchas partes del mundo... la oscuridad se ha apoderado de las tierras... dejando una sombra desolada a su paso.

-Guty: La oscuridad... (Contempla su caña de pescar) el defecto de fabrica de toda la creación, por alguna extraña razón parece siempre ser la respuesta mas obia... y es que creo que tal vez el camino de la rectitud no suele ser el mas fácil ¿O si?

-Alice: supongo que no... (Piensa en las fuertes ganas de vengar la muerte de sus padres) por alguna razón... es mas fácil vengar, que perdonar...

-Dark: cuando terminemos con la oscuridad, el mundo tendrá una segunda oportunidad para recuperar el buen camino.

-Guty: es increíble el tiempo que perdemos matándonos los unos a los otros, en vez de observar a nuestro alrededor... (Contempla el paisaje que tiene frente a el) la creación es algo tan hermoso que pocos han aprendido a pareciar... mis ojos bailan al son de todas las maravillas que hay en este mundo...

-Alice: (Contempla el paisaje) nunca me habia detenido a pensar en todo lo que hay a nuestro alrededor (Por primera vez en su vida, se limita a obersar el lugar donde se encuentra, cada árbol cerca, cada roca en el camino y el cristalino arrollo que tiene frente a ella) es… realmente increíble (Respira el aire puro del campo) hay tanta vida a nuestro alrededor…

-Guty: cada parte de la creación gira en equilibrio y perfecta sincronía, como la dulce melodía de este arrollo con el fluir de su agua, incluso esta refrescante conrriente de aire hace mas gentil el calor del medio dia, calor con el que todas las plantas de la tierra se alimentan para crecer grandes y fuertes, los cuales al morir alimentan la tierra volviéndola fértil y dando paso a nuevas generaciones de plantas… (Voltea a ver a Alice y Dark) es increíble que en este mundo tan perfecto, seamos lo unico inperfecto… ¿No creen?

-Dark: (Las palabras del hombre están llenas con un poderoso sentimiento de paz, que ni si quiera sabe que responder) …

-Alice: …

-Guty: tomen asiento… y descansen un poco.

Los los pasan como si fueran segundo mientras disfrutan de un agradable pezca al lado del misterioso hombre, quien los ayuda a psar un momento en completa armonía con la naturaleza…

-Guty: Bien, creo que es hora de volver a casa, ya he pescado suficientes peces (Recoje sus cosas para marcharse)

-Alice: nosotros también debemos continuar con nuestro viaje, muchas gracias por compartir con nosotros un poco de su sabiduría.

-Dark: buen viaje.

-Guty: no me digas eso mujer, que tampoco soy tan viejo (Rie)

-Dark: hare lo posible, por compartir esta paz con el resto de la gente, se lo aseguro Guty…

-Guty: eso espero Dark, por que el tiempo corre y cuando el dia termina siempre llega la noche (Emprende su viaje) Thrasher no es alguien con quien se pueda jugar…

-Alice: ¿Thrasher? ¿A que crees que se referia con eso?

-Dark: no lo se…, era un sujeto muy misterioso… deberíamos seguir con nuestro camino. (Reanudan su viaje)

-Alice: esta bien, vaya todo lo que hablamos con ese hombre me dejo muy intrigada…

-Dark: lo se… dijo muchas cosas de las cuales nunca me habia detenido a pensar…

-Alice: estaba lleno de sabiduría…

-Dark: quizás…

-Alice: oye…

-Dark: ¿Si?

-Alice: ¿Por qué no quieres ir a Nayarit? Estábamos mucho mas cerca de ahí que de este pueblo a donde vamos…

-Dark: ¿Por qué tanta insistencia en ir a ese lugar?

-Alice: porque solo estuve un momento ahí y me parecio un lugar increíble, Marie me conto la historia de como fue fundada.

-Dark: esa historia es algo exagerada…

-Alice: Dark…, solo vamos un momento, si veo que ocacionamos muchos problemas, nos marchamos ¿Te parece?

-Dark: está bien…

-Alice: (Sonríe).

-Dark: después de la reunión tendremos un largo viaje.

-Alice: entraremos en territorio enemigo ¿Verdad?

-Dark: así es…

-Alice: ¿Crees que sea buena idea?

-Dark: no es de mis ideas mas brillantes, pero alguien tiene que hacerlo…

-Alice: ¿Y prefieres arriesgarte a ti mismo que arriestar a los demas?

-Dark: creo que será lo mejor…

-Alice: (Lo mira a los ojos)

-Dark: ¿Qué?

-Alice: ¿Sabes lo que significaría tu muerte verdad?

-Dark: … (Guarda silencio)

-Alice: se que eres fuerte…, lo he visto con mis propios ojos, pero… si entráremos en el corazón de Shiria donde probablemente concentre todo su poder de ataque… tal vez incluso tu vida pueda verse en peligro.

-Dark: eso no pasara.

-Alice: ¡Dark, mírame! (Sujeta su rostro) si tu caes… ¡Se acabo! ¿¡Entiendes!? El resto de los generales serán pan comido una vez que tu no estés, si el pilar principal de una torre se viene abajo, en breve la torre lo seguirá.

-Dark: ¡Soy el líder de la sombra del viento!

-Alice: ¡Por eso debes mantenerte con vida!

-Dark: …

-Alice: ah… (Suspira) no seas tan egoísta, piensa en que pasará con los demás si tu mueres… (Se detiene) ¿Qué crees que le pasara a esa ciudad y a todos sus habitantes? (Se detiene y mira en dirección hacia Nayarit).

-Dark: (Recuerda cómo era la ciudad años atrás) …

-Alice: y yo que pensaba que era la cabeza dura aquí.

-Dark: … (Mira la ciudad que se alcanza a ver muy a lo lejos) no me gusta estar en la ciudad por que siento que atraeré la atención de Genesis hacia ella y puedo poner en peligro a todos los ciudadanos…

-Alice: Nayarit se ha convertido en la mejor ciudad de todo Euriath y quizás también de todo el mundo, y todo eso a sido gracias al trabajo que ustedes han hecho, deberías darte el tiempo de ir a visitarla alguna vez…

-Dark: pero… ¿Qué pasa si se convierte en un campo de batalla?

-Alice: estoy segura que los ciudadanos lucharan a tu lado para protegerla…

-Dark: ¿Aun si eso signifique su completa aniquilación?

-Alice: Probablemente…

-Dark: … (Comienza a elevarse del suelo) en ese caso…

-Alice: ¡Hey! ¿A dónde crees que vas?

-Dark: voy a regresar (Se comienza a alejar volando)

-Alice: ni creas que te irás a pasear en la ciudad sin mi (Salta con todas sus fuerzas y se trepa en su espalda) ¡Ah! (Salen volando hacia Nayarit)

Rápidamente llegan a la ciudad sobrevolando sus alrededores…

-Alice: (La gente al verlos se emociona mucho) toda la gente está saliendo de sus casas.

-Dark: la población ha aumentado mucho…

-Alice: deberías bajar a saludarlos.

-Dark: esto no es un carnaval…

-Alice: hmm… (Sujeta la cabeza de Dark cubriendole los ojos)

-Dark: ¿Qué haces?

-Alice: les hago un favor a todos (Se mueve para todos lados tratando de hacerlo caer)

-Dark: ¡Hey, estás loca ¿O qué?! (Pierde el control y caen en Nayarit)

-Alice: (Impactan contra el piso de mármol agrietandolo) ¡Ah! (Con todo el cuerpo adolorido se levantan lentamente) eso dolió…

-Dark: ¿Qué rayos te pasa? (Dice mientras se sacude el polvo)

-Alice: te hice un favor a ti y a la ciudad.

En ese momento una gran multitud de gente llega al lugar.

-Ciudadanos: ¿Se encuentran bien?

-Ciudadanos: me alegro tanto que no les haya pasado nada.

Rapidamente acuden cientos de inquisidores al lugar despejando a la gente y poniendo orden a la multitud que estaba fuertemente emocionada al ver a Dark en persona...

-Inquisidor: ¡Atrás! No se amontonen o saturaran esta sección de la ciudad, despejen el área porfavor.

-Ciudadanos: ¡Abran paso déjenos llevarlos al hospital!

-Dark: no hace falta... estoy bien.

-Ciudadanos: pero señor...

-Dark: tranquilos..., esto no es nada, después de todo soy quien conquisto esta ciudad ¿Recuerdan?

-Ciudadanos: bueno ahora que lo menciona...

-Capitan Inquizidor: señor... ¿Tiene pensado ir a algún lugar en particular?

-Dark: no, solo... quiero caminar... recorreré toda la ciudad.

-Alice: (Sonrie) ...

-Capitan Inquizidor: Como ordene... (Se dirige a un inquizidor) avisale al coronel Carlos...

-Inquizidor: ¡Enseguida señor! (Se aleja corriendo a toda prisa del lugar)

-Capitan Inquizidor: ¡Ustedes adelántense y vayan despejando las calles! Los demás tranquilicen a los ciudadanos...

-Inquizidores: ¡Enseguida señor!

La noticia sobre la presencia de Dark en la ciudad se esparcio rápidamente, lo que parecía un dia normal en la ciudad de Nayarit se convirtió en un dia de fiesta, había música tocando por toda la ciudad, los habitantes usaron sus mejores ropas, cocinaron sus mejores vacas, cerdos, becerros y corderos, para festejar con la mejor comida que pudieran preparar, era realmente un espectáculo..., Dark y Alice reccorian las calles de Nayarit contemplando los rostros llenos de felicidad de la gente...

-Dark: se ha convertido en una ciudad muy bella...

-Alice: a veces es bueno que no olvides la razón por la que estas luchando, todos los habitantes de esta ciudad están muy contentos por todo lo que has hecho e intentan compartir toda esa felicidad contigo...

-Dark: (Contempla lo felices que son los ciudadanos y la paz que llena la ciudad) es algo realmente hermoso…

-Alice: ya lo creo… (Contempla la vista) lucharé con todas mis fuerzas para compartir esta felicidad con el resto de las personas…, personas que aun sufren un infierno…

-Dark: … (Solo guarda silencio y observa a la multitud)

-Ciudadano: (Al llegar al centro de la ciudad, se encuentran un gran banquete esperandolos) les traigo comida, coman por favor.

-Ciudadano: les pondré la mesa (Coloca una mesa frente a ellos acompañada de cuatro sillas)

-Ciudadanos: (Pone sobre la mesa, los más finos cortes de carne que pueden ofrecer, una carne humeante y llena de sabor con un aroma exquisito que hace agua a la boca, acompañada de camarones, pescado , arroz , frijoles, ensaladas y muchos platillos mas) ¡Provecho! (Se retira)

-Dark: por cierto… ¿Ya calmaste tu sed?

-Alice: pidamos algún pollo o algo que nos podamos llevar, en el camino lo beberé…

-Dark: ya veo.

-Alice: (Mira los platillos) tienen muy buen aspecto (Toma un plato con carne y lo prueba) valla… esta delicioso, la mejor comida que he provado.

-Dark: (Agarra un poco de comida para después comerla)

-Alice: ¿Qué te parece?

-Dark: esta buena.

A la mesa se presentan dos individuos los cuales al estar lo suficientemente cerca, hacen una pequeña reverencia hacia Dark para posteriormente presentarse…

-Carlos: Soy el coronel Carlos jefe de todos los Inquizidores, encargado de mantener el orden y la seguridad en toda la ciudad, ella es la presidenta del consejo de los Yardeanos encargada de tomar desiciones en cuanto a mejoras de la ciudad y sustentabilidad, juntos hemos logrado todo lo que puede ver… espero que sea de su agrado.

-Ana: le prometo hacer mi mejor esfuerzo para conservar esta ciudad en las mejores condiciones posibles…

-Dark: Sasha me habia hablado de ustedes… (Contempla todo a su alrededor) veo que han hecho un excelente trabajo… me alegra lo que han hecho con la ciudad.

-Ana: sus palabras son dulces melodías para nosotros… por favor disfrute de su estancia en la ciudad y si hay algún inconveniente favor de hacérmelo saber…

-Dark: lo tomare en cuenta.

-Carlos: con su permiso mi señor… (Se marchan dejando que prosiga la fiesta)

La fiesta continuo día tras día, los ciudadanos presentaron bailables y obras en honor a Dark, representaron el día de la batalla donde consiguió una impresionante victoria sobre el Primer General, ese sería un día que la ciudad nunca olvidaría, sin embargo, Dark tenía que cumplir con su deber así que al llegar el día acordado para la reunión se despidieron de los ciudadanos y partieron hacia las ruinas…

En unas ruinas lejos de la ciudad Nayarit…

-Daniel: ¿Qué tal te encuentras? ¿Lograste aclarar tu mente?

-John: ah…, supongo que si… mas mi ira no desaparecerá hasta que Critsu este muerto… Quisiera hacerlo mierda con mis propias manos…

-Daniel: entiendo como te sientes, y es por esa razón que Dark no te permitio ir, acabarías siendo emboscado por el enemigo…

-John: ¡Me vale madre! Yo quiero sacarle la mierda a ese pendejo, entre mas vayan mas de ellos matare.

-Daniel: Tranquilo…

-Marie: valla es raro ver solo a dos miembros.

-Daniel: Sasha aun se encuentra en la misión que Dark le asignó, solo quedamos nosotros disponibles.

-Marie: Si conozco a Sasha, se tomará su tiempo para infiltrarse sin ser detectada, podrá entrar y salir sin problemas.

-Daniel: se que ella puede entrar y salir del territorio enemigo sin problema, pero… algo no me huele bien, quizás nos precipitamos un poco.

-Marie: calma, ella no es débil, además le encantan este tipo de cosas.

-Daniel: ese es el problema… a veces se deja llevar demasiado por la batalla y puede cometer un paso en falso…

-Marie: Sasha no es tonta si ve que le es imposible ganar se retirará con la carta de teletransportación que nos dio Dark a todos, recuerda que son para casos de emergencia, hasta ahora nadie la ha usado.

-Daniel: tienes razón, lo habia olvidado por completo, quizás estoy exagerando un poco…

-John: esa pinche carta no sirve para nada los únicos que huyen son los cobardes ¡Los hombres pelean hasta la muerte! aunque nos saquen las tripas, nos rompan los huesos y quedemos hechos mierda.

-Marie: creo que estas exagerando…

-John: mientras me pueda mover seguiré luchando.

-Daniel: (Mira a su alrededor) ¿No creen que Dark ya se tardo un poco?

-John: ese wey siempre llega tarde, pero esta vez ya se esta pasando de la raya…

-Daniel: aun después de haber echado de Euriath a Genesis, seguimos sin recibir respuesta… ¿No les parece extraño? Quizas pudo ser una distracción para concentrar todo su poder y atacar a uno de nosotros.

-Marie: hmm… aunque tu teoría es buena, si hubieran atacado a Dark estoy segura que hubiera enviado un mensajero alertándonos.

-John: esos desgraciados no tienen el valor que se requiere para atacarnos de frente.

-Daniel: solo hemos estado lidiando con Genesis del Oeste y hemos tenido bastantes problemas, si los cuatro del Linaje original se unieran para atacar Euriath, creo que estaríamos en problemas…

-Marie: probablemente…, sin embargo, tenemos suerte que también se encuentran ocupados invadiendo "Ayita"

De repente se ve en el cielo algo que se dirige hacia ahí…

-Daniel: vaya… ya era hora de que llegara.

-John: este vato cree que tenemos todo su tiempo, no mames (Observa que lleva a alguien con el) cierto… trae a Alice con él.

-Dark: (Aterriza donde están todos)

-Daniel: (Se queda viendo a Alice) ¿Por qué tan tarde?

-John: no será que… ustedes… (Comienza a reírse)

-Alice: ¡John! (Su rostro se sonroja) ¡No seas payaso!

-John: o será que… ¿Aun no puedes olvidarte de mí?

-Alice: hmm…

-John: que divertido (Ríe a carcajadas)

-Daniel: (Rie) te pasaste.

-Alice: No es lo que ustedes piensan…

-Dark: estuvimos en Nayarit…

-Daniel: ¿Nayarit? Qué raro de tu parte Dark, siempre que te invitamos nunca quieres ir.

-Alice: es un lugar muy agradable y aproveche para hacerme el tatuaje.

-Marie: sí que lo es, yo la visito cada vez que tengo oportunidad para visitar a mi hermanita, ¿Dónde te pusiste el tatuaje?

-Alice: oculto en mi pierna izquierda al costado de mi muslo (Sonrie) ¿Tu hermana vive en Nayarit?

-Marie: buen lugar para ocultarlo, no soy la única que tiene familia ahí, también vive la familia de John.

-Alice: ya veo.

-Daniel: es la ciudad más segura de todo Euriath, cada uno de nosotros resguardamos a nuestros familiares ahí.

-John: ¡Marie no hables más de la cuenta! No vez que Alice se puede poner celosa.

-Dark: Tranquilos… (Todos guardan silencio) antes de hacer mi anuncio quiero saber de que estaban hablando… se les nota anciosos…

-Daniel: Solo hablábamos que Genesis sigue manteniéndose en silencio a pesar de haber casi recuperado el control total de Euriath

-John: son unos cobardes eso es lo que son, una vez que recuperemos el continente, planearemos una posible invacion a Shiria.

-Marie: no adelantes las cosas John… no podemos desviar su atención del otro continente y atraerlos aquí, porque estaríamos en desventaja.

-Daniel: Marie dice que probablemente están teniendo problemas con el continente Ayita.

-Dark: es verdad que "El Estrecho de Magayan" siempre a echo cuello de botella con el avance de la oscuridad…, pero he recibido información de nuestro nuevo informante que todo indica que están tramando algo en esa zona.

-Alice: ¿Nuevo informante?

-Dark: asi es, he logrado reclutar a un nuevo miembro proveniente del continente del sur Ayita, quien me ha puesto al tanto de los movimientos de Genesis en aquel continente…

-Daniel: Con que un nuevo miembro eh…

-Marie: ¿Hmm? (Mira que alguien se acerca a las ruinas)

-John: ¿Pero que mierdas trae alrededor? (Se percata de una pequeña cortina de nieva que envuelve al hombre que se acerca hacia ellos)

-Alice: (Con cada paso que dá el misterioso sujeto se siente mas y mas frío) ¿El es… el… nuevo miembro?

-¿?: estaba esperando a que llegaras (Se acerca un hombre piel blanca, ojos azules con cabello azulado y un metro con setenta y cinco centímetros de altura)

-John: maldito hombre de las nieves, déjate de pendejadas tengo un chingo de frio.

-Daniel: Gera Vinsk conocido como "La Estrella Del Norte"

-Marie: me has sorprendido nunca pensé que él fuera a ser nuestro nuevo integrante.

-Gera: confieso que tampoco pensé en unirme a su organización, pero debido a los recientes movimientos de Genesis al norte de Ayita, tuve que aliarme con una organización con experiencia conbatiendolos.

-John: ¡Me está llevando la chingada con este frio! ¡Marie! podrías…

-Marie: no.

-Dark: ya que lo conocen tan bien, creo que no hace falta presentaciones.

-Alice: (Se acerca a Dark) Se ve bastante fuerte…

-Dark: Gera Podrías dejar la temperatura como estaba…

-Gera: ¿Qué? ¿Les molesta un poco de frio? Yo que quería romper el hielo (La temperatura poco a poco vuelve a la normalidad)

-Alice: asombroso…

-Marie: como lo suponía… asi que Genesis esta intentando algo en la frontera con Ayita…

-Gera: La oscuridad al igual que en Euriath siempre ha estado presenta en el continente Ayita, la diferencia es que el estrecho de Magayan, siempre ha reducido en un 80% el numero de las criaturas que intentan invadir el continente, lo que nos facilita el exterminar al 20% restante… aunque últimamente hemos visto mucho movimiento al otro lado del estrecho, por alguna extraña razón… han dejado de intentar cruzar… probablemente traman algo.

-John: Chale… ¿Entonces va enserio?

-Marie: quizás sea por eso que no han respondido a nuestros ataques…

-Dark: podría ser… sin embargo, Genesis es demasiado grande como para limitarnos a pensar que no han respondido solo por eso…

-Daniel: Cuando construi la apertura en "Mezcal" me di cuenta que no habia ninguna tropa de vigilancia…, han dejado al descubierto la frontera.

-Dark: dejar sola la frontera es un acto sumamente arriesgado, incluso para ellos…

-Marie: ¿Crees que tenga algo que ver con la resurrección de su dios?

-Dark: el riesgo que están tomando es demasiado… lo que están planeando es sumamente enorme… (Voltea a ver a Marie) quizás… tengas razon

-John: entonces ¿Es hora de usar la violencia?

-Marie: No podemos atacar a ciegas… Si todo lo que dicen es verdad… no podríamos vencer a los 4 del linaje original y a su dios al mismo tiempo…

-Dark: la misión de infiltrarnos continua pero esta vez solo será de reconocimiento tenemos que saber a que nos enfrentamos…, después idearemos un plan de ataque.

-Gera: ¡Genial! llegue en el mejor momento, ya que estamos intercambiando información… me enteré que Genesis sabe que Sasha sea ha infiltrado y la estarán esperando.

-Daniel: ¿¡Qué!?

-Dark: maldición…

-Daniel: déjame ir a ayudar a Sasha si yo voy la traeré de vuelta.

-Marie: Deberiamos ir todos para asegurarnos que regrese sana y salva.

-Gera: aunque pensándolo bien, eso podría ser una trampa para desviar nuestra atención hacia Sasha… ¿No creen? Tal vez si vamos aprovechen para revivir al dios ese del que tanto hablan.

-Dark: si Sasha es un señuelo, para revivir a su supuesto dios, tendremos que cubrir los dos puntos…

-Todos: …

-Dark: me infiltrare en Shiria y quiero que ustedes me esperen en la frontera, si algo ocurre los necesitare cerca.

-Todos: ¡Entendido!

-John: ¡Por fin! ¡Algo de acción! (La sonrisa llena de ansias de combatir de John no es algo que pueda ocultarse)

-Dark: partiré de inmediato al volcán Thurken.

-Marie: si algo ocurre solo has una señal y estaremos ahí de inmediato.

-Dark: si algo va mal, tengo mi carta de teletransportacion.

-John: ¡Viejo! voy contigo y nos chingamos en todos esos cabrones.

-Dark: ya he tomado mi decisión, si las cosas se complican tendré más oportunidad de escapar.

-Gera: (Sonrie) que temerario.

-Dark: si no hay más dudas, doy esta reunión por terminada.

-Daniel: bien (Rápidamente se sumerge en tierra como si estuviera en arenas movedisas)

-Dark: vámonos.

-Alice: si.

-John: ¿Crees que es buena idea llevarla?

-Dark: estoy seguro.

-John: entonces…, buena suerte.

-Alice: cuidare de que no haga ninguna locura.

-Gera: hey ¿Por qué no me llevan a mi? Les seria de bastante ayuda.

-Dark: No podemos viajar con un grupo tan grande o seremos descubiertos, espera en la frontera con los demas.

-Marie: algo me preocupa… ¿Seguro que estarán bien…?

-Dark: no tienes de que preocuparte solo es una misión de reconocimiento.

-Marie: solo ve con cuidado…

-Dark: nos veremos dentro de dos meses, si algo cambia les enviare un "Mensajero" (Agarra a Alice de la cintura) vamos…

-Alice: con cuidado… (Se sujeta de Dark)

-Dark: (Da un salto y se alejan volando del lugar)

-John: mira… ya hasta de la cinturita la agarra… que confianzudo (Se monta en su motocicleta) ese Dark es todo un loquillo (Se aleja de las ruinas)

-Marie: las cosas se podrán feas a partir de aquí, algo me lo dice…

-Gera: si me hubieran llevado habría sido mas fácil.

-Marie: (Voltea a ver a Gera) ¿Crees que todo salga bien?

-Gera: eso nada lo garantisa, hay muchos factores que intervienen en esta misión, podrían tener éxito o podrían no hacerlo, pase lo que pase después…, créeme que cambiara la trayectoria del mundo… (Se aleja de las ruinas)

-Marie: …

Mientras tanto en lo profundo del continente mas antiguo de todos el cual vio nacer a la oscuridad, una relampagueante espada destruye todo lo que se cruza a su paso…

-Criaturas: ¡Corre rápido! Avisa a Critsu que un General está en nuestras tierras

-Criaturas: ¡Enseguida señor! (Se aleja corriendo tan rápido como puede)

-Criaturas: ¡Date prisa! ¡GOAH! (Una espada lo atraviesa)

-Criaturas: (Al contemplar con sus propios ojos el horror, corre tan rápido como puede) ¡Señor Critsu! (Grita desesperadamente)

En una gigante fortaleza en lo profundo de la nación de Cooncordia, una puerta de piedra es derribada…

-Sasha: (Sonríe) te encontré…

Capitulo 13: La General Sasha.

En una tierra lejana dentro del territorio de la ocuridad, la nación de Cooncordia sufre una pequeña invacion…

-Guardias: ¡TRAE REFUERZOS!

-Guardias: ¡NO PODEMOS CON ELLA!

-Guardias: ¡ESTA DESTRUYENDO TODO!

-Guardias: ¡LLAMA AL GENERAL CRITSU! ¡RÁPIDO!

-Guardias: ¡AHÍ VIENE CORRAN! ¡Goah! (Como si estuvieran en medio de una tormenta eléctrica, poderosos rayos son disparados en todas direcciones despezando todo con lo que hacen contacto)

-Guardias: ¡YA ESTA AQUÍ!

-Sasha: ¿Estos son los guardias de esta fortaleza? No cabe duda que los rumores eran ciertos… estas bestias salvajes solo sirven para matar humanos indefensos.

-Capitán de escuadrón: ¡Acabare contigo maldita! (Una de las bestias embiste a Sasha) ¡MUERE!

-Sasha: (Con su espada desenvainada espera a la criatura)

-Capitán: (Usando sus afiladas garras ataca a Sasha sin embargo ninguno de sus ataques consigue tocarla)

-Sasha: (Con un movimiento preciso esquiva los ataques de su oponente) ¿Eso es todo lo que puedes hacer? (Ninguno de los ataques consigue tocarla) Que aburrido….

-Capitán: ¿Qué? ¡Maldicion! (Al comprender la diferencia que había entre ellos intenta escapar)

-Sasha: ¿Ya te cansaste de jugar? (De un solo movimiento con su espada corta las piernas de la criatura)

-Capitán: ¡AH! (Se retuerce de dolor) ¡Maldita! si mi general estuviera aquí ya te hubiera matado

-Sasha: (A pesar de su rostro inexpresivo parece disfrutar de la matanza) ¿Tú crees…?

-Capitan: Sin duda el podría fácilmente atabar contigo, es mejor que me dejes ir o sufrirás las consecuencias…

-Sasha: a mi no me amenaces, padazo de basura… (Se acarca a la criatura luego lo sujeta de la cabeza propiciandole unos poderosos electrochoques)

-Capitan: ¡AAHH! (La criatura se retuerce como si estuviera sufriendo ataques epilepticos)

-Sasha: ten mas respeto cuando te dirijas a mi…

-Capitan: ah… ah… ah… por favor no me mate… (Haciendo aun lado su orgullo implora piedad)

-Sasha: tal vez si te arrastras hasta con tu general y lo traes hasta aquí, te perdone la vida, así me ahorraras la molestia de buscarlo ¿Te parece?

-Capitán: (Sin otra opción y con un dolor incesante en sus piernas no tiene de otra más que aceptar el trato) está bien… acepto el trato…

-Sasha: buen chico…, ahora muévete y trae a tu General aquí

-Capitán: eso hare… (Comienza a arrastrarse) ah… mis piernas… ¡Gck!

-Sasha: será mejor que te calles… o haras que me arrepienta…

-Capitán: ¡Si! (A pesar del agonizante dolor se arrastra hacia su destino)

-Sasha: (Mira hacia los lados) todo está seco y la tierra está completamente agrietada, me desagrada este tipo de vista, es uno de los lugares más feos que he visto (Escupe) Genesis siempre se ha regocijado en estos paisajes…, no entiendo cual es su afán de destruir todo, desde que tengo uso de razón he estado encontra de todo esto incluso avergonzaba a mi padre al oponerme… (Sonríe) Creo que nací en la especie equivocada… (Contempla la fortaleza en ruinas)

-Refuerzos: (Un equipo de elite de Critsu se acerca silenciosamente hacia su objetivo) ahí esta… ataquémosla cuanto antes, no dejemos que avance más esa maldita (Todos se preparan para salir realizar un inesperado atraque sorpresa) 1…2… (Pero… antes)

-Sasha: ¿Ustedes que opinan? Debí nacer como humana ¿No creen?

-Refuerzos: (Sorprendidos) ¿¡Nos descubrió!? ¡ATAQUEN! (En ese instante cientos de criaturas se lanzan contra Sasha para intentar matarla)

-Sasha: aunque ser demonio tiene sus ventajas… (Toma su espada luego la clava en el piso) Puedo sacar filosas garras, tengo increíbles poderes… realmente no me puede quejar (Camina hacia ellos y con sus garras despedaza a toda criatura en su camino) bendición o maldición… no lo sé, las cosas se dieron así (Cada paso que ella daba el piso se cubría más y más de sangre)

-Criatura: ¡Maldita! vas a morir aquí mismo, te matare con mis propias manos.

-Sasha: (Aparece frente a él) ¿Con cuales…?

-Criatura: ¿Qué diablos…? (Un fuerte dolor llega de golpe) ¡MIS BRAZOS! (Se retuerce de dolor) ¡Púdrete! ¡Púdrete! ¡Maldita!

-Sasha: que ruidoso… (Usando los brazos amputados comienza a golpear brutalmente a la criatura) haces mucho ruido… me molestas…

-Criatura: ¡Detente perra! (Su rostro es destrozado por sus propias manos)

-Sasha: hasta que se calló… (Mira a los alrededores) creo que era el último… nadie debe de escapar o podría tener problemas… (Contempla los cadáveres) el cuartel general aun se encuentra lejos de aquí… no hay forma de que lleguen refuerzos de alto mando…, al menos en unas cuantas horas.

En el castillo del reino de las criaturas de la noche…

-Criatura sin piernas: ¡Su alteza! ¡Malas noticias!

-Critsu: ¿¡Qué pasa!? ¿Porque tanto ruido?

-Criatura: uno de los Generales de "La Sombra del Viento" ha venido a su reino, está destruyendo todo a su paso…, en este momento se encuentra en la entrada norte y al parecer bloqueo las otras salidas, nadie puede detenerla y la única salida esta detrás…

-Critsu: ¡Imposible! ¿Cómo puede estar pasando esto sin que nadie me haya avisado?

-Criatura: ¡Señor! ella no dejaba escapar a nadie, por eso no habían llegado mensajeros…

-Critsu: ¡Maldición! iré ahí de inmediato (Se levanta del trono) acabaré con ella… (En ese momento un recuerdo del pasado no muy lejano se hace presente en su mente) ¿Dijiste una mujer?

-Criatura: sí señor, es una mujer…

-Critsu: esto puede ser más difícil de lo que pensé… ¿Tiene cabello rubio o rojo? (Dice serio)

-Criatura: no señor… ella tenía el cabello azul… (Empieza a escupir sangre) señor… acabe con ella…

-Critsu: lléven a que lo atiendan, está muy mal herido, yo tengo asuntos que arreglar (Camina hacia la salida de su castillo) ¡Maldicion! (Sin perder mas tiempo se dirige en dirección a la entrada norte, sin embargo, entre más se acerca mira la destrucción que la General ha dejado a su paso) un General de La Sombra del Viento… (Un fuerte escalofrío recorre su cuerpo) no podre ganarle… (Recuerda la paliza que Marie le dio) debería pedir refuerzos… ¿Pero de que me servirían? El cuartel esta muy lejos de aquí… aunque logre contactarlos no podrán llegar a tiempo… ¡Maldicion! ¡Maldicion!

Mientras tanto en la Nacion perdida de Azur…

-Daniel: al terminar de atravesar esta nación, hare contacto con la frontera entre Euriath y Shiria…, espero que Sasha se encuentre bien, sé que su oponente es esa basura, pero aun así algo me preocupa, debo de apresurarme… haré pedazos lo que se cruce en mi camino…

La destrucción causada por Sasha en las tierras de Critsu no tienen precedentes… lo que anteriormente era una gran fortaleza ha sido reducido a ruinas…

-Critsu: (Al llegar a la entrada norte no puede evitar sorprenderse al ver miles de sus soldados muertos en el paso de la entrada, tantos que cubren por completo la tierra) ¡Desgraciada! ¿¡Dónde estas!?

-Sasha: hola Critsu… ¿Como has estado? (Como si fuera un fantasma emerge desde las sombras) No te habia visto desde que eras un simple capitán de escuadron…

-Critsu: Sasha Navogon… la hija de Isao, asi que eres tu quien está destruyendo mi territorio.

-Sasha: (Contempla la destrucción que ha hecho) solo lo he redecorado un poco…

-Critsu: ¡Desgraciada! no eres más que una traidora… ¡Maldita sea la hora en que tu padre te trajo a este mundo!

-Sasha: creo que ambos comparten esa idea… (Se acerca a Critsu) asi que te asendieron a General… que bien por ti…

-Critsu: como te atreves a traicionar a los tuyos, lo que has hecho no tiene perdón.

-Sasha: ¿Traicionar a los mios...? No he hagas reir... hace tiempo que deje esa vida atrás... ese camino solo los llevara a la perdición...

-Critsu: ¡No lo entiendes! Al terminar con los humanos el mundo será nuestro y podremos moldearlo a nuestra imagen y semejanza (Sin contenerse empieza a convertirse en su forma más poderosa, las garras empiezan a crecer su cuerpo se pone tres veces más musculoso) ¡Lo único que haces es intentar detener lo inevitable!

-Sasha: (Toma su espada) ¿Lo inevitable dices...? Genesis esta tan confiado en su poder que no ve como poco a poco le vamos ganando terreno... lo que para ti es inevitable... dentro de poco dejara de serlo.

-Critsu: (Sonrie) no tienen ni idea de lo que esta por venir...

-Sasha: no importa que, no importa quien, al final... será nuestra bandera la que se levantará victoriosa...

-Critsu: ¡Callate! (Como si fuera una bestia salvaje, arremete contra Sasha)

-Sasha: (Con una perfeccion impecable esquiva el ataque de su enemigo) eres mas lento de lo que pensé...

-Critsu: (Clava sus garras en el piso para detenerse, al hacerlo se lanza de nuevo contra Sasha) ¡Grah! (Un feroz alarido resuena en las ruinas de la fortaleza)

-Sasha: (Haciendo uso de su espada detiene a Critsu en seco) ¿Qué pasa? ¿Eso es todo lo que puedes hacer?

-Critsu: (Las garras de Critsu chocan con la espada de Sasha comenzando un intercambiado de golpes) maldición...

-Sasha: (Los ataques de Critsu chocan ferozmente contra su espada) nunca tuviste madera de General... no entiendo como fue que te asendieron...

-Critsu: (Sus ataques con garras no logran acortar distancia entre Sasha y su espada) ¡GRAH! ¡CALLATE! (Empieza a incrementar el poder de los ataques con los que golpea a Sasha haciéndola retroceder) ¡Estúpida! (Logra a hacer perder el balance a Sasha dirigiendo les afiladas garras al cuello de su enemigo) ¡Muere!

-Sasha: (El ataque de Critsu se dirige hacia ella presagiando un gran daño desafortunadamente como si el tiempo se hubiera detenido Sasha esquiva el ataque por un costado de Critsu para después propiciarle una poderosa patada en el apdomen)

-Critsu: ¡GOAH! (El impacto lo estrella contra los escombros de la fortaleza dejandolo inmóvil)

-Sasha: patético... que decepcion... (Mira el estado en que se encuentra Critsu al recibir solamente una patada) esperaba mas de esto... pero supongo que las bestias como tu no tienen lo que se necesita para volverse mas fuertes...

-Critsu: (Después de un momento recupera movilidad y se aleja) maldita sea... deberías estar de nuestro lado...

-Sasha: ¿Eso crees? (Envaina su espada) dime una buena razón para estarlo (Se cruza de brazos)

-Critsu: Le perdonaríamos la vida a tu noviecito... (En ese momento un gigantesco rayo lo impacta fuertemente) ¡AAAAHHHH! (El inmenso poder del rayo lo sepulta en la tierra)

-Sasha: (Por primera vez en el encuentro el rostro de Sasha parece estar molesto) vuelve a mencionar a Daniel una vez mas... y te arrepentiras de haber venido a este mundo...

-Critsu: (Increíblemente logra salir con vida después del poderoso ataque de Sasha) Maldición... (Su piel se encuentra quemada lo cual hace que despida un olor desagradable) no puedo moverme...

-Sasha: ah... (Por su cuerpo comienzan a emanar pequeños rayos que cada vez se vuelven mas grandes) yo no soy como Marie, la piedad nunca ha estado en mi vocabulario (Sus rayos se descontrolan destruyendo todo a su paso).

-Critsu: ¡Maldita sea! (Con gran esfuerzo logra ponerse de pie) Se ha vuelto increíblemente poderosa... (Se aleja de ella) si una de esas cosas logra alcanzarme... se acabo.

A una distancia lejana de la tierra de Critsu...

-Daniel: Sasha será muy lista... pero cuando comienza a pelear se vuelve completamente loca... ella... simplemente no soporta a los hijos de la oscuridad...

En la muralla del norte...

-Critsu: Ah... ah... ah... (Se encuentra recargado en los escombros) el señor Alejandro tenia razón... los altos mandos de La Sombra del Viento tienen un poder gigantesco... (Intenta moverse) ¡Mi cuerpo! ¡Mi cuerpo! ¡No me responde!

-Sasha: ¿Crees que tu sistema nervioso soportó toda la energía con la que te golpee? por si no lo sabes el funciona mediante pulsos eléctricos con toda esa energía corriendo por tu cuerpo, tu sistema nervioso colapsó...

-Critsu: ¡Grah! ¡Esto no puede estar pasando! (Comienza a ponerse de pie)

-Sasha: (Sonríe) Vamos... no te canses tan pronto (Dispara gigantescos rayos hacia a Critsu)

-Critsu: (Usando todas sus energías esquiva por poco los gigantescos rayos que le son lanzados) ¡Gck!

-Sasha: (Sonrie) ¿Qué pasa? ¿Por qué no vienes? Ni si quiera estoy usando mis manos (Haciendo un sonido ensordecedor, los poderosos rayos eléctricos destruyen todo a su paso)

-Critsu: (Puede ver a la muerte en cada rayo que esquiva) la desgraciada se esta divirtiendo... (Salta, rueda, corre, hace todo lo posible para evitar los poderosos rayos de Sasha, sin embargo el cansancio comienza hacerse presente) ah... ah... ah... (Acercarse a Sasha seria suicidio, asi que continua esquivando al no haber nada mas que pueda hacer) maldición, maldición, ¡Maldicion! (El solo saber que su vida terminara cuando el cansancion derribe su cuerpo lo impacta psicológicamente)

-Sasha: (Ríe a carcajadas) ¿No me digas que vas a llorar?

-Critsu: ¡Derribenla! (Grita fuertemente)

De repente cientos de criaturas aparecen...

-Sasha: (Explota en una lluvia de rayos ejecutando a todas criaturas)

-Criaturas ¡AH! (Son electrocutados hasta la muerte)

-Sasha: ¿Que...? ¿Ese era tu as bajo la manga?

-Critsu: eres... ¡Un mounstro! (Dice asustado) ¡MUERE! (Usando toda la fuerza que le queda crea una resplandeciente esfera de energía la cual lanza hacia Sasha)

-Sasha: (Sus rayos desgarran en pedazos el ataque de Critsu) patético...

-Critsu: ¡Imposible! (Después de que la explosión termina cinco rayos convergen en el cielo)

-Sasha: (Poco a poco comienza a levitar y a elevarse hacia el cielo) creo que es hora de terminar con esto...

A lo Lejos se aprecian los poderosos rayos que bailan en el cielo...

-Daniel: ¿Eso es...? (De la tierra plana levanta una montaña) va a caer... y lo hará con fuerza... (Mueve la montaña a una alta velocidad como si fuera un vehículo) usará una de sus técnicas más fuertes... Sasha... ¿Quieres destruir la fortaleza entera de una sola vez?

En la entrada norte...

-Critsu: ¡Espera Sasha! Debe haber una forma en la que podamos arreglar esto (El miedo se apodera de el) ¡Nosotros podemos ser amigos! Sere tu espia dentro de Genesis, ¡POR LO QUE MAS QUIERAS DEJAME VIVIR!

-Sasha: (En medio del cielo, los rayos que bailan en las nubes comienzan a ser absorbidos por Sasha quien se envuelve en una poderosa aura eléctrica quien comienza a canalizar la energía a un solo punto)

-Critsu: ¡ESPERA! (Grita desesperado)

-Sasha: (Un gigantesco rayo cae sobre Critsu destruyendo por completo la fortaleza junto con sus alrededores haciendo temblar la tierra con su poderoso impacto causando un tronido ensordecedor que se escucha a kilómetros de distancia)

-Critsu: ¡AAAAHHHHHHHHH! (Es calcinado al instante sin dejar rastro)

"Ahora que te he visto... creeme que no hay lugar en la tierra donde te puedas esconder de nosotros..." Marie Stiphenzon.

-Sasha: (Al terminar toda la electricidad es absorbida por la tierra quedando solamente Sasha en medio de un gran agujero causado por el impacto) ah... ah...quizás exagere un poco... (Recobra el aliento) bien, regresare a Nayarit a esperar instrucciones...

-Isao: te vas vuelto sumamente fuerte Sasha... Incluso has superado a tu padre...

-Sasha: (Voltea hacia donde escucho la voz) ¿Padre? ¿¡Que haces aqui!?

-Isao: sabia que vendrías a este lugar (Camina hacia ella) es la oportunidad perfecta para traerte de nuevo a casa… aunque sea por la fuerza…

-Sasha: ¿Y quien me va a obligar? ¿Tu?

-¿?: ¿Es ella? (Dice un tipo de cabello blanco estatura un metro con ochenta centímetros, piel blanca ojos azules)

-Isao: si señor…, ella es la hija testaruda que se unio a La Sombra Del Viento…

- ¿?: Asi que has abandonado a los tuyos y te has unido a los rebeldes… ¿Sabias que la traición es castigada con la muerte?

-Sasha: Perdon si me rehuso a volver para que me ejecuten…

-Isao: El señor Maximiliano a accedido a perdonar tu falta, si te entregas de inmediato y enmendas tus pecados…

-Sasha: ¿Enmendar? Cada dia de mi vida desde que abandone Shiria lo he vivido sin arrepentimiento alguno y no planeo empezar hoy (De su cuerpo emana un gigantesco rayo que impacta a Isao lanzándolo por los aires como si fuera un muñeco de trapo)

-Isao: ¡AAHHH!

-Sasha: ¡Ya decidí donde quiero estar y ni tu ni nadie podrá impedirlo! (Lanza un rayos hacia Maximiliano)

-Maximiliano: (Esquiva fácilmente el rayo) oh… que poder tan interesante…

-Isao: (Intenta salir de entre los escombros, pero su cuerpo no le responde) eres una estúpida…

-Sasha: (Lanza otro gigantesco rayo hacia Maximiliano, sin embargo, vuelve a esquivarlo) este tipo es fuerte… (Repentinamente aparece frente a ella) ¿¡Que!?

-Maximiliano: ¿Sorprendida? (Le conecta una patada que la envía hacia los escombros de la fortaleza)

-Sasha: (El golpea que recibe comienza a sacudirla como si se estuviera convulsionando) ¡AAAAHHH! (Un agonizante dolor comienza a expandirse por su cuerpo desde la zona donde fue golpeada) ¡AAHH! ¿¡Que demonios es esto!?

-Isao: (Observa como sufre) ¿Crees que eres rival para el? Chiquilla estúpida…

-Sasha: ¡AAHH! (Al dejar de convulsionarse el dolor finalmente comienza a bajar) ah… ah… ah… (Intenta levantarse, pero no logra ponerse en pie cayendo al suelo en repetidas ocaciones) Gck… ¿Qué… me hiciste…?

-Maximiliano: ¿A dónde se fueron todas tus energias…? (Dice seriamente)

-Sasha: (Su cuerpo vuelve a cubrirse por rayos) ¡No me importa quien seas! Ni tampoco que tan fuerte seas, si insistes en quererme regresar a Shiria, prefiero la muerte (Explota en una lluvia de rayos) ¡GRAH!

-Isao: ¡Idiota!

-Maximiliano:(Golpea los gigantescos rayos con sus puños y los desintegra como si fueran terrones de tierra) Estos rayos me están cansando… (Lanza un golpe en dirección hacia Sasha, el golpe produce un gran sonido similar al de un cristal rompiéndose, de repente se comienzan a generar grandes ondas en el ambiente como si fueran ondas de radio las cuales comienzan a destruir todo lo que tocan)

-Sasha: ¿¡Pero qué!? (Es alcanzada por las ondas haciendo que empience a vibrar a una alta velocidad destruyendo los rayos que la rodeanban) ¡AAHH! (Las vibraciones hacen que los huesos de los brazos y piernas se rompan) ¡AAAHHH! (Un fuerte grito de dolor resuena en toda la fortaleza) no puede ser… (Cae al suelo como un costal de papas)

-Maximiliano:se acabo… llévate a esa niña malcriada y asegúrate de criarla bien esta vez…

-Isao: (Recoge a Sasha mirando lo gravemente herida que se encuentra) eso es lo que ocurre cuando intentas desafiar a tu padre hija estúpida.

De repente una roca gigantesca cae en el lugar donde se encuentran parados, sin embargo, logran esquivar el ataque.

-Daniel: (Desde lo alto del cielo un individuo cae frente a ellos) ¡Sasha! (Al caer crea un cráter enorme en el piso) ¡No permitiré que se la lleven! (Dice furioso mirando a los sujetos)

-Maximiliano: ¿Hmm? Otro miembro de La Sombra del Viento… son mas molestos de lo que pensé…

-Daniel: ¿Eres…? (Se sorprende) ¡Maximiliano! (Da un paso hacia atrás) El Demonio del Linage original…

-Maximiliano: ¿Vienes por esta chica Daniel…? (Le muestra Sasha) casualmente nosotros también, así que lárgate… antes de que decida matarte…

-Daniel: ¡Devuélvemela! si tengo que luchar contigo a muerte por ella lo haré ¡Maximiliano! (En el piso donde están parados se alza una montaña la cual comienza a tomar la forma de una mano tratando de agarrar a Sasha)

-Isao: (Salta lejos de la zona tratando de evitar la gigantesca mano echa de piedra)

-Maximiliano: (Sonríe) tu poder no puede desafiar al mío… (Golpea la mano de piedra de Daniel al impactar su puño con ella, de nuevo se escucha un fuerte sonido haciendo que la mano de tierra creada por Daniel estalle en mil pedazos)

-Daniel: ¡Maldito! Tus malditas ondas crean vibraciones en mi tierra haciendo un Terremoto… (Levanta unas enormes rocas de tierra con su poder y se las lanza)

-Maximiliano: es inútil… (Lanza un golpe en dirección hacia Daniel pulverizando sus rocas)

-Daniel: (Es alcanzado por las ondas de su enemigo haciendo que su cuerpo vibre a una alta velocidad) ¡AAHH! (Siente como una a una sus costillas se van rompiendo)

-Sasha: Daniel… no luches déjame aquí…

-Daniel: (Cae de rodillas al suelo) Buagh… (Vomita un un corro de sangre) ah… ah… ah… (Respira agitadamente)

-Maximiliano: ¿Viniste solo? Es una pena…

-Daniel: deja a Sasha… y llévame a mí…

-Maximiliano: ¿Estas negociando conmigo? ¿Quién te crees que eres?

-Daniel: maldición… (Se pone de pie, en ese momento mira al otro sujeto que acompaña a Maximiliano) ¿Isao?

-Isao: solo estoy tomando lo que es mío.

-Daniel: ¿Qué pasara con Sasha?

-Isao: ira a donde pertenece, a casa…

-Daniel: ¿Quién te da ese derecho? (Dice molesto)

-Sasha: Daniel no…

-Daniel: ¡Ah! (Los escombros de la muralla se levantan del suelo) ¡No se la llevaran! (Grandes troces de estructuras salen disparados hacia ellos)

-Isao: ¡No puede ser! (Intenta esquivar el ataque cuando sus pies son sujetados por manos hechas de tierra emergidas del suelo) ¿Qué? (Es impactado por pedazos de piedra) ¡AAAHH!

-Maximiliano: (Golpea todos los trozos de muralla que se dirigen hacia el volviéndolos pequeños pedazos de tierra) aun no lo entiendes…

-Isao: (Uno tras otro es golpeado brutalmente por pedazos de muralla) ¡AH! (Los trozos grandes son destrozados por Maximiliano pero los pequeños arremeten contra Isao sin piedad)

-Sasha: Daniel… (Por sus mejillas se deslizan un par de lagrimas) ese sujeto… te va a matar… es igual o mas fuerte que Dark… huye porfavor antes que sea demasiado tarde…

-Maximiliano: (Como si se tratara del fin del mundo pedazos de la muralla, casas, rocas gigantes e incluso pedazos arrancados del suelo giran por el lugar simulando un campo de asteroides que intentan agresivamente eliminar a Isao y Maximiliano intentando impactarlo) solo prolongas lo inevitable… (Pulveriza todo lo que se acerca a el)

-Daniel: (Usando toda su fuerza envía todo el campo de asterioides hacia Maximiliano) ¡Gck! (Comienza a levantar el suelo donde están)

-Maximiliano: (Se abre paso hasta llegar a Daniel)

-Daniel: (Salta de un pedazo de estructura a otro manteniendo la distancia con Maximiliano mientras el resto de los escombros se lanzan hacia el) rayos… no logro frenarlo con nada…

-Maximiliano: (Mientras persigue a Daniel, observa los escombros a su alrededor)

-Daniel: piensa… piensa… debe haber alguna forma de detenerlo…

-Sasha: (Recuerda algo que trae oculto entre su ropa) ¡La carta de teletransportacion! (Busca entre los bolsillos de su ropa) con ella lograremos escapar…

-Maximiliano:se acabo… (En medio de todo el caos lanza un golpe con ambas manos creando una onda omnidireccional que atrapa todo alcanzando a Leidad)

-Daniel: (La onda de choque se expande por su cuerpo rompiendo los huesos que va alcanzando) ¡AAAAHHHHH!

-Sasha: ¡DANIEL!

-Daniel: ¡AAHH! (Cae al suelo junto con los escombros los cuales fueron reducidos a grumos de tierra)

-Maximiliano: hasta que se murió... (Saca una tarjeta de teletransportacion de su bolsillo) los poderes de los integrantes de La Sombra del Viento son una molestia...

-Isao: (Emerge gravemente herido de entre los escombros) ah... ah... ah...

-Maximiliano: es hora de irnos... (Usa su carta desapareciendo del lugar)

-Sasha: ¡Ahora! (Saca la carta de teletransportacion, pero por desgracia se encuentra destruida) No... no puede ser...

-Isao: (Camina lentamente hacia Sasha) chiquilla malcriada... ve todo el daño que he recibido por tu culpa...

-Sasha: Daniel... (Se arrastra hacia el) respóndeme porfavor... (Poco a poco se acerca a el)

-Isao: ¿A dónde crees que vas? (Sujeta a Sasha)

-Sasha: ¡Sueltame! ¡Tengo que ayudar a Daniel!

-Isao: la muerte es poco castigo para ese infeliz... (Usa una carta de teletransportacion)

-Sasha: ¡NO! ¡DANIEL! (Desaparecen)

-Daniel: ah... (Los llamados de su amada, lo hacen recobrar la conciencia) ¡Gck! Sasha... (Con sus últimas fuerzas consigue encontrar su carta de teletransportacion la cual usa sin perder tiempo apareciendo en medio de Nayarit)

-Ciudadanos: ¡AH!

-Ciudadanos: ¡DIOS MIO! ¡ES DANIEL!

-Ciudadanos: ¿¡Que le paso!?

-Ciudadanos: ¡Al hospital rápido! ¡Rápido!

-Ciudadanos: ¡Consigan algo con que llevarlo!

Mientras tanto en Genesis...

-Maximiliano: con esto no te debo ningún favor Isao.

-Isao: muchas gracias señor...

-Maximiliano: me voy..., aun quedan muchos preparativos pendientes para el ritual... (Se marcha)

-Sasha: Si Daniel se muere por tu culpa... ¡Te matare con mis propias manos! ¿¡ME OISTE!? ¡Con mis propias manos! (Con sus huesos rotos y sus graves heridas solo puedes gritarle desde el piso donde se encuentra)

-Isao: si muere o vive... él se lo busco... (Abre una fuerte puerta de acero de un oscuro cuarto) quizás un tiempo en solitario le hara bien a tu mente... (La arrastra y la lanza dentro de la celda)

-Sasha: ¡Ah! (Cae dentro del cuerpo) ¡Te odio!

-Isao: (Le coloca un par de grilletes los cuales están encadenados a la pared) con estos grilletes sopresores de poder no podras utilizar tus rayos...

-Sasha: ¡Largate! ¡Largate de aquí!

-Isao: tal vez la próxima vez no sea Daniel el único que quede entre la vida y la muerte...

-Sasha: ¡AH! (Intenta moverse pero su cuerpo no le responde) ¡Saldre de aquí! ¡Y cuando salga te arrepentiras de no haberme matado cuando tuviste la oportunidad...

-Isao: si no tuvieras mi sangre te habría matado desde hace tiempo, tal como lo hice con tu madre, ella es la causante de que tu hayas abandonado el camino y te unieras a esos malditos rebeldes.

-Sasha: ¡No te atrevas a manchar la memoria de mi madre! ¡Porque te hare pedazos! ¡Ella me enseño el verdadero significado de la vida! Tu no eres mas que pudrición para este mundo y todos los que en el habitan.

-Isao: no has cambiado en nada, los estúpidos ideales de tu madre te llevaran a la muerte ¡Igual que a ella! (Da media vuelta y camina hacia la puerta)

-Sasha: ¡Callate! ¡CALLATE!

-Isao: Permaneceras en esta celda hasta que encuentres el buen camino, incluso si te toma toda la vida... (Cierra la puerta)

-Sasha: ¡Maldición! tengo que escapar de aquí..., no importa cómo ni cuánto tiempo me tome, pero me iré de este lugar... (Por sus mejillas ruedan un par de delicadas lagrimas) Mama... cuida a Daniel... por favor...

Mientras tanto dos individuos se encuentran parados frente a la frontera que divide Euriath de Shiria... en la nación perdida de Mezcal

-Alice: Dark...

-Dark: ¿Hmm?

-Alice: (Contempla el paisaje desoldalor que tiene enfrente) ¿Eso es...?

-Dark: si... es Shiria...

-Alice: el lugar donde todo comenzó...

-Dark: en ese lugar la humanidad se infecto de ambicion...

Capitulo 14: La Caída.

En una tarde donde el sol brilla resplandeciente en el cielo, Alice y Dark se dirigen hacia su nuevo destino un lugar que pocos han pisado y han vuelto para contarlo... una tierra maldita que dio a luz a la oscuridad que esta devorando Abilion...

En la inmensa soledad de la frontera un silencio abrumador se siente en el ambiente, solo puede sentirse el soplar del viento que recorre las aridas tierras, donde ni si quiera las aves cantan ni los animales corren, una tierra de nadie donde solo se encuentran pastos secos y arboles muertos.

-Alice: Dark...

-Dark: dime.

-Alice: ¿Dónde estamos?

-Dark: estamos cruzando la nación olvidada de Choix...

-Alice: ¿Nacion olvidada?

-Dark: Se les dice de esa manera por que era el nombre que solian tener antes de la llegada de la ocuridad..., las criaturas que ahora habitan esta tierra le han cambiado de nombre y la han bautizado con otro.

-Alice: ¿Entonces todas las naciones de Shiria son naciones olvidadas? (Mira a su alrededor)

-Dark: exactamente... (Voltea a ver a Alice)

-Alice: ¿Qué pasa?

-Dark: tal vez debí haber aceptado la ayuda de John...

-Alice: aun podemos volver.

-Dark: no..., estamos en un punto donde no hay retorno ¿Aun tienes la carta de teletransportacion que te di?

-Alice: si, siempre la traigo conmigo

-Dark: úsala si nos encontramos en verdadero peligro (La mira a los ojos) no se te ocurra dudar en usarla...

-Alice: está bien, con esto estoy lista para lo que venga. (Guarda la carta)

-Dark: ¿Hueles eso?

-Alice: (Inhala profundo con nariz) no huelo nada.

-Dark: huele a muerte... (Contemplan el desolado paisaje)

-Alice: ¿Cómo sabes eso?

-Dark: es difícil de explicar..., después de años de lucha, es un olor que nuestro olfato reconoce...

-Alice: ya veo...

-Dark: pero eso nunca me ha detenido…

-Alice: lo sé, lo has demostrado.

-Dark: ese día cuando me llevaste a Nayarit, me di cuenta que todo lo que he hecho hasta hoy ha servido de algo.

-Alice: le has llevado esperanza a toda esa gente, es una causa muy noble…

-Dark: (Se detiene) quiero compartir todo eso con el resto de la gente…

-Alice: no será fácil… pero te ayudaremos.

-Dark: Se que juntos podemos lograrlo…

-Alice: (A lo lejos se puede apreciar que el cielo se torna cada vez mas oscuro) ¿Porque allá se mira el cielo más oscuro? como si estuviera anocheciendo

-Dark: En Shiria la mayor parte de su territorio lo habitan seres nocturnos, por lo que hace muchos años los cuatro originales crearon una magia capas de oscurecer el cielo… (Continúan con su camino hasta que poco a poco el cielo empieza a ponerse más oscuro llegando al punto de ponerse como si fuera de noche) todo lo que hemos caminado hasta ahora era solamente la entrada, a partir de este punto inicia la tierra perdida en la oscuridad… (A lo lejos se alcanza a ver una especie de arco) Genesis…

-Alice: ¿Qué es eso? (Se ve una puerta enorme echa de vieja piedra con una calavera en el frente)

-Dark: es la frontera de Choix… estamos por entrar a la nación olvidada de "Karmac" (Llegan hasta la gran puerta de piedra)

-Alice: Solo nos tomo una semana cruzar la nación olvidada de Choix…

-Dark: Trajimos proviciones para un mes… no creo que la comida sea un problema.

-Alice: me parece extraño que no hayamos encontrado a ningún enemigo en el camino (Mira a su alrededor)

-Dark: hemos estado evitando los asentamientos de criaturas…, es mejor no llamar la atención por el momento… la próxima nación tiene aun mas asentamientos, no se si podremos evitarlos a todos…

-Alice: entiendo… ¿Aun estamos muy lejos del volcán?

-Dark: después de cruzar esta nación, llegaremos a la nación olvidada de Turloch donde se encuentra el volcán que buscamos…

-Alice: ¿Hmm? (Siente algo extraño) ¿Qué está pasando?

-Dark: ¿Te ocurre algo?

-Alice: siento… algo extraño en mí, como si fuera más ligera… y puedo ver con más claridad (Sus ojos emanan un sutil brillo)

-Dark: (Mira los ojos de Alice) los vampiros son criaturas de la noche por lo que es normal que te sientas así, tu cuerpo inconscientemente está reaccionando a la oscuridad y a la maldad del lugar, recuerda que los vampiros tienen maldad dentro de ellos, no te has dado cuenta pero tus ojos tienen un brillo especial…

-Alice: (Mira hacia los lados) ¿Mis ojos? (En ese momento siente algo en su interior) ¡Ah!

-Dark: ¿Te pasa algo?

-Alice: no es nada… (Se agarra el estomago) eso solo que… como explicarlo…, por un momento sentí que entraría en estado Berserk, pero ya paso.

-Dark: tal vez no fue buena idea haberte traído a este lugar…

-Alice: tranquilo… ya se me paso, Elaiza me enseño bien a suprimir a mi instinto asesino, mientras este consiente, aunque él quiera no podrá salir.

-Dark: es bueno saber eso… (Continúan con su camino)

-Alice: ¿Qué es esto? Dice "Reino Del Oeste" ¿Qué quiere decir eso?

-Dark: (Se acerca a Alice) no tengo idea…

-Alice: continuemos…

Después de caminar unas horas llegan a un pueblo…

-Alice: ¿Por ahí? (Ingresan en el sombrio pueblo)

-Dark: si.

-Alice: aunque… tal vez sea un pueblo fantasma, o peor aun puede ser un pueblo lleno criaturas de la noche…

De repente aparece una extraña criatura que tiene rasgos humanos pero sus colmillos son puntiagudos y sus uñas parecen garras de lovo…

-Desconocido: ¿Qué haces aquí!?

-Alice: ¿Quién eres tú?

-Desconocido: te pregunte ¿Qué haces aquí? (Dice molesto)

-Dark: viene conmigo, estamos solo de paso vamos a nuestro territorio

-Desconocido: (Observa a Alice de cerca) hmm… eres un vampiro…

-Alice: (Piensa "Por primera vez me alegro de ser uno")

-Desconocido: estas muy lejos del lado "Este" del territorio, ¿Qué haces tan lejos?

-Alice: fui a cazar algunos humanos… (Dice seria) me apetecia algo de sangre fresca…

-Desconocido: con que era por eso, te entiendo, no hay nada como la carne de un humano fresco… quizás mas tarde vaya tambien por uno…

-Dark: hay una pequeña aldea en una ciudad cercana a la frontera, podras comer sin problemas ahí…

-Desconocido: no seria mala idea ir después de la gran ceremonia…

-Dark: ¿Cuál gran ceremonia?

-Desconocido: ¿¡Que!? no lo sabes, valla que son de cabezas duras, hoy hay reunión en el centro de Turloch justamente en el viejo volcán… es mejor que no se retrasen o podrían ser castigados… (Se transforma en su forma original una especie de lobo con alas que posee cuatro brazos y dos colas, luego se aleja volando)

-Dark: gran ceremonia…, ahí estaremos. (Se dirige a donde le indico)

-Alice: ¿Crees que…?

-Dark: todo parece indicar que nuestras sospechas eran ciertas…

-Alice: ¿Lo harán donde la espada fue forjada?

-Dark: eso parece… démonos prisa (Entre más cerca están, empiezan a ver a muchas más criaturas de la noche, de todas las formas y tamaños) gracias a que eres vampiro hemos logrado seguir avanzando sin problemas…

-Alice: usaremos todo lo que tengamos para evitar peleas inecesarias…

-Dark: (Miran como miles de criaturas van en la misma dirección que ellos) esto es solo una parte del vasto ejercito de Genesis… (Después de varios días de camino se alcanza a ver un enorme y viejo volcán) ¿Qué es eso…? (Colocado en la cima del volcan se aprecia un viejo coliseo)

-Alice: ¿Piensas lo mismo que yo?

-Dark: sin duda alguna… (Continúan hacia el coliseo) casi llegamos… estamos a unas cuantas horas del lugar…

Cada vez es mas grande la cantidad de criaturas que se dirigen a la gran ceremonia en el volcán, pero eso no detiene su avance, poco a poco continúan infiltrándose entre las multitudes acercándose cada vez mas al coliceo…

-Alice: ¿Qué es eso? (Mira unas enormes estatuas)

-Dark: Titanes…

-Alice: ¿Qué es un Titán?

-Dark: según las leyendas los titanes están hechos de elementos, fuego, tierra, agua y aire… (Voltea hacia las salidas del coliseo) al parecer hay uno en cada entrada…

-Alice: al menos son de piedra… (Caminan hacia la entrada) ¿Crees que nos dejen entras sin mas?

-Dark: no lo creo…, si es un evento tan importante, serán pocos los que puedan estar en los primeros lugares…

-Alice: Entonces… ¿Cuál es el plan?

-Dark: intenta colarte al coliceo, si te niegan el paso al menos tendremos información de como entrar…

-Alice: esta bien… (Poco a poco se acerca a la entrada) creo que lo lograre… (Cuando esta apunto de entrar es detenida)

-Guardia: ¡Hey tú!

-Alice: ¿Qué ocurre? (Se detiene)

-Dark: (Mientras Alice intenta entrar al coliceo, Dark busca la forma de idear un plan B, fue entonces cuando vio a unos demonios reunidos afuera del coliceo) bien…

-Guardia: ¿¡De que territorio vienes!?

-Alice: vengo de… (Recuerda lo que le dijo el extraño sujeto que se encuentraron en el pueblo fantasma) vengo del territorio del este…

-Guardia: ya veo… eres un vampiro… muéstrame tu invitación a la ceremonia…

-Alice: Si, claro (Busca en sus bolsillos) rayos no la encuentro…

-Guardia: De se prisa.

-Dark: al parecer se necesita algo para poder ingresar… en ese caso tendre que proseguir con el plan B… (Crea una pequeña esfera de energía después se la lanza a uno de los demonios que estaban ahí) perfecto…

-Demonio: ¡AH! (La pequeña esfera de energía le quema la espalda) ¿¡Porque me atacas desgraciado!?

-Vampiro: ¡Yo no te hice nada idiota!

-Demonio: entonces quien me ataco ¿¡Me llamas mentiroso!?

-Vampiro: ¡Te llamo como quiero Cabron! (Comienzan a pelearse)

-Guardia: (Escucha el gran ruido generado por la trifulca) ¿Qué rayos pasa ahí…? (Se aleja de la entrada a calmar los combatientes).

-Dark: (La cantidad de criaturas amontonadas en la puerta les facilita el infiltrase) bien… (Entran rápidamente)

-Alice: tuviste una gran idea… estuve haciéndome tonta buen rato ahí… me estaba comenzando a poner nerviosa (Sonrie)

-Dark: nada que no pudiéramos resolver… (Al entrar encuentran un gran numero de tribunas en todo el perímetro del coliseo las cuales que apuntan al centro del lugar donde hay una pequeña explanada)

-Alice: hay muchos asientos…

-Dark: busquemos un sitio donde no llamemos la atención.

-Alice: podríamos ir con los vampiros, ahí pasaría desapercibida.

-Dark: (Se sorprende) buena idea… (Se dirigen hacia donde están concentrados todos los vampiros, al llegar ahí encuentran unos asientos disponibles) bien…, desde este lugar se podremos ver perfectamente todo.

-Alice: (Observa hacia el centro del coliseo) ¿Ya viste la mesa de piedra que se encuentra en el centro?

-Dark: supongo que ahí estarán los jefes, en total son cuatro sillas…,

-Alice: me pregunto que pasara ahora… (Voltea hacia un lado, mira al vampiro que está a su lado, un vampiro de cabello color castaño largo, piel blanca, un metro con ochenta centímetros de altura, cuerpo atlético) disculpa… es la primera vez que vengo ¿Que se supone que suceda?

-Vampiro: (Mira a Alice) hola… soy Mesensher

-Alice: me llamo Rei.

-Mesensher: usualmente nos reunimos aquí para recibir órdenes directas de los cuatro líderes de Genesis… pero hoy es diferente… parece que finalmente han desifrado el acertijo del martillo de fuego…

-Alice: ah… el martillo de fuego… y ¿Como fue que lo desifraron?

-Mesensher: sinceramente yo tampoco tengo idea, pero estoy seguro de que pronto lo averiguaremos… (Sonrie) Si los rumores son ciertos, con eso lograremos abrir la puerta de los muertos para revivir a uno de los autoproclamados…

-Alice: si…, después de tanto tiempo de espera… (Voltea con Dark) ¿Escuchaste…? (Intenta permanecer calmada pero la noticia hace que se ponga un poco nerviosa)

-Dark: así que es verdad… traerán de regreso a su supuesto dios (Escucha un ruido, ve que los Guardias están cerrando las puertas) al parecer ya está comenzando

-Alice: si…

-Dark: (Mira a Alice) oye…

-Alice: ¿Sí?

-Dark: no olvides lo que te dije antes de llegar.

-Alice: si. (Sujeta la carta) todo está en su lugar.

-Dark: guárdala bien.

Uno de los guardias sube hacia la cumbre del coliseo luego comienza a encender 5 enormes antorchas que se encuentran alrededor de la cumbre.

-Dark: (Dos enormes puertas se abren en el centro del coliceo de las cuales salen cuatro sujetos) Alejandro…

-Alice: creo haberlo visto antes… pero tengo recuerdos borrosos.

-Dark: él es uno de los líderes de Genesis…

-Alice: (Se sorprende) Es uno del linaje original…

-Dark: (Después reconoce a otro de los sujetos que ingresa al coliceo) Maximiliano...

-Alice: ¿Otro de los lideres…?

-Dark: hace mucho tiempo luche contra él, es un sujeto realmente fuerte…

-Alice: las cosas no mejoran nada…

-Dark: esto será más complicado de lo que pensé…

El guardia termina de encender la última antorcha…

-Alice: No entiendo como lograran traer a uno de los autoproclamados de nuevo a la vida…

-Dark: "Una vez que han sido enviados al mundo de los muertos solo las reliquias pueden volverlos a la vida…" ¿Sera posible que hayan encontrado una de las reliquias?

-Alice: ¿Tu crees…?

-Dark: Es la única forma de traerlos a la vida… si lo piensas bien no es una idea tan descabellada y al mismo tiempo concuerda con lo que descubri.

-Alice: Pero si lo que dices es cierto… ¿Podran volver a mas de un autoproclamado a la vida…?

-Dark: probablemente… pero tendrían que encontrar el resto de las reliquias…

-Alice: o quizás ya tienen todos…

-Dark: no… eso es imposible… (Un fuerte escalofrio recorre su espalda) no puede ser que ellos encontraran todas las reliquias y nosotros no podamos encontrar la maldita espada…

-Alice: Si las reliquias son muchas y la espada de Thanatos es solo una, era mas probable que ellos encontraran una reliquia primero.

-Dark: eso solo vuelve mas complicadas las cosas…

De repente uno de los sujetos comienza a hablar…

-Alejandro: Hace mil años… emprendimos nuestro camino hacia la evolución… Nuestro linaje cambio dejando el viejo linaje de la humanidad atrás… el cual solo le ha traido debilidad y esclavitud al mundo…

-Alice: ¿Entonces es cierto…? La oscuridad fue creada por nosotros mismos (Echando un pequeño vistaso al pasado, recuerda todo lo que la oscuridad le ha hecho al mundo) ¡Es una estupides!

-Dark: tranquila Alice…, si haces algo imprudente nos descubrirán…

-Alejandro: La evolución nos a acercado sin duda a un nuevo camino de progreso e inmortalidad para nuestras razas, no obstante, la plaga que cubria el mundo con su debilidad aun se sigue aferrando a el, y aunque son débiles en su mayoría… una extraña fuerza de elite a logrado frenar nuestro avance tanto en el continente de Euriath como Ayita…

-Alice: ¿Crees que se refiera a…?

-Dark: probablemente…

-Alice: ¿Tambien contamos con gente en Ayita?

-Dark: no somos la única organización que intenta frenar el avance de la oscuridad Alice…

-Alice: (Un pequeño sentimiento de esperanza alegra su corazón) ¿Eso quiere decir que hay mas gente que esta combatiendo a la oscuridad en Ayita?

-Dark: Ayita… esta fuertemente protegido por un fenómeno natural que se encuentra en el "Estrecho de Magayan" lo cual no ha permitido que La oscuridad golpee de lleno el continente como lo hizo con Euriath…

-Alice: me alegro mucho por ellos, experimentar la oscuridad en carne propia, no es algo que le desee a nadie…

-Dark: aunque algo me dice que están tramando algo para lidiar con ese problema.

-Alice: ¿Por qué lo dices?

-Dark: Anteriormente en Euriath los cuarto del linaje original estaban metidos de lleno en la invacion, Jony, Marie y yo luchamos varias veces para frenarles el paso, pero su poder combinado era demasiado para nosotros… solo logramos detenerlos un poco, fue entonces cuando repentinamente se alejaron del conflicto y dejaron a Alejandro a cargo… por lo que creo que los otros tres se dieron a la tarea de lidiar con el problema del estrecho de Magayan…

-Alice: en ese caso debemos de advertir a la gente de Ayita para que estén preparados.

-Dark: (Sonrie) Ayita tuvo mas de mil años para prepararse, algunas naciones están poderosamente protegidas, mientras que otras confían que el estrecho los protejera por siempre…

-Alice: pero… el Estrecho de Magayan no es garantía de paz eterna…

-Dark: lo se… Gera me ha dicho de una poderosa organización sin nombre la cual esta altanto de todo lo que ocurre en el mundo y se encuentra preparada para lo que sea…

-Alejandro: Pero los días de la resistencia están contados… (Esas palabras resuenan por el coliseo) Como un acto de predestinación… encontramos una reliquia mientras saqueabamos una de las naciones de Euriath, la cual no solo nos a echo dar un paso hacia el progreso si también el acceso al poder ilimitado…

-Dark: ¿Se encontraba en Euriath…?

-Alice: (Mira que acarrean en una carreta un magestuoso martillo de combate) es impresionante…

-Dark: Una de las reliquias de los autoproclamados…

-Alejandro: contemplen el principio del fin… (La carreta continua su camino hasta llegar al centro del coliseo) una vez que el vuelva… ¡Nada podrá detenernos!

Una vez que la carreta se encuentra en posición los otros tres individuos se acercan al lugar…

-Maximiliano: comenzemos… (En ese momento un grupo de criaturas trae cuatro enormes rocas cristalinas)

-Rogelio: (Con un viejo pergamino en la mano da instrucciones a los demás) primero necesitamos pagar por el alma que deseamos intercambiar…

-Alejandro: Coloquen las escencias junto al martillo…

-Rogelio: Cada una de esas escencias fue echa con mil almas humanas… las que servirán como intercambio por el alma de nuestro dios…

-Alejandro: esta echo…

-Rogelio: bien… traigan el oro y la plata… (Entra al coliceo una carreta cargada con los materiales presiosos) el oro y la plata servirán como el conductor de las almas hacia el martillo…

-Maximiliano: ¡Apresurense! Descarguen todo rápido. (Varias criaturas descargan todo junto al martillo y las escencias)

-Rogelio: bien… ahora solo falta inyectarle nuestro poder para activar el catalizador… (Lanza un rayo azul hacia el martillo el cual dispersa la energía entre todos los ingredientes) mi energía no será suficiente… (Los demas también lanzan su energía hacia el martillo)

Las escencias comienzan a desintegrarse creando un sonido desgarrador parecido a cientos de almas en pena, mientras el martillo comienza a recargarse con toda la energía lanzando un rayo hacia arriba que crea un portal sobre el.

-Rogelio: el pago a sido cobrado y la puerta se ha abierto…

Del portal un ser de apariencia fornida con dos metros y medio de altura comienza a descender mientras es bañado por una ligera capa de fuego continua bajando hasta llegar al suelo justo al lado del martillo el cual sujeta firmemente.

-Sujetos: Le damos la bienvenida… y celebramos su regreso a este mundo señor…

-Dios: (Contempla a su al deredor con sus brillantes ojos que resaltan con un color naranja) asi que… (Sonrie) ¿Ustedes me han vuelto a la vida…? (Comienza a reir)

La reacion del autoproclamado los deja confundidos…

-Dios: humanos estúpidos… no cabe duda que han nacido para la esclavitud… a pesar de ser libres estrañaban tanto ser gobernados que terminaron reviviéndome (Rie)

-Alejandro: (Al parecer su plan no resulto como se esperaba) Nosotros no somos humanos… hemos evolucionado y estamos en el camino de la inmortalidad… lo revivimos porque queremos que nos guíe en el camino hacia el progreso y el poder ilimitado.

-Dios: (Alejandro logra captar su atención) ¿Qué dices…? (Se acerca a Alejandro) tu… basura… me hablas como si tuvieras siquiera permiso de dirigirte a mi…

-Dark: pero que han hecho…

En su sed de poder Genesis a traido de regreso a la raza mas destructiva y oscura que jamas haya existido en la historia de todo Abilion "Los Infinitys" la única raza que ha logrado mistreriosamente sobrevivir al Dark Sky y ahora después de haber sido asesinados por Thanatos, han regresado de nuevo a la vida…

-Alejandro: (Al ver a tan imponente ser acercarse no puede evitar sentir miedo) Mil disculpas señor… no fue mi intención el ofenderle… perdóneme… (Se arrodilla)

-Dios: (Se detiene frente a los cuatro)

-Rogelio: Perdonenos porfavor…

-Dios: quiero que les quede esto bien claro… pedazos de mierda… (Los observa detenidamente) Nadie… cuestiona mi autoridad… nadie habla sin que yo lo ordene… y nadie vive si yo no lo deseo…, ustedes son una raza sin valor que solo existe para servirnos, su mera existencia no vale nada.

-Todos: entendido señor… (Se arrodillan)

-Dios: Soy el dios del fuego Huracán, y he venido a tomar lo que es mio…, cualquiera que se interponga en mi camino, lo aniquilaré…

-Todos: si señor…

-Huracán: Como muestra de gratitud por haberme revivido, les perdonare la vida… y les permitiré servirme, se convertirán en mis perros… harán lo que les ordene sin cuestionar… y llevarán mi palabra hasta los confines de la tierra…

-Todos: si señor…

-Alejandro: señor… me permite informarle que estamos haciendo todo lo posible para encontrar las otras reliquias…

-Huracán: ¿Han encontrado alguna además de la mia?

-Alejandro: no señor…, pero sin duda encontraremos una pronto…

-Huracán: Brüder…, ich werde dich bald wieder zum Leben erwecken… (Hermanos…, los volveré a la vida pronto)

-Alejandro: ¿Señor Huracán…?

-Huracán: Thanatos… ¿Aun vive?

-Rogelio: el murió hace aproximadamente 2,000 Años… después de la batalla que tuvo contra ustedes…

-Huracán: (Una sonrisa se dibuja en su rostro) asi que esta muerto… en ese caso esta vez no habrá nadie que pueda detenernos…, quiero que busquen en todos los confines de Abilion, no se detendrán hasta encontrar todas las reliquias, en especial la de Amon-Ra…

-Armando: disculpe… señor… permitame informarle… (Dice un sujeto con piel blanca palida y con suturas en el rostro)

-Huracán: ¿¡Que es esa asquerosa peste que sale de tu boca!? No te atrevas a volverme a dirigir la palabra... si vuelves hablar te reduciré a cenizas...

-Rogelio: discúlpelo señor... al ser un "No muerto" despide un poco de mal olor...

-Huracán: no me interesa, si vuelve a decir otra palabra, será la ultima cosa que dira en este mundo...

-Rogelio: entendido señor, se lo hare saber...

-Huracán: (Camina por la explanada del coliseo) tu... pedazo de mierda, Hablame acerca del mundo actual... ¿Hay algo de lo que deba preocuparme?

-Alejandro: dudo mucho que haya algo capas de lastimarlo mi señor..., sin embargo actualmente hay ciertas organizaciones en el continente de Euriath y Ayita que nos están causando problemas...

-Huracán: sera cuestión de tiempo para volverlos a todos mis esclavos...

-Alejandro: eliminaremos a todos los humanos para avanzar a una nueva era...

-Huracán: (Rie) criatura insignificante... tu cerebro no piensa con claridad..., si la raza humana desaparece... ¿Quiénes serán nuestros esclavos?

-Alejandro: tiene razón señor... mucha razón.

-Huracán: no puedo creer que en 2 mil años no hayan podido lograr absolutamente nada... la naturalece humana es repulsiva...

-Maximiliano: ... (Al parecer las cosas no resultaron como se esperaba)

-Alice: Dark... tengo miedo...

-Dark: Genesis... ha condenado a todo Abilion... (Su corazón se acelera ante la incertidumbre de no saber como hacerle frente a semejante poder) Vámonos de aquí... Debemos informar a los demás...

-Huracán: Hmm... (Observa detenidamente la multitud)

-Rogelio: ¿Le sucede algo su excelencia?

-Huracán: hay una presencia que no encaja con las demás...

-Maximiliano: cierto... (Mira hacia el publico)

-Armando: ...

-Huracán: (Encuentra a Dark en el publico) eres tú...

-Dark: Maldición... ¡Alice usa la carta!

Todas las criaturas que se encontraban ahí voltean hacia Dark y empiezan a atacarlo...

-Alice: ¡Dark! (Rápidamente intenta ayudarlo)

-Mesensher: (Agarra a Alice)

-Alice: ¡Suéltame iré a ayudarlo!

-Mesensher: guarda silencio o te mataran, intento salvarte… es mejor que el luche sin preocuparse por ti…

-Alice: pero… (Observa a Dark)

-Dark: (Comienza a esquivar todos los ataques con los que es agredido, hace una liberación de poder con la que manda a volar a todos los vampiros) tendré que luchar con todo lo que tengo para poder salir de aquí… (Voltea hacia donde está Alice) bien… es mejor que no corra peligro…

-Alice: (Toma la carta en su mano) ven por favor… si no estás conmigo no podremos irnos juntos…

-Armando: (Lanza un rayo hacia el cielo el cual se dispersa sobre el coliseo) …

-Rogelio: con eso sus cartas de teletransportación funcionaran 1000 veces más lento…

-Alice: ¿Qué acaba de decir? (La declaración de Rogelio confirma el peor de los escenarios posibles)

-Mesensher: ya veo…ha hecho que el proceso se realice más lento… te podrás teletransportar pero necesitaras más tiempo…

-Alice: rayos… (Activa la carta)

-Mesensher: tienes que esperar a que el proceso finalice, por lo que veo en quince minutos ya debería completarse, solo espera hasta entonces, veas lo que veas no hagas nada o nos descubrirán…

-Alice: entendido… (Observa la pelea)

-Criaturas de la noche: matémoslo ¡MUERE! (Todo el publico se vuelve en contra de Dark)

-Dark: (Usando su espada se defiende de todos los atacantes)

-Demonio: ¡Muere!

-Dark: (Lo toma de la cabeza después lo estrella con otro)

-Huracán: (Sonrie) Oh… un pequeño humanito…

-Dark: maldición... (En una danza mortal esquiva, ataca y gira destrozando a cada criatura que se le acerca)

-Alejandro: hace tiempo que quería hacer esto (Detiene a Dark)

-Dark: (Choca espadas con Alejandro)

-Armando: … (Entierra su mano en la tierra)

-Dark: (Al ver eso salta hacia atrás para evitar el ataque, del suelo sale una mano zombie Gigantesca)

-Rogelio: (Aparece justo en la dirección que salto) cuidado… (Lanza una estocada mortal al cuello)

-Dark: (Clavando su espada en el suelo maniobra con ella impulsándose en el aire para esquivar el mortal ataque) son demasiados… (Sorpresivamente recibe un fuerte impacto en la espalda mientras sobre volaba a Rogelio)

-Maximiliano: (Impacta fuertemente a Dark escuchándose como si se hubiera roto un cristal creandose ondas de radio que comienzan hacer vibrar el coliseo entero)

-Dark: ¡Gck! ¡AAHH! (El potente ataque lo sumerge en el suelo creando fisuras en toda la estructura del coliseo)

-Maximiliano: aun sigue con vida…

-Rogelio: vaya, se ha vuelto mas fuerte desde la ultima vez que lo vimos.

-Alejandro: ¡Ahí viene!

-Dark: (Con un gran estallido salen volando los escombros que estaban sobre el)

-Maximiliano: sigue siendo un tipo duro…

-Armando: ……

-Dark: (Sale a una velocidad muy elevada del polvo atropellando a Maximiliano con una feroz embestida elevándolo sobre el coliceo)

-Maximiliano: ¡Goah! (Sus costillas y estomago reciben la mayor parte del impacto quedando sin aire)

-Armando: (Sus manos se desprenden de sus brazos para posteriomente perseguir a Dark con ellas por todo el coliseo hasta finalmente consigue agarrar de los pies frenándolo poco a poco) ¡Gck!

-Maximiliano: rayos… (Se libera de la feroz embestida cayendo de una altura de 50 metros)

-Dark: ¡Maldición!

-Alejandro: ¡Te tengo! (Aprovechando que Armando lo mantiene sujeto para saltar hacia el)

-Dark: (Hace un movimiento con sus manos creando un tornado justo donde esta Alejandro)

-Alejandro: ¡Ah! (En medio del salto es atrapado por el tornado quedando indefenso a pleno aire)

-Dark: (Realizando otro movimiento con sus manos arroja su espada en el tornado la cual comienza a cortar a Alejandro)

-Alejandro: ¡AAAHH! (Recibe múltiples cortadas dentro del tornado, la espada lo corta con cada giro que da)

-Dark: (Un poderoso viento lo hace girar elevándolo en otro tornado liberanbdose de las manos que lo sujetaban)

-Maximiliano: ¡ARMANDO! (Grita mientras toma cada vez mas velocidad al caer)

-Armando: (Al ver a Maximiliano cayendo a una alta velocidad, vuelve rapidamente sus manos a la normalidad para despues atrapar a Maximiliano y salvarlo de una fuerte caida) …

-Maximiliano: (En ese momento las manos de Armando lo salvan) desgraciado… (Al volver al suelo da un paso hacia atrás luego lanza un puñetazo en dirección a Dark creando nuevamente ondas destructivas haciendo que el estadio entero empiece a quebrarse)

-Dark: (Las ondas de Maximiliano entran en el tornado atrapándolo y haciéndolo vibrar a alta velocidad) ¡Goah! (Causando que ambos tornados desaparezcan)

-Alejandro: (Cae al piso lleno de múltiples heridas)

-Maximiliano: eres tan fuerte como te recuerdo… (Se acerca lentamente hacia Dark)

-Dark: (El daño recibido por su enemigo vuelve casi imposible el volverse a poner de pie) desgraciado… (A pesar del dolor logra levantarse y se quita su chaqueta la cual se encuentra completamente rota) ah… ah…

-Maximiliano: ¡Ven!

-Alejandro: (De entre los escombros emerge con multiples cortes por el cuerpo) ¡Gck! maldito…

-Huracán: (Observa la batalla detenidamente) humanos estúpidos… nunca terminaran de entender cual es su lugar en este mundo… (A medida que la batalla continua algo comienza a intrigarlo) ese humano me parece conocido… (Observa detenidamente mientras Dark lucha) puede controlar el viento… eso quiere decir que la puerta se a abierto de nuevo… maldición eso si puede ser un problema… (En ese momento ve como se levanta Dark cubierto de sangre y sobrepone la escena a un viejo recuerdo dentro de su mente) ¿Eh? (Donde un guerrero se encuentra bañado en sangre, sin embargo, la sangre que lo cubre no es de el si no de sus oponentes) No… (Los recuerdos comienzan a resurgir uno a uno) Pero… ¿Por qué no te mueres…? (Un profundo temor emama desde lo profundo de su ser) Porque nos sigues atormentando ¡Thanatos! (Dice con un grito que se escucha en todo el estadio)

Todos se alteran al escuchar a su Dios gritar… los cuatro líderes se lanzan contra Dark sin dudar…

-Huracán: ¡Muere! (Extiende su mano lanzando un poderoso y rápido torrente de fuego)

-Dark: ¿Eh? (Salta hacia atrás con todas sus fuerzas logrando esquivar el gigantesco torrente de fuego) ¡Ah!

El poderoso ataque de Huracán fue lanzado de manera indiscriminada en la dirección de Dark…

-Maximiliano: ¡Demonios! (En un autoreflejo se aparte de la trayectoria del fuego)

-Rogelio: ¡Cuidado Armando! (Rapidamente sujeta a Armando quien se encuentra en el centro de la trayectoria, luego se desmaterializan como fantasmas y se sumergen bajo tierra)

-Alejandro: (A pesar de ser el que se encuentra mas alejado de la trayectoria del fuego, su herido cuerpo no le permite reaccionar a tiempo y su brazo izquierdo es atrapado por el fuego calzinandolo al instante) ¡AAAAAHHH!

-Dark: (Se estrella contra las tribunas del coliceo destruyendolas) ¡AH!

Muchas de las criaturas y demonios de las tribunas son alcanzados por el fuego muriendo calcinados…

-Armando: (Mira como muere gran parte de los espectadores) …

-Maximiliano: (Sale de entre los escombros) maldición… eso pudo habernos matado a todos…

-Rogelio: (Emerge del suelo junto con Armando) estuvo cerca…

-Huracán: (En ese momento vuelve en si y se tranquiliza un poco) ah… ah… el murió hace 2,000 años… ya no hay nada de que termer… (Mira a Dark) es una simple casualidad que se le parezca…

-Dark: (Sale de entre los escombros) ah… ah… ah… (El cansancio se empieza hacer presente)

-Rogelio: (Con un silencioso corte alcanza a cortar un costado de Dark)

-Dark: ¡AH! (Se aleja de Rogelio) no logre esquivarlo a tiempo…

-Alejandro: ah… ah… ah… (Sale de los escombros) mi brazo…

-Dark: (Al ver a Alejandro, se lanza hacia el con un poderoso impulso) si al menos elimino a uno, tendre mas oportunidades de escapar…

-Alejandro: ¡Mierda! (Intenta esquivar el ataque de Dark pero su cuerpo no le responde)

-Dark: (Al estar a punto de cortar a Alejandro en dos, es sujetado por una gigantesca mano zombie que lo lanza hacia la puerta del coliseo destruyéndola) ¡Goah!

-Armando: …

-Dark: (Rapidamente sale de entre las puertas con un gran salto para luego hacer dos giros y caer de pie) ah… ah… ah…

-Rogelio: ¡Estoy aquí! (Aparece junto a él lanzando una estocada mortal a su corazón)

-Dark: (Sorprendido alcanza a esquivar el mortifero ataque el cual hace una cortada en su pecho) ¡Gck!

-Alejandro: ¡Acaben con él!

-Maximiliano: aun lado… (Lanza un golpe hacia Dark)

-Dark: ¡HA! (Crea un torrente de aire que golpea a Maximiliano)

-Maximiliano: ¡Desgraciado! (Es lanzado por los aires como muñeco de trapo, para posteriormente estrellarse con las tribunas del coliceo) ¡Goah!

-Dark: (Con su espada recibe de frente las ondas destructivas de Maximiliano) ¡AAAHHH! (Su espada vibra fuertemente rompiedole los dedos de una mano) ¡Gck! Gck… (Sus piernes tiemblan mientras aun intenta mantenerse de pie)

-Maximiliano: (Emerge de entre la tierra para reintegrarse a la batalla) ¡Ahora!

-Armando: (Con un fuerte puñetazo conecta a Dark enviándolo hacia donde están los otros dos esperándolo)

-Maximiliano: aquí viene… (Concentra su energía para terminar la batalla) se acabo… (Se prepara para golpear con todo lo que tiene a su enemigo)

-Alice: (Se levanta) ¡ALTO!

-Maximiliano: (Se distrae con el grito de Alice) ¿Qué?

-Dark: (Recobra la conciencia logrando maniobrar en el aire y le conecta una patada en el rostro a su adversario)

-Maximiliano: (Recibe el golpe pero solo consigue derribarlo) ¡Gck! Ah… sus golpes ya no tienen fuerza…

-Rogelio: al parecer está en su límite… ya no puede moverse, se está volviendo más lento

-Dark: (Cae al suelo rodando por la tierra hasta quedar boca arriba) ah… ah… (Intenta pero no puede levantarse) ah… ah… ah…

-Mesensher: ¡Guarda silencio! O morirás… (Le dice a Alice)

-Alice: ¡NO PUEDO GUARDAR SILENCIO Y VER COMO MUERE! (Una explosin de ira consume a Alice lanzándose al combate mientras entra en estado "Berserk")

-Mesensher: (El estallido de energía lo arroja lejos de la enfurecida mujer) ¡Gck! ¿Acaso tu… (Contempla su cabello rojo) eres la vampiro evolucionada de la que tanto hablan?

-Rogelio: (El gran alboroto causado en la tribuna capta su atención) ¿Quién es esa?

-Alejandro: yo me encargo… ¡Gck! (Usando una gran cantidad de energía regenera un brazo nuevo) ah… ah…

-Alice: ¡Alejense de Dark! (Se lanza a toda velocidad al centro del coliseo)

-Alejandro: (Observa como la joven se lanza al combate) no eres rival para ninguno de nosotros… (Rapidamente se cruza en medio de su camino) tal vez puedas luchar con alguno de mis generales, pero aquí no eres mas que basura…

-Alice: ¡Fuera de mi camino! (Cierra su puño luego lo abre creando una esfera resplandeciente color rojo con pequeños rayos emanando de ella como una bobina de tesla) ¡Caos!
-Alejandro: ¡AAAHHH! (Cae al suelo) ¡Mocosa del demonio! ¿Cómo obtuviste ese poder…?

-Alice: (Intenta patearlo cuando se encuentra en el piso)

-Alejandro: estaba bromeando… (Bloquea la patada de Alice, luego la toma del pie levantándola por el aire) ¿Creíste que esa tecnica de niños surtiría efecto en mí? pero si solo eres una pequeña rata (Con la mano que tiene libre comienza a golpearla sin piedad) Esto te servirá de escarmiento.

-Alice: ¡AH! (Intenta esquivar los ataques de su oponente sin éxito)

-Dark: Alice… (Lentamente consigue levantarse)

-Maximiliano: eres fuerte Dark… me hubiera gustado tener un mano a mano contigo, sin embargo, debo terminar con tu vida aquí y ahora… sin importa como.

-Dark: ella… (Utiliza todas sus fuerzas para permanecer de pie) no tiene… nada que ver en esto…, dejen que se vaya…

-Armando: (Cae encima de él impactándolo con el suelo) …

-Dark: ¡GOAH! (Mira hacia donde están golpeando a Alice) ¡Alice! (Extiende su mano en su dirección)

-Rogelio: no la alcanzaras (Le clava su espada en la mano)

-Dark: ¡AAAAHH!

-Alice: es… muy rápido… (Es golpeada sin consideración)

-Alejandro: hmm… (Deja de golpearla) Si te mato ahora… no podras ver a Dark morir…

-Maximiliano: es una pena… (Le encaja la espada en el brazo derecho)

-Dark: ¡AAHH! (Su cuerpo se retuerce de dolor sin poder hacer mas)

-Armando: (Le encaja su espada en la pierna izquierda) …

-Dark: ¡AAHH! (El dolor es tanto que lo hace perder el conocimiento)

-Alice: ¡Dark! (Intenta liberarse el pie) ¡Sueltame!

-Alejandro: mira… podras contemplar como lo eliminan (Extiende su brazo en la dirección que Dark se encuentra) ¡Mira como muere!

Se escucha un gran escándalo afuera…

-Alejandro: (En ese momento una barra de metal le entra por el hombro haciendo que suelte a Alice)

-John: ¡Calmese wey! (Aparece John en su motocicleta)

-Alejandro: ¡MALDITO!

-John: (Con una ametralladora Gatling comienza a disparar a quema ropa) ¡Putos!

-Rogelio: otra mierda llego… (Todas las balas lo atraviesan como si fuese un holograma)

-Alejandro: acabaré contigo basura.

-John: (Cientos de espectadores son asesinados por las balas de John) cabron… (Cuelga en su espalda la ametralladora) ¡Te voy a sacar la mierda! (Saca un par de revolvers calibre 50 disparandole a toda criatura que pone en la mira)

-Alejandro: (Se lanza ferozmente contra John, cuando esta apunto de pegarle)

-John: (Le pone el revolver derecho en la cara) ¿Qué pasa? te mueves muy lento (Jala el gatillo dándole un balazo en la cara).

-Alejandro: ¡AAAHHH! (Sale volando)

-John: (Mientras Alejandro sale volando le sigue disparando sin fallar un tiro) ¿Qué se siente eh? ¿Te gusta? ¿¡Te gusta imbécil!?

-Alejandro: (Cae en unos escombros)

-John: No me digas que ya te cansaste, esto apenas va empezando…

-Alejandro: (Se levanta) he perdido muchas energías luchando con Dark, tambien al regenerar mi brazo

-John: ese no es mi problema (Le dispara otro)

-Alejandro: ¡AH! Este maldito no falla ni un solo tiro…

-John: (Las balas impactan a Alejandro una y otra vez) ¡Te voy a hacer mi perra!

-Alejandro: (Las balas remueven pedazos de su carne en cada impacto) ¡AHH! ¡AAHH! (Intenta curbrirse de las balas con sus brazos, pero su carne sale volando en cada lugar que las balas impactan)

-Rogelio: que mierda te has creído (Aparece junto a John mientras golpea a Alejandro golpeándolo fuertemente en la cara)

-John: (Sale volando y se impacta contra las tribunas del coliceo) ¡Puto! ¡Atacandome desprevenido! (Se levanta)

-Rogelio: mira quien lo dice (Le lanza un escombro que está en el suelo)

-John: (Toma su Ametralladora Gatling desbaratando todos los escombros que le lanzo) agárrate que aquí viene lo bueno (Le dispara)

-Rogelio: con que nunca fallas eh… (Se hace invisible)

-John: ¡A LA MADRE! (Recibe una patada que lo saca volando)

-Maximiliano: tendremos que matar a este primero… (De repente le pasa cerca una gran llamarada de fuego que casi le quema el rostro) pero que (Mira a Huracán, pero él se encuentra solo observando) ¿Podría ser…?

-John: (Cae a un lado de su motocicleta)

-Marie: (Aparece frente a Maximiliano intentando quemarlo) ¡Maldito cabron!

-Maximiliano: mas refuerzos… (Esquiva el ataque y le conecta un fuerte puñetazo en el estomado que la hunde en el suelo)

-Marie: ¡GOAH! (La onda destructiva de Maximiliano estalla en su estomago y se expande por todo el suelo creándose una gran grieta que hace temblar el coliseo entero) ¡AHH! (El impacto la impulsa hasta lo mas profundo de la griata)

-John: ¿Pero que rayos es esto? (El temblor en el estadio lo hace perder el equilibrio cayenso sobre el suelo)

-Alice: (Aprovecha la conmocion para ir con Dark)

-Maximiliano: (Observa la grieta donde calló Marie, cuando inesperadamente es jalado por una mano de hielo) ¿¡Qué!?

-Gera: ¡Ja! te tengo (De repente es golpeado por un enorme puño despedazando su cuerpo en mil pedazos como si hubiese estado echo de cristal)

-Armando: ¿…? (Del suelo emerge una mano de hielo atrapando a Armando) ¡Gck!

-Maximiliano: (Rompe la mano de hielo que lo tenía atrapado) son bastante molestos.

-Rogelio: valla debilucho (Se vuelve invicible)

-John: (Se levanta) ¿Que mierdas fue eso?

-Rogelio: ¡Boo! (Aparece frente a John haciendo un velos movimiento con su espada intenta matarlo)

-John: (Esquiva el ataque luego sujeta su moto y lo golpea con ella en la cara) ¡Aquí está tu Boo! (Lo golpea con la moto una y otra vez) ¡Pendejo! ¡Boo ¿Que?!

-Rogelio: ¡Ah! ¡AAHH! ¡Maldito cabrón! (Es golpeado brutalmente con la motocicleta) eres más molesto de lo que pensé, a ti también te enviaremos al infierno

-John: nomas que no haya mas "Boo" allá porque tendre que golpearlos con mi moto.

-Armando: (Sale de la mano de hielo) …

-Gera: ¡Oye! Estaba peleando con el otro tipo de alla ¿Tu por que te metes?

-Armando: (Se lanza hacia Gera) …

-Gera: ¡Ah! No quieres entender… (Congela a Armando deteniéndolo en seco)

-Armando: (Se molesta) … (No puede moverse, sus musculos están congelados)

-Maximiliano: déjamelo… (Se acerca a Gera)

-Marie: ¿A dónde crees que vas?

-Maximiliano: habia olvidado lo molesta que puedes llegar a ser…

-Marie: ¿Pensaste que moriría con eso? (Se encuentra totalmente intacta) acabaremos con ustedes… (Se enciende en llamas luego le lanza una gigantesca llamarada a Armando)

-Armando: (El fuego es tan grande que arraza con el hielo y Armando) ¡AAAHHHH! (Los zombies son extremadamente débiles contra el fuego) ¡AAHH! (Rueda por el suelo intentando apagarse)

-Marie: Sello del Phoenix… (Hace un movimiento con sus manos)

-Maximiliano: (Al ver a Armando incendiado ve que corre grave peligro) ¡Armando! (Sus pies empiezan a congelarse) ¿Otra vez tu?

-Gera: ¡Hey tu y yo no hemos acabado! (Lanza un gran bloque de hielo atropellándolo)

-Rogelio: es hora de terminar contigo. (El filo de su espada desaparece quedando solamente el mango)

-John: ¿Me vas a dar de golpecitos hasta la muerte o que?

-Rogelio: mi espada esta fuera de tu comprensión.

-Alice: (Sujeta a Dark) debo sacarlo de aquí… (Remueve las espadas que tenia clavadas)

-Alejandro: (Mira que Alice que intenta llevarse a Dark) mocosa no conseguirás salvarlo… (Le lanza un gran bloque del coliseo)

-John: (Se percata de la acción de Alejandro y dispara destruyendo así el gran bloque) por poco…

-Rogelio: idiota… (Con su espada corta el brazo izquierdo que sostenía el arma)

-John: ¡AAAHHH! ¡Pinche perro! (Se queja del dolor)

-Rogelio: te dije que mi espada estaba más allá de tu comprensión.

-Maximiliano: (Sale de entre escombros molesto) ustedes han agotado mi paciencia (Con toda su fuerza lanza un golpe hacia Marie y Gera, generando una poderoa onda que el coliseo no aguanta… cayéndose a pedazos)

-Gera: ¡Mierda! (Nuevamente es destruido)

-Marie: ¡AAHH! (Es golpeada por el impacto rompiéndole casi todos los huesos)

-John: (Grandes pedazos del coliseo caen sobre el sepultándolo vivo) ¡Goah!

El Coliseo es completamente destruido levantando una gran nube de polvo que cubre la cima del volcán…

-Rogelio: tu ataque tambien nos efecto… (Emerge de entre los escombros atravesándolos) creo que Alejandro tambien fue sepultado por el coliseo… (Mira alrededor buscando si alguno de los intrusos logro salir ileso del ataque encontrando solamente a Alice en pie) esa es la chica se las ingenio para no quedar sepultada entre los escombros…

-Alice: ¿Dark estas bien? (Intenta hacerlo reaccionar) ¡Dark! ¡Responde Dark!

-Maximiliano: (Un pequeño resplandor se dislumbre de entre los escombros) maldita sea… es Armando… (Corre tan rápido como puede sacando a su compañero de entre los escombros, sin embargo, su cuerpo continua incendiado) este fuego no puede apagarse… si esto sigue asi Armando morirá.

-Armando: Ah… (Cae inconciente ante el dolor)

-Rogelio: (Se impresiona) ¿Armando? ¡Armando! ¡Hey!

-Maximiliano: necesitamos sumergirlo en agua… esta apunto de morir.

-Huracán: (Levanta su mano en dirección hacia Armando y el fuego comienza a ser absorbido por él, haciendo que finalmente se apague)

-Alejandro: (Sale de entre los escombros) ah… ah… ah… (El daño que ha recibido durante la batalla ponen su vida en peligro) maldito Maximiliano… por poco me elimina… ah… ah… (En ese momento mira a Alice intentanto despertar a Dark) esta mocosa no entiende… (Se dirige hacia ella)

-Alice: (Se percata de que Alejandro va hacia a ella) debo detenerlo… (Su cuerpo se estremese de miedo al recordar que no pudo ni si quiera golpearlo en su ultimo combate) es mucho mas fuerte que yo…, si no lo derroto asesinara a Dark… ¿Qué hago…? (Siente un fuerte escalofrio que recorre su cuerpo) tu… ¿Podrás salvarlos? (Sostiene una conversación interna) ¿Segura…? por favor… te lo doy todo, pero sálvalos…

-Alejandro: que tanto murmuras (Trata de agarrar a Alice) esta vez nadie te salvara…

-Alice: (Voltea a ver a Alejandro)

-Alejandro: no escaparas… (Agarra a Alice de la cabeza con su mano) te explotare el cráneo…

-Alice: (En ese momento una sonrisa se dibuja en la cara de Alice)

-Alejandro: ¿Qué es tan divertido basura?

-Alice: (Toma la mano de Alejandro y comienza a apretarla)

-Alejandro: pero que… ¡AH! ¡AAAHHH! (Sus huesos comienzan a romperse) ¿¡De donde viene esta fuerza!? (Abre su mano liberando a Alice)

-Alice: (En ese momento muerde el brazo de Alejandro y comienza a beber su sangre)

-Alejandro: ¡AAHHH! (Sacude su mano para que Alice lo suelte) ¡Sueltame!

-Huracán: (Mira como Alice succiona la sangre de Alejandro) que fasinante criatura… (Contempla como el cabello de Alice comienza a brillar de color rojo) es hermoso...

-Alice: (Arranca el brazo de Alejandro y se queda con él)

-Alejandro: ¡AAAHHH! (Se retuerce de dolor) ¡Cómo te atreves a arrancarme el otro brazo!

-Alice: (Con una sonrisa en su cara extiende uno de sus brazos y comienza a acumular energía después la libera poco a poco moldeándola en forma de un átomo de veinte centímetros con un núcleo color rojo y las orbitas azul Marieo las cuales hacen girar unas pequeñas esferas de energía naranja, en ese momento su cabello pierde el color rojo)

-Maximiliano: ¿Qué es esta sensación? (Voltea a ver a Alice)

-Rogelio: es el mismo aura que emitia Maycross… cuando se transformaba…

-Maximiliano: un 100 invertido…

-Rogelio: ¿¡Qué!? ¿Esta mocosa?

-Maximiliano: esa mocosa activo el 100 invertido…, en vez de ser ella quien obtenga el 100% de su poder, la muy imbécil se lo dio a su instinto asesino…

-Alejandro: has gastado toda tu energíaen arrancarme el brazo, eres una idiota, ahora no podras defenderte (Confiado se dirige a Alice, mientras se acerca solo se puede contemplar a Alice con una perversa sonrisa dibujada en su rostro mientras sostiene su técnica en su mano) esta vez no correrás con la misma suerte…

-Alice: (De sus labios sale un pequeño susurro) "Centella"

-Maximiliano: Debemos ayudar a Alejandro cuanto antes… esa mujer puede matarlo.

-Alejandro: (Sonríe) ¿Estas idiota o que? con esa pequeña cosa no me harás nada (Ve como la centella se acerca a el, pero no le toma importancia,) voy a arrancar esa estúpida sonrisa de tu rostro (En ese momento es impactado por la centella, al hacer contacto aparece un agujero negro de dos metros de diámetro succionando todo lo que se encuentra cerca de él) ¡AAAAHH! ¿¡QUE ES ESTO!? (Es violentamente despedazado y tragado por el agujero negro)

-Maximiliano: ¿¡Que rayos fue eso!?

-Rogelio: (Se lanza contra Alice pero se ve obligado a detenerse) es maldita cosa absorbe todo lo que se le acerque excepto a ella (En ese momento observa a Alice que se encuentra con sus manos extendidas sonriendo y mirándolo fijamente) ¿Qué clase de técnica es esta? (Se sujeta con fuerza a los cimientos del coliseo)

-Alice: (El brillo en sus ojos comienza a desaparecer)

-Maximiliano: (Mira como el agujero negro comienza a tragarse a todas las criaturas que están cerca de él) maldita sea (Lanza un golpe en dirección hacia Alice, pero las ondas destructivas son tragadas por el agujero negro) es inútil… no podemos acerle nada (Al igual que Rogelio, se sujeta en una firme estructura para evitar se tragado por el agujero)

-Alice: (En el instante que desaparece el brillo de sus ojos el agujero empieza a hacerse pequeño)

-Rogelio: finalmente está perdiendo fuerza, esa técnica debe consumir mucha energía.

-Alice: (Su sonrisa se mantiene y observa detenidamente a cada uno de ellos)

-Maximiliano: Si no se detiene, ese agujero terminara tragándonos también.

-Alice: (El agujero negro se reduce a 50 centímetros de diámetro)

-Rogelio: cuando esto se acabe déjame matarla, vengare la muerte de Alejandro.

-Alice: (Al escuchar el comentario de Rogelio su vista clava en el y baja su mano izquierda inclinandose hacia el piso lo que reduce el diámetro del agujero negro a 25 centímetros)

-Rogelio: ya eres mía…

-Alice: (Cuando regresa a ponerse erguida, sostiene algo en su mano izquierda, y mirando a Rogelio pasa su lengua por sus colmillos)

-Rogelio: ríe lo que quieras pronto morirás… (En ese momento se da cuenta que en la mano izquierda sostiene el brazo que le corto a Alejandro) ¡No puede ser!

-Alice: (Pone el brazo de Alejandro en su baca y comienza a succionar la sangre que tiene, en ese instante su cabello junto con sus ojos vuelven a tomar el brillo rojo que los caracteriza mientras el agujero negro regresa a tener dos metros de diámetro)

-Rogelio: maldición esto no se acaba nunca.

-Alice: (Mueve sus manos hacia delante y comienza a empujar con ese movimiento al agujero negro en dirección a Rogelio)

-Maximiliano: lo esta moviendo…

-Rogelio: no puedo creer que esta mocosa nos este atormentando.

-Huracán: (Extiende su mano hacia el agujero negro, luego súbitamente la cierra lo que ocaciona que el agujero se cierre) Bien… ¿Qué haras ahora pequeña criatura…? (Contempla con hansias lo que pasara a continuación)

-Maximiliano: ¡Ahora! (Lanza un golpe en su dirección)

-Alice: (Se aleja de la zona de impacto rápidamente evitando daños)

-Rogelio: ahora si puedo matarla (Camina hacia Alice cuando es golpeado por un puño gigante de hielo) ¡AAHH!

-Gera: (Se integra nuevamente al campo de batalla, no obstante, su cuerpo muestra serias heridas) ah… ah… (Su Respiracion agitado muestra que no esta exento del agotamiento)

-Maximiliano: ¿Qué paso…? La otras veces aparecias sin ningún daño aparente ¿Qué fue lo que cambio?

-Gera: eso es algo que no te interesa…

-Rogelio: es tu fin (Se acerca con la espada desenvainada)

-Gera: esa es la espada con la que cortaste el brazo de John… (Esquiva el ataque de Rogelio)

-Maximiliano: aún le quedan fuerzas para luchar… (Un poderoso torrente de fuego lo atropeya por la espalda) ¡AAHH! (Salta del torrente de fuego evitando recibir mas daño, después se quita su camisa incendiada arrojándola al suelo) ah… ah… ¿Tu de nuevo…?

-Marie: Te has debilitado con la batalla… (Envuelta en llamas azules su cuerpo está casi completamente recuperado) pero mi energía es ilimitada…

-Maximiliano: maldita sea… ah… ah…

-Huracán: asi que el poder del Phoenix aun existe… (Apunta su mano hacia ella luego comienza a absorber su fuego) es una lastima que tu fuego sea tan debil…

-Marie: ¿¡Qué haces!? (Su fuego comienza apagarse)

-Huracán: el poder del Phoenix no es nada comparado con el Dios del fuego (Absorbe todo el fuego de Marie) estas acabada...

-Maximiliano: (Aprovecha y la lanza un golpe mortal contra Marie) esta vez es definitivo...

-Alice: (Rápidamente saca a Marie de la zona del impacto)

-Maximiliano: ¡Maldita sea! (Se enfurece) ¡Sigue viva!

-Rogelio: Es mas escurridiza de lo que parece... (Se vuelve invisible)

-Marie: ¡Huye!

-Alice: (Esquiva el ataque invisible de Rogelio pero el cargar a Marie le dificulta el contraatacar)

-Gera: Lánzala conmigo.

-Alice: (Lanza a Marie con Gera, luego con una pirueta hacia atrás le da una patada en el mentón a Rogelio)

-Rogelio: ¡AH! (El golpe lo impacta contra una de las paredes del coliseo)

-Maximiliano: esta vez acabare con los dos al mismo tiempo (Toma gran impulso con su mano derecha y lanza el golpe en dirección a Gera y Marie)

-Gera: ¡AAHH! (El impacto lo hace pedazos)

-Marie: ¡Kyaa! (Cae al piso inconsciente con heridas muy graves)

A pesar de los contratiempos y la fuerte resistencia que demostraron, finalmente los miembros de La Sombra Del Viento, han sido derrotados...

-Huracán: (Mira a Dark) valla susto me dio esa basura... (Observa a Alice) esta mujer es un espécimen facinante... (Camina hacia ella) mato a uno de mis esclavos con un solo ataque, interesante... realmente interesante... (Se detiene frente a ella)

-Rogelio: ¿Qué clase de técnica era esa?

-Huracán: era un agujero negro lo opuesto a un portal, el portal libera cosas, esa técnica devoraba todo a su paso...

-Rogelio: esa mujer tiene poderes impresionantes.

-Maximiliano: solamente falta ella. (Dice seriamente)

-Rogelio: señor ¿Qué hará con esa mujer? Aun tiene todas sus fuerzas.

-Huracán: (Mira a Armando inconsciente luego ve el brazo de Alejandro tirado) seras mi pequeña mascota...

-Rogelio: pero señor... (Un Poderoso Torrente de fuego cae a un metro de sus pies) ¡AH!

-Huracán: ¿Qué fue lo que dijiste? (Se acerca a Rogelio) ¿Acaso me estas cuestionando Basura?

-Rogelio: no señor… yo solo… ¡Perdoneme por…! (Sin siquiera darse cuenta es pateado tan fuerte que sale volando del coliceo) ¡AAAHHH! (Cae inconciente tras estrellarse con el suelo a cientos de kilómetros de distancia)

-Maximiliano: … (Sin poder decir nada, solamente permanece en silencio)

-Huracán: conoce tu lugar asquerosa raza inferior… (Voltea a ver a Alice) bien… en que me quede…

-Alice: (Siente que algo esta emanando del suelo así que salta hacia atrás, evitando por poco un torrente de fuego)

-Huracán: (Solo con movimiento de sus dedos el fuego se divide en cinco columnas las cuales atacan a Alice en todas direcciones)

-Alice: (Salta hacia una columna esquivando un torrente de fuego, luego haciendo una pirueta evita otro torrente callendo al suelo y dando varios giros por el piso alejándose de otro torrente de fuego que la persigue) ah… ah… ah… (El fuego cada vez se mueve más rápido)

-Huracán: (Sonrie) ¿A dónde crees que vas pequeña alimaña?

-Alice: (Corre hacia una columna de fuego luego se barre pasando bajo ella abriéndose camino hasta Huracán)

-Maximiliano: (Contempla como el fuego persigue a Alice como si tuviera vida propia)

-Alice: (Da un potente salto en dirección a Huracán golpeándolo con todo lo que tiene)

-Maximiliano: (Contra todo pronostico Alice consigue golpear a Huracán) esa mujer…

-Alice: (El impacto es tan fuerte que rompe su puño al igual que su brazo al impactarlo)

-Huracán: (Como si Alice ubiese golpeado una pared, el rostro de Huracán ni se inmuta) a pesar del talento que has demostrado, no tienes la fuerza suficiente para lastimar a un dios.

-Alice: (Salta para alejarse de Huracán pero es interceptada por un puñetazo que la noquea instantáneamente rompiendo todos sus huesos) ¡AAHH!

-Huracán: (Impacta a Alice con un fuerte derechazo sacándola de combate) me encanta… es una alimaña preciosa (Se acerca al cuerpo de Alice) esta es una valiosa adquisición…

-Maximiliano: finalmente calló…

-Huracán: (Observa detenidamente a Alice en el suelo) seras una buena mascota pequeña… (Toma a Alice en sus brazos) tendre que conseguir esclavos para que me construyan mi fortaleza… (Comienza a flotar)

-Dark: espera…

-Huracán: (Se detiene) ¿Hmm?

-Dark: (Usando todas las fuerzas que le quedan consigue ponerse de pie) devuélvemela… devuélveme a Alice…

-Huracán: (Rie) eres tan patético que ni si quiera mereces que te mate yo mismo...

-Dark: (Camina hacia el) mientras yo viva no dejaré que vuelva a morir uno de mis miembros (Se encuentra bañado en su propia sangre)

-Huracán: (Lo ignora) Matalo (Se aleja volando)

Al escuchar eso Maximiliano atraviesa a Dark con su espada...

-Dark: ¡Goah! (Su vista se nubla) aun no..., aun puedo luchar... (Cae lentamente al piso) Gck... Cof (Escupe un chorro de sangre) Alice... (Su corazón late cada vez más lento) ah... ah... (Extiende su mano como si intentara alcanzar a Huracán, pero la sitúela borrosa de su enemigo cada vez esta mas lejos) No... me... rendiré... No... me... (La luz en sus ojos se apaga al igual que su corazón) ... (Su mano cae al piso)

-Maximiliano: ha muerto... (De repente es atravesado por una barra de acero) ¡AAHH!

-John: Ah... ah... hijo de puta..., ¡Muerete de una vez!

-Maximiliano: Desgraciado... (Corre hacia su enemigo conectándole un fuerte rodillazo en el rostro)

-John: ¡AH! (El impactado es tan fuerte que le rompe la nariz y lo saca de combate).

-Maximiliano: maldición... estos desgraciados se reusan a morir... (Remueve la barra de metal) ¡Goah! Ah... ah... (Preciona la herida para que se regenere) me pregunto si Rogelio habrá sobrevivido... (Camina hacia la salida del coliceo) maldita sea...esto no fue como lo planeamos..., Habia la posibilidad que fuera un poco hostil, pero no contábamos con que fuera tan agresivo... (Mira hacia el cielo observando un objeto brillante) ¿Y ahora que? ¿Hmm...?

Frente a Dark cae una espada poderosa de metro y medio de longitud con la hoja negra y con dos cadenas aferradas al mago de la espada...

-Maximiliano: ¿Qué diablos?

Las dos grandes cadenas que envuelven a la espada se enredan en el brazo derecho de Dark.

-Maximiliano: ¡No! (Se lanzan hacia la espada pero cuando la espada termina de enredarse al brazo de Dark libera una gran cantidad de energía que lo hace pegarse en el suelo) ¡Gck! ¿Qué rayos es esto?

-Dark: (Abre los ojos) Elizion...

-Maximiliano: (Su cuerpo se siente extremadamente pesado lo que le impide levantarse) ¿De dónde salió este poder? (Intenta lanzar un golpe)

-Dark: (Con la espada detiene su brazo y le da una patada)

-Maximiliano: ¡AAAHHH! (El golpe es tan fuete que sale volando del Coliseo)

-Dark: (Contempla que su cuerpo empieza a desprender humo) ... (Localiza a Huracán que se encuentra lejos del lugar, da un salto rompiendo la base donde se encuentra)

-Huracán: ¿Qué es ese escándalo? (Voltea hacia el coliseo, cuando se da cuenta tiene casi enfrente a Dark) imposible… (Se percata de la espada que trae en sus manos) ¿¡Qué!?

-Dark: (Como un resplandor alcanza a Huracán quitándole a Alice)

-Huracán: ¡Esto no puede ser! (Mira la espada) ¿De donde sacaste eso?

-Dark: … (Le lanza Elizion)

-Huracán: (Con su martillo alcanza a bloquear el ataque) ¡Grah! (Elizion se jala con las cadenas y vuelve a las manos de Dark) no puede ser… es la espada autentica…

-Dark: (Mira sus manos que se están quemando)

-Huracán: ese cuerpo no resiste tu poder ¿Cierto…? (Sonríe) te ganaré esta vez aunque sea por tiempo.

-Dark: (Rapidamente regresa al coliceo)

-Huracán: ¡No escaparas! (Intenta atacarlo pero no logra alcanzarlo) aun con ese cuerpo decadente eres tan rápido. (Dice molesto)

-Dark: (Llega rápidamente y coloca a Alice en el piso)

-Huracán: ¡Thanatos! (Usando su martillo lanza un mortal ataque haca su enemigo)

-Dark: (Detiene el golpe con Elizion luego extiende su mano izquierda hacia Huracán haciendolo caer de rodillas)

-Huracán: ¡AH! (Apoyándose en el piso intenta levantarse pero no puede) ¿Cómo te atreves a usar el poder de la gravedad con ese cuerpo?

-Dark: (La piel de su mano izquierda comienza a despegarse quedando inutilizable)

-Huracán: (En ese momento aprovecha para levantarse y atacar) ¡TE MANDARE AL INFIERNO! (Ataca violentamente, pero sus golpes no pueden pasar a Elizion)

-Dark: (Se defiende de los devastadores ataques solo con su mano derecha) …

-Alice: (La carta que Alice tiene brilla intensamente)

-Gera: (Se levanta de entre los escombros) ah… ah… (Su cuerpo se encuentra gravemente herido) ¿Dónde están todos…? (El sonido ensordecedor de las dos armas impactando llama su atencion) increíble lo esta haciendo retroceder usando una sola mano (Mira que algo en Alice brilla) se está activando una carta de teletransportación ¡Genial! (Un rayo de esperanza aparece) tengo que reunir a todos… (Busca a cada uno de los moribundos Generales de "La Sombra Del Viento" colocándolos junto con Alice) solo falta Dark) ¡Dark! ¡La carta se activara pronto!

-Huracán: ¡Maldito! (A pesar de atacarlo con todas sus fuerzas, sus ataques no consiguen tocarlo) ¡Porque no logro alcanzarlo! (Lanza un gigantesco torrente de fuego)

-Dark: (Lanza una estocada que parte el torrente desviándolo de su objetivo)

-Huracán: (La onda de choque provocada por la estocada se abre paso a travez del fuego hasta llegar al Dios del fuego) ¡AAHH! (La estocada le corta el pecho dejando una herida abierta) maldito moribundo...

-Gera: ¡Vámonos ya falta poco!

-Huracán: ¡NO TE DEJARE ESCAPAR! (Le lanza una ola de fuego)

-Dark: (Con su espada parte la ola)

-Huracán: (En ese momento comienza a flotar y es atraído hacia Dark) ¿Esta tecnica? ¡No puede ser!

-Dark: (Al estar lo suficientemente cerca le pega una patada que lo saca volando del coliseo destruyendo todo a su paso)

-Gera: ¡Ahora! (Comienzan a desaparecer)

-Huracán: ¡NOO! (Sale de entre los escombros donde se encuentra)

-Dark: (Aparece junto a Alice y los demás)

-Huracán: ¡NO! (A una velocidad increíble sale disparado hacia ellos con una feros embestida)

-Dark: (Le lanza a Elizion la cual le pasa cerca de la cabeza arrancándole una oreja)

-Huracán: ¡GRAAH! (Pierde el control y se estrella contra el volcán volándolo en pedazos) ¡DESGRACIADO!

-Dark: (Elizion continua en línea recta luego se eleva en el cielo desapareciendo en el, al ocurrir esto el cuerpo de Dark comienza a sufrir quemadura en todos lados) ¡AH!

En ese momento Dark y los demás aparecen en el centro de un pueblo... en las tierras cálidas de "Ikutsu"

-Gera: ¡AYUDA! (Con todas sus fuerzas pide ayuda con desesperación)

Personas de todos lados corren desesperados hacia el lugar de donde provino el grito de ayuda encontrando un grupo de personas en peligro mortal, con sus cuerpos al límite de la muerte yacen tendidos en el suelo.

Ese dia La Sombra Del Viento se encontró al borde de la completa aniquilación, cuando los heridos son llevados al hospital los doctores quedan desconcertados ya que jamás habían visto tales heridas en un paciente, algunos de ellos piensan que jamás podrán recuperarse otros creen que morirán en la sala de recuperación, lo que pase a apartir de hoy, definirá el rumbo del planeta. ahora con el dios del Fuego de vuelta, la sombra de los Infinitys ha vuelto a cubrir a Abilion y con ello las esperanzas de la humanidad desaparecen cada vez mas.

Nadie sabe que pasara a partir de ahora.

Nadie...

Capítulo 15: Heridas que no sanan.

En ese momento todo el esfuerzo que la humanidad había echo por combatir la oscuridad pareció ser en vano, a pesar de los esfuerzos de La Sombra Del Viento no pudieron hacerle frente al poder de un Dios..., Varios días han pasado desde aquella aplastante derrota en el viejo volcán y ahora la mayoría de ellos lucha por su vida en un hospital de la nación Ikutsu, una importante ciudad en el continente de Ayita.

El continente de Ayita es conocido como el continente de la armonía ya que es sumamente tranquilo y goza de una agradable paz a todo lo largo de su extensión, gracias al Estrecho de Magayan las invasiones al continente son mínimas y pueden ser fácilmente controladas. Sus habitantes jamás han conocido el horror que viven en el día a día los habitantes de Euriath.

La mayoría de las naciones al norte del continente están fuertemente fortificadas, preparadas para cualquier ataque externo, sin embargo, a pesar de todo existen naciones que decidieron gastar sus recursos en otras cosas y viven completamente desprotegidas, disfrutando de la seguridad que les brinda El Estrecho de Magayan.

La nación de Ikutsu se encuentra al sur de Ayita y está fuertemente protegida contra cualquier invasión externa, además cuenta con un gran número de guardias para proteger y mantener el orden en la ciudad en caso de sufrir algún tipo de ataque; Debido a que ninguna criatura ha logrado llegar tan al sur, solo las conocen por meros comentarios expresados por los viajeros que recorren el continente.

Los médicos atienden a los guerreros de La Sombra Del Viento como si fueran pacientes comunes y corrientes, incluso no lograron averiguar que Alice es un vampiro, tratando a todos como simples pacientes de gravedad…

-Alice: (Lentamente abre sus ojos contemplando su cuerpo lleno de vendajes, después mira a su alrededor intentando averiguar donde se encuentra) ¿Dónde… estoy…? (En ese momento un fuerte recuerdo viene a su mente) ¿¡Dónde está Dark!? (Intenta levantarse de la cama) ¡Ah! (Siente como un fuerte dolor recorre todo su cuerpo)

-Marie: tranquila, ya no estamos en ese lugar…

-Alice: Marie (Su alma se llena de alegria al escuchar una cálida voz familiar) ¡Qué bueno que estas bien! ¿Dónde están los demás?

-Marie: todos están en terapia intensiva…

-Alice: ¿¡Que!? (No puede evitar sorprenderse al escuchar la noticia) entonces no fue un sueño… (Mira su cuerpo que está cubierto de vendas)

-Marie: (Se sienta en una de las sillas de la habitación) yo fui la primera en despertar, cuando recobre el conocimiento Gera fue a verme y me explico cómo están las cosas… Dark y John se encuentran en un estado muy delicado también me dijo que recibió un mensaje de Nayarit diciendo que Daniel estaba recuperándose de heridas casi mortales en un hospital de la ciudad…

-Alice: ¿Qué? ¿Daniel también? ¿No estamos en Nayarit?

-Marie: Al parecer en el volcán crearon un campo de energía que daño la carta de teletransportacion y nos envió a un lugar aleatorio…

-Alice: Cierto…, cuando estábamos en el volcán alguien creo algo que retardo las cartas de teletransportacion… quizás fue por eso… (Mira las blancas sabanas de su cama) Entonces… ¿Dónde estamos?

-Marie: Gera dijo que en una nación de Ayita…, la verdad nunca había venido a este continente…

-Alice: ¿¡En Ayita dices!? Estamos increíblemente lejos.

-Marie: si…, cuando Dark y John mejoren, hablaremos al respecto.

-Alice: (Intenta levantarse de la cama) debo… ir a verlos… (Pero aún está muy débil por lo que cae al piso) ¡Ah!

-Marie: quédate en cama aun estas muy débil en el estado que estas solo conseguirás lastimarte más.

-Alice: pero tengo que ir… (Se arrastra en el piso intentando salir de la habitación)

-Marie: ah… (Suspira) si tanto insistes (La ayuda a ponerse de pie)

-Alice: Te lo agradezco… (Se apoya en el hombro de Marie)

-Marie: no quiero que te lastimes más… (La ayuda a caminar)

-Alice: Terapia intensiva ¿Por dónde estará? debería estar por aquí (Salen del cuarto tambaleando) mi vista empieza a nublarse tengo que encontrar la sala de terapia intensiva rápido…

-Marie: eres muy obstinada… (De repente varios doctores y enfermeras pasan corriendo cerca de Alice)

-Doctor: ¡Rápido! Vamos a urgencias, los doctores ya casi consiguen estabilizarlos (Corren hacia terapia intensiva)

-Enfermera: no puedo creer que hayan sobrevivido.

-Alice: ellos se dirigen hacia donde están los demás… (Los siguen) tengo que… llegar (Su respiración comienza a agitarse) siento… que me falta el aire… (No soporta el cansancio, se sujeta fuertemente de Marie)

-Marie: Deberíamos volver a tu habitación… (A lo lejos se alcanzan a escuchar los gritos de dolor de los pacientes)

-Alice: ya estamos muy cerca, usaré las pocas fuerzas que tengo para llegar hasta ahí (Con las ultimas energías que le quedan se acerca hacia el lugar) tengo que llegar (Caminan lentamente hasta donde se escuchan los gritos, conforme más se acerca más fuertes se hacen) es por aquí… Estamos muy cerca… (Mira una puerta con las escrituras "Terapia intensiva") es aquí (Abre la puerta ve un pasillo largo con muchas puertas diferentes, en ese momento escucha los gritos de dolor de Dark) Dark…

-Enfermera: (Una de las enfermeras se acerca) ¡Señoritas! ¿¡Que hacen aquí!?

-Doctor: ¿¡Pero qué rayos!? ¡Saquen a esa chica de aquí! Necesita reposo total, llévenla a descansar.

-Enfermeras: ¡Enseguida doctor! (Se acercan a llevarse a Alice)

-Marie: no hará falta yo me la llevaré (Carga a Alice en sus brazos después salen del cuarto caminando por los pasillos del hospital) ah… (Suspira) sabía que pasaría esto.

-Alice: ellos están sufriendo mucho…

-Marie: a pesar de que ya casi están estables… los doctores están preocupados por las heridas de Dark…

-Alice: ¿Está muy grave? ¿Perdió mucha sangre?

-Marie: todo su cuerpo está muy herido y a pesar de los esfuerzos de los doctores sus heridas (Una desolada sombra cubre su rostro) no sanan…

-Alice: ¿¡Qué!?

-Marie: Si esto continua… podría morir (Deja a Alice en su cama después envuelta en un aura de tristeza sale al balcón)

-Alice: No… Dark… (Se recuesta en su cama)

Al estar mirando el horizonte en el balcón, una ligera briza se acerca a Marie…

-Marie: veo que has vuelto. (La briza poco a poco se empieza a concentrar tomando forma humana hasta transformarse en Gera)

-Gera: ¿Cómo se estan los demas?

-Marie: John se encuentran un poco mejor, pero Dark sigue en el mismo estado que antes… no ha mejorado nada…

-Gera: ya veo, tenía la esperanza de que sanara por lo menos un poco en estos días, no cabe duda que… sus heridas no sanaran…

-Marie: es lo que me temía… (Su rostro no puede ocultar la tristeza que siente)

-Gera: después de que todos quedaron inconscientes, cuando las cosas parecían realmente mal, hubo un momento donde pensé que moriríamos, pero entonces… una extraña espada cayó del cielo luego con sus dos cadenas se aferró al brazo derecho de Dark, liberando un poder que jamás había visto, fue impresionante, aunque el precio de haber disfrutado de todo ese poder fue mas alto de lo que esperaba… (Su mirada se desliza hacia el hospital) creo que esa es la razón de que sus heridas no sanen…

-Marie: quiero que me cuentes más acerca de eso…

-Gera: (Al ver el interés de Marie, se toma su tiempo en contarle todo lo sucedido con lujo de detalle) así fue como terminamos aquí…

-Marie: ya veo… creo que perdimos el conocimiento en el momento menos indicado…

-Gera: Sin duda fue una dura lucha que no podíamos ganar, afortunadamente el poder que la espada le brindo a Dark, fue extraordinario… incluso luchó contra Huracán con un solo brazo.

-Marie: sin duda ese es el poder de "Elizion" le brindo a Dark tanta fuerza que pudo luchar contra un Dios.

-Gera: de no haberlo visto con mis propios ojos no lo habría creído…

-Marie: entonces… la leyenda es cierta… ¡La espada realmente existe!

-Gera: de eso no hay duda, pero verdadera pregunta es ¿Qué fue lo que la llevo ahí? ¿No te parece extraño que después de siglos buscándola, simplemente se aparece y ya?

-Marie: cuenta la leyenda que la espada posee mente propia, quizás fue atraída por la energía que emanaba Huracán…, según la leyenda… la espada ya había luchado contra el antes…

-Gera: tal vez tengas razón…, Huracán lucho directamente con el verdadero Thanatos, así que no hay forma de que no la haya visto antes.

-Marie: lo único que no cuadra es que según la leyenda la espada quedo clavada en el lugar de la batalla del fin de los tiempos y le construyeron a Thanatos un monumento donde la espada se encontraba.

-Gera: aunque eso es cierto, tampoco quiere decir que el monumento tiene que seguir intacto hasta el día de hoy, tal vez fue destruido o saqueado, han pasado 2,000 años desde entonces, muchas cosas pudieron haber pasado con el.

-Marie: tienes razón…, tendremos que indagar más al respecto cuando todos se encuentren bien… de momento la salud de Dark es lo mas importante.

-Gera: si mis sospechas son ciertas, no habrá doctor en los tres continentes capas de curar a Dark…

-Marie: ¿Sospechas que aun queda energía de la espada impregnada en él? por eso no consigue sanar.

-Gera: es lo único que se me viene a la mente cuando pienso en porque no ha sanado… y si lo piensas bien tiene sentido.

-Marie: ¿Entonces que sugieres? No conozco a nadie que pueda remover energías.

-Gera: tal vez conozco a alguien que pueda ayudarnos.

-Marie: ¿¡Que!? ¿A quien?

-Gera: Mi antiguo maestro conoce muchos rituales para el manejo y control de la energía, quizás nos pueda ayudar con nuestro problema.

-Marie: Entonces no hay tiempo que perder (Sin esperar por mas detalles vuelve al cuarto de Alice rapidamente) ¡Prepárate Alice saldremos de viaje!

-Alice: (Se sienta en la cama) ¿A dónde? ¿Qué pasara con Dark y John?

-Gera: dejaremos a John para que termine de ser atendido, en cuanto a Dark lo llevaremos a ver a mi antiguo maestro

-Alice: ¿Acaso es doctor?

-Marie: explícale en el camino partamos cuanto antes, adelántense iré por Dark…

-Alice: hmm…

-Gera: ven conmigo dejémosle el resto a Marie (Sin pensarlo dos veces carga a Alice para posteriormente saltar por la ventana)

-Alice: es-¡Espera!

-Gera: mientras Marie se dirige por Dark iremos a conseguirte algo de ropa (Con gran pisa corre por las calles con destino hacia el centro de la ciudad)

Por otro lado, Marie entra a la sala de terapia intensiva con solo una cosa en mente…

-Marie: apártense…

-Doctores: (Los doctores son tomados por sorpresa) ¿¡Qué haces aquí!?

-Marie: lo siento, pero tengo que llevarme a uno de los heridos (Con paso firme se acerca sin titubear a Dark) lo llevaremos a otro lugar para que sane.

-Enfermera: ¿Estás loca? No puedes llevarte a ningún paciente del hospital.

-Doctor: dejen que se lo lleve…

-Enfermera: ¡Pero doctor!

-Doctor: hemos analizado a ese paciente por días sin embargo no hemos podido hacer nada para sanarlo tal vez… que ella se lo lleve será lo mejor, sin embargo, si planea llevárselo por favor hágalo en una de nuestras capsulas de traslado ya que ese hombre se encuentra en estado crítico… y un mal manejo del paciente podría matarlo…, venga conmigo (Saliendo brevemente de terapia intensiva llegan a una habitación donde esta una capsula de gran tamaño) esto es lo mejor que tenemos para que pueda transportarlo, regula el clima a temperatura ambiente además está libre de impurezas.

-Marie: (Con ayuda de las enfermeras y el doctor colocan a Dark en la capsula) gracias por entender doctor, les encargo mucho al otro paciente… el dinero no importa pagamos lo suficiente.

-Doctor: una cosa más… la capsula cuenta con un muy buen botiquín de emergencia que contiene medicamento muy fuerte, desde poderosas drogas tranquilizantes y anestésicas hasta vendas)

-Marie: se lo agradezco mucho doctor.

-Doctor: y no se preocupe, nosotros cuidaremos al otro paciente hasta que esté completamente saludable.

-Marie: por favor (Una vez que logran sacar la capsula fuera del hospital la levanta con sus brazos y se marcha)

-Doctor: sigamos atendiendo al otro paciente (Les dice a las enfermeras)

-Enfermeras: claro doctor… (Regresan a terapia intensiva)

-Marie: probablemente llevó a Alice al centro de la ciudad a comprarle algo de ropa (Con su destino claro, transita por las calles de la ciudad) espero que el maestro de Gera pueda sanarte... en verdad lo espero...

Mientras tanto en uno de los probadores de una tienda...

-Alice: (Intentando no mover sus vendajes lentamente termina de ponerse su nueva ropa) ¿Por qué ropa de invierno? Si no está haciendo frio.

-Gera: por que iremos a un lugar muy frio...

-Alice: Al parecer se encuentra lejos de... (Inesperadamente la luz de sus ojos se apaga y sus fuerzas desaparecen haciendo que caiga al piso)

-Gera: ¡Alice! (Con gran habilidad alcanza a sujetarla antes de que se desplome) Diablos olvide que aun estas demasiado débil...

-Alice: (Su respiración se agita, todo parece indicar que su cuerpo no se ha recuperado por completo) ¿Hmm...? (Intenta ponerse de pie) ¿Qué paso...?

-Marie: (A lo lejos alcanza a ver a Gera y Alice) con que aquí estaban (Con una sonrisa en el rostro camina alegremente hacia ellos) los doctores me dijeron que cuidarían de John, así que no hay nada de qué preocuparse (Mira a Alice en el piso) ah... (Un pequeño suspiro escapa de su boca) olvide ese detalle...

-Gera: (Al ver a Marie no puede evitar percatarse de la enorme capsula que lleva consigo) ¿Ahí llevas a Dark?

-Marie: así es, el doctor me la prestó, además cuenta con un botiquín muy completo... (Al ver a Alice tan agitada recuerda el compartimiento que lleva la capsula) Gera hay un botiquín en la parte de atrás, saca una transfusión de sangre y entrégasela a Alice.

-Alice: no hace falta... (Intenta levantarse) puedo... seguir...

-Gera: en ese estado no podrás cruzar el desierto Alice...

-Alice: es que... en mi estado actual... si bebo sangre no podré controlar el estado Berserk ... terminare convirtiéndome en un problema...

-Gera: ¿Qué es el estado Berserk?

-Marie: su regeneración natural es rápida, solo debemos darle un poco de tiendo para que se cure un poco mas.

-Alice: cuando me sienta lo suficientemente fuerte, beberé esa transfusión.

-Gera: ¡Hey! no me ignoren.

-Marie Te contaremos los detalles en el camino, primero debemos pensar como lidiar con la debilidad que tiene Alice...

-Alice: ¡Me esforzare! (Usando las pocas fuerzas que le quedan consigue ponerse firmemente de pie) ¡No sere una carga lo prometo!

-Marie: en ese caso tendremos que aplicarle una pequeña droga la cual no te curará, pero te ayudara a mantenerte despierta y evitar que te desmayes…, Gera busca en el contenerdor.

-Gera: la encontré.

-Marie: recuerda que estas herida, no te sobre esfuerces.

-Alice: entiendo… (Sin perder tiempo Gera le administra la droga) ¡Gck! (Una extraña sensación de fuerza recorre su cuerpo llevándose poco a poco la debilidad) tenían razón… siento como una gran energía recorre mi cuerpo.

-Marie: debo decirte que el efecto de la droga solo dura un día procura recordar a qué hora te toca mañana…

-Alice: está bien…

-Gera: ¡Vamos! se hace tarde, entre más pronto lleguemos con el maestro mejor.

-Alice: ¿Quién es ese maestro que dices?

-Gera: desde hace muchos años, en la cima de una gigantesca montaña ha habitado un ser superior lleno de sabiduría y un conocimiento sin igual, el fue el primer maestro del hielo y ha enseñado a quienes el considera dignos de aprender su arte…

-Alice: ¿¡Enserio!? eso suena increíble.

-Gera: muchos monjes han intentado aprender sus grandes misterios, pero nadie ha logrado aprenderlo todo, inclusive yo…

-Alice: entonces… quizás el sepa algún método para hacer que las heridas de Dark sanen.

-Gera: no estoy completamente seguro de ello, pero hay una alta probabilidad… todo depende si nuestra teoría sobre sus heridas es correcta…, realmente no tenemos muchas opciones…

-Alice: lo se…, pero vale la pena correr el riesgo (Por un momento contempla la capsula donde se encuentra Dark resguardado) ¿Está muy lejos esa montaña?

-Gera: muy muy al sur de Ayita… cerca de los confines del continente hay en una gigantesca montaña cubierta de nieve… cuya cima se encuentra por encima de las nubes, algunos dicen que es la montaña más alta del mundo, otros que es realmente una obra de arte…

-Alice: ¿¡Donde termina Ayita!? ¿¡En la montaña mas grande del mundo!? Ni si quiera se donde estamos… ¿Cómo llegaremos hasta allá?

-Marie: será un viaje complicado…

-Gera: si, tendremos que cruzar varias naciones antes de llegar… tomaremos el camino del sur, las naciones que se encuentran en las tierras desérticas tienen pequeños asentamientos de personas, podremos rodearlos sin problemas.

-Alice: Si esa es la ruta más rápida, creo que debemos tomarla.

-Gera: Efectivamente… además solo tendremos que cruzar por dos naciones "Norat y Los Arenales"

-Marie: dices que no es una zona muy concurrida ¿No? Eso hará mas rápido nuestro viaje.

-Gera: así es, como el continente es muy tranquilo las personas se asientan en las áreas más fértiles para la agricultura, zonas como el desierto no son habitadas salvo por desterrados o bandidos como "Los Arenales"

-Alice: ¿Bandidos?

-Gera: si, las personas que son desterradas de sus naciones son exiliados al desierto donde tienen dos opciones… morir o hacer lo que sea para sobrevivir.

-Alice: eso podría ser un problema…

-Marie: en este momento lo último que me preocupa son los bandidos…

-Gera: tranquila… No ha habido una invasión en siglos, que te hace pensar que habrá una ahora.

-Marie: porque… esta será una oportunidad única… (Un fuerte escalofrió recorre todo su ser, sabe muy bien que tanto ellos como el enemigo conocen lo delicado del estado de Dark)

-Gera: tal vez tengas razón… (Toma la capsula que llevaba Marie cargando) recuéstalo ahí, será mejor si permaneces libre en caso de que lleguen a atacarnos… (Bajo la capsula lentamente se forman bloques de hielo los cuales comienzan a cargarla)

-Marie: no sabía que podías hacer eso.

-Gera: es más fácil de lo que parece… ¡Vamonos!

En ese momento su travesía hacia el monte Everest comienza, a pesar de la gigantesca distancia que los separa, en sus ojos no hay ni una pisca de duda…

Aunque casi fueron aniquilados y la balanza se ha inclinado drásticamente en su contra, su coraje les impide rendirse…, sin importar quien sea su oponente su objetivo no ha cambiado y continuaran avanzando, ellos lucharan mientras haya aire en sus pulmones… aun al borde del exterminio…

-Demetrio: ¿Está todo listo…?

-Waldox: Efectivamente, la noticia tenía planeada darse una vez que la ceremonia concluyera, aunque con lo ocurrido en el volcán, decidieron aplazar el anuncio oficial… (En una tierra lejana donde reina la oscuridad algo grande esta por ocurrir)

-Demetrio: Si fue muy triste pase semanas llorandos por eso (Lo dice sarcásticamente) pero ya es momento de continuar, no podemos dejar pasar esta oportunidad que se encuentra justo frente a nuestros ojos…

-Waldox: (La desconfianza lo invade silenciosamente) ¿Estas planeando hacer algo por tu cuenta?

-Demetrio: (El sonido de sus pasos resuena en la cámara mientras se dirige a ocupar un siniestro trono echo de huesos y partes humanas) Maximiliano tardo cerca de dos años para hacer los preparativos… ahora que está listo no podemos esperar a que se recuperen para usarlo, el momento es ahora.

-Waldox: de acuerdo… en ese caso hare los preparativos… (A pesar de no estar de acuerdo hace una pequeña reverencia y se aleja de él) con su permiso. (Cuando sale del cuarto otro individuo entra)

-Demetrio: te estaba esperando ¿Ya citaste al resto de los generales?

-Subordinado: Si señor, todos están listos en un momento vendrán.

-Demetrio: Excelente… (Sonríe).

Mientras tanto en medio de un viejo desierto de dunas…

-Marie: (Contempla el sin fin del desierto desde lo alto de una duna, el viento levanta una pequeña cortina de arena que recorre los alrededores) han pasado cuatro días desde que salimos de Ikutsu… y este desierto no parece tener fin…

-Alice: (Observa la arena cristalina) este desierto es extraño… (Junta un puño de arena) a pesar de lo caliente de la arena no siento calor.

-Gera: ah eso, es gracias a mi poder ¿Recuerdas? No tienes que agradecermelo.

-Alice: valla, que poder mas increíble.

-Gera: lo se, que te puedo decir, es algo que bien conmigo.

-Alice: no pensé que con tu poder pudieras enfriar el aire (Extiende sus manos sintiendo el fresco aire que circula junto a ellos)

-Marie: Gera, ¿Aun estamos muy lejos? El día de ayer mis provisiones se acabaron…, si seguimos con este ritmo estaremos en problemas…

-Gera: aún estamos muy lejos… hace algunas horas entramos en la nación de "Los Arenales" solo llevamos recorrido la mitad del camino…

-Marie: ¿Medio camino? (Dice sorprendida) maldición…, tendremos que hacer algo al respecto o comenzaremos a deshidratarnos.

-Gera: ¿Solo trajiste provisiones para unos días? Te advertí que cruzaríamos dos naciones por el desierto, ¿Porque no tomaste las medidas adecuadas?

-Marie: (El comentario de Gera no parece agradarle) no estoy acostumbrada a tomar viajes tan largos, normalmente me toma unas cuantas horas de vuelo llegar a donde quiero…

-Gera: en ese caso podrías volar a un pueblo cercano y reabastecerte (Una sonrisa se dibuja en su rostro).

-Marie: … es la primera vez que estoy en Ayita, no sabría a donde ir…

-Alice: No te preocupes Marie, te daré todas mis provisiones (Le entrega una bolsa de tela) Con esto puedes sobrevivir tranquilamente cerca de 15 días, tiene alimentos deshidratados ricos en proteínas y fáciles de transportar lo cuales te darán energía por varias horas.

-Marie: (Sujeta la bolsa de tela) ¿Pero que pasara contigo?

-Alice: realmente no necesito comer ni beber agua… nada de eso me brinda energía, solamente lo hago por costumbre y porque me gusta el sabor de los alimentos…

-Gera: no sé cómo responder a eso, es… tristemente genial.

-Marie: ¿Hmm? (Rápidamente arroja cuatro lanzas de fuego en direcciones diferentes, donde cae cada lanza aparece una criatura muerta) lo sabía…

-Gera: (A pesar de que solo son criaturas débiles este suceso lo sorprende) ¿¡Pero que rayos!? (Sin perder el tiempo corre a examinar a las criaturas muertas) esto es imposible… (Mira hacia el horizonte) no…

-Alice: ¿Qué ocurre Gera?

-Gera: (Contempla las criaturas muertas con horror) estamos en "Los Arenales…" al sur de Ayita… como es que estas criaturas hayan llegado tan lejos… (Dentro de su mente se construye el peor de los escenarios) acaso… ¿Han logrado cruzar El Estrecho de Magayan?

-Marie: no quiero creerlo… pero al ver a estas criaturas aquí… no encuentro otra explicación, pero… ¿Qué fue lo que hicieron?

-Alice: serán arrasados como lo fue Euriath…

-Gera: esto podría ser mucho peor… hay naciones que solamente cuentan con El Estrecho de Magayan como protección…, si la oscuridad ha logrado entrar en Ayita… el caos se desatara por todo el continente…

-Marie: las naciones desprotegidas serán las primeras en caer… y después seguirán las otras…

-Gera: tengo que alertar a los otros… si nadie interviene Ayita se convertirá en un continente fantasma… (Desesperado corre por el desierto hacia el Everest)

-Alice: apresurémonos.

Genesis 5 Dias Antes…

-Shadow: ¿Por qué la reunión?

-Isao: veo mucho movimiento entre las criaturas de bajo rango, alguien pidió que se movilizaran.

-Miroku: ¿No te llego el aviso? Solicitaron a todo guerrero con rango menor a capitán reunirse en "Matamoroz"

-Shadow: ¿Matamoroz dices? ¿Están planeando cruzar El Estrecho de Magayan? ¡Eso es suicidio!

-Demetrio: suicidio es una palabra fuerte… (Ingresa a la sala)

-Shadow: ¿Qué estas planeando Demetrio?

-Demetrio: explicar mi plan tomaría horas hacerlo (Camina alrededor de los Generales) sin embargo puedo resumirlo en una palabra…. "Invasión" (Una malévola sonrisa se dibuja en su rostro)

-Isao: hemos intentado invadir Ayita por años, sabes lo que les ocurre a nuestras tropas cuando intenta cruzar El Estrecho de Magayan…

-Demetrio: a veces mi memoria me falla… será que puedas iluminarme.

-Isao: hace tres años cuando los cuatro del linaje original intentaron entrar por la fuerza al continente, perdieron el 80% de las tropas en menos de medio camino, por lo que tuvieron que cancelar la invasión, ¿Acaso quieres repetir esa tragedia?

-Demetrio: estas siendo muy superficial Isao, entremos mas a detalle… ¿Cuál es realmente el problema? ¿Qué nos impide cruzar?

-Isao: El Estrecho de Magayan es azotado por violentas ráfagas de viento y poderosas tormentas eléctricas, que frenan el paso de nuestras tropas…

-Demetrio: así que técnicamente somos frenados por problemas "Superficiales" ¿No creen? (Observa con atención a sus Generales) No importa si lo sobrevolamos o si intentamos atravesarlo lo más rápido posible… las tormentas nos destruirán ¿No?

-Miroku: Efectivamente… de una forma u otra no podremos cruzar… Desafiar esas tormentas es imposible…

-Demetrio: tal vez, entonces… ¿Qué hacemos? ¿Solo nos resignamos y ya?

-Isao: podríamos intentar construir algo lo suficientemente resistente para cruzar… no importa que sea algo pequeño, lo importante es asegurar que las tropas logren cruzar sin bajas…

-Shadow: me parece buena idea, podríamos intentar con materiales altamente resistente como el acero o el titanio…

-Demetrio: ¡Niños! niños… la invasión tiene que ser lo más pronto posible… si quisiera una invasión para dentro de 3 años, tengan por seguro que los llamaría…

-Miroku: entonces… ¿Cómo sugieres que lo hagamos?

-Demetrio: eso es lo mejor de todo… ya está echo (Las palabras de Demetrio dejan perplejos a los Generales) atravesaremos El Estrecho de Magayan, por debajo…

-Shadow: ¿¡Que!? ¿Y cómo se supone que haremos eso? No hay forma de que podamos atravesar la tierra.

-Demetrio: ya veo, ven acércate… (Llama a Shadow) te diré como…

-Shadow: …

-Demetrio: vamos… acércate…

-Shadow: (Sin decir una sola palabra se acerca en silencio a Demetrio, cuando está a unos pasos de el siente como repentinamente un fuerte impacto resuena en su cabeza y cae al suelo) ¡GOAH!

-Demetrio: ¿¡Acaso no escuchas lo que digo!? ¿O estas pendejo? (Le grita después de haberlo derribado con fuerte manotazo) ¡El paso bajo tierra ya está hecho!

-Shadow: (Le toma un momento recobrar la compostura) ah… (Con esfuerzo se levanta del piso sin replicar nada)

-Demetrio: Mientras el difunto Alejandro se mantenía ocupado manteniendo a raya a La Sombra del Viento, los otros tres del Linaje original comenzaron a construir un pasaje bajo la tierra que nos permitiera cruzar El Estrecho de Magayan sin bajas innecesarias, actualmente ellos se encuentran incapacitados… pero Maximiliano me puso al tanto para aprovechar la situación y destruir de una vez por todas a La Sombra Del viento… (Fue entonces cuando los Generales entendieron la oportunidad que tenían frente a sus ojos).

-Isao: si cruzamos por debajo, podríamos invadir Ayita con el ejército más grande que el mundo jamás haya visto.

-Demetrio: finalmente nos entendemos… (Camina hacia la salida) movilicen a los soldados que se preparen para cruzar por el pasaje de Matamoroz, en cuanto consiga la ubicación del enemigo procederemos con la invasión (Sale de la cámara)

-Shadow: ¡Maldito Demetrio!

-Miroku: tal vez sea un demente…, pero su plan es brillante.

-Isao: tomaremos al continente con la guardia baja… será la mayor masacre de la historia…

-Shadow: ese bastardo hijo de puta…

-Isao: hare un llamado a todos los capitanes del territorio para reunir a las tropas…, Miroku, encárgate de los preparativos en el pasaje de Matamoroz… (Una vez dicho esto abandona la camara)

-Miroku: tendré todo listo para el amanecer… (Con un nuevo objetivo en mente abandona rápidamente el lugar)

-Shadow: rayos… (Su rabia lo consume en el silencio de la soledad)

De vuelta en el desierto…

-Marie: maldición… han pasado 3 días desde que entramos a los arenales… si no nos apresuramos nos van a alcanzar…

-Gera: maldición… ya deberíamos estar por llegar a la nación de "Sonora…" (Corren por las gigantescas dunas tan rápido como pueden)

-Marie: (Sabe el peligro latente que corren, sin embargo, solo hay uno de ellos que no puede protegerse) Si nos alcanzan… tendremos que protegerlo, aunque nos cueste la vida…

-Alice: me encargue de borrar nuestro rastro… eso los retrasara, aunque sea un poco…

-Marie: (Con el caer del sol poco a poco la luz se hace mas débil) oscurecerá en un par de horas… si mantenemos el ritmo quizás logremos llegar a "Sonora"

-Alice: yo recomendaría… detenernos al caer la noche y construir un refugio.

-Gera: Estamos muy cerca de Sonora Alice, si mantenemos el ritmo lograremos llegar.

-Alice: quizás… pero si nos alcanzan durante la noche, seremos fácilmente detectados, los sentidos de las criaturas se agudizan por la noche…

-Gera: tendremos que arriesgarnos.

-Alice: basta con parar una hora antes de que oscurezca, si construimos un refugio con tu hielo y lo cubrimos con arena, podríamos pasar desapercibidos…

-Gera: Alice, en este momento probablemente la parte norte de Ayita este siendo brutalmente masacrada, lo único que quiero es resguardar a Dark en Sorona, para regresar a ayudar a mi gente.

-Alice: … (Piensa en el infierno que podrían estar pasando las personas de Ayita) pero… (Voltea a ver a Dark) ¿Crees que Dark soporte más tiempo?

-Marie: Gera, si tu regresas no podremos llegar al Everest por nuestra cuenta…

-Gera: no te preocupes… Sonora es frecuentemente visitada por los monjes de un templo ubicado en las faldas de la montaña, le pediré a uno de ellos que las lleve…

-Alice: una vez que Dark este bien… ten por seguro que volveremos a ayudarte.

-Gera: gracias…, Cuando lleguemos a Sonora les diré la contraseña para que les permitan subir al Everest…

-Marie: bien, con eso será más que suficiente, ahora asegurémonos de llegar a Sonora primero… (Continúan avanzando aprovechando las horas de luz que quedan)

-Gera: falta poco…

Sin darse cuenta, las tinieblas de la noche logran alcanzarlos mientras continúan avanzando por la cálida arena del desierto…

-Marie: Alice…

-Alice: ¿Si?

-Marie: ¿Cómo se encuentran tus heridas?

-Alice: las heridas abiertas casi han sanado por completo… pero mi cuerpo aun esta un muy débil, ya que no hemos descansado y todas mis energías están concentradas en sanar…

-Gera: creo que ha llegado el momento de que bebas esa sangre.

-Alice: ¿Ahora?

-Marie: si estamos los tres sanos, podremos proteger mejor a Dark.

-Alice: creo que lo mejor seria esperar a que el enemigo esta mas cerca.

-Marie: esta bien, cuando estemos a punto de entrar en combate la beberas.

-Alice: si.

-Gera: entonces, creo que lo mejor será tenerla a la mano.

-Marie: si, tienes ra… (Un silencio abrumador se hace presente mientras el tétrico sonido del viento levanta una pequeña cortina de arena)

-Gera: ¿Qué ocurre? (Se detiene)

-Marie: maldición… justo lo que me temía… (Mira hacia el horizonte) se acerca una enorme cantidad de criaturas… (En su interior siente la inmensidad del peligro que se avecina) nunca había sentido una cantidad tan grande de criaturas…

-Gera: ¡Alice, rápido bébete esa bolsa!

-Alice: no puede ser… (Sin perder tiempo bebe lo mas rápido que puede la sangre de la bolsa) ah… (Inmediatamente todas las heridas de su cuerpo sanan y su energía se restablece)

-Marie: apresurémonos tal vez podamos adelantarnos para ganar un poco más de tiempo (Continúan)

-Alice: Si nos rodean no habrá forma de huir ¡Corran! (Llevando la capsula donde Dark es transportado, avanzando tan rápido como pueden)

-Gera: (Finalmente se logra ver el fin del desierto) ¡Miren estamos a punto de llegar a Sonora!

-Marie: solo un poco más…

-Alice: Marie… están llegando aún más…

-Gera: eso quiere decir que…

-Marie: probablemente ya arrasaron con todo a su paso…

-Alice: (Echa un vistazo hacia atrás mirando una nube negra avanzando entre la oscuridad) ¡No se detengan!

El cielo nocturno de esa noche era iluminado por un sinfín de preciosas estrellas, sin embargo el hermoso cielo de Ayita es cubierto por millones de criaturas que estremecen la noche…

-Marie: (La inmensa nube negra desciende desde el cielo cerrándoles el paso) ¡Deténganse!

-Alice: estamos rodeados… (Contempla con asombro la inmensa cantidad de cratiruas que los sobrevuelan) nunca había visto a tantas criaturas juntas…

-Gera: nos bloquearon el paso… (Desde la tenebrosa nube resaltan miles de ojos brillantes que los observan desde la distancia)

-Marie: ¡Protejan a Dark! (Hacen una formación en triangulo dejando a Dark en el medio)

-Gera: ¡Ahí vienen! (Transforma sus brazos en dos lanzas de hielo enormes)

-Marie: ¡AAH! (En ese momento un pequeño tornado de fuego se forma a su al rededor)

-Alice: (Las uñas se convierten en garras muy filosas, sus ojos empiezan a brillar de rojo como el fuego enfurecido de la lava de un volcán al igual que su cabello) ¡GRAH! (Sale del fuego) ¡Centella!

Capitulo 16: Rio De Sangre En El Desierto

Las tierras de Ayita, siempre fueron un paraíso para sus habitantes, rodeados de un cálido clima de primavera, disfrutaban de la vida llenos de paz la cual pensaban duraría para siempre, los niños corrían por las calles despreocupados disfrutando de cada segundo.

Las naciones habían creado esta sensación de armonía a lo largo del continente, la mayor parte de ellas se dedicaba al comercio, agricultura y ganadería, a pesar de que la Oscuridad era una amenaza siempre presente solamente el 30% de las naciones del continente estaban amuralladas y habían invertido cantidades importantes en crear una defensa sólida. La mayor parte de las naciones militarizadas se encontraban al norte del continente cerca del Estrecho de Magayan.

Después de 2,000 años de paz, finalmente el ciclo se rompió... en la nación de Yucatán, ocurrió una explosión sin precedentes..., con un gran estruendo grandes trozos de tierra salieron disparados en todas direcciones dejando una enorme fosa en el suelo de la cual emergió la oscuridad...; Un sinfín de criaturas emergieron de la siniestra fosa oscureciendo los cielos con sus incontables números, los ciudadanos de Yucatan observaban en la distancia el aterrador espectáculo, una tétrica nube negra salía de la grieta echa por criaturas que continuaban emergiendo de la fosa. Fue entonces cuando los ciudadanos finalmente lo entendieron... La Oscuridad había llegado a Ayita...

A pesar de tener una defensa sólida, la ciudad de Yucatan no estaba preparada para una invasión de tan descomunales proporciones, la alarma sonó previniendo a los ciudadanos del peligro, pero la oscuridad calló de lleno sobre la ciudad despedazando a todo ser vivo que se cruzara en su camino, en cuestión de minutos los ciudadanos fueron violentamente masacrados y la oscuridad continúo su camino a través del continente.

La siguiente nación en ser azotada por la oscuridad fue la nación de Zacatecas, quienes al ver la magnitud de la catástrofe que se deslizaba por el continente, decidieron luchar hasta la muerte contra ella para reducir aunque sea un poco los números de semejante nube..., mientras los adultos se enfrentaban a las sedientas bestias, los niños corrían por su vida por las calles, sin embargo sus intentos por escapar eran en vano ya que no había lugar donde esconderse de la oscuridad, al final la nación también calló ante la destrucción inminente...

Después de que las ciudades militarizadas del norte callerán, las naciones no combatientes fueron víctimas de encarnizadas masacres en masa... Jalisco, Merida, Piedras Negras... sufrieron destinos horripilantes...

Todas las naciones que sufrieron el paso de la oscuridad fueron borradas del mapa...

Ciudad Ikutsu 6 días después de la partida de la sombra del viento...

-Doctor: (Entra en un cuarto de hospital) ¿Cómo se encuentra el paciente?

-Enfermera: finalmente sus heridas cerraron...

-Doctor: excelente, en un par de semanas más sus heridas sanaran por completo... (Repentinamente el cuarto se oscurece) ¿Hmm? ¿Acaso va a llover?

-Enfermera: que extraño... creí que había amanecido soleado..., Iré a cerrar la ventana... (Al acercarse a la ventana contempla a una infinidad de criaturas que oscurecen los cielos y descienden para descuartizar a los ciudadanos) ¡AH! ¡Dios mío!

-Doctor: ¿¡Que pasa!? (En ese momento una de las criaturas rompe la ventana e intenta entrar al cuarto) ¿¡Que es esto!?

-Enfermera: ¡NOO! ¿¡QUE ESTA PASANDO!? ¡KYAAHH!

-Paciente: (Abre un ojo) ah... como vale verga... (La pata metálica de una de las sillas sale disparada y destroza la cabeza de la criatura la cual cae muerta al instante)

-Enfermera: ¡AHH! (Cae llorando al suelo) ¿Qué fue eso...? Ah... ah...

-Doctor: ¿¡QUE OCURRE!? ¿¡PORQUE HAY TANTAS DE ESAS COSAS EN LA CIUDAD!? (Para un continente tan pacifico como Ayita, ver a la oscuridad por primera vez, podría ser una experiencia traumática)

-Paciente: Shh... cállate el pinche hocico... si vienen de uno en uno podremos pasar desapercibidos... pero si no te callas a la verga, nos van a matar a los tres...

-Doctor: (Al escuchar las palabras de su paciente trata de controlarse y guarda silencio) ah... ah... ¿Tu sabes que está pasando?

-John: no..., pero será mejor que tú y esa mujer entren bajo la cama si quieren vivir...

-Enfermera: (Sin dudarlo obedece al paciente metiéndose bajo la cama) oh... dios... dios... (Intenta llorar lo más silenciosa que puede) ah... ah...

-Doctor: ¿Estarás bien ahí afuera?

-Paciente: simon..., me hare el muerto un rato...

-Doctor: bien... (Se mete bajo la cama)

-John: ¿Dónde mierdas estoy...? (Contempla lo que hay a su alrededor)

La Oscuridad continuo su camino hacia el sur destrozando todo a su paso, hasta que finalmente se detuvo en los arenales rodeando un pequeño grupo de personas, que increíblemente sobrevivieron a las primeras oleadas de la sangrienta horda...

-Marie: ¡Ah! (En vuelta en llamas reduce a cenizas a todas las criaturas que se acercan a ella) ¡Mueran malditos! (Lanza un torrente de fuego hacia las criaturas calcinándolas al instante) ¡Gera, Cubre a Alice!

-Gera: entendido... ¡Espadas de hielo! (Crea miles de espadas lanzándolas hacia el punto donde esta Alice eliminando a todas las criaturas a su alrededor) ¡Alice lanza la centella una vez más!

-Alice: ¡No puedo! Esa técnica consume una gran cantidad de energía solo la puedo lanzar una vez... (Mira hacia atrás donde se encuentra Dark)

-Gera: ¡Mierda! son demasiados… hemos luchando por cuatro horas… esto parece no tener fin.

-Alice: a pesar de eliminar a tantos no veo diferencia…

-Marie: nos mandaron todo lo que tienen… estan pensado asesinar a Dark aquí mismo…

-Alice: ahí vienen de nuevo… (Una marejada de criaturas se lanzan en su dirección) ¡Ah! (Se adelanta a la marejada esquivando, saltando, bloqueando y despedazando a sus atacantes con sus filosas garras)

-Gera: desgraciados… (Crea una fuerte ventisca congelando a todas las criaturas que alcanza)

-Marie: (Desde el suelo se levanta una enorme pared de fuego) ¡Ah! (La pared calcina a toda criatura que entran en ella sin embargo son tantos que comienzan a sofocar el fuego) su enorme número les ayuda demasiado….

-Alice: (En medio de la marejada continua con su encarnizada lucha matando a cada una de las criaturas que se le acercan, sin embargo su rango de ataque no es tan amplio como el de Gera o Marie, por lo que tiene que hacer un esfuerzo mayor para no dejar pasar a ninguno) es solo un presentimiento, pero siento que cada vez son más fuertes…

-Marie: estas en lo correcto, al parecer nos enviaron primero a todos los soldados de bajo rango…

-Gera: entre más asesinamos, llegan criaturas de más alto rango, tenemos que pensan en un plan para sacar a Dark de aqui.

-Alice: me lo suponía… (Su cansancio se da a notar)

-Marie: Alice… al parecer estas llegando al límite.

-Alice: aun puedo luchar… (Respira agitadamente)

-Gera: si esta batalla se prolonga más tiempo estaremos en problemas.

-Alice: no lo digas… (Otra marejada más se acercan a ella) ¡Ah! (A pesar del cansancio se rehúsa a permitir que el enemigo traspase su posición)

-Gera: (Coloca su mano en el suelo y con una gran cantidad de energía hace crecer pilares de hielo los cuales asesinan a un gran número criaturas) Alice… toma a Dark y salgan de aquí, Marie y yo te cubriremos…

-Alice: Pero ¿¡Qué estás diciendo!?

-Marie: Gera tiene razón, no podemos dejar la sobrevivencia de Dark a la suerte…, tenemos que asegurarnos que pueda sobrevivir.

-Alice: pero… (Por un instante mira la capsula donde está Dark) estoy segura que podremos salir de esta si seguimos luchando los tres… (Continua luchando)

-Marie: Alice… Mientras Dark este aquí Gera y yo no podremos sacar provecho a nuestro máximo poder, estamos reduciendo mucho nuestro rango de ataque…

-Alice: (En ese momento se percata que los ataques de Marie y Gera se limitan solo a las criaturas que tienen enfrente) tienen razón... (Comienza a retroceder acercándose a la capsula donde esta Dark) maldición... por favor tienen que alcanzarme en la siguiente nación (Agarra la capsula y la levanta con sus brazos)

-Marie: no tienes nada de qué preocuparte, te alcanzaremos en un momento..., ahora prepárate...

-Gera: "Cero Absoluto" (Un poderoso torrente de hielo sale disparado hacia la multitud congelando todo a su paso lo cual abre una enorme brecha entre las criaturas) ¡Alice ahora!

-Marie: te veremos en la ciudad de la nación de Sonora... (Susurra)

-Alice: (Cruza el camino rápidamente alejándose de la batalla) no importa como..., pero tienen que alcanzarme después de esto... (Continúa corriendo) definitivamente tienen que hacerlo...

Sin tregua alguna la pelea en el desierto continua, enormes marejadas de fuego y hielo cubren la tierra, miles de criaturas mueren intentando vencer a los valientes guerreros, sin embargo sus esfuerzos se ven frustrados al no poder derribarlos...

-Marie: Gera (Pegando espalda con espalda)

-Gera: ¿Sí...? (Poco a poco el cansancio se hace presente en el cuerpo de Gera, las heridas ocasionadas por el combate ya no se pueden ocultar)

-Marie: te estas volviendo lento... ¿Estas bien?

-Gera: ah... ah... ah... (Su respiración agitada no pasa desapercibida) apenas estoy calentando (En su rostro se dibuja una ingenua sonrisa)

-Marie: después de dos horas de lucha finalmente parece que sus números están bajando...

-Gera: ¿Tú crees...? (Contempla el sinfín de criaturas que aun los rodean)

Genesis 2 Días Antes...

-Desconocida: señor Demetrio, todo va de acuerdo al plan... (Dice una mujer de piel blanca cabello corto color castaño, ojos color rojo de uno sesenta de altura)

-Demetrio: ¿De verdad? Hitomi… (Escucha las noticias de su informante mientras se encuentra descansando en un gran trono)

-Hitomi: el ejército arrasó con todo a su paso… nueve de las naciones de Ayita han caído en el proceso… después de esto… el continente no podrá recuperarse.

-Demetrio: (No puede evitar maravillarse con la noticia) ¡Excelente Hitomi! Todo va según lo planeado… ¿Aun no alcanzan a los miembros de la sombra del viento?

-Hitomi: según mis cálculos, entraran en contacto en menos de 48 horas…

-Demetrio: bien… aún hay tiempo… (Cruza sus piernas) esos bichos son bastante resistentes…

-Hitomi: las bajas estimadas son incontables…

-Demetrio: debo reconocer que tienen gentuza bastante habilidosa… (Lentamente se levanta del trono y se acerca a Hitomi) probablemente eliminen a todos si les damos la oportunidad… (Sigilosamente abraza por detrás a Hitomi pegando su cuerpo con el de ella) no me importa que eliminen a los débiles… ya que no merecen permanecer en nuestras filas… pero eliminar a todos si me preocupa (Desliza sus manos suavemente por el abdomen de la joven mujer a través de la ropa)

-Hitomi: ah… (Un pequeño suspiro se escapa de sus labios) entonces… ¿Ordenara la retirada?

-Demetrio: ¿Retirarme…? (Sus manos se detienen después de abrir dos de los botones de la camisa) ¿Después de haber llegado tan lejos? No… Hitomi… ahora solo queda seguir hasta el final (Sus rudas manos entran bajo la ropa recorriendo su delicada piel mientras suben poco a poco)

-Hitomi: Ah… ah… Deme…trio…

Genesis Día del ataque…

-Waldox: es hora… será mejor que estés listo lo antes posible… si todo salió como Demetrio dijo… será una tarea fácil…

A varios Kilómetros de la batalla…

-Alice: (Después de haber corrido por horas en la seca tierra del desierto, finalmente aparece un pequeño valle donde decide adentrarse) bien… en este lugar no podrán localizarme tan fácilmente (De repente una sombra cubre a Alice e inmediatamente voltea encontrando un enorme ogro) Uff… (Exhala con gran alivio) por un momento pensé que una de esas criaturas me había seguido…

-Ogro: ¿Quién eres tú?

-Alice: ¿EH? (Sorprendida de que el ogro hablara) ¡Hablo! ¿¡Puedes hablar!?

-Ogro: (Comienza a reír) ¿Sorprendida? ¿No eres de por aquí cierto…? (Observa a Alice detalladamente) si no quieres salir herida… será mejor que me des todas tus provisiones (Se abalanza contra Alice)

-Alice: ¿Hmm? (Esquiva fácilmente al ogro después le pega una patada que lo saca disparado contra los arboles dejándolo noqueado) ¿Qué le pasa a esta cosa...? (Se aproxima al lugar donde callo) espero no haberlo matado... (Intentar despertarlo)

-Ogro: (Después de un buen rato finalmente despierta) ¿Pero qué rayos paso...?

-Alice: escucha cosa verde... no tengo mucho tiempo, necesito que me lleves a la ciudad de Sonora...

-Ogro: ¿A la ciudad? ¿Quieres llegar ahí? (Se levanta lentamente) ah... me duele todo el cuerpo...

-Alice: Necesito llegar lo más rápido posible... llévame por favor.

-Ogro: (Sin tener otra opción acepta) está bien te llevaré... (Luego mira que lleva algo cargando) ¿Qué es ese ataúd que llevas contigo?

-Alice: es un amigo, necesito llevarlo a un lugar para sanarlo...

-Ogro: ¿Aun está vivo? Vaya manera de transportarlo...

-Alice: partamos de una vez... no es bueno permanecer en el mismo sitio por demasiado tiempo... (Mira a su alrededor)

-Ogro: ¡Sí! tranquila... es por aquí (Inicia su camino como guía hacia la ciudad de Sonora) sígueme

-Alice: (Su mirada se desliza de un lado a otro buscando cualquier señal de peligro)

-Ogro: ¿Porque miras hacia todos lados como si estuvieras asustada?

-Alice: no estoy asustada solo que estoy viendo que no nos sigan...

-Ogro: ¿Eres perseguida? ¿Por quién?

-Alice: larga historia, solo te diré que la oscuridad ha llegado a Ayita...

-Ogro: ¿La Oscuridad? (Sonríe) La Oscuridad viene todos los días al caer el sol ¿Cómo es posible que le temas a la oscuridad?

-Alice: (La ignorancia del ogro la sorprende) ¿No conoces a la oscuridad?

-Ogro: nada que una antorcha no resuelva.

-Alice: (Una sonrisa se dibuja en su cara llena de incertidumbre) no puedo creerlo... este continente vivía en la ignorancia... ni si quiera conocen lo que los está invadiendo...

-Ogro: (Sorprendido de la respuesta de Alice) ¿Nos están invadiendo?

-Alice: (Una fuerte ira recorre su cuerpo) no quiero ni imaginarme lo que les sucedió a las naciones por las que cruzó la oscuridad... ¡Maldita sea! (Patea un tronco que tiene cerca)

-Ogro: ¡Oye! Tranquila... ¿Qué te pasa?

-Alice: supongo que esto fue lo que ocurrió en Euriath cuando la oscuridad la invadió...

-Ogro: veo que ese tema de la oscuridad te perturba mucho... ¿Entonces la oscuridad de la que hablas es algo diferente a lo que conocemos...?

-Alice: (Se llena de nostalgia) La Oscuridad es un grupo de criaturas sedientas de sangre que arrasan con todo a su paso..., sin importar quien se cruce en su camino... una vez que la oscuridad arrasa con un lugar... jamás vuelve a ser el mismo...

-Ogro: ¿Entonces esas cosas han llegado a Ayita?

-Alice: llegaron... sin que nadie les advirtiera... no quiero ni imaginar el terror que desato en todas las naciones que fueron alcanzadas...

-Ogro: solamente las naciones del norte del continente están militarizadas... si ellas no pudieron detener el paso de la oscuridad de la que me hablas... nada lo hará...

-Alice: ¡Nosotros la detendremos! Una vez que Dark sane... estoy segura que podremos hacer algo al respecto... sin importar cuántas vidas podamos salvar... bastara con una para que el esfuerzo valga la pena...

-Ogro: (Se contagia del valor de Alice) ¡Bien! les contaré a todas las criaturas del valle lo que está pasando, los estaremos apoyando desde aquí, si alguna vez necesitas algo no dudes en decírmelo.

-Alice: aprecio mucho que digas eso...

-Ogro: bien en ese caso apresuremos el paso para llegar lo antes posible a la ciudad.

-Alice: si... (Empiezan a correr tratando de llegar más rápido a la ciudad)

-Ogro: ya estamos a medio camino, solo un poco más y llegaremos

-Alice: (En ese momento un fuerte escalofrió recorre su piel) ¡Espera! tírate al piso...

-Ogro: ¡Sí! Está bien (Se tira al piso)

-Alice: ¿Qué paso? (De repente el cielo se cubre de criaturas)

-Ogro: ¿¡Qué está pasando!? ¿Qué es ese ruido? (Al mirar hacia arriba sus ojos contemplan el horror que representa la oscuridad) hay dios... (Intenta guardar silencio para no llamar la atención, pero su miedo es tanto que comienza a soltar chorros de mierda)

-Alice: (Voltea hacia arriba mirando a tantas criaturas que cubren el cielo con su cantidad) parece que no nos vieron...

-Ogro: ¿¡Que fue eso!? ¿Esa es la oscuridad de la que hablabas? ¿A dónde van?

-Alice: probablemente se desviaron un momento de la batalla para ver si lograban ubicarme...

-Ogro: ¿Hay alguien luchando contra eso?

-Alice: si... y si las criaturas se fueron quiere decir que siguen vivos... (Reanudan su camino) vamos no perdamos tiempo...

-Ogro: si está bien (Corren en dirección a la ciudad de nuevo)

Mientras tanto…

-Marie: Solo un poco más… (Contempla las criaturas que vuelan a su alrededor)

-Gera: ah… ah… solo queda… la cuarta parte… (La continua lucha lo debilita cada vez mas, los continuos ataques recibidos han destruido gran parte de su ropa, y finalmente su cuerpo presenta múltiples heridas) ah… ah… (Por un momento pasa su mano para limpiar un pequeño camino de sangre que baja desde su boca)

-Marie: solo resiste un poco más…, concéntrate en defenderte y déjame todo el ataque a mi… (Como si fuera una lluvia de meteoritos las criaturas descienden agresivamente hacia ellos) refúgiate en mis llamas…

-Gera: ah… ah… (Su cuerpo tiembla del cansancio) podrán herir mi cuerpo… pero no mi espíritu… aun que me hagan pedazos una y otra vez seguiré luchando… me escuchas Marie (Sin importar las heridas, decide seguir combatiendo)

-Marie: Maldición… solo procura que no te maten... (Su cuerpo se envuelve en llamas y como si fuera un misil sale disparada al combate aéreo)

-Gera: ¡Graah! (Del suelo brotan grandes picos de hielo que empalan a las criaturas que se dirigen hacia él)

De vuelta con Alice…

-Alice: (Se alcanza a ver la ciudad) casi llegamos…

-Ogro: es verdad ¡Desde aquí se puede ver! (Continúan corriendo)

-Alice: hmm… (Observa la ciudad) por lo que veo esa ciudad se encuentra en buen estado… al parecer la oscuridad no la ha alcanzado.

-Ogro: (Se detiene) bien… solo puedo acompañarte hasta aquí…

-Alice: entiendo… desde aquí puedo continuar por mi cuenta, te agradezco que me hayas traído aquí…

-Ogro: no tienes nada que agradecer, de no ser por tus amigos… nosotros y esta ciudad seriamos un mar de cadáveres…

-Alice: en todo caso no bajes la guardia y mantente alerta.

-Ogro: gracias por el consejo y mucha suerte… si algún día necesitas ayuda ven a buscarme… (Al terminar esa frase vuelve al valle)

-Alice: Gracias… (Continua su camino hacia la ciudad)

Finalmente, la batalla parece estar llegando a su fin…

-Marie: (Su cuerpo se encuentra cubierto en llamas azules y rojas) lo hemos logrado (Un paisaje desolador cubre la arena del desierto un sinfín de cadáveres de criaturas se ven a todo lo largo)

-Gera: (Después de la larga batalla, el cansancio y sus heridas lo consumen haciendo que quede tendido sobre el suelo) ah… ah… ah… aún quedan unos cuantos… (Se ven cientos de criaturas volando hacia ellos)

-Marie: han dejado de atacarnos… probablemente estén considerando escapar… (Se abre paso entre los cadáveres del desierto) dame un segundo y acabare con ellos también…

-Gera: si… ah… ah… toma todo el tiempo que quieras…

-Marie: (Sus llamas se apagan terminando de sanarla por completo) volveré en un segundo… (De su espalda brotan unas hermosas alas de fuego)

-Gera: claro… (Sin poderse moverse queda tirado en el suelo)

Sin embargo… algo inesperado ocurre…

-Demetrio: (Una siniestra voz resuena en el silencio del desierto) ¿Qué…? ¿Se van tan pronto?

-Marie: ¿Pero qué? (Rápidamente mira a Demetrio parado detrás de ellos)

-Gera: ¿Eh? (De una manera completamente inesperada un nuevo enemigo se hace presente) ¿Quién eres tu?

-Demetrio: valla… esto fue más de lo que esperaba… (Observa a todos los cadáveres) pensé que al menos uno de ustedes moriría… pero tal parece que me equivoque… (Les aplaude) los felicito muchachos superaron mis expectativas.

-Marie: ¿A qué te refieres con eso…? (Desenvaina su espada)

-Demetrio: pensaba que al terminar la batalla tendría a un General muerto y a otro lo suficientemente cansado como para capturarlo… (Mira el montón de cadáveres) pero ¡Oh sorpresa! Me topo con un mar de criaturas muertas y solamente un General moribundo… tal parece que subestime un poco el poder de los Generales de La Sombra del Viento…

-Gera: ¡Maldito! (Intenta levantarse)

-Demetrio: ¿Qué pasa? ¿Por qué te molestas? Solamente estoy alabando su persistencia… (Se acerca a ellos) aunque las probabilidades de que sobrevivieran eran mínimas… no crean que no idee un plan B.

-Gera: (Logra levantarse) ¿A qué has venido aquí?

-Demetrio: (Sonríe) obviamente a seguir con el plan B.

-Gera: bueno… tal vez esto este fuera de tu pronostico. (En un movimiento rápido crea una lanza de hielo con su mano con la cual intenta atravesar a Demetrio)

-Demetrio: (Cuando la lanza de Gera esta apunto de tocar su abdomen, la detiene con dos de sus dedos) ¿Qué es esto? (Contempla la lanza de hielo) que cosa más rara… por un momento pensé que querías eliminarme…

-Gera: (Intenta jalar hacia atrás su lanza de hielo, pero no se mueve) ¡Gck!

-Demetrio: ¡Ya se! veo que en realidad solo querías avisarme que le falta un botón a mi camisa… (Con su otra mano toca un delgado hilo que parece haberse usado para sujetar un botón) pero que considerado… deja te agradezco apropiadamente (Como si se hubiera desvanecido desaparece)

-Gera: ¿Qué?

-Demetrio: (En ese momento aparece frente a él conectándole una fuerte patada en el rostro)

-Gera: ¡Goah! (El golpe lo lanza a 20 metros de distancia cayendo sobre los cadáveres de las criaturas)

-Marie: ¡Cabrón! (Furiosa le lanza un torrente de fuego)

-Demetrio: (Esquiva el ataque) eso estuvo cerca…

-Marie: (Desenvaina su espada para arremeter contra Demetrio)

-Demetrio: (Junta sus manos para después extenderlas y sacar un largo hueso que utiliza como arma) oh… (Utilizando el hueso logra desviar el ataque de la espada de Marie por muy poco) Mierda… es más rápida de lo que creí.

-Marie: Maldito… (Sus armas chocan una y otra vez generando un fuerte sonido al impactar)

-Demetrio: (Bloquea y esquiva los ataques de Marie con dificultad) hmm…

-Marie: ¡Ah! (Su espada se cubre de fuego)

-Demetrio: (Sonríe) interesante…

-Gera: ¡Brazo de hielo!

-Demetrio: (Es atrapado por una gigantesca mano de hielo)

-Marie: ahora es cuando… ¡AH! (De su mano derecha un torrente de fuero sale disparado hacia Demetrio) ¡Maldito!

-Demetrio: ¡Mierda! (Cuando el fuego está a punto de llegar, el brazo de hielo se cae a pedazos, logrando esquivar por poco el gran torrente de fuego) uff… (Cae suavemente en el piso lejos del camino del fuego) ¡Pensé que iba a morir! (Dice alterado) bueno… en realidad no (Recobra la compostura) al parecer el invierto termino… ¡Antes de lo esperado este año!

-Marie: ¡Gera! ¿Por qué lo liberaste? (Voltea hacia él)

-Gera: (Su cuerpo fue atravesado por la espalda con la espada de Hitomi la cual le sale por el pecho) Goah… mierda… (Tose sangre) mi cuerpo… ya no puede reconstruirse más… (Tose mas sangre) rayos…

-Demetrio: les presento a Hitomi ella es mi adorada asistente…

-Marie: ¡Gera! (Intenta acercarse)

-Demetrio: ¡Hey, Hey , Hey! Si das un paso mas… el hielito se muere.

-Marie: ¡Maldito!

-Hitomi: ¿Quiere que termine con el señor…?

-Demetrio: no será necesario Hitomi… tengo planes para el…

-Hitomi: como usted diga… (Sujeta firmemente la espada)

-Demetrio: Hitomi es una chica huérfana que adopte… (Sonríe) ¡Después de matar a su familia!

-Marie: ¡Te uniste a él después de que mato a tu familia! (Una fuerte rabia inunda su cuerpo)

-Hitomi: Era muy pequeña cuando eso sucedió… la única familia que recuerdo es el señor Demetrio… y estoy dispuesta a dar mi vida por el si fuera necesario…

-Demetrio: tranquila mi linda asistente…, no dejes que esta mujer salvaje te moleste…

-Hitomi: …

-Demetrio: Al final todo salió según lo planeado… (Mira a Gera) creo que nos llevaremos a este chico con nosotros

-Marie: ¿Qué has dicho? ¡No te lo permitiré! (Se acerca a ellos)

-Demetrio: ¡Hey! ¿Qué te dije?

-Gera: ¡AAAHH! (Hitomi Menea la espada que Gera tiene clavada)

-Marie: (Se detiene) hijo de puta… te has pasado de la raya…

-Hitomi: (Acerca a Gera hacia Demetrio) si haces, aunque sea un movimiento… partiré en dos a este sujeto…

-Demetrio: oh Hitomi, siempre tan oportuna… (Mira a Marie) Me gustaría quedarme a platicar todo el día, pero… (Saca una carta de teletransportación) tengo muchos planes en mente…

-Marie: ¿¡Eso es!?

-Demetrio: (Sonríe) Nos veremos pronto… (Le inyecta poder a la tarjeta y en ese momento desaparecen)

-Marie: no… ¡MALDICIOOOOOON! (Dice furiosa lanzando fuego en todas direcciones)

Muy lejos de ahí Ayita en lo zona Sur del continente Shiria aparecen en una de sus fortalezas en la Nación de Kopel.

-Demetrio: asegúrate de colocarle bien las esposas supresoras…

-Hitomi: (Coloca firmemente las esposas en Gera) mi señor puede decirme ¿Qué haremos con este hombre? (Mira a Gera inconsciente en el suelo)

-Demetrio: llevaremos a este tipo rudo a la prisión…

-Hitomi: ¿Prisión? ¿Cuál mi señor?

-Demetrio: a la prisión de Arthur en Mock Town…

-Hitomi: (Se sorprende) ¿Este hombre… amerita ser encarcelado en la misma prisión que Arthur?

-Demetrio: es parte del plan Hitomi…

-Hitomi: entiendo…

-Demetrio: además este chico resulto ser muy interesante, veremos que nos dicen cuando termine de ser analizado… (Inicia su camino por los pasillos de la fortaleza vámos…

Capítulo 17: Los Grakans.

La nación de Sonora era una nación pacifica que se dedicaba a la minería, la cual era su principal fuente de ingresos, con ella intercambiaba con otras naciones para abastecerse de todas las carencias que le propiciaba las desérticas tierras. Debido a las cercanías con Los Arenales había invertido gran capital en crear un ejército lo suficientemente fuerte para defenderlos de los bandidos que usualmente se refugian en la nación vecina, por lo que los visitantes son rápidamente detectados e interrogado por esta fuerza de elite llamados Specnax.

-Alice: (Después de 10 minutos de haber ingresado a la ciudad, se encuentra repentinamente rodeada) ¿y ahora que…?

-Specnax: (Un grupo de diez hombres, vestidos de Blanco fuertemente armados con espadas cortas, cuchillos y armas arrojadizas rodean a la visitante) ¿Conoce a alguien en esta ciudad?

-Alice: no… (Observa detenidamente a los hombres)

-Specnax: ¿Viene aquí por negocios?

-Alice: solo estoy de paso…

-Specnax: ¿Cuánto tiempo planea quedarse?

-Alice: (Las constantes preguntas comienzan a molestarla, sin embargo no quiere iniciar un conflicto en la ciudad) solo unas cuantas horas… o un par de días máximo.

-Specnax: El periodo hospitalario para un viajero es de 48 horas, disfrute de su estancia… (El grupo se forma y se prepara para irse) si después de 48 horas no ha dejado la ciudad o expone a detalle el motivo de su prolongada estancia… Nos veremos obligados a sacarla por la fuerza… "Que tenga un excelente día" (El grupo se aleja del lugar)

-Alice: Solo espero que Marie y Gera no se tarden demasiado…

Mientras tanto Marie…

-Marie: ¡MALDITA SEA! (Lanza fuego en todas direcciones) ¡NO PUDE DETENERLO! (Golpea el piso) ¡PORQUE, POR QUÉ! (Se detiene) porque… no pude hacer nada… no podemos perder a nadie más… ya tenemos a muchos heridos, de seguir así realmente seremos aniquilados… (Mira en dirección a la ciudad de Sonora) debo ir por Alice… (Echa un vistazo al horizonte) ya casi amanece (De su espalda brotan unas hermosas alas de fuego luego se aleja volando hasta llegar a la ciudad) Alice debería de estar en algún lugar de esa ciudad… (Desciende en medio de una calle) no los veo por ninguna parte… ¿Acaso no lo abran conseguido? no… ¡Que estoy diciendo!

ellos deben de estar aquí... (Se acerca a un aldeano) disculpe ¿Ha pasado por este lugar una chica rubia con una enorme capsula?

-Aldeano: creo haber escuchado que alguien con un ataúd estaba cerca del parque en el centro del pueblo, se encuentra a mano derecha a unas ocho cuadras de aquí.

-Marie: muchas gracias (Cuando se dirige al parque es repentinamente detenida por un grupo de diez hombres, vestidos de Blanco fuertemente armados con espadas cortas, cuchillos y armas arrojadizas) ¡Gck! (Después de lo ocurrido en la anterior batalla, Marie se encuentra sumamente alterada, por lo que esta repentina intercepción no fue tomada con serenidad)

-Specnax: ¡Alto no se...! (Al ser el sujeto más cercano le toca sentir primero la furia de Marie) ¡AAHH! (Un poderoso torrente de fuero lo reduce a cenizas)

-Capitan Specnax: ¡Toca la alarma! La detendremos hasta que lleguen los refuerzos...

-Specnax: si señor (Corre lo más rápido que puede al centro de la ciudad)

-Capitan Specnax: ¡Ataquen! (El equipo intenta el ataque a distancia contra Marie lanzándole proyectiles desde lejos)

-Marie: (Una fuerte cortina de fuego repele todos los proyectiles que le lanzan) ¿No han tenido suficiente? (Su cuerpo se envuelve en fuego) ¿¡Qué más quieren de mí!? (Se lanza hacia los Specnax restantes)

-Capitan Specnax: Dios mío... (Mira como la mujer cubierta en llamas se lanza hacia ellos)

La ciudad que se encontraba tranquila ahora se encuentra en caos, los ciudadanos corren alejándose del conflicto, mientras que cientos de Specnax corren hacia la batalla...

-Alice: (Observa el caos que se ha desatado en la ciudad) ¿Qué ocurre...? (Mira como grandes grupos de Specnax corren en una sola dirección) ¿Acaso la Oscuridad ha llegado a la ciudad...? (Observa el cielo) Si ese es el caso debería ir a ayudar cuando antes, pero... (Mira la capsula de Dark) no puedo dejar solo a Dark... y llevarlo a la batalla sería igual de malo... maldición... (En ese momento un gigantesco torrente de fuego se alza) ¿Eh? Esa es... (Sujeta la capsula y corre hacia el torrente de fuego)

A escasos 2 Km de distancia cientos de Specnax tocan la retirada...

-General Specnax: ¡Corran, Corran por su vida! (Contempla con horror la destrucción que su oponente ha hecho) esto es... demasiado para nosotros... incluso si luchamos todos juntos nos matara... (Mira los cuerpos calcinados de cientos de Specnax)

-Marie: ¡Devuélvanmelo! ¡Devuelvan a Gera! (Su fuego se propaga por la ciudad incendiando decenas de casas a su alrededor) ¿A dónde se lo llevaron? (Se acerca hacia los Specnax sobrevivientes)

-General Specnax: (El terror se apodera de su cuerpo con cada paso que da Marie hacia ellos) eres... ¡Un mounstro!

-Marie: ¿¡Mounstro!? ¿Quién es el mounstro aquí? Despúes de todo lo que han hecho ¡Tienes el cinismo de decirme mounstro! (Le lanza una pequeña bola de fuego que al tocarlo solamente lo incendia)

-General Specnax: ¡AAHH! (Rueda por el suelo intentando apagarse) ¡Maldita!

-Marie: espero que esas energías no se acaban tan rápido… porque pienso cocinarte a fuego lento…

-Alice: ¡Marie! (Su rostro se llena de alegría al verla sana y salva, sin embargo, al ver esa perturbadora escena su alegría se apaga) ¡Marie! ¿¡Qué haces!?

-Marie: (Como una dulce melodía la voz de Alice la tranquiliza) ¡Alice! ¿Estás bien? (Corre hacia Alice)

-Alice: Marie… ¿Que ocurrió aquí…?

-Marie: Un extraño grupo fuertemente armado intento emboscarme, al parecer Genesis también tiene agentes infiltrados en Ayita…

-Alice: (Mira a su alrededor encontrando cientos de cadáveres de Specnax calcinados) ¡Esos no eran agentes de Genesis!

-Marie: ¿Pero qué dices…? Si me rodearon en cuanto llegue a tierra.

-Alice: Si… pero… creo que eran agentes internos para proteger a la nación y mantener el orden…

-Marie: ¿Qué…? (Mira a todos los Specnax muertos) no puede ser… (Se derrumba sobre el suelo) Que he hecho… (Un fuerte sentimiento de culpa estremece su corazón) no… yo solo… todo ocurrió tan rápido que… no pensé con claridad…

-Alice: por ahora… creo que lo mejor será que detengas el incendio…

-Marie: … (Extiende sus manos hacia el fuego haciendo que se apague) No puede ser… (Al extinguirse el fuego se puede apreciar la magnitud de la destrucción generada por Marie) maldición… no… no no no no ¡NO! (Sujeta con desesperación su cabeza) ¡NOOO!

-Alice: Marie…

-Marie: (Envuelta en una profunda triztesa llora a viva voz)

-Alice: … (Sin decir nada contempla en silencio el sufrir de Marie)

-Marie: perdónenme… lo siento mucho… (Su llanto hace eco en las vacias calles)

-Alice: no podremos enmendar lo que ocurrió aquí… lo mejor será irnos cuanto antes… (Pone su mano en el hombro de Marie)

-Marie: (Por sus majillas corre un par de húmedas lagrimas) …

-Alice: vamos… (Se retiran en silencio en medio de la destrucción)

-Marie: (Con el alma devastada recorre las calles de la destrozada ciudad de Sonora)

Su caminata del silencio continúa hasta salir de la ciudad...

-Alice: ¿Hmm? (No encuentra a Gera por ningún lado) pensé que Gera nos esperaba fuera de la ciudad.

-Marie: (Su rostro oculta una gran pena) Gera... fue...

-Alice: (Al escuchar esas palabras se altera un poco) ¿¡Dónde está Gera!? ¿¡Le ocurrió algo!?

-Marie: el... fue capturado... (Un frio silencio cruza a su alrededor)

-Alice: ¿Estás bromeando verdad...?

-Marie: (Limpia sus lagrimas) sabes que con eso no se bromea...

-Alice: sabía que no debía irme...

-Marie: no fue tu culpa... la seguridad de Dark estaba primero además lo que ocurrió... fue algo con lo que no contábamos...

-Alice: ¿Qué sucedió?

-Marie: todo ocurrio tan rápido que no pudimos reaccionar...

-Alice: ¿Fue capturado por las criaturas que de la oscuridad?

-Marie: no..., cuando terminamos de pelear contra aquel mar de criaturas..., apareció un sujeto de Genesis... era realmente fuerte, nos tendió una trampa y se llevó a Gera...

-Alice: ¿Hacia donde se lo llevo?

-Marie: usaron una carta de teletransportacion por lo que su ubicación actual es... desconocida.

-Alice: cuando Dark este curado iremos a rescatarlo...

-Marie: Sin duda lo rescataremos... (Sujeta la capsula donde está Dark) tenemos que hacerlo.

Intentando recobrar la compostura deciden pasar la mañana a las afueras de la ciudad, fue una mañana fría y solitaria, los habitantes de la Sonora abandonaron sus hogares y salieron desesperados a buscar asilo en las naciones vecinas, quedando solamente ellas en la ciudad...

-Alice: ... (Mira al vacío por un momento dejando pasar las penas) Marie... ¿Sabes dónde queda el Everest?

-Marie: él era el único que sabía el camino hasta el templo en el Everest...

-¿?: ¿Hmm?

-Alice: no deberíamos estar muy lejos... estoy segura que si continuamos adelante podremos ver la montaña desde la distancia.

-Marie: quizás tengas razón, una vez que lleguemos a la montaña solo será cuestión de tiempo encontrar el templo...

-¿?: ¿Porque quieren ir al templo del Everest? (Un viajero que se cruza en su camino se detiene a cuestionarlas)

-Alice: necesitamos curar a un amigo que está muy mal.

-¿?: así que un amigo suyo está muy mal… (Aparece un chico con cabello corto, ropa de monje, de un metro con ochenta centímetros de alto, piel morena clara, cuerpo delgado, ojos cafés)

-Alice: ¿Sabes dónde está el templo?

-¿?: Tal vez lo sepa, tal vez no, todo depende de que estén dispuestas a dar a cambio (Una perversa sonrisa se dibuja en su rostro)

-Alice: ¿A qué te refieres…?

-¿?: Creo que sabes a lo que me refiero…

-Marie: creo que lo mejor será que continúes tu camino…

-¿?: ¡Es broma!

-Alice: solo nos estás haciendo perder el tiempo con tus mentiras…

-¿?: enserio si se dónde está el templo, era broma lo de querer algo a cambio.

-Alice: ¿Qué opinas Marie? ¿Nos arriesgamos a creerle?

-¿?: ¡Oye!

-Marie: no lo sé… (Su semblante aun parece triste) en este momento no tengo cabeza para pensar…

-¿?: hmm… al parecer no han tenido un buen dia eh.

-Marie: he tenido mejores…

-¿?: Mira, en verdad se donde queda la montaña, parece que tienen un verdadero motivo para ir…, respetare eso.

-Marie: gracias…

-Alice: ¿Cuál es tu nombre?

-¿?: me llamo Ivan ¿Y ustedes?

-Alice: mi nombre es Alice y ella es Marie.

-Ivan: un placer conocerlas, saben, cuando venía de camino pude ver mucho humo proveniente de la ciudad, ¿Saben algo al respecto?

-Marie: …

-Ivan: quizás deberíamos ir a echar un vistazo antes de ir a la montaña, parte de mi trabajo es informar cualquier cosa inusual a los monjes.

-Alice: tenemos un poco de prisa en llegar a la montaña, ¿Podrías venir luego?

-Ivan: si, supongo que puedo volver en otra ocasión.

-Marie: solo necesitamos llegar al Everest…

-Ivan: en ese caso, no perdamos tiempo.

-Marie: gracias…

-Ivan: síganme (Cuando la esperanza comenzaba a perderse, logran recuperar el camino hacia su destino)

Ahora con un nuevo guía, reanudan su viaje hacia las heladas tierras del Everest dejando atrás un desolado paisaje de destrucción en la ciudad de Sonora, Marie siguió su camino en silencio pensando en lo ocurrido…

-Alice: ¿Cuánto tiempo tienes viviendo por aquí?

-Ivan: desde que tengo memoria…

-Alice: ya veo, es lindo encontrar un lugar donde puedas pasar toda tu vida…

-Ivan: no… lo que pasa es que perdí la memoria hace unos pocos años después cuando desperté ahí me encontraba…

-Alice: oh… ¿Tienes amnesia?

-Ivan: eso parece, en estos momentos vivo con unos monjes cerca del Everest ellos son los encargados de cuidar que nadie suba.

-Alice: ¿No dejan subir a nadie?

-Ivan: así es, en la cima se encuentra un antiguo templo el cual solamente pueden visitar los monjes que han superado todas las pruebas impuestas por el Monje Kechu, demostrando que son dignos de ser entrenados por el Antiguo Maestro.

-Alice: nosotras tenemos que subir esa montaña…

-Ivan: ¿¡Qué dices!? de ninguna manera, no hay forma que el Monje Kechu les permita subir.

-Alice: eso no lo sabremos hasta que hablemos con él.

-Ivan: pueden intentarlo… pero no les aseguro nada.

-Alice: no importa (Un sutil viento frio recorre las áridas tierras) ¿Hmm? el clima está empezando a cambiar…

-Ivan: hmm… (Extiende sus manos) parece ser que los helados vientos del Everest alcanzan a llegar hasta aquí, a pesar de estar tan lejos.

-Alice: eso me recuerda que te pedimos ayuda sin preguntarte si estabas ocupado.

-Ivan: llámalo como quieres, suerte, destino, pero acababa de terminar de hacer una diligencia a la nación de Colima, es una nación pesquera al norte de Sonora, fui a entregar un pequeño mensaje.

-Alice: ¿Entonces venías de regreso? Eso me alivia…

-Ivan: si, bajé por la frontera Norte de Sonora y atravesé por toda la orilla del territorio, no quise acercarme a la ciudad porque esos Specnax son bastante molestos…

-Marie: …

-Ivan: hace poco mientras cruzaba, alcance a ver una enorme columna de humo en dirección de la ciudad, al parecer volvieron a ser atacados por los bandidos que se ocultan en Los Arenales…

-Alice: al parecer es algo muy frecuente.

-Ivan: anteriormente Sonora siempre era atacada por los bandidos, pero desde que invirtieron en su milicia y crearon a los Specnax, pudieron defenderse.

-Marie: …

-Ivan: actualmente pocas veces son atacados y su economía se ha levantado mucho en estos últimos años.

-Alice: (Mira a Marie que solo escucha en silencio) valla… que bien por ellos… oye y… ¿Falta mucho para llegar al Everest?

-Ivan: si, todavía falta mucho, aunque como puedes ver (Señala verdes pastizales que se aprecian a lo lejos) nos estamos acercando.

-Alice: ¡Pasto! (A la distancia puede verse como llega el fin de la tierra árida para dar paso a una tierra más fértil) ¿Por qué hay pasto aquí?

-Ivan: la nieve que se derrite del Everest baña el territorio de los Grakan y le da de beber a toda esta tierra…, este arrollo llega hasta el valle que se encuentra al lado de Sonora (El sol comienza a ocultarse) hmm… ¿Quieren acampar? Este sería un buen lugar para descansar (Se detiene)

-Marie: descansaremos cuando lleguemos al templo… (Continua)

-Ivan: ¡A la orden capitán! (Siguen a Marie) ¿Siempre es así de intensa?

-Alice: no, de echo ella es una chica muy amable, es solo que han pasado muchas cosas en muy poco tiempo…

-Ivan: ya veo, entiendo cómo se sienten.

-Alice: Una vez que Dark esté mejor, podremos relajarnos un poco… (Continúan su camino durante la noche)

3 horas antes de amanecer…

-Alice: Hmm... (A lo lejos se alcanza a ver una montaña tan alta que la cima es cubierta por las nubes) Ivan… ¿Ese es el Everest?

-Ivan: lo es… (Contemplan una montaña Gigantesca con una forma majestuosa rodeada por nubes y cubierta de nieve) continuemos…

-Alice: (Se emociona al ver la montaña y comienza a correr) ¡Vamos! Ya estamos cerca Marie.

-Marie: lo sé, pero no puedo correr mientras llevo la capsula de Dark… podría lastimarlo.

-Ivan: ¡Alice espera! vas muy rápido (No puede alcanzarla) esta chica es muy rápida… demasiado diría yo (Cada vez la distancia que los separa crece más) ¡Puta madre! No puedo alcanzarla.

-Alice: casi llegamos (Alcanza a ver una muralla que bloquea el camino y resguarda un frondoso bosque) ¿Hmm? (Mira una gran puerta de roca) al parecer se abre por dentro…

-Ivan: esa es… La puerta de la Tribu de los Grakan si los hacen enfadar estaremos muertos nadie pone un pie en su territorio sin su permiso

-Alice: tendré que saltar la muralla (Al llegar a la puerta a solo unos pocos metros salta cruzando al otro lado)

-Ivan: ¡AH! ¡Lo ha hecho! Mierda…, esto me da un mal presentimiento…

-Alice: (Gira para ver el mecanismo de la puerta) Hmm… ¿Cómo se abre esto? ¡Ah! (Logra esquivar por poco unas filosas garras) ¿Un Lobo? (Una bestia con un basto pelaje grandes garras afiladas y una enorme fuerza ataca a Alice con gran fiereza) ¿¡Pero que es esto!? (Esquiva uno de los garrazos después lo levanta de una patada en la mandíbula rompiéndole la quijada) tal vez… la muralla evite que estas cosas se escapen… (Observa a la bestia que se encuentra inconsciente sobre el suelo) No podemos entrar con Dark aquí… es bastante peligroso (Cuando se disponía a dar un paso salen ocho criaturas parecidas a la que acaba de derrotar solo que esta vez lucen más fuertes) ¿Aún hay más?

-Lobo: más de los que puedes imaginar… ¡Mátenla!

-Alice: ¿Puede hablar…? (Los garrazos que le lanzan son más difíciles de esquivar que los anteriores, uno de ellos alcanza a golpearla rasgando parte de su ropa y estrellándola contra la muralla) ¡AAHH! (Las bestias rodean a Alice) ah… ah… ah… son muy fuertes… (Observa con atención a las bestias) en ese caso… (Al ver el poder de sus oponentes Alice no duda en ir con todo, sus uñas se convierten en garras muy filosas, sus ojos empiezan a brillar de rojo como el fuego enfurecido de la lava de un volcán al igual que su cabello)

-Lobo: ¿Qué le pasa a esta mujer!? (Los lobos retroceden) No tengan miedo, ¡Ataquen!

-Alice: ¡Gkc! (Impacta con un rodillazo en la cara a uno de los lobos dejándolo fuera de combate)

-Lobos: es muy rápida (Los lobos corren en diferentes direcciones tratado de acorralar a Alice luego lanzan un ataque triple) eres nuestra

-Alice: (Desaparece justo enfrente de ellos)

-Lobos: ¿Dónde está? ¿A dónde se fue?

-Alice: (Sorpresivamente aparece detrás de uno de los lobos para clavar sus garras cuando su mano es detenida) ¿Hmm?

-¿?: ¿Quién te crees para estar ocasionando tanto alboroto? ya has noqueado a dos de mis sargentos... (Aparece un tipo alto de dos metros, musculoso con mucho pelo, piel morena y ojos negros)

-Alice: yo solo me dirijo al Everest, no quiero problemas.

-¿?: te cuelas silenciosamente en nuestro territorio, intentas abrir nuestra puerta y esperas hospitalidad de nuestra parte? Como yo lo veo... estas abriendo camino para que el resto de los tuyos nos invadan...

-Alice: ellos me atacaron primero

-¿?: solo defendían lo suyo de un intruso ¿Tú no harías lo mismo?

-Alice: ... (Mira al resto de los Grakan que la rodean) ¿No hay forma de arreglar esto sin usar... la violencia?

-¿?: la única opción es irte por donde viniste mocosa...

-Ivan: ¡Deténganse! Kiterno, tú también Alice

-Kiterno: ¿Ivan?

-Ivan: perdón por los desastres Capitan Kiterno...

-Kiterno: esta mujer se infiltro en nuestro territorio sin permiso, tenía que detenerla ¡Conoces la Ley!

-Ivan: lo siento fue culpa mía... no alcance a advertirles...

-Alice: yo solo quería llegar lo más rápido posible a la montaña, tal vez me precipite un poco al entrar sin permiso, pero créeme que no tenía ni idea...

-Kiterno: hmm...

-Alice: (Un fuerte remordimiento estalla en su corazón) estoy dispuesta a afrontar las consecuencias y a pagar por todo lo que he echo...

-Ivan: Kiterno disculpa por todas las molestias... sé que Alice entro sin permiso pero solo queremos llegar al Everest lo más pronto que se pueda.

-Kiterno: (Observa a Alice) esa mujer... me ha sorprendido es sumamente fuerte, yo veré como arreglo las cosas aquí... márchense rápido.

-Ivan: de verdad gracias (Se arrodilla)

-Kiterno: ya no hagas eso levántate, continúen con su camino

-Ivan: te lo agradezco mucho Kiterno, créeme que no se volverá a repetir.

-Kiterno: por el bien de todos... que así sea (Se aleja caminando hacia el fondo de los arboles) ningún Grakan los atacara, tienen mi palabra...

-Ivan: apresurémonos es mejor cruzar antes de que otra cosa ocurra (Cruzan rápidamente por un camino que atraviesa el territorio de los Grakan)

-Alice: ah… (Un suspiro de alivio se escapa de su boca) lamento todas las molestias que te he causado Ivan.

-Marie: ah… (Suspira)

-Ivan: afortunadamente no paso a mayores…

-Alice: esos Grakan… son bastante fuertes…

-Ivan: sí que lo son…, es por ellos que el templo nunca ha sido invadido antes.

-Marie: (El camino esta rodeado por arboles que ocultan toda la cultura de los Grakan) No hay ninguna construcción cerca del camino.

-Alice: es como si este camino estuviera aislado del resto del territorio.

-Ivan: los Grakan son criaturas muy misteriosas…, a pesar de mantener una relación amistosa con los monjes del templo, les gusta mantener cierta privacidad en todo lo que a su cultura se refiere.

-Alice: valla… ¿Desde cuándo conoces a los Grakan?

-Ivan: desde hace mucho tiempo…, los monjes siempre me han usado para llevar mensajes de un lado a otro o cosas como esas, así que tengo que pasar por aquí muy seguido.

-Alice: ya veo…, entonces los monjes han convivido mucho tiempo con los Grakan.

-Ivan: algo así…, he oído que los Grakan tienen miles de años asentados en estas tierras, creo que los primeros monjes se asentaron aquí para usarlos como protección ya que solamente cruzando por aquí se llega al Everest.

-Marie: una estrategia bien planeada…

-Ivan: miren, desde aquí podemos ver el templo (Otra muralla de piedra delimita el territorio de los Grakan) pronto saldremos de su territorio.

-Alice: ¿Ese es tu templo? (A lo lejos se ve un templo estilo oriental que se encuentra en las faldas del Everest) se ve imponente…

-Ivan: es genial ¿No? a veces no puedo creer que viva ahí, además los monjes son buenas personas, hay que darnos prisa.

-Alice: ¡Sí!

Mientras tanto en lo profundo del territorio de los Grakan…

-Kiterno: disculpe su majestad… todo fue un malentendido…

-¿?: pero ese malentendido nos envió dos hombres al centro de curaciones… (Desde la oscuridad resaltan unos ojos salvajes con una pupila alargada como la de los felinos)

-Kiterno: disculpe mi torpeza, si es necesario estoy dispuesto a recibir mi castigo, como capitán de esa área era mi responsabilidad…

-¿?: por un momento creí haber sentido una presencia, aunque era demasiado débil para llamar mi atención…

-Kiterno: no es nada de qué preocuparse su majestad.

-¿?: ¿Estás seguro?

-Kiterno: Usted sabe muy bien que de haberme encontrado en problemas habría llamado rápidamente al General Martyn.

-¿?: Hmm… (Mira detenidamente a Kiterno)

-Kiterno: … (Su mera mirada basta para intimidarlo)

-Mensajero: con su permiso majestad Lindzay…, traigo un mensaje para usted.

-Lindzay: (De entre las sombras se aprecia la silueta de una mujer sentada en un gran trono de piedra) ¿Qué es lo que me traes mensajero?

-Mensajero: información su majestad, información...

-Lindzay: excelente… (Sonríe) ¡Martyn!

-Martyn: Su majestad. (Ingresa rápidamente a la cámara y se arrodilla)

-Lindzay: llama Kalua y dile que traiga a La Silenciosa… tendré una audiencia con ellas.

-Martyn: ¡Enseguida!

Capítulo 18: Everest.

Después de cruzar finalmente el territorio de los Grakan llegan a un gran templo en al pie del Everest, sus enormes murallas cubren toda la falda de la montaña para que nadie sea capaz de entrar sin que ellos se den cuenta, los monjes que habitan en el se encargan de proteger el Everest y el templo aun con sus propias vidas…

-Ivan: ¡Ya volví!

-Monje: (Llega un monje pelón, piel morena usando unas túnicas amarillo oscuro, ojos cafés) Ivan ya sabes que a esta hora meditamos, no tienes que llegar haciendo ruido…

-Ivan: mis disculpas (Sonríe)

-Monje: veo que traes visitas… ¿Puedo preguntar a que han venido?

-Ivan: los voy a ayudar a llegar a un lugar…

-Marie: disculpe las molestias…

-Monje: no te preocupes hija, Ivan, el Monje Kechu te está esperando.

-Ivan: está bien voy en camino, Alice podrían esperarme un poco en este gran salón (Los guía hasta a través del templo)

-Alice: sí, solo no tardes demasiado…

-Ivan: ahora vuelvo (Se va con el monje caminando)

-Marie: bien… solo falta subir la gran montaña… aunque creo que no será fácil, deberíamos descansar esta noche para mañana levantarnos con fuerzas, este viaje ha sido muy duro… (Pone la capsula de Dark en el piso luego se sienta a su lado)

-Alice: Marie…

-Marie: ¿Sí?

-Alice: ¿Crees que el maestro que menciono Gera pueda curar a Dark?

-Marie: espero que si… es la única opción que tenemos.

-Alice: solo falta un poco mas…

-Marie: si…

-Alice: Marie… ¿Ya te sientes mejor? Si necesitas hablar al respecto aquí estoy.

-Marie: estoy bien, es solo que… no sé qué me paso… todo ocurrió tan rápido que no analicé la situación y me dejé llevar por mis emociones… (Un par de lagrimas se deslizan por sus mejillas) me convertí en lo que había jurado destruir…

-Alice: (El ver a Marie tan deprimida le parte el corazón) no ha sido un viaje fácil eh…, el mundo en el que vivimos no es gentil con nadie, es un mundo el cual te aplastara si le das la oportunidad, y no importa cuánto llores, no importa cuánto supliques… nunca mostrara piedad… (Se sienta frente a ella) lo que ocurrió en Sonora no fue más que el caer del peso de tus hombros… has peleado mucho Marie… por mucho tiempo… no justifico las vidas que arrebataste ni tampoco digo que el lamentarse las traerá de vuelta eso es cosa del creador… nadie dijo que el camino del héroe sería fácil… tampoco estamos exentos de equivocarnos, al final no importa cuántas veces caigas si no cuantas veces te levantes.

-Marie: ah… (Seca sus lágrimas)

-Alice: animo, tienes que ser fuerte.

-Marie: tienes razón… si me quedo aquí lamentándome su sacrificio será en vano…

-Alice: (Un cálido abrazo fraternal reconforta hasta al más triste corazón y fortalece todo vínculo) has salvado muchas vidas Marie como las estrellas en el cielo, la mía es una de ellas.

-Marie: (Finalmente su alma siente un poco de paz, poniendo fin a su penuria) nunca pensé recibir un sermón de ti (Una calida sonrisa se dibuja en su rostro)

-Alice: y tampoco sera el ultimo (La felicidad es contagiosa, llévala a todo el mundo)

En uno de los cuartos del templo dos monjes intercambiaban información...

-Kechu: le entregaste el informe que medió el Antiguo Maestro.

-Ivan: si mi señor, se lo entregue tal como dijo, aunque debo decirle que no fue nada fácil de encontrar, si no fuera porque me dijo como era físicamente no lo hubiera encontrado nunca.

-Kechu: el tiene una extraña habilidad para hacer que la gente no lo recuerde, es uno de los muchos poderes que tiene.

-Ivan: eso note... mucha gente lo conoce, pero cuando les preguntaba donde estaba no podían ubicarlo, nadie conoce la forma física de "Push" ni siquiera yo la recuerdo, estoy seguro que hable con él, pero la verdad su imagen desapareció de mi mente...

-Kechu: (Lo golpea en la cabeza) Señor "Push" para ti

-Ivan: ¡Auch! el señor "Push" me dio un reporte para llevárselo al Antiguo Maestro.

-Kechu: ¿Qué dice ese reporte?

-Ivan: deje abrirlo, no lo he abierto aun porque sabía que si lo hacía me castigaría (Abre el pergamino) dice "Hola viejo amigo... sé que te escribí hace poco tiempo, pero ha surgido una emergencia..., con una inmensa tristeza me duele decirte que... "La Oscuridad" ha llegado a Ayita, sé que siempre supimos que este día llegaría, sin embargo, ingenuamente creí que estaríamos listos para ello, después de insistir por años y finalmente convencer a muchas naciones que invirtieran en sus ejércitos para protección de sus ciudades parece ser que no ha sido suficiente..., miles de criaturas oscurecieron el cielo como nubes de tormenta y destruyeron todo a su paso, siendo Yucatan y Zacatecas completamente aniquiladas sin ningún sobreviviente hasta el dia de hoy... me alegraría decir que el resto de las naciones corrió con mejor suerte pero también estuvieron a punto de sufrir una completa aniquilación... Jalisco, Merida, Piedras Negras, y Norat ahora son ciudades fantasmas.., también escuche que en la nación de Ikutsu solamente sobrevivieron 100 personas que se refugiaron en un hospital...; Después de ver esto el resto de las naciones ha entrado en pánico e intenta protegerse lo mejor que pueden aunque siendo sincero no creo que sea suficiente..., solamente los Grakan serian capaces de detener esta calamidad..."

-Kechu: (Cada palabra que Ivan lee, es una tortura para sus oídos) ¡Espera!

-Ivan: (Sus manos tiemblan mientras sujeta la carta) Maestro...

-Kechu: creador ten piedad... pero que acaba de ocurrir... (Desconcertado sujeta su cabeza sin saber que hacer) esto es demasiado... todo fue tan repentino...

-Ivan: (El temor se apodera de su cuerpo) esa oscuridad de la que habla... ¡Arrasará con todo el continente! ¡Nunca hemos luchado contra algo así! ¿¡Como la detendremos!?

-Kechu: ¡Calma! Es demasiado pronto para entrar en pánico... como dice la carta los Grakan son los únicos que pueden detenerlos... pero dudo que Lindzay sacrifique a uno de los suyos por alguien que no pertenezca a su raza (Se levanta de su silla y camina por la habitación hacia la ventana desde donde puede contemplar el territorio de los Grakan) aunque quizás el antiguo maestro logre convencerla... ¿Qué más dice la carta?

-Ivan: … "Aunque ambos sabemos que Lindzay nunca sacrificaría a uno de los suyos por alguien que no sea de su propia raza…" (Voltea a ver a Kechu) valiendo madre…

-Kechu: sigue leyendo…

-Ivan: "Por lo que te pido estés alerta…, si esto no se detiene tendremos que detener esta calamidad nosotros mismos aunque nos cueste la vida…, si ganamos suficiente tiempo podríamos pedir ayuda a La Sombra Del Viento en Euriath quizás ellos apelen a nuestra causa… escuche que tu mejor alumno se había unido recientemente a su organización, espero puedas contactar con él para ver si podemos llegar a un acuerdo y frenar el paso de La Oscuridad…, después de darle esta carta a tu mensajero iré a Los Arenales, ya que escuche que por alguna extraña razón La Oscuridad se dirige a ese lugar; Una vez que tenga información al respecto te contactare de inmediato… ¡Saludos! Y mantente alerta viejo amigo" firma "Push"

-Kechu: La Sombra del Viento… ¿Aceptara una organización extranjera ayudarnos?

-Ivan: Si el joven maestro Gera está con ellos, podría lograr convencerlos.

-Kechu: tienes razón… a pesar de la oscuridad que nos rodea aún podemos ver un rayo de esperanza… (Regresa a su escritorio) de cualquier modo debemos llevar esta carta cuanto antes con el Antiguo Maestro.

-Ivan: ¡Si! (Recuerda a Alice y Marie) eso me recuerda que hay un par de chicas que quieren tener una audiencia con el Antiguo Maestro.

-Kechu: ¿Las jóvenes que vinieron contigo? ¿Qué quieren con el Antiguo Maestro? recuerda que el ir a verlo no es para jugar Ivan, creo que lo debes de saber muy bien…

-Ivan: lo sé…, pero tienen a un amigo muy enfermo creo que lo llevan con él para que lo sane.

-Kechu: ¡Tonterías! ¡Quiero hablar con las jóvenes! diles que vengan…

-Ivan: pero maestro…

-Kechu: no te preocupes no les gritare solo les diré como son las cosas, vamos haz lo que te digo tráelas.

-Ivan: si señor… (Sale del cuarto) espero que no les diga alguna tontería (Llega a donde esta Alice junto a Marie) oye… Alice, Marie el maestro quiere hablar con ustedes

-Alice: ¿Ahora?

-Marie: (Se levanta) bien…, vamos Alice.

-Alice: está bien (Se levanta lentamente)

-Ivan: Alice si quieres puedes esperar aquí.

-Alice: no… yo también iré…

-Ivan: síganme, no se preocupen por su amigo no le pasara nada aquí.

-Alice: gracias (Mientras recorren el templo pueden contemplar a decenas de monjes realizando diversas tareas como limpiar, practicar artes marciales, meditación, rezar, leer, entre otras actividades)

-Ivan: (Caminan a lo largo del templo, hasta que llegan a la habitación) es aquí (Abre la puerta) son ellas…

-Kechu: adelante pasen.

-Marie: (Entran en el cuarto) Gracias por recibirnos.

-Kechu: si, Ivan cierra la puerta y quédate afuera quiero hablar con ellas a solas…

-Ivan: si señor… (Sale del cuarto luego cierra la puerta) espero que no sea muy duro con ellas.

-Kechu: soy el monje Kechu Tirad (Mira la ropa rasgada de Alice) ¿Qué le ocurrió a tu ropa? Parece que fue rasgada con un objeto filoso… ¿Fueron asaltadas?

-Alice: no…, lo que pasa es que hace unas cuantas horas me vi envuelta en una pelea con los Grakan…

- Kechu: (Pelear contra los Grakan es todo un desafío se impresiona al verla en una pieza) ¿Has luchado contra los Grakan? Son unas criaturas muy fuertes y no atacan sin razón…

-Alice: lo sé… fue solo que entré en su territorio sin su permiso y fui atacada…

- Kechu: nadie entra en su territorio sin su permiso…, me asombra que aun te encuentres en una pieza.

-Alice: fue Kiterno quien nos dejo ir…

- Kechu: entiendo…

-Alice: si no fuera por Ivan… las cosas habrían terminado diferente.

- Kechu: ya veo…, también me ha mencionado que traen a un joven al cual esperan que el Antiguo Maestro cure…, por lo que llego a la conclusión que todos los estragos causados a los Grakan fueron por llegar aquí lo más pronto posible.

-Marie: curarlo es vital para poder continuar con nuestro camino, aunque no justifique el incidente anteriormente mencionado queremos sanarlo a toda costa.

- Kechu: el Antiguo Maestro no tiene tiempo que perder sanando heridas sin importancia… es por esa razón que hay hospitales, además si su amigo no pudo ser sanado en un hospital seguramente fue porque él tiene una herida mortal.

-Marie: el problema no son sus heridas… el problema es que no sanan. (Dice seriamente) a pesar de estar tan mal herido sus heridas deberían de haber mejorado aunque sea un poco…

- Kechu: ¿No sanan? ¿A qué te refieres? ¿Cómo fue que le ocurrió eso?

-Alice: hace días nuestra organización se encontraba en lo profundo de "Shiria" en una misión de reconocimiento cuando… de repente las cosas se salieron de control…

- Kechu: (Inconciente mente asota con sus manos la mesa) ¿¡Shiria!?

-Marie: así es, nos vimos obligados a luchar en el viejo volcán de Thurken, desafortunadamente nuestros esfuerzos no fueron suficientes, fuimos derrotados brutalmente... algunos de nuestros Generales aún siguen en el hospital y otros dos fueron secuestrados...

- Kechu: (No puede evitar sorprenderse al escuchar sus palabras) no me digan que ustedes...

-Marie: si..., somos lo que queda de La Sombra Del Viento...

- Kechu: (Se recarga en su silla) nunca pensé que las personas que esperaban ahí afuera fuesen miembros de La Sombra Del Viento... (Exala un gran suspiro) ah... ¿Solamente quedan ustedes tres?

-Marie: Si...

-Kechu: entonces todo está perdido... (Mira hacia la ventana)

-Alice: ¿Ocurre algo?

- Kechu: hace poco recibimos información sobre una invasión a gran escala al continente... devastaron siete naciones a su paso... y se están concentrado en Los Arenales... si esta información fue escrita aproximadamente hace tres días... quizás la destrucción se haya propagado aún más...

-Alice: ¿Hace tres días en Los Arenales? (Voltea a ver a Marie)

-Marie: hace tres días aproximadamente fue cuando hicimos contacto con ellos en Los Arenales...

- Kechu: ¿¡Que!?

-Marie: Después de habernos derrotado... quisieron terminar el trabajo lo antes posible... con Dark en ese estado... estamos vulnerables.

- Kechu: ¡Me estás diciendo que ya fueron alcanzadas por esas miles de criaturas!?

-Marie: ya no tiene que preocuparse más por ellos... eliminamos a todos en Los Arenales...

-Kechu: (Cientos de preguntas transitan por su mente) ¡No lo puedo creer! ¿Las vencieron solo ustedes 3?

-Alice: no..., había otro miembro más con nosotros cuando las criaturas nos atacaron, pero al final fue capturado por una trampa del enemigo...

-Kechu: sigo sin poder comprender como cuatro individuos fueron capaces de vencer a una horda de criaturas capaz de destruir una nación... o mejor dicho, un continente entero...

-Marie: la horda era en efecto bastante numerosa, sin embargo carecían de poder, de haber venido acompañada por los generales de Genesis... bueno..., no estaríamos aquí...

-Kechu: es cierto, que Ayita se mal acostumbro a la paz que nos brindaba El Estrecho De Magayan, sin embargo, jamás pensamos que nuestras defensas se encontraran tan penosamente débiles...

-Marie: es una pena lo sucedido en Ayita… de haber estado más fortificados esa horda solo habría alcanzado a destruir 3 naciones en vez de 7…, en Euriath las naciones están lo suficientemente fortificadas como para soportar un asedio de 28 horas aun con esa cantidad de criaturas, tiempo necesario para que llegue la ayuda de las naciones vecinas o nuestra organización.

-Kechu: Les agradezco enormemente lo que hicieron en los Arenales (Se levanta de su silla y se arrodilla) ¡Muchas gracias!

-Alice: ¡No es necesario que haga eso! ¡Levántese, por favor!

-Kechu: Ayita estará eternamente en deuda con La Sombra Del Viento…

-Marie: solo esperamos que nos pueda llevar con su maestro para que sane a nuestro líder…

-Kechu: El suspiro de la muerte…, Dark, ahora que conozco sus motivos las llevare tan rápido como me sea posible…, subiremos mañana en la noche así que descansen toda la noche y el día de mañana, necesitaran todas sus fuerzas para subir este gran coloso.

-Alice: se lo agradezco mucho…

-Marie: nos iremos a dormir. (Caminan hacia la puerta, sintiendo como un gran peso ha caído de sus hombros)

- Kechu: adelante, disculpen por precipitarme al principio…

-Marie: (Al abrir la puerta mira a Ivan afuera)

-Ivan: yo les muestro su cuarto (Les dice sonriendo)

- Kechu: cierren la puerta al salir.

-Ivan: está bien (Salen luego cierra la puerta) oye Alice… ¿Qué tal estuvo? no alcance a oír bien por lo ancho de la puerta

-Alice: al inicio fue muy interrogante, pero cuando le dijimos que pertenecíamos a La Sombra Del Viento se sorprendió mucho.

-Ivan: ¡Espera! ¿Eres un miembro de la sombra del viento? ¿Por qué no me lo dijeron?

-Alice: también soy un vampiro…

-Ivan: ¿¡QUE!? (Al escuchar eso de forma tan repentina, no puede evitar sorprenderse) ¡Un vampiro!

-Alice: (Al ver la expresión en su rostro se entristece un poco) si… soy un vampiro…

-Ivan: oh… lo siento…, es que… he escuchado que los vampiros son malos y aterradores.

-Alice: descuida no pasa nada, es solo que… no me termino de acostumbrar a la cara que pone la gente al enterarse…

-Ivan: lo siento, no pretendí hacerte sentir mal.

-Alice: tranquilo… ya paso.

-Ivan: aquí es (Se detiene frente a una elegante puerta de madera) descansen todo lo que puedan ya traje a su amigo aquí, hay dos camas así que pónganse cómodas.

-Alice:(Entra en el cuarto luego se sientan en la cama) ya puedes irte.

-Ivan: Si claro (Cierra la puerta luego se retira).

-Marie: ¿Te afligió la expresión que puso?

-Alice: no pasa nada… algún día me terminare acostumbrando (Se comienza a quitar las botas) ustedes son los únicos que me han visto diferente (Mira hacia donde está Dark) me alegra tanto que Dark me haya invitado a su organización…

-Marie: Es muy fácil juzgar a un libro por su portada… está en la naturaleza humana, no le tomes mucha importancia, solo se tu misma… y no te preocupes por lo que piensen los demás…

-Alice: Gracias Marie… se que no será nada fácil, pero tengo que intentarlo… (Se recuesta en la cama descansando su delicado cuerpo) hmm… (La comodidad de la cama la envuelve cálidamente relajando todo su cuerpo)

-Marie: una vez que te conozcan… a nadie le importará que seas un vampiro…

-Alice: (Sonríe) tal vez… (Cierra los ojos)

Mientras tanto en un despacho cercano…

- Kechu: La Sombre Del Viento… son más fuertes de lo que esperaba… (Camina hacia la ventana de su oficina) el solo imaginarme que estábamos al borde de la aniquilación me hizo sentir el verdadero terror…, no puedo ni imaginarme como es que lidia la gente de Euriath con esto todos los días… (Se apoya en la ventana contemplando el helado paisaje) debimos de haberlos ayudado antes…, somos unos egoístas al pedirles ayuda, llevarlos con el antiguo maestro, es lo menos que podemos hacer…

Debido al cansancio extremo sin darse cuenta Marie y Alice durmieron el día completo hasta que llegó el momento de subir el monte Everest.

- Kechu: ¿Están listos para partir?

-Ivan: ¡Listo!

-Marie: lo estamos.

- Kechu: bien… entonces en marcha…

Sin tiempo que perder el pequeño grupo inicia su ascenso al Everest, saben que tienen que aprovechar cada minuto de la noche para avanzar lo más posible ya que durante el día la montaña es azotada por poderosas tormentas de nieve que impiden seguir con el ascenso…

En una tierra lejana…

-Demetrio: ¿Alguna novedad con el hombre de las nieves? (Se encuentra sentado plácidamente en un trono echo de huesos humanos en lo profundo de su fortaleza)

-Hitomi: es más resistente de lo que parece… soporto la golpiza de los carceleros.

-Demetrio: era de esperarse… es de esas cucarachas difíciles de eliminar (Sonríe) pero viéndolo de otro punto de vista eso es bueno ¿No? Los carceleros han estado muy estresados últimamente, ya casi no tomamos prisioneros.

-Hitomi: el señor Huracán saco de la prisión a la mayoría de los criminales y los usa como esclavos.

-Demetrio: debo admitir que me gusta su forma de pensar.

-Hitomi: ¿Pero no es mejor tener a los prisioneros bajo vigilancia?

-Demetrio: Hitomi… Hitomi… aun eres muy ingenua… si esos prisioneros no construyen el castillo de Huracán ¿Quién lo hará? Obviamente no va a construirse solo.

-Hitomi: tiene razón mi señor…

-Demetrio: (Se levanta del trono) ¿Algún avance con el plan?

-Hitomi: todo va según lo previsto mi señor.

-Demetrio: Excelente, espero mucho de esta misión, independientemente si se cumple el objetivo o no, salimos ganando.

-Hitomi: ¿Usted cree?

-Demetrio: por su puesto, esto es ganar ganar Hitomi, yo no hago planes que no me brindaran ningún beneficio recuerda eso, ahora ven.

-Hitomi: (Camina hacia el) ¿Si…?

-Demetrio: (Como si fuese serpiente la envuelve con sus brazos) sabes… ya casi es el cambio de turno en la prisión… envía un aviso a los guardias del cambio de turno, diles que no olviden darle un cordial saludo a nuestro nuevo prisionero… ya que tal vez se sienta muy solo en su celda.

-Hitomi: Como desee…

De vuelta en el Everest…

La noche avanza sin detenerse y el grupo continua su camino a través de las congeladas tierras, el crujir de los pasos sobre la nieve se pierde con el sutil viento helado que corre por la montaña…

-Ivan: esta noche es una muy fría… pocas noches como esta señor…

- Kechu: lo sé, al parecer el clima esta en nuestra contra, pero aun así debemos llegar a la cima…

-Ivan: si (Camina hacia Alice) ¿Todo bien?

-Alice: Si, ¿Falta mucho?

-Ivan: estamos casi a medio camino.

-Alice: hay que ir más rápido…

- Kechu: un poco de cardio nos hará bien (Comienza a correr) a esta velocidad subiremos lo que falta en seis horas.

-Ivan: podríamos correr más rápido, esto no es nada comparado con el entrenamiento matutino maestro.

- Kechu: esta velocidad es la mas adecuada, si corremos más rápido podría pasarle algo a él (Voltea a ver a Dark el cual es llevado por Marie)

-Ivan: ¡Cierto! Lo había olvidado (A lo lejos oculto entre la nieva logra observarse una pequeña casa) Maestro ya alcanzo a ver la cabaña que está a la mitad del Everest, logramos subir con muy buen tiempo, falta una hora para que amanezca.

- Kechu: lo mejor será detenernos y continuar cuando vuelva a anochecer.

-Alice: está bien.

-Ivan: dentro hay leña y todo lo necesario para mantenernos calientes, así que no se preocupen.

-Marie: bien, necesito descansar un poco

- Kechu: (Insertando una vieja llave, logra abrir la congelada cerradura) ya está… pueden pasar

-Alice: (Mira alrededor en busca de agua o nieve) todo está seco, creo que no se filtra el agua.

-Kechu: (Prende una vela) ahora se puede ver un poco más, esperen un momento iré a encender la chimenea… (Camina al fondo de la cabaña)

-Ivan: podríamos aprovechar para comer algo deben tener hambre (Les entrega un trozo de pan)

-Alice: (Contempla el trozo de pan) esta suave (Lo luego lo muerde) hmm…

-Ivan: ¿Qué tal esta?

-Alice: ¡Está muy bueno!

-Ivan: ¡Verdad que sí! Esto no lo encuentras en ningún lado, es el pan legendario de los monjes es el más delicioso del mundo, tal vez algún día te muestre como hacemos pan, podrías contrabandearlo entre las naciones e iniciar un negocio de panadería.

-Alice: (Sonríe) podría funcionar.

-Ivan: ¿Verdad que sí?

- Kechu: deja de lucrar con el pan de los monjes…

-Ivan: hmm… podríamos ser mafiosos de pan… vender pan clandestinamente…

- Kechu: ¡Ivan!

-Ivan: está bien ya me callo…

-Alice: me recuerdas a alguien (Camina tranquilamente hacia Dark y Marie haciendo rechinar las viejas tablas de la cabaña con cada paso)

-Ivan: ¿Enserio?

-Alice: si…, a un buen amigo que ya no se encuentra entre nosotros… (Se sienta al lado de Marie)

- Kechu: deberían descansar para que puedan seguir mañana

-Marie: no es mala idea…

-Ivan: pero que pasara con el negocio de los panes.

-Kechu: Ivan cállate… (Se sienta en una silla)

-Alice: (Cierra los ojos) que tiempos tan nostálgicos…

En ese momento en una prisión muy lejana, una cadena resuena por los pasillos…

-Guardia: (El cansancio se apodera de su cuerpo) ah… ah… esto sí que ha sido relajante ¡GRAH! (Golpea violentamente con una cadena a unos de los prisioneros)

-Gera: ¡AAAHHHH! (Su cuerpo se encuentra cubierto de heridas y moretones)

-Guardia: (lo Golpea en la cara) ¡Cállate!

-Gera: ah… ah… ah… (Observa todo el lugar, pensando "Es una prisión echa en sí de piedra, luce realmente resistente, se encuentra sucia y putrefacta" mira los cuartos para los prisioneros "algunos prisioneros están literalmente pudriéndose en su propia celda")

-Guardia: ¡Oye Rolen! ¿Quieres golpearlo otra vez?

-Rolen: ya lo golpeé hasta el cansancio, mejor dejemos algo para mañana.

-Guardia: si tienes razón… mañana continuamos… (Agarra un fuerte impulso y le pega un último cadenazo en la espalda)

-Gera: ¡AAHHH! (Mira una puerta gigantesca de acero con un grosor de cuatro metros, cerrada con 24 pasadores de diamante en vuelta con cadenas de titanio de dos metros de espesor además con cuatro sellos en la izquierda, derecha, arriba y abajo) ah… ah… ah…

-Guardia: música para mis oídos… (Se aleja de la celda)

-Gera: ¿Qué habrá detrás de esa puerta? (Intenta hacer un poco de hielo, pero no aparece nada) lo sabia las celdas… y las esposas que traigo puestas tienen un supresor para toda clase de habilidades… será una larga espera…

Capitulo 19: El templo congelado de Somhank "Batalla en la Oscuridad de la noche"

Después de que el sol se ocultara en el horizonte y las tormentas de nieve cesaran el grupo se prepara para continuar con su travesía.

-Kechu: es hora de continuar las tormentas ya han parado.

-Alice: vamos.

-Ivan: ya hice los preparativos necesarios, traigo una mochila llena de provisiones para el camino.

-Marie: (Sujeta la capsula donde Dark es llevado) listo.

-Kechu: (Una vez que todo está listo continúan hacia la cima del Everest) ya estamos a medio camino lo demás será fácil, sigan mi paso y nos evitaremos problemas

-Ivan: ¡Si señor!

-Alice: ya estamos cerca… (Mira con emoción la capsula que lleva a Dark) pronto llegaremos con el hombre que puede salvarte la vida…

-Marie: solo un poco más…

-Alice: ¿Cómo es el templo?

-Kechu: es un templo gigante hecho de piedra con hielo adherido a ella, además tiene unos enormes pilares los cuales sostienen al templo, su acabado antiguo le da un toque muy imponente.

-Alice: ¿Puedo preguntar… que tan antiguo es el "Antiguo" maestro?

-Kechu: una vez le pregunte lo mismo a mi Maestro y me dijo… que seis generaciones han pasado desde que se construyó el templo en las faldas del Everest y el antiguo maestro se ha mantenido igual desde la primera generación…

-Alice: tal vez es inmortal o usa alguna técnica para retrasar el envejecimiento.

-Kechu: el único que sabía la verdad fue el primer Maestro que protegió las faldas del Everest, sin embargo, murió sin revelar el secreto bajo la inmortalidad del Antiguo Maestro.

-Alice: veo que hay personas increíbles alrededor del mundo…

-Kechu: se dice que en la antigüedad cerca de los años ceros cuando la puerta estaba abierta, nacieron cientos de personas con poderes increíbles con los que desafiaron a los autoproclamados… y aun así la leyenda solo menciona un nombre…

-Alice: Thanatos…

-Kechu: después de la llegada de la paz cuando la puerta se cerró, muchos de ellos murieron con el tiempo, sin embargo, cuando la oscuridad se apodero de Shiria y la puerta volvió a abrirse, dio paso a la nueva generación de "Antiguos"

-Kechu: el Antiguo Maestro, Lindzay, Push, son solo algunos de los antiguos guerreros cuyo poder está más allá de nuestra comprensión…

-Marie: existen muchos poderes en este mundo sin embargo muchos ven como La Oscuridad se está tragando todo a su paso ¡Y no hacen nada!

-Kechu: puede que tengas razón Marie quizás se acostumbraron demasiado a la paz que los rodea y no prestaron atención a lo que ocurría fuera del continente, hicieron de Ayita su mundo y no le tomaron importancia a todo aquello que estuviera fuera de el.

-Marie: esa es una idea estúpida… (La actitud tan pasiva que toman los Antiguos la molesta) son pocos los que se oponen al paso de La Oscuridad… y he ahora las consecuencias…

-Alice: 7 naciones brutalmente masacradas…

-Kechu: fuimos demasiado ingenuos…

-Alice: bueno… ahora saben que han vivido en una farsa… tendrán que defenderse con sus propias manos…

-Kechu: el impacto que tendrá la caída de La Sombra Del Viento sobre el resto de las organizaciones será mayor al esperado…

-Alice: Si La Oscuridad vuelve nuevamente a Ayita… no habrá nada que frene su paso…

-Ivan: nuestro templo es protegido por los Grakan debido a que se tiene que cruzar por ahí para llegar.

-Kechu: aun así… pueden rodear por el mar… (En ese momento se da cuenta que no están protegidos por completo)

-Alice: sin nadie frenando su paso… tarde o temprano llegarán…

-Kechu: al terminar todo esto, me pondré en contacto con nuestros aliados para comunicarles la situación… Ivan tendrás mucho trabajo este mes, les enviare un mensaje a todos nuestros aliados…

-Ivan: ¿¡A todos!? Me tomara años…

-Marie: ya es demasiado tarde…

-Kechu: ¿A qué te refieres con eso?

-Marie: En su intento por conseguir aún más poder… La Oscuridad ha traído una reliquia del pasado a la vida… con un poder tan grande que se ha salido de control…, no hay poder en la tierra que pueda detenerlo…

-Kechu: (Se detiene) ¿Estás diciendo que…?

-Marie: si…, han revivido a un autoproclamado…

-Kechu: oh por dios… (El miedo se apodera de él y cae sentado en la nieve) ¡Por dios!

-Ivan: ¿Qué ocurre…? (Nunca había visto al monje Kechu actuar así) ¿Qué es un autoproclamado?

-Kechu: son los enemigos de la humanidad… seres mitológicos de los que hablan las leyendas… "Los Infinitys" creí que eran solo un mito, ¡Incluso pensé que la leyenda misma de Thanatos podía ser un cuento inventado!

-Marie: bueno… pues es real… tan real que nos aplasto con la palma de su mano sin esforzarse… y por si fuera poco está ahí afuera, planeando como regresar al resto de los suyos a la vida…

-Kechu: estamos perdidos… no hay forma de vencer algo así…

-Marie: en eso está equivocado.

-Kechu: ¿Qué?

-Marie: hay una manera de vencerlos… y fue Dark quien los puso a prueba.

-Kechu: ¡La espada! ¿Encontraron la espada de Thanatos?

-Marie: no estuve consiente para verlo…, pero el mismo Gera me dijo que la espada se manifestó ante Dark y con ella pudo luchar a la par con el autoproclamado… (Mira la capsula de Dark) fue así como termino en este estado… creemos que el poder de la espada se impregno en el y eso le impide curarse…

-Kechu: si lo que dices es cierto, aún hay esperanza…

-Ivan: ya casi puedo ver la cima, esta atrás de esas nubes de ahí, vamos solo falta un poco más (Dice entusiasmado)

Corren a toda velocidad queriendo por fin llegar a ese templo que tanto han buscado, pero… las nubes y niebla solo dejan ver la silueta de un sujeto de dos metros de alto piel café clara ojos rojos cuerpo musculoso con cabello negro peinado hacia arriba.

-Ivan: ¡A la verga los monjes de aquí son enormes!

-Kechu: esperen… (Se detienen) esa cosa que se encuentra frente a nosotros no es un monje…

-Ivan: ¿Quién es maestro? ¿Acaso lo conoces?

-Marie: Genesis…

-Alice: ¿Que hace un Genesis aquí…?

-Shadow: Hemos venido a terminar el trabajo…

-Ivan: ¿Es un autoproclamado?

-Marie: no…, pero es uno de los generales de la Oscuridad…

-Shadow: veo que la infinita muchedumbre de basura no fue suficiente para acabar con ustedes en el desierto.

-Kechu: Ivan… por ningún motivo te acerques a el…

-Shadow: ¿Qué pasa? ¿No van a avanzar?

-Kechu: Alice… Marie… el templo esta justo enfrente, sigan adelante… (A pesar de sentir el terror por primera vez, su disciplina no le permite perder la cordura)

-Shadow: Bien… si no vendrán… tendré que ir por ustedes.

-Alice: (Observa la situación y decide continuar con su camino junto con Marie) no debemos exponer a Dark al peligro… sigamos adelante, yo te cubriré (Susurra)

-Marie: Kechu no soportara mucho tiempo… tendrás que llevar tu Dark… yo lo detendré (Con mucho cuidado le entrega a Dark)

-Alice: esta bien…

-Shadow: ¡Hey! Ustedes mocosas, acaso creen que las dejaré ir (Observa detalladamente a Marie) un momento… a ti te conozco…

-Alice: (Corre hacia la cima del Everest) ¡Cuento con ustedes!

-Kechu: si…

-Shadow: no escaparas (Sale disparado hacia Alice como un misil hacia su objetivo cuando algo toma del pie frenándolo en seco) Tu maldita infeliz…

-Marie: si viniste aquí pensando que sería tan fácil… (Con gran fuerza lo impacta contra el piso, estremeciendo la montaña con el impacto)

-Shadow: ¡GRAH! (El golpe fue tan fuerte que logro hundirlo varios metros en la montaña)

-Marie: ¿Qué es esta sensación?

-Waldox: no se puede prolongar lo inevitable…

-Marie: (Contempla que un extraño vapor la cubre) ¿Qué es esto? (Poco a poco un sentimiento de debilidad comienza a invadirla)

-Waldox: mi poder es capaz de drenar el poder de mi oponente… dentro de poco serás un recipiente vacío sin valor…

-Marie: oh… ya veo en ese caso… (El poder de Marie explota en violentas llamas que pulverizan todo aquel vapor que la rodearon)

-Waldox: ¿Qué?

Mientras tanto en un lugar a 40 Km de distancia…

-Kalua: (En una oscura habitación dentro del territorio de los Grakan un par de jóvenes mujeres llevan a cabo una misteriosa conversación) ¿Sentiste eso…?

-La silenciosa: … (Asiente con su cabeza)

-Kalua: sin duda vino de la montaña… (Se acerca a una de las ventanas) ¿Deberíamos avisar a su majestad?

-La silenciosa: …

-Kalua: tienes razón… es muy probable que ya lo sepa…

-La silenciosa: …

-Kalua: si, también la conozco… no le interesa lo que le ocurra a la gente fuera del territorio…

-La silenciosa: …

-Kalua: ¡Buena idea!

De vuelta en el Everest...

-Waldox: (Esquiva un poderoso torrente de fuego) es más fuerte de lo que pensé... ¿Hmm? (De entre las llamas sale Marie conectándole en poderoso puñetazo que lo levanta del suelo) ¡AAAHH!

-Marie: ¡Gck! (Una misteriosa mano echa de sombra la sujeta de los pies lanzándola hacia una columna de afiladas rocas) ¡Ah!

-Shadow: Desgraciada... (Logra salir de la profunda grieta donde fue anteriormente sepuldado) ah... ah... ese golpe me tomo por sorpresa...

-Marie: (Sale de entre los escombros envuelta en llamas azules) ¿Oh sí?

-Waldox: esa desgraciada se regenera... da la señal o nos va a quemar vivos...

-Shadow: (Crea una esfera negra que parece estar echa de una masa viscosa como el petróleo crudo) no lo puedo creer... (Lanza la esfera al cielo que se dispersa en forma de nubes negras, ocultando las estrellas y la luna sumergiéndolos en una terrible oscuridad)

-Marie: ¿Qué rayos es eso? (En ese momento miles de criaturas emergen de las tenebrosas nuves) ¿Qué?

-Shadow: puedo ocultar a miles de criaturas en mis sombras y traerlos conmigo a donde sea...

Las criaturas sobrevuelan las montañas y sus alrededores...

-Marie: maldición...

-Ivan: ¡AAAHHH! (Es atrapado por cuatro criaturas voladoras que comienzan a desgarrar su piel a mordidas)

-Kechu: ¡Ivan! (Intenta ayudar a su alumno, pero una criatura se mete en su camino) ¡Apártate! (La criatura arremete con una feros embestida contra el maestro quien logra esquivar su ataque por poco)

-Marie: ¡Mierda! (Se dirige hacia Ivan, pero le cierran el paso)

-Shadow: ¿Te vas tan pronto? (Como si fuesen serpientes echas de petróleo crudo multiples brazos de sombra se lanzan hacia ella)

-Marie: (Lanza una llamarada deshasiendo los brazos con su fuego sin embargo cientos de criaturas se abalanza contra ella) ¡Gck! (La gigantesca muchedumbre la cubre por completo)

-Waldox: Quizas sean menos, pero estos son mas fuertes que los que asesinaron en el desierto.

-Marie: ¡GRAAH! (Una poderosa explosión calsina a todas las criaturas que se abalanzaron contra ella) desgraciados (Un par de hermosas alas de fuego se crean en su espalda) ¡Los aniquilare a todos! (Se eleva al cielo lanzando gigantescos torrentes de fuego que calcinan todo lo que tocan, sin embargo, su poder destructivo no sirve para salvar a Ivan quien se encuentra cubierto por criaturas) si lanzo fuego hacia a el terminare matándolo...

A lo lejos contempla con horror lo que ocurre...

-Alice: ¡No! ¡No! ¡No puedo dejar que los maten! pero si vuelvo podrían matar a Dark... (Con un dolor en el corazón sujeta fuertemente la capsula y continúa avanzando) tengo que dejar a Dark en el templo para poder volver (Corre tan rápido como puede intentando que Dark no se lastime).

-Kechu: ah... ah... (Consumido por el cansancio cae de rodillas, afortunadamente logro vencer a la criatura) Ivan... (Se intenta levantar para salvar a su alumno cuando ve que decenas de criaturas que acuden donde esta Ivan despedazándolo violentamente)

-Ivan: ¡AAAAAHHHH! (Es comido vivo sin poder evitarlo)

-Marie: Maldición... (Decide poner fin a la miseria de Ivan lanzando un poderoso torrente de fuego que calcina a todos) ¡Gck! (Entre las criaturas cientos de brazos hechos de sombra se lanzan hacia ella) Otra vez? (Vuela por el cielo a gran velocidad esquivando y destruyendo uno a uno los molestos brazos de sombra, mientras combate contra cientos de criaturas)

-Waldox: si esto continua terminara eliminándolos a todos... tenemos que hacer algo con su maldita regeneración...

-Shadow: tengo una idea...

-Marie: (Se desliza por el cielo con sus alas de fuego calcinando todo a su paso) apenas he logrado aniquilar una cuarta parte... esto tomara demasiado tiempo y... no creo que los demás logren sobrevivir... (Un extraño sonido capta su atención, la oscuridad que había dejado salir a las miles de criaturas se concentra a su alrededor) ¿Qué es esto? (De forma súbita se cierra aprisionándola en una esfera echa de oscuridad comprimida)

-Shadow: ¡Ahora!

-Waldox: ¡GOAH! (Lanza un espeso humo gris que entra en la esfera)

-Shadow: ¡Vamos, Dale con todo!

-Waldox: ¡AAHH!

-Shadow: ¡No puede ser! (La gigantesca esfera de oscuridad comienza a quebrarse como si fuese de cristal por cada grieta sale luz) ¿¡No puede ser!? (Dice sorprendido)

-Marie: (La gran esfera de oscuridad se hace pedazos dejando mostrar a una preciosa Ave envuelta en llamas tan hermosas y brillantes que su luz ilumina todo el cielo nocturno, sus Alas se baten majestuosamente en el cielo)

-Shadow: Po... ¡Phoenix! (Cae al piso) esta mujer de verdad es el Phoenix...

-Marie: (La majestuosa Ave cuyo fuego envolvente ilumina todo el cielo mira a Shadow el cual se encuentra en el suelo)

-Shadow: no... ¡NO! (Todos los brazos de sombras que tenia los une en uno solo y con el resto de su poder lo hace más fuerte para después lanzarlo al Majestuoso Phoenix)

-Marie: (Contempla el gran brazo acercándose, en ese momento abre su pico lanzando un poderoso torrente de fuego, el ataque es tal que se lleva al brazo de oscuridad como si fuese papel e impacta la montaña del Everest consiguiendo sacudirla con la intensidad del impacto, Shadow es calcinado al instante)

-Waldox: (La onda de choque lo arroja a un acantilado) ¿¡Que!? (Observa al Phoenix) ¡Estúpido Shadow!

-Marie: (Después del poderoso ataque el Phoenix se envuelve en llamas y desaparece dejando un punto luminoso en el cielo que poco a poco desciende) ah... ah... ah... (El fuego de su cuerpo se apagada cayendo inconsciente al suelo)

-Alice: (La poderosa onda de choque la envía a gran velocidad hacia el templo) ¡No! (Sujeta fuertemente la capsula de Dark) no puedo dejar que sufra algún daño (Para reducir el impacto se mete entre la capsula y la puerta del templo amortiguando el golpe con su propio cuerpo) ¡AH! (Después del impacto en un ultimo esfuerzo suaviza la caída de la capsula al suelo evitando que Dark sufra daño alguno) ah... ah... ah... (Escupe sangre) maldición... (Se arrastra hasta la puerta del templo) ¡AYUDA! (Golpea con fuerza la puerta) alguien...

La puerta del templo se abre de donde sales varios monjes, quienes contemplan con horror la escena que hay afuera...

-Monjes: ¡Dios mío! ¿De dónde salieron esas cosas?

-Alice: ¡Por favor cuiden a Dark! (Deja a Dark a su cuidado y regresa a toda velocidad hacia atrás)

-Monjes: ¡Rápido métanlo al templo y cierren la puerta!

-Alice: (Una fuerte desesperación inunda su pecho al ver descender a Marie hasta tocar el suelo) ¡Marie! (Las uñas se convierten en garras muy filosas, sus ojos empiezan a brillar de rojo como el fuego enfurecido de la lava de un volcán al igual que su cabello) ¡AAHH! (Como un rayo sale disparada a la multitud de criaturas que se acercan a Marie, Destrozándolas a todas a su paso) ¡Aléjense se ella! (Sube como puede a Marie en su espalda y se aleja del lugar con un sin fin de criaturas persiguiéndola) ¡Gck! Son más rápidos que los que enfrentamos en el desierto... (Esquiva sus ataques corriendo y saltando de una lado a otro mientras con una mano asesina a toda criatura que tiene cerca) ah... ah... no hago lo suficiente... (Busca un hueco entre las criaturas para no ser atrapada por la multitud)

-Kechu: (Mientras la atención de la multitud está centrada en Alice y Marie aprovecha para esconderse en la grieta que hizo Shadow al impactarse con el suelo) lo único que puedo hacer es no estorbarles... (Un fuerte sentimiento de impotencia inunda su pecho, sin embargo, realmente no puede hacer nada contra esa multitud) rayos... porque somos tan débiles...

-Alice: ¡Gaoh! ¡Centella! (Un pequeño agujero negro se abre tragando todo a su paso) ¡Gck! (Se aferra como puede al suelo al mismo tiempo que sujeta a Marie) vamos... trágate a todas (Las criaturas son despedazadas sin piedad por el agujero negro) ah... ah... no será suficiente... (Sus fuerzas se acaban) un poco mas... (La mitad de la multitud a sido eliminada, desafortunadamente el agujero negro comienza a desaparecer) ah... no... (El color de su cabello vuelve a la normalidad) no... (El agujero desaparece liberando a la sedienta multitud) ah... ah... son demaciados... (Contempla a las criaturas que los sobrevuelan) maldición...

-Waldox: vaya... por un momento pensé que lograría arrasar con todo, pero era demasiado pequeño... (Aparece frente a ellas)

-Alice: ah… ah… (Intenta pensar una forma de salir de semejante aprieto, pero no se le ocurre nada)

-Waldox: se acabó… no hay lugar a donde ir… (Se acerca lentamente) ¿Dónde está Dark? (Se detiene frente a ella)

-Alice: no lo se…

-Waldox: ¿No? (Le conecta una patada que la lanza por los aires)

-Alice: (Maniobra en el aire para caer de pie) ah… ah… (Pone a Marie en el suelo luego se aleja de ella para no involucrarla en la batalla).

-Waldox: preguntare nuevamente… ¿Dónde esta Dark?

-Alice: sigo sin saberlo…

-Waldox: (Le lanza otra patada, pero su oponente la bloquea usando su mano izquierda) ¿¡Qué!?

-Alice: ¡AH! (Despues de bloquear el ataque le conecta un derechazo que impacta de forma tan brutal que se puede ver como vibra la piel con el impacto)

-Waldox: ¡GOAH! (Al igual que una pelota de baseball al ser golpeada con el bat sale disparado por los aires hasta impactarse con una roca de la montaña rompiéndola en pedazos)

-Alice: ah… ah… ah… (Sus fuerzas fueron devoradas al momento de lanzar la Centella) ¡Gkc! (Cae de rodillas al suelo respirando agitadament) ah… ah… (En ese momento el resto de las criaturas inician de nuevo el ataque) ¡Rayos! (Sin poder levantarse gira por el suelo evitando el primer contacto con el enardecido mar de bestias quienes impactan el lugar donde se encontraba) ahí vienen de nuevo (Usando todas sus fuerzas se levanta y vuelve al combate golpeando a toda criatura que tiene a su alcance) ah… ah… sin mis garras no puedo matarlos… ah… ah… (Intenta entrar en estado Berserk pero no lo consigue) ¡Gck!

-Waldox: (De entre los escombros de las rocas emerge furioso) ¡Mi paciencia se está acabando! (Su cuerpo desprende un vapor que violentamente cubre a Alice)

-Alice: ¡Gck! ¿Qué es esto?

-Waldox: ¡Acabenla! (Las criaturas toman ventaje de su ataque intentando desesperadamente acabar con Alice)

-Alice: ¡AAHH! (Logra esquivar algunos ataques, mientras su cuerpo cada vez se siente más y más débil, hasta el punto de caer al suelo donde comienza a recibir múltiples heridas) ¡AAHH!

-Waldox: ¡Alto! (Las criaturas se detienen)

-Alice: ah… ah… (Intenta levantarse, pero el vapor continúa drenando las pocas energías que tiene) no puedo moverme…

-Waldox: (Arranca una de las garras de una criatura muerta) espero que ahora tengas ganas de hablar…

-Alice: Gck… (Su cuerpo no le responde)

-Waldox: (Se para frente a ella) ¿Dónde esta Dark?

-Alice: en una cabaña en el medio de la montaña…

-Waldox: (Le clava la garra en la pierna)

-Alice: ¡AAHH!

-Waldox: mentira… (Remueve la garra) ¿Dónde está Dark?

-Alice: lo ocultamos en los arenales antes de la batalla en el desierto…

-Waldox: (Clava la garra en su hombro izquierdo)

-Alice: ¡AAAAHHH!

-Waldox: la próxima vez la clavare en tu corazón…

-Alice: ah… ah… ah… (Su sangre comienza a teñir de rojo la nieve)

-Waldox: (Saca la garra de su hombro) estas acabando con mi paciencia mocosa…

-Alice: ah… ah… ah… ¡Gck! (Su cuerpo tiembla en un intento desesperado por moverse)

-Waldox: es inútil… (Le conecta una patada en el rostro)

-Alice: ¡AH! (Rueda colina abajo por la montaña hasta que finalmente se detiene)

-Waldox: ¿Te vas tan pronto? (Llega hasta ella)

-Alice: ah… ah…

-Waldox: en este momento tu cuerpo debe de estar seco, por mas que intentes ya no podras volverte a transformar… (La sujeta del cuello comenzando a levantarla)

-Alice: ¡Gck! (Con las pocas fuerzas que tiene ni si quiera puede levantar sus brazos para intentar liberarse) ¡Gck!

-Waldox: ¿Qué? ¿Te falta el aire? Pero si los vampiros no necesitan respirar, no cabe duda que tienes muy arraigados tus habitos humanos (Inesperadamente esquiva por poco una mordida) ¡Ops! Eso estuvo cerca, me habían dicho que te gusta morder a tu oponente cuando menos se lo espera.

-Alice: … (Con su rostro cubierto de sangre mira como su ultima esperanza se desvanese)

-Waldox: tendre que enseñarme un poco de modales… (Sin piedad le propicia una golpisa)

-Alice: (Una lluvia de golpes llega de todos lados hasta casi dejarla inconsiente luego es arrojada violentamente al piso) … (A su alma ni si quiera le quedan energías para gritar)

-Waldox: bien… lo preguntare una vez mas antes de aniquilarte… ¿Dónde está Dark?

-Alice: No… no… no lo sé…

-Waldox: entonces te llevaras el secreto a la tumba.

-¿?: ¡Yo sé dónde esta! (Una joven aparece entre las sombras de la montaña)

-Waldox: ¿Y tú de dónde has salido?

-¿?: Había mucho ruido en la montaña así que vine a ver…

-Waldox: (Se acerca a la misteriosa mujer mientras sujeta firmemente la garra) oh… ya veo, entonces dices que tu sabes donde esta Dark…

-¿?: Así es.

-Waldox: bien… ¿Dónde está Dark?

-¿?: quien sabe…

-Waldox: ¡Desgraciada! (Le intenta clavar la garra)

-¿?: Piel de armadura. (La garra se rompe al tocarla) protección anti hechizo anti-fuego anti- hielo anti-tierra anti-aire anti-rayo anti-anti, incremento de resistencia, incremento de defensa, defensa de alto nivel, multiplicador de defensa, manto reductor, daño reducido…

-Waldox: Que tanto balbuceas… (La cubre con una cortida de vapor) tendre que eliminarte a ti tambien…

-¿?: (El vapor se acerca a ella pero no puede tocarla) es inútil… tengo defensa contra todo… tu poder no me hace nada.

-Waldox: ¿¡Qué!? ¿Quién eres?

Kalua: Soy Kalua también conocida como "La Indestructible" segunda al mando de los Grakan en conjunto con mi hermana La Silenciosa…

-Waldox: ¿La que?

-Kalua: la chica que lleva tiempo detrás de ti.

-Waldox: ¿¡QUE!? (Al voltear atrás encuentra a una chica que lo observa en silencio)

-Kalua: si lo mio es la defensa, lo suyo es lo contrario…

-La Silenciosa: … (Sujetando su dedo índice con el pulgar toma impulso y lanza una de sus garras hacia Waldox)

-Waldox: ¿Eh? (La Garra sale disparada mas rápida que una bala y corta su brazo) ¡AAAHHH!

-La Silenciosa: …

-Kalua: lo se… es muy débil…

Waldox: ¡Masácrenlas! (Las miles de criaturas que aun quedan en el cielo se concentran para crear una feroz oleada) ¡No dejen a nadie con vida!

-La Silenciosa: …

-Kalua: espera… "Enlace inquebrantable" (Un cordon de Luz sale de ella y se conecta con La Silenciosa) Diviértete…

-La Silenciosa: ¿…? (Algo capta su atención deslizando su mirada ligeramente a la izquierda, De donde salen tres poderosas ondas de energia que forman una garra) …

-Waldox: ¿Qué mierdas es eso? (La garra cubre por completo la gran marejada reduciéndolas a polvo) ¿¡Que!?

-La Silenciosa: …

-Kalua: estoy de acuerdo, venían del castillo… Lindzay no nos deja divertirnos… supongo que quiere que terminemos con el rápido.

-Waldox: no puede ser…

-La Silenciosa: …

-Kalua: si, aslo pedazos y volvamos…

-Waldox: (Rapidamentente saca una carta de teletransportacion y la activa)

-La Silenciosa: … (Le lanza una de sus garras destruyendo la carta)

- Waldox: ¡NO! (Sale disparado al cielo tan rápido como puede cuando siente que alguien lo sujeta y lo lanza hacia el suelo)

-La Silenciosa: … (Mientras cae lo alcanza con una fuerte patada que le rompe la columna)

-Waldox: ¡AAAAHHHH! (Impacta fuertemente con el suelo haciendo un gran cráter quedando completamente inmóvil en el)

-La Silenciosa: … (Se acerca a él)

-Waldox: por favor… piedad…

-La Silenciosa: (Se detiene frente a el observándolo detenidamente) …

-Waldox: Pied… (Es impactado por una patada que le arranca la cabeza)

-La Silenciosa: … (Se acerca a su hermana)

-Kalua: está bien, pero primero deberíamos llevarlos al templo ¿No?

-Maestro antiguo: ¿A que debo el honor de su visita?

-Kalua: Krael, tenías la montaña inundada de sabandijas, si alguna de ellas llega a entrar a nuestro territorio por tu culpa lo pagaras caro.

-Krael: lo siento, estaba un poco "Ocupado" permíteme hacerme cargo de ellos.

Una decena de monjes sale del templo acercándose a los heridos para atenderlos y trasladarlos dentro.

-Krael: ellos atenderán a los heridos, lamento las molestias.

-Kalua: te dejamos el resto… (Se alejan de lugar)

-Krael: Dile a Lindzay que lamento mucho las molestas… (En ese momento un pequeño clamor por ayuda llega sus oídos)

-Alice: ¡Por favor! Ayude a nuestro amigo, hemos viajado desde muy lejos enfrentándonos a un sin fin de peligros con el fin de que pueda ayudarnos… (Con las pocas fuerzas que le quedan se arrastra hacia él) por favor… ah… ah… ¡Ayúdenos!

-Krael: (Pone su mano en la cabeza de Alice) se han esforzado mucho para llegar hasta aquí, el simple hecho de saber lo que hicieron aquí afuera fue suficiente para que les ayude, atenderé a tu amigo lo antes posible, pero primero los atenderé a ustedes…

-Alice: (Un fuerte sentimiento de felicidad inunda su corazón y dibuja una calida sonrisa en su rostro) se lo agradezco… (Cae Desmayada)

-Krael: déjame a mí el resto.

Después de muchos inconvenientes finalmente han llegado a su destino, su arduo trabajo por fin será recompensado… Kreael deja a los monjes que a tiendan a los heridos mientras se dirigen a una habitación donde Dark se encuentra, al verlo sabe lo grabe que se encuentra por lo que procede a ayudarlo lo mas pronto posible cuando…

-Krael: ¿¡Que es esto!? (Dice sorprendido)

Capitulo 20: Un momento de paz.

-Krael: ¿Qué es esto…? (La expresión en su rostro muestra lo desconcertado que se encuentra)

-Kechu: ¿Qué sucede?

-Krael: la energía que envuelve a este sujeto es algo que jamás había visto… (Observa como tiembla su mano tras haber sido quemada)

-Kechu: ¿Qué le ocurrió a su mano Maestro…?

-Krael: intente absorberle la energía para que abandonara su cuerpo, sin embargo, la energía que lo cubre es tan poderosa que cuando intente absorberla quemó mi mano… es un poder impresionante…

-Kechu: entonces… ¿Eso quiere decir que no puede ayudarlo?

-Krael: no, hay otra forma, si no puedo absorberla tendré que sellarla, pero no sé si su débil cuerpo pueda soportarlo… es un riesgo que debemos correr… (Carga a Dark)

-Kechu: ellas dijeron que no han podido sanar sus heridas con nada…, si hay una forma de sanarlo aunque la probabilidad sea baja… debería intentarse.

-Krael: sígueme…

-Kechu: Si... (Caminan a través de los impresionantes pasillos del templo los cuales se encuentra perfectamente cubiertos con fuerte madera de roble usada como aislante entre las frías paredes del templo, el olor a madera perfuma los pasillos alegrando el olfato)

-Krael: (Se percata que una terrible pena ahoga su alma) ¿Te ocurre algo?

-Kechu: no... nada, solo que estuvimos tan cerca de llegar... si tan solo hubiéramos resistido un poco más... Ivan habría sobrevivido...

-Krael: lamento no haber salido antes a ayudarlos... pero me encontraba en medio de un ritual de purificación el cual no puede ser interrumpido...

-Kechi: usted no tiene la culpa maestro... la responsabilidad es mía por haber sido tan débil que ni si quiera pude vencer a algunos de ellos..., mientras ellas eliminaban a cientos de criaturas con cada ataque... yo solo me limitaba a observar aterrado...

-Krael: la paz se ha ido de Ayita... y tendremos que aprender a lidiar con ello.

-Kechu: ¿Qué haremos ahora? ¿Cómo podremos detener a la oscuridad? (La incertidumbre inunda su alma) es demasiado para nosotros... no podremos vencerlos.

-Krael: No pierdas la compostura, primero tenemos que sanar a este hombre, lo que ocurra después en su momento lo resolveremos.

-Kechu: (Sus palabras logran calmarlo un poco) esta bien...

-Krael: vamos (Continúan hasta llegar al centro del templo, en ese lugar esta una explanada donde destacan cuatro grandes pilares de piedra que forman un cuadrado perfecto, los cuales se encuentran separados cinco metros entre sí, cada uno de ellos tiene una cadena grande aferrada a él) aquí sellaremos esa energía para que abandone su cuerpo (Coloca a Dark en el centro luego con las grandes cadenas sujeta sus pies y brazos)

-Kechu: ¿Esto es necesario Maestro...?

-Krael: claro que lo es (Se aleja de Dark) ahora retrocede un poco porque... no sé qué pueda suceder con esto.

-Kechu: (Retrocede) espero que logre sobrevivir al ritual...

-Krael: (Sus manos se iluminan y comienza a formar unas misteriosas letras con la estela de luz mientras recita el siguiente conjuro) "Flores de la primavera..., rayos incandescentes del verano... hojas de otoño y frios vientos de invierno... como lo hacen cada año hagan fluir la energía que cubre a este hombre hacia su ciclo de origen donde pueda empezar de nuevo y purificarse... vuelve a ser uno con el mundo, regresa por donde viniste..." (En ese momento por cada cadena comienza a fluir energía, una de color verde como los bosques, otra de un color amarillo al igual que los rayos del sol, otra de un color café por las hojas de otoño y finalmente la última de color azul, poco a poco se van acercando al cuerpo de Dark hasta que comienzan a tocarlo)

-Dark: Gck... (Deja escapar pequeños gemidos)

-Krael: ya comenzó...

-Dark: (La energía de cada cadena forma una mano las cuales comienzan a entrar en Dark) ¡Ah! (El dolor empieza a hacerse presente)

-Kechu: tú puedes...

-Dark: (Las manos de las cadenas que habían entrado en el comienzan a jalar un manto de energía color morado negroso) ¡AH! (El pequeño dolor que sentía se incremente exponencialmente)

-Krael: ¡Ahí está! (Saca un pergamino el cual desenvuelve debajo de Dark) ¡Sáquenla!

-Dark: ¡AAAHHH! (Sus gritos resuenan por todo el templo mientras las manos que están en las cadenas poco a poco sacan de su cuerpo el manto de energía hasta casi abandonarlo, pero de forma inesperada las cadenas que sostienen a Dark comienzan a crujir)

-Krael: ¡La energía es demasiado fuerte tanto que está comenzando a dañar las cadenas de las estaciones! (Sus ojos no pueden creer lo que está pasando)

-Dark: (Finalmente la energía abandona el cuerpo de Dark terminando con los gritos de sufrimiento cayendo al suelo en silencio)

-Kechu: ¡Esta fuera de él!

-Krael: es muy pronto para alegrarse...

-Kechu: ¿Pero qué rayos es eso? (Una poderosa masa echa de energía es detenida por las cadenas de las cuatro estaciones)

-Krael: aún tenemos que sellar esta cosa...

-Kechu: ¡Cuidado maestro! (Observa que la energía no puede ser contenida por las manos de las estaciones del año) ¿¡Qué está ocurriendo!?

-Krael: esa energía no quiere ser sellada... (Se lanza hacia ella para apoyar a las manos de las estaciones) ¡Rayos! (Realiza unos sellos los cuales hacen que sus manos brillen permitiéndole tocar la energía) ¡Te sellare yo mismo! (Al tocar la energía sus manos comienza a quemarse) ¡AAAHHH! (A pesar del dolor continúa presionando a la energía ayudando a las manos de las estaciones, sin embargo, poco a poco sus manos están siendo abiertas) ¡Gck! ¡No puedo sellarla!

-Kechu: ¡Iré por ayuda! (Corre del lugar buscando a los monjes que viven en ese templo)

-Krael: aahhh... (Las cadenas crujen con más fuerza) ¡Se van a romper! (Las manos de las estaciones del año se agrietan) no podrán resistir mucho tiempo...

-Kechu: (Vuelve con muchos monjes del templo) ¡Ahí está!

-Monjes: (Al ver la situación ellos saben qué hacer, rápido hacen brillar sus manos para poder tocar la energía y ayudan) ¡Vamos! (Entre todos los monjes ayudan, pero la energía deshace sus manos) ¡AAAAAAHHHH! ¡Mi mano!

-Krael: ¡No la toquen! Esta energía es demasiado poderosa ¡Salgan de aquí! (Repentinamente las cadenas de las estaciones del año truenan rompiéndose en pedazos ocasionando que las manos desaparezcan, cuando eso ocurre todos son arrojados por la poderosa energía, luego se eleva rápidamente hacia el cielo y desaparece en el)

-Kechu: ¡Se está yendo!

-Krael: (Voltea a ver a Dark luego hacia el cielo) ¿De dónde salió esa energía? (Dice seriamente) ah… ah… ah… (Mira sus manos quemadas mientras recupera el aliento) esto vas más allá de mi conocimiento… (En ese momento llegan más monjes al lugar) Ustedes llévense a los heridos…

-Kechu: Según me contaron sus heridas fueron hechas durante una dura batalla en lo profundo de Shiria…

-Krael: ¿Qué clase de enemigo les habrá lanzado una maldición así?

-Kechu: no lo sé maestro…, estas personas han pasado por peligros inimaginables, no quiero ni pensar cómo fue que este hombre termino así…

-Krael: sea lo que sea, si la cosa que les hiso esto sigue por ahí afuera… (Contempla las heridas de Dark) no habrá forma de detenerlo…

En ese momento una pesadilla comienza…

-Krael: la energía ha sido removida veamos si el joven lo logro… (Se acerca a el para tomarle el pulso, cuando lo hace se da cuenta que su corazón no late) ¿¡Que!?

-Kechu: ¿¡Qué!? ¡Pensé que lo habia logrado!

-Alice: ¿¡Que ocurre!?

-Krael: no tiene pulso…

-Alice: ¿¡QUE!?

-Krael: espera… (Coloca sus manos en el pecho de Dark para inyectarle energía)

-Alice: ¡Haga algo por favor! (La desesperación se hace presente)

-Krael: vamos… vamos… (Dark sigue sin responder) reacciona… (Continua intentarlo, pero sus intentos son inútiles) no funciona…, ya se ha ido…

-Alice: No… ¡Esto es imposible!

-Krael: es una pena… no soporto el proceso… llévense el cuerpo muchachos…

-Monjes: ¡Si señor! (Levantan el cuerpo sin vida del joven)

-Alice: esperen… (Lo sucedido la deja atónita) ¿Dark…? (La tristeza nubla su vista convirtiéndose en lágrimas)

-Marie: (Llega al lugar) ¿Qué paso? (Se sorprende al verla llorando) ¿Qué tienes?

-Alice: ¡Marie! (Corre a abrazarla, no puede contener su grito de dolor) ¡AAHH! No pude evitarlo… (Sus lágrimas salen sin parar) estuve ahí y no pude hacer nada…

-Marie: ah… (Un nostálgico suspiro escapa de sus labios) La muerte forma parte de la vida… es algo por lo que todos debemos afrontar…, no tienes por qué sentirte mal… sé que hiciste todo lo que pudiste…

-Alice: (Por más que llora su corazón no se siente satisfecho)

-Marie: ya… ya… ya… (Acaricia su cabello) todo saldrá bien…

-Alice: no… no… ya nada será igual…

-Marie: Tienes que ser fuerte ¿Entiendes?

Alice: ¡Noo! ¡No puedo ser fuerte! No puedo… No puedo Marie…

-Marie: Alice…

-Alice: …

-Marie: Alice… ¡Alice! ¡ALICE!

-Alice: ¿Hmm? (Abre los ojos despertándose en una comoda cama de sabanas blancas)

-Marie: Alice, ¿Estas bien?

-Alice: ¿Qué paso? (Intenta ponerse de pie)

-Marie: Krael me dijo que después de pedirle que sanara a Dark te desmayaste.

-Alice: ¿¡Que!? Pe.. pe… ¿Pero cuando sucedió eso?

-Marie: hace aproximadamente dos días…

-Alice: ¿¡Y Dark!? ¿¡Que paso con Dark!? (Al conseguir levantarse se sujeta de Marie)

-Krael: se encuentra bien y recuperándose de sus heridas…

-Alice: ¿Lo-lo… logramos…? (Su cuerpo se debilita callendo sentada sobre la cama) no puedo creerlo…

-Krael: deberías descansar jovencita, su travesía ha terminado, duerme hasta que recuperes las fuerzas…

-Marie: tu sigue descansando Alice, yo me encargo del resto…

-Alice: está bien… (Se recuesta en la cama)

A pesar de ir contra todo pronostico, finalmente los miembros de La Sombra Del Viento cumplen su cometido… las heridas de Dark por fin comienzan a sanar trayendo consigo un alivio cargado de felicidad y tranquilidad.

Al cabo de un mes noticias llegan hasta la cima del Everest se habla de un valiente Héroe que salvo a decenas de personas de la invasión de La Oscuridad mientras se encontraba recuperándose de heridas mortales en un hospital, desde ese día se convirtió en un icono de la nación de Ikutsu, otorgándole el título de Amo y señor de la ciudad, también conocido como el paciente de la salvación, el manipulador del metal, la momia asesina, el manco salvador, entre otros…

Marie pone al tanto a Krael sobre la dura batalla que tuvieron en Shiria además del increíble regreso de los autoproclamados a Abilion… aunque la noticia trajo miedo y desesperación consigo, no todo estaba perdido "Elizion" la espada que se creía perdida nuevamente ha vuelto al mundo y con ello trajo la esperanza. Poco a poco la luz comienza nuevamente a brillar, a pesar de que estuvo a punto de extinguirse, sus grandes esfuerzos lograron encenderla de nuevo, a las dos semanas Dark logra recuperar el conocimiento siendo recibido por las personas del templo con gran alegría pues llevaba inconsciente varias semanas…

Después de que Dark despertara Marie deja el grupo para ir a investigar sobre el paradero de Gera, el monje Kechu vuelve al templo que se encuentra en las faldas del Everest mientras Alice espera a que Dark se recupere por completo.

Cuando Dark está totalmente recuperado deciden dejar el Everest y regresar a la acción. Marie envió un "Mensajero" diciendo que habia descubierto donde tenían encerrado a Gera, por lo que Dark solicito que se reunieran de nuevo en una ciudad cercana donde Marie se encontraba esperándolos…

A veces en la vida nos encontramos dificultades que nos hacen desfallecer, pero en nosotros esta, si nos dejamos vencer por la adversidad o resurgimos de entre la amargura y logramos contra todo pronostico una increíble victoria.

La perseverancia es una de las claves del éxito.

-Dark: ¿Lista…?

-Alice: mas que nunca.

-Dark: Vamos.

Es hora de despedirse del monte Everest…

-Dark: gracias por todo Krael. No olvidare lo que has hecho por mí.

-Krael: es demasiado pronto para aliviarse… la verdadera batalla apenas inicia…

-Dark: (Sonrie) no me la perdería por nada del mundo.

-Alice: nunca olvidaremos lo que ha hecho por nosotros…

-Dark: vamos… (Salen del templo)

-Krael: por cierto.

-Dark: ¿Hmm? (Voltea)

-Krael: este suceso no pasara de largo… todos los acontecimientos alrededor de Ayita, han despertado el interés de los antiguos…, pronto nos uniremos a tu causa…

-Dark: (Sonríe) solo no tarden demasiado. (Nuevamente continua con su camino)

-Alice: (Contempla por última vez el impresionante templo, recordando brevemente su asenso a el, agradeciendo de corazón el esfuerzo y sacrificio de quien no logro regresar de esa travecia) gracias…

Continúan su camino iniciando un rápido descenso por la montaña llegando al templo que se encuentra las faldas del Everest.

-Kechu: los esperaba, por fin llegan (Los recibe en su oficina)

-Alice: es bueno verlo de nuevo monje Kechu.

-Kechu: después de que Marie me enseñara la técnica del "Mensajero" me ha sido muy fácil comunicarme con todos nuestros aliados por lo que he conseguido reunir información de todo el continente (Despues de decir esas palabras, su semblante se torna serio, se inlina hacia adelante y entrelaza sus dedos) tres de nuestros aliados fueron completamente aniquilados cuando la oscuridad entro en Ayita, las ciudades de Morelia, La unión y Pistos, que se encuentran al norte del continente fueron recientemente tomadas por La Oscuridad…

-Dark: han avanzado mas rápido de lo que esperaba… se supone que las naciones al norte están mejor fortificadas que el resto.

-Kechu: en eso tienes razón, sin embargo, ninguna nación invirtió lo suficiente para sobrevivir a esto…, la nación de "Morelia" la cual solia ser un imperio textil… vendia las mejores telas del continente y las exportaba a cada rincón, sus habitantes eran muy dedicados al trabajo e invertían la mayor parte de su tiempo en la industria, cuando La Oscuridad deboro a su vecino Zacatecas, intentaron huir, pero su obsecion con la industria Textil era tanta, que intentaron llevarse las industrias consigo lo cual les tomo mas tiempo del esperado…, cosa que más adelante aniquilaría al 80% de la población… actualmente los sobrevivientes se dispersaron a lo largo del continente…

-Alice: (La historia la deja desconcertada) ¿Es enserio…? ¿¡Murio el 80% porque no fueron capaces de dejar su negocio atrás!?

-Dark: a veces el estilo de vida que llevan las personas lo es todo para ellos… y si tienes una probabilidad de salvarlo, sin importar cuan baja sea lo intentan.

-Alice: no estoy de acuerdo…, no estoy de acuerdo en nada que arriesgue vidas humanas.

-Kechu: Quizas pudieron haber escapado de haber dejado todo atrás…, pero una parte de ellos habría muerto ese dia.

-Dark: Alice… (La mira directamente) a veces vale la pena morir por lo que amas, incluso si se trata de un estilo de vida…

-Alice: … (Sin animos de retractarse, permanece en silencio intentando de asimilar lo que el monje Kechu y Dark le han dicho)

-Kechu: La nación de "La Union" también fue violentamente masacrada… era una nación de granjeros que vivía al dia con lo que sacaba de sus cosechas o los animales del campo que podían atrapar, era una nación plenamente pacifica…, a causa de su baja economía no habían invertido nada en comunicaciones por lo que nunca recibieron la advertencia del mal que estaba por venir… cuenta la gente que corrian por los campos como corderos perseguidos por leones… y…

-Alice: detente porfavor… (Trata de calmar la ira que crece dentro de ella) no puedo seguir escuchando mas detalles…

-Dark: de no hacer nada… se seguirá expandiéndose por el continente…

-Kechu: desafortunadamente nuestros aliados no son lo suficientemente fuertes para vencerlos.

-Dark: no tienen que vencerlos…, solo tienen que aguantar, envía un comunicado a tus aliados, diles que se preparen para un acedio de 10 dias, eso dara tiempo suficiente para que lleguemos en su ayuda.

-Kechu: La Sombra Del Viento… es demasiado pequeña para cubrir los dos continentes…

-Dark: déjame que yo me preocupe por eso… y has lo que te dije, de esa manera se salvaran vidas.

-Kechu: esta bien, enviare el comunicado tal como me lo pides.

-Dark: Krael me ha dicho que los antiguos están en alerta desde el dia de la invacion, tal vez pronto se integren a la batalla…

-Kechu: Los antiguos…, ellos son muy difíciles de predecir… (Rasca su calva cabeza)

-Dark: tendrán que ayudar… (Camina hacia la puerta) entonces, cuento contigo.

-Kechu: Sin duda alguna.

-Dark: bien, vámonos Alice.

-Alice: si (Sigue a Dark) hasta luego Maestro y gracias por todo.

-Kechu: Dark…

-Dark: ¿Si? (Se detiene frente a la puerta).

-Kechu: me gustaría a enviar a uno de mis mejores monjes contigo…, sus conocimientos sobre el continente les serán muy ultiles, además también quiero mantenerme informado de todo lo que ocurre, creo que el intercambio de información nos será de vital importancia ahora que oficialmente somos aliados.

-Dark: tu sabes a que tipo de peligros estará expuesto ¿Crees que sea prudente enviarlo?

-Kechu: sus habilidades en el camuflaje y sigilo le ayudaran bastante a evitar el peligro, no tendras que preocuparte por su seguridad.

-Dark: esta bien… haslo venir.

-Kechu: ¡Adrian! ¡Ven aquí!

-Adrian: Aquí estoy señor… (Una misteriosa voz proveniente del techo los hace mirar hacia arriba sin poder encontrar nada)

-Dark: (Sonrie) no esta mal…

-Adrian: (Cubierto con un manto de energía que proyecta lo que hay detrás de el, se esconde en cualquier lugar con un camuflaje perfecto)

-Kechu: el ha aceptado que los acompañes, ya te expliqué los detalles de tu misión, pero te recuerdo de nuevo que evites ocacionarles problemas.

-Adrian: si señor, esta claro (Desaparece el manto de energía y deciende al suelo)

-Kechu: bueno… te agradezco nuevamente el haber aceptado mi petición, te prometo que no será una carga.

-Dark: todos tenemos la habilidad de ser útil, se que de algún modo, encontraré la tarea perfecta para el (Salen de la habitación).

-Alice: nos vemos Kechu.

-Adrian: (Sigue a sus nuevos compañeros)

-Alice: No parece muy fuerte… me preocupa que pueda verse en peligro…

-Dark: su habilidad para el camuflaje es increíblemente buena, creo que solo los generales de Genesis podrían detectarlo, ademas sus conocimientos del continente, nos serán bastante útiles.

-Alice: bueno, si tu lo dices.

-Dark: (Continuan caminando) ¿Cuál es el camino mas corto para salir de aquí?

-Adrian: recomiendo el camino a travez del territorio de los Grakan ya que es el mas rápido, pero si te gusta el mar y tienes algun vote podemos dirigirnos hacia la costa y rodearlo por el mar.

-Dark: ¿No hay algún otro?

-Adrian: podríamos sobrevolarlo, pero lo mas probable es que los Grakan nos bajen a punta de madrazos…

-Dark: interesante…

-Alice: Dark… ¿Crees que Marie este bien? me preocupa un poco debido a lo que dijo Krael…

Un mes antes…

-Marie: (Mira sus manos) Aun no puedo hacer fuego…

-Krael: la técnica que utilizaste para invocar el poder del Phoenix consume su vida, cada vez que la vida del Phoenix se termina se necesitan un mes para que reviva, eso quiere decir que te quedarás sin fuego un mes…

-Marie: si…, ya me habia pasado antes…

-Alice: Marie…

-Marie: tranquila, no pasa nada… me he quedado sin fuego antes, no es algo que no pueda manejar.

Al paso de dos semanas…

-Marie: Dark… es hora de marcharme, cada minuto que permanezco aquí crece la probabilidad que maten a Gera…

-Dark: ¿Ya ha regresado tu fuego?

-Marie: (Mira sus manos) aun no…, pero no pienso quedarme aquí sin hacer nada a esperar a que regrese, aun tengo otras habilidades que me permitirán sobrevivir.

-Dark: no es tu culpa que lo hayan secuestrado…, no quiero que te pongas en peligroso solo por que sientes que es tu responsabilidad rescatarlo…

-Marie: eso es algo que no puedo evitar…, estuve ahí y no pude hacer nada para impedirlo…

-Dark: ah… (Suspira) solo no te pongas en peligro ¿De acuerdo?

-Marie: ¡De acuerdo! (Con una sonrisa en el rostro sale de la habitación) no te decepcionaré…

-Alice: ¿Es seguro dejarla partir?

-Dark: aunque hubiese dicho que no, se habría ido de todos modos.

Esa fue la última vez que vieron a Marie…

-Dark: no tienes de que preocuparte, ella sabe cuidarse sola.

-Alice: ¿Qué tan lejos se encuentra ese lugar de aquí?

-Adrian: a tres días.

-Alice: tres días no es mucho.

-Adrian: volando…

-Alice: ¿¡Qué!?

-Dark: Marie se encuentra en Yucatan… la primera nación que La Oscuridad deboro…

-Alice: esa nación esta muy lejos…

-Adrian: a 6425 Km para ser exactos.

-Dark: tendremos que usar algún servicio Warp…

-Adrian: Si viajamos hasta la Nacion de Orozco ahí podremos encontrar servicios de Warp.

-Alice: ¡Que bien! ¿Qué tan lejos estamos de ahí?

-Adrian: a cuatro Naciones de distancia.

-Alice: hmm… estamos muy lejos…

-Dark: ¿Qué es esa muralla de ahí?

-Adrian: ¡Oh! Debes tener mucho cuidado con esa muralla, ya que pertenece a los "Grakan" debes de pedir permiso para entrar.

-Dark: con que ellos son los Grakan… (Observa la asombrosa muralla de treinta metros de alto con un expesor de cinco metros de piedra solida que se extiende a lo largo de su territorio hasta donde alcanza la vista) ¿Esta muralla se extiende por toda la frontera de su territorio?

-Adrian: afirmativo, se encuentra en todo el perímetro, incluso el que esta de frente al mar.

-Dark: asombroso…

-Adrian: cada cien metros hay un cuarto de vigilancia que cuenta con una gran antorcha que solamente debe ser encendida en caso de verdadero peligro.

-Alice: son criaturas muy territoriales, debemos tener cuidado.

-Adrian: últimamente, han estado muy activos, me contaron de una loca que recientemente entró y ocaciono destrosos en el territorio.

-Alice: …

-Dark: en todo caso acabo de ver la puerta veamos si nos permiten pasar, si no, tendremos que rodear ¿Conoces a algún Grakan que nos permita pasar?

-Adrian: si, conozco a muchos de hecho nunca nos han negado el acceso, solo debemos pedir obligatoriamente permiso para crusas y no deberíamos tener ningún problema.

-Dark: (Casi llegan a la puerta) Esa es una… (Mira a una pequeña niña de diez años cabello corto color negro con un toque morado, ojos verdes y piel blanca que trae puesto una estraña armadura negra la cual le queda muy grande además de flojo) ¿Una niña?

-Adrian: valla valla…, que raro nunca había visto a una niña en la puerta…, los Grakan toman la guardia de la puerta muy enserio y solo ponen a guerreros sumamente fuertes... (Llegan a la puerta donde se encuentra la niña)

-Niña: (Con una alegra sonrisa en el rostro saluda a los viajeros muy animosamente) ¡Hola!

-Adrian: antes que nada, buenos días, ¿Podría...? (No acaba de terminar la pregunta cuando la niña lo evade dirigiéndose a uno de ellos)

-Niña: ¡Tú! (Evadiendo al monje se para frente a Dark) ¡Te vez muy fuerte! (Lo abraza)

-Dark: ¿Hmm?

-Niña: ¡Wow! ¡No había visto una espada tan grande! ¿Pesa mucho? ¿Para que la quieres? ¿Matas cosas con ella? ¡Dime!

-Dark: bueno... (Las continúas preguntas logran abrumarlo, ya que no es una persona acostumbrada a lidiar con niños)

-Adrian: Disculpa... (Llama la atención de la niña con unas palmadas en el hombro) ¿Sabes quien esta acargo de la guardia hoy? Lo que pasa es que queremos cruzar y necesitamos hablar con el guardia acargo ¿Podrias ir a buscarlo por nosotros?

-Niña: hoy me toco a mi cuidar la puerta (Sonríe)

-Adrian: no me jodas... Jamás te había visto, ¿Segura que eres la que cuida?

-Niña: hace bastante tiempo hubo un incidente así que reforzaron la seguridad para que nada malo le pasara a nadie.

-Alice: ¿Y te pusieron a ti a cuidar la puerta...?

-Niña: ¡Sí! (Dice muy contenta) con mi súper fuerza voy a cuidar esta puerta (Se sujeta el brazo derecho) ¿Cómo te llamas?

-Adrian: me llamo... (Es interrumpido)

-Niña: ¡Tú no! Primero el chico fuerte de allá (Apunta a Dark)

-Dark: Dark Alcalá...

-Niña: ¿¡Enserio!? ¡Wow! Mucho gusto (Le agarra la mano saludándolo) como no salgo mucho casi no veo a chicos tan fuertes como tú.

-Adrian: yo soy Adrian Hern, suelo cruzas por aquí bastante seguido.

-Niña: (Camina hacia Adrian le da un saludo de manos) mucho gusto ¿Y tu cómo te llamas?

-Alice: me llamo Alice Walker (Sonríe)

-Niña: qué bonito nombre (Sonríe) mucho gusto (Al saludarla le da un fuerte apretón que le rompe la mano)

-Dark: ¿Hmm?

-Alice: ¡AH! (Grita fuerte de dolor agarrando su mano rota) ¡Mi mano!

-Niña: ¡Lo siento mucho! ¡Perdón! (Su rostro se llena de incertidumbre) discúlpame... no quería apretarte tan duro...

-Alice: ah… (Toma su mano) descuida… suele pasar…, aun no controlas bien tu fuerza…

-Adrian: deja acomodar los huesos de tu mano y vendártela para que puedas regenerarte bien. (Con gran habilidad trata su herida) tranquila en unos minutos podrás tener movilidad en la mano.

-Alice: gracias…, tienes talento para tratar las heridas…

-Adrian: me gusta aprender cosas nuevas en mis ratos libres, se un poco de medicina y primeros auxilios, en el templo habia muchos libros al respecto.

-Niña: de verdad… lo siento… (Una gran pena la atormenta)

-Alice: no te preocupes…

-Dark: (Mira con atención a la misteriosa niña)

-Niña: para enmendar lo que hice (Abre la puerta) los ayudare a cruzar…

-Adrian: bueno…, al menos conseguimos cruzar.

-Dark: si…

-Niña: adelántense mientras cierro la puerta. (A pesar de su pequeño cuerpo, no tiene ningún problema para cerrar la puerta)

-Niña: vamos continuemos.

-Alice: si está bien…

-Dark: (Se queda observando a la Niña cerrar la puerta)

-Adrian: Apresúrate Dark, entre mas pronto crucemos mejor.

-Dark: ya voy… (Da media vuelta después camina hacia ellos)

-Niña: (Al terminar de cerrar la puerta los alcanza de inmediato) ¡No me dejen!

-Adrian: valla que desorden, esta pequeña niña es muy fuerte.

-Niña: ya no lo vuelvo a hacer…

-Dark: (Observa entre los arboles del basto territorio) no veo a ningún "Grakan"

-Niña: el dia de hoy hay una reunión a la que todos los adultos tienen que asistir, es por eso que estoy cuidando las puertas.

-Dark: ¿No eres muy pequeña para una tarea como esa?

-Niña: en nuestra aldea, los niños somos tratados como adultos, nos enseñan a pelear y a realizar tareas muy difíciles, cuidar la puerta no es nada comparado con todo lo que he hecho antes (Sonríe) ¡Mira! ¡Mira! Hasta tengo mi trajecito de combate.

-Adrian: te queda algo grande ¿No crees?

-Niña: claro que no, me queda perfecto tengo más libertad de movimiento ¡Creceré en el! (La pequeña joven desborda entuciasmo)

-Adrian: de eso no hay duda…

-Alice: y ¿Cuál es tu nombre?

-Lina: ¡Soy Lina!

-Alice: ¿Solo Lina?

-Lina: ¡Si!

-Adrian: la gran mayoría de los Grakan solo tienen un nombre, solo los mandos mas altos tienen apellido, tener apellido significa ser capas de comandar un ejercito, es un honor que solo pocos tienen el privilegio de recibir.

-Alice: valla…

-Lina: ¿Se puede saber a dónde irán cuando crucen?

-Adrian: a un lugar muy peligroso.

-Lina: (Lejos de asustar a la pequeña niña, la declaración de Adrian la emociona como nunca) ¡Wow! ¿¡Hay muchas cosas fuertes!?

-Alice: las hay, incluso más fuertes que nosotros…

-Lina: ¡Quiero verlas!

-Adrian: ese no es lugar para niños…, puedes perder la vida.

-Lina: ¡Pero Lina es muy fuerte!

Despúes de caminar por tres horas se vizualiza a lo lejos la otra muralla…

-Dark: ya casi llegamos…

-Lina: entonces… ¿Puedo ir con ustedes?

-Dark: ya lo ha dicho Adrian… a donde vamos, no es un lugar para niños.

-Lina: ¿Entonces no puedo…? (Al llegar a la puerta se aprecia un gigantesco mecanismo del cual se tiene que tirar de una cadena para levantar la puerta y cruzar por debajo)

-Dark: Adrian abre la puerta…

-Adrian: (Al ver la gigantesca puerta, el peso logra intimidarlo) es demasiado peso para levantarlo solo.

-Lina: ¡Espera, yo la abro!

-Dark: ¿Puedes levantar esta gran puerta tu sola?

-Lina: ¡Por supuesto! Les dije que estoy acargo de cuidar la entrada, que clase de guardia seria si ni si quiera pudiera abrir la puerta.

-Adrian: quiero ver eso… ¡Ábrela!

-Lina: ¿No me crees? Ya verás… (Con gran esfuerzo poco a poco logra levantar la gran puerta) ¡Gck! Crucen rápido.

-Adrian: no puede ser… (Al ver a la niña abrir la puerta se siente avergonzado) debe tener algún mecanisco que haga mas fácil el levantar la puerta…

-Lina: que monje tan desconfiado…

-Adrian: la próxima vez la abrire yo.

-Dark: vamos. (Cruza la puerta)

-Adrian: maldita niña pulgosa… (Murmura)

-Alice: gracias (Va un poco atrás de Dark, cuando de repente la puerta se suelta) ¿Hmm?

-Dark: (Rápidamente se acerca y detiene la gran puerta con un solo brazo)

-Alice: ¡Dark! (Se sorprende)

-Dark: vamos camina. (Voltea a ver a Lina)

-Lina: ¡El tuvo la culpa! (Señala a Adrian)

-Adrian: ¡Vez! Les dije que no podía sola con la puerta.

-Lina: ¡La solté porque me hiciste enfadar al decirme pulgosa!

-Alice: ¿Eso es cierto Adrian?

-Adrian: pues… si, es cierto.

-Lina: (Pasa por debajo de la puerta mientras la sostiene Dark) ¡Ya cruzamos todos!

-Alice: uff… estuvo cerca…

-Lina: bueno…, les deseo un buen viaje… (Su alegría habitual se apaga al no poder acompañarlos)

-Alice: volveremos después.

-Lina: quizás algún dia encuentre a alguien que me lleve en una gran aventura…

-Alice: (Al ver a Lina se recuerda a ella misma cuando era pequeña) Dark…

-Dark: (Suelta la gran puerta) dime.

-Alice: ¿Podemos llevar a Lina con nosotros?

-Dark: (Voltea a ver a Lina) sabes al lugar que iremos… será muy peligroso.

-Alice: ¡Yo cuidare de ella! Por favor…

-Dark: hmm… (Mira a Lina quien esta atenta en silencio esperando su respuesta) esta bien…

-Lina: ¡Wow! (Grita felizmente) ¡Dijo que me llevaras!

-Adrian: ¿Pero no tienes familia? ¿Que pasara si no vuelves?

-Lina: cuando los niños llegan a mi edad, pueden salir del territorio y explorar libremente cualquier parte del continente, con el fin de reunir información de los acontecimientos que ocurren a lo largo de Ayita.

-Alice: asunto solucionado, vamos entonces.

-Lina: ¡Vamos hacia mi primera aventura! (Dice muy feliz)

-Adrian: esta niña esta mas loca que una cabra…

-Lina: ya verás que nos llevaremos muy bien (Agarra el brazo de Dark jalándolo hacia adelante)

-Dark: claro…

-Lina: ¡Ese es el espíritu! (Sonríe)

Continúan su viaje hacia nuevas tierras, ahora con un nuevo integrante bastante peculiar, inesperadamente un miembro del Clan de los Grakan se ha unido a su grupo, quizás esta sea la oportunidad que han estado esperando para romper el hielo con ellos y establecer una relación amistos entre ambas organizaciones…

-Dark: (A lo lejos se alcanzan a ver varios sujetos cerca de la puerta)

-Alice: mira Lina, los de tu grupo ya volvieron de la reunión.

-Lina: ¡Es verdad! ¡Nos vemos, me voy a una nueva aventura con estos extraños! (Se despide agitando la mano)

-Alice: parece que nadie se quejo.

-Adrian: creo que les estamos haciendo un favor al llevárnosla…

-Lina: ¡Volveré pronto! (Continúa despidiéndose desde lejos)

-Dark: aceleren el paso, tenemos que llegar lo más pronto posible…

-Lina: (Sonríe) ¡Hay que irnos corriendo! (Agarra el brazo de Dark y comienza a jalarlo)

-Dark: ¿Qué haces? Suéltame. (Se lo llevan jalando)

El nuevo grupo avanza hacia su destino dejando poco a poco atrás el territorio de los Grakan adentrándose en las tierras de la nación de Sonora recorren su frontera dirigiéndose hacia el norte para ingresar en la nación de Colima.

Capítulo 21: Engaño.

Era una calida tarde en las rocosas tierras de Comila, el invierno estaba finalmente llegando a su fin y la calidez de la primavera bañaba cada vez mas las tierras del continente, aunque las tierras de Colima no son del todo fértiles para la agricultura o la vegetación, sus montañas se suelen cubrir con pequeños arbustos que crecen aleatoriamente sobre ellas los cuales echan pequeñas flores amarillas parecidas a los girasoles...

La gente que habita en la nación se dedica principalmente a la pezca, debido a la gran variedad de especies Marinas que habitan en sus aguas gozan de una alta gastronomía Marina que ha hecho famosa la nación por exquisitos platillos que no puedes encontrar en ningún otro lugar. Muchos viajeros y gente importante viaja grandes distancias a comer en el restaurante mas famoso de todo Colima llamado "El Viñador" donde sirven un codiciado platillo de "Alatar" un raro pez que solo aparece en las agua de Colima una vez al año en el invierno. Cuentan que dicho platillo posee un irresistible y extasiante sabor que además algunos dicen puede curar enfermedades incurables debido a misteriosos nutrientes que en el se encuentran.

Otra de las principales atracciones turísticas de la nación es la gran variedad de mujeres hermosas que habitan en sus tierras, por lo que los restaurantes mas importantes de la nación se dan el lujo de contratar a las mujeres mas presiosas como meceras quienes a menudo son cortejadas por adinerados viajeros de diversas partes del continente...

-Lina: ¡Me encanta cuando el viento sopla fuerte! (Extiende los brazos al correr por las rocosas tierras de la montaña)

-Dark: (Su cabello es agitado por el viento mientras contempla el paisaje a su alrededor)

-Lina: ¿Qué estás viendo?

-Dark: nada.

-Lina: mentiroso... ¡Wow! (Se adelanta corriendo hacia el frente)

-Dark: (Sonríe) que niña mas rara...

-Adrian: ya que la mayor parte de su infancia los niños Grakan no salen de su territorio, llevan una agradable vida libre de preocupaciones...

-Alice: tal vez... (Camina desenvolviéndose los vendajes de su mano) aunque tambien son entrenados y tratados como adultos... eso los hace sumamente fuertes.

-Adrian: en eso tienes razón (Mira a Lina) los Grakan se someten a intensos entrenamientos para que cualquiera pueda pelear contra los intrusos.

-Alice: (Sonríe) Lina no es la excepción...

-Adrian: aquellos que llegan a destacar en alguna disciplina de combate suelen convertirse en altos mandos a disposición de la reina.

-Alice: (Recuerda la batalla que tuvo al entrar en su territorio) Son sumamente fuertes...

-Adrian: Son los seres mas fuertes de todo el continente, nunca nadie se ha atrevido a desafiarlos.

-Alice: si… me imagino (Mira hacia los lados sin ver indicios de civilización) ¿Falta mucho para llegar a Colima?

-Adrian: Debido a su proximida con los arenales, la nación de Colima ha asentado su ciudad principal en su frontera este, lo mas cercano a su nación vecina "Kirite", de esta manera ambas naciones han firmado un convenio para mantener alejados a los bandidos y cuidarse mutuamente, ambas han mantenido una estrecha amistad durante años, es algo que les ha funsionado bastante bien.

-Alice: y pensar que se han visto en esa necesidad debido a los ataques de los bandidos…

-Adrian: ya que en Ayita no habia una "Oscuridad" latente que amenazara con el exterminio continental, las personas no han desarrollado ese sentimiento de hermandad hacia sus semejantes…

-Alice: a estas alturas los ladrones y bandidos no deberían de existir...

-Dark: Alice, ellos hicieron lo que hicieron por necesidad.

-Alice: ¿Qué?

-Dark: a veces la buena vida, nubla el juicio de las personas y los hace olvidar la importancia de ayudar a sus semejantes, lanzándolos al olvido y a la miseria, la fría indiferencia es otro tipo de "Oscuridad" que a infectado al ser humano…

-Alice: … (La discriminación que sufrio meses atrás, es el claro ejemplo a lo que Dark se refiere) asi cómo las personas de mi pueblo…

-Dark: al borde de morir de hambre y sin nadie que les ayude no les queda otra opción mas que robar… oh… (Añadio) ¿Que abrias hecho tu?

-Lina: aunque creo que eso no les da derecho a robar lo que no es suyo.

-Alice: ¿Escuchaste lo que dijimos?

-Lina: claro (Descubre sus orejas las cuales son muy similares a las humanas solo que son puntiagudas en la parte superior) mis orejas pueden captar mejor los sonidos.

-Adrian: tiene oído agudo.

-Lina: muchos bandidos y ladrones han intentado entrar a nuestro territorio, pero los hemos detenido.

-Alice: es justo como Dark dijo, a esas personas las mueve la necesidad…

-Adrian: aunque eso sea cierto, opino igual que Lina… eso no les da derecho a robar lo que no es suyo.

-Lina: las cosas se piden por favor… no a la fuerza.

-Alice: bueno… no puedo negar que en el pedir estar el dar…

-Adrian: ah… (Su estomago ruge pidiendo comida) ya me dio hambre… (Saca un pan)

-Lina: ¡Es el pan de los monjes! (Le arrebata el pan a Adrian)

-Adrian: ¡Hey! ¿No que las cosas se piden por favor?

-Lina: pero con el pan de los monjes es diferente.

-Adrian: ¡Dame eso! (Intenta quitarle el pan)

-Lina: no, es mío (Corre con el pan)

-Alice: deberían partirlo a la mitad.

-Adrian: ¿Por qué? Si es mío.

-Dark: solo es pan…

-Adrian: la elaboración de ese pan ha sido un secreto que se ha pasado de generación en generación, solo los monjes mas calificados han domicado la técnica de su preparación, no es algo que deba tomarse a la lijera…

-Dark: hmm…

-Lina: Glum… (Se termina de comer el pan) ah… estaba buenísimo, soy adicta a ese pan.

-Adrian: (La agarra de las orejitas y comienza a sacudirla) ¿¡Te lo tragaste todo!? Niña maleducada, mereces ser asotada hasta la muerte.

-Lina: ¡Ah! Me duele suéltame.

-Adrian: ¡Espero que te haga daño!

-Alice: Adrian, ya fue suficiente déjala tranquila…

-Lina: este monje hediondo me lastimo mis orejitas… (Se soba las orejas)

-Alice: ya paso tranquila… (Se acerca a Lina y le pone la mano en la cabeza)

Después de caminar toda la tarde al caer la noche finalmente la ciudad de Colima se ve desde la distancia, apreciándose una gran multitud de personas trabajando con grandes bloques de piedra colocándolos en todo el perímetro de la ciudad…

-Adrian: ¿Qué es todo eso? (Observa el gran movimiento que hay en la ciudad)

-Alice: Al parecer están contruyendo una muralla…

-Dark: están fortificando la ciudad, eso es debido a la Oscuridad…

Cuanto mas cerca se encuentran de la ciudad, mas puede apreciarse el arduo trabajo que los constructores desempeñan moviendo gigantescos bloques, mientras colocan uno sobre otro continúan con la construcción de la muralla sin descanso…

-Lina: (Se dirige a una de los constructores) disculpe, ¿Porque construye una muralla tan grande?

-Constructor: ¿No es muy tarde para que una niña ande en la calle? Vuelve con tus padres y ve a dormir pequeña.

-Lina: hmm…

-Adrian: vamos, busquemos un lugar para quedarnos esta noche… (Caminan al centro del pueblo observando que muchos de los importantes restaurantes se encuentran cerrados) que extraño…

-Lina: todo esta cerrado… ¿Encontraremos una posada abierta?

-Alice: tal parece que algo ocurrio en la ciudad… (Observan un letrero que dice "Posada Los Cerezos") ¡Miren! Esa posada esta abierta.

-Adrian: tienes razón, entremos a reservar una noche… (Mira un lugar con luces que se mira al fondo de la calle, con un gran letrero que dice "Burdel Éxtasis") hmm… mucho bueno…

-Lina: ¿Qué tanto miras? (Se acerca a Adrian)

-Adrian: nada… porque no vamos de una vez a descansar (Se dirigen a la posada)

-Alice: (Mira que Dark se quedó atrás) ¿No vienes?

-Dark: si, ya voy… (Entra en la posada)

-Alice: ¿Ocurre algo? Has estado muy callado.

-Dark: nada importante realmente.

-Recepcionista: ¿En qué puedo ayudarlos? (Pregunta una mujer mayor de cabello castaño de voz aguda)

-Adrian: antes que nada… buenas noches, una habitacion por favor…

-Recepcionista: bien… (Saca debajo del mostrador un gran libro azul) ¿Cuánto tiempo piensan quedarse?

-Alice: una noche.

-Recepcionista: muy bien… son 2 monedas de plata.

-Adrian: (Entrega el dinero) aquí esta.

-Recepcionista: todo está en orden, su cuarto es el 18 del segundo piso, aquí están las llaves (Le entrega un par de llaves)

-Adrian: gracias (Agarra una de las llaves del cuarto luego sube aprisa)

-Lina: (Sonríe) ese monje trae algo entre manos...

-Alice: ¿Quién? ¿Adrian? (Observa que sube a prisa a su cuarto) bueno… vallamos también al cuarto (Toma la otra llave restante).

-Lina: ¡Claro! (Dice muy contenta) ¿Hmm? (Voltea a ver a Dark que se detiene en la recepción) ¿Dark no vendrá?

-Alice: Dark ¿Vendrás con nosotras?

-Dark: no, creo que daré un pequeño paseo (Sale del hotel)

-Alice: entiendo, Lina, vamos. (Se dirige al cuarto)

-Lina: ¡Sí! (Van al segundo piso hacia su cuarto, cuando se topan a Adrian que viene corriendo de regreso).

-Alice: ¿Adrian?

-Adrian: volveré en un momento… tengo que… hmm… comprar algo de cenar (Baja las escaleras corriendo)

-Alice: si…, claro… (Miran como baja las escaleras)

-Lina: ese monje… (Continuan hacia su cuarto para posteriormente ingresar en el) ¡Qué bonito! (Se sube en la cama comenzando a saltar) ¡Wow! ¡Qué divertido! (Como si fuera campeona olímpica realiza diferentes tipos de piruetas)

-Alice: (Toma asiento en la cama) ¡Lina! Puedes lastimarte saltando de esa manera. (Se recuesta en la orilla de la cama)

-Lina: claro que no, soy experta maniobrando en el aire (Le cae con un pie en la cara a Alice) ¡Ah!

-Alice: ¡Ah! (Se agarra el lugar del golpe)

-Lina: (Deja de saltar) lo siento mucho… no pensé que te golpearía…

-Alice: (Le sangra un poco la nariz) debes tener más cuidado…

-Lina: lo siento… (Dice muy arrepentida) ¡Ya se! Para compensar el golpe, iré a comprarte algo rico para que cenes.

-Alice: no es necesario…

-Lina: ¡Claro que lo es! ¡Vuelvo enseguida! (Sale del cuarto)

-Alice: Lina… (Solo se escucha el cerrar de la puerta) ya se fue…, aprovechare para cambiarme de ropa y dormir un poco, estas ropas de invierno me dan mucho calor…, espero que haya algún servicio Tender en el pueblo…

Mientras tanto Adrian…

-Adrian: vaya… vaya… (Cuando entra al burdel todos lo observan) mucho bueno… mucho bueno… (Camina hacia una mesa mientras la gente murmura sobre el)

-Personas: ¿Ya viste a ese hombre…?

-Personas: es un monje del Everest ¿No?

-Persona: ¿Por qué no esta calvo?

-Persona: tal vez le falta entrenamiento…

-Personas: debería estar combatiendo a las cosas que están atacando al continente en vez de estar aquí…

-Adrian: (Se sienta en una mesa)

-Mesero: ¿Qué quiere que le traiga señor?

-Adrian: a una de las chicas disponible por favor. (No lo expresa con palabras, pero su nerviosismo y temblar de sus manos lo delata)

-Mesero: si… señor, en un momento vuelvo…

-Desconocido: ¿Puedo sentarme aquí? (Se acerca un hombre que sostiene un tarro de cerveza)

-Adrian: claro.

-Desconocido: no te preocupes no te estorbare, soy Brandon, por cierto.

-Adrian: ¿Eres de por aquí? (Su voz se torna seria).

-Brandon: si, llevo viviendo en Colima toda mi vida.

-Adrian: ¿Entonces sabes porque la ciudad esta tan desolada? Me refiero a que muchos de los mejores restaurantes han cerrado y a pesar de ser tan temprano, no hay muchas personas en la calle, eso no es muy común aquí.

-Brandon: es verdad que la ciudad a perdido brillo desde hace mas de un mes…

-Adrian: ¿Qué ocurrio?

-Brandon: un par de criaturas que al parecer se perdieron el dia de la invacion al continente vinieron a parar aca… (Toma un trago de su tarro de cerveza) la ciudad entro en caos…, los guardias no podían detenerlos, mataron a descenas de personas y atacaron los lugares mas abarrotados de gente, que como te imaginaras eran los restaurantes mas famosos de toda la ciudad…

-Adrian: imagino que debio ser abrumador…

-Brandon: si que lo fue… "El Viñador" no volvió a ser el mismo desde entonces… y a pesar de haber matado a las dos criaturas al final, la ciudad perdió gran parte de su brillo, desde entonces han invertido todo lo que tienen en fortalecer la ciudad y volverla un lugar seguro, gran parte de la ciudadanía e incluso el gobernador de la ciudad están ayudando a construir tan pronto como es posible la muralla que protegerá a la ciudad.

-Adrian: ahora entiendo porque hay tanta gente trabajando en la construcción…, es increíble lo que La Oscuridad le esta haciendo al continente…

-Brandon: si quieres saber mas al respecto busca a Alison…

-Adrian: ¿Alison?

-Brandon: así es… Alison, dicen que es la chica mas hermosa de todo Colima, jamás la he visto pero sé que fue ella quien derroto a las bestias que invadieron la ciudad, algunos dicen que es tan fuerte como hermosa y que cuando la vez quedas inmóvil incapaz de tocarla… otros dicen que con solo verla basta para abandonar este mundo…

-Adrian: si ella derroto a las criaturas debe saber algo mas al respecto… además… es la mejor chica de todos los tiempos… (Llama al mesero) ¿Eso es cierto…?

-Mesero: si… señor, pero Alison… cuesta demasiado dinero, solo los hombres más ricos de Ayita han podido pagar su cuota… y usted… no luce como un millonario.

-Adrian: (Mete la mano a una bolsa de su pantalón después saca cuatro monedas de oro) ¿Con esto será suficiente…?

-Mesero: ¡Dios! Como puede ser usted tan rico, con ese dinero pudieras comprarte dos Burdeles como este (Dice impresionado)

-Adrian: ahora llévame con Alison…

-Mesero: Esta bien, sígame por favor…

-Brandon: ahora que te he revelado el más fino secreto, espero no seas tan codicioso y lo compartas con un amigo.

-Adrian: ¡Claro! La gloria puede ser de ambos.

-Brandon: agradezco su amabilidad. (Siguen al mesero a travez del burdel dirigiéndose a la zona VIP donde Alison tiene un salón solo para ella)

-Mesero: (Al llegar al salón, entra y los deja esperando afuera por un par de mintos)

-Brandon: nunca habia estado de este lado del bar…

-Mesero: (Sale del salón) Alison… lo espera señor monje…

-Brandon: no la hagamos esperar…

-Adrian: si… (Toca la puerta)

-Alison: (Se escucha una voz tan sensual que estremece el cuerpo del monje) la puerta está abierta pasee…

-Adrian: (Los nervios hacen temblar su mano al abrir la puerta) A-antes que na-nada bu-buenas noches (Dentro del cuarto hay una suave luz roja, dos sillas frente a una pequeña cortina donde se ve la silueta de una preciosa mujer)

-Brandon: estamos dentro… sentémonos en las sillas… (Con movimientos torpes además de su cuerpo entumecido logran sentarse en las sillas)

-Alison: (De entre las cortinas sale lentamente una preciosa chica usando un hermoso Baby Doll que adorna su proporcionado cuerpo) disculpen la espera… (Su dulce y sensual voz casi logran derretir el hielo de un iceberg)

Mientras tanto Lina…

-Lina: (En la oscuridad de la noche se aleja de la ciudad de Colima)

-Desconocido: ¿Te encuentras bien?

-Lina: (Sonríe) Todo va de acuerdo al plan Martyn.

-Martyn: ¿Crees que representen una amenaza para nuestro pueblo?

-Lina: no lo creo, sus intenciones son las de destruir Genesis a toda costa.

-Martyn: Según nuestras fuentes Genesis amplió su territorio devorando completamente la frontera norte del continente, de seguir así comenzara a expandirse por todo Ayita hasta llegar a nuestros dominios.

-Lina: Genesis nunca a representado ser una amenaza para nuestro pueblo, sin embargo, su insaciable hambre expansionista me ha hecho recapacitar un poco.

-Martyn: tarde o temprano llegaran a nuestros dominios, creo que es mejor cerrarles el paso de una vez.

-Lina: (Sonríe) Apoyar la causa de La Sombra Del Viento, sería lo más prudente, sin embargo, tengo que ver con mis propios ojos que tienen las cualidades necesarias.

-Martyn: ¿Qué piensas hacer?

-Lina: continuar con ellos hasta llegar a Genesis… en ese momento sabremos si vale la pena ir a la guerra o no…

-Martyn: seguiremos en contacto, enviare toda la información que me des a nuestro pueblo para que los altos mandos estén al pendiente de la situación.

-Lina: sabía decisión… General Martyn.

-Martyn: y… ¿Qué has averiguado de la mujer que hirió a varios de nuestros miembros?

-Lina: es solo una niña, carece de sabiduría y es muy ingenua, Kiterno tenía razón, no es una asesina a sangre fría solo se deja llevar por las sus emociones.

-Martyn: los vampiros son altamente inestables.

-Lina: quizás…, la mantendré vigilada de todas formas.

-Martyn: (Mira hacia el cielo) en unos días más brillará la luna llena sobre el cielo, si en ese ciclo no entramos en combate no tendremos su poder hasta el mes siguiente.

-Lina: lo sé, pero no creo que vallamos a movilizar tropas tan pronto, así que probablemente esperemos hasta el mes siguiente.

-Martyn: el poder de la luna llena duplica nuestra fuerza, si luchamos bajo sus efectos podremos vencer a cualquier enemigo.

-Lina: si el Dios del fuego es tan fuerte como dicen, tal vez sea necesario el poder de la luna para vencerlo.

-Martyn: eso noslo dirás despés de verlo.

-Lina: (Sonríe) por su puesto (Comienza a caminar de vuelta al pueblo) debo volver o notaran mi ausencia.

-Martyn: (Contempla a la pequeña niña alejarse) Cosas muy grandes están por suceder (Se aleja de la ciudad) veremos si La Sombra Del Viento es digna de ser nuestro aliado.

-Lina: (Casi al llegar al hotel mira una panadería) cierto, le dije que le traería algo de cenar… (Entra en la tienda luego compra unos cuantos panes) con esto será suficiente… (Vuelve a la habitación donde Alice se encontraba) ¡Volví! (Dice felizmente) ¿Alice? (Nota que está dormida, tira los panes al suelo) pensé que seguiría despierta (Se sienta en un sofá del cuarto luego observa a Alice) puedo percatarme que tiene un enorme potencial dentro de ella, no es igual a ninguno de los vampiros que hemos eliminado antes, posiblemente en un futuro no muy lejano sea una fuerte aliada, solo necesita mas disciplina (Se acomoda en el pequeño sofá para dormir).

Mientras tanto de vuelta con Adrian…

-Adrian: (Inmóvil) es realmente hermosa… ha valido la pena cada centavo que pague por verla… Brandon ¿Estás bien?

-Brandon: … (Con una sonrisa en su rostro permanece inmóvil)

-Adrian: creo que está muerto…

-Alison: (Se sienta en un banquito luego cruza sus piernas) si quieres tocar adelante…

-Adrian: (Hace un gran esfuerzo, pero aun así no puede moverse) no puedo…

-Alison: me sorprendes, no has caído desmayado…

-Adrian: aun hay cosas que debo preguntarte…

-Alison: mis privados solo duran 40 segundos por que la mayoría de los hombres suelen desmayarse después de verme, realmente me impresiona tu fuerza de voluntad para seguir consiente.

-Adrian: ¿Fuiste tu quien vencio a las criaturas que atacaron la ciudad?

-Alison: vaya… que pregunta tan interesante… (Se levanta) hasta ahora no había nadie que valiera la pena (Se acerca a el) tal parece que tú lo vales…

-Adrian: ¡Ah! ¡Ah!

Mientras tanto en la planta baja del burdel…

-Mesero: ¡No puede pasar! La señorita Alison está ocupada con un cliente muy importante ¡Ah! (Recibe un golpe con el que cae desmayado)

De vuelta con Adrian…

-Adrian: ¿Co-co como lo-los venciste? (Comienza a sudar de los nervios)

-Alison: (Se acerca al rostro de Adrian) eres el primer hombre que besaré desde hace tiempo…

-Adrian: ¡Ah! (Sus sensuales y carnosos labios se posan sobre los suyos, son tan suaves como bombones) Dios… (Su vista empieza a nublarse hasta perder la conciencia, inesperadamente la puerta del cuarto es destrozada de una patada).

-Alison: ¿Hmm? ¿Quién ha hecho eso?

-Dark: disculpa, pero ese moribundo que tienes en tus brazos es compañero mío.

-Alison: (Mira a Dark) tú…

-Dark: (Entra en el cuarto después se dirige hacia el moribundo monje)

-Alison: ¿Quieres un beso? (Le dice con una voz suave)

-Dark: no. (Agarra a Adrian)

-Alison: ¿Qué? (Se sorprende) nadie me ha rechazado un beso.

-Dark: casi nadie (Sale del cuarto).

-Alison: esto no puede ser (Dice sorprendida) espera (Se pone algo de ropa luego va tras él) ¡Espera! (Baja corriendo al primer piso) ustedes no dejen que se valla (Todos los del bar al verla caen rendidos a sus órdenes, se levantan y van tras Dark armados con sillas, cadenas entre otras cosas)

-Dark: no me lo vas a dejar fácil (Con una mano comienza a noquear de un golpe a todos los clientes del bar hasta que no dejo ninguno).

-Alison: ¿Por qué…? ¡Porque no te sientes atraído por mí! (Un sentimiento de frustración recorre su cuerpo) porque…

-Dark: porque… no eres mi tipo.

-Alison: ¡Ah! (Jamás en su vida había escuchado esas palabras, nunca pensó que por los labios de alguien pudieran salir semejantes palabras acomodadas precisamente en ese orden) no te lo perdonare… nunca te lo perdonare… alguien como tú no debe vivir (De su espalda salen unas grandes Alas de ángel color negro y sus uñas se convierten en garras).

-Dark: entonces era verdad… un ángel caído consumido por la pasión un "Succubus"

-Alison: ¡Cállate! (Como un águila que desciende sobre su presa se dirige hacia Dark intentando golpearlo con sus afiladas garras, pero por más que lo intenta sus golpes no lo alcanzan).

-Dark: los succubus… son los demonios mas débiles en las filas de Genesis…, solo son usadas para procrear y si llegan a infiltrarse entre los humanos, dudan en matarlos ya que no quieren llamar la atención del resto de los demonios…

-Alison: ¡Que te calles! (Sigue intentando golpearlo sin éxito, esto continúa prolongado por una hora, hasta que Alison cae al suelo por el cansancio) ah… ah…

-Dark: todo parece indicar que te colaste en las filas que invadieron Ayita y aprovechaste para escapar, quizás la vida de los succubus en Shiria no sea muy buena (Sale del burdel) si vas a vivir aqui… asegúrate de no matar a nadie, por tu propio bien (Se marcha)

-Alison: (Un fuerte dolor en el pecho le causa una terrible triztesa) ¿¡Qué sabes tú!? ¿¡Tú no sabes nada acerca de mí!? ¡No sabes como es nuestra vida en Shiria! (Llora desconsoladamente) ¡No sabes nada!

En el hotel…

-Dark: (Deja caer a Adrian en el suelo)

-Adrian: ¡Ah!

-Alice: (Despierta) ¿Por qué tanto ruido?

-Adrian: auch…

-Lina: ¿Hmm? ¿Qué le ocurrió al monje?

-Dark: nada, solo casi le roban el alma.

-Alice: ¿¡Qué!? ¿Cómo le paso eso?

-Dark: larga historia...

-Alice: ¿Cuéntame como le paso eso? Esta todo pálido parece un zombie

-Lina: ¿Fue una "Succubus"? ¿Verdad?

-Alice: ¿Las conoces? ¿Eso fue lo que lo dejo así?

-Lina: son unas criaturas que le roban el alma a sus víctimas, dicen que sus encantos son irresistibles tanto por hombres como mujeres.

-Alice: entonces Adrian fue víctima de una… ¿Cómo sabes todo eso?

-Lina: veras… hace mucho tiempo una de esas entro en nuestro territorio haciendo luchar a los nuestros unos contra otros, entonces llego uno de nuestros generales y la detuvo.

-Alice: oh… ya veo.

-Lina: son débiles luchando, pero sus encantos son muy poderosos…

-Alice: y aun así salvaste a Adrian… ¿Cómo lograste salvarlo?

-Dark: solo lo traje y ya.

-Alice: ¿No son todos vulnerables a sus poderes?

-Lina: si la diferencia de poder entre la "Succubus" y el oponente es muy grande, sus encantos no surten efecto.

-Alice: valla que interesante…

-Lina: si, es realmente interesante (Observa a Dark) muy interesante…

Al día siguiente en la mañana, reanudad su viaje hacia la ciudad de Orozco saliendo lo mas pronto posible de la nación de colima...

-Lina: ¡Que ropa tan linda traes Alice!

-Alice: ¿Tú crees…? Fui por ella ayer cuando saliste.

-Lina: ¡Wow! Te queda muy bien

-Alice: Gracias (Voltea a ver a Adrian) ¿Te encuentras bien?

-Adrian: Aun me siento cansado…

-Alice: ¿Y como roban el alma las succubus?

-Adrian: ¿Eh? ¡No se! ¡No se! ya no me acuerdo…

-Lina: Por cierto, Dark ¿Cómo era la "Succubus"?

-Dark: era…

-Desconocido: ¡Hey tú! Ni creas que te dejaré ir así. (Aparece una hermosa mujer vistiendo un elegante y sensual vestido negro)

-Dark: como ella.

-Alice: asi que ella es la Succubus...

-Adrian: (Cae desmayado)

-Lina: (Sonríe) de monje no tiene nada...

-Alison: te seguiré a donde vayas ¡Hasta hacerte mío!

-Alice: ¿Qué dijo?

-Lina: ¡Wow! ¡Una proposición!

-Dark: ...

Capitulo 22: En camino hacia la destrucción.

La nacion de Kirite a sido amigo entrañable de la nación de Colima, por lo que sus ciudades están a escasos metros la una de la otra, podría decirse que ni si quiera hay frontera entre ellas, desde la distancia parecen una sola, sin embargo, la nación de Kirite es muy diferente ya que es una nacion que se dedida a la construcción, son especialista en la fabricación de poderosos bloques, ladrillos, pilares, teja, entre otros productos. Ironicamnte su ciudad es bastante simple y su muralla ha sido construida recientemente, de echo todo parece indicar que al terminar la suya comenzaron a ayudar a su nación amiga Colima...

Mientras tanto una pequeña discusión se llevaba acabo en la diminuta frontera entre Kirite y Colima...

-Alison: te seguiré hasta el fin del mundo si es necesario.

-Dark: Si asi lo deseas... (Continua su camino).

-Lina: ¡Wow! Ahora somos más gente.

-Alison: bien... (Observa a los miembros del grupo) oye tu.

-Alice: ¿Si?

-Alison: ayúdame a cargar mis cosas.

-Alice: puedes llevarlas tu misma... (Sigue caminando)

-Alison: ¿Qué? ¡Tú también! ¿Qué le pasa a este grupo? Acaso mis encantos ya no surten efecto en nadie...

-Adrian: (Junta el equipaje de Alison el cual consta de dos grandes maletas) yo lo llevare.

-Alison: bueno al menos lo tengo a él... (Corre y alcanza a Dark) ¿A dónde te diriges?

-Dark: vamos a la ciudad de "Orozco"

-Alison: esa ciudad está muy lejos de aquí tardaremos mucho en llegar caminando, porque no conseguimos monturas.

-Dark: si no te gusta puedes irte.

-Alison: hmm…

-Lina: que succubus tan floja (Una pequeña risa burlesca se escapa de su boca)

-Alison: mira niña se buena y ve a ayudarle a tu amigo el monje.

-Lina: ¿Yo? (Voltea a ver a Adrian) pero si él puede solito (Sonríe)

-Alison: (Se sorprende) ¿Tu tambien? Bueno… supongo que es porque es muy pequeña…

-Dark: si nos apresuramos podremos llegar en dos días a Orozco…

-Alison: por favor no estropees mi equipaje (Dice muy seductoramente)

-Adrian: no… (Siente que se derrite) claro que no…

-Alice: el encanto de las succubus es sorprendente…

-Lina: si… incluso si ella les pide que se suiciden lo harán, cuando quedas atrapado en su encanto estas a su merced…

-Alice: increíble…

-Lina: son unas criaturas horribles…

-Alison: hare como que no escuche eso…

-Lina: (Mira a Dark que se encuentra lejos caminando) ¡Dark vas muy rápido! (Corre hasta que lo alcanza) ¿Es buena idea llevarla con nosotros?

-Dark: (Continúa caminando) de algo ha de servir…

-Lina: ¡Usémosla de carnada! (Dice sonriendo)

-Dark: (Sonríe) no estaría mal…

-Lina: (En ese momento siente un sentimiento raro) ah… (Se detiene)

-Dark: (Voltea a ver a Lina) ¿Pasa algo?

-Lina: ¡Estoy bien! (Dice alegremente) solo… que me dolió la cabeza de repente…

-Dark: ¿Te duele mucho?

-Lina: ya no me duele, fue algo momentáneo… ya pasó.

-Dark: me alegro. (Sigue caminando)

-Lina: (Se detiene por un momento agarrando su pecho) ¿Que fue eso? fue… una sensación muy extraña… (Vuelve a caminar)

-Alison: ¡Camina más rápido! Nos estamos quedando atrás.

-Adrian: de inmediato.

Después de varias horas de camino por fin consiguen llegar a otro pueblo que se encuentra cerca de un bonito bosque, un pueblo con muchas casas de madera y en el centro de él un gran tanque de agua del que parece que el pueblo se surte en escases de lluvias.

-Alice: (Mira sus manos luego las habré y las cierra) Dark… me hace falta beber sangre.

-Dark: podemos detenernos un momento a comprar provisiones para seguir con nuestro viaje

-Alice: gracias…

-Alison: necesito comprar una gran sombrilla ya que caminamos de sol a sol, de seguir así mi belleza se acabará…

-Adrian: Permítame acompañarla, conozco donde podemos encontrar una tienda con bastantes sombrillas (Se alejan del grupo) ¡Nos vemos en el tanque de agua que esta en el centro de la ciudad!

-Alice: de acuerdo.

-Dark: Alice, busquemos tu sangre… (Caminan por la ciudad)

-Lina: ya no estamos muy lejos de Orozco, este pequeño pueblo esta cerca de la frontera Este de Kirite.

-Dark: pronto llegaremos…

-Alice: me pregunto si Marie estará bien…

-Lina: vamos a un lugar muy peligroso ¿Cierto?

-Alice: así es.

-Lina: ¿Puedo saber por qué?

-Alice: hace tiempo un miembro de nuestra organización fue capturado y llevado a ese lugar.

-Lina: ¡Wow! Ahora entiendo ¡Es una misión de rescate!

-Dark: trata de guardar silencio… no sabemos si esta ciudad es segura…

-Line: ¿Qué? ¿Hay criaturas cerca? O ¿Por qué lo dices?

-Dark: es muy pronto para Ayita, pero conforme pasa el tiempo, La Oscuridad le permite "Vivir a algunas ciudades o en su defecto a algunos ciudadados" para que estos les lleven información de cualquier anomalía que ocurra en los alrededores. Con el paso del tiempo… las criaturas de la noche no seran los únicos enemigos que tendrán…

-Lina: oh…, no sabia que los malos hacían cosas como esas…

-Dark: por eso es mejor pasar desapercivido y tener cuidado con lo que decimos en espacios públicos…

-Lina: ¡Ah, cierto! Mejor me pondré a buscar una tienda de suministros (Transitan por las calles del pueblo) ¿Hmm? (Mira un letrero que dice "Provisiones") ¿Dark esa tienda puede servirnos?

-Dark: (Encuentran una tienda que aparente verse mejor que el resto de las casas) Perfecto… eres buena buscando (Se dirigen a la tienda)

-Lina: ¡Gracias! (Una vez dentro de la tienda comienzan a ver lo que hay) ¡Tiene muchas cosas! (Dice sorprendida)

-Dark: si quieres algo tómalo yo lo pago.

-Lina: ¿Enserio? Bueno… gracias… (Se apena)

-Dark: Alice… después de aquí buscaremos un lugar donde vendan animales ¿Está bien?

-Alice: claro, no llevo prisa (Mira por los pasillos de la tienda)

-Lina: (Caminando por los pasillos de la tienda) veamos… (Al fondo se alcanza a ver joyería) hmm… (Encuentra en el mostrador un collar de plata con un dige que tiene un diamante rojo rodeado por hojas de plata) ¡Qué bonito!

-Tendero: ¿Le gustaría probárselo?

-Lina: ¡Claro!

-Tendero: (Saca el collar y se lo entrega) pero tenga mucho cuidado ese cristal no es diamante es "Radium un cristal más precioso que el diamante, pero es sumamente frágil y caro…

-Lina: no se preocupe soy muy cuidadosa (Sonríe) ¡Qué bonito es! (Observa el collar detenidamente) que precioso color rojo… (En ese momento un sinfín de imágenes cruzan rápidamente por su mente "Esto es para ti" "Esto es para ti" "Esto es para ti" la frase da vueltas una y otra vez dentro de su mente) ¡Ah! (Se debilita y suelta el collar, el cual cae al piso)

-Tendero: (Con una expresión de terror observa como el cristal se rompe en pedazos) ¡NO! (Grita fuertemente)

Alice y Dark llegan rápidamente al lugar de joyería…

-Alice: ¿¡Qué sucedió!? (Pregunta alarmada)

-Tendero: ¡Rompió mi mas valioso collar!

-Dark: Lina…

-Lina: (Al verlos pierde sus fuerzas y se desmaya)

-Dark: (Rápidamente la agarra antes de que toque el piso) ¿Lina? ¡Hey!

-Alice: (Agarra al tendero de la camisa) ¿Dónde hay un hospital?

-Tendero: (Nervioso responde) a dos calles arriba, después gira a la izquierda y camina cuatro cuadras.

-Alice: (Deja dos monedas de oro en el mostrador) ¡Vamos Dark! (Luego salen corriendo de la tienda)

-Tendero: (Mira las monedas) no puede ser… ¡Soy rico!

En un par de minutos llegan al hospital donde las enfermeras rápidamente atienden a Lina…

-Alice: ¿Estará bien?

-Dark: no lo sé… pero es la segunda vez que le ocurre.

-Alice: ¿Cuándo fue la primera vez?

-Dark: cuando veníamos de camino, tal vez no fue buena idea dejarla que nos acompañara.

-Alice: es mi culpa, yo te pedí que me dejaras traerla…

-Dark: no es culpa de nadie… primero veamos que dice el doctor, mientras puedes ir a conseguir sangre, yo esperaré aquí.

-Alice: está bien, volveré enseguida…

Sale del hospital en búsqueda de un lugar propicio para abastecerse de sangre, vaga por las calles del pueblo hasta encontrar una ganadería…

-Alice: disculpe estoy interesada en comprar un pollo… de cualquier especie.

-Ganadero: enseguida se lo traigo, puede esperar un poco (Se va del mostrador).

-Alice: seguro. (Cinco minutos después vuelve el ganadero con un pollo en sus manos)

-Ganadero: aquí tiene (Le entrega el pollo).

-Alice: Gracias (Sale de la tienda)

Mientras tanto…

-Alison: (Con una sombrilla mediana de seda muy pintoresca decorada con perlas junto a otras piedras preciosas, camina por la calle) fue muy amable ese vendedor al regalarme esta sombrilla tan bonita (Su sonrisa resplandece en su rostro).

-Adrian: es natural, la bondad humana esta en su mero apogeo (Carga todo el equipaje de Alison) ¿Hay algún otro sitio que quiera visitar?

-Alison: (Mira a un sujeto con un sombrero puntiagudo con traje de mago) ¿Qué será eso de allá?

-Adrian: habrá que ir a ver (Se dirige con el misterioso hombre cubierto con una vieja tunida que porta un extraño sombrero puntiagudo)

-Alison: espera, voy contigo quiero ver con mis propios ojos (Al llegar un vendedor les habla).

-Vendedor: bienvenidos al más sofisticado sistema de Warp con el cual pueden llegar a muchos destinos ya sean pueblos o ciudades en solo unos instantes, satisfacción garantizada o lo devolvemos por donde vino, el precio es razonablemente barato 100 monedas de cobre por persona.

-Alison: pero es muy caro… (Dice triste)

-Vendedor: (Los ojos del vendedor se iluminan no pudiendo resistir el encanto de Alison) ¡Oh discúlpeme! (Se arrodilla) ese precio es solo para los muertos de hambre pordioseros que nos contratan.

-Adrian: hasta donde llega la depravación humana…

-Vendedor: para usted preciosa es gratis, ¡No! Gratis no, nosotros le pagamos a usted por que use nuestro servicio.

-Alison: ¿¡Enserio!?

-Vendedor: (Siente que casi pierde el conocimiento por su belleza) si… adelante, páse preciosa.

-Alison: pero… vengo acompañada ¿Los demás también pueden venir conmigo?

-Vendedor: ¡Claro! Valla por ellos, yo la esperare aquí hasta que vuelva, no importa a qué hora quiera venir sin importar que… aquí la esperare, se lo prometo ¡Enserio!

-Alison: te creo, ahora espera aquí. Vámonos Adrian

-Adrian: ya voy (Se marchan del lugar).

-Alison: adiós a esas estúpidas caminatas largas, nos iremos en Warp sin importar que diga Dark.

Mientras tanto Alice…

-Alice: (Regresa con Dark) ¿Cómo se encuentra Lina?

-Dark: la enfermera dijo que pudo haber sido por la falta de comida, los niños en crecimiento deben alimentarse bien…

-Alice: con que era eso…

-Dark: ahí viene.

-Lina: (Una enfermera la escolta) siento haberlos preocupado…

-Enfermera: la niña se encuentra en perfecto estado de salud, tal vez se mareo por falta de comida, por favor asegurence que coma a sus horas…

-Dark: le agradecemos mucho su ayuda…

-Alice: (Se acerca a ella) lo que importa es que estas mejor.

-Dark: ya podemos irnos…

-Lina: ¡Sí! (Dice muy animada)

-Dark: volvamos por las proviciones que compramos en esa tienda.

-Alice: yo iré al tanque de agua a esperar a Adrian y Alison, de seguro ya llegaron. (Se marcha hacia el lugar acordado)

-Dark: en un momento te alcanzaremos. (Se dirigen a la tienda de víveres)

-Lina: (Piensa "¿Qué rayos me ocurre? ¿Qué significa esto?")

-Dark: ¿Segura que te sientes mejor niña?

-Lina: ¡Sí!

-Dark: me aseguraré que comas como es debido para que esto no vuelva a ocurrir.

-Lina: gracias, disculpa las molestias…

-Dark: eres solo una niña… deberíamos prestarte más atención…

-Lina: no es para tanto.

-Dark: el futuro que les espera a los niños en estos tiempos es muy triste, los juegos fueron remplazados por charcos de sangre y violencia.

-Lina: en mis tierras aun hay paz.

-Dark: la paz es un privilegio del que debería gozar todo el mundo, y mientras yo esté aquí lucharé para conseguirlo.

-Lina: (Siente nuevamente esa sensación) no de nuevo… (Susurra)

-Dark: ¿Dijiste algo?

-Lina: ¡No, nada!

-Dark: ya veo…

-Lina: (Piensa "Desde que estoy en este grupo me he sentido extraña…, no entiendo porque…")

-Dark: (Se detiene) hemos llegado a la tienda, entremos…

-Lina: ¡Sí! (Entran en la tienda)

Mientras tanto Alice…

-Alice: (Sentada bajo del tanque de agua) hmm… aun no han llegado.

-Desconocido: ¿Esperas a alguien jovencita?

-Alice: a unos amigos…

-Desconocido: están a punto de ir a un lugar muy peligroso, deberían prepararse bien y tener mucho cuidado…

-Alice: (Voltea a ver al sujeto) ¿Quién te ha dicho eso?

-Desconocido: no hay nada de que asustarte, soy uno de sus aliados, soy amigo de Krael.

-Alice: (Se levanta) ¿Cómo sé que puedo creerte?

-Desconocido: conozco a todos los habitantes del Everest pregúntame el nombre de quien sea y te lo responderé.

-Alice: ¿Cuál es el nombre del jefe del templo en las faldas de la montaña?

-Desconocido: su nombre es Kechu Tirado.

-Alice: hmm… (Lo mira desconfiada) ¿Qué quieres de mi?

-Desconocido: nada… solo quería darles una pequeña advertencia, porque he visto el lugar a donde se dirigen y me preocupa que no puedan volver de él.

-Alice: gracias por la información… la tendré en cuenta.

-Desconocido: bien… fue un gusto haberte saludado jovencita (Comienza a alejarse)

-Alice: ¡Un momento!

-Desconocido: ¿Algo más en que te pueda ayudar?

-Alice: ¿Cómo te llamas?

-Desconocido: me conocen como "Push"

-Alice: ¿Push? (Escucha un ruido cerca notando que viene Dark con Lina) deberíamos hablar del tema ahora que viene Dark (Cuando vuelve a voltear en la dirección que estaba Push ya no está) ¿Pero qué? (Dice sorprendida)

-Dark: (Nota que esta volteando a todas partes) ¿Pasa algo Alice?

-Alice: un sujeto me hablo hace un momento… pero se ha ido…

-Dark: ¿Cómo era?

-Alice: era… hmm… era… (Se queda en silencio) no lo recuerdo…

-Lina: ¿No lo recuerdas? (Saborea un delicioso trozo de pan)

-Alice: esto es extraño… ¿Por qué no lo recuerdo?

-Alison: (Llegan al lugar rápidamente) están haciendo mucho escándalo.

-Alice: ha ocurrido algo muy extraño… conocí a un sujeto el cual no recuerdo como es…

-Lina: tal vez era un… ¡Fantasma! (Ríe)

-Alice: su nombre era… "Push"

-Dark: Push…

-Lina: Push.

-Alison: ¿Push?

-Adrian: ¡PUSH! (Dice alterado)

-Alice: ¿Adrian ocurre algo? (La reacción de Adrian fue completamente desconsertante)

-Adrian: (Corre hacia a Alice luego comienza a moverla rápidamente) ¿Dónde lo viste? ¿Hace cuánto?

-Alice: ¡Ah! ¿Qué te ocurre?

-Adrian: debe de estar cerca (Sale corriendo a buscarlo)

-Alice: ¿Lo conocen?

-Alison: a mí también explíquenme porque tampoco entiendo nada...

-Dark: Kechu me habló sobre él, es un informante por así decirlo, anda moviéndose por todo el mundo recolectando información de lo que acontece, por su técnica de amnesia nadie lo recuerda después de verlo, muchos conocen su existencia, pero no su físico como lo que te paso ahora mismo, aunque a mí también me sorprende que te lo hayas topado aquí.

-Alison: asi que es un espía... que trabajo más complicado.

-Lina: ¡Wow! ¿Y qué te dijo?

-Alice: vino a advertirme…

-Dark: ¿Sobre qué?

-Alice: dijo que el lugar al que nos dirigimos es sumamente peligroso, que deberíamos tener mucho cuidado o no volveremos…

-Lina: ¿¡Enserio!? (Se emociona)

-Alice: ¿Qué opinas Dark?

-Dark: no puedo sacar conclusiones hasta no hablar con Marie…

-Alison: oye Dark ¿Crees que el monje tarde en volver? Necesito que cargue todas mis cosas…

-Dark: no se que tenga en mente, pero pueden ir a descansar a alguna posada yo esperaré aquí a que Adrian regrese.

-Alison: eso me recuerda que encontré un medio de transporte rápido por lo que podremos irnos casi de inmediato.

-Dark: ¿Qué fue lo que encontraste?

-Alison: un servicio Warp.

-Lina: no había escuchado que hubiera ese tipo de servicios en la nación de Kirite y menos en este pueblo…, debe de ser nuevo.

-Dark: nos has ahorrado el viaje hacia la nación de Orozco…, en ese caso descansaremos aquí y mañana nos iremos a los servicios Warp, váyanse yendo a la posada, las alcanzare en un momento.

-Alice: cuando corrimos hacia al hospital mire una posada… las llevare ahí.

-Alison: espero que sea de lujo…

-Lina: ¡Que bien! Otra posada.

Las horas pasaron mientras Dark aguardaba bajo el tanque de agua sin embargo Adrian no volvía, incluso llego la noche sin ver su regreso fue una noche muy fría ya que cayó una fuerte tormenta en ese pequeño pueblo…

-Adrian: ah… (Llega cansado, mojado y desvelado) por más que busque no pude encontrar a Push…, o tal vez lo vi, pero no lo reconocí…

-Dark: las demás se han ido a la posada, vamos…

-Adrian: si… (Su cansancio puede verse reflejado en su cara)

La tormenta continuo unas cuantas horas mas, intensos vientos azotaron la posada donde se hospedaban, fuertes rayos estremecían el cielo y erisaban la piel con sus truenos… la fuerte lluvia baño por completo la tierra haciendo corre el agua por las calles del pueblo, llovio asi por varias horas hasta que finalmente la tormenta termino y por fin salió el sol…

-Alison: qué asco pisar todo este maldito barro… se arruinarán mis zapatos…

-Alice: ¿Lo encontraste Adrian?

-Adrian: por desgracia no… ¡Achu!

-Alice: eso me supuse…

-Lina: ¡Es hora de irnos!

-Dark: Alison, guíanos hacia el servicio Warp.

-Alison: démonos prisa no quiero estar pisando este barro por más tiempo…

-Lina: ¡Si vamos! (Con una pierna de pollo asado en la boca, acompaña al resto del grupo) ¡Esto está muy rico!

-Dark: vamos de una vez (Siguen a Alison a través del pueblo)

-Alison: es muy temprano, pero él dijo que nos esperaría hasta que volviéramos.

-Alice: llovió mucho casi toda la noche… ¿Crees que siga ahí?

-Alison: (A lo lejos se alcanzan a ver dos personas paradas en ese lugar) vez te dije que esperarían.

-Alice: valla… abren muy temprano (Al llegar)

-Vendedor: (Se encuentra completamente mojado y temblando de frio, sus ojos estan rojos como si no hubiese dormido) ¡Volvió! Sabía que volvería ¡Lo sabía! (Dice muy emocionado) desde que se fue me quede aquí esperándola, aun con la tormenta eso no me lo impidió, ni siquiera he dormido, pero cumplí mi promesa ¡Larry! Vamos a trabajar crea un Warp para esta preciosidad y sus acompañantes.

-Larry: ya voy... (En las mismas condiciones que el vendedor su fiel ayudante acude al llamado) primero díganme a que ciudad o pueblo van.

-Dark: a "Yucatan"

-Vendedor: ¿¡Que!? ¿Van a un lugar tan peligroso como ese? (Se altera al escuchar su lugar de destino) ¿Estará bien su preciosidad?

-Alison: no te preocupes llevo guardaespaldas, así que abre ese portal pronto que ya me quiero ir de aquí.

-Vendedor: De acuerdo ¡Larry!

-Larry: está bien... (Crea un portal) pasen y estarán en segundos en Yucatan...

-Dark: vamos. (Entra primero)

-Lina: ¡Wow! (Salta dentro del portal)

-Alison: por fin, adiós al barro (Entra)

-Alice: vamos Adrian apresúrate... (Entra)

-Adrian: ah... ¡Achu! (Con gran dificultad logra mantenerse en pie, usando sus últimas fuerzas entra al portal)

-Vendedor: les deseo suerte... (Cae desmayado del cansancio junto con Larry después de eso el portal se cierra).

Al cruzar al otro lado del portal se encuentran en una ciudad en ruinas, no queda vestigio de lo que una vez fue la ciudad mejor fortificada del continente de Ayita... y un olor a sangre y putrefacción baña el lugar.

-Alison: esto se parece a Shiria... (Una temible sensación recorre su cuerpo)

-Dark: este lugar hace unos meses era la ciudad mas poderosa de Ayita...

-Alice: ¿Esto es Yucatan...? (Dice seria)

-Lina: ¿Qué es eso? (A lo lejos se ve un agujero gigantesco en la tierra)

-Dark: ahí es a donde tenemos que ir.

-Alison: ¿¡Que!? No quiero volver ahí...

-Adrian: ah... (Cae desmayado al piso)

-Lina: ¡Monje! (Va a recogerlo al tocarlo se da cuenta que está ardiendo en fiebre) ¡Tiene mucha fiebre!

-Dark: de seguro esa lluvia y el no dormir lo debilitaron demasiado.

-Lina: (Saca medicina) aquí tengo medicina de la que compramos en las proviciones.

-Alice: dámela para darle.

-Lina: aquí tienes (Le entrega la medicina)

-Alice: veamos… (Se la da a tomar a Adrian) tendremos que dejarlo escondido en algun lugar para que descanse.

-Dark: cuidado que ya llego la bienvenida. (Desenvaina su espada)

-Demonio: (De entre unas casas sale un conjunto de demonios) hay una succubu entre ustedes… puedo olerla…

-Alison: ¡Gck! (El terror que habia logrado dejar atrás, se presenta nuevamente ante ella)

-Criatura: nos estábamos sintiendo muy solos por aquí… has llegado en el mejor momento…

-Alison: ah… (Su cuerpo se paralisa por completo y no puede reaccionar)

-Dark: basta de chachara… (Se dirige hacia ellos con la espada desenvainada)

-Demonio: ¿Crees que podrás con nosotros?

-Dark: ¿Por qué no lo compruebas?

-Criatura: déjamelo a mí (Se lanza hacia él con sus garras de fuera para rebanarlo) ¡Grah!

-Dark: (Esquiva fácilmente el golpe luego lo parte en dos)

-Criatura: ¡AH! (Grita de dolor)

-Dark: ¿Qué paso…? pensé podían hacer mas que eso.

-Demonio: maldito ¡Grah! (Con un gran bramido llama a varios demonios mas) el numero hace la fuerza desgraciado.

-Dark: (Sonríe) ya veremos.

-Alison: (Al ver a Dark conbatir vuelve en si, recuperando su cordura) ¡Dark! (De su espalda brotan sus Alas negras junto con sus garras) como se atreven ustedes miserables escorias a levantar su mano contra mi Dark… (Vuela hacia los demonios)

-Lina: ¡Cuidado!

-Demonios: ¡A ellos! (Una decena de demonios corren desenfrenados hacia sus victimas)

-Dark: (Todo demonio que se acerca a él es cortado por su espada) no importa cuántos traigan el resultado será el mismo… son muy débiles.

-Demonios: ¡Cállate! (Aparece uno frente a Dark)

-Alison: (Pero es rebanado por las garras de Alison) ¡No se acerquen a mi Dark! (En ese momento Alison baja la guardia y un demonio le lanza sus garras como si fueran proyectiles)

-Dark: (Sin embargo Dark bloquea el ataque y lanza su espada hacia la bestia despedazándolo antes de que la toquen) no te distraigas Alison.

-Alison: disculpa (Continúa matando demonios)

-Líder de los demonios: (Mira que Lina está lejos de ellos y del alcance de Dark así que se lanza contra ella) tú serás mi pequeña rehén.

-Lina: (Ve como la enorme bestia se aproxima a ella) ¡No te acerques!

-Dark: (Por el ruido de la batalla no alcanza a notar ese movimiento)

-Líder demonio: (Saca sus garras) primero te hare llorar para que vean que te tengo después te torturare lento para que te vean sufrir. (La sujeta del cuello y comienza a levantarla)

-Lina: ¡Agh! ¡Déjame en paz! (Sujeta firmemente la mano que la estrangula)

-Líder de los demonios: llora niñita, este no es lugar para cucarachas como tu (Ríe burlándose de la pequeña)

-Lina: (Pone su mano en la del demonio que la sujeta)

-Líder de los demonios: ¿Qué haces?

-Lina: (Clava sus Garras en la mano haciendo que la suelte) ¡DARK!

-Dark: (Escucha el llamado de la pequeña niña) ¡Lina!

-Líder demonio: estúpida niña (Intenta atrapar a la asustada niña)

-Lina: ¡Ayúdame! (Esquiva agilemente los ataques del demonio hasta que tropieza) ¡Ah!

-Lider demonio: te tengo… (Extiende su mano para atraparla)

-Dark: (Sin piedad alguna arremete contra la feroz bestia haciendo un corte limpio en su apdomen, partiéndolo a la mitad y terminando con su existencia)

-Lina: (Corre hacia el) ah… ah… eso estuvo cerca…

-Dark: vamos… (Toma a Lina en sus brazos luego la lleva a donde esta Alice y Adrian)

-Alice: (Mira a Lina) ¿Estás bien?

-Lina: si…, ¡Es la bestia mas grande que he visto!

-Dark: cuida de ella y de Adrian todavía quedan muchos demonios por aquí (Mira que todos los demonios del piso se están levantando nuevamente)

-Alison: (Ataca a los demonios que quedan) asquerosos aléjense de mi.

-Dark: (De nuevo vuelve a la batalla destripando a todos los que se encuentran frente a su espada)

-Alison: cada vez llegan más... Son demasiados.

-Dark: tendré que deshacerme de ellos rápido.

-Alison: ¿Que? (Dice mientras le arranca la cabeza a uno con sus garras)

De repente al fondo se ve un sujeto con dos grandes látigos de fuego calcinando a todos los demonios que se encuentran a su alcance, algunos de lus latigazos simplemente parte a las criaturas en dos, otros se enredan en ellos y los calcinan casi al instante...

-Alison: ¿Qué es eso?

-Dark: hmm…

Cada vez se acerca más a ellos calcinando demonios con sus poderosos látigos de fuego, con cada paso que da comienza a tomar forma.

-Alison: ¿Una chica? (Mira entre la conmoción a una chica pelirroja con un pantalón de cuero negro junto con una camisa de botones blanca de manga larga con las mangas dobladas).

-¿?: valla... tardaron mas de lo previsto.

-Lina: ¿Quién eres?

-Alice: pero si es…

-¿?: ¿Por qué no acabas con ellos de una vez? Sé que puedes hacerlo

-Dark: …

-¿?: te encanta matarlos lentamente ¿Cierto?

-Dark: solo un poco…

-Alice: ¡Marie!

-Marie: (Sonríe).

Capítulo 23: Infiltración.

-Marie: que blando te has vuelto Dark.

-Dark: (Sonríe) no te confundas, solo estoy guardando mis fuerzas para lo que viene…

-Marie: lo sé, solo me gusta molestar (Mira a Alison, Adrian y Lina) ¿Qué es esto? ¿Desde cuándo cargas con estas cosas?

-Alice: es bueno saber que has recuperado tu fuego Marie…

-Marie: si, volvió hace un par de semanas, debo admitir que ahora me siento mucho mejor…

-Alice: Marie ellos se han unido a nuestro grupo.

-Alison: ¿Quién es esta mujer? y ¿Por qué nos habla como si fuera muy superior?

-Lina: ¡Wow! Me encantó como usaste esos látigos para eliminar a esas criaturas (Se le acerca a Marie) ¡Mucho gusto soy Lina!

-Marie: que niña tan adorable, me encantan tus orejitas (Acaricia gentilmente su cabeza).

-Lina: (Disfruta agradablemente de sus caricias) ¡Gracias!

-Marie: (Sonríe) ¿Crees que sea buena idea llevarlos Dark?

-Dark: primero ponme al tanto de la situación, necesito saber a que nos enfrentamos...

-Alison: ¡No me ignoren!

-Marie: ¡Mira tú Burdelera! Debes aprender a guardar silencio cuando los grandes estan hablando ¿Entiendes? ¿O te lo digo más despacio?

-Alison: ¡Ah! ¡Tu desgraciada! (Se acerca molesta con Marie)

-Dark: ¡Suficiente! (Dice molesto)

-Alison: pero... ah... (Molesta por las duras palabras de Marie, se aleja del grupo)

-Dark: ahora Marie, dime todo lo que has descubierto...

-Marie: desde que supe que Genesis habia logrado entrar a Ayita, siempre me pregunté como es que lo habían hecho... ¿Cómo lograron cruzar por El Estrecho de Magayan? Era una pregunta que me repetia constantemente, en aquel entonces no podía visualizar como millones de criaturas lograron evitar las poderosas tormentas eléctricas y los temibles vientos que asotan las horrorosas tierras de ese lugar..., era algo simplemente inconvebible... (Patea una pequeña piedra que tiene en frente la cual choca con otra piedra mas grande que se encuentra cerca provocando un pequeño chasquido al impactar) fue entonces cuando lo vi... (Girando hacia su derecha se topa de frente con un siniestro agujero que se vislimbra a lo lejos) ese horripilante agujero en el suelo... fue el culpable de que La Oscuridad llegara a Ayita.

-Dark: cruzaron por debajo...

-Marie: asi es, se refugiaron en las profundidades de la tierra y evitaron a toda costa las condiciones climáticas del lugar...

-Alice: fue por eso que no sufrieron ninguna baja...

-Marie: ese agujero conecta con la nación perdida de Matamoros..., uno de los principales cuarteles de Genesis...

-Alice: ¿Es ahí donde tienen a Gera?

-Marie: no, Gera se encuentra pricionero en la pricion mas custodiada de todo Shiria... un peligroso lugar ubicado en la nación perdida de "Mock Town" donde encierran a los sujetos mas problemáticos para Genesis, sin embargo..., hay algo mas ahí dentro...

-Dark: ¿A que te refieres?

-Marie: dudo mucho que hayan construido una prisión tan grande y segura solamente para encerrar a sujetos problemáticos..., entre los guardias hay varios rumores que en lo profundo de ese lugar esta encerrada la criatura mas peligrosa para Genesis, quien se rumora se trata de una mistica y renegada criatura que se opone a los ideales de Genesis, por lo que se vieron en la penosa necesidad de encerrarlo…

-Alice: Esa es una buena notica ¿No? Si esa criatura es tan fuerte tal vez deberíamos liberarlo, es muy probable que nos ayude.

-Dark: dudo mucho que algo proveniente de La Oscuridad sea nuestro aliado, incluso si es enemigo de La Oscuridad en si…

-Marie: independientemente si decidamos liberarlo o no…, el echo es que la seguridad en ese lugar es increíblemente alta… un líder de Genesis protege la prisión semanalmente, cada semana se turnan para garantizar la seguidad de ese lugar, por lo que no será nada fácil rescatar a Gera ya que su celda está relativamente cerca de ese misterioso subterraneo lugar, hasta ahora he tenido acceso hasta media prisión, lo mejor sería infiltrarnos tratando de evitar peleas por que si ellos llamaran a Huracán… sabes lo que pasaría…

-Dark: … (Lleva su mano al rostro pensando en una posible solución para semejante predicamento) es realmente complicado…, en ese caso Adrian, Lina y Alison, tendrán que quedarse aquí esperando a que salgamos, no… mejor deberían irse de aquí.

-Lina: ¿¡Que!? ¿Pero que pasara con mi aventura?

-Marie: (Acaricia gentilmente su cabeza) debes de entender que ese no es lugar para niños…

-Lina: yo quería tener una gran aventura…

-Dark: ya habrá tiempo para más aventuras, de momento espera aquí con Adrian y Alison.

-Lina: (Guarda silencio un momento) bueno…

-Alice: me alegro que comprendas.

-Lina: ¿Entonces… solo ustedes irán?

-Dark: no, aun faltan algunos por llegar.

-Marie: cierto.

Mientras tanto…

-Alison: pero quien se cree esa tipa… mira que llegar tan prepotente y hablarme de esa manera…, cuando finalmente me estaba sintiendo parte del grupo… aparece esta mujer a arruinarlo todo… (Se recarga en una vieja casa abandonada) no quiero volver a Shiria nunca… ¡Nunca! (Cubre su rostro con sus manos recordando terribles momentos que vivio en aquel sombrio lugar) ellos solo me miran como un objeto con el que pueden divertirse o desquitarse… (Como el rocio de la mañana un par de lagrimas se dezlisan por su rostro) entre los humanos me siento viva… ellos me adoran y me tratan como reina… y jamas me han hecho daño… (Sus delicadas manos secan la humedad que dejaron sus lagrimas al pasar por sus mejillas) el poco tiempo que he vivido en Ayita ha sido para mi el mas feliz de mi vida…

-¿?: bravo, bravo, realmente hermoso… (Dice secándose unas lagrimas)

-Alison: (Un misterioso hombre alto y rudo se aparece entre las desoladas casas de Yucatan) ¿Tu quien rayos eres? (Sin dudarlo, toma una postura hostil mientras una extraña mano metalica resalta en el misterioso sujeto)

-¿?: eres fantástica, esa escenita realmente me llegó al corazón (Se acerca a ella)

-Alison: (Al ver su disposición aprovecha para sacar partido de ella) ¿De verdad…? (Dice seductoramente)

-¿?: ¡Chiquita! (Sus ojos se delaitan ante la belleza de la preciosa mujer)

-Alison: (Sonríe) Ven… acércate y dime que hace un hombre tan guapo como tu por este lugar…

-¿?: ¡Ah! (Camina hacia ella) no puedo resistirme…

-Alison: apartir de ahora me protejeras de cualquier criatura que intente dañarme…

-¿?: (Cautivado por su esplendor, se arrodilla frente a ella) estoy a tus pies…

-Alison: pero que hombre tan caballeroso… si te portas bien dejare que puedas tocarme ligeramente un dedo del pie (Sonríe) ahora dime… ¿Quién eres y a que has venido?

-John: soy John Trinidad, miembro de la organización de La Sombra Del Viento y vengo a ayudar a mis camaradas a rescatar a un idiota…

-Alison: (Al escuchar el nombre de su organización no puede evitar sorprenderse) ¿Esa poderosa organización que le cerro el paso a Genesis en la toma de Euriath?

-John: asi es…

-Alison: increíble…, ¿Que hace un miembro de ellos aquí…? (Mira a su alrededor buscando a alguien que lo acompañase, pero no encuentra a nadie) cuando le muestre a Dark lo que he hecho con él me dejara acompañarlo sin duda (Una confiada sonrisa se dibuja en su rostro) bien hecho mi obediente sirviente, como recompensa dejare que me toques un dedo del pie (Levanta ligeramente la pierna izquierda) puedes tocarlo…

-John: como lo ordene mi señora… (Rápidamente se levanta agarrándola del trasero y metiendo su rostro en sus pechos)

-Alison: ¿¡Pero qué haces!? (Sin esperarlo sus planes se salen de control) te dije que el dedo del pie ¡Ah! ¡Déjame!

-John: (Despues de un breve momento deja en paz a la mujer) ah… que bonito es lo bonito me cae…

-Alison: (Pierde ligeramente las fuerzas, pero se mantiene en pie) ¿Cómo te atreves…?

-John: (Ríe) Tu dijiste que podía tocarte.

-Alison: ¡Pero dije que solo el dedo del pie!

-John: ¿Enserio? Yo escuche "Agárrame lo que quieras papi" (Sus carcajadas hacen que Alison se avergüence aun mas)

-Alison: que le pasa a mis encantos… ¿Acaso ya no puedo atrapar a nadie…?

-John: me gustaría seguir charlando, pero tengo que encontrarme con el resto de mi raza ¿Has visto a alguno por aquí?

-Alison: no… no he visto a nadie…

-John: órale… que raro… ya deberían estar por aquí…

-Alison: (Se aleja del lugar)

-John: ¿A dónde vas?

-Alison: si me quedo mas tiempo contigo podrias intentar otra cosa… mejor volveré con los de mi grupo.

-John: chale… que poco aguantas.

-Alison: (Camina molesta de regreso con Dark)

De vuelva con el resto del grupo…

-Marie: debemos de ser muy sigilosos en esta misión… no debemos llamar la atención o terminaremos en medio de una batalla que no podremos ganar…, solo espero que cierta persona pueda mantener compostura y no hacer ruido…

-Alice: ¿Te refieras a…?

-Lina: ¡Wow! ¡Un sujeto con mano de metal!

-Marie: nunca se va a morir…

-John: ¡Qué onda!

-Dark: veo que llegaste sin problemas…

-John: oye esta nueva integrante que tienes, es muy cachonda, intento violarme allá atrás… y yo le decía "No, soy casado" pero la golosa no se detenía…, ha manchado mi castidad…

-Alice: nunca vas a cambiar…

-Alison: ese sujeto mañoso se atrevió a tocarme… (Abraza a Dark)

-John: (Rie) Que poco aguantas ¿Hmm? (Observa a Adrian quien se encuentra inconciente en el suelo) ¿Y este monje muerto que? Lo vamos a usar de carnada ¿O que?

-Lina: (Ríe) monje muerto…

-Daniel: veo que llego justo a tiempo, vengo armado y listo (Vistiendo un chaleco gris sobre una camisa azul con las mangas arremangadas, se une al grupo)

-Dark: tranquilos…

-Marie: ahora que estamos todos, les explicare brevemente el plan, pero primero entremos a una de esas casas para que no nos vean… (Se ocultan en una de las casas abandonadas y Marie les cuenta todo lo que ha descubierto)

-John: a que maldito raspado lo tienen bien encerrado, hay que dejarlo ahí para que se le quite lo idiota.

-Daniel: si fueras tu el que estuviera ahí, rogarías porque fuéramos a salvarte.

-John: pero yo soy importante, he ahí el datalle.

-Dark: bien…, ya explicado todo, empecemos.

-Alice: esta vez solo habrá un general de Genesis… tenemos la ventaja…

-John: espero que sea ese cabron que se hace invisible… me debe una mano el desgraciado…

-Dark: bien, Lina cuida bien de Adrian hasta que regresemos, si no volvemos en dos días vuelve a tu hogar.

-Alison: ¿Qué hare yo entonces?

-Dark: vendrás con nosotros…

-Alison: (Su rostro se ilumina de felicidad) ¡Gracias!

-Lina: yo quería ir…

-Daniel: ¿Qué le paso a ese monje muerto de alla?

-Alice: larga historia…

-Dark: vamos… Lina se ocupará de él.

-Marie: el único detalle, será cruzar el inmenso agujero sin que nos descubran…

-Daniel: ese podría ser un problema…, si armamos un gran alboro antes de llegar a nuestro destino, la misión de rescate fracasara…

-Alice: Daniel tiene razón, necesitamos la forma de pasar desapersividos sin que nos detecten…

-Dark: Hmm… (Observa a Adrian desmayado en el suelo) ¿Qué tal la técnica de camuflaje de Adrian?

-Alice: ¡Es cierto! Tiene una habilidad bastante buena.

-Dark: las criaturas de rango inferior a General, serán incapaces de detectarnos.

-Marie: podría funcionar…, el agujero solamente es utilizado por pequeños grupos de criaturas…, aunque por el momento no tienen planeado hacer otra invacion masiva al continente.

-Dark: Alice, revisa a Adrian ¿Crees que pueda continuar?

-Alice: hace un par de horas que le administre la medicina (Toca la frente de Adrian) la friebre se ha ido, intentare despertarlo… (Golpea con pequeñas palmadas el rostro del inconciente Monje, intentando que reaccione) Adrian… Adrian, oye…

-Adrian: (Al poco tiempo comienza a dar signos de vida) Hmm… ¿Qué ocurrío? (Abre lentamente los ojos encontrándose rodeado por desconocidos) ¿Hmm?

-Alice: tranquilo, son nuestros aliados.

-Adrian: (Con un gran esfuerzo logra sentarse sobre el suelo, sus brazos se tambalean al intentar sostenerce) ¿Cuánto tiempo estuve dormido…?

-Alice: un par de horas…

-Dark: (Sin perder tiempo se acerca a su compañero y lo pone al tanto de la situación) es por eso que necesitaremos tus habilidades para camuflajearnos ¿Crees poder escondernos a todos?

-Adrian: nunca he ocultado a tanta gente… pero lo intentare… ¡Gck! (Su cuerpo se encuentra completamente adolorido, pareciera que alguien le propicio una tremenda golpisa)

-Daniel: déjame ayudarte (Sujeta a Adrian y lo apoya en su hombro)

-John: este monje moribundo se nos va a morir a medio camino…

-Marie: cállate y ayúdalo a sostenerse…

-John: chale… que mal sentido del humor tienes… (Apoya del otro lado a Adrian en sus hombros) con eso será suficiente…

-Adrian: Acerquense lo mas que puedan… (Reune al resto de los miembros a su alrededor, una vez que todos se encuentran lo mas juntos posible, usando una de sus técnicas crea una barrera de invisibilidad que parece una enorme burbuja que cubre a todo el equipo haciéndolos desaparecer)

-Lina: ¡Nos volvimos invicibles!

-Alison: hey… me están aplastando…

-John: no es apropósito… (Una sonrisa malévola se dibuja en su rostro)

-Dark: Marie, estamos listos…

-Marie: en ese caso… síganme.

Usando la técnica de camuflaje de Adrian, el grupo se adentra en el siniestro agujero que se encuentra frente a ellos, descendiendo cada vez mas a las profundidades de la seca y dura tierra donde la luz cada vez se hace mas ausente, en ese momento comiezan a escucharse tenebrosos alaridos provenientes de las criaturas que rondan en las tinieblas…, no obstante, el grupo continua su camino sin detenerse en lo mas minimo avanzando en la oscuridad hasta perder de vista la luz de la entrada, fue entonces cuando un extraño sonido parecido al crujir de la tierra cuando un temblor se lleva acabo comenzó a resonar en lo profundo del túnel...

-Alice: ¿Qué... es eso...? (Susurro al grupo)

-Marie: he crusado varias veces por este lugar y llegue a la conclusión que es el sonido de la vibración de la tierra que producen los rayos de El Estrecho de Magayan al impactarse con ella...

-Daniel: ¿Qué dijo...?

-John: que no estes chingando...

-Adrian: mi barrera de camuflaje no permite que ningún sonido salga de adentro hacia afuera... asi que pueden hablar todo lo que quieran...

-Lina: ¡Si! ¡Este lugar es genial! ¡A esto le llamo una aventura! (La pequeña niña parece ser la única que disfruta del trayecto)

-Alice: ¡Cuidado! (De repente una docena de criaturas pasan volando rápidamente hacia Ayita)

-Alison: se dirigen a Yucatan...

-Marie: continuemos...

El grupo continúa avanzando por mas de 8 horas logrando avanzar tres cuartas partes del camino, en ese punto el numero de criaturas que rondaba en el túnel es cada vez mayor, afortundamente gracias a la barrera de camuflaje de Adrian, podían seguir avanzando sin problema...

-Adrian: ah... ah... ah... (Su respiración se agitaba cada vez mas)

-Lina: Monje ¿Estas bien?

-Adrian: si... es solo que... nunca habia usado el camuflage para tanta gente... ah... ah... ¡Gck!

-Dark: Adrian esta llegando a su limite, la barrera de camuflaje desaparecerá.

-Alison: ¿¡Que hacemos!?

-Dark: sujétense... (Los miembros del grupo se sujetan fuertemente entre ellos, en ese momento impulsándose con su pierna derecha da un salto que los impulsa a una gran velocidad por el túnel saliendo rápidamente de el)

-Lina: ¡Wow!

-Dark: ¡Aguanta un poco mas Adrian! (Al salir del agujero maniobra en el aire y ayuda a descender al grupo lentamente en una región despoblada)

-Alice: por fin... (Aprovecha para estirarse) estaba cansada de estar tan apretados...

-Adrian: ah... ah... (Cae de rodillas al suelo) ah... ah... (Sus pulmones no parecen ser suficientes para reabastecer de oxigeno a su cuerpo desplomándose inconciente en el suelo)

-Alice: (Se acerca al inconciente monje y lo recuesta boca arriba) esta ardiendo en fiebre de nuevo…, Lina dame mas de esa medicina…

-Lina: aquí esta (Le entrega una pequeña bolsita de tela)

-John: tengo que admitir que ese manto de camuflaje fue de bastante ayuda…

-Daniel: ¿Ahora que sigue Marie? ¿Dónde esta la famosa prisión de la que hablas?

-Marie: la prisión aun se encuentra a dos naciones de distancia…

-Daniel: ¿Qué? Aun esta muy lejos…

-Marie: tranquilo… hay una forma de llegar rápidamente (Deslizando su mano derecha dentro de los bolsillos traseros de su pantalón mueve los dedos intentando sacar algo)

-Dark: ¿Qué tienes en mente?

-Marie: Esto (Dice mientras sostiene una pequeña placa de metal)

-Lina: ¡Wow! ¡Es un auxiliar!

-Marie: ¿Los conoces?

-Lina: si, los usamos mucho en nuestro territorio, son bastante practicos.

-John: ¿Qué rayos es un auxiliar?

-Marie: es como una carta de teletransportacion a corta distancia y reutilizable, sirve para guardar un punto de referencia y al activarla el "Auxiliar" te lleva a ese punto de inmediato, todos los guardias de la prisión tienen uno de estos, para usarse en caso de una fuga masiva, de este modo pueden teletransportarse a diferentes puntos en el exterior de la cárcel y bloquear las salidas para evitar que los prisioneros se escapen, con esto… podremos viajar directamente hasta la ciudad de Mock Town sin necesidad de caminar las dos naciones.

-Alice: increíble ¿Cómo fue que lo conseguiste?

-Marie: Hace tiempo… cuando finalmente logre ubicar la prisión donde Genesis mantiene cautivo a Gera, un guardia apareció enfrente de mi, justo en medio de la nada, al verlo tan repentinamente mi cuerpo se movio solo y le acerté un fuerte puñetazo en la cara que lo dejo inconciente, cuando reaccione, me comencé a preguntar como habia aparecido aqui, precisamente en este lugar…, mientras lo observaba inconsiente en el suelo, se me ocurrio la idea de usar su ostentosa armadura y ponerme su casco, de este modo podría suplantarlo y entrar en la prisión sin problema, asi que lo desvestí para posteriormente eliminarlo… quedándome con todo lo que poseía.

-Daniel: eso fue muy listo de tu parte…

-Marie: gracias…, una vez que me vesti de guardia, ingresé a la prisión como nuevo recluta y poco a poco fui aprendiendo como se trabaja ahí dentro.

-Alison: entonces… ¿Cómo haremos para entrar sin hacer un escandalo?

-Dark: salir de una prisión es complicado y escandaloso, pero entrar a una prisión... es completamente normal, es normal que todos los días ingresen nuevos prisioneros, asi que... que mejor forma de entrar que siendo uno de ellos.

-Marie: Dark tiene razón, si se hacen pasar por mis prisioneros, podremos ingresar sin problemas.

-Dark: habrá que conseguir algo que nos cubra el rostro para pasar desapersividos...

-Marie: Cuando lleguemos a Mock Town ire a una de las casetas de vigilancia que rodea a la prisión, donde pediré equipo para prisioneros recién llegados, creo recordar que hay pequeños sacos de tela que podemos utilizar...

-Dark: ahora que tenemos elaborado un plan, pongámonos en marcha...

-Marie: esto funsiona prácticamente como una carta de teletransportacion asi que acérquense a mi...

Todos se reúnen junto a Marie al igual que lo hicieron al cruzar el túnel, en ese momento el "Auxiliar" se activa y los lleva a las afueras de la gran prisión en Mock Town, los gigantescos bloques de piedra que la constituyen, la hacen lucir extremadamente resistente, al igual que la larga muralla de ladrillo que la rodea, mientras que sus altas torres permiten tener una amplia visión del terreno que la comprende, en el cielo cientos de demonios y criaturas la sobre vuelan para evitar posibles fugas aéreas, sin duda es un lugar construido para que nadie sea capas de salir de el.

-Marie: bien... (Se acerca a una roca donde abre un compartimiento oculto que se encontraba debajo de ella, saca una vieja armadura la cual se dispone a ponerse empezando por la maya de acero que va bajo un grueso chaleco de piel el cual hace juego con unas hombreras de metal y un fuerte casco de rostro completo, después continua con las rodilleras y finalmente con unas piesas metálicas que protegen los antebrazos) esperen aquí... (Se aleja del grupo por unos minutos, luego regresa cargando un gran cofre) vengan... (Deja caer el pesado cofre sobre el suelo el cual causa un ligero estruendo por su peso) pónganse esto... (Les entrega un par de grilletes para ponerlos en sus manos y pies)

-Lina: ¿Dónde están los mios...?

Alice: Lina... tu tendras que esperarnos aquí... es muy peligroso alla abajo y no podemos exponerte al peligro...

-Lina: pero... ¿Y si me quedo calladita y hago todo lo que me piden?

-Marie: lo siento pequeña..., lo mejor será que te quedes afuera y cuides del monje...

-Daniel: si, tienen razón... (Le pega un pisotón a la tierra abriendo una grita en el suelo, luego haciendo un movimiento con sus manos hace un cuadrado perfecto en la tierra) entra ahí, hare un cuarto bajo la tierra donde podrán ocultarse tu y el monje.

-Dark: (Deposita cuidadosamente a Adrian dentro del cuadrado el cual tiene el tamaño de una pequeña habitación) Lina, te toca...

-Lina: (Muy triste por no poder acompañarlos, entra al cuadro en silencio) ...

-Alice: estaras bien…

-Dark: si no volvemos en 2 dias, toma al monje y regresen al Everest (Le entrega una carta de teletransportacion) esa carta me la dio el monje Kechu, usala solo en casos de emergencia…

-Lina: (Sus pesqueños ojos resplandecen con el agua de un pequeño par de lagrimas en sus ojos) esta bien…

-Daniel: (Comprime una piedra y la deja plana como una tortilla, al terminar guía la piedra con sus manos, posándola sobre el cuadro donde el monje y la niña se encontraban refugiados) con esto bastara…

-Dark: bien, preparence para ingresar en la prisión (Todos se cubren el rostro con los sacos)

-Marie: esperen, dejenme atarlos para que no se pierdan (Usando una cuerda los ata de la cintura entre si) bien, ahora solo síganme. (Se acerca con ellos a las enormes puertas de la prisión)

-Guardia: ¡Alto ahí! identifíquese.

-John: ya nos cargo el payaso…

-Marie: (Se detienen) guardia Fincon, numero 834274, sector 4 área 4894-2463.

-Guardia: todo esta correcto, adelante.

-Marie: ¡Muévanse escorias! (Los patea y empuja)

-Alice: Eso dolió… (Susurra)

-Guardia: (Ríe) a si se trata a los prisioneros.

-Marie: atravesamos la primera puerta… (Susurra)

-Dark: bien… (Recorren los pasillos del primer nivel donde solo se ven criaturas encadenadas)

-Marie: Gera está preso en la planta más baja de la prisión, nos costara un poco de tiempo llegar.

-Dark: no importa solo ten cuidado.

-Marie: vamos… (Los lleva bajando en la prisión hasta que se topa con la segunda puerta la cual conduce al siguiente nivel).

-Guardia: guardia Fincon llega 6 minutos tarde.

-Marie: mis disculpas señor… (Inclina la cabeza)

-Guardia: que no se repita de nuevo ¿A dónde llevas a estos?

-Marie: al nivel dos señor.

-Guardia: bien déjame ver quiénes son.

-Marie: hmm… (Piensa "Esto puede ser peligroso) espere señor, tengo que llevar a estos prisioneros rápido.

-Guardia: si no pasan la inspección no podrán pasar.

-Marie: lo sé pero…

-Guardia: ¿Hmm? ¿Qué sucede? ¿Hay algo mal en ellos?

-Marie: mis disculpas señor… puede revisarlos…

-John: ya valió madre… (Dice en silencio mientras saca lentamente uno de sus revolver)

-Guardia: (Quita rápidamente el saco de uno de ellos) veamos que tenemos aquí…

-Alison: ah… sea gentil conmigo por favor… (Dice muy seductoramente)

-Guardia: ¡Ah! (Cae complemente en los encantos de Alison) ¿Qué hace algo tan hermoso como tú en este lugar? esto debió ser un error.

-Alison: no… he sido una chica mala… y voy a tomar mi castigo como merezco… por favor no retrase mi castigo, quiero pagar las consecuencias de mis actos… (Dice seductoramente)

-Guardia: ¡Continua Fincon! Lleva a esta mujer con delicadeza rápido hacia su destino.

-Marie: ¡Enseguida señor! (A paso apresurado se alejan de la puerta)

-Alison: gracias (Le guiña el ojo)

-Guardia: le aseguro que hare lo que sea para que reduzcan su condena ¡Lo que sea!

-Daniel: estuvimos muy cerca…

-John: que suerte… no me lo puedo creer, pensé que ya todo se habia ido a la mierda.

-Alice: yo también estoy sorprendida…

-Alison: eso fue para los que pensaron que no serviría de nada.

-Marie: cállate ya.

-Dark: bien, a partir de aquí cuando pase algo similar descubre el rostro de Alison, cuento contigo Alison…

-Alison: (Se sonroja) claro amor…

-Marie: (En su travesia por el nivel dos, se escuchan los gritos de sufrimiento de los prisioneros al ser asotados cruelmente por sus cuidadores) bien ahora al nivel tres (De nuevo llega a la siguiente puerta)

-Guardia: ¡Fincon a donde llevas a esos prisioneros!

-Marie: al nivel tres.

-Guardia: ¿Al nivel tres? Acaso son tan peligrosos. Déjame verlos.

-Marie: ¡Enseguida señor! (Descubre a Alison)

-Alison: por favor sea gentil conmigo… (Su dulce voz de sirena derrite hasta el mas frio iceberg)

-Guardia: (Una vez más el encanto de Alison es irresistible para los guardias) ¡Oh que hermosa!

-Alison: disculpe señor guardia… ya no me volveré a portar mal…

-Guardia: ¡Fincon! Lleve a esta hermosura a su destino, también dígame en que numero de celda será encarcelada…

-Marie: será la celda 4865…

-Guardia: ¡Bien! Vamos muévete, te visitare en mis días libres preciosa, hare lo que sea para que te dejen libre pronto...

-Marie: (Bajan las escaleras al nivel tres) valla… no pensé que sería tan fácil (El asote de la puerta detrás de ellos marca otro nivel cruzado con éxito).

-Alison: otro punto a mi favor (Comienza a reír a carcajadas fanfarroneando)

-John: hay puro enfermo urgido aquí…

-Marie: concuerdo contigo John… (Siguen caminando hasta llegar a la entrada del nivel cuatro) hasta aquí he llegado antes no sé que hay más adelante.

-Alison: déjenmelo a mí.

-Marie: aquí vamos de nuevo…

-Guardia: (A diferencia de los guardias anteriores este lleva puesta una armadura más grande y pesada además de ser mucho mas alto que los demas) ¡Alto! ¿A dónde crees que vas?

-Marie: al nivel cuatro señor.

-Guardia: identifícate.

-Marie: guardia Fincon, numero 834274, sector 4 área 4894-2463.

-Guardia: Fincon, no tiene jurisdicción en el nivel cuatro no puede pasar.

-Marie: ¡Pero señor!

-Guardia: no me contradiga si no quiere que lo mande azotar, llevare a los prisioneros yo mismo.

-Marie: está bien…

-Alison: (Piensa "Aquí entro yo", se quita el saco de la cara) disculpe señor guardia quiero que Fincon nos lleve hasta el último nivel por favor…

-Guardia: ¿Desde cuándo un prisionero da órdenes? (Un fuerte manotazo voltea el rostro de la hermosa mujer)

-Alison: ¡Ah! (De su delicada boca y nariz corre un camino de sangre)

-Guardia: crees que una succubus puede persuadirme, pedazo de porquería…

-John: ahora si se fue todo al carajo… no hay duda. (Susurra).

-Guardia: ahora caminen si no los azotaré (De su cintura desamarra un látigo) rápido imbéciles (Abre la puerta hacia el nivel cuatro)

-Alison: (Limpia la sangre de su rostro)

-Marie: (Se queda parada viendo hacia todas direcciones) creo que no hay nadie cerca… (En cuanto la puerta del nivel cuatro se cierra se escuchan ruidos)

-Guardias: (Llega un conjunto de guardias) ¿Qué fue eso?

-Marie: no ha sido nada, fueron los azotes que les están dando a los prisioneros recién llegados.

-Guardias: con que fue eso…, ah… (Un suspiro de alivio escapa de su boca) vámonos solo fue una novatada (Se marchan).

-Marie: (Al irse los guardias se dirige a la puerta) ¿Que habrá pasado? (Cuando abre la puerta encuentra al guardia noqueado con puñetazos marcados en todo el cuerpo)

-John: maldito guardia mugroso quien rayos se cree.

-Dark: parece que tendremos que usar otra táctica a partir de aquí.

-Alison: si… mi poder ya no funciona…

-Dark: Marie sella la puerta hacia el nivel tres que nadie pueda entrar ni salir.

-Alice: ¿Dark eso no levantara sospechas?

-Dark: podría ser…

-Daniel: si la sellamos ganaríamos algo de tiempo.

-John: pero llamarían enseguida a Huracán… ¿Cuánto puede tardar en llegar ese desgraciado?

-Dark: John tiene razón…, desaganse del cuerpo y continuemos…, de ahora en adelante el tiempo que ganemos será a base de engaños…

-Marie: en ese caso, debemos de conseguir una nueva armadura… la que traigo ahora me delatara fácilmente…

-John: eso déjamelo a mí (Extendiendo su mano en dirección a Marie, luego la armadura que ella estaba usando toma la forma de la del guarda que se encontraron en la puerta) con eso bastara.

-Marie: buen trabajo John.

-Alice: Dark… Veo unos cables por la esquina de la izquierda.

-Dark: deben de ser la comunicación.

-Marie: esos cables van directo a la sala de controles de la prisión, la única forma de alertar al exterior es mediante un interruptor que hay en cada nivel.

-Dark: ¿Cuántos interruptores hay por nivel?

-Marie: no sé exactamente, pero si cortamos la comunicación de esos cables es probable que se queden desactivados.

-Dark: bien, en caso de ser descubiertos… ¡John!

-John: sé exactamente lo que estas pensando (Saca uno de sus revolver) ya que dices que no hagamos ruido usare algo especial. (Saca un silenciador para su revólver) cuando quieran…

-Dark: eso nos dará todavía más tiempo.

-Daniel: ¿De donde saca esas cosas…?

-Marie: bien continuemos bajando… (Comienza a caminar) cúbranse la cara.

-Alice: sigamos con el plan del guardia que nos lleva al fondo de la prisión.

-Dark: cúbranse el rostro todos (Se ponen el saco)

-Alison: ellos solo preguntan al cruzar a otro nivel, así que por lo menos debe llevarnos a las puertas del nivel cinco.

-Dark: puede ser…

-Alice: si Alison tiene razón, llegaremos a las puertas del nivel cinco sin problemas…

-John: yo digo que empecemos a destriparlos de una vez por todas…

-Marie: guarden silencio y continuemos con el plan.

-Dark: no bajen la guardia…

-Marie: vamos (Recorren todo el nivel cuatro, la vista es atemorizante en las celdas hay criaturas horribles haciendo gemidos muy ruidosos)

-Alice: que escándalo…

-Daniel: bien, por lo menos no tenemos que preocuparnos por guardar silencio.

-Alison: si las cosas se ponen feas podremos luchar sin preocupaciones.

-Marie: (Los detiene un guardia con la misma armadura que el anterior)

-Guardia: ¡Identifíquese!

-Marie: Fincon, numero 834274, sector 4 área 4894-2463.

-Guardia: (Checa una lista que tiene en la mano) no está en la lista de acceso del nivel cuatro al siete.

-Marie: acabo de ser reasignada, las nuevas listas llegaran mañana.

-Guardia: bien… (Se acerca a los que tienen el saco en la cabeza) ¿A quién llevas?

-Marie: (Descubre a Alison) estos son peligrosos criminales.

-Guardia: hmm... esta mujer no lo parece... los criminales del nivel cinco al siete son criminales sumamente peligrosos y conocidos, a esta jamás la había visto...

-Alison: vera yo... (En ese momento recibe una fuerte cachetada)

-Guardia: cállate, no recuerdo haberte dicho que hablaras...

-Marie: (Piensa "Esto se ve mal, debería eliminarlo ahora y rápido...")

-Guardia: veamos... ¿Quién eres tú? (Descubre a otro)

-John: ¿¡Pero que mierda!? La luz me lastima los ojos, ¿Quién fue el imbécil que me quito el saco?

-Guardia: (Se sorprende) ¡Maldita sea es John!

-Marie: (Con un vistazo rápido a sus alrededores confirma que no hay nadie que pueda verlos, por lo que aprovecha su interés en John para acercarse lentamente a el)

-Guardia: hasta que te atraparon desgraciado.

-Marie: ¿Hmm? (Se detiene)

-John: si me suelto te voy a meter mis revolvers por el culo, pedazo de porquería.

-Guardia: (Una sonrisa de satisfacción se dislumbra bajo la oscura armadura) cállate imbécil, tomaras tu castigo pronto y creeme... (Acerca su rostro a John, resguardado por un robusto casco metalico) me asegurare de que sufras...

-John: (Al sentir el vapor de su respirar emanando del casco lanza un cargado escupitazo justo a las ranuras de la boca) ¡Flup!

-Guardia: (El escupitazo se le escurrio por la cara) ¡Cof! ¡Cof! ¡Maldito!

-John: Jajaja (Su burlona risa hace hervir la sangre del cercelero) fuera de mi vista, asquerosa rata de alcantarilla.

-Guardia: ¡Te matare! ¡Te eliminare aquí mismo! (Dice furioso)

-Marie: señor, debo llevar a este prisionero rápido a su celda...

-Guardia: llévatelo de una maldita vez, este infeliz va directo al nivel siete. (Abre la puerta) asegúrate que lo castiguen como es debido, al terminar mi turno le hare una visita a su celda...

-Marie: por supuesto. (Cruzan la puerta apresuradamente, cerrandola al cruzar el ultimo) no puedo creer la suerte que tenemos...

-John: gracias, gracias, fue un placer.

-Daniel: este John tiene una suerte de perro.

-Alice: se le da bien el insultar a los demás...

-Alison: ¡Pase directo al nivel siete!

Su camino continúo tranquilamente en los demás niveles, cruzando cada uno de ellos sin problema alguno, gracias a las habilidades lingüisticas de John lograron evitar a los violentos y rudos guardias hasta cruzar las puertas del nivel siete donde Gera se encuentra prisionero…

-Marie: (Cruza la puerta al nivel siete) ¡Crucen bastardos! (Espera a que pasen todos) bien, este será… el escenario donde lucharemos contra el Líder de Genesis, será imposible que no se den cuenta de ello así que… (Pasando sus dedos en la unión de las enormes puertas funde la una con la otra haciendo que sea imposible abrirlas tanto por dentro como por fuera).

Una pequeña escalera conecta las puertas de acceso con la mas profunda planta de la prisión… "El piso siete", un gigantesco lugar construido con los mas solidos materiales en todo Abilion, sostenida por 8 solidos pilares distribuidos por todo el terreno, donde se podían observan un gran numero de celdas en todo el perímetro las cuales servían de cautivero para las mas grandes amenazas de Genesis, condenados a una vida de encierro total o a las mas horrible de todas las muertes… son turturados diariamente por sus carceleros y sometidos a infernales castigos que podrían doblegar la voluntad de cualquier hombre, no obstante, en el fondo de la prisión se logra apreciar una titánica puerta de acero con un grosor de cuatro metros, cerrada con 24 pasadores de diamante en vuelta con cadenas de titanio de dos metros de espesor que es fuertemente custodiada por el 80% de los guardias de todo el piso…

-Daniel: aquí es donde empieza lo bueno…

-Dark: deberíamos ser capaces de sacar a Gera antes de que Huracán se dé cuenta…

-John: me pregunto quién estará cuidando el nivel siete... (Descienden precavidamente por la escalera)

-Marie: veo el cable de comunicación desde aquí, está en la esquina de la derecha, John encárgate de él por favor...

-John: (Dispara rompiendo el cable de la comunicación) pan comido, ahora si no hay quien los ayude.

-Daniel: sigamos (En ese momento es impactado en la cara por algo desconocido) ¡Goah!

-John: ¿¡Qué demonios!? (Un fuerte golpe proveniente de algo desconocido lo derriba de las escaleras) ¡Ah!

-Dark: cuidado Alice. (Blande la espada haciéndola chocar con algo aparentemente invisible) con que eres tú...

-Rogelio: pensaron que no me daría cuenta de ese disparo silencioso. (Al igual que un fantasma se aparece frente a ellos) cuanto tiempo sin vernos Dark… pensé que habías muerto.

-Dark: (Sus espadas chocan causando un gran estruendo) esta vez solo estas tu.

-Rogelio: no lo creo…

-Marie: (Con un látigo de fuego agarra a Rogelio quemándole la piel)

-Rogelio: ¡Ah! Maldita zorra (Como si se tratara de un espejismo los látigos lo atraviesa y se libera de ellos)

-Marie: su poder no es hacerse invisible... (Mueve los látigos nuevamente hacia Rogelio) ¡Es un fantasma!

-Rogelio: (Al ver los látigos desaparece)

-Marie: rayos...

-Alice: ¿Dónde está...? (Escucha el porvenir de una multitud, sin embargo, al observar el lugar de donde proviene dicho sonido no puede ver a nadie) no logro ver nada...

-Dark: ¡Alice! (Intenta alcanzarla, pero de nuevo una espada se interpone en su camino) ¡Maldito Rogelio!

-Rogelio: ¿Acaso mencione que mi poder puede hacer a otras cosas invisibles? Incluidos seres vivos o cualquier tipo de arma...

-Alice: ¿Qué rayos es esto? (Guiada solamente por su instinto logra bloquear los ataques de los guardias invisibles) no puedo verlos... (El filo de una larga espada logra alcanzar su brazo incrustándose en el) ¡AH!

-Dark: (Una misteriosa marejada de viento se deja sentir dentro del lugar la cual repentinamente se torna fuerte y violenta) bien... esto ya me está colmando la paciencia.

-Rogelio: ¿Hmm?

-Marie: (Aparece junto a él) ¡Te tengo!

-Rogelio: (Nuevamente se desvanece y esquiva su ataque) ¡Ataquen!

-Marie: (Apenas alcanza a reaccionar a un espadazo que le lanza un guardia invisible) ¡Rayos! Esto es muy difícil.

-Daniel: (Los guardias del nivel siete demuestran ser mas fuertes de lo previsto sacando de combate fácilmente a Alison quien es recogida rápidamente por Daniel) tenemos la primera baja... (La pone en una orilla) ¡Al diablo con estos guardias invisibles! (Los resistentes muros de los lados empiezan a temblar y a quebrarse haciendo un sonido atronador que desconcerta a mas de un guardia, posteriormente de las grietas echas en los muros emana una gran cantidad de tierra que se filtra en ellas como si tuviera vida propia)

-John: ya estoy arto de ese maldito truco del invisible... (Dispara en todas direcciones haciendo girar las balas por toda la habitación, poco a poco comienzan a aparecer guardias muertos)

-Dark: ¡Aquí! (Inesperadamente corre hacia el medio de la enorme camara con su espada desenvainada, en ese momento se escucha un fuerte choque metalico que causa un gran estruendo).

-Rogelio: ¡Desgraciado! ¿Cómo me encontraste? (Dice mientras bloquea su espada).

-Dark: no te puedes esconder por siempre..., puedo ver las huellas que dejas en el piso que está cubierto de tierra...

-Marie: Dark apártate (Lanza una gran columna de fuego hacia Rogelio)

-Rogelio: basura inmunda... ¿Crees que no lo esquivare? (En ese momento nota que no puede moverse) ¿¡Pero qué!? (Ve que sus pies fueron atrapados por manos echas de tierra) ¡Tu! (Mira a Daniel)

-Daniel: (Sonríe) asi que no puedes esquivar dos cosas a la vez.

-Marie: (La poderosa fila de fuego lo impacta directamente).

-Alice: ¡Cuidado Marie!

-Marie: ¿Qué? (Emerge del suelo una escalofriante mano humana en estado de descomposición que agarra a Marie de los pies estrellándola contra el Muro) ¡AH!

-Armando: pagaras por haberme quemado... (Entra en escena el no muerto del linaje original)

-Dark: ¿Armando? (La inesperada presencia de Armando logra perturbarlo) crei que solamente uno protegia la prisión... (Susurro) en ese caso... (Da un paso firme hacia adelante en afán de lanzarse hacia su rival cuando una fría voz lo detiene)

-¿?: yo no haría eso si fuera tu...

-Dark: (Por primera vez intercambian miradas dos poderes que se oponen entre si) ¿Quién eres...?

-Demetrio: ¿Que tal caballeros? gracias a ustedes tengo este nuevo puesto y... claro, que tenía que venir a agradecerles.

-Dark: ¿Por qué están todos aquí?

-Demetrio: (Da un paso a la izquierda revelanto el cuerpo sin vida de alquien que ocultaba detrás de si) ¿Te parece familiar? (Justamente a su lado, se encuentra Adrian tendido sobre el suelo y gravemente herido) valla..., que idea tan brillante dejar a uno de los suyos ahí afuera oculto bajo la tierra en un lugar que es inspeccionado a toda hora en búsqueda de posibles fugas..., realmente brillante... (Su sarcasmo hace enojar a los presentes)

-Dark: (Con el seño fruncido y su voz desafiante pregunta) ¿Dónde está la niña que lo cuidaba?

-Demetrio: ...

-Dark: (Incitado por el silensio del enemigo se acerca a el con su espada decenvainada) no lo preguntare otra vez...

-Demetrio: (Sujeta a Adrian para después meterlo en el camino de la espada obligando a que Dark se detenga) cuidado... que puedes destrozar el cadáver de tu amigo, chico rudo...

-John: cobarde de mierda... ¿Tienes miedo?

-Demetrio: solo aprovecho lo que tengo a mi favor (En ese momento su mirada se desliza hacia el fondo encontrando a una joven mujer que termina con un par de guardias) pero que tenemos aquí... cuanto tiempo sin verte pequeña, ¿Qué cuenta la familia? ¿Eh? (La voz juguetona con la que hace el comentario carcome por dentro a quien van dirigidas las palabras) ¿Cómo están tus padres? ¿Mejor?

-Alice: (Como si el tiempo se hubiera detenido lentamente desvía su mirada hacia el lugar de donde proviene la voz que una vez le arrebato todo..., todo lo que mas quería en el mundo... sembrando en ella la semilla de la desgracia, donde un profundo odio crecía en silencio) ¡TU! (Al verlo una explosión de furia estalla en su interior desbordando una terrible e insaciable sed de sangre) ¡AAHH! (En menos de un segundo la transformación de Alice explota violentamente Lanzándose contra Demetrio)

-Demetrio: (Lanzando el cadáver de Adrian hacia el muro como si fuera un trapo viejo, ve venir a su oponente) creo que se enojo...

-Alice: (Sumergida en frenesí de sangre salta violentamente hacia Demetrio, quien con una sonrisa esquiva su ataque dejándose caer hacia atrás mirando a su ponente pasar)

-Demetrio: (Impulsandose con su mano en el suelo consigue ponerse de pie) ¿El 100 invertido?

-Alice: (Una poderosa patada pasa cerca del rostro de su enemigo)

-Demetrio: (Agachandose evita ser golpeado, sin embargo, Alice no titubea en lanzar una convinacion de derecha e izquierda la cuales son fácilmente bloqueadas)

-Alice ¡GRR! (Al ver que sus puños son detenidos saca sus filosas garras como cuchillos, lanzando ataques mortales al cuello de su rival)

-Demetrio: (Evita hacer contacto con las garras de Alice dando veloces pasos hacia atrás lo que le ayuda a evadir los ataques) es buena...

-Alice: ¡GRAH! (Furiosa por no poder alcanzarlo siga avanzando tirando veloces garrazos)

-Demetrio: (Su continuo retroceso hace que inesperadamente se tope con uno de los pilares del lugar, donde ve venir un poderoso garrazo que desvia usando su codo, dirigiéndolo hacia el poste)

-Alice: (Los ataques de Alice impactan contra el pilar destrozandolo violentamente)

-Demetrio: (El poder de Alice logra extasiarlo) ¡Maravilloso! Que sed de sangre tan hermosa (Dezliandose hacia la izquierda evita un rodillaso que derriba el pilar) haberte convertido en vampiro fue lo mejor que pude haber echo (Salta de un lado a otro esquivando los ataques de Alice quien lo persigue violentamenta como un salvaje tigre de bengala) va a destrozar la prisión (Ríe maravillado de la destrucción que se esta causando)

-Alice: ¡GRAH! (Sin perderle pisada persigue a su presa)

-Demetrio: ¡Vamos pequeña!

-Alice: (En medio de la persecución hace una cortada en una de sus manos)

-Demetrio: ¿¡No!? ¿Enserio? (Impresionado por el potencial de la joven, la empuja hasta sus limites)

-Alice: (Controlando su sangre la endurese y le da forma de cadenas lanzando violentos cadenazos hacia Demetrio)

-Demetrio: Esta niña es un estuche de monerías (Evade los ataques de Alice los cuales impactan contra las celdas destruyéndolas)

-Alice: ¡GRAH!

-John: ¡Dark! ¡Alice se volvió loca!

-Dark: al parecer… ese sujeto, es el responsable de la muerte de sus padres.

-John: el problema es… que está destruyendo todo a su paso.

-Rogelio: (Intenta apuñalar a Dark por la espalda)

-Dark: (Se alcanza a dar cuenta evitando el ataque traicionero) maldito.

-John: ¡Te tengo! (Le dispara una serie de balas logrando darle en el pecho)

-Rogelio: ¡AAHH! (Salpica de sangre el suelo antes de desaparecer) desgraciado…

-John: ¡No que no te daba cabron! (Su alegría es interrumpida por un ataque furtivo) ¡Mierda! (Un par de manos emergen del suelo sujetando su pie izquierdo para posteriormente llevarlo bajo tierra) ¡Maldito cadáver moribundo!

-Armando: recueda que esta es una batalla mútiple…

-Dark: ¡Alice! (Sus palabras caen en oídos sordos, mientras observa como destruye todo a su paso) a pesar del poder de Alice… (Presta atención a los movimientos de Demetrio) continúa esquivando sus ataques fácilmente…

-Demetrio: … (Con una sonrisa en su rostro pasa frente a Dark mientras escapa de su perseguidora)

-Dark: (Uno de los canedazos de Alice pasa cerca de él, pero logra esquivarlo) está totalmente enloquecida… tiene puesta toda su atención en Demetrio.

-Demetrio: (Se aleja esquivando y esquivando los ataques de Alice)

-Dark: tengo que derribar a ese desgraciado… (Intenta perseguir a Demetrio cuando siente que algo emerge del suelo, dando un pequeño salto hacia atrás logra evitar ser atrapado por manos zombificadas que emergen de la tierra)

-Armando: no escaparas…. ¡AAHHH! (Un gran bloque de la prisión lo golpea llevándoselo por los aires hasta impactarlo con la pared)

-Daniel: maldito zombie ya me tenia arto…

-Marie: ¡Grah! (Sale de entre los escombros con flamas azules sobre ella) eso me tomo por sorpresa… (Arde en llamas) se suponía que solamente uno cuidaba la prisión...

-Maximiliano: todos contamos con un auxiliar para casos de emergencia… (Aparece en el centro del nivel)

-Rogelio: Gck… (El sangrado no se detiene causando que su cuerpo se debilite cada vez mas) rayos… (Su cuerpo se vuelve visible mientras con una mano preciona firmemente sus heridas para detener la hemorragia) ah… ah… ah…

-Daniel: ¿Hmm? (La voz de Maximiliano capta completamente su atención)

-Maximiliano: asi que todos lograron sobrevivir a la batalla en el viejo volcán...

-Daniel: ¡Devuélveme a Sasha! (Le arroja cinco grandes bloques de piedra con todas sus fuerzas)

-Maximiliano: es inútil... (Se inclina hacia atrás y con gran fuerza lanza un puñetazo en su dirección escuchándose un fuerte estruendo, generando las ondas destructivas que hacen pedazos los bloques de piedra y sacuden por completo la prisión)

-Daniel: (Se sumerge bajo el suelo del nivel como si fuera agua)

-Maximiliano: no importa cuántas veces lo intentes el resultado sera el mismo... (Se percata que una gran columna de fuego se dirige hacia el) cierto... me habia olvidado de ti...

-Marie: grave error... (Maximiliano esquiva el fuego saltando hacia su costado izquierdo, pero en ese momento Marie lo sujeta con un latigo de fuego cuando aun esta en el aire) te tengo (Le lanza una gran llamarada de fuego)

-Maximiliano: hmm... (Con la cabeza da un golpe al aire creando ondas destructivas en el, con la cual dispersa todo el fuego) no será tan fácil como crees.

-John: ¡Estoy vivo! (Emerge del suelo) ah... ah... pero que clase de técnica fue esa ¡Pluap! (Escupe tierra que habia logrado ingresar a su boca) ser enterrado vivo no es uno de mis planes (Se da cuenta de una celda que fue destruida por Alice donde alcanza a ver a Gera entre los escombros) ¡Dark! El Gera está en la celda de allá (Le señala la dirección)

-Dark: (Rápidamente se mueva hacia la celda de Gera) te sacare de aqui... (Quita los escombros que lo aplastan) rápido tenemos que irnos.

-Gera: ah... ah... (Agotado por las torturas tiene problemas para ponerse se pie) primero quítame estas esposas..., estan suprimiendo todos mis poderes (Se percata que la gran puerta que estaba sellada al fondo de la cámara, se encuentra tirada sobre el piso) alguien derribó esa puerta.

-Dark: debió haber sido el ataque de Maximiliano... (Rompe las esposas de Gera)

-Gera: sea lo que sea, lo que se encontrara resguardado detrás de esa puerta, ellos le temen..., debemos usarlo a nuestro favor (Rápidamente se desliza haciendo hielo hacia la gran puerta caída)

-Maximiliano: (Se da cuenta a donde se dirige) ¡Deténganlo! (Intenta liberarse de los látigos, pero no puede)

-Marie: como tú lo has dicho esto no será tan fácil como crees.

-Maximiliano: ¡Maldita! ¡Armando, Rogelio rápido!

-Rogelio: maldición... (Usando todas las energías que le quedan se hace invisible)

-Armando: (Recupera la conciencia) ¡GRAH! (Saliendo de los escombros donde se encontraba)

-Maximiliano: ¡Muevete Armando! ¡Se dirige hacia la puerta!

-Armando: (Inmediatamente entiende a lo que Maximiliano se refiere dirigiéndose a toda prisa hacia la puerta, sin embargo, un guerrero bloquea su camino)

-John: con que te gusta enterrar a la gente eh… (Los revolver que lleva consigo se funden como si fueran de plastilina y comienzan a cambiar de forma) creo que tendre que presentarte a mi amiga… ¡La Motosierra!

-Armando: "Despertar" (Como en una película de terror, un sonido visarro proveniente del suelo comienza hacer crujir la tierra la cual lentamente empieza a levantar grumos sobre ella acompañados se lamentos y chillidos de animales)

-John: ¿Qué rayos es eso?

-Armando: (De la tierra emergen descenas de direfentes tipos de animales, los cuales se encuentran en estado de descomposición) Asesinenlo…. (Al igual que el sonido de un disparo en las carreras de caballos, la voz de Armando hace que los animales corran violentamente hacia John)

-John: ¡A la mierda! (La terrorífica escena que se encuentra frente a John logra perturbarlo) ¡AH! (Usando su motosierra despedaza a todos los animales que corren hacia el, no obstante, a pesar de ser despedazados las extremidades de las criaturas se arrastras intentando alcanzarlo) ¿Qué chingados es esto? (Siente que algo le pica la nuca, por lo que en una reacción de reflejo agarra el extraño objeto y mira que es un periquito muerto que lo atacaba con su pico) ¡AHH! (Lanza al perico hacia el piso y le conecta una poderosa patada que lo destroza)

Mientras tanto…

-Gera: (Consigue entrar en el lugar resguardado por la enorme puerta, encontrando que en medio de esa oscura habitación hay una gran caja encadenada) tengo que abrirla… (Toca las cadenas y comienza a congelarlas) pronto explotaran como cristales (Poco a poco truenan las cadenas callendose a pedazos)

-Demetrio: (Escucha el sonido de las cadenas rompiéndose) yo me largo de aquí… (Todo su cuerpo se transforma en sangre y se mete por una de las grietas de los muros)

-Alice: (Al ver que Demetrio se fue) ¡Grr! (Impacta contra el muro donde la sangre se instrodujo, luego usando sus garras excaba en la tierra persiguiéndolo desesperadamente)

-Dark: ¡Alice! (Ve que Alice se aleja excavando)

-Maximiliano: ¡No! (Comienza a vibrar rápidamente hasta dispersar los látigos de Marie) ¡Apártate! (Usando sus pies golpea a Marie con una onda destructiva)

-Marie: ¡AH! (Se impacta fuertemente con uno de los pilares de la prisión)

-Maximiliano: ¡No puedo permitir que lo libere! (Se dirige a toda velocidad para atrapar a Gera, pero cuando esta a punto de llegar la caja se rompe por completo…, dejando ver una misteriosa silueta) ¡NO! (Con toda la fuerza que tiene golpea esa habitación liberando devastadoras ondas destructivas, la prisión no aguanta semejante impacto y se rompe en pedazos, desplomándose sobre ellos)

-Gera: (Queda en fuego cruzado y es atrapado por las poderosas ondas destructivas, rompiéndose en pedazos) ¡AAAHHH!

-Dark: la prisión se derrumba salgamos de aquí (Mira que todo se está cerrando, quedando atrapados bajo tierra) maldición... si esto nos cae encima ninguno de los heridos podrá sobrevivir.

-Maximiliano: ... (Guarda silencio mientras entre el polvo y los escombros aparece la misteriosa silueta).

-¿?: Maximiliano... Que sorpresa encontrarnos tan pronto... (A parece un sujeto en harapos con un cabello largo color castaño y una barba que casi estaba tan larga como su cabello) sabes... cuando desperté dentro de esa caja tuve un sueño... y ese sueño se repetia una y otra... y otra... y otra vez en mi cabeza, como si fuera a repetirse por toda la eternidad, no importaba cuantas veces abriera los ojos, al volverlos a cerrar el sueño se volvia a repetir...

-Maximiliano: (Rápidamente rompe una tarjeta) bien... en diez minutos llegará Huracán... ya le he avisado... Arthur Heroless ha escapado...

-Rogelio: (Aparece junto a su compañero) ah... ah... tenia que ocurrir justamente ahora... (Sus ropas se encuentran teñidas con el rojo de su sangre)

-Maximiliano: solo diez minutos... diez minutos y lo habremos conseguido..., Armando... ven aquí de inmediato... estos pueden ser los últimos 10 minutos de nuestras vidas...

-Arthur: (Observa a los 3 del linaje original reunidos) ¿Quieren saber cual era mi sueño...? soñé con el dia donde pudiera encontrarlos... y arrastrarlos a las fauses del infierno donde me condenaron a vivir... prisionero en una caja supresora hasta el final de los tiempos... (Extiende la palma de su mano donde comienza a materializarse una resplandeciente espada) y saben... creo que hoy... es un buen dia para soñar...

Capitulo 24: El eslabón perdido y La hija de la destrucción.

Ese día nadie sabía la tremenda batalla que se llevaba a cabo en el fondo de la mas custodiada prisión que ahora se encuentra en ruinas ¿Quién es el misterioso sujeto que salió de tan poderoso encarcelamiento? ¿Por qué fue encarcelado? ¿Es amigo o enemigo? Desde la distancia no parece encontrarse la respuesta a estas preguntas, por ahora... solo se sabe que está libre.

La cuenta regresiva ha comenzado, 10 minutos separan la vida de la muerte, si el tiempo se agota aparecerá la entidad más poderosa y omnipotente de todo Abilion, un sobreviviente de la extinta raza de los Infinitys, quien amenaza con revivir a la vieja era y acabar con todo lo que se atreva a interponerse en su camino...

-Dark: 10 minutos... (Su mirada pasa velozmente sobre Alison y Adrian, quienes se encuentran inconcientes en el suelo) reunan a los heridos de inmediato...

-Daniel: (Una gran mano echa de tierra devora a los animales zombies con los que John luchaba) regresen a donde pertenecen...

-John: ah... ah... (Al ver como los animales son devorados por el ataque de Daniel, aprovecha para recuperar el aliento) ah... esas cosas no se morían, aunque las despedazada una y otra vez...

-Daniel: ¿Traes alguna carta de teletransportación?

-John: no, la perdi en un juego de cartas...

-Daniel: ¿Y tu Dark?

-Dark: las deje en los víveres que dejamos con Lina.

-Daniel: el monje esta muerto... y aquella mujer ya no puede luchar más...

-John: ¿Dónde esta Alice?

-Daniel: Se fue excavando...

-John: mientras tenga su carta de teletransportacion la encontraremos.

-Daniel: ¿Qué hacemos?

-Dark: Daniel tu agrupa a nuestros caídos mientras John y yo vamos a luchar contra los que quedan... (Desde la distancia se observa como los altos mandos de Genesis conversan con el descocnocido prisionero)

-Daniel: bien... (Se dirige hacia los caídos)

-Dark: John, vamos...

-John: simón... (Se acercan al misterioso grupo cuando la charla es interrumpida)

-Arthur: (El impacto de una sola espada contra tres, sacude toda la prisión)

-Dark: ¡Cubrete! (Grandes pedazos de la prisión se desploman sobre la cámara)

-John: ¿Qué rayos fue eso?

-Rogelio: a pesar de estar débil sigue estando mas fuerte que nosotros... (Empuja su invicible espada hacia adelante, sin embargo, la espada que impide su paso no retrocede en lo mas minimo)

-Armando: ¡GOAH! (Escupiendo una gran bocanada de sangre, sale disparado contra uno de los muros de la prisión por una poderosa patada)

-Maximiliano: (Su espada es arrojada hacia atrás) ¡Gck! (La espada del enemigo avanza hacia adelante sin poder frenarla, por lo que decide girar hacia la izquierda dejándola cruzar)

-Rogelio: (Cuando la espada de Maximiliano deja de presionar hacia adelante, su espada se parte permitiendo que la espada del enemigo realice una estocada que cruza de lado a lado su cuerpo, no obstante, logra evitarla volviendo intocable su cuerpo)

-Arthur: (Cuando su corte atraviesa a Rogelio decide prolongarlo dando un giro a la izquierda que lo inclina hacia el suelo, en ese momento sujeta su espada con la mano izquierda y bloquea un ataque de Maximiliano, mientras con su otra mano se apoya en el suelo quedando con los pies en el aire, aprovechando su postura le conecta un increíble golpe con el atalon a Rogelio quien no logra verlo venir)

-Rogelio: ¡AAHH! (El letal golpe lo impacta directo en su frente en el emisterio izquierdo, sumiendo su cabeza hacia abajo haciéndolo dar vueltas a la derecha sin control rodando por todo el suelo)

-Arthur: (Se impulsa con su mano derecha elevándose cerca de 3 metros en el aire haciendo un mortal hacia atrás para después caer de pie sobre el suelo con su mano izquierda extendida en la dirección de Maximiliano, a puntando su espada hacia el) siguen siendo tan débiles como la ultima vez…

-Maximiliano: Gck… (Sujetando firmemente su espada mira como sus otros dos compañeros fueron fácilmente sacados de combate)

-Arthur: ¿Dónde esta Alejandro…?

-Maximiliano: … (Su semblante serio, escucha la pregunta, mas no responde nada)

-Artur: cuando termine contigo… ire a buscarlo…

-John: ¿Qué rayos fue lo que paso? No logre ver nada (Jamas habia visto a alguien moverse tan rápido en su vida)

-Dark: ese sujeto… es mas poderoso que todos nosotros juntos… (Dice mientras contempla asombrado lo que sucedió) solo esta jugando con ellos…

-Maximiliano: desgraciado... (Lanzando una poderosa estocada se produce un fuerte estruendo similiar a una descena de cristales rompiéndose, donde salen sientos de ondas destructivas destruyendo todo a su paso)

-Artur: (Extiende sus manos y contempla el venir de las ondas destructivas las cuales recibe directamente absorviendo completamente el daño que se dirige en su dirección) ¡Gck! (Los huesos de sus manos se rompen al igual que su cráneo, costillas y piernas, mas su cuerpo no da un paso atrás)

Mientras tanto…

-Daniel: ¡Mierda! vienen hacia aca. (Levanta una muralla triple para bloquear su avance) ¡Marie!

-Marie: (Recobra la conciencia) ¿Hmm? (Abre los ojos solo para ver como las ondas destructivas están por alcanzarla) ¿¡Que!? (Lanza un torrente de fuego desde sus pies impulsadose lejos de las peligrosas ondas) ¿Qué paso? (Se aleja del peligro para después refugiarse con Daniel)

-Daniel: estuviste inconciente unos minutos, pero será mejor que te prepares… Huracán está por llegar.

-Marie: ¿¡Huracán!? (Dice sorprendida)

-Daniel: si… y mientras Maximiliano esté aquí no puedo hacer ninguna salida entre las rocas, terminaría aplastándonos…

-Marie: tengo una carta de teletransportacion (Mete su mano en el bolsillo) pero... este lugar está protegido contra eso, retrasa su activación en 15 minutos...

-Daniel: es mejor que nada ¡Actívala!

-Marie: eso pensaba hacer no te precipites (Activa la carta la cual comienza a brillar) tengo que volver y ayudarlos... (Observa como Dark destruye con su espada las ondas que se aproximan a el)

-Daniel: no creo que necesite ayuda... (Observa el cuerpo de Arthur el cual se encuentra gravemente herido, sin embargo, sigue exactamente en el mismo lugar a pesar de las destructivas ondas que oscilan en el aire)

De vuelta con Dark...

-Arthur: (Una vez que las ondas destructivas se discipan, sus brazos caen a sus costados)

-John: ¿Por qué rayos dejaría que lo mataran...?

-Dark: (Sus ojos no pueden creer lo que ven) ... (Su rostro estupefacto no puede pronunciar una palabra)

-John: ¿Qué te ocurre? (Observa en la dirección que Dark mira encontrando algo sorprendente) ¡No! ¿Enserio se sacrifico por el?

-Dark: (Detrás del destruido cuerpo de Arthur, se encuentra Gera inconciente sobre el suelo) absorvio todo el daño para evitar que Gera muriera...

-Maximiliano: (Corre hacia Arthur) ¡Grr!

-Dark: ¿Eh? (Se percata de las instenciones de su enemigo) tengo que detenerlo (Se lanza al ataque intentando alcanzar a Maximiliano quien ya se encuentra bastante cerca de Arthur) no llegare a tiempo...

-Armando: ¡Ahora golpéalo! (Energe de entre los escombros)

-Arthur: (Su cuerpo deteriorado se desploma en dirección al suelo)

-Maximiliano: ¡GRAH! (Aun con Dark persiguiéndolo, su ataque esta completamente garantizado)

-Dark: (Cuando Maximiliano llega en el rango de Arthur, se da cuenta que no se dirige hacia el) ¡Va tras Gera! (Inesperadamente cientos de manos emergen del suelo y lo atrapan a medio vuelo, estrellándolo con el suelo) ¡Goah!

-John: ese maldito Zombie del demonio (Lanza un par de cuchillas que tortan los brazos que sujetan a Dark)

-Maximiliano: ya es mio... (Se prepara para darle fin a la vida de Gera)

-Dark: ¡Gera! (Rapidamente se reincorpora a la persecución, sin embargo, es demasiado tarde para alcanzarlo)

-Maximiliano: (Se sorprende) ¿¡Pero qué!?

-Arthur: (Con un solo brazo lo sujeta deteniéndolo en seco) ¿Olvidaste que soy inmortal…? (Su cuerpo mutilado sana completamente en menos de un segundo)

-Armando: ¡No puede ser! (En ese momento una lluvia de fuego lo baña desde el cielo) ¡AAAAAHHHHHH!

-Marie: Desgraciado… (Mientras vuela con sus flameantes alas de fuego, deja caer una infernal lluvia de fuego sobre Armando)

-Maximiliano: eres un maldito mounstro…

-Arthur: (Usando ambas manos, lo sujeta del pie dando un mortal giro con el que se impulsa para lanzarlo contra una de las paredes del destruido Piso 7)

-Maximiliano: ¡AAAHHH! (Se impacta fuertemente contra los resistentes pilares, sumiéndose en la tierra)

-Arthur: (Contempla su espada la cual quedo tendida sobre el suelo) … (Al igual como llego, la espada comienza a desintegrarse)

-Armando: ¡AAAAHHHHH! (Agonizante se sumerge bajo la tierra para evitar las mortales llamas)

-Marie: desgraciado… escapo…

-Arthur: (Se acerca al joven inconciente que se encuentra a su espalda) será mejor que lo saque de aqui… (Lo carga en sus hombros)

-Dark: ¡Oye!

-Arthur: (Voltea a ver a Dark) ¿Este sujeto es amigo suyo no?

-Dark: asi es… ¿Qué piensas hacer con el?

-Arthur: este sujeto puso fin a mi encierro, después de 1,000 años de haber estado cautivo…, estare en deuda siempre con el…

-Dark: John…, encárgate de llevarlo con los otros…

-Arthur: (Le entrega al joven inconciente)

-Dark: ya que comprobé que no eres aliado de La Oscuridad… quiero saber ¿Cuáles son tus intensiones?

-Arthur: mis intensiones… (Sus ojos naranjas se deslizan de un lado a otro)

-Dark: (Su silencio lo pone un poco incomodo ya que de revelarse ante ellos, no habría forma de detenerlo) …

-Arthur: en este momento…, no puedo responder a tu pregunta…

-Marie: (Desciende al lado de Dark)

-Arthur: he pasado los últimos mil años encerrado, no se nada acerca del mundo exterior…, cuando me ponga al tanto, te dare mi respuesta.

-Dark: ya veo…

-Arthur: (Sus ojos se deslisan ligeramente hacia arriba) por el momento… me limitare a lidiar con lo que viene…

-Marie: use una carta de teletransportación para salir de aquí, pero tardara un poco menos de 11 minutos en hacer efecto…

-Dark: ¿Hmm? (Observa que brilla algo en los escombros del techo)

-John: ¿Qué changos es eso?

-Marie: ¡Muévanse! (Una gran columna de fuego perfora el techo, al darse cuenta salta hacia ella tratando de controlarla, pero la cantidad es tal que apenas alcanza a moverla ligeramente hacia un lado, la columna de fuego impacta a un lado de ellos con gran fuerza, los restos de la prisión se estremece) ah… ah… ah… eso estuvo… cerca… (A pesar de solamente haberla movido un poco, la energía que uso para hacerlo fue enorme)

-Dark: no puede ser…

-Huracán: (Desciende lentamente por el agujero impulsado por fuego hasta tocar el piso) aquellos insectos, me pidieron ayuda para eliminar a unas rebeldes ratas de alcantarilla que en el pasado se revelaron contra el resto de los suyos, causando un enorme caos… (Rie) ¡Tonterías! No cabe duda que la humanidad ansia volver a sus orígenes… aquel tiempo donde solo tenían un propósito… Servirnos…

-Arthur: ¿Servirlos? No me hagas reir…

-Huracán: ¡Han tenido la libertan por 2,000 años ¿Y que han hecho? ¿Dónde esta su progreso?!

-Dark: … (En cierto punto, las palabras del Infinity golpean la verdad)

-Huracán: el creador ha sido muy benevolente con ustedes…, pero no se preocupen criaturas inferiores… ¡Yo guiare a la humanidad en un nuevo camino hacia el progreso!

-Arthur: (El recuerdo de un rosotro que no ha podido olvidar viene a su mente) hablas igual que el… (Desaparece)

-John: ¿A dónde se fue? (Repentinamente se escucha un gran estruendo que estremese la tierra)

-Marie: increíble… (Rapidamente miran el lugar del impacto encontrando a Arthur chocando su espada contra el gran martillo de Huracán)

-Huracán: (Deteniendo el ataque con una sola mano) oh…, será que puedes entretenerme, aunque sea un poco, basura… (Sin esfuerzo alguno lo lanza hacia atrás)

-Arthur: (Aferrandose al suelo marca una línea en la tierra) ¡Gck! (Con su espada en la mano derecha corre hacia su enemigo) ¡Grah! (Cuando su espada hace contacto con el arma enemiga su mano rebota hacia atrás como si hubiese chocado con algo demasiado duro) ¡Ah! (El rebote de su mano abre su guardia y deja su rostro expuesto a un ataque enemigo que su oponente no deja pasar)

-Huracán: (Una malebola sonrisa se dibuja en su rostor, pareciera que ya sabia lo que curriria, por lo que sin dudar aprovecha la oportunidad lanzando un fuerte derechazo)

-Arthur: (Extiende su otra mano y contra todo pronostico materializa una poderosa hacha con la que surca el pecho de su enemigo) ¡GRAHH! (El filo del hacha recorre desde el hombro derecho hasta la cadera de su oponente)

La multitud que observa el combate queda estupefacta ante lo ocurrido perdiendo el habla, pues el invencible Infinity habia recibo un golpe directo en el pecho el cual salpica el suelo con un liquido llameante que arde sobre el suelo…

-Arthur: (Sin intención de parar sujeta firmemente la espada en su mano derecha para rematar a Huracán) ¡Gck! (Haciendo uso de toda su fuerza lanza un mortal ataque a su cuello el cual es repentinamente frustrado… con un incalculable Martillazo que lo despedaza como una vaca al ser arrollada por un tren) ¡AAAHHH!

Como si el tiempo se hubiese congelado todos los presentes quedan paralizados ante tal escena, el rayo de esperanza que comenzaba abrillar en la oscuridad fue literalmente destrozado, sin que nadie lo esperara, su luz fue devorada súbitamente por la oscuridad…

-Huracán: (Una siniestra risa rompe el silencio de la atónita multitud) ni si quiera tienes el poder para lastimarme (Dice mientras contempla el hacha en el suelo la cual esta completamente desgastada del lugar que entro en contacto con el)

-John: ¡No se hizo nada! (Mira con atención el liquido que anteriormente habia salpicado el suelo, encontrando que se trababa de acero fundido proveniente el hacha) aunque logremos golpéalo… si no le pegamos con la fuerza suficiente sera inútil…

-Huracán: ¿Hmm? (Observa a la multitud) asi que aun quedan insectos por aplas… (En medio de la multitud encuentra un rostro conocido) ¡TU! (Al ver a Dark recuerda su oreja amputada) ¿¡AUN VIVES!? (Se abalanza contra él con su martillo en mano)

-Dark: (Alcanza a reaccionar bloqueando el feroz ataque con su espada, sin embargo, la fuerza es tan poderosa que rompe en pedazos su espada y lo golpea directamente) ¡AAAHHH! (Se estrella enérgicamente contra la pared)

-Huracán: esta vez no podras escapar… (Se dirije al lugar donde se estrello) esta vez… no habrá espada que te salve… (Repentinamente Huracán es bateado por un gran martillo de metal y se estrella contra las paredes de la prisión las cuales comienza a envolverlo)

-John: ¡Sacate a la chingada!

-Daniel: (Arroja enormes trozos de la prisión que se estrellan contra Huracán rompiendoze en pedazos) ¡GRR!

-Huracán: (Los escombros que lo impactan no parecen surtir efecto en el en lo mas minimo) ¡Es inútil! (De repente unos látigos de fuego toman sus piez y lo estrellan contra el suelo)

-Marie: ¡Pero aun así lucharemos!

-Huracán: (Emerge del suelo en una violenta explocion) ¡No pueden oponerse a la voluntad de un Dios! (Lanza un enorme torrente de fuego hacia John)

-Daniel: ¡John! (Rápidamente pone sus manos en el suelo levantando una muralla cuádruple de roca para proteger a John)

-Marie: ¡Eso no bastara! (Corre hacia el torrente intentando frenarlo, pero es tan fuerte que solo consigue detenerlo un poco) ¡GRAH!

-John: (A pesar de los intentos por frenar el fuego el torrente arraza con todo a su paso destruyendo la muralla de Daniel) ¡Maldicion! (Intenta esquivar el torrente de fuego, pero es tan grande que alcanza a atrapar su pierna calcinándola al instante) ¡NOOO! (Grita de dolor mientras cae al piso)

-Arthur: (Arroja una brillante lanza plateada a la espalda de Huracán alcanzándolo con éxito, desafortunadamente el arma se rompe al hacer contacto con el) esta maldita cosa es la cosa mas dura contra la que me he enfrentado…

-Huracán: (Se gira hacia el) que curiosa criatura…, pensé que te habia eliminado… (Se acerca al guerrero con fuertes pasos que hacen vibrar la tierra) ¿Tienes el poder de revivir…? (Cuestiona intrigado)

-Arthur: (Al ver venir al coloso, siente algo que jamas habia sentido) no se de donde te trajeron estos imbéciles…, pero sin duda es algo que esta mas allá de su control… (Con sus dos manos, materializa una gigantesca espada de 2 metros la cual impulsa hacia el Dios del fuego) ¡Grah!

-Huracán: (Su martillo impacta contra la monumental espada en repetidas ocaciones provocando un sonido ensordecedor) interesante… muy interesante…

-Arthur: (Con cada choque con el martillo, la espada comienza agrietarse) La maldita espada mata dragones se esta rompiendo en pedazos…, apenas soporta el ritmo de sus ataques…

-Huracán: me gustan tus habilidades…, eres digno de convertirte en mi heraldo… ¡Unete a mi!

-Arthur: (Al hacer contacto por ultima vez la espada se rompe) que clase de héroe seria, si vendiera mi alma por simple misericordia…, prefiero morir luchando que vivir de rodillas…

-Marie: (Levanta a Dark y aprovecha para sacarlo de los escombros)

-Huracán: que asi sea… (En un acto inesperado extiende su mano frente Arthur y lanza una potente llamarada que lo quema por completo dejando solo sus huesos)

-Arthur: ¡AAHH! (El ataque fue tan rápido que no hubo ni siquiera tiempo de reaccionar)

-Huracán: (Se percata que Marie saca a Dark de los escombros) ¿A dónde crees que vas…? (Se dirige hacia ellos)

-Marie: ¡No! (Intenta sacar a Dark tan pronto como puede)

-Huracán: Si tanto quieres salvarlo… ¡Puede morir suplicando a su lado infeliz! (Un bloque de los muros se estrella contra su cabeza)

-Daniel: ¡CORRE! ¡GCK! (Hace caer el techo sobre Huracán) ¡Marie llévate a Dark y huye! Ah… ah…

-Marie: (Saca a Dark de entre los escombros y se aleja lo mas rápido que puede de la zona) vamos ¡Vamos! (Se dirige en dirección al agujero que dejo Huracán al entrar)

-Huracán: no escaparan…

-Daniel: (Alcanza a ver como Huracán se dirige hacia ellos) No lo permitiré (Extiende sus manos en dirección a Huracán creando un par de enormes manos de tierra atrapándolo entre ellas) ¡Hoy es un buen día para Morir!

-Marie: (Vuela tan rápido como puede al agujero) rayos…

-Daniel: (Entrelaza los dedos de ambas manos, poniendo toda su fuerza en mantener cautivo a su oponente) Ah… ah… (En ese momento un fuerte estruendo se escucha dentro de las manos de tierra, pero ninguna de ellas se rompe, por otro lado de la nariz de Daniel deciende un chorro de sangre) ¡Gck! (Sin importar nada concentra toda su energía en mantener encerrado al Dios del fuego)

-Marie: ¡NO! (Un ponente estruendo hace vibrar toda la prisión bloqueando el agujero que Huracan habia echo para entrar) no no no ¡NO! (La esperanza parece extinguirse con cada minuto)

-Daniel: ¡Goah! (Escupe una gran cantitad de sangre) ah… ah… (Otro fuerte impacto estremese las manos de tierra, pero se rehúsan a romperse) Ah… ah… (De sus ojos un par de lagrimas de sangre comienzan a descender) ah… ah… ah…

-Marie: ¿Qué hago? ¿¡Que hago!? Daniel no resistirá mas tiempo… ¿Todavia no se activa la carta de teletransportacion?

-Daniel: ah… ah… (Un ultimo estruendo hace que sus oídos sangren) ¡Gck! (Sus manos entrelazadas tiemblan) ¡AAAHHH!

-Huracán: (Explota violentamente liberándose de los brazos de tierra) Ya me cansaste (Le arroja su martillo golpeándolo directamente lo que causa que se estrelle contra los muros de la prisión quedando gravemente herido) esa cucaracha era sumamente molesta… (Observa a Marie volando) solo faltas tu… (Aparece frente a Marie tomando impulso para golpearla con su martillo)

-Marie: (Su enemigo aparece frente a ella) "No puedo escapar de esto" (Pensó, mientras mira a todos sus compañeros tirados en el suelo inconscientes) Dark… (Abraza fuerte a Dark en un ultimo intento por protegerlo) "Si nos golpea no creo que puedas sobrevivir, esta criatura tiene un poder descomunal no podemos hacerle frente… nos derrota con un solo golpe, lamento no haber podido salvarte…" (Por su interior transita un horrible sentimiento de frustración e impotencia)

-Huracán: Hasta nunca… (Lanza un demoledor ataque para poner fin a la vida de dos integrantes de La Sombra Del Viento, cuando aparece un agujero negro de dos metros de diámetro succionando todo lo que se encuentra cerca de él) ¿¡Que!? (De entre los escombros emerge una misteriosa criatura)

-Alice: (Una sonrisa se dibuja en su rostro)

-Huracán: pero si es aquella hermosa criatura que tanto ansio poseer… (El agujero intenta absorberlo) estoy completamente paralizado…, si mal no recuerdo esta es la técnica con la que asesinaste a uno de mis subordinados… (Y aunque no puede absorberlo, logra paralizarlo) no es tan fuerte como para absorber a un Dios... pero al menos lograste frenarme, la pregunta es... ¿Por cuánto tiempo?

-Marie: la técnica de Alice solo consiguió detenerlo por un determinado tiempo... que puedo hacer si el fuego y las armas no le hacen nada... piensa... piensa... ¡Ah! (Recuerda) ¡La tarjeta! ¿Cuánto tiempo llevamos... 15 o 20 minutos...? ¿Por qué todavía no se ha activado? (Se dirige con Alice)

-Huracán: lo único que haces con todo esto es incrementar mis ganas de poseerte... (Con gran fuerza comienza a liberarse del agujero negro) estoy impaciente por liberarme y capturarte, seras mia para toda la eternidad... (En ese momento es impactado por otra Centella) ¿¡QUE!?

-Alice: (Contempla la cara de impresión de Huracán)

-Huracán: ¿Sera a caso que quieres poner aprueba mi Divino poder...? (Usando gran fuerza poco a poco se libera de los dos agujeros negros) acepto el desafio...

-Marie: Alice... (Mira los dos agujeros negros frenando completamente a Huracán) esas técnicas acabaran con toda tu fuerza en segundos (Recuesta a Dark en el suelo y aprovecha para reunir a todos los heridos en un solo lugar) ¡Alice! (Corre hacia ella)

-Alice: ... (Solamente se concentra en mantener quieto a Huracán)

-Marie: solo aguanta un poco mas Alice... la carta de teletransportacion debería estar por activarse...

-Huracán: ¡GRAH! (Se toma enserio el desafio de Alice e intenta liberarse con todas sus fuerzas)

-Alice: (En su cara se aprecia una seriedad absoluta como si dentro de ella miles de pensamientos cruzaran a la vez)

-Marie: ¡Se va a liberar!

-Huracán: ¡AAHH! (Cuando esta apunto de liberarse una tercera Centella lo impacta) ¡GCK!

-Marie: ¡ALICE!

-Alice: (Cae arrodillada al suelo del cansancio, sin embargo, mantiene su ataque activo)

-Marie: está llevando su cuerpo al límite... si continua así morirá. ¡Alice detente! (En ese momento los tres agujeros negros se cierran súbitamente)

-Marie: ¡Alice! (La sujeta antes de que caiga al suelo) ¡Alice!

-Huracán: aléjate de mi preciado trofeo... (Al liberarse arremete violentamente contra Marie sujetándola del cuello con su mano izquierda) no te atrevas a tocarla con tus asquerosas manos... (Extiende su otra mano mano sobre ella absorbiéndole las llamas) con esto no podrás volver a curarte en un tiempo.

-Marie: (Caen hacia el suelo donde intenta alejarse volando) ¿¡Que!? ¡No puedo volar!

-Huracán: Con esto me libraré de ti... (Con su martillo en mano, se acerca a ella)

-Marie: no… ¡No te acerques! (Intenta alejarse de el y al mismo tiempo alejarlo del resto de los heridos) si me golpea directamente… me matará… (Llega a un punto sin salida) ah… ah… ah… (Su respiración se agita al ver su fin cerca) no…

-Huracán: no hay a donde correr… (Acorrala a Marie) he matado a muchos Phoenix antes… y se que una vez que he absorbido su fuego, puedo asesinarlos de verdad…

-Marie: ah… ah… ah… ¡Agh! (Sus mejillas se humedecen con el recorrer de sus lagrimas)

-Huracán: Nos veremos, la próxima vez que rencarnes… (Levanta su martillo)

-Marie: Gck… (Al ver su fin de cerca no puede evitar llorar) Dark… (Cierra sus ojos)

-Huracan: Hasta nunca… (Baja súbitamente su martillo propiciándole un golpe devastador a Marie que la estrella contra una de las paredes) ¿Hmm…? desgraciado…

-Marie: ¡AAAAHHH!

-Huracán: (Contempla a todos los miembros de La Sombra Del Viento derrotados) bien…, ahora solo somos tu y yo Thanatos…, pero esta vez Elizion no vendrá a salvarte…

-Dark: (Recobra la conciencia) ¿Do-Dónde… estoy…?

-Huracán: en este momento te encuentras a las puertas del infierno… al igual que toda tu gente…

-Dark: (Observa alrededor encontrando a todos en peligro mortal) no… (Con las pocas fuezas que le quedan intenta levantarse) ¡Gck!

-Huracán: no temas, te desapareceré de la faz de la tierra de un solo golpe… concentraré toda mi fuerza en un unico ataque y te aniquilare junto a toda tu gente, en todo Abilion no hay humano capaz de sobrevivir a esto… (Su martillo comienza a brillar con resplandor color rojo)

-Dark: (Intenta moverse, pero es inútil) eso lo veremos… (Con la poca energía que le queda le lanza una esfera de energía incandesente que explota al impactar con el) ah… ah… ah…

-Huracán: (La explocion levanta una cortina de polvo de donde se aprecia la silueta del Dios del fuego) eres débil… como el resto de la humanidad…, el poder no fue echo para ustedes… (Camina hacia Dark con su martillo brillando de energía luego le da una patada que lo envía dando vueltas por el suelo contra la pared)

-Dark: ¡Ghoa! (La mayor parte de los huesos de su cuerpo se encuentran rotos)

-Huracán: ahora solo eres basura (Lo vuelve a patear)

-Dark: ¡Gck! (Intenta levantarse) ah… ah… ah…

-Huracán: (Coloca su pie sobre Dark aplastándolo contra la tierra)

-Dark: ¡Ah!

-Huracán: ríndete de una vez… es inútil todo lo que hagas… tu poder no es suficiente para competir con un Dios…

-Dark: ¡Cállate! (Se intenta levantar aun con su cuerpo bañado en sangre)

-Huracán: esa patada que recibiste hace rato era con toda la intención de matarte... sin embargo, por alguna extraña razón sobreviviste solo para darme el placer de matarte de nuevo (Sonríe) escurioso que te parezcas a Thanatos, quizás seas su rencarnación... o solamente es mera casualidad, o tal vez es un regalo del creador que me pide que vengue a mis hermanos...

-Dark: (Se logra poner de pie) mientras respire... ¡Seguiré luchando! (Le lanza una vestica de aire que apenas y mueve un poco del cabello de su enemigo)

-Huracán: (Con su rostro completamente serio solo siente la ligera ventisca mover su cabello) es hora... de cumplir mi venganza...

-Dark: (En ese momento toda su vida pasa frente a sus ojos) ¡MALDICION! (Intenta moverse, pero su cuerpo no le responde) no...

-Huracán: Wir sehen uns in der Hölle... (Nos vemos en el infierno...)

-Dark: (Sin esperanzas de sobrevivir mira por ultima vez a todos sus compañeros, John, Daniel, Gera, Arthur, Marie, Alice, Alison, ninguno se encuentra en condiciones de ayudarlo) lo siento muchachos, lamento... no ser lo suficientemente fuerte para protegerlos, siento tanto ser tan débil... espero que algún día puedan perdonarme... (Cierra los ojos) y... Gracias por haberme acompañado en esta travesía, sin ustedes no habría podido llegar hasta aquí...

-Huracán: (Con su martillo completamente cargado, decide poner fin a la vida de Dark con su mortal y brutal ataque) ¡GRAAHH!

-Dark: solo espero que algún día la humanidad pueda volver a ser libre...

-Huracán: (El impacto crea una titánica explosión que saca volando la prisión entera)

-Dark: ¡AAAAHHHHH!

Los escombros de la prisión salieron volando a cientos de kilómetros, levantando una gigantesca cortina de polvo que se eleva por los cielos, el lugar donde la prisión estaba ubicada desaparecio por completo quedando solamente un impresionante agujero sobre la tierra...

-¿?: es muy pronto para decir adiós, Dark...

-Dark: (Una misteriosa voz, le hace saber que no ha muerto, sin embargo, el polvo en el aire no deja ver que fue lo que ocurrio) ¿Quién eres?

-¿?: (En ese momento el polvo se disipa dejando ver a una hermosa mujer usando una armadura color negro la cual le queda ajustada)

-Huracán: ¿¡QUE!? (Inesperadamente su poderoso golpe fue detenido con un solo brazo) ¿¡COMO ES ESTO POSIBLE!? (En un ataque de pánico retrocede al ver a tan misteriosa mujer)

-Dark: tú eres...

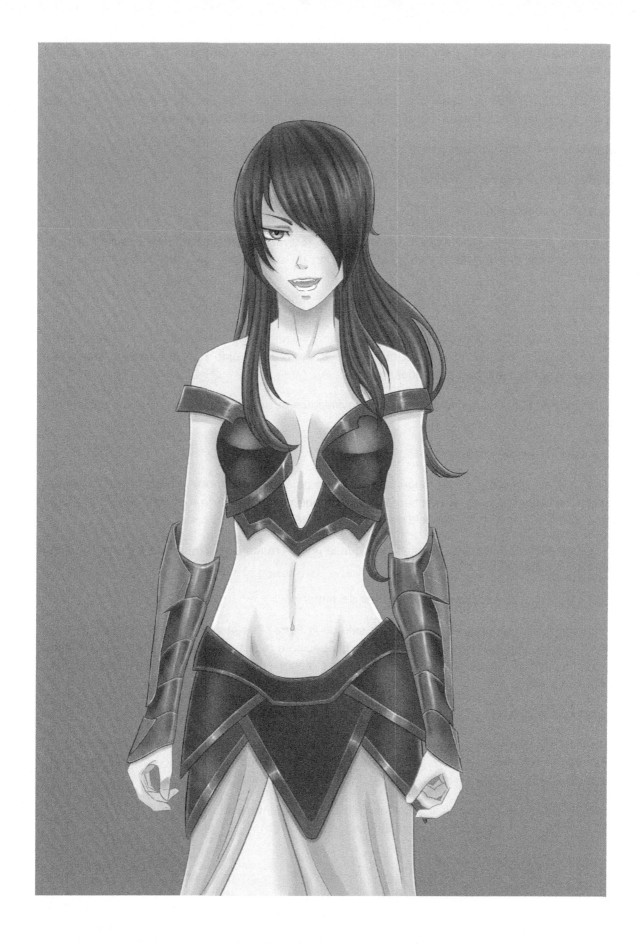

-Lina Lindzay: yo me encargare del resto… ¡Martyn! Reúnelos en un solo lugar tienen una tarjeta de teletransportación.

-Martyn: (Los Grakan se unen a la batalla resguardando a cada uno de los miembros de La Sombra Del Viento) enseguida mi señora... (Recoge a Dark y lo lleva con el resto)

-Dark: es muy fuerte… puede matarte ¡Lina!

-Martyn: calla… y contempla el poder… de Lina Lindzay.

-Dark (Solo guarda silencio)

-Huracán: ¡Imposible! Esto no puede estar pasando (Su rostro muestra una terrible incertidumbre) ¿Cómo pudiste detener mi ataque más fuerte con un solo brazo? ¡No hay humano capas de pararlo!

-Lina Lindzay: Quizas tengas razón… no hay "Humano" capas de detenerlo…

-Huracán: ¡MALDITA! (Cegado por la ira se lanza violentamente hacia ella, con su martillo en mano) ¡Te hare pedazos! (Como si el tiempo se hubiera detenido para los demas, solamente Huracán y su oponente parecen poder moverse)

-Lina Lindzay: (Observa detenidamente los movimientos de su enemigo quien corre frenéticamente hacia ella)

-Huracán: ¡Tu insolencia te costara la vida!

-Lina Lindzay: (Al entrar en su rango le conecta un potente rodillazo en la barbilla que lo levanta rápidamente por los aires, sin embargo, antes de que se aleje de ella lo sujeta del pie jalándolo frenéticamente hacia abajo, dándole dos vueltas y lanzándolo hacia el suelo)

-Huracán: ¡Ghoa! (El impacto fue tan fuerte que la grieta creada con el impacto se expandio varios metros de distancia)

-Lina Lindzay: … (Se queda mirando el lugar del impacto)

-Huracán: (Liberando una fuerte explocion sale de la tierra) Tus ataques no pueden lastimar a un dios… (Siente algo cálido deslizarse de su boca hacia su mentón) ¿Pero qué…? (Pasa su mano sobre su barbilla para encontrar un liquido rojiso sobre ella) sangre… ¡MI SANGRE! ¡ESTOY SANGRANDO!

-Lina Lindzay: ¿Eso es todo lo que puedes hacer…?

-Huracán: (Estalla violentamente en un frenesí abalanzándose contra Lina) ¡Esto no puede estar pasando! (Ataca con poderosos Martillazos que van de un lado a otro sin lograr alcanzarla) ¡YO SOY UN DIOS!

-Lina Lindzay: (Sus ojos se deslizan de un lado a otro siguiendo el movimiento de los martillazos) … (Su semblante permanece frio y calculador en todo momento)

-Huracán: ¡No podrás conmigo!

-Lina Lindzay: (Inclinandose hacia la izquieda consigue esquivar un poderoso golpe que pasa cerca de su hombro, aprovechando para lanzar un letal contra golpe que impacta justo en la cara Huracán)

-Huracán: (Un fuerte estruendo retumba dentro de su cabeza como si una explosión hubiese ocurrido dentro) ¡Gck! (El impacto es tan fuerte que impulsa y voltea su cara asotandolo vigorosamente contra el suelo) ¡AAHH!

-Lina Lindzay: levántate… levántate Dios del fuego… y muéstrame tu gloria…

-Huracán: (Se levanta desconcertado sintiendo un ligero mareo al ponerse de pie) no… ¡NO! ¡NOOO! ¡Ah! (Inesperadamente lanza un torrente de fuego hacia) ¡Muere maldita!

-Lina Lindzay: (Al ver el fuego de frente, sale disparada hacia su derecha evitando ser golpeada por las llamas)

-Huracán: maldita sea… ¿¡Porque no puedo pegarle!? (Guia las llamas en persecución de su oponente)

-Lina Lindzay: (Con las llamas persiguiéndola corre velozmente alrededor de su oponente) déjame mostrarte algo… (Su brazo derecho se tiñe de una extraña energia color morado oscuro)

-Huracán: e-esa técnica se parece a la de de de… (Su lengua se traba al ver como el brazo de Lindzay se cubre con la energía morada) eso no puede ser… su técnica era única, no hay forma de que pueda controlarla alguien más… (Su rostro se llena de terror, pero no es a causa de Lindzay, si no a lo que esa técnica representa) tu… tu… ¡TU ERES EL DIABLO!

-Lina Lindzay: (Con una precisión impecable se desliza hacia Huracán)

-Huracán: (Paralizado al recordar la ultima vez que vio esa tecnica sobrepone la silueta de un guerrero con capa roja detrás de Lindzay) ¡Aléjate de mí! ¡Thanatos! (Un impactante sonido retumba dentro de su cabeza como si dos poderosas locomotoras hubiesen impactado de frente) ¡AAAAAAAHHHHH! (El golpe lo refunde en los escombros de la prisión abriéndose paso entre la tierra)

-Lina Lindzay: (La silueta de la guerrera se vislumbra con gloria desde lo lejos) Uff… (Un suspiro escapa de su boca)

-Huracán: (Con su rostro cubierto de sangre, emerge de entre los escombros, el sonido del estruendo del impacto, aún resuena dentro de su cabeza) Cof Cof… (Escupe dos pares de muelas llenas de sangre) si no puedo matarte, entonces… ¡VOLARE EN PEDAZOS A TODOS LOS DEMAS! (Concentrando una gran cantidad de energía intenta explotar)

-Martyn: (Están comenzando a brillar) ¡La carta se acaba de activar! ¡Vámonos de aquí!

-Lina Lindzay: (Rápidamente corre hacia ellos)

-Huracán: ¡NO TE LO PERDONARE, TE DESAPARESERE AQUÍ JUNTO CON TODOS! (Al igual que una bomba reúne una gran cantidad de energía)

-Lina Lindzay: (Llega con ellos) ¡Vamonos! (La carta se activa llevándose a todos)

-Huracán: ¡AAAHH! (Explota).

Capítulo 25: Historias antiguas.

Después de que la tarjeta se activara el frenético Intinity provoca una gigantesca explosión la cual borro de la faz de la tierra la prisión donde Arthur permanecia cautivo, en el proceso muchas criaturas quedaron atrapadas entre el estallido desapareciendo junto a la prisión, pero al Dios del fuego no parecía importarle... su mente habia sido absorbida por la incertidumbre de que existía en Abilion un ser capas de herirlo e incluso... capas de matarlo...

-Huracán: no puede ser... (Dice mientras contempla el desolado panorama) no puedo creer que exista alguien capaz de herirme... (Siente un fuerte dolor en la cara donde fue impactado por Lindzay) ¡Gck! necesito a mis hermanos de vuelta para poder retormar el control completo sobre Abilion...

-Armando: (De entre los escombros de la tierra emerge cargando a Rogelio) ...

-Huracán: asi que... consiguieron sobrevivir.

-Armando: ... (Asiente con la cabeza)

-Huracán: volvamos al castillo, tengo mucho en que pensar...

-Maximiliano: (Se quita de encima un gran escombro que lo estaba aplastando) ah... ah... ah...

-Huracán: (Mueve su martillo creando un portal) entren, hablaremos de esto en mi castillo mientras se recuperan.

-Todos: si señor... (Entran al portal y aparecen dentro de un gran salón)

-Huracán: ¡Rápido atiendan a mis subordinados! (Rápidamente llegan criaturas a llevarse a los heridos)

-Criatura: señor... tenemos algo que decirle... (Un grupo de criaturas se acerca a él)

-Huracán: ahora no, tengo muchas cosas en que pensar...

-Criatura: pero señor...

-Huracán: (Lanza una llamarada de fuego carbonizándolo al instante) ¡He dicho que ahora no! ¿Alguien mas quiere decir algo...?

-Demonio: no señor... perdónenos por insistir...

-Huracán: fuera de mi vista...

-Demonio: si mi señor... (A paso acelerado el grupo se retira)

Una semana después en un hospital de una muy lejana ciudad...

-Dark: ah... (Abre los ojos mirando el techo blanco de una habitación) hmm... (Los recuerdos de la batalla regresan de golpe) ¡Huracán! (En un arranque de ansiedad se levanta rápidamente de la cama)

-Martyn: tranquilo, logramos escapar de la explosión...

-Dark: ¿Quién eres tu? (Encuentra a un hombre cullo rostro no conoce, su cabello castaño y puntiagudas orejas se hacen saber que es un Grakan)

-Martyn: Martyn, un general de los Grakan. (Dice mientras se acomoda el cuello de su gruesa chamarra café)

-Dark: Los Grakan… ¿Quién mas ha despertado?

-Martyn: el primero fue un sujeto que dice llamarse Arthur, despertó justamente unos minutos después de haber sido traído aquí, realmente me sorprendió.

-Dark: entiendo… ¿Dónde está ahora?

-Martyn: creo que fue a comer, pasa mucho tiempo en el comedor del hospital… (Alguien entra)

-Dark: ¿Tu también estas mejor…?

-Marie: si, creo que fui la segunda en despertar… (Extiende sus manos, las cuales se cubren con un ligero fuego que se extingue cuando las cierra) pensé que iba a morir en esa prisión… (Se sienta a su lado)

-Dark: ¿Por qué lo dices…?

-Marie: en el ultimo momento Huracán me robo mi fuego y me lanzo un mortal ataque con su martillo, me confeso que habia matado Phoenixs en el pasado… y que robarles el fuego era pieza clave para eliminarlos…

-Dark: (Su rostro no puede ocultar la sorpresa al saber que sin darse cuenta uno de sus miembros estuvo a punto de ser eliminado) y… ¿Cómo sobreviviste?

-Marie: en el ultimo momento, ese sujeto llamado Arthur corrió hacia a mi y me protegio… recibiendo la mayor parte del daño…, si no fuera por el habría muerto…

-Dark: asi que fue Arthur…, estaremos en deuda con el por siempre… cuando tenga la oportunidad de hablar con el… le agradeceré personalmente.

-Marie: (Abraza energéticamente a Dark) ¡Estuve tan asustada! (Su rostro se inunda con su llanto) ¡Pense que jamas los volveria a ver! (Su cuerpo se estremese al recordar el momento que tuvo a la muerte de frente) yo tampoco quiero morir… (Restriega su rostro contra el hombro de Dark limpiendo sus lagrimas en el)

-Dark: tranquila… ya paso… (Consuela a su compañera mientras la abraza cálidamente)

-Marie: (Ahoga su llanto y recobra un poco la compostura) estoy tan feliz de estar viva… (Se aleja un poco de Dark para limpiar su rostro con sus delicadas manos) gracias a la ayuda de Los Grakan, fuimos capaces de volver...

-Dark: (A pesar de saber que lograron escapar, una parte de él teme preguntar el estado de sus amigos) ¿Cómo se encuentran…?

-Marie: Alice está bien, pero los demás están muy graves John ha vuelto a perder una extremidad…, Daniel y Gera están aun en estado delicado, mientras que logramos recuperar el cuerpo de Adrian… los doctores dicen que murió a causa de brutal golpiza… fue demasiada carga para un monje… lamento su perdida… parecía un buen sujeto.

-Dark: fue demasiado incluso para nosotros… somos débiles… (Aprieta la sabana con sus manos)

-Martyn: no seas tan duro, esa cosa era realmente poderosa... jamas habia visto a alguien resistir un golpe director de Lindzay...

-Marie: Martyn tiene razón... luchar contra el fue demasiado para nosotros, aunque tambien entiendo que tenemos que incrementar nuestra fuerza si queremos vencerlo de lo contrario pasara esto constantemente..., gracias a Alison tenemos los mejores doctores de todo el país.

-Dark: ¿Alison? ¿Esta despierta?

-Marie: ella no fue gravemente lastimada, despertó después de mi y debo admitir que ha sido de gran ayuda, gracias a ella hemos recibido los mejores cuidados de toda la nación... además aproveche para hacerle su tatuaje.

-Dark: ahora es oficialmente un miembro de La Sombra Del Viento... (Sonrie) con todos esfordandose no puedo quedarme aquí sin hacer nada. (Se levanta)

-Martyn: si te esfuerzas tus heridas volverán a abrirse y esta vez puedes morir.

-Marie: no te preocupes yo me hare cargo.

-Dark: Ah... (Se recuesta) ...

Mientras tanto en otra habitación...

-Alice: hmm... me duele todo el cuerpo... (Abre sus ojos) ¿Logramos escapar...?

-Lina: así es... (Aparece Lina de nuevo como niña)

-Alice: ¡Lina! (Se intenta levantar) estaba muy preocupada por ti ¿Estas bien?

-Lina: si, aunque deberías preocuparte primero por tu salud.

-Alice: la verdad no recuerdo nada... ¿Cómo están todos?

-Lina: están bien supongo.

-Alice: me alegro..., creo que me deje llevar por mi odio hacia ese sujeto.

-Lina: a menudo te dejas guiar por tus emociones y actuas sin pensar, esa puede ser tu perdición... como cuando te atreviste a entrar en nuestro territorio y a lastimar gravemente a mis soldados...

-Alice: ¿Lina?

-Lina: te enterarás pronto así que creo que es mejor que lo sepas de mi... Soy Lina Lindzay Gobernante y Líder de los Grakan.

-Alice: ¿¡Que!?

-Lina: aunque no he olvidado lo que hiciste en mis dominios, debo admitir que vales más viva que muerta así que muéstrame que ha valido la pena haberte salvado la vida... (Sale del cuarto)

-Alice: espera ¡Lina!

-Alison: (Poco tiempo después, llega al cuarto percatándose de que Alice está despierta) ¡Alice! ¿Ya te sientes mejor? (Observa que está muy desconcertada) ¿Qué ocurre?

-Alice: hablé con Lina.

-Alison: ¡Oh! Ya veo, increíble que esa enana fuera la líder de tan poderoso clan verdad, yo tampoco me lo creía.

-Alice: hace tiempo… yo…

-Alison: ¿Qué pasó?

-Alice: cuando llevábamos a Dark a sanar al monte Everest, pasamos por el territorio de los Grakan y yo lastime gravemente a algunos de ellos…

-Alison: ¿¡QUE!? ¿Por qué? ¿Qué ocurrió? (Dice sorprendida)

-Alice: por precipitarme en hacer las cosas… entre en su territorio sin su consentimiento y ellos me atacaron… en el conflicto calleron algunos de sus hombres…

-Alison: pero que cosas haces Alice… ah… (Suspira) ahora entiendo porque estas así.

-Alice: Lina… debe de odiarme…

-Alison: no te deprimas eso ya es pasado, además no mataste a ninguno de esos hombres, quizás ya se encuentren mejor (Sonríe) bueno solo un poco.

-Alice: si verdad… (Sonríe un poco)

-Alison: ya no te deprimas, cuando te sientas mejor te llevaré a conocer la hermosa ciudad de Telia.

-Alice: si, está bien…

La nación de Telia es una de las mas ricas naciones de todo Ayita, ya que cuenta con grandes extensiones de tierra fértil la cual es utilizada para la agricultura, lo que la convierte en la mayor exportadora de frutas y verduras de todo el continente, sin mencionar que la ganadería es su segunda principal fuente de ingresos, en Telia fruta que no se vende es enviada a los campos de concentración donde se les da de comer a las reses y puercos que ahí se alimentan. Una vez al año los campos de concentrasion le regalan a sus provedores una res o un cerdo, en agradecimiento por toda la comida anual que envían para sus animales, en esta nación nada se desperdicia.

Por otro lado, después de la invacion al continente de Ayita, la nación a invertido mucho en reforzar su ciudad y la nueva implementación de invernaderos subterráneos para sus cultivos, se cree que, en un par de meses, la nación podría mantenerse en un asedio sin la necesidad de preocuparse por comida, asi que han concentrado la mayor parte de sus ingresos en hacer una muralla fuerte y solida además de sofisticado armamento para defenderse contra los invasores. Quizás hoy en dia sea la nación mejor preparada de todo el continente…

De vuelta con Dark…

-Arthur: (Entra al cuarto pero su aspecto cambia rotundamente, su cuerpo delgado ahora esta fuerte y regenerado) ya despertaste muchacho.

-Dark: tienes mejor aspecto.

-Arthur: no había comido en mil años, estaba en un estado decadente, pero ahora me siento como nuevo (Dice mientras se rasca parte de su barba de candado)

-Dark: te agradezco inmensamente el haber salvado a Marie... me ha contado lo sucedido y te estare eternamente agradecido por ello.

-Arthur: (Sonrie) no ha sido nada...

-Marie: (En un acto presipitado afirma con fuerza) ¡Claro que lo fue! si no fuera por ti... ya no me encontraría en este mundo... por eso te estare agradecida por siempre.

-Arthur: (Al ver la determinación de sus palabras, una sonrisa se dibuja en su rostro y solamente asiente)

-Dark: ¿Por qué te mantenían encerrado en ese lugar?

-Arthur: es una larga historia...

-Marie: Tenemos tiempo de sobra...

-Arthur: entonces les contare... como fue que La Oscurida resurgio en Abilion: Hace mucho tiempo, cuando la batalla de "El fin de los tiempos" no era mas que un recuerdo, la gente disfrutaba de una interminable paz, la exclavitud se habia acabado y la tierra era de quien la trabajara, la humanidad por aquel entonces no estaba dividida por continentes o por naciones, todos eramos un solo pueblo y trabajábamos por el progreso mutuo, logramos infinidad de cosas y convertimos a lo que ustedes conocen como Shiria en la capital del mundo, nuestros conocimientos y nuestros poderosos avances tecnológicos nos permitieron crear plantas resistentes al frio, vacunas para las enfermedades de los animales e incluso prolongar la vida de las personas...

-Marie: si todo iba tan bien... ¿Cómo fue que Shiria termino asi?

-Arthur: un dia... un grupo de hombres obsecionados con el progreso intentaron descubrir la forma de mejorar a la humanidad, asi que comenzaron a experimentar con la gente...

-Marie: ¿¡Que!?

-Arthur: ya que el humano es débil por naturalesa, querían encontrar la forma de fortalecerlo...

-Martyn: la debilidad humana es cuestión de genética, la humanidad fue echa para ser débil, pero eso no es un defecto de fabrica, el creador lo hizo asi.

-Marie: ¿Querian volverse mas fuertes?

-Arthur: esa obsesion por mejorar se convirtió en su perdición... ah... (Un pequeño suspiro se escapa de su boca) un dia encontraron un libro antiguo que narraba la historia cerca de los años ceros... cuando "La puerta" estuvo abierta y la humanidad tuvo la oportunidad de conocer lo que era el poder, poder al que tuvimos acceso con la única finalidad de protegernos de las mitoligicas criaturas que aterrorizaban a la humanidad en aquel entonces...

-Marie: La puerta que actualmente se encentra abierta…

-Arthur: ellos interpretaron que la puerta se cerro para que la humanidad provara si estaba lista para la evolución y accediera atravez de sus propios medios hasta ella, pensando erróneamente que ese era su propósito, asi que siguieron adelante…, hasta que un dia lograron su cometido… crearon la formula perfecta que rompia el eslavon mas débil de su código genético y lo remplazaba por uno mas fuerte y adaptable…

-Dark: ese fue el dia que nacio La Oscuridad…

-Arthur: después se lograr su cometido se administraron la dosis y dieron lugar a una nueva raza, una forma de vida lúgubre… que les proporcionaron poderes jamas antes vistos, dando como resultado a los 5 seres del linaje original, el primer demonio Maximiliano, el primer no muerto Armando…, la primera bestia Alejandro, el primer fantasma Rogelio… y finalmente el primer vampiro Maycross.

-Marie: ¿Maycross…? Nunca he escuchado de el…

-Arthur: Maycross es sin duda, la criatura mas oscura que ha existido en los últimos mil años… (Mientras habla de él, la sombra de la ira se manifiesta en su rostro) ese sujeto dusfrutaba asesinando personas…, era una criatura que no conocía la piedad solo pensaba en él y arrazaba con todo a su paso…, en un abrir y cerrar de ojos su ambision se salio de control e incluso amenazo la integridad del resto de los originales, sin embargo, con un poder tan inmenso el resto de los originales no se atrevían a desafiarlo, limitandose a mantenerse alejados de el…

-Martyn: pensé que eran aliados…

-Arthur: al principio lo eran, pero su inestabilidad mental y su ambicion infinita, hacían difícil el tratar con el…, en una época oscura la cantidad de vampiros crecio exponencialmente y comenzaron a apoderarse de todo Shiria arrazando con todo lo que se atreviera a cruzarse en su camino…

-Dark: actualmente la población de vampiros es bastante reducida en comparación al resto de las especies, además sin el linaje original que renueve y detenga el deterioro de la sangre, con el paso del tiempo los vampiros se han vuelto cada vez mas débiles…

-Arthur: en aquel tiempo, la plaga vampirica no parecía tener fin…, no importaba a donde fueras ni donde te escondieras, al final… tarde o temprano llegarían a ti… Asi fue como llegaron a mi pueblo, un humilde asentamiento a las orillas de la nación de Magistral… al este de Shiria… (Su voz se impregna con un tono serio) llegaron como animales salvajes durante la noche… matando indiscriminadamente a todo ser vivo que tuviera pulso, recuerdo que… los gritos de la gente se escuchaban por todo el pueblo y le dije a mi esposa que tomara a la niña y se resguardara en el sotano de la casa… (Los que escuchaban su historia prestaban atención a cada una de sus palabras) cuando finalmente le llego el turno a mi casa… yo estaba esperando con una espada en la mano frente a la puerta… muy dentro de mi sabia que mi fuerza no era suficiente para acabar con ellos, pero tenia la esperanza de morir primero para no escuchar los gritos de mi familia…, "Si corremos con suerte, se iran después de matarme" pensé… e ingenuamente crei que mi familia tenía la oportunidad de sobrevivir…, pero todo eso cambio cuando Maycross en persona entro por la puerta de nuestra casa… fue entonces cuando supe que estábamos condenados, asi que corri hacia el con mi espada desenvainada solo para ser brutalmente masacrado… cayendo moribundo sobre el suelo, cuando la vida se escapaba de mi cuerpo me dijo "Espera todavía no te vayas que quiero mostrarte algo" en ese momento el muy desgraciado me mostro a mi esposa y a mi hija a quienes habia sacado del sotano, asesinando a mi mujer frente a mis ojos y entregando a mi hija al resto de los vampiros…, cuando vio la desesperación en mi rostro, se rio a carcajadas y termino con mi vida al poco tiempo después…

-Marie: ¿Termino con tu vida?

-Arthur: asi es, Maycross me asesino en mi casa en el año de 1,044…

-Martyn: ¿Pero como es eso posible?

-Arthur: recuerdo que cuando volví a abrir mis ojos el sol apenas brillaba era la mañana después de la masacre quedando atónito pues recordaba perfectamente el momento de mi muerte fue ahí cuando lo vi… el espíritu de los Héroes según la leyenda escoge a un humano después de haber muerto, para levantarlo y renacerlo como un héroe…, cuando hable con el no podía creer que fuera bendecido con tal poder…, tenia la habilidad de materializar armar de héroes del pasado e incluso del futuro, además gosaba de una increíble fuerza e inmortal resistencia, no obstante, sabia que el poder no era suficiente, tenía que aprender a controlarlo así que me puse a practicar, entrenar, meditar y a hacerme lo más fuerte posible… me tomo cerca de 16 años dominar por completo mi poder, cuando llego el momento partí a la batalla. Me tope nuevamente a Maycross era de esperarse que no me reconociera, pero en ese momento me asegure que no me olvidara jamas…, luchamos por más de 2 años sin darme cuenta, puesto que era una lucha entre inmortales el tiempo parecía no importar… hasta que en una ocacion materialise una extraña arma enforma de tronco metalico con pequeñas luces en el, el cual lance a Maycross sin dudarlo, recuerdo que cuando Maycross lo golpeo una segadora luz se produjo seguida de la explocion mas grande que he presenciado…, después de eso recuerdo que los 4 del linaje original aprovecharon para encarcelarnos en dos prisiones diferentes por toda la eternidad, al menos… hasta el día que ustedes me liberaron.

-Marie: valla realmente impresionante… nunca había visto la historia antigua tan de cerca.

-Martyn: me pregunto que clase de tronco materializaste…

-Arthur: al inicio pensé que cambiaria el destino de Abilion, pero ahora no estoy tan seguro… aun con mis poderes no puedo derrotar a Huracán.

-Dark: tal vez Thanatos… tenía un don parecido al tuyo…

-Arthur: decían que era un guerrero que lo dominaba todo, no había nada que él no pudiera hacer y que por eso le fue entregada la poderosa espada "Elizion"

-Marie: (Se sorprende) ¿Conociste a Elizion?

-Arthur: no, pero escuche muchas veces de ella, incluso me se su historia.

-Marie: una vez Sasha encontró unas viejas escrituras que hablaban sobre ella, pero tenían muy poca información, hablaban de su creador y que fue dada como regalo a un guerrero.

-Arthur: fue creada por el único Herrero Hechicero que ha existido, se cree que fue el Hechicero más fuerte de todos los tiempos, la historia dice que un día cayó del cielo una bola de fuego cerca de sus terrenos la cual llamo profundamente su atención así que decidió ir a ver que era aquello… al llegar al lugar del impacto encontró que era un meteorito… dicen que el material con el que estaba hecho era el material más duro que jamás se hubiese visto antes, fue ahí cuando se le ocurrió la idea de forjarse una espada con él, pero no cualquier espada si no la espada más fuerte de todas…, con una poderosa inspiración empezó la creación de Elizion, dicen que por más que intentó no pudo cortar al meteorito así que tuvo que aplicar la ciencia del diamante y comenzó a pulirlo tardo cerca de 3 años en poder dejarlo como él quería después tardo otro año en sacarle filo hasta que finalmente cuando ya era una espada le adhirió dos cadenas a toda la empuñadura creadas con el mismo material, volviendo a Elizion aparentemente perfecta, no obstante el Hechicero no se sintió satisfecho, asi que llevo a la espada al interior de un volcán donde la coloco en el magma mientras con su más poderosa magia la encantaba… el proceso tardo demasiado le llevo 20 años pero lo logro… además de ser la espada más perfecta jamas fabricada le dio magia y vida al mismo tiempo, dicen que la espada tenia mente propia y que su perfeccion no tiene limites… sin embargo la perfección tuvo su precio, cuando el Herrero por fin vio su trabajo realizado intento usarla pero la espada no se lo permitió… pues era ya demasiado viejo para portarla… cayendo en una gran depresión pues había dedicado toda la vida en crearla, hasta que un día después de 20 años mas conoció al guerrero digno de tal arma, el anciano se asombro con las increíbles habilidades del Joven y no dudo en mostrarle a Elizion la espada perfecta…, dicen que la espada se estremeció al ser empuñada por su nuevo amo del cual no quería separarse jamas…

-Martyn: increíble… una historia grandiosa.

-Arthur: valla que lo es, e intentado materializarla en diferentes ocaciones, pero no he sido capas de hacerlo… quizás la magia que la embuelve no permite que la usa cualquiera…

-Marie: me compadezco del pobre Herrero que no pudo usarla…

-Dark: una espada con mente y vida propia…

-Arthur: imagino que no es algo fácil de creer… pero existe.

-Dark: con su ayuda pondríamos poner fin a esta era…

-Arthur: ya lo hizo una vez… y volverá a hacerlo… solo necesita encontrar al guerrero indicado.

-Dark: entonces… tengo que volverme lo suficientemente fuerte para usarla.

-Arthur: no será algo fácil…

-Dark: lo sé, pero eso no me detendrá… aunque me cueste la vida me volveré lo suficientemente fuerte para usarla.

-Arthur: esa es la actitud niño…

-Marie: ya la has tenido entre tus manos Dark…

-Dark: ¿Qué? (Se sorprende)

-Arthur: ¿¡Qué has dicho!?

-Marie: en una ocacion Gera mensiono algo al respecto…, dejen contarles todo con lujo de detalle (Les cuenta lo que ocurrió en la primera batalla contra Huracán). Eso fue exactamente lo que me dijo Gera aquel día… (Todos se sorprenden) si lo pensamos bien y comparamos lo que nos dijo Arthur con lo de Gera todo comienza a tener sentido ¿No creen?

-Dark: no puedo creerlo…

-Marie: Elizion te salvo una vez y Huracán no deja de decirte Thanatos…

-Dark: ¿Estás diciendo que soy una especie de reencarnación o algo así?

-Marie: no estoy segura…, pero es obvio que hay un lazo que te une con Thanatos de una u otra forma…

-Martyn: Thanatos…

-Arthur: el lleva más de dos mil años muerto… podría ser que reencarnara en ti.

-Dark: no puedo permitirme en confiar en algo como eso, aunque fuese verdad yo quiero ganar mi propio poder, el en su época consiguió su poder sin ayuda de nadie, no veo por qué yo tenga que depender de él.

-Arthur: entiendo a que te refieres, y déjame decirte que puedo ayudar con eso.

-Marie: no eres el único que quiere volverse fuerte, todos necesitamos hacernos más fuertes para poder derrotar a Huracán.

-Martyn: tenemos que hacerlo…

-Arthur: la próxima vez que lo enfrentemos será para destruirlo de una vez por todas, no abra espacio para errores.

-Lina: suenan decididos… (Inesperadamente una nueva invitada se une a la reunion).

-Martyn: Lina… (Se inclina)

Mientras tanto…

-Alison: (Llega con una silla de ruedas) vamos sube, te llevare a pasear.

-Alice: aquí estoy bien… te lo agradezco…

-Alison: vamos… (Insiste con su seño frunsido) estar ahí deprimida no te ayudara en nada, vamos a dar una vuelta.

-Alice: está bien… pero la silla no será necesaria (Se levanta de la cama)

-Alison: vamos.

-Alice: ¿Cómo se encuentran los demás?

-Alison: están en terapia intensiva, pero ya están fuera de peligro.

-Alice: me alegro…

-Alison: no te preocupes, de momento todo está en calma, podemos relajarnos (Salen del hospital encontrando una ciudad muy colorida con muchos árboles plantados a lo largo de la calle brindando sombra a todo lo largo del camino, sus calles están cubiertas con resistentes bloques de piedra pulida y sus casas gozan de una hermosa arquitectura al igual que una enorme y fuerte muralla que rodea la ciudad) la ciudad de Telia es muy rica en agricultura por que tiene muchos ríos aquí se dan muy deliciosas frutas.

-Alice: el viento se siente muy bien... (Su cabello es movido por el viento) me sorprende que entren corrientes de viento a pesar de estar amurallada...

-Alison: vamos hacia el mercado para comprar fruta, me fascina la fruta de aquí. (Se dirigen al mercado)

-Alice: ¿Habrá fresas...?

-Alison: claro que las hay, compraremos fruta para todos a mí me encantan las manzanas, uvas naranjas, casi todo.

-Alice: (Sonríe) te gustan mucho las frutas...

-Alison: (Ríe) es lo que te digo, también venden chocolate por que los arboles de cacao se dan muy bien aquí.

-Alice: ¿Enserio?

-Alison: ahorita compramos (Llegan al mercado) mira hemos llegado.

-Alice: por donde empezamos... (El mercado cuenta con una gran variedad de diferentes puestos, ya que muchas naciones intercambian sus productos con ellos, hay productos de la mayor parte de las naciones de Ayita)

-Niña: ¿Buscan algo en especial? (Aparece una niña de 10 años de cabello castaño corto y piel blanca ojos café)

-Alison: si, mucha fruta.

-Chica: aww... que linda es usted (Sus ojos se iluminan al ver la hermosa ropa que adorna el esculpido cuerpo de Alison) nunca habia visto a una mujer tan bonita... me gustaría ser asi de grande...

-Alison: gracias jovencita, ahora ¿Podrías llevarnos a un puesto?

-Chica: ¡Si vamos! Mi mama tiene el mejor puesto del mercado.

-Alison: entonces que estamos esperamos, vamos.

-Chica: ¡Sí! Vamos, síganme.

-Alison: está bien (Acompañan a la niña)

-Alice: (Mira que lleva cargando algo) ¿Qué es eso?

-Chica: ¿Esto? (Les muestra un gran melón) es mi melón, me encantan los melones huelen tan bien.

-Alice: se ve muy bien...

-Chica: gracias ¿Cómo te llamas?

-Alice: me llamo Alice, Alice Walker ¿Cuál es el tuyo?

-Chica: ¿Walker…? Que lindo nombre, yo me llamo Nami Kimura.

-Alice: es un gusto conocerte Nami (Le ragala una calida sonria a la entusiasta niña)

-Nami: y tu, ¿Cómo te llamas?

-Alison: Alison…

-Nami: ¿Solo Alison?

-Alison: De donde yo vengo, solo tenemos un nombre…

-Nami: vaya que interesante (Se dirigen a un negocio donde tanto fuera como dentro hay una gran cantidad de jabas llenas de un amplio surtido de fruta y verdura) ¡Ya llegamos! este es el puesto de mi mama, se llama Haruki

-Haruki: Nami ya volviste. (Aparece una mujer de 32 años, de estatura promedio y piel blanca, cabello un poco largo con una cola de caballo)

-Nami: si mama, traje clientes.

-Alison: señora Kimura venimos por fruta… ¡Mucha fruta!

-Haruki: que mujer tan preciosa (Se sonroja) le regalare las frutas (Sonríe)

-Alison: muchas gracias (Mira a Haruki) ¿Enserio eres su madre? Te vez muy joven.

-Haruki: muchas gracias, la gente me lo dice mucho (Sonríe)

-Nami: ¿En qué te ayudo madre?

-Haruki: deja ese melón por ahí y tráeme unas manzanas que ya se me acabaron.

-Nami: si madre (Entra en una bodega al fondo del puesto)

-Alice: podría traerme fresas por favor…

-Haruki: claro, ahorita le traemos jovencita.

-Alice: gracias…

-Alison: que frutas tan frescas tienes señora Kimura parecen recién cortadas.

-Haruki: siempre buscamos tener la mejor calidad para nuestros clientes.

-Alison: que atentos.

-Nami: ya volví madre (Llega con una caja de manzanas)

-Haruki: remplaza la caja vacía por la que trajiste.

-Nami: si (Remplaza la caja) voy a guardarla (Se regresa a la bodega)

-Haruki: díganme… ¿Son viajeras?

-Alison: si, aunque por el momento estamos descansando un poco de un largo y peligroso viaje.

-Alice: pocas veces disfrutamos de días como estos, pero cuando la oportunidad llega, no podemos desaprovecharla.

-Haruki: entiendo, tienen una vida muy intensa.

-Alison: se podría decir.

-Nami: ¡Termine!

-Alice: (Mira un collar que tiene puesto Nami) lindo collar Nami.

-Nami: ¿Este? (Le muestra un collar aparentemente de oro que tiene la forma de un ojo con dos pequeñas alas a los lados)

-Alice: (Observa a detalle el collar) es muy bonito ¿Dónde lo conseguiste?

-Nami: me lo regalo madre cuando era pequeña.

-Alice: ¿Enserio Haruki?

-Haruki: si, nos lo regalo un viajero a cambio de mucha fruta, creo yo que fue un muy buen cambio, no se a oxidado nada.

-Alison: que suerte, me gustaría uno de esos.

-Haruki: si otro viajero trae alguno parecido te lo comprare.

-Alison: gracias.

-Haruki: de nada (Le entrega una bolsa llena de fruta y chocolates)

-Alison: (Toma la bolsa) muchas gracias por todo.

-Nami: ¡Ah! Mi melón. (Entra por él, luego vuelve)

-Alice: se ve que te gustan los melones.

-Nami: ¡Sí! me gustan mucho.

-Alison: bueno Alice, hay que irnos los demás querrán fruta también.

-Alice: gracias por todo Haruki. (Sin mas que agregar salen de la tienda)

-Haruki: de nada, les deseo un buen viaje.

-Nami: las acompañare tantito madre.

-Haruki: está bien, pero mucho cuidado y no tardes.

-Nami: ¡Espérenme! (Dice mientras corre con su melón) ¡Señorita Walker!

-Alice: ¡Hola Nami! (La recibe con una sonrisa) ¿Nos acompañaras al hospital?

-Nami: si, me cayeron muy bien.

-Alison: apresúrate que tenemos que llegar al hospital.

-Nami: ¿Para qué? ¿Tienen amigos enfermos?

-Alice: algo así…

-Nami: siempre he querido ser viajera como ustedes, vivir aventuras tener muchos nuevos amigos, es muy divertido no saber qué puede pasar al día siguiente.

-Alison: es divertido, pero solo a veces…

-Alice: a veces pasas muchos peligros de los cuales no sabes si saldrás viva.

-Nami: lo sé, pero eso no me detendrá ¡Seré una viajera yo y mi melón!

-Alice: (Ríe) serás conocida como la viajera del melón.

-Nami: (Ríe) un apodo difícil de olvidar.

-Alison: (Sonríe) no tienen remedio…

-Alice: ¿Desde cuándo tienes ese melón?

-Nami: desde que tenía 7 años.

-Alice: pero que va (Rie a carcajadas) no bromees.

-Nami: (Ríe)

-Alison: (Llegan al hospital) llegamos, bien Nami ve con tu mama, no quiero que te regañen por acompañarnos hasta acá.

-Nami: está bien, fue muy divertido platicar con ustedes, les deseo buen viaje y que sus compañeros se recuperen pronto (Regresa a la fruteria)

-Alice: cuídate mucho Nami.

-Alison: valla, que chica tan divertida.

-Alice: es una niña muy agradable.

-Alison: si, bueno… vamos a darle fruta a todos.

-Alice: si. (Entran al hospital)

Mientras tanto en Genesis…

-Vampiro: señor Huracán…

-Huracán: ¿Qué quieres? (Voltea a verlo) ah… eres tú.

-Vampiro: sí señor, estaba pensando si está en condiciones de hablar conmigo de algo que tengo que informarle.

-Huracán: ¿Qué es? ¿Acaso ya se recuperaron mis subordinados por completo?

-Vampiro: no es eso señor.

-Huracán: si no es eso ¿Qué es lo que tienes que decirme?

-Vampiro: hace poco nos llegaron unos informes de la investigación que nos ordeno a hacer.

-Huracán: ya veo…, continua.

-Vampiro: los informes dicen que… nosotros… (Comienza a ponerse nervioso)

-Huracán: ¿Nosotros?

-Vampiro: es que no estamos seguros… mi señor

-Huracán: (Se levanta) ¡Escúpelo ya! ¡O te arrancaré la cabeza!

-Vampiro: creo que encontramos el casco de Helios…

-Huracán: ¿¡QUE!?

Capitulo 26: Batalla subterránea…

En un hospital en la ciudad de Telia…

-Dark: eres tú… al parecer no eras quien decías ser.

-Lina: necesitaba conocer a los miembros de tu organización tal como son (Se acerca al grupo) y que mejor forma que viajando como una inocente niña… (Sonríe)

-Martyn: Arthur nos contaba una historia del mundo antiguo muy interesante debo decir, solo le aviso para después ponerla al tanto.

-Lina: el mundo antiguo es aburrido y viejo… ¿Qué planean hacer a partir de hoy?

-Arthur: les comentaba que deben de subir su nivel de combate si quieren derrotar a Huracán, incluso me ofrecí para entrenarlo.

-Dark: después de haber estado atrapado mil años, fuiste liberado solamente para unirte nuevamente a la batalla.

-Arthur: siempre esperé el momento de mi revancha…, no hay nada más que quiera hacer que vengar a mi familia, aplastare a los sobrevivientes del linaje original…

-Dark: (Contempla las sabanas de su cama) derrotare a Huracán… no importa cómo.

-Arthur: nosotros tenemos algo que Thanatos no tenia…

-Dark: ¿A qué te refieres?

-Arthur: nosotros tenemos un ejército.

-Lina: ¿Thanatos? ¿No te parece familiar ese nombre Martyn?

-Martyn: la verdad no su majestad.

-Marie: ¿¡No conocen a Thanatos!?

-Lina: creo haberlo escuchado en alguna parte...

-Marie: ¡Es el hereo de la leyenda! El que vencio a los autoproclamados dioses..., no puedo creer que no hayan oído hablar de el...

-Martyn: en nuestro territorio no le tomamos tanta importancia a las leyendas...

-Lina: son solo cuentos viejos...

-Marie: Thanatos... debió de ser una persona muy interesante, me hubiese gustado conocerlo.

-Dark: imagino que no tuvo una vida fácil, lucho con todo lo que tenía para liberar al mundo y entrego su vida en ello...

-Arthur: hay cosas por las que vale la pena morir...

-Lina: (Sonríe) solo son cuentos...

-Dark: en cuanto me recupere de estas heridas me pondré a entrenar...

-Arthur: antes de entrenarte Dark... hay algo que debo hacer (Camina hacia la puerta)

-Dark: ya veo... en ese caso adelante.

-Arthur: volveré pronto...

-Marie: ¿Te irás ahora?

-Arthur: si, continúen con su camino yo los encontrare después

-Marie: está bien, cuídate y... nuevamente gracias por salvarme.

-Arthur: nos vemos (Con una sonrísa abandona el cuarto)

-Martyn: que sujeto tan interesante ha vivido por siglos, además de ser inmortal, es un poderoso aliado.

-Marie: ¿Qué harás a partir de hoy Lina? ¿Piensas continuar siguiéndonos?

-Lina: no, volveré a mi territorio, necesito prepararlos para lo que se acerca...

-Marie: ¿A que te refieres?

-Lina: acabo de pisotear el orgullo de ese sujeto, intentara atacarnos con todo lo que tiene para limpiar su nombre...

-Marie: eso suena perturbador...

-Lina: para cuando el llegue, ya lo estaremos esperando…

-Dark: (Observa detenidamente a Lina) Lina…

-Lina: (Voltea a ver a Dark) ¿Te ocurre algo?

-Dark: te agradezco el habernos salvado… de haber llegado un minuto más tarde hubiéramos muerto.

-Lina: un verdadero héroe siempre llega en el momento que más lo necesitan (Siente un escalofrió recorrer su cuerpo) ¿…?

-Dark: luchaste contra Huracán como ninguno de nosotros…

-Lina: (Sonríe) que cosas dices…

-Dark: dime sinceramente… ¿Crees que puedas derrotarlo?

-Lina: quizás…

-Dark: si unimos fuerzas, tal vez podríamos vencerlo…

-Lina: de momento solo preocúpate por entrenar… porque la próxima vez… tal vez no esté ahí para protegerlos…

-Dark: estoy consciente de ello…, es por eso que entrenaremos para volvernos más fuertes…

-Lina: por su bien… espero que así sea…, vamos Martyn, tengo que encomendarte algo… (Caminan hacia la puerta del cuarto)

-Martyn: si su majestad…

-Lina: por cierto… oficialmente ahora tienen un nuevo aliado (Salen del cuarto)

-Marie: finalmente los Grakan se han unido a nuestra causa… me hace feliz que cada vez crece más el numero de aliados…

-Dark: tal vez ahora podamos lograrlo…

-Marie: no perdamos la esperanza Dark (Se sienta junto a él)

-Dark: lo haremos… tengo fe en ello…

-Marie: (Con su mano toma la cabeza de Dark y lo recuesta en su pecho) has hecho un trabajo excelente como nuestro líder Dark…, a pesar de todo lo que hemos pasado… seguimos estando juntos, te seguiré hasta el fin…

-Dark: ah… (Suspira) nada de esto a sido fácil… desde la muerte de Allen he tratado de tener mayores precauciones, pero no han sido suficientes… con el regreso de Huracán no he tenido la fuerza para protegerlos… y no creo soportar que uno de ustedes muera…, ya hemos pasado por peligros de muerte varias veces, esta vez nos salvo Lina, pero ella no estará ahí cada vez que corramos peligro, tal vez la próxima no corramos con tanta suerte…

-Marie: (Acaricia cariñosamente su cabello) todo estará bien…, entrenaremos mucho y no volveremos a caer…

-Dark: no permitiré que su vida corra peligro otra vez…

-Marie: sé que es duro…, pero nosotros elegimos seguirte incluso si perdemos la vida es nuestra decisión, mira a John ahora también tendrá una pierna metálica, sin embargo, sigue luchando porque cree en ti y en nuestra causa, eso es lo que nos motiva a seguir luchando sabemos que tú no te rendirás por lo que nosotros nos levantamos a luchar incluso sabiendo que perderemos… ahora te diré algo… no pierdas la confianza porque si tú la pierdes todos caeremos a pedazos…

-Dark yo… los protegeré a todos… te lo prometo…

-Marie: me alegra escuchar eso.

-Dark: gracias por todo Marie… ahora dormiré un poco para recuperar fuerzas… (Se acomoda en su almohada)

-Marie: está bien (Se acerca a él luego le da un beso)

-Dark: ¿Marie…?

-Marie: esto te dará fuerza… (Sonríe)

-Dark: gracias (Sonríe)

En ese momento… la puerta se abre.

-Alison: (Los mira a los dos solos) ¡Pero ¿Qué están haciendo aquí ustedes dos!?

-Alice: ¿Hmm?

-Marie: nos estábamos besando (Ríe burlándose)

-Alison: ¿¡QUE!?¿Tu como te atreves?

-Alice: (Mira a Dark)

-Marie: si tienes un problema burdelera ¡Dilo!

-Alison: ¡Claro que lo tengo! Sabes que ese hombre es mío

-Dark: Alice ¿Te encuentras mejor?

-Alice: si, desperté hace poco… ¿Y tú? ¿Cómo te sientes?

-Dark: mejor… eso creo.

-Alice: …

-Dark: ¿Ocurre algo?

-Alice: estuve tan cerca… y no pude lograrlo…

-Dark: era un sujeto muy fuerte…, no estabas lista para enfrentarte a él.

-Alice: lo sé… pero aun así esa fue mi oportunidad de vengarme…, es de verdad frustrante…

-Marie: era un vampiro muy extraño...

-Alice: …

-Dark: es un sujeto del cual debemos de cuidarnos.

-Alice: aun así… tengo que vencerlo…

-Marie: es por eso que tenemos que entrenar y volvernos más fuertes…

-Alice: sin importar cuánto me tome… lo haré pagar por lo que me hizo.

-Alison: Alice…

-Dark: ¿Aun respiras no?

-Alice: si… (Una lagrima corre por su mejilla mientras por su mente cruza el recuerdo de todo lo que le dijo cuando la conoció) no me rendiré…, no aun…

-Marie: yo se que lo conseguirás… (Pone una mano en el hombre a Alice)

-Alison: ¡Animo!

-Alice: muchas gracias…

-Marie: ya no estás sola Alice… sigamos hacia adelante todos juntos.

-Alice: juntos hasta el fin… (Se dibuja una sonrisa en su rostro)

A pesar de los difíciles momentos que La Sombra Del Viento está pasando… la llama de su voluntad aun brilla con la misma intensidad de siempre..., mirando siempre hacia adelante y buscando la forma de resurgir de entre las cenizas para librarse de los obstáculos que se presentan… sus integrantes se apoyan mutuamente... esta es una batalla en la cual solo hay un vecedor…

Los tiempos cambian y todos luchan para que sea a su favor… sin embargo se aproxima un hecho que… nuevamente cambiara el flujo de la historia, los temores de algunos se harán realidad… y nuevas cosas saldrán a relucir, el destino sigue su curso y marca en él, sucesos que quedaran marcados en los años venideros…

Mientras tanto en la ciudad perdida de Lordor Genesis encontró algo que pondrá en riesgo el balance de los poderes del mundo una vez más…

-Huracán: con que fue aquí donde encontraron el casco de Helios…

-Rogelio: ¿Ese casco lo hará más fuerte mi señor?

-Huracán: no… lo necesitaremos para algo más…

-Rogelio: entiendo…

-Huracán: al igual que ustedes usaron mi martillo para crear un "Link" entre mi y este mundo, este casco puede ser usado para traer a uno de mis hermanos de vuelta…

-Maximiliano: …

-Huracán: si consigo revivir a alguno de ellos, podremos eliminar sin duda a la asquerosa mujer que se atrevio a lastimarme…

-Vampiro: ¡Aquí es mi señor! (Señala una vieja casa)

-Rogelio: no puedo creer que algo tan poderoso como eso se encuentre en un lugar tan miserable como este…

-Huracán: (Entran en la casa en la cual hay una gran pintura donde aparece un sujeto sobre un caballo con una gran armadura dorada de guerra y un muy distinguito casco dorado que cubría completamente su cabeza el cual tenía dos cuernos y dos ranuras para los ojos junto con muchos pequeños agujeros en la parte de la boca) sin duda ese es el casco de Helios… ¿Dónde está el casco?

-Vampiro: no está en esta casa señor…

-Rogelio: ¿¡Que!? ¿Nos trajiste aquí por una pintura?

-Vampiro: no señor…, estuvimos investigando por todos lados hasta que encontramos a alguien que ha visto a este mismo hombre en las montañas de "Torres" también descubrimos que la pintura tiene setecientos años de antigüedad…

-Rogelio: ¿¡Qué has dicho!?

-Maximiliano: de seguro han estado pasando ese casco de generación en generación entre esos bandidos…

-Huracán: se equivocan… es muy probable que el hombre que encontraron y el de esa pintura sea el mismo…

-Maximiliano: ¿Hmm?

-Rogelio: eso es imposible mi señor… los humanos no viven tanto.

-Armando: … (Asiente con la cabeza)

-Huracán: ese casco es un "Linkeador" entre este mundo y el Dios que era su portador… por lo que transmite una pequeña parte del poder del Dios al sujeto que lo esté usando…, en estos momentos esa persona es inmune al tiempo y supongo que su regeneración es muy alta, en pocas palabras es un Semidiós

-Maximiliano: todo el que use un artículo se convertirá en un Semidiós… no me gusta cómo suena eso.

-Huracán: iré personalmente por ese casco… ¿Dónde se encuentra la Nacion de Torres?

-Rogelio: ¡Espere señor! ¡Permítame ir por ese casco!

-Huracán: esa no es una simple tarea… estamos hablando de ir por el casco de Helios.

-Rogelio: ¡Por favor! ¡Si llegará a fallar estoy dispuesto a responder con mi vida!

-Huracán: me parece bien…, en ese caso tal como lo has dicho si no me traes ese casco pagaras con tu vida… y puedes estar seguro que moriras de la forma mas horrible que se me pueda ocurrir.

-Rogelio: estoy consciente de ello mi señor y estoy de acuerdo…

-Armando: (Levanta energéticamente la mano, ofreciéndose tambien como voluntario) …

-Huracán: bien…, entonces después de que se recuperen totalmente quiero que me traigan ese casco…

-Rogelio: ¡Si señor!

-Maximiliano: ¿Están seguros de esto?

-Rogelio: es una tarea que podría completar facilmente yo solo, pero ahora con Armando de mi lado no podremos perder.

-Huracán: volvamos al castillo… no hay tiempo que perder.

-Todos: ¡Si señor!

El tiempo transcurrió rápidamente y sin darse cuenta un mes se fue volando, los miembros de La Sombra Del Viento se encontraban sanos, pero no eran los únicos… también los miembros de Genesis se encontraban con sus fuerzas totalmente restauradas, estaban listos para partir a su misión… de su éxito dependía la renovación de Genesis… tenían una gran responsabilidad sobre ellos y partieron hacia Torres de inmediato… al llegar ahí no encontraron a ningún solo habitante así que siguieron buscando por las rocosas tierras hasta encontrar lo que parecía una gran cueva a la cual entraron sin pensarlo dos veces…, la cueva parecía interminable pero su perseverancia los motivo a seguir adelante donde después de caminar por seis horas llegaron a lo que sería la ciudad subterránea más grande del mundo conocido la cual se encontraba resguardada por una colosal muralla…

-Armando: parece que es aquí…

-Rogelio: eso creo… (Mira a su alrededor) jamás había visto una ciudad tan grande… (En ese momento dos grandes puertas de piedra se abren y de ellas surge un sin fin de bandidos) valla… creo que nos están dando la bienvenida.

-Armando: debemos corresponderles de la misma manera… (Emergen del suelo descenas de muertos que causan pavor entre las filas de los bandidos) son unos debiluchos… humanos cuando conocerán su lugar…

-Rogelio: déjame el lado izquierdo a mí… (Blandiendo dos pequeñas espadas se hace invisible mientras corre hacia la multitud matando a cientos de bandidos) esto es más fácil de lo que pensé.

-Armando: (Continúan saliendo zombies del suelo en diferentes direcciones atacando a todo bandido que tienen cerca) ni siquiera puede acercarse (Los muertos atacan brutalmente a los bandidos matándolos con facilidad) ¡Mueran insectos!

-Capitán: no podemos con ellos... son demasiado fuertes... probablemente sean de Genesis...

-Bandido: señor... han muerto muchos de nuestros hombres y no conseguimos ni tocarlos...

-Capitán: maldición... ¡Retírense todos! (Los bandidos se detienen y comienzan a regresar hacia las grandes puertas de piedra donde se reagrupan)

-Armando: míralos... se han dado cuenta que no pueden con nosotros... pero ya es demaciado tarde...

-Rogelio: de igual forma los mataremos...

-Capitán: ¿Qué puedo hacer...? (Un guardia justo en las puertas de la ciudad subterránea da un aviso al capitán del ataque)

-Bandido: ¡Viene el comandante!

-Capitán: (Todos los bandidos se hacen a un lado dejando pasar a un hombre de dos metros de altura envuelto en una grotesca armadura dorada y con el casco de Helios puesto) ¡Mi señor Aquiles!

-Aquiles: (Se escucha una voz grave proviniendo del casco) a un lado... yo me ocupare de ellos...

-Armando: es el...

-Rogelio: el hombre de la pintura...

-Aquiles: (De entre la multitud avanza el coloso hacia un terreno despejado) vienen a mis tierras... trayendo consigo muerte y miedo... (De su espalda remueve una gran hacha dorada con blanco que traía consigo) ahora conocerán lo que es el verdadero terror... (Camina lentamente hacia ellos)

-Armando: ahí viene...

-Rogelio: iré primero... (Oculto en su invisiblilidad corre hacia Aquiles)

-Aquiles: (De los agujeros del casco que tiene en su boca se despide un espeso vapor) ingenuos...

-Rogelio: (Al estar cerca salta para clavar su espada en su pecho)

-Aquiles: (Esquiva el ataque y con su mano izquierda lo sujeta del cuello) ¿Qué intentas hacer?

-Rogelio: ¡Maldito! ¿Cómo pudiste verme?

-Aquiles: yo lo veo... TODO, nada escapa de mi vista.

-Rogelio: (De adentro del casco se observan unos brillantes ojos amarillos) ¡Maldito! (Con gran fuerza impacta una de sus espadas en el cuello de Aquiles)

-Aquiles: (Al chocar la espada de Rogelio con la armadura se hace pedazos, su mirada se desliza ligeramente hacia un lado y con su mano toca su cuello) siento haber roto tu espada... (Aleja su mano del cuello) ni siquiera consideré que pudieras rasguñar mi armadura... (Nuevamente sus miradas se cruzan) eres débil...

-Rogelio: ¡Maldición! (Intenta soltarse, pero no puede) es más fuerte de lo que pensé... (Como si fuera un calcetín viejo es estrellado contra el piso) ¡Ghoah! (Luego de ser impactado contra el suelo varias veces, es lanzado como un costal de basura rodando por el suelo hasta detenerse)

-Aquiles: hmm... espero que tú seas mejor que él. (Camina hacia Armando)

-Armando: es más fuerte de lo esperado... (Dirige a los muertos que deambulan por el campo de batalla hacia su enemigo)

-Aquiles: (Con un solo golpe de su hacha despedaza a cada muerto que lo ataca) será mejor que me detengas antes de que te alcance porque te hare sufrir como nunca...

-Armando: puede destrozar fácilmente todo lo que se le acerca... (Piensa "Tal vez si lo ataco desde otro punto logre atraparlo")

-Aquiles: (Da un pequeño salto hacia atrás evitando unas enormes manos que salen del piso, las cuales corta fácilmente de un hachazo) ¿No se los dije antes...? Yo veo todo..., no importa si me atacas desde el suelo o desde mi espalda..., no tengo punto ciego...

-Rogelio: (Se levanta herido del piso) dice la verdad... sin importar que me haga invisible él puede verme...

-Aquiles: ya van entendiendo... (Continúa caminando hacia ellos)

-Armando: tendremos que atacarlo con tolo lo que tenemos... "Despertar" (Como si fuera el fin del mundo desde el piso emergen cientos de animales en estado de putrefacción acompañados de guerreros zombies vestidos con algunas piezas de armadura) "Jurassick Monster" (El suelo comienza agrietarse liberando una prehistórica criatura en estado de putrefacción donde Armando decide subirse) ¡Moveos Bestia! (El T-Rex emite un poderoso rugido que estremese la cueva entera) ¡Vamos! (Los zombies inician una feros estampida de muertos vivientes corriendo a toda velocidad hasta su objetivo mientras detrás de ellos la titánica besta prehistórica les sigue el paso)

-Aquiles: (Recibe la inmensa estampira de muertos destrozando a cada criatura que se le acerca con su hacha) ¡Gck! (Esquiva una podersa mordida que amenzado su integrida) esa maldita bestia podría ser peligrosa... (A pesar de las apariencias corre rápidamente huyendo del rango de ataque del T-Rex)

-Armando: ¡Maldición! (Sin darle cuartel lo persigue entre la multitud de zombies quienes parecen ineficientes para frenarlo)

-Aquiles: (Su haca se deslisa de un lado a otro aniquilando a todo el muerto que se le acerca) ahí viene... (Se detiene en seco esquivando otra mortal mordida que logra atrapar a descenas de zombies) ahora... (Aprovecha que la bestia se encuentra agachada para subir por su cabeza dirigiéndose hacia Armando)

-Armando: ¡Imposible! (Le arroja una espina que arranca rapidamanete del T-Rex)

-Rogelio: que puedas verlo todo no significa que puedas esquivarlo todo. (Aparece dos espadas nuevas y ataca a Aquiles en el aire)

-Aquiles: (Con su hacha bloquea los espadazos de Rogelio al mismo tiempo que bloquea los ataques de Armando) ustedes no son rivales para mi...

-Armando: necesitamos más bestias... "Jurassick Monster" (Dos T-Rex mas se unen a la batalla atacando a Aquiles quien evita sus mortales mordidas saltando de una bestia a otra rosando sus colmillos)

-Rogelio: (Lucha ferozmente con ambas espadas, pero Aquiles esquiva y bloquea cada uno de sus ataques usando las bestias de Armando como punto de apoyo) tiene que haber un punto donde podamos golpearlo...

-Armando: ¡Mas! "Jurassick Monster" (De el techo emerge una extraña criatura, la mitica Hydra en estado de descomposición quien se aferra al techo con sus garras e intenta morder a Aquiles usando sus multiples cabezas) ¡A un lado Rogelio! (Las gigantescas mandíbulas de las Hydras Persiguen a Aquiles en el aire)

-Aquiles: (Al ver la gran área que abarca cada una de las Hydras, piensa en alguna forma de evitarlas) cubrirán todo el terreno, no podre esquivarlas... (Irremediablemente se limita a ser mordido por el mitológico monstruo quien lo aprisiona entre sus fauses mientras el resto de las Hydras se pelean entre ellas como una manada de lovos por su presa propisiandole una lluvia de mortales mordiscos)

-Armando: ¡Muere maldito! (Al igual que un duro hueso, las hydras muerden e impactan furiosamente a su enemigo en incontables ocaciones contra el piso hasta finalmente lanzarlo con fuerza a la tierra sumiéndolo en ella)

-Rogelio: ¡Lo logramos! maldito sí que era duro...

-Armando: (Cuando finalmente la Hydra se aleja del cadáver de Aquiles, encuentran el cuerpo con la armadura abollada y desgarrada, sin embargo, el casco se encuentra en perfecto estado) vamos tomemos el casco y salgamos de aquí...

-Rogelio: el señor Huracán estará complacido... (Caminan hacia Aquiles)

-Armando: fue una misión difícil, pero logramos completarla... (Como si se tratara de brujería el cadáver de Aquiles se mueve) ¿¡Pero qué rayos!?

-Aquiles: (Logra ponerse de pie) nunca me habían desgarrado mi armadura...

-Armando: ¿¡Estás vivo!?

-Aquiles: (La armadura lentamente vuelve a la normalidad, sus abolladuras poco a poco desaparecen y las piezas rotas se unen de nuevo) esta armadura forma parte de mi... se regenera conmigo... ¿Entienden?

-Rogelio y Armando: (Sin poder creer lo que escuchan quedan paralizados)

-Aquiles: (La armadura regresa totalmente a la normalidad) para herirme... primero tendrán que destrozar completamente esta armadura, después herir mi piel... la cual es aún más dura que mi armadura... y se regenera aún más rápido...

-Rogelio: no puede ser...

-Aquiles: espero que... estén listos para morir... porque su tiempo se ha terminado...

-Armando: (Rápidamente saltan hacia el lomo de la Hydra y se alejan de Aquiles) tenemos que pensar en otra forma de derrotarlo.

-Rogelio: Huracán dijo… que la fuente de su poder era el casco ¿Verdad?

-Armando: si…

-Rogelio: entonces… en vez de tratar de destrozar su cuerpo y matarlo… tal vez deberíamos concentrarnos en quitarle el casco, de esa forma perderá todos sus poderes y será un simple humano.

-Armando: tienes razón…

-Rogelio: bien… prepárate… ahí viene

-Aquiles: esta vez… luchare enserio… (Sujeta fuertemente su hacha y comienza a tomar impulso con su mano Izquierda)

-Armando: ¿Qué está haciendo? (Observan desde la distancia montando la Hydra)

-Rogelio: no lo sé… pero ten cuidado…

-Aquiles: (Lanza fuertemente su hacha contra ellos) basta de juegos…

-Armando: ¡Ahí viene! (Los T-Rex se cruzan en su camino para frenar su velocidad) nos va a golpear…

-Rogelio: ¡Maldición!

-Armando: (Sacrifica a dos de las cabezas de la Hydra poniéndolas en la trayectoria del impacto) con esto bastara… (Un gran estruendo se escucha cuando la hacha hace contacto con las Hydras y pedazos de carne putrefacta salen volando por todas partes) eso estuvo cerca… creo que podríamos usar los T-Rex para distraerlo ¿No lo crees Rogelio? (Voltea a su lado, pero no encuentra a su compañero)

-Rogelio: (Sin importar la defensa que brindaron las Hydras el hacha impactó a Rogelio en el pecho estrellándolo contra el techo de piedra quedando clavado en el) ¡Ghoah!

-Armando: ¡Rogelio! (Su mirada se ilumina con la llama de la furia) ¡Tu maldito! (En una frenética estampira las criaturas prehistóricas corren hacia Aquiles)

-Aquiles: (Camina hacia Rogelio, cuando es alcanzado por las enardecidas criaturas)

-Armando: (Las criaturas arremeten frenéticas hacia el, cuando de repente caen todos al piso cortados en rodajas) ¡Imposible!

-Aquiles: (Dos brillantes espadas echas de luz circulan alrededor de él cortando a toda criatura que se le acerca mientras continua tranquilamente hacia Rogelio)

-Rogelio: (Usando las pocas fuerzas que le quedan logra desclavarse del techo cayendo al suelo frente a Aquiles)

-Aquiles: ¿Aun vives?

-Rogelio: (Escupe sangre) ¡Cof! ¡Cof! infeliz…

-Aquiles: tienes algo que es mío… (Toma el hacha y la quita de su pecho)

-Rogelio: ¡AH! (Chorros de sangre brotan de la herida)

-Armando: ¡Rogelio! (Las bestias de Armando atacan desesperadamente, pero las espadas de luz los rebanan antes de que logren tocarlo)

-Aquiles: estabas muerto desde que pusiste un dedo sobre mi gente…

-Rogelio: ah… ah… (Respira agitadamente) vete al diablo…

-Aquiles: (Sujeta su hacha con firmesa y sin piedad alguna la vuelve a hundir en el pecho de Rogelio)

-Rogelio: ¡AAHH!

-Aquiles: (Violentamente la remueve de su enemigo para ferozmente volverla a clavar en el)

-Rogelio: ¡AAAAHH! (Su pecho es golpeado con el hacha sin piedad hasta quedar totalmente destruido)

-Armando: ¡MATASTE A ROGELIO! (En un arranque de locura arremete contra su enemigo en compañía de sus prehistóricas criaturas)

-Aquiles: (Al ver la estampida de bestias que se aproxima corre hacia su oponente atravesando la feroz estampida cortando todo a su paso)

-Armando: ¡Deténganlo! (Todas las feroces bestias intentan detenerlo, pero son rebanadas por las espadas de luz)

-Aquiles: (Como un poderoso búfalo impacta a la gigantesca Hydra que Armando montaba y consigue abrirse camino hasta el tomandolo del cuello) te tengo…

-Armando: ¡Suéltame! (Intenta liberarse desesperadamente)

-Aquiles: les dije que conocerían el verdadero terror… ¿Cierto?

-Armando: ¡Suéltame!

-Aquiles: (Lo deja caer al suelo) vamos… corre…

-Armando: (Desesperado corre por su vida) esto no nos puede estar pasando… debe haber una forma de vencerlo…

-Aquiles: (Con una gran destreza lanza su hacha cortándole una pierna)

-Armando: ¡Ah! (Cae al piso intentando volver a unir su pierna)

-Aquiles: asi que puedes volver a unirte… (De su casco sale disparado un rayo de luz que desintegra la pierna) asi esta mucho mejor…. (Se detiene frente a él) vamos… el tiempo de escapar se acaba.

-Armando: (Sin poder ponerse de pie se arrastra) Espera…

-Aquiles: (En ese momento le corta la otra pierna)

-Armando: ¡AH! (Su grito se retumba por toda la cueva)

-Aquiles: asi que puedes sentir dolor después de todo…

-Armando: ¡Alejate! (Mueve sus manos y del piso emergen brazos de zombie que intenta sujetarlo, pero rápidamente son rebanados por las espadas de Luz) ¡No me mates! Nuestro señor Huracán puede darte todo el poder que quieras a cambio de tu casco

-Aquiles: no me digas… (Avanza hacia el con las espadas girando mortalmente a su alrededor) que interesante…

-Armando: ¡NOOO! (Las espadas despedazan violentamente su cuerpo) ¡AAHH! (Cuando finalmente solo queda una montaña de carne, un poderoso rayo de luz la desintegra por completo)

Un nuevo legado ha aparecido, los semidioses son más poderosos de lo que se había imaginado… Rogelio y Armando subestimaron dicho poder y pagaron con sus vidas… ¿Qué nuevo rumbo tomara la historia con la aparición de los semidioses? ¿Son amigos o enemigos? Muchas preguntas como estas poco a poco encontraran su respuesta a su debido tiempo…

Capitulo 27: La misteriosa chica del bosque.

En las afuera de la ciudad Telia después de un mes los miembros de la sombra del viento se encontraban recuperados y listos para volver al campo de batalla…

-Alison: este mes se ha ido volando.

-Alice: me alegra que todos se recuperaran.

-Dark: es hora de dejar la ciudad…

-Alison: es una pena que Adrian muriera… (Su rostro se entriste en recordar a Adrian con nostalgia) fue un excelente ayudante…

-Martyn: lamentamos no haber llegado a tiempo…

-Alice: es triste… como algunas personas parten prematuramente por culpa de la maldita Oscuridad…

-Dark: era muy débil para seguir con nosotros…, por eso le insisti al Kechu que no lo enviara con nosotros, aunque cabe destacar que sin el no habría llegado tan lejos…

-Martyn: es por ese motivo que mi excelencia me ordeno acompañarlos… para hacer este grupo más fuerte y mantenerla al tanto de lo que ocurre afuera de nuestro territorio.

-Alice: ella es una persona muy lista…, espero que nos llevemos bien Martyn

-Martyn: lo mismo digo.

-Dark: en ese caso continuemos... (Inician su camino partiendo de la ciudad de Telia, al cruzar las grandes murallas se aprecian impresionantes campos de cultivo hasta donde alcanza la vista)

-Martyn: su organización ha sufrido grandes daños...

-Dark: eso nunca nos ha detenido.

-Alice: en este momento todos se fueron a entrenar para volverse mas fuertes... confió en que podrán hacerlo.

-Alison: opino lo mismo...

-Martyn: tienen un espíritu inquebrantable... los humanos podrán ser débiles, pero si hay algo que los caracteriza es que nunca se rinden...

-Alice: jamás nos rendiremos...

-Alison: esto apenas comienza.

-Dark: sin embargo... he estado pensando mucho últimamente... que Genesis ha estado demasiado tiempo calmado...

-Alison: ahora que lo mencionas... no eh escuchado nada de ellos en un tiempo...

-Alice: pensé que después de esa batalla que tuvimos estarían mas motivados y buscándonos por todas partes..., pero no ha sido así.

-Martyn: deben de estar tramando algo..., estoy seguro de que pronto lo sabremos...

-Dark: ¿Qué estas tramando Huracán...?

Después de varias horas de camino finalmente dejan atrás los cultivos y se adentran en las tierras salvajes cercanas a la frontera de Telia, en ese momento el cielo se torna oscuro y la noche comienza a hacerse presente...

-Dark: ya se está oscureciendo, debemos acampar.

-Alice: me hubiera gustado que Marie nos acompañara...

-Alison: a mí me da igual de todos modos me cae mal

-Alice: ella es una mujer muy amable.

-Alison: ¿De qué lado estas Alice?

-Alice: de ninguno.

-Alison: tienes que estar de un lado, estás conmigo o en mi contra...

-Martyn: tranquilas no hagan tanto escándalo, primero preparemos el campamento luego discuten todo lo que quieran.

-Dark: (Lleva cargando muchos troncos) traje madera para la fogata.

-Alice: yo la enciendo (Recoge los troncos)

-Martyn: Dark ¿Quién debería hacer la primera guardia?

-Alice: yo lo hare…, los vampiros vemos mejor en la oscuridad…

-Martyn: bien… ya tenemos a la primera.

-Alison: yo hare la segunda, me encanta la media noche con todas esas estrellas.

-Dark: yo hare el resto.

-Martyn: no, tranquilo también te ayudare no por ser nuevo tienen que ser amables conmigo.

-Dark: bien, entonces cuento contigo después de Alison, yo recibiré el amanecer.

-Martyn: está decidido levantemos el campamento.

Después de unos cuantos minutos el campamento quedo perfectamente establecido, al terminar se sentaron junto a la fogata para comer un par de conejos que atrapo Martyn.

-Alice: están deliciosos Martyn.

-Martyn: muchas gracias.

-Alison: ¿Eres una clase de chef o algo así?

-Martyn: no exactamente, si no que este es un platillo típico de mi tierra, y después de prepararlo tantas veces me ha hecho casi experto (Sonríe)

-Alison: tienes mucha habilidad para esto deberías ser mi chef personal.

-Dark: (Los chasquidos de la leña quemándose lo sumergen en un profundo pensamiento cuando mira fijamente su espada rota)

-Alice: Dark… ¿Estás bien?

-Martyn: ese fue el resultado de aquella batalla eh…

-Dark: es la primera vez que me rompen esta espada, era muy resistente.

-Martyn: tranquilo hombre, no le estabas pegando precisamente a algodón…

-Alison: yo conozco muy buenos herreros Dark.

-Alice: podríamos llevarla con uno de ellos…

-Alison: en la nación vecina de "Cajir" hay muchos herreros los mejores de toda "Ayita"

-Alice: conoces muy bien todos estos lugares.

-Alison: cuando la invacion comenzó, la inmensa marejada se dividio en dos grupos, el grupo mas grande partio con destino a los arenales donde una gran batalla los esperaba, mientras que el grupo mas pequeño se dedico a conquistar todas las naciones al norte de Ayita hasta llegar a Pliston donde se dividieron en muchos pequeños grupos y se distribuyeron en las naciones conquistadas, yo aproveche el momento de la primera división para escaparme a Cajir, donde vivi unos días... luego emprendi mi camino hacia el sur, llegando primeramente a la nación de Telia donde como podrán ver... me fasino estar, sin embargo, por aquel tiempo la ciudad no estaba tan amurallada como hoy en dia y al estar tan cerca del norte de Ayita, pensé que dentro de poco se convertiría en la siguiente nación conquistada por Genesis, asi que me dirigi lo mas al sur posible, hasta llegar a la nación de Colima donde nos encontramos por primera vez...

-Alice: valla, que historia tan impresionante..., me alegra que hayas podido escapar de Genesis...

-Alison: me gustó mucho este continente..., (Con un brillo en sus ojos habla sobre sus experiencias conviviendo con personas) los humanos son maravillosos e increíblemente amables, me hacen sentir especial.

-Alice: (Una calida sonrisa se dibuja en su rostro)

-Alison: ¿Qué? (La sonrisa de Alice la confunde)

-Alice: nada..., es solo que has cambiado mucho desde que te conocimos, te has vuelta mucho mas amable.

-Alison: ¿Si...? Bueno... (Su voz se vuelve calida y desde el fondo de su corazón revela un anelado sentimiento) siempre habia querido pertener a un grupo... donde no me trataran solo como un objeto festivo...

-Dark: (Sonrie) ...

-Martyn: no imagino como debe de ser la vida al otro lado del Estrecho de Magayan...

-Asilon: no es algo que... uno quisiera recordar...

-Dark: (Al ver que ese tema incomoda a Alison decide marcar la pauta) se está haciendo algo tarde deberíamos descansar...

-Martyn: Alice contamos contigo.

-Alice: ¡Sí! Ustedes descansen déjenme todo a mí, cuando sea media noche te despertare Alison.

-Alison: está bien. (Todos excepto Alice se acuestan en sacos de tela a dormir)

-Alice: ah... que tranquilidad se siente en estas tierras... a pesar de la invacion la paz aun no se ha perdido del todo... (Voltea hacia arriba) valla... (Observa un precioso cielo despejado, donde las estrellas y la luna lo adornan con su belleza) Alison tenia razón, es... hermoso, la luz azul de la luna es tan calida aquí que permite que la luz de las estrellas brille con mas fuerza... me pregunto porque sera... (Sin darse cuenta las 3 horas transcurrieron rápidamente) hmm... ya casi es hora de que despierte a Alison (Observa los alrededores mientras se encuentra sentada en un tronco, mirando solamente pasto y arboles a la distancia) ha sido una noche muy tranquila (Contempla el fuego sobre la casqueante madera) no me importaría vivir aquí...

-Alison: ¡Alice!

-Alice: ¡AH! (Se cae de espaldas)

-Alison: cállate soy yo, es mi turno ve a dormir.

-Alice: ¡Me asustaste!

-Alison: tranquila ya paso ve a dormir es mi turno de cuidarlos, y disculpa por asustarte.

-Alice: está bien… (Sacudiendose el polvo se levanta y se dirige al saco de dormir donde estaba antes Alison)

-Alison: descansa.

-Alice: buenas noches… (Se acuesta a dormir)

-Alison: los bosques de Telia son siempre tan tranquilos, realmente nunca pasa nada por aquí… (Se sienta junto al fuego) por suerte es primavera los inviernos aquí son muy fríos… (La noche continua su curso sin novedad) ya pasaron mas de dos horas desde que Alice se fue a dormir… (Se levanta y se dirige con Alice) Alice… ¿Estás despierta…? (Sonríe) parece que no, bien ahora veamos que está soñando (Pone sus manos sobre la cabeza de Alice) me encanta entrar a los sueños de los demás… (Cierra los ojos y luego los abre) ¿Qué es este lugar? (Aparece en medio de un bosque donde brilla la luz del día) debe de ser un viejo recuerdo de Alice, es muy lindo.

-Alice: (Se encuentra parada en medio del bosque contemplando el paisaje)

-Alison: ¿Hmm? (Al ver a Alice sonríe y camina hacia ella) ¡Hola Alice! tengo el poder de entrar en los sueños de las personas y ahorita estoy dentro del tuyo.

-Alice: (Se da cuenta de la presencia de Alison girando completamente hacia ella, en ese momento una escalofriante sonrisa se dibuja en su rostro)

-Alison: ¿Verdad que es genial?

-Alice: (Camina lentamente hacia ella)

-Alison: ahora que estoy dentro de tu sueño podemos moldearlo como queramos ¿Qué te gustaría hacer primero? (Cuando vuelve la vista al frente pierde de vista a Alice) ¿Alice? ¿A dónde fuiste? ¡Alice!

-Alice: (Inesperadamente aparece junto a Alison y le clava sus garras en la espalda)

-Alison: ¡AAHH! ¿Qué te pasa Alice? (Rápidamente se libera de las garras de Alice alejandose de ella)

-Alice: (Lame la sangre de sus garras saboreándola con su lengua)

-Alison: detente por favor Alice.

-Alice: (Inclina la cabeza hacia un lado mientras sonríe)

-Alison: ¿Alice? ¡Responde!

-Alice: (Acumula energía en su mano luego después la libera poco a poco moldeándola en forma de un átomo de veinte centímetros con un núcleo color rojo y las orbitas azul Marino las cuales hacen girar unas pequeñas esferas de energía naranja)

-Alison: ¿Qué es esa extraña técnica?

-Alice: (Lanza la centella hacia Alison)

-Alison: (Esquiva la técnica saltando hacia un lado, pero apresuradamente se da cuenta que la técnica de Alice cambia de trayectoria y se dirige hacia ella) ¿Es dirigible? (De su espalda brotan dos alas y a gran velocidad intenta escapar de la peligrosa técnica que la persigue)

-Alice: (Disfruta con la desesperación de Alison mientras dirige la centella)

-Alison: no puedo perderla me va a golpear ¡AH! (En ese instante sale del sueño precipitadamente, respirando agitada) ¡Casi muero! Ah… ah… ah… (Su respiración poco a poco se normalisa) valla que buen susto… ¿Pero qué rayos fue eso…? jamás había visto algo así… espero que tengas una buena explicación para esto Alice… uff… (Voltea a ver a Dark) que estará soñando el… (Contempla el rostro de Dark mientras duerme) siempre me he preguntado que pensamientos transitan por su mente…, es un hombre muy misterioso, veré que sueña (Coloca sus manos sobre la cabeza) veamos… (Cierra los ojos luego los abre) pero que es esto… (Aparece en un terreno infértil con árboles secos quemándose) ¿Otro sueño loco…? ¿Dónde estará Dark?

-Martyn: ¡Alison! (Rompe su tenica)

-Alison: (Abre los ojos muy asustada) ¿¡Dónde estoy!? ¿¡Que paso!?

-Martyn: tranquila estas de vuelta en el campamento…

-Alison: maldición arruinaste mi visita al sueño de Dark…

-Martyn: Lo lamento, no pensé que estuvieran teniendo un sueño tan comprometedor…

-Alison: apenas estaba comenzando a explorar su mente.

-Martyn: ops…, la próxima vez no te interrumpiré.

-Alison: eso espero… (Voltea a ver a Alice) el sueño de Alice me dio bastante miedo, se comportaba muy extraño e intento matarme.

-Martyn: ¿Te ataco?

-Alison: si, no parecía ella misma, fue muy extraño.

-Martyn: Alice es un vampiro… dentro de ella hay maldad, debes tener cuidado al entrar en su mente.

-Alison: no te preocupes es algo que no planeo volver a hacer…

-Martyn: bueno…, deberías descansar es tu turno de dormir.

-Alison: está bien, gracias Martyn

-Martyn: de nada.

-Alison: buenas noches (Se acuesta a dormir)

-Martyn: Buenas noches (Despues de que Alison se duerme, observa la paz de la naturaleza que los rodea) ha sido una noche tranquila…, Telia es una de las ciudades más tranquila de todo Ayita, cuando entremos al continente de Shiria todo será más difícil… (Recuerda a Huracán) esa cosa debe de estar movilizándose después de la pelea que tuvo contra Lina... (Camina hacia su mochila de donde saca una cantimplora) creo que beberé un poco de agua... ¿Hmm? está vacía..., les diré que pasemos a un lago que está cerca de aquí para reabastecernos de agua. (Pasa media hora)

-Dark: Martyn.

-Martyn: Dark ¿Ya despertaste?

-Dark: tengo que cumplir con lo que me corresponde, vuelve a dormir si quieres.

-Martyn: sabes... ya no tengo sueño, nosotros los Grakan no necesitamos dormir tanto, basta con un par de horas para sentirnos como nuevos.

-Dark: son una raza bastante fuerte (Se sienta carca del fuego)

-Martyn: ¿Podemos pasar por un lago para reabastecernos de agua?

-Dark: no veo por qué no, en el hospital me contaron de un gran lago cerca de la frontera de Telia y Cajir, podemos llegar ahí..., además Alison conoce bien el territorio podríamos llegar sin problema.

-Martyn: es una chica muy interesante.

-Dark: al inicio pensé que solo traería problemas (Mira a Alison dormir) pero nos ha servido de mucho, ahora es una parte importante de nuestro equipo.

-Martyn: (Sonríe) puedo notarlo.

-Dark: no se mucho acerca de ustedes Martyn ¿Cómo se originaron?

-Martyn: es una muy larga historia..., pero puedo resumírtela.

-Dark: adelante.

-Martyn: Al igual que los humanos, los Grakan fueron echos por el creador un poco después del inicio de su tiempo, se dice que al principio el creador hizo al humano, pero con el paso del tiempo decidio añadir mas de una especie humanoide al planeta...

-Dark: ¿Otras especies...?

-Martyn: así es, por alguna extraña razón decidio diversificarnos.

-Dark: te escucho...

-Martyn: creo que en algún punto de la historia los humanos estuvieron al borde de la extinsion y para compenzarlo el creador decidio crear nuevas formas de vida que complementaran al genero humano.

-Dark: ¿Podria ser en la época de los autoproclamados?

-Martyn: no tengo idea...

-Dark: ya veo..., y... ¿Qué puedes decirme de Lina? ¿Desde cuando es Lider de los Grakan?

-Martyn: en nuestra tribu el tiempo, es algo muy trivial, incluso no seguimos los calendarios del hombre…

-Dark: Viven sin una línea de tiempo… ¿No es algo fuera de lo común?

-Martyn: tenemos nuestras razones…

-Dark: entiendo (Sin afán de indagar mas de lo debido decide dejar de insistir al respecto) ya esta amaneciendo (Los rayos del sol se asoman por el horizonte)

-Martyn: tienes razón, podemos continuar.

-Dark: dejemos que duerman un poco más, iré por algo de comida.

-Martyn: también buscare comida, si vamos los dos, cubriremos más espacio así será más fácil conseguir algo de comer.

-Dark: si, pero… dejar a ellas al descubierto no me agrada.

-Martyn: entiendo, entonces iré yo, tu quédate a cuidarlas.

-Dark: está bien.

-Martyn: (Se aleja de ellos) bien, agudizare un poco los sentidos para encontrar la comida más rápido… (Dejar salir el instinto salvaje que lleva dentro, agudizando sus oídos y olfato) escucho algo… (Rápidamente corre hacia una dirección donde alcanza a ver a un joven venado) lo encontré... (Al verlo el animal huye despavorido, por lo que tiene que perseguirlo velozmente, el venado se adentra en el bosque cada vez mas, pero Martyn se rehusa a perderle el paso, corriendo cada vez mas rápido hasta casi alcanzarlo) eres mío… (De repente el venado es atravesado por una lanza con una cadena y jalado hacia arriba de un árbol) ¿¡Pero qué demonios!? (Sorprendido mira hacia arriba del árbol viendo a una preciosa mujer de piel blanca cabello negro con unos hermosos ojos color negro, vistiendo un corcel metálico, junto a unas espinilleras plateadas y una pequeña falda con partes de metál, quien en su mano derecha sostiene la cadena de la lanza y en su antebrazo izquierdo tiene un escudo aferrado a el, en su cabeza trae un casco con dos alas negras hacia los lado, sin embargo, lo mas peculiar de aquella hermosa mujer eran sus preciosas y grandes alas blancas que salían de su espalda) pero… ¿Qué es eso? ¡Hey ese venado es mío!

-Guerrera: ¿Hmm? (Escucha brevemente el sonido de los reclamos de Martyn visualizandolo desde lejos) Oh mira… es un… perro.

-Martyn: ¡A quien le dices perro!

-Guerrera: (Se sorprende) ¡Habló!

-Martyn: esto se volvio personal… (Sube por el árbol)

-Guerrera: (Una sonria se dibuja en su rostro luego se aleja volando perdiéndose en el cielo)

-Martyn: ¡Hey espera! (Rápidamente salta del árbol tratando de alcanzarla, pero no lo consigue) ¡Rayos! Me robo mi venado…

Mientras tanto…

-Alison: ah… (Bosteza) que bien dormí…

-Dark: ¿Hmm? Ya despertaron…

-Alice: si… (Dice medio dormida)

-Dark: Martyn fue por comida, no tardara en regresar.

-Alice: ¿De verdad…? (Dice entre bostezos mientras se talla sus ojos) fue una noche muy tranquila.

-Alison: bueno… ni tanto.

-Alice: ¿Por qué lo dices…?

-Alison: ¡No nada! Olvídalo…

-Dark: Alison.

-Alison: ¡Sí! (Se pone nerviosa)

-Dark: ¿Pasa algo?

-Alison: todo está bien.

-Dark: quería preguntarte algo.

-Alison: ¡Di, di-dime!

-Dark: ¿En verdad crees que puedan reparar mi espada los herreros que hay en Cajir?

-Alison: ah… (Suspira y se relaja un poco) claro, dicen que son los mejores herreros de toda Ayita.

-Dark: (Observa su espada rota) quizás valga la pena intentarlo…

-Alice: ¡Miren ahí viene Martyn! (Ven venir Martyn con un conejo en la mano, sin embargo, algo parece molestarle ya que habla entre dientes y su rostro parece enojado) ¿Martyn? ¿Qué tanto murmuras?

-Martyn: ah… estoy muy molesto…

-Alice: ¿Qué paso?

-Martyn: una mujer voladora me robo a mi presa…

-Alice: ¿Mujer voladora? ¿Qué mujer voladora?

-Martyn: una mujer con alas de pollo, se robo mi venado cuando estaba a punto de atraparlo… maldita aprovechada…

-Alison: hmm… mujer con alas de pollo… (Se queda pensando)

-Dark: ¿Sabes algo al respecto?

-Alison: bueno, no exactamente, pero hay una leyenda en Cajir de mujeres con alas que algunos campesinos aseguran haber visto volar entre las montañas mas altas de la nación.

-Alice: es una leyenda.

-Alison: verán… como Cajir es una ciudad con mucho relieve montañoso se presta para ese tipo de cosas, incluso hay personas que dicen que tienen un castillo en la montaña más alta de la nación.

-Martyn: yo sé lo que vi… y era una mujer con alas de pollo.

-Alice: ¿No son las famosas Valkirias?

-Martyn: nunca había visto algo así, sinceramente…

-Alison: pensaba que solo eran cuentos de andas o una simple leyenda.

-Dark: todas las leyendas o mitos se basan en algo, nada es inventado al azar.

-Alice: si Martyn la vio debe ser cierto.

-Alison: bueno ya paso, ahora prepararemos ese conejo y comamos.

-Martyn: tienes razón dejen prepararlo (Sujeta al conejo y comienza a desmembrarlo)

-Dark: Martyn me dijo que necesitamos reabastecernos con agua.

-Alison: hay un lago camino a la frontera entre Telia y Cajir podemos llegar ahí, además de que su agua está muy cristalina.

-Alice: hace mucho tiempo que no veo un lago.

-Alison: todos los lagos de Telia son hermosos.

-Dark: ¿Qué tal los peces?

-Alison: hay una amplia variedad, podemos atrapar algunos.

-Dark: me parece bien.

-Alice: (Se acerca a Martyn) ¿Qué tal vas?

-Martyn: ¡Está listo! Deja ponerlo en el fuego (Lo coloca en las brazas) bien en poco tiempo estará listo.

-Alice: se ve muy delicioso (Sonríe)

-Martyn: gracias. (Unos minutos después) ¡Ya está listo!

-Alison: ¡Por fin! Muero de hambre…

-Martyn: dejen les doy un pedazo a cada quien (Reparte el conejo)

-Alice: ¡Esta buenísimo! (Da otra mordida)

-Alison: Alice tiene razón, se te da muy bien la cocina.

-Martyn: bueno, como ya lo expliqué antes, es la práctica.

-Dark: (Termina su pieza) me avisan cuando estén listos, iré levantando el campamento.

-Alice: espera, te ayudamos

-Dark: no, disfruten su comida (Recoge las cosas)

-Alison: comió demasiado rápido, apenas llevo la mitad de mi pieza.

-Martyn: espera, te ayudo.

-Alison: ¿¡Ya terminaste tú también!? (Dice sorprendida)

-Alice: no puedo quedarme atrás (Come rápido su pieza)

-Alison: Alice te vas a ahogar.

-Alice: no, nada de eso (Se comienza a ahogar y a toser) cof, cof.

-Alison: te lo dije…

-Martyn: (En poco tiempo recogen el campamento y se preparan para continuar) hemos terminado.

-Alice: demasiado tarde…

-Alison: ustedes no pierden el tiempo verdad.

-Dark: el tiempo hay que saber en qué gastarlo.

-Martyn: hombre sabio.

-Alice: ya terminé.

-Alison: ¿Eh? Esperen.

-Dark: entonces vamos de una vez (Comienzan a caminar)

-Alice: si (Recoge sus cosas luego sigue a Dark)

-Martyn: apúrate Alison o te vamos a dejar.

-Alison: mal agradecidos, tanto que hago por ustedes y así me pagan dejándome aquí a mi suerte. (Se levanta, toma sus cosas después empieza a seguirlos con su pedazo de conejo en la boca) ¡Espérenme! (Corre para alcanzarlos)

-Dark: estos bosques son muy grandes, la tierra es muy fértil (Se agacha para juntar un puñado de tierra) está fresca, al parecer tiene pocos días que llovió.

-Alice: me gusta mucho la lluvia, en mi pueblo llovía poco pero cuando llovía era muy bonito.

-Martyn: en nuestras tierras son muy comunes las tormentas de nieve, pero lluvia no hay mucha que digamos.

-Alice: ¿Cómo obtienen agua?

-Martyn: (Sonríe) cuando la nieve se derrite.

-Alice: valla que practico.

-Martyn: ¿Verdad que si?

-Alison: (Los alcanza) ah… (Respira agitada) son muy malos conmigo…

-Alice: sabíamos que nos alcanzarías Alison no te preocupes.

-Alison: si… claro… (Dice desconfiada)

-Dark: (Se detiene) ¿Hmm?

-Martyn: si, también lo acabo de notar…, hay alguien siguiéndonos.

-Alice: ¿Nos están siguiendo?

-Dark: así es, no se alejen de nosotros…

-Alison: no veo a nadie… (Mira hacia los lados)

-Demonio: (De entre las ramas sale hacia Alison) ¡Grah!

-Dark: (Lo agarra de una pata luego lo estrella contra el suelo) ¡Falta otro!

-Martyn: ¡Déjamelo! (Justamente sobre ellos se encuentra otro demonio el cual los intenta atacar, pero Martyn lo intercepta primero agarrándolo del rostro con sus garras)

-Demonio: ¡Ah! (Las garras de Martyn se clavan cada vez mas en su cabeza)

-Dark: (Rápidamente mientras se encuentra en el suelo le aplasta fuertemente la cabeza con el pie destrozándosela)

-Martyn: (Con sus garras lo decapita) se acabo…

-Dark: ¿Están bien?

-Alice: si, no nos paso nada

-Alison: es muy extraño… Telia es una ciudad muy pacifica que hacen demonios rondando las orillas.

-Dark: (Los observa detenidamente) parecen exploradores…

-Martyn: ¿Estaran pensando en alguna nueva invacion?

-Alice: ¿Deberíamos revisar si hay mas?

-Dark: John y Daniel se harán cargo…, sea lo que sea lo que estén buscando debe ser importante como para llegar hasta estas tierras solos (Observa los cadáveres)

-Alice: tienes razón.

-Dark: continuemos con nuestro camino no perdamos tiempo. (Continúan)

-Martyn: ¿Qué opinas de esto Dark?

-Dark: es algo extraño…, no es común encontrar este tipo de criaturas en campo abierto y mucho menos en cantidades tan pequeñas…

-Martyn: sin duda, esto es algo que debo reportar… (Saca el cuaderno con lápiz luego escribe lo sucedido)

-Alice: ¿Enviaras una carta?

-Martyn: no, veras los Grakan desarrollamos un sofisticado sistema de mensajería, es parecido a los Warp, pero más especializado.

-Alice: ¿Osea que la carta llegara a un servicio warp donde podrán recojerla?

-Martyn: los Warp transportan personas, nosotros inventamos una técnica que es muy parecida pero solamente transporta objetos pequeños a determinados puntos (Arranca la hoja luego la dobla) ahora veras (Se detiene) pon atención (Crea un pequeño portal miniatura) ¿Lo ves?

-Dark: se parece al sistema de almacenamiento que usan los Tender.

-Alice: cierto.

-Martyn: de hecho, si se parece (Mete la hoja y el portal desaparece junto con ella) ya se envió, después recibiré respuesta en mi mochila.

-Alison: valla que brillante técnica.

-Martyn: nos ha servido mucho, podemos continuar ya hemos informado a mi gente.

-Dark: nosotros utilizamos los "Mensajeros" para comunicarnos

-Martyn: ¿Mensajeros? ¿Cómo es eso?

-Dark: veras…

Mientras tanto en lo profundo del continente de Shiria en el imperio Fire Rock situado en la nación de Liftex.

-Huracán: ¿Como va todo? (Se encuentra sentado en un trono de piedra situado en una habitación con muchas antorchas y un pequeño lago de lava)

-Demetrio: hemos mandado a nuestros soldados en todas direcciones buscando información de los usuarios de algún artículo.

-Huracán: ¿Han encontrado algo?

-Demetrio: hasta ahora estamos tras los pasos del usuario del brazalete de Amon-Ra y el de la Capa del Hades.

-Huracán: ¿Qué paso con el del Casco de Helios?

-Demetrio: de eso quería hablarle…

-Huracán: ¿Qué ocurrio?

-Demetrio: nuestros soldados encontraros los restos de lo que parece ser Armando y Rogelio..., al parecer fueron eliminados por el usuario del casco…

-Huracán: ¿¡Que!? (Se sorprende) no pensé que el usuario que porta el artículo de Helios fuera tan poderoso… maldición….

-Demetrio: después de eliminarlos abandonó esa antigua base suya y le perdimos el rastro…

-Huracán: hemos perdido a súbitos valiosos… no quiero ni imaginarme el poder que tiene el usuario que porta el brazalete de Amon-Ra… tendré que encargarme de esos dos yo mismo…, tu y Maximiliano encárguense del usuario de la capa de Hades, quiero creer que están en rango para derrotarlo…

-Demetrio: dicen que el usuario del brazalete es el guerrero de un grupo de mercenarios, los contratan para la guerra y de recompensa ganan todo lo que puedan saquear del pueblo derrotado.

-Huracán: con que mercenarios…

-Demetrio: así es señor…

-Huracán: en cuanto ubiques su localización infórmame.

-Demetrio: como usted lo ordeñe señor…

-Huracán: puedes marcharte.

-Demetrio: si.

-Huracán: solo es cuestión de tiempo para revivir a mis hermanos… con ellos de vuelta nadie podrá detenernos…

De vuelta con Dark…

-Martyn: ¿Ya terminaron de llenar las cantimploras? (Se encuentran en el lago que está pegado a la frontera entre Telia y Cajir, su agua es cristalina al igual que refrescante, se encuentra rodeado con grandes árboles)

-Alice: si (Saca su cantimplora llena de agua)

-Dark: bien continuemos.

-Alison: (Saborea el refrescante sabor de la naturaleza bebiendo el agua recolectada con su cantimplora) ah… que fresca esta…

-Martyn: siguiente parada la ciudad de Cajir (Inician su camino hacia Cajir)

-Alice: después de que reparen tu espada Dark ¿Qué haremos?

-Dark: entrenaremos, necesitamos trabajar en nuestras habilidades si queremos vencer a Huracán.

-Alice: me parece bien, la última vez que entrené fue con Elaiza hace mucho tiempo ya.

-Alison: yo no recuerdo haber entrenado nunca...

-Dark: nunca es tarde para empezar, lo que importa es el comienzo.

-Martyn: muy cierto.

-Alison: bien... hare mi mejor esfuerzo.

-Alice: esa es la actitud.

-Dark: ya llegamos a la frontera (Se mira una bandera con el nombre de Telia en ella y enfrente otra bandera con el nombre de Cajir)

-Alison: falta poco para llegar, los buenos herreros no están en el centro de la nación si no ocultos entre las montañas (Entran a Cajir)

-Dark: (A lo lejos se ven grandes montañas cubiertas de arboles, de las cuales las mas altas se encuentran cubiertas de nieve en la cima) falta poco...

-Martyn: hará frio allá arriba, por mi no hay problema, pero ¿Ustedes?

-Alison: ahora que lo dices... el frio no me agrada mucho... me gusta lo fresco pero los fríos mortales que se viven ahí arriba no.

-Alice: esperemos toparnos con un pueblo aquí cerca.

-Martyn: debe haber uno, este tipo de cosas se aprovechan para el comercio.

-Alice: la última vez que fui a un lugar frio fue cuando estaba en el Everest.

-Martyn: las temperaturas en el Everest son más extremas por lo que esto debería ser pan comido para ti.

-Dark: entonces en marcha...

Inician su camino atravez de las montañosas tierras de Cajir, nación que se dedica principalmente a la herrería como su principal fuente de ingresos, aportando grandes inversiones a la comercialización de su mercancía, la cual ha ganado renombre con el paso del tiempo, caracterizándose por crear herramientas o armas de una sorprendente calidad.

Por otro lado, el basto relieve montañoso de la nación, no es propicio para que la población se congregue en grandes ciudades por lo que se han vuelto obligados a distribuirse a lo largo de todo su territorio como pequeños pueblos altamente sustentables y con la economía suficiente para compensar sus carencias con las otras naciones y salir adelante.

Despues de caminar por varias horas consiguen llegar a uno de los pueblos que se encuentra oculto entre la montaña...

-Alison: que frio... (Las bajas temperaturas hacen que su cuerpo tiemble intentando calentarse)

-Alice: ahora que estamos en el pueblo, preguntamosle a alguien donde podemos conseguir abrigos y encontrar herreros.

-Martyn: (Mira un gran letrero que dice "Charming") ya encontré un lugar donde podrían vender abrigos.

-Alison: ¿¡Donde!? ¿¡Donde!?

-Martyn: en aquel lugar (Señala la tienda)

-Alison: ¡Me muero de frio! (Sin perder el tiempo corre a toda prisa hacia la tienda)

-Dark: hmm… (Ve una tienda con una gran hacha encima) vuelvo enseguida.

-Alice: ¿A dónde vas?

-Dark: a comprobar algo. (Se dirige al lugar)

-Alice: está bien.

-Dark: (Entra encontrando a un hombre aparentemente físicamente muy fuerte, luego deslizando su mirada de un lado a otro comprobando que se trata de una Herrería) ¿Tú eres el encargado aquí?

-Herrero: así es ¿Te interesa alguna de nuestras espadas?

-Dark: quiero que repares esta espada… (Le entrega su espada rota)

-Herrero: déjame echarle un vistazo (Toma la espada luego comienza a mirarla de cerca) increíble (Dice sorprendido) este material de forja es muy escaso…, desgraciadamente aquí no tenemos ni el material ni la fuerza para reforjar tu arma ¿Cómo fue que rompiste tan duro material?

-Dark: larga historia… ¿Sabe de alguien capaz de repararla?

-Herrero: conozco a alguien…, pero no sé si pueda reparar tu espada o si puedas encontrarle.

-Dark: explícate.

-Herrero: cada cierto tiempo…, una misteriosa herrera baja de la montaña a reabastecerse de viveres al pueblo, acompañada de preciosas armas que nadie mas a podido conseguir, muchos creen que las fabrica ella misma, sin embargo, cuando alguien intenta comprarle alguna, siempre rechaza su oferta…, si hay alguien que pueda reparar una espada como la tuya sin duda es esa mujer…

-Dark: ¿Alguien sabe donde vive?

-Herrero: hmm… desafortunadamente no, todos creen que vive en alguna parte en lo mas alto de esta montaña, siempre baja cubierta, pocos la han visto a la cara, pero dicen que es hermosa.

-Dark: entiendo, gracias (Sale de la tienda y vuelve con Alice y Martyn)

-Martyn: ¿Hubo suerte?

-Dark: eso creo…

-Alice: ¿Qué te dijeron?

-Dark: que un simple herrero no puede reparar mi espada… necesito a alguien realmente capaz además de los materiales.

-Martyn: valla eso puede ser un problema.

-Alice: esperemos encontrarlo pronto ¿Te dijo de alguien?

-Dark: me dijo que había una herrera que vivía en lo alto de esta montaña, es la mejor herrera que hay.

-Alice: entonces… ¿Tendremos que subir la montaña?

-Dark: eso parece.

-Alison: (Llega con un gran abrigo de lana aparentemente muy fino) este abrigo es tan cálido…

-Alice: ¿De dónde lo sacaste?

-Alison: el señor de la tienda de abrigos me lo regalo, muy amable (Sonríe) ten (Le entrega una gran gabardina de lana) esto debería quedarte bien, con esto no pasaras frio

-Alice: no es necesario, pero… gracias.

-Alison: de nada, mira que subir con esas ropas una montaña

-Alice: (Sonríe)

-Alison: bien ¿A dónde iremos?

-Dark: tenemos que subir esa montaña.

-Martyn: descansemos esta noche aquí, mañana la subiremos...

-Alice: me parece bien, busquemos una posada.

-Alison: hace rato vi una.

Capitulo 28: El castillo flotante.

A la mañana siguiente los rayos del sol atravesaban las densas nubes que cubrían el cielo de la nación de Cajir acompañados de un sutil viento tan frio que estremecía los huesos, sin importar la estación en los altos pueblos que se encuentran distribuidos a lo largo de toda la nación, siempre hace frio debido a que se encuentra muy por encima del nivel del mar, por lo que sus habitantes acondicionan sus casas para resistir las frias heladas…

-Alison: esta nevando… (Desde la ventana del restaurante de la posada observa caer ligeros copos de nieve) ni parece que es verano…, no entiendo como le hace la gente para vivir asi todo el año… estas fue una de las principales razones por las que no permaneci aquí mucho tiempo.

-Alice: si no fuera por las chimeneas de la posada, estaríamos congelándonos…

-Alison: ¡Exacto! (Sonríe).

-Martyn: espero que hayan descansado bien porque hoy será un día muy duro…

-Dark: si ya están listos, partamos de una vez.

-Alison: ¡Espera! Deja terminar mi desayuno.

-Dark: los esperaré afuera (Se desplaza entre las rechinantes maderas del piso).

-Martyn: espera, te acompaño.

-Alice: apresúrate Alison o nos dejaran atrás.

-Alison: en eso estoy (Termina rápido de comer su desayuno).

Mientras tanto… a fuera de la posada.

-Martyn: ¿Crees que encontraremos a esa misteriosa herrera?

-Dark: no sería la primera vez que vamos en busca de algo que nadie sabe donde esta…

-Martyn: si, me lo imagino, si llegaramos a encontrarla ¿Crees que accedería a ayudarnos?

-Dark: eso lo sabremos una vez que le preguntemos.

-Alice: (Portando un alegante y calido abrigo se acerca a ellos) ya estamos listas.

-Dark: bien (Inician su camino hacia la cima de la gran montaña)

-Alison: (Aprisa sale corriendo de la posada) ¡Hey! ¿Por qué tenemos que ir tan temprano?

-Dark: tenemos que aprovechar la luz y el calor del día lo mas que podamos… de lo contrario podríamos encontrarnos en un predicamento.

-Martyn: no se preocupen, si las cosas se ponen feas con el frio, yo me encargare de bajarlos de la montaña.

-Alison: gracias, eso me hace sentir más aliviada.

-Dark: bueno… ¿Partimos ya?

-Martyn: vamos.

Con la luz del sol de su lado comienzan su ascenso por los helados caminos de la gran y fría montaña en la búsqueda de la misteriosa herrera… quien se rumora que tiene la habilidad de crear armas jamas antes vistas…

Mientras tanto en las tierras de Genesis…

-Demetrio: señor… hemos ubicado la posición del usuario que porta la capa de Hades…

-Huracán: excelente…, partan de inmediato tu y Maximiliano, no regresen sin esa capa.

-Demetrio: como lo ordene (Sin nada que agregar se retira de su presencia).

-Huracán: Demetrio.

-Demetrio: ¿Señor? (Se detiene)

-Huracán: no dejen que los toque…

-Demetrio: entendido señor…

-Huracán: no sé exactamente que poderes tendrá…, pero al menos puede tener esa peligrosa habilidad…

De regreso en las frías tierras de Cajir…

-Alison: ¡Ah! Que frio hace… (A pesar del calor que le brindan sus abrigos su cuerpo tiembla de frio)

-Martyn: ¿Enserio?

-Alison: (Observa que Martyn se encuentra perfectamente bien) de verdad que eres inmune al frio.

-Martyn: por lo menos a este frio.

-Alice: Dark, ya estamos cerca de la cima y aun no vemos nada.

-Dark: el herrero me dijo que vive en alguna parte de esta montaña, podría vivir en alguna caverna o cueva oculta...

-Alice: porque no lo dijiste antes… hace rato vi una cueva cuando pasamos la mitad de la montaña.

-Alison: ¿¡Y hasta ahora lo dices!?

-Alice: pensé que estábamos buscando una especie de cabaña o castillo… algo parecido al palacio de Krael.

-Alison: ¿Quién es ese?

-Martyn: es un hombre que vive cerca de mi hogar… y a decir verdad yo también buscaba algo parecido a eso.

-Alison: ¡No puede ser! (Dice molesta) ¿Que tienen en la cabeza?

-Martyn: tranquila, no te molestes.

-Alison: es que llevo horas sufriendo este horrible frio y lo que quiero es bajar de esta montaña ya.

-Dark: dividámonos en dos grupos, Martyn y Alison suban un poco más para ver si encuentran alguna cueva, mientras tanto yo acompañare a Alice a checar esa cueva de la que habla, nos volveremos a reunir aquí en cuatro horas.

-Martyn: de acuerdo, vamos Alison.

-Alison: ¿Que!? ¿Subiremos más?

-Martyn: deja de quejarte y camina o tardaremos más. (Se abren paso entre la espesa nieve)

-Alison: ¡Está bien! (Dice molesta)

-Alice: (Inician el descenso de la montaña siguiendo el camino que usaron para subir) ¿Por qué los mandaste a ellos a subir más la montaña?

-Dark: porque tú eres la única que vio esa cueva.

-Alice: cierto, ops… (Su rostro se enrojese de la vergüenza) que boba…, esperemos… encontrar algo.

-Dark: lo haremos Alice, lo haremos…

-Alice: (Observa con curiosidad la espada rota de Dark) oye… ¿Recuerdas cuando estuve intentando usar un arma?

-Dark: (Voltea a ver a Alice) como olvidarlo…, eres malísima usando la espada, casi te matas sola…

-Alice: ¡No es cierto! Es solo que la espada no es lo mio… (Su rostro se torna serio) lo he estado pensando desde entonces y… creo que tal vez usaré uno que me ayude a fortalecer mi combate a distancia, realmente estoy indefensa contra un enemigo que ataca de lejos.

-Dark: tal vez un arco iría bien contigo.

-Alice: es lo que estaba pensando… ¿Recuerdas que íbamos a comprar uno? Pero terminamos llendo de fiesta a Nayarit (Rie)

-Dark: (Al escucharla reir no puede evitar sonreir) si, fue toda una experiencia…, espero que todos estén bien.

-Alice: si yo tambien… (Encuentra la cueva) ¡Mira! Es la cueva que te dije que vi antes.

-Dark: vamos a verla (Entran en la cueva y encuentran restos de comida, junto con ropas viejas) parece ser que usan este lugar como refugio para resguardarse de las tormentas de nieve.

-Alice: valla… pensé que realmente habíamos encontrado algo.

-Dark: no te preocupes…, volvamos al punto de reunión, tal vez Martyn y Alison hayan tenido más suerte.

-Alice: está bien.

Mientras tanto cerca de la cima de la montaña…

-Alison: ¡Martyn! ¡Volvamos, no hay nada aquí! (Los fuertes vientos helados los obligan a hablar alto para poderse comunicar)

-Martyn: ¡Espera deja busco un poco mas! (Voltea hacia todas partes en busca de una cueva) debe haber algo…

-Alison: ¡Se acabo! ¡Me largo de aquí! (Comienza a bajar la montaña) no soportaré más este maldito frio.

-Martyn: ¡Espera, solo deja buscar cinco minutos más!

-Alison: ¡No! ¡Me voy de...! ¡AHHH! (En ese momento la nieve que se encuentra bajo sus pies es absorbida por el piso junto con Alison) ¡AAAHHH!

-Martyn: (Rápidamente voltea hacia la dirección de Alison y corre en su auxilio) ¡Alison! (Se lanza a la nieve para sacarla)

-Alison: (Despues de caer cerca de 5 metros pega con el piso de roca) ¡Auch! (Cubierta de nieve mira a su alrededor encontrando un largo túnel con antorchas a los lados para iluminarlo) parece una especie de pasaje...

-Martyn: (Sale de entre la nieve) ¡Alison! ¿¡Estás bien!?

-Alison: si, es solo que me tomo por sorpresa... ¿Qué será este lugar?

-Martyn: parece que es lo que estábamos buscando... mira esas antorchas, obviamente alguien las encendió para poder transitar por aquí, echemos un vistazo, ven.

-Alison: ¿No crees que primero deberíamos avisarle a Dark y Alice?

-Martyn: tienes razón, no sabemos que pueda haber al fondo de esta cueva.

-Alison: ve tú, yo los espero aquí.

-Martyn: pero podría ser peligroso, no sabemos que hay aquí dentro.

-Alison: entonces les enviare un "Mensajero" y les diré que me envíen uno de regreso para que lo sigan.

-Martyn: buena idea.

-Alison: (Envía un mensajero a Dark) bien ahora a explorar (Se adentran en la cueva)

-Martyn: (La sigue de cerca) pensé que esperaríamos a Dark y Alice para explorar la cueva... (La contrariedad de Alison consigue confundirlo)

-Alison: si, pero seria bastanta aburrido simplemente esperar sentados.

-Martyn: en ese caso al menos déjame ir primero... (Intercambia de posición con ella)

-Alison: Ah... (Suspira) aquí no hace tanto frio.

-Martyn: es por el fuego ¿A dónde llevará esto? (Caminan a lo largo de la cueva hasta llegar a una cámara echa de fuerte piedra pulida donde pegado al techo se encuentra un espejo rodeado de imágenes de soles, lunas, numero romanos y estrellas) con que a este sitio conduce... (Mira a su alrededor) no hay nadie...

-Alison: ¿Hmm? (Observa el espejo en el techo) ¿Para que habrán puesto un espejo en el techo?

-Martyn: no está ahí por casualidad..., esperemos a que lleguen Dark y Alice para investigar a detalle este lugar. (Se sienta en el suelo)

-Alison: espero que no tarden... (Esperan pasientemente por cuatro horas, sin embargo, la impaciencia poco a poco se hacer presente) ¡AH! Ya deberían haber llegado... les envié el mensajero hace bastante tiempo ya.

-Martyn: si, pero tienes que contar el tiempo que tardo en llegar y el tiempo que les tome a ellos el llegar hasta aquí.

-Alison: apresúrense… (Cansada de estar sentada se acuesta en el piso mirando hacia el espejo) este abrigo me hace ver gorda… (Se quita el abrigo para posteriormente sacar sus alas de demonio y volar hacia el espejo) el frio no le cae nada bien a mi piel… (Observa su reflejo en el espejo) no quiero permanecer mas tiempo aquí… (Toca el espejo) hmm… parece un espejo común y corriente (Escucha un ruido)

-Martyn: finalmente llegaron (Alcanza a verlos al fondo del túnel)

-Dark: que interesante lugar, son buenos buscando Martyn.

-Alice: nosotros no encontramos nada…

-Martyn: el crédito no es mío, fue Alison quien lo encontró.

-Alison: (En un aire de grandesa se pavonea mientras rie presumidamente) si, fui yo la que lo encontró, la gran y hermosa Alison. (En ese momento el espejo cambia su forma sólida tomando una apariencia gelatinosa y absorbe a Alison) ¿Pero qué? ¡AAHH! (Es tragada por el espejo)

-Todos: ¡Alison! (Intentan atravesar el espejo, pero impactan contra él)

-Dark: ¿Qué rayos fue eso?

-Alice: ¡Se tragó a Alison!

-Martyn: ¡Maldición! (Intenta atravesar el espejo chocando una y otra vez con el) ¡Ah! No se puede.

-Alice: miren (A punta al "Mensajero" que intenta atravesar el cristal para llegar a su destinatario, por desgracia tampoco puede cruzar) ni si quiera el mensajero puede atravesar ese espejo.

-Dark: tiene que haber una forma (Se acerca al espejo)

-Martyn: se la trago de la nada, no nos dio tiempo ni de reaccionar, debió haber algo que lo activara, busquemos por toda la cámara, veamos si hay un mecanismo secreto que lo haga funcionar.

-Dark: empezare por el espejo, eso fue lo último que toco antes de ser tragada por el (Toca cuidadosamente el espejo con sus manos por todos lados)

-Alice: yo buscare en las paredes.

-Martyn: en ese caso, buscaré en el piso. (Después de una incesante hora nadie encontró nada)

-Alice: nada…

-Martyn: a estas alturas ya debió ocurrirle algo de Alison…

-Dark: rayos… (Comienza a concentrar energía en su mano derecha) me parece bastante extraño que tampoco se rompiera cuando Martyn choco con el en repetidas ocaciones…

-Martyn: ¡Dark! ¡No lo hagas! si destruyes esta cámara toda la montaña se vendrá abajo y quedaremos sepultados.

-Dark: (Se detiene) tenemos que traerla de regreso…

-Alice: ya checamos todo el lugar y no hay nada oculto.

-Martyn: tal vez no buscamos bien, deberíamos volver a buscar.

-Dark: no es eso, de haber algo oculto ya lo habríamos encontrado…, debe ser otra cosa…

-Martyn: ¿Pero qué…?

-Alice: tal vez no tenga que ser algo que este precisamente en esta cámara…

-Dark: quizá… fue algo que ella dijo.

-Martyn: solo alardeo de cómo descubrió este lugar.

-Alice: debe haber una palabra clave en toda esa oración.

-Martyn: ella dijo "Si, fui yo la que lo encontró, la gran y hermosa Alison"

-Alice: podría ser su nombre…

-Martyn: ¿Su nombre? ¿Precisamente aquí? ¿Para un espejo encantado pegado en un techo? no lo sé… no me suena muy convincente.

-Alice: ¡Alison! (Mira hacia el espejo) no pasó nada…

-Dark: cuando el espejo se la tragó también gritamos su nombre y no fuimos absorbidos…

-Martyn: entonces debe ser otra cosa…

-Alice: no se me ocurre nada…

-Dark: aun creo que la clave está en esa oración solo que no la estamos viendo… "Si…, fui yo la que lo encontró…, la gran y hermosa Alison"

-Alice: pero si analizas cada palabra la única destacable es su nombre…

-Dark: lo se… y es por eso que tenemos que descifrar esto…

-Martyn: si la clave es su nombre… ¿Qué podemos hacer?

-Alice: ya intentamos gritar su nombre y no ocurrió nada.

-Dark: déjenme pensar…

-Martyn: o podría ser algo que dijo antes.

-Alice: ¿Cómo qué?

-Martyn: se miro al espejo y dijo que se veía algo gorda con el abrigo que usaba para el frio.

-Alice: no creo que sea eso, no tiene sentido.

-Martyn: eso pensé, aun asi… tenía que decirlo.

-Dark: Alison… como puede eso activar un mecanismo como este…

-Martyn: podría intentar romperlo con mis garras…

-Alice: tal vez eso funcione.

-Martyn: (Sus uñas se convierte en filosas garras) veamos (Se sujeta de la pared con una de sus manos y con la otra comienza a rasguñar el espejo) vamos… (Cada vez lo hace con más fuerza) rómpete… (Pero no ocurre nada) rayos… mis garras no le hacen nada...

-Alice: es irrompible…

-Dark: ¡Lo tengo!

-Martyn: ¿Qué se te ocurrió?

-Dark: tal vez no sea el nombre de Alison el que tenga que activar el mecanismo…

-Alice: entonces como fue que ella lo activo…

-Dark: si prestas atención, se activo cuando ella dijo "Su nombre" sin embargo a pesar de eso el mecanismo no se activo para nosotros debido a que solo lo activo para ella.

-Martyn: lo que da como conclusión que el "nombre" es el que lo activa.

-Alice: si, pero no el nombre de una persona exactamente si no el de cada uno como individuo…

-Dark: exacto.

-Alice: ahora todo tiene sentido…

-Martyn: valla cabeza tienes para llegar a esa conclusión partiendo de una sola frase.

-Dark: debemos intentarlo…, lo hare yo primero, tratare de meter mi cara en el espejo, para ver qué hay del otro lado, si ven que pataleo quiere decir que hay peligro del otro lado o que ese espejo me está matando.

-Alice: valla opciones…

-Martyn: con eso se me quitaron las ganas de cruzar...

-Dark: bien…, es el momento…

-Alice: ¡Espera! (Corre a abrazarlo) no es que sea pesimista, pero… no quiero que te pase algo y no te haya agradecido todo lo que has hecho por mi… (Lo abraza fuertemente)

-Dark: (Le corresponde el abrazo) no hay de que Alice…

-Martyn: (Ríe) ya se están poniendo cariñosos aquí.

-Alice: ¡Cállate! (No puede evitar sonrojarse)

-Dark: (Sonríe) confió en que no pasara nada…

-Martyn: eso espero.

-Dark: (Se acerca al espejo) bien… (Antes de proseguir mira a sus compañeros por ultima vez, despúes sus mirada se fija en el objeto reflejante del techo) ¡Dark! (El espejo cambia su forma solida y toma una apariencia gelatinosa, Dark aprovecha para meter la parte superior de su cuerpo primero)

-Martyn: pues… no parece que patalee.

-Dark: (En pocos segundos es absorbido completamente)

-Alice: yo seré la siguiente…

-Martyn: ¿Estás segura?

-Alice: totalmente… (Salta hacia el espejo) ¡Alice! (Nuevamente el espejo absorbe a Alice en cuestión de segundos)

-Martyn: ¡A la mierda! Sigo yo… ya me estoy poniendo nervioso… (Tituvea un poco antes de hacerlo) ¡Lo haré de una sola vez! (Salta hacia el espejo) ¡Martyn! (Es absorbido por el espejo, al otro lado se ve una gran oscuridad con una pequeña luz a lo lejos, rápidamente su cuerpo es jalado a una gran velocidad hacia la luz) ¡AAAHHHHH! ¡PUTA MADREEE! (Velozmente atraviesa la luz y sale volando de un espejo que se encuentra en el piso de un desconocido lugar) ¡AAHH! ¡ME VOY A MORIR! (Contempla un majestuoso castillo hecho de marmol con una gran muralla alrededor y cuatro torres de las cuales una es más alta que las demás, el castillo se encuentra flotando en un cielo despejado y un clima agradable) ¿Un castillo… en el aire? (Despues de recobrar la compostura, se percata que esta siendo atraído hacia el castillo a una velocidad moderada descendiendo hasta llegar al piso dentro de las murallas) que cosa más rara… (Mira a Dark y Alice rodeados de una gran cantidad de guerreras con alas) se parecen a la ladrona que robo mi venado

-Valkyria: reúnete con los demás.

-Martyn: está bien… (Camina hacia sus compañeros) ¿Qué ocurre?

-Dark: están por explicárnoslo. (Se encuentran parados frente a las enormes puertas del castillo, las cuales están echas de fuerte madera de roble)

Las dos puertas se abren y de ellas sale la mujer que le robo el venado a Martyn…

-Martyn: ¡Tu ladrona! (En ese momento todas las Valkyrias le apuntan con sus lanzas)

-Dark: tranquilo Martyn…

-Valkyria: bienvenidos… soy la Valkyria Emilia la guardiana de este castillo y protectora de todo lo que ven en él, los estábamos esperando…

-Dark: ¿Nos esperaban?

-Emilia: así es…, hoy se cumplió la ultima profecía que nos dejo nuestro señor antes de irse…

-Alice: ¿Y cuál es esa profecía?

-Emilia: al haber llegado aquí debieron darse cuenta que para entrar eran necesarios sus nombres… y es porque ese espejo solo deja pasar a los nombres que están en este libro… (Una de las Valkyrias trae un enorme libro) estos nombres son los únicos que tienen acceso a entrar a este castillo...y fueron escritos hace más de dos mil años...

-Martyn: eso es imposible... como pudieron predecir nuestra llegada hace más de dos mil años... ¿Quién pudo haber vivido tanto?

-Alice: esa fecha esta mas allá de la pelea del final de los tiempos...

-Emilia: es porque este castillo es aun más viejo al igual que nosotras...

-Dark: ¿Son inmortales?

-Emilia: hmm... inmortal no es la palabra adecuada... yo diría inmunes...

-Martyn: ¿Inmune a qué?

-Emilia: al tiempo..., nosotras no somos afectadas por el tiempo gracias a nuestro señor... el amo y dueño de este castillo.

-Dark: ¿Quién tiene el poder de manipular el tiempo de esa manera?

-Emilia: el Dios del tiempo Kairos...

-Todos: (Se ponen en guardia)

-Dark: entonces... ¿Están con Genesis?

-Emilia: no, no estamos departe de La Oscuridad... además si quisiera matarlos ya lo habría hecho... ni si quiera su poder combinado me haría sudar...

-Martyn: no te atrevas a desafiarnos...

-Dark: tranquilo Martyn..., entonces si no están departe de Genesis... ¿Departe de quien están?

-Emilia: es una larga historia... pasen al castillo... ahí les explicare todo, por cierto su amiga ya está dentro, la chica que llego primero (Entra al castillo) síganme...

-Dark: vamos... (Aceptando su invitación deciden seguirla en un recorrido por el castillo el cual se ve como si fuese nuevo, no está deteriorado absolutamente nada, se encuentra decorado con las más bellas pinturas que puede haber y sus ventanas tienen las mejores cortinas de tela que han existido, cada pasillo es una obra de arte)

-Alison: ¡Hola! (Los saluda cuando llegan a un gran salón)

-Emilia: aquí es..., pónganse cómodos... (Se sienta en una gran silla de cedro con cómodos cojines adornada con flores) bien... por donde quieren empezar...

-Dark: háblanos de Kairos..., por qué dices que no están de lado de Genesis... si el debe de ser uno de los hermanos de Huracán...

-Emilia: primero... ellos no son hermanos... se hacen llamar hermanos porque son los últimos seres de una extinta raza llamada Infinity quienes existieron en Abilion hace miles de años...

-Alison: ¿¡Que!? ¿Ósea que antes había más?

-Emilia: probablemente…

-Alison: ¿No lo sabes o no lo quieres decir?

-Emilia: yo no lo sé todo…, solo lo que mi señor me contaba, y te agradecería que no usaras ese tono conmigo.

-Alison: ¿Qué?

-Dark: Alison… contrólate.

-Alison: (Se molesta) hmm…

-Dark: dices que se hacen llamar hermanos, entonces qué relación tiene Kairos con ellos.

-Emilia: el señor Kairos, solía compartir Abilion con ellos hace mucho tiempo…, pero los otros dioses oprimían demasiado a las otras razas, las tenían como esclavos y los atormentaban durante toda su vida, lo cual Kairos no vio bien…, sin embargo, ellos no lo escucharon, asi que un dia tomo a la raza de las Valkyrias para el y nos trajo a su castillo donde estuviéramos a salvo del poder de sus "Hermanos".

-Dark: es por esa razón que él no congeniaba con los otros dioses…

-Martyn: ¿Cuántos dioses hay?

-Emilia: en total son cinco Dioses, Amon-Ra, Helios, Kairos, Hades y Huracán.

-Alison: ¡Cinco dioses! No lo puedo creer…

-Alice: con Huracán… hemos tenido muchos problemas… ahora luchar contra tres mas… confiando que Kairos no los apoye…

-Martyn: ese sujeto llamado Huracán es realmente poderoso… si consigue traer de vuelta a sus hermanos quienes son tan fuertes como el, seria un verdadero problema…

-Emilia: lo dioses no tienen la misma fuerza. (Al escuchar estas palabras todo queda en silencio, lo que venga a continuación podría decidir si tuvieran una oportunidad o no de vencer)

-Dark: estás diciendo que hay unos que son más fuertes que otros…

-Emilia: así es… la escala de fuerza se dobla de un dios a otro… (Cada palabra que sale de la boca de Emilia los deja sin aliento)

-Alison: ¿El… doble? (Cae al piso de rodillas)

-Emilia: exacto, por ejemplo, pongámoslo con números, un Dios tiene de fuerza 1, el que sigue de él tiene 2, el que sigue tiene 4, el que sigue tiene 8 y el ultimo 16. (Las cosas empeoran conforme avanza la conversación)

-Dark: Emilia… dime… ¿Qué fuerza tiene Huracán…?

-Alison: por favor dinos que él tiene 16 para que los demás dioses sean más débiles...

-Emilia: ¿Quieren la verdad o quieren que les mienta?

-Martyn: la verdad por favor…

-Emilia: Huracán tiene… 1 de fuerza…

-Todos: ¿¡Que!?

-Alison: ¿El es el más débil de todos? (Dice angustiada)

-Emilia: efectivamente…, de hecho, cuando les dije los nombres, se los dije en orden de fuerza…

-Alice: ósea que Amon-Ra… es el más fuerte…

-Emilia: el tiene el poder de revivir a los otros dioses… si el revive… todos los dioses revivirán.

-Dark: no puede ser…

-Martyn: ¿Qué haremos ahora?

-Alison: estamos muertos… bien muertos …

-Alice: pero… Amon-Ra esta muerto ¿No? ¿Cómo es que Huracán lo quiere revivir?

-Emilia: cada dios tiene un artículo…o reliquia el cual es usado como llave para revivirlo, si consiguen el artículo y usan un sacrificio podrán traerlo de vuelta a la vida…

-Dark: es por eso que Huracán ha estado tan callado, está buscando las reliquias.

-Alice: debemos encontrarlas antes que el.

-Martyn: si Amon-Ra revive… incluso Lindzay podría no ser suficiente para detenerlo…

-Dark: creemos mensajeros y digámosles a los demás que vengan, tenemos que salir a buscar esas reliquias y conseguirlas antes que Huracán.

-Alice: ¿Pero podrán subir aquí?

-Emilia: hagan lo que tengan que hacer, la profecía se está cumpliendo…

-Dark: ¿Qué dice esa profecía?

-Emilia: dice que en cientos de años… los dioses volveran a la tierra y los estará esperando una fuerza que se les opondrá… cuyos nombres estarán anotados en el gran libro, así que trae a tu gente, si la profecía es cierta dirán sus nombres y podrán pasar…

-Dark: ¿Cómo sabes realmente que somos nosotros los de esa profecía?

-Emilia: porque en esa profecía también dice que un integrante de esa fuerza opositora tendría un rostro parecido al de Thanatos, y ese eres tú.

-Dark: ¿Qué?

Capitulo 29: Valdir.

Los misterios que son revelados por Emilia dejan sin palabras al grupo de Dark, ahora sus problemas son más grandes que antes… y una nueva presión cae sobre sus hombros…

-Dark: ¿Qué yo me parezco a Thanatos?

-Emilia: ¿Por qué te asombras tanto? Has luchado antes con Huracán ¿No?

-Dark: así es… pero no me hago a la idea… además no me gusta ser comparado con nadie…

-Emilia: yo no te compare con el…, solo dije que te le parecías…

-Alice: ¿Cómo sabes eso?

-Emilia: porque yo conocí a Thanatos…

-Todos: (Al escuchar estas palabras todos quedan en shock)

-Emilia: anteriormente les dije que nosotras las Valkyrias somos inmunes al tiempo…, yo tengo miles de años de vida…

-Martyn: no puedo creerlo…

-Alice: si tu nos ayudas, podremos detener a Huracán antes de que reviva a Amon-Ra…

-Emilia: por desgracia no se me permite interferir con la historia… asi que no puedo ir directamente y pelear con uno de los Infinitys, e incluso aunque lo hiciera… nada garantiza que pueda vencerlos… lo mismo pasa con las reliquias si están destinados a despertar lo harán…

-Alice: oh… ya veo

-Alison: entonces… ¿Conociste al misterioso hombre legendario del que tanto hablan las leyendas? ¿Era tan grandioso como dicen los cuentos?

-Emilia: Thanatos… (Recuerda con nostálgia) el era mas que un hombre…, su destino fue escrito mucho antes de que viniera al mundo, el nacio con ese propósito y nunca hubo algo que pudiera detenerlo, siempre fue un hombre realmente sencillo… podías fácilmente hablar con él, no tenía miedo a expresar lo que pensaba, solo era rudo y valiente cuando debía serlo… nunca le tuvo medio a nada y siempre fue hacia adelante… ah… (Un pequeño suspiro se escapa de su boca)

-Alison: eso suena… perfecto, valla… pensaba que era alguien sumamente rudo y sin sentimientos.

-Emilia: por el contrario… el era una persona alegre y amable, siempre estaba sonriendo.

-Martyn: ¿Era muy fuerte?

-Emilia: su estilo de combate era fantástico…, ni siquiera pude tocarlo… me vencio solo con un movimiento.

-Alice: ¿Luchaste contra él?

-Emilia: no pude evitarlo…, cuando puso un pie en este castillo pensé… "¿Este es el hombre que liberará al mundo?" su monstruoso poder se ocultaba detrás de una linda sonrisa.

-Dark: su sombra es demasiado grande y no me gusta estar bajo ella.

-Emilia: dudo que haya alguien capaz de superarlo…

-Dark: yo lo hare (Con un brillo en sus ojos afirma contundentemente)

-Emilia: (Ríe burlándose de el) no lo creo.

-Dark: ¿Quieres que te lo demuestre?

-Emilia: ya te lo dije… ni si quiera el poder combinado de todos ustedes podría hacerme daño.

-Dark: entonces muéstramelo.

-Martyn: Dark… ¿Es prudente crear un conflicto con ella?

-Dark: no es un conflicto…, si no… una batalla amistosa.

-Emilia: (Sonríe) una batalla amistosa será entonces (Camina hacia afuera del castillo) ven.

-Dark: (Sin perder tiempo la acompaña) si.

-Alice: ¿Estás seguro de esto?

-Dark: Thanatos aquí… Thanatos allá… estoy arto de que me lo estén repite y repite, les demostrare que soy diferente (Sale del castillo).

-Alison: yo te apoyo en lo que decidas.

-Martyn: esto será un desastre…

-Emilia: (Camina al centro del patio del castillo) ¡Mi escudo y una espada sin filo! (Una de las Valkyrias le entrega lo que pidió)

-Dark: una espada grande sin filo. (Le entregan la espada) no voy a contenerme…

-Emilia: este castillo es indestructible… lucha con toda confianza…

-Dark: entonces eso haré (Libera toda su fuerza emanando una intensa corriente de viento que gira a su alrededor haciendo un poderoso tornado, el piso se extrémese al sentir su poder, mientras una delgada capa de energía negrusca comienza a cubrirlo)

-Emilia: se mira muy impresionante, pero… ¿Realmente lo es?

-Dark: ¡Aquí voy! (Se lanza con fuerza hacia Emilia iniciando el combate con una atronadora estocada que retumba por todo el castillo, sin embargo, esta es detenida en seco por el escudo de Emilia) ¿Hmm?

-Emilia: ¿Qué pasa? ¿Eso es todo? (Dice deteniendo la espada de Dark con el escudo que porta con su mano izquierda, el ataque ni si quiera la movió de su lugar)

-Dark: (Salta hacia atrás) sabia que sería fuerte… pero no tanto… (Corre hacia Emilia lanzando una serie de espadazos, no obstante, el escudo los intercepta a donde quiera que apunte) rayos… (Dando un salto hacia atrás se aleja por un momento de ella, para posteriormente sujetar el piso con su mano izquierda y tomar impulso para lanzarse de nuevo al ataque, sus espadazos son bloqueados uno a uno… cuando de repente aparece una gran cantidad de energía que sale del piso)

-Emilia: oh… (Gira hacia la derecha y esquiva la energía que emergió del piso) muy ingenioso.

-Dark: esto apenas comienza…

-Alison: ¿Viste eso? Logró sacarla de balance.

-Alice: realmente lo hizo, pero… ella solo está defendiendo.

-Martyn: ni si quiera se ha molestado en atacarlo… a pesar de que el esta luchando con todas sus fuerzas, ella solamente lo está probando…

-Alice: Dark también es muy fuerte… se que puede hacerla retroceder más que eso.

-Emilia: (Deja caer el escudo al piso)

-Dark: ¿Qué ocurre?

-Emilia: nada… es solo que no lo necesito.

-Dark: me estas subestimando…

-Emilia: ¿Has logrado cortar a Huracán alguna vez?

-Dark: no…

-Emilia: es porque no tienes la fuerza para cortarlo.

-Dark: (Se molesta) ¿¡Qué insinúas!? (Sujetando la espada con sus dos manos lanza un fuerte espadazo hacia Emilia como si quisiera partirla en dos)

-Emilia: (Detiene la espada con su mano) estamos usando espadas sin filo, pero…, aun que lo tuviera no podrías cortarme.

-Dark: ¿¡Que!? (A esa corta distancia ataca a Emilia pero es impactado por la espada de su oponente lo que provocar que salga disparado con gran fuerza e impacte contra una de las murallas del castillo) ¡Goah!

-Emilia: eres lento y tus ataques carecen de fuerza…, en tu estado actual no eres rival para un dios.

-Dark: (Se levanta adolorido) ¡Pero eso cambiara! (Sale disparado hacia Emilia dirige su espada hacia el cuello del enemigo sin lograr alcanzarlo, sin perder oportunidad maniobra su espada dirigiéndola hacia el apdomen fallando una vez mas, no obstante, continúa atacando rápidamente, pero Emilia los esquiva uno a uno, luego se agacha rápidamente y concentra energía en el piso para después dar un salto hacia arriba y dejar grandes esferas de energía, cuando cae nuevamente al piso corre hacia Emilia atacándola con su espada velozmente)

-Emilia: (Esquiva uno de sus ataques deslizándose hacia la izquierda haciendo que Dark pase por su costado con el impulso que llevaba su ataque, en ese momento su espalda queda completamente a mercer de Emilia quien se dispone a golpearlo fuertemente con la espada) ¿Hmm? (Mira que la energía que se encontraba en el aire se dirige hacia ella, así que da dos giros hacia la izquierda, pero la energía que Dark había concentrado en el piso aparece y la detiene en seco aferrándose a uno de sus pies, cuando mira hacia el frente Dark esta apunto de asestarle un golpe directo con su espada en el pecho, desgraciadamente lo detiene con su mano e impacta a Dark con una patada al estomago lanzándolo nuevamente contra la muralla)

-Dark: ¡Goah! (Choca vigorosamente contra la muralla y luego se levanta casi de inmediato) ah… ah… ah… (El impacto consigue lastimarlo, lo que provoca que sangre de la cabeza)

-Emilia: ya… ha sido suficiente…

-Dark: aun puedo seguir luchando… (Su respiración agitada demuestra que estaba llegando a su limite)

-Emilia: ya has probado tu punto…

-Dark: ah… ah… (Baja la espada)

-Emilia: reconozco que tienes potencial, solo necesitas entrenamiento duro.

-Martyn: al parecer pasó la prueba.

-Alison: yo nunca dude de él.

-Alice: (Sonríe) lo sabía.

-Emilia: ahora… trae a tu gente y comencemos a organizar la ofensiva contra Huracán…

-Dark: bien, enviare "Mensajeros" a todos ellos pidiéndoles que vengan.

-Emilia: excelente…

Mientras tanto en Genesis…

-Isao: ¿¡Aun no la encuentran!?

-Criatura: no señor, no la hemos podido localizar.

-Isao: ¡Maldita sea! Y precisamente ahora…

-Demetrio: apresúrense, no quiero que se nos escape.

-Isao: si señor…, lamento informarle que creo que me retrasare un poco con la misión…, veras… mi hija a desaparecido y tengo que encontrarla.

-Demetrio: si el usuario de la reliquia de Hades se va… tu hija será de lo menos que tengas que preocuparte…

-Isao: entiendo… organizare a los soldados…

-Demetrio: ¡Rápido! (Sale del cuartel de Genesis y se dirige volando a una nación al sur de Euriath llamado "Klinton")

La nación de Klinton, es una nación que se dedica principalmente a la siembra y cultivo de la caña, lo que ha hecho que su economía se incremente exponencialmente con el paso de los años, gracias a sus habilidades para extraer la azúcar de la caña, es la única nación vendedora de azúcar en todo Euriath, ganando importantes cifras de oro las cuales ha invertido por sobre todo en seguridad para las grandes pero alejadas ciudades que contiene. Muchos de sus habitantes viajan de una ciudad a otra en lujosos carruajes los cuales son jalados por finos caballos.

Gracias al gran flujo de dinero que se maneja, con frecuencia se realizan eventos en las diferentes ciudades, ya sean de opera u obras de teatro donde solamente la gente rica se da el lujo de asistir.

-Demetrio: esto no se ve nada bien… nunca he luchado con algo que tenga que ver con los dioses… al primer signo de superioridad usare una carta de teletransportacion… (Su viaje continuo por doce horas hasta que llegar a a su destino encontrándose con Maximiliano en cierto punto)

-Maximiliano: te estaba esperando…, al parecer todavía no pasa por aquí (Se encuentran en el camino que conecta a una de las grandes ciudades con otra)

-Demetrio: bien… esperemos a que llegue el resto de mi equipo para ir por él.

-Maximiliano: espero que no tarde…

-Demetrio: ¿Tú no trajiste a nadie?

-Maximiliano: solo a ella (Señala a la izquierda apuntando a una niña de diez años)

-Demetrio: veo que has traido a la carnada… bien si muere no se perderá nada útil.

-Maximiliano: cuida lo que dices… es una de mis miembros mas utiles.

-Demetrio: tranquilo, no te enojes antenita...

-Niña: mucho gusto… señor (Le extiende la mano a Demetrio)

-Demetrio: si, si, mucho gusto ahora no me molestes…

-Niña: oh que mal… es un amargado, por mi puede irse al diablo maldito.

-Demetrio: tiene carácter, me gusta… (Mira los ojos de la niña y se percata que es ciega) y dime niña… ¿Has visto algo sospechoso por aquí?

-Niña: perro malo ¿Te burlas de mi ceguera?

-Maximiliano: ya basta Jix… no le prestes atención a este sujeto…

-Jix: ¿Hmm? Parece que el resto de su equipo acaba de llegar

-Demetrio: ¿Hmm? (Busca por el cielo y se da cuenta que casi llegan sus subordinadas) valla… asi que no estas tan ciega después de todo…

-Jix: percibo todo tipo de ondas… en el aire… en el agua, en la tierra… si alguien se acerca a mí en un rango de diez kilómetros lo detectare.

-Demetrio: que buena onda.

-Jix: cállese perro.

-Demetrio: no le veo la gracia.

-Isao: sentimos llegar tarde, pero ya estamos listos…

-Miroku: fue por culpa de Isao…

-Soon: de no ser por el habríamos llegado puntuales… (Aparece un nuevo integrante con rasgos idénticos a los de Waldox)

-Isao: ¡Cállense!

-Jix: Maximiliano…, ha comenzado a moverse.

-Maximiliano: andando (Escondidos entre la noche, se ocultan a la horilla del camino) ¿Viene en caravana?

-Jix: no…, solamente viene un vehiculo… un carroaje seguramente.

-Isao: ¿Algo que debamos saber señor?

-Demetrio: no, solo derrótenlo. (La espera hace aumentar la adrenalina y las emociones comienzan a hacerse presentes cuando aparece una fina carroza de madera, barnisada con un elegante café oscuro la cual es guiada por un cochero de edad avanzada)

-Jix: viene dentro…

-Miroku: ¿Estás segura niña?

-Maximiliano: ella nunca se equivoca… (Ese momento aparecen de entre las sombras bloqueando el camino)

-Cochero: (La carroza se detiene frente a ellos) ¿Ocurre algo caballeros?

-Demetrio: ¡Ataquen!

-Miroku: ¡Grah! (Lanzando un puñetazo al frente libera un fuerte y poderoso torrente de agua a presión)

-Soon: (Su cuerpo desprende una gran cantidad de niebla que se desliza hacia la carreta)

-Maximiliano: (Lanza un golpe en dirección a la carroza emitiendo poderosas ondas destructivas haciendola vibrar brutalmente destruyéndola por completo)

-Jix: (El vehiculo fue prácticamente pulverizado junto con el cochero) ¿Hmm? (Se siente la reaparición de algo) ¡Detrás de ustedes!

-¿?: ¿Puedo ayudarlos en algo caballeros? (Aparece un individuo vestido de etiqueta, con un elegante bastón, sombrero de copa y una capa de piel color café) soy el conde Valdir y me gustaría arreglar esto pacíficamente… (Se acomoda su elegante sombrero entre su verdoso cabello peinado hacia su lado izquierdo)

-Isao: entréganos la capa que traes…

-Valdir: oh… tanto por una capa, caracoles… de haberlo sabido antes habría podido salvar la vida de mi fiel cochero… (Extiende la mano con la capa) está bien, ven por ella…

-Todos: (Se miran unos a otros dudando, las cosas nunca han sido tan fáciles, aunque habia la pequeña posibilidad de que el usuario no conociera el verdadero potencial de la capa)

-Demetrio: Isao, ve por ella…

-Isao: ¿Yo?

-Demetrio: no… el otro Isao que viene con nosotros…

-Valdir: ¿La quieren o no?

-Isao: si…, ya voy (Se acerca a Valdir) bien… dámela.

-Valdir: ten… (Extiende la mano con la capa)

-Isao: (Cuando agarra la capa siente como su cuerpo se paraliza)

-Demetrio: bien… ahora tráela aquí.

-Isao: ¡No puedo moverme! (Se percata que Valdir lo tomo de la mano cuando sujetó la capa)

-Valdir: vamos… llévatela… ¿No puedes?

-Isao: (La paralisis poco a poco aumenta, tanto que incluso comienza a tener dificultades para hablar) ¿Qué… me… hicis…te?

-Valdir: bueno, ya que tú no quieres la capa… yo si estoy interesado en algo tuyo…

-Isao: ¡Ah!

-Valdir: y eso es… tu alma. (Con un fuerte tirón jala del cuerpo de Isao un manto blanco y lo absorbe)

-Isao: ¡AAAHH! (En ese momento su cuerpo lentamente se vuelve piedra)

-Soon: ¿¡Pero qué diablos!?

-Demetrio: con que por eso no debíamos dejar que nos tocara…

-Valdir: ¿Alguien más quiere mi capa? Si es así… vengan por ella.

-Miroku: ¿Qué pasara con Isao?

-Valdir: su cuerpo será piedra hasta que alguien me derrote… pero si alguien… destruye la estatua de piedra como justo ahora (Con el bastón parte en pesados la estatua) jamás volverá a la vida.

-Miroku: ¡Maldito! (Soon y Miroku se lanzan contra Valdir a toda velocidad)

-Valdir: (Como si fuera un torero usa la capa como muleta pasándola sobre Soon desapareciéndolo como por arte de magia, luego aprovechando el asombro de Miroku lo sujeta del cuello inesperadamente sacandole el alma)

-Miroku: ¡AAHH! (Grita fuertemente mientras se convierte en piedra)

-Demetrio: ¿Qué paso con Soon?

-Jix: ¿Está por allá? (Señala a la izquierda) aproximadamente a 10 metros de distancia)

-Demetrio: entonces saca el alma de sus víctimas… y si te envuelve con esa capa puede desaparecerte y aparecerte donde él quiera… es más letal de lo que pensé…

-Maximiliano: ¿Dejaste que ellos atacaran primero para ver de que era capaz?

-Demetrio: oye…, yo no te digo como manejar a tus subordinados…

-Valdir: (Rompe la estatua de Miroku con su bastón) valla que son débiles… ¿Ustedes también vendrán por mi capa?

-Demetrio: si, pero después, ya que no la estes usando, que te parece mañana por la tarde.

-Valdir: oh… ¿Tan tarde? (Se cubre con su capa y desaparece)

-Jix: ¡A tu izquierda!

-Maximiliano: ¿Hmm? (Reacciona rápidamente logrando esquivar por poco el ataque sorpresa de su enemigo) desgraciado…

-Valdir: eso estuvo cerca, esa niña es buena.

-Demetrio: así que… no solo a los demás… si no que también te puedes teletransportar a ti mismo.

-Valdir: ustedes si piensan eh.

-Demetrio: la inteligencia es otro tipo de demencia… (De su cuerpo brotan poderosas espinas echas de huesos) ¿No crees? (Se lanza contra Valdir)

-Valdir: (Se cubre con su capa y desaparece)

-Maximiliano: ¿Dónde está Jix?

-Jix: esta dos metros arriba de Demetrio.

-Valdir: (Usando la punta de su baston realiza una veloz estocada que atraviesa a Demetrio de lado a lado)

-Demetrio: ¡Goah! (El ataque consigue perforar su estomago haciéndolo tocer sangre) ¡Cof! ¡Cof!

-Maximiliano: (Aprovecha para atacarlo lanzando un golpe en su dirección)

-Valdir: ¿Hmm? (Alcanza a raccionar a su ataque y se desaparece con su capa) eso no me lo esperaba (Aparece a 10 metros de ellos con el bastón destrozado y su gorro hecho pedazos) esa habilidad tuya es muy peligrosa… por poco me alcanza.

-Demetrio: (Se levanta) pudiste atravesar mi armadura de huesos… eres bueno.

-Valdir: si… pero ya es hora de ponerse serio… (Desaparece)

-Jix: a la dere… (No alcanzo a terminar la frase)

-Maximiliano: (Es impactado con un fuerte golpe en el estomago) ¡Goah! (Sale disparado hacia un conjunto de rocas)

-Jix: (Se prepara para recibir a Valdir)

-Maximiliano: (Rápidamente sale de los escombros y lanza un golpe hacia Valdir) ¡No te le acerques!

-Valdir: (Salta del lugar para apartarse de las ondas destructivas)

-Demetrio: (Aparece frente a él en el aire) ¡Te tengo!

-Valdir: (Con un veloz movimiento lo cubre con la capa y lo aparece en medio de las ondas creadas por Maximiliano) ¿Eso crees?

-Demetrio: ¡Goah! (Es despedazado por el ataque de su compañero)

-Valdir: ahora es tu turno… (Camina hacia Jix)

-Maximiliano: te dije que te alejaras de ella (Con gran fuerza lanza un poderoso golpe el cual hace un fuerte sonido como el de un cristal al romperse)

-Valdir: (Desaparece con su capa)

-Jix: ¡Atrás!

-Maximiliano: (Intenta esquivarlo, pero es impactado por otro poderoso golpe de Valdir) ¡Goah! (La potencia del golpe lo impacta fuertemente contra el suelo)

-Valdir: (Cae ligeramente sobre la punta de su pie izquierdo en el suelo) bien… ¿Dónde estaba? Oh ya recuerdo (Camina hacia Jix nuevamente cuando escucha un sonido extraño en sus zapatos parecido al que se produce al pisar un charco) ¿Hmm? (Mira hacia el piso) ¿Qué es esto? ¿Sangre? Ah… que asco… (Sigue caminando cuando de repente la sangre del piso lo envuelve tomando forma de Demetrio hecho de sangre)

-Demetrio: esta vez no te escaparas…

-Valdir: no necesito escapar… (Toca la sangre con sus manos y comienza a tirar de ella)

-Demetrio: ¡GCK! (Se paraliza)

-Valdir: hmm… que extraña se siente esta alma… he sacado almas de vampiros y se sienten diferente… esta está poniendo mayor resistencia…

-Demetrio: maldito… ahora si me has hecho enfadar.

-Valdir: ¿Eres más que un simple vampiro cierto? Pero igual te sacare el alma (Con sus manos en la sangre debilita la atadura que lo aprisionaba liberándose tranquilamente para después sacarle el alma) uuff… si que esta pesada… (Comienza a poner más fuerza y poco a poco sale un manto amarillo de Demetrio)

-Demetrio: ¡Maldición!

-Valdir: dentro de poco serás mío... (En ese momento es impactado por un fuerte golpe que lo obliga a soltar el alma de su enemigo) ¡AH! (Sale disparado hacia los restos de la carroza levantando una gran cortina de polvo)

-Demetrio: (Su alma vuelve dentro de el y recupera la movilidad) ah... estuvo cerca...

-Jix: de nada...

-Demetrio: ¿Tú lo golpeaste?

-Jix: de no haberlo echo te habría matado.

-Maximiliano: ah... (Emerge de la tierra) es un maldito pez escurridizo, no alcanzo a percatarme de donde aparecerá...

-Jix: aunque te diga donde aparecerá, no alcanzaras a reaccionar... es realmente fuerte... esa habilidad es muy problemática...

-Demetrio: no tiene caso atacarlo cuerpo a cuerpo... nos hará pedazos... tenemos que mantener un ataque a distancia perfecto...

-Maximiliano: Hmm...

-Valdir: (Sale de entre los escombros) maldita enana... ese golpe me dolió.

-Demetrio: se ve que no estás acostumbrado a recibir golpes... (De su mano salen pequeños dardos hechos de huesos los cuales arroja como si fueran peligrosos dardos)

-Maximiliano: (Se mantiene a la espera, esperando que desaparezca o los esquive)

-Valdir: (Pasa su capa por los dardos y los aparece en la espalda de Maximiliano)

-Maximiliano: ¡Ah! (Cae de rodillas)

-Valdir: se atacan entre ustedes mismos... ¿Qué les ocurre?

-Demetrio: al parecer la estrategia de ataques a larga distancia tampoco funcionará...

-Jix: Maximiliano ya estuve analizándolo y siempre que desaparece lo mas lejos que aparece son 10 metros... al parecer ese es su alcance máximo... así que, si se alejan más de 10 metros, sus ataques no podrán alcanzarlos...

-Demetrio: tu alcance es más de 10 metros... así que tendrás que hacer una onda enorme.

-Maximiliano: no es tan sencillo como parece... crear una onda omnidireccional es una técnica que aun no he dominado ...

-Valdir: (Aparece sobre Maximiliano y lo impacta diez veces con fuertes patadas las cuales lo entierran en el piso)

-Maximiliano: ¡Ah!

-Valdir: no se que tienen en la cabeza para pensar que yo... me quedare pacíficamente esperando a que terminen de hablar y formen su estrategia...

-Demetrio: mierda… niña no podemos con el… Maximiliano ha caído… somos los siguientes… (Saca la carta de teletransportacion) debemos irnos…

-Jix: no me iré sin él.

-Valdir: (Aparece junto a Demetrio y le quita la tarjeta) ¿A dónde creen que van?

-Demetrio: ¿¡Que!? (Se lanza contra Valdir atacándolo con unas grandes garras hechas con huesos)

-Valdir: cerca pero no tanto (En ese momento es sujetado por un brazo extraño brazo negro) ¿Qué es esto? (Se cubre con su capa y se libera del brazo) uff eso estuvo cerca…

-Demetrio: comienzo a entender tu poder… (De su espalda emergen cuatro brazos negrosos como si estuvieran echos de petróleo crudo) veamos… (Arremete contra Valdir atacándolo con sus garras y brazos de sombras)

-Valdir: (Esquiva y bloquea los ataques, pero no puede esquivar todos y comienza a ser golpeado por los brazos de sombra) ¡Ah! (Se cubre en su capa y se aleja de Demetrio) maldito…. (Se limpia sangre de la boca)

-Demetrio: al parecer no puedes redirigir mis brazos de sombra…

-Valdir: (Desaparece y aparece a su derecha, aprovechando para conectarle un fuerte puñetazo)

-Demetrio: ¡Goah! (Cuando alcanza a reaccionar Valdir vuelve a desaparecer y aparece a su espalda dándole otro fuerte golpe haciéndolo caer) ¡Ah!

-Valdir: (Intenta tocarlo para sacarle el alma cuando inesperadamente es impactado por uno de los brazos de sombra) ¡Gck! (El golpe le voltea la cara, pero rápidamente desaparece apartándose de él) aun que puedas seguir un poco mi ritmo tú te deteriorarás más rápido.

-Demetrio: (Se levanta del suelo) tienes razón… pero he descubierto que para sacar el alma de alguien necesitas tocarlo por un determinado tiempo… ya que nos has golpeado varias veces y no nos has sacado nada… es porque sabes que no tienes el tiempo suficiente para hacerlo…

-Valdir: (Emerge frente a él en varias ocaciones golpeandolo fuertemente) cállate de una vez…

-Demetrio: (A pesar de ser golpeado en multiples ocaciones logra contragolpearlo en cada ocacion usando sus brazos de sombra, sin embargo, su poder comienza a deteriorarse y sus brazos poco a poco se vuelven mas débiles) ah… ah… estoy en mi limite… (Dice gravemente lastimado) no puedo mas (Cae de rodillas al piso)

-Valdir: (Aunque su ventaja es mayor, su cuerpo tambien recibio gran daño) ahora morirán… (Dice mientras se limpia la sangre de su nariz)

-Jix: (Sin que nadie lo esperara le conecta una fuerte patada en la espalda a su enemigo) no lo creo…

-Valdir: ¡Goah! (Se estrella contra el suelo, pero se levanta rápidamente) ah… como te atreves tu enana… (Desaparece con su capa y aparece a la izquierda de Jix)

-Jix: (En cuanto aparece lo impacta con un izquierdazo envianndolo varios metros de distancia)

-Valdir: (Sin perder tiempo nuevamente se pone en pie) esto no puede estar pasando... (Una vez mas desaparece y ahora aparece en la espalda de Jix)

-Jix: (Lo recibe con un codazo que le rompe una costilla luego gira y le conecta un derechazo)

-Valdir: ¡Goah! (El golpe lo hace caer al piso) como es que puedes alcanzarme...

-Jix: yo siempre he sido capaz de verte... siento cada vibración que haces al aparecer e inmediatamente ubico donde estas...

-Demetrio: (Tendido sobre el suelo usa las pocas fuerzas que le quedan para reclamarle) me hubiera gustado que nos hubieras ayudado antes...

-Jix: no lo hice porque antes el era más rápido... a pesar de verlo no iba a poder golpearlo..., pero gracias a la pelea que tuvieron, se encuentra débil, su velocidad y fuerza han bajado mucho... ahora puedo alcanzarlo.

-Valdir: con que era eso... maldita mocosa... solo estuviste esperando el momento indicado para atacarme.

-Demetrio: usar a los demás para derrotar a un enemigo... es lo más bajo que alguien puede hacer...

-Jix: fue justo lo que tú hiciste con tus soldados...

-Valdir: (Impacta fuertemente a Jix propiciendole un puñetazo en el estomago) te descuidaste enana.

-Jix: ¡AH! (Se impacta contra un conjunto de rocas) ah... (Intenta levantarse tan rápido como le puede es posible) tenía mi atención en ese estúpido de Demetrio...

-Valdir: con ese golpe... creo que estamos en las mismas condiciones... (Aparece frente a ella)

-Jix: (Trata de pergarle, pero su cuerpo está muy adolorido por el golpe que sufrió, lo que provoca que quede a merced de su enemigo quien no duda en pegarle brutalmente con una patada) ¡AH! (El impulso la envía dando vueltas por el suelo hasta detenerse quedando inconsciente)

-Valdir: esta maldita mocosa... es realmente una molestia... tendre que matarla primero... (Con un paso cansado se acerca lentamente hacia ella)

-Demetrio: si... Primero a ella... (Se arrastra intentando escapar)

-Valdir: nunca había sido herido tanto en un enfrentamiento... estoy casi en mi limite... (Se toca la costilla rota) Agh... (Llega hasta donde está Jix) tu hora a llegado... mocosa... ¿Hmm? (Es envestido y envuelto por una cortina de Humo) ¿¡QUE!?

-Soon: te tengo maldito... (Comienza a absorber su energía) te olvidaste completamente de mi... y esa será tu perdición... ¡Ahora Maximiliano!

-Maximiliano: (Sale de entre los escombros para asestar el último golpe)

-Valdir: ¡NO! ¡NO! (Dice asustado) ¡No puede ser!

-Maximiliano: (Lanza el golpe con toda su fuerza) ya eres mío.

-Valdir: (Recuerda la carta de teletransportacion y la activa, desapareciendo al instante)

-Maximiliano: ¡Maldita sea! ¡Esa estúpida carta! Ya lo teníamos.

-Soon: (Es alcanzado por las ondas destructivas y cae al piso medio muerto) ¡AAHH!

-Demetrio: ops…

-Maximiliano: ¡Si no hubieras traído esa estúpida carta contigo, ya habríamos ganado! (Dice molesto mientras camina hacia Jix) el sacrificio de todos fue en vano gracias a ti.

-Demetrio: diciéndolo de esa manera se escucha horrible.

-Maximiliano: (Recoge a la inconciente niña) rayos… trae a Soon… está muy mal herido necesita tratamiento.

-Demetrio: si, si, si… ya voy…

Capitulo 30: La Habitación del no Tiempo.

Mientras tanto en el castillo flotante de Kairos uno a uno llegan los miembros de La Sombra Del Viento, congregándose en el misterioso castillo, ninguno de ellos tuvo problemas para cruzar la puerta, todo parece indicar que al igual que el resto de ellos, estaban destinados a llegar a ese lugar…

-Marie: parece que ya están todos…

-John: (Riendo) esa entrada estuvo divertida, quiero pasar otra vez.

-Alice: ya habrá tiempo después Jony.

-John: ¡Chale! Hay que gozar de vez en cuando de los pequeños placeres de la vida…

-Gera: tan impulsivo como siempre…

-John: cállate, no te estoy preguntando a ti hielito.

-Daniel: ya dígannos por que estamos aquí.

-Dark: es una larga historia… empezare desde cero… (Comienza a contarles todo lo que Emilia les dijo)

-Gera: ¿¡Mas Dioses!? Pero si con uno es mas que suficiente.

-Daniel: mierda…

-Marie: no puedo creerlo…

-John: ¡No me jodas! Mira como quede la ultima vez que luche contra uno de ellos, ya tengo una pata y mano mecánica… ¿Qué sigue? ¿Un ojo de vidrio?

-Alice: tranquilo John… no perdamos la compostura.

-Martyn: en cierto modo estamos en desventaja…

-Gera: ahora entiendo por qué no he visto a ningúno de los miembros principales de Genesis…, seguramente ya están buscando como revivir a los demas dioses.

-Dark: yo también me sorprendí…, pero aun estamos a tiempo solamente Huracán ha revivido… tenemos que derrotarlo antes de que consiga las reliquias de los otros dioses…

-Marie: tenemos dos opciones: Derrotamos a Huracán antes de que consiga las reliquias o conseguirlas antes que él.

-Daniel: eliminar a Huracan seria mas diviertido.

-Martyn: la segunda opción me parece la más adecuada.

-Gera: si, pero tienes que tomar en cuenta que los dueños de las reliquias tambien serán muy fuertes.

-Dark: aun así, tenemos que intentarlo.

-Alice: si nos quedamos sin hacer nada… será peor.

-Dark: entonces está decidido… derrotaremos a los usuarios de las reliquias y las tomaremos para nosotros.

-John: ¿Y con esas nos volveremos mas fuertes?

-Emilia: efectivamente… sus poderes se incrementarán dependiendo la reliquia de la que se apoderen.

-John: lo que dice esta mujer pollo me agrada… cuenten conmigo.

-Marie: derrotarlos no será nada fácil John…

-John: pues… tendremos que usar toda clase de mañas… tierra en los ojos… patadas en los bajos… todo con tal de ganar.

-Emilia: tráiganme el libro de las reliquias… (Una de las Valkyrias sale rápidamente de la sala) es de vital importancia que conozcan visualmente cada una de las reliquias.

-Gera: ¿Nuestra fuerza actual será suficiente para vencerlos?

-Emilia: no…, pero les ayudare con eso después de ver las reliquias… (Regresa la Valkyria con el libro) aquí está cada una de las reliquias…, primero la capa de Hades… es el articulo del dios número 4 en la escala de poderes… y por lo tanto el usuario más débil de todos…

-Daniel: hmm… me gusta como se ve.

-John: ¿¡Qué!? ¿Ese trapo viejo? Para limpiar la mesa solo ha de servir.

-Marie: bien… ¿Cuál es la siguiente?

-Emilia: el collar del tiempo… es un collar aparentemente de oro tiene la forma de un ojo con dos pequeñas alas.

-Alice: ¡Espera! Ese lo he visto.

-Todos: ¿¡Que!? (Se sorprenden)

-Alice: ¡Alison!

-Alison: (Alejada del resto, disfruta de un delisioso platano helado mientras descansa en un comodo sofá) ¿Eh? ¿Qué paso?

-Alice: ¡Ven acá rápido!

-Alison: ya voy… (Camina hasta llegar con Alice) oye… ¿Ese no es el collar que usaba la niña de la frutería en Telia?

-Alice: ¡Sí! Sabía que lo había visto antes.

-Alison: ¿Qué hacemos? ¿Quieres ir por el?

-Dark: ¡Si! Yo te llevare Alice ¡Ven! (Contagiados por la emoción del momento todos salen al patio frontal del castillo)

-Alice: ¡Sí!

-Dark: ¡Agárrate fuerte de mi!

-Alice: ¡Ya!

-Dark: (Con un gran impulso salen volando en dirección a Telia)

-Alison: espero que la encuentren…

-John: bueno ya se fueron… ¡Siguiente reliquia por favor!

-Emilia: volvamos adentro… (Una vez que los pierden de vista, regresan al salón donde veian las reliquias) el siguiente articulo es el casco de Helios… es un casco dorado el cual tiene dos cuernos y dos ranuras para los ojos junto con muchos pequeños agujeros en la parte de la boca.

-John: hmm… tiene estilo, pero no me gusta mucho el color…

-Martyn: me gusta, ese me lo podría quedar yo (Ríe)

-John: ¡Siguiente!

-Emilia: el ultimo y más poderoso de todas las reliquias es… (Gira la pagina del libro) el brazalete de Amon-Ra… es dorado, tiene de figura de dos serpientes enrolladas con ojos de ruby.

-Alison: me gusta, se ve muy bonito y costoso.

-Marie: asi que ese es el artículo más poderoso de todos…

-Gera: Genial ¿No? Ese pequeño brazalete puede traer consigo el fin del mundo que conocemos…

-Emilia: esas son las 4 reliquias de los Dioses... en estos días enviare a mis Valkyrias a buscar información sobre cada una de ellas...

-Gera: eso suena bien, pero... ¿Que tan fuertes serán los usuarios?

-Daniel: ¿Qué? ¿Tienes miedo?

-Gera: no..., es solo que no quiero ir a suicidarme.

-John: ese hielito cuando se asusta se derrite y moja la cama.

-Emilia: ahora los llevare a un lugar que los ayudara a volverse mas fuertes, acompáñenme... (Abandona la habitación).

-Martyn: suena como si fuera algo muy fácil...

-Marie: créeme nunca lo es...

-Emilia: (Caminan hasta llegar al último cuarto de la torre más alta) es aquí (Se detiene enfrente de una puerta) dentro de ese cuarto es donde se volverán mas fuertes...

-John: ¿Te saca el poder escondido o alguna tontería de esas?

-Emilia: esa habitación la creo el mismo Dios Kairos... se llama "La habitación del no tiempo" una vez que entras y cierras esa puerta... la habitación se amplía aproximadamente 40 kilómetros cuadrados... y el tiempo... se anula totalmente... no envejeces, no te da hambre, ni tampoco necesitas ir al baño, puedes estar ahí un mes... un año... o si quieres toda la eternidad... el tiempo que quieras quedarte, será el tiempo que tu mente pueda soportar antes de volverte completamente loco.

-Gera: seria joven por siempre, no suena tan mal vivir ahí.

-Marie: suena interesante...

-Martyn: podríamos entrenar el tiempo que queramos.

-Daniel: suena bien... quiero entrar primero. (En ese momento escuchan que la puerta se cierra) ¿Hmm? ¿Entro alguien?

-Marie: ¿Dónde está John?

-John: (Desde adentro de la habitación se escuchan sus carcajadas) les gané, eso les pasa por lentos (Mira hacia los lados encontrando una gran variedad de arboles) ¿Qué es esto? Parece un bosque... (Con su control del metal eleva sus prótesis mecánicas lo que provoca que vuele) veamos que tanto hay aquí... (Se eleva lo suficientemente alto y comienza a volar por toda la gigantesca habitación en su camino se encuentra con un vasto desierto, un gran lago, una fría montaña, un caliente volcán y el bosque que se encontraba al entrar) valla es todo un mundo aquí dentro... (Se regresa a la puerta) bien... saldré a decirles que no tiene nada de especial este lugar..., pensé que tendría gravedad aumentada o algo por el estilo, pero no... al parecer se les acabo el presupuesto. (Camina hacia la puerta e intenta abrir la cerradura, sin embargo, la cerradura no se abre) ¿Hmm? ¡Qué mierda de puerta! no se abre... (De repente atrás suyo emerge de la tierra una columna de barro que comienza a moldearse hasta tomar la forma de John) ¿Qué es ese ruido? (Voltea y se mira a si mismo parado frente a él) eh... (Guarda un momento de silencio) esa madre es igual a mi… (Rápidamente empieza a tocar la puerta con desesperación) ¡Sáquenme de aquí! (Patea violentamente la puerta intentando abrirla, desafortunadamente la puerta no sede) ¡AH! (Repentinamente el clon de John se lanza contra el atacándolo)

-Emilia: (Del otro lado de la puerta se escucha el escándalo de John) eso ocurre cuando no terminan de escuchar la explicación.

-Martyn: ¿Qué le está ocurriendo?

-Emilia: nada… seguramente acaba de encontrarse con su clon y se sorprendió un poco…

-John: (Se escucha desde atrás de la puerta) ¡Esto es brujería!

-Marie: ¿Un clon dices?

-Emilia: verán… cuando cierras la puerta hay un lapso de 3 días para que la habitación se prepare para entrar al "No tiempo" una vez pasen esos tres días… el tiempo se anula y comienza el verdadero entrenamiento… durante esos tres días la puerta no puede abrirse de ninguna manera…

-Marie: esa es la razón por la cual no puede abrir la puerta.

-Emilia: efectivamente además de que la habitación incluyendo la puerta, son indestructibles…, ahora… le explicare un poco acerca del clon, una vez que estas dentro, la habitación reconoce todas tus habilidades y copia cada una de ellas en otro individuo…, por lo que el clon tiene exactamente el mismo poder que el original y cada una de sus técnicas.

-Daniel: (Se emociona) eso me gusta, ya quiero entrar a luchar conmigo mismo.

-Emilia: uno a la vez…

-Martyn: este lugar es impresionante…, pondré al tanto a su majestad.

-Emilia: ya que su amigo ha entrado, siéntanse libres de ponerse cómodos en el castillo… dentro de 3 días la puerta se abrirá y saldrá.

-Daniel: falta mucho… maldito John por que tuvo que entrar primero…

-Alison: solo espero que esos 3 días pasen rápido… será muy difícil tolerar el escándalo que hace.

-Emilia: no se preocupen… los ruidos no se escuchan en el resto del castillo…

-Gera: menos mal…

-Alison: iré al jardín un rato… (Baja tranquilamente por las escaleras)

-Gera: me gustaría recorrer todo el castillo… (Se aleja del grupo)

-Martyn: ¡Te acompaño! (Sigue a Gera)

-Daniel: iré a ver como entrenan estas mujeres aguila… tal vez pueda aprender algo. (Abandona la torre)

-Emilia: ¿Algún lugar al que quieras ir mujer Phoenix?

-Marie: ¿Cómo sabes que soy usuaria del Phoenix?

-Emilia: tenemos un libro que contiene información de todos los Phoenix que han venido aquí, créeme no eres la primera... he visto tantos que puedo reconocer a un Phoenix con solo mirarlo.

-Marie: me encantaría leerlo.

-Emilia: sígueme, vamos a la biblioteca (Recorren los hermosos pasillos del castillo, cada pasillo contiene diferentes tipos de cuadros, algunos de preciosos paisajes otros de animales, la colección es bastante amplia)

-Marie: con todo lo que he visto, me imagino que esa biblioteca debe tener libros increíbles.

-Emilia: he conocido Phoenix sumamente poderosos... ese libro contiene anotaciones hechas por ellos mismos... ya sean recomendaciones o consejos... debido a que el Phoenix en teoría renace una y otra vez... se está ayudando a si mismo...

-Marie: si eso lo se... el día que yo muera 5 años después renacerá otro Phoenix...

-Emilia: exacto, bien... hemos llegado (Llegan a una sala gigantesca con decenas de estantes llenos de libros) déjame buscarlo... esta por aquí... (Camina a una estantería) hace bastante tiempo que no lo leo (Busca entre los estantes) aquí esta... (Toma un gran libro con un Phoenix de portada, el libro tiene aproximadamente 70 centímetros de largo, 35 de ancho y 12 centímetros de grueso) todo tuyo (Se lo entrega a Marie) que lo disfrutes (Camina fuera de la biblioteca)

-Marie: gracias (Tranquilamente toma una de las sillas para sentarse frente a la mesa) aquí está bien... (Pone el libro sobre la mesa para después abrirlo) valla... el índice tiene nombres... podría empezar con el ultimo... que escribió en él ¿Hmm? (Mira un nombre que está encerrado en un circulo con una oración que dice "El Mejor Phoenix") ¿El mejor...? se encuentra justo en el medio del índice... al no estar borrado o tachado quiere decir que no ha surgido uno mejor que él, su nombre es "Fleivor J. Rusen" veamos... (Busca la pagina donde inicio a escribir) aquí esta... dice... "Siempre pensé que el fuego podía lastimar a las personas en vez de ayudarlas, y no es que naciera creyendo eso, si no que mis padres me lo repetían constantemente "No uses fuego, el fuego es la herramienta del mal" decían, se que el mundo los habia orillado a pensar de esa manera, con Huracan quemando a todo aquel que lo desobedeciera quien podría culparlos, sin embargo, un dia que hizo bastante frio, estuvimos a punto de morir congelados y a pesar de lo que dijeron mis padres decidi usar el fuego para darnos calor, logrando sobrevivir a aquella fría noche, fue entonces cuando aprendí que el fuego lastima a las personas cuando no puedes controlarlo, el fuego no solo sirve para quemar a todo lo que te rodea, si no tambien para dar calor... y luz a todo lo que amas, ese momento me levante y dije "Yo te dominaré" a partir de ese día pase días enteros y noches entrenando para obtener el control total sobre mis poderes, el día que pude dominar por completo mi forma Phoenix pensé que lo había logrado..., así que fui a luchar contra Huracán" ¿¡Contra Huracán!? (Interrumpio) Valla... ¿Qué tan viejo es este libro? Esto debió haber sido en la época donde los dioses dominaban Abilion... seguiré leyendo "Fui un tonto al pensar que eso bastaría para derrotar al Dios del fuego..., con suerte pude escapar con vida..., aun era muy débil para ser rival, tenía que entrenar mas, mas y mas... los años pasaron dejando la niñes atrás para convertirme en un hombre hecho y derecho..., sin embargo, a pesar de mis entrenamientos sentía que no tenia el poder que se requeria para desafiar a Huracan e incluso pensé que no podría logarlo, hasta que un día Kairos me encontró y me invito a ir a su castillo a entrenar... yo acepte con muchas dudas... pero él es realmente un Dios honorable..., me prestó la habitación del "No tiempo" donde entrene por cerca de 3 años luchando conmigo mismo, fue entonces cuando pude comprimir el poder del modo Phoenix en mí mismo y crear la "Armadura quemadora" ese fue el nombre que le di... con ella mis poderes estaban más concentrados haciéndolos más poderosos... una vez que salí de la habitación nuevamente me sentía invencible... pero no cometería el error dos veces... anteriormente había leído en este mismo libro de un Phoenix que logro combinar la fuerza del Phoenix y el poder de los Dragónes consiguiendo un poder increíble..., así que decidí ir a buscar a los dragones esperando que me prestaran su poder..., ellos se impresionaron al ver mi "Armadura quemadora" no obstante, fue un poco difícil convencerlos de que me ayudaran... afortunadamente al final accedieron..., con la fuerza concentrada de mi armadura y el poder de los dragones en verdad... me sentía imparable... esta vez estaba realmente listo para luchar de vuelta con Huracán... así que fui a buscarlo y luchamos nuevamente, esta vez fue diferente... mi fuego rivalizaba con el suyo... nuestra lucha fue impresionante... no pensé que yo sería capaz de luchar de esa manera, la batalla estaba igualada, mi poder era aparentemente igual al suyo, creí poder ganar... cuando inesperadamente Helios llego al campo de batalla y me derroto con un simple ataque, nunca pensé que otro dios podría intervenir, después de ese dia Huracán robo mi fuego y me envio como esclavo al servicio de los dioses, ahí pase toda mi vida, hasta que a la edad de 90 años... el señor Kairos aprovechó una ocasión y me rescató, ya era muy viejo para intentar algo sin embargo, decidi entrar a la habitación del no tiempo una última vez, fue en ese momento cuando descubrí el fuego más poderoso de todos, dominarlo requería de juventud que yo ya no tenía... así que me tuve que conformar con solo haberlo descubierto, les dejare aquí todo lo que se... con la esperanza que alguno de ustedes pueda dominarlo... pero empecemos desde el principio... dominar la forma Phoenix..." este libro es oro puro... no puedo creer que generaciones de Phoenix hayan escrito aquí todos sus progresos, tengo que leerlo de principio a Fin…

Mientras tanto Dark y Alice…

-Dark: llegamos a la ciudad de Telia (Baja rápidamente a la ciudad)

-Alice: ¡Sígueme rápido! (Corren por los pasillos de la ciudad de Telia) la tienda estaba por aquí… ¡Ah! Es en la esquina que sigue hacia la derecha.

-Dark: bien, apresurémonos.

-Alice: (Al dar la vuelta a la derecha encuentran la tienda hecha pedazos) ¿¡Que!? No puede ser (Dice sorprendida)

-Dark: llegaron primero… (Se acercan hasta la tienda) está completamente destruida…

-Alice: (Corre al puesto de a lado el cual se encuentra cerrado, luego toca la puerta hasta que sale un hombre mayor) ¡Señor! ¿Sabe que le ocurrió a la frutería?

-Anciano: tranquila muchacha... ¿Conocías a la familia que vivía ahí?

-Alice: si señor… Nami y Haruki eran amigas mías.

-Anciano: veo que si las conoces… de no haberme dicho sus nombres no te habría dicho nada… ya que no eres la primera que viene a buscarlas sabes…

-Alice: ¿Qué ocurrió?

-Anciano: fue hace 2 días exactamente… era un día como cualquier otro, todo estaba tranquilo cuando de repente Nami empezó a gritar y a llorar diciendo que pronto vendrían a matar a su familia…, Haruki se asusto mucho pensaba que Nami se había vuelto loca o algo por el estilo… ya que cuando le preguntaron que le hacia pensar eso, Nami le dijo que lo vio dentro de su cabeza…

-Dark: debió haber sido el poder del collar…

-Alice: les advirtió lo que venía en camino ¿Después que ocurrió?

-Anciano: Nami no dejo de llorar y repetir lo mismo hasta que Haruki de verdad se preocupo, le prometió a Nami que cerrarían la tienda por unos días para salir de viaje, pero Nami no estaba conforme con eso así que en un intento desesperado… abrazo fuerte a Haruki y ocurrio algo verdaderamente extraño…, Haruki gritó como si sufriera un terrible dolor, al escuchar los gritos nos asustamos asi que corrimos a ver que estaba sucediendo luego Haruki se levanto y dijo que había visto lo que Nami decía, al parecer tuvo la misma visión, por lo que agarraron sus pertenencias más valiosas para después irse sin decir a donde…

-Alice: ah… (Suspira) al menos parese que lograron escapar…

-Anciano: todos pensamos que se habían vuelto locas, pero precisamente en la tarde del día siguiente llegaron unas criaturas muy extrañas y destrozaron toda la tienda buscándolas, incluso mataron personas intentado sacarles información, pero nadie sabía a dónde se fueron…, después del ataque la nación entera se puso a la defensiva y nadie salio de sus casas hasta hace apenas unas horas, hoy les puedo decir que creo todo lo que Nami dijo y me apena haber dudado de ellas antes…

-Alice: entiendo…, gracias por contarnos todo lo que ocurrio, nosotros nos encargaremos de buscarlas y protegerlas, de nuevo muchas gracias por todo…

-Anciano: no hay de que…, eso me hace sentir más tranquilo, ellas realmente son muy buenas personas.

-Alice: lo sé…, cuídese mucho señor.

-Anciano: igualmente, hasta luego.

-Dark: vámonos Alice.

-Alice: (Se agarra de Dark) si.

-Dark: (Tomando gran impulso salta y se aleja volando del lugar)

-Anciano: ¡Increíble! Estos sujetos pueden volar (Se impresiona)

-Alice: no pudieron encontrarlas…

-Dark: al menos nos dará algo de tiempo para encontrarlas.

-Alice: si el collar funciona de esa forma, ellas nos verán venir, por lo que creo que lo mejor sería que las buscáramos Alison y yo, ya que ellas nos conocen…

-Dark: creo que seria lo mejor…

Mientras tanto en el castillo flotante de Kairos…

-Gera: así que tu eres un miembro de los Grakan.

-Martyn: exacto.

-Gera: yo viví mucho tiempo en el Everest no recuerdo haberte visto antes.

-Martyn: eso es porque yo nunca he estado cuidando la puerta, usualmente los monjes conocen a los Grakan que protegen la entrada, ya que ellos los dejan pasar por el territorio.

-Gera: ya veo, al ser la mano derecha de Lindzay tenías labores más importantes que hacer.

-Martyn: yo no soy la mano derecha de su majestad… quien esta segundo al mando son dos hermanas a quien su majesta entreno y educo desde niñas para proteger el territorio en su ausencia…, son las únicas que luchando juntas pueden soportar un combate contra ella, nadie mas en todo el territorio puede seguirles el ritmo, yo… soy solo un miembro de la elite.

-Gera: Genial ¿No?

-Martyn: Es un puesto que me ha costado bastante trabajo conseguir.

-Gera: siempre he respetado a los Grakan, conozco su fuerza.

-Martyn: gracias por el cumplido.

-Gera: ya había escuchado hablar de Lindzay, pero nunca pensé que fuera tan joven… y sobre todo nunca me espere que fuera mujer…

-Martyn: a su majestad le gusta ser discreta en lo que hace…

-Gera: una mujer muy introvertida… ¿Qué me puedes decir de ella?

-Martyn: solo que es la mujer que mas admiramos y respetamos.

-Emilia: lamento interrumpir, pero su líder ha vuelto y los quiere reunidos en el salón… (Sin mas que agregar abandona la habitación)

-Gera: vamos (Siguen a Emilia).

-Martyn: veamos que ocurrió…

-Dark: (Se encuentra junto a Alice en el salón) veo que ya llegaron casi todos… ¿Dónde está John?

-Marie: luego te explicamos… dinos que ocurrió…

-Alice: atacaron la tienda donde estaba Nami la dueña del collar…

-Daniel: ¡Maldita sea! Se apoderaron ya de una reliquia…

-Alice: no, ellas lograron a escapar…

-Todos: (Al escuchar esas palabras todos se liberan de un enorme estrés).

-Alice: un anciano nos conto todo lo que ocurrió… verán… (Les cuentan todo con lujo de detalle)

-Marie: ya veo, así que el collar tiene el poder de ver un futuro cercano…

-Alice: esa es una teoría…

-Alison: ahora entiendo como mantenía toda la fruta fresca, como si fuera recién cortada…

-Martyn: me alegra que la reliquia no callera en manos equivocadas…

-Gera: pero si obtuvieran esa reliquia ¿Que harían con ella? Se supone que Kairos estaba en contra de lo que ellos hacían...

-Emilia: efectivamente…, sin embargo, ellos no quieren que ustedes obtengan el collar y revivan a mi señor Kairos… ya que él podría derrotar fácilmente a Huracán…

-Alison: valla esas son buenas noticias.

-Emilia: desafortunadamente, si ellos están constantemente buscándolas, eso hara que la usuaria del corrar este en constante movimiento, lo que dificultara incluso para ustedes el encontrarla…

-Alice: Alison, nosotras tenemos que encontrarlas lo más pronto posible.

-Alison: cuenta conmigo Alice.

-Dark: bien… ahora que este asunto esta resulto, explíquenme las novedades que aquí han ocurrido…

Les cuentan detalle a detalle sobre la habitación del no tiempo y de como John entro en ella, después prosiguen con el libro que contiene imágenes de las reliquias de los Dioses…

-Emilia: esta es la capa de Hades…

-Dark: si, recuerdo que alcance a verla…

-Emilia: entonces saltemos hasta el casco de Helios…

-Alice: ese casco luce aterrador…

-Dark: Helios… el dios de la luz…

-Emilia: el siguiente es el brazalete de Amon-Ra… (Les muestra la imagen)

-Alice: ¡Dark!

-Dark: (Al ver la imagen se quedan en estado de shock)

-Marie: ¿Qué les ocurre?

-Alice: hace bastante tiempo… cuando apenas iniciaba mi viaje con Dark, ese brasalete estuvo justo frente a nuestros ojos…

-Todos: ¿¡Que!? (Dicen sorprendidos)

Capitulo 31: El Dios del fuego vs La hija de la destrucción.

Se dice que el frio extremo puede congelar hasta los huesos de una persona, sin embargo, hay palabras que al escucharlas provocan la misma sensación..., como si el tiempo se hubiese detenido cada uno de los presentes en la habitacion quedo paralisado al escuchar las palabras de Alice, creando un profundo silencio que envolvió por completo la habitación, cuando finalmente pudieron asimilar lo que ocurria, una de las mujeres rompió el silencio...

-Alison: ¿¡Lo tuvieron enfrente!?

-Gera: ¿¡Cómo es eso posible!?

-Alice: fue una vez que estuvimos en la Nacion de Shingai... en ese momento jamas pensé que pudiera ser algo tan poderoso, solo parecía un costoso brasalete de oro...

-Dark: el hombre dijo que pertenecía a un cliente, después lo guardo.

-Daniel: ¡Condenada suerte! (Dice molesto mientras da un golpe a la mesa) no puedo creerlo.

-Marie: vamos a mantener la calma..., lo que les ocurrio fue algo que nos pudo haber pasado a cualquiera, no hay que exaltarnos.

-Daniel: no estoy enojado con ellos..., si no porque fue como un escupitajo en la cara por parte de la vida...

-Emilia: la historia seguirá su curso... estaban destinados a no conseguirlo en aquella ocacion...

-Gera: tienen razón, hay que calmarnos... discutir entre nosotros no ayudara en nada.

-Danie: que mala suerte...

-Dark: ¿Suerte? Esto no es cosa de suerte (Se pone de pie) las mejores cosas de la vida no se consiguen con suerte..., si no con trabajo duro, voy a decirles algo y solo se los dire una vez..., salvar al mundo no es cosa de suerte, si no la suma de todos los pequeños y grandes esfuerzos que hacemos para lograrlo (Contempla el rostro de todos los presentes) nadie dijo que seria fácil..., pero rendirse nunca ha sido una opción, asi que seguiremos adelante sin importar que... y salvaremos el mundo, no me importa donde, no me importa como, no me importa cuando, lo único que me importa es que lo haremos.

-Alison: Dark tiene razón..., no debemos de titubear, con la habitación del no tiempo, conseguiremos el poder para conseguirlo...

-Marie: a estas alturas del camino..., no hay espacio para dudas.

-Dark: siempre... ¡Siempre hay que tener viva la llama! ¿Me escucharon?

-Todos: (A una sola voz los miembros reaccionan al coraje y determinación de su líder) ¡Si!

Mientras tanto en Genesis...

-Huracán: (Sentado en su trono de piedra, descansa en lo profundo de un gigantesco castillo) hace mucho tiempo que salieron en búsqueda del usuario de la capa de Hades... (La impaciencia se hace presente en el) ya deberían haber vuelto..., ¿Será acaso que tambien han muerto...?

-Súbdito: los lideres son fuertes mi señor... confió en que vendrán con la capa para revivir a su hermano...

-Huracán: las cosas no están saliendo como yo esperaba... además... hay algo que me intriga mucho... (Recuerda su batalla con Lindzay) no pensé que hubiera alguien capaz de luchar conmigo...

-Súbdito: ¿Existe alguien capaz de desafiarlo mi señor? Eso es imposible...

-Huracán: yo pensaba de esa manera hasta que conocí a esa zorra maldita... (Su corazón se baña en una inmensa rabia) pero eso es imposible... como un insecto como ese pudo herirme... si vuelvo a ver a esa mujer la destruiré con mis propias manos, desearía volver a verla para hacerle pasar la misma vergüenza que me hizo sentir... ¡Estúpida mujer lobo!

-Súbdito: ¿Mujer lobo dice? Tal vez podría ayudarlo mi señor...

-Huracán: ¿¡Que!? (Al escuchar las palabras de su sirviente, se levanta del trono) ¿Sabes dónde puedo encontrarla?

-Súbdito: no estoy seguro de poder encontrar precisamente a esa mujer mi señor..., pero conozco a una tribu llamada Grakan la cual esta compuesta por poderosos hombres lobo que viven cerca del Everest al sur del continente de Ayita, hace poco recibimos un informe de que una sección de criaturas fue completamente aniquilada al entrar en su territorio, solamente sobrevivieron un par de criaturas que estaban posicionadas en la retaguardia quienes evitaron ingresar en sus tierra y regresaron a ponernos al tanto...

-Huracán: excelente... (Levanta su pesado martillo) elimina a los dos sobrevivientes... no quiero cobardes entre mis filas...

-Subordinado: S-si señor...

-Huracán: después prepara a todos los soldados disponibles... iré a destruir ese mugroso pueblo personalmente.

-Súbdito: enseguida mi señor (Sale corriendo de la cámara real)

-Huracán: te encontré maldita...

En los límites del estado de Klinton...

-Maximiliano: ¿A dónde lleva esa carta de Teletransportacion? (Usando sus demoniacas alas vuela atravez del continente con Jix en los brazos)

-Demetrio: a un lugar seguro... una de mis guaridas... (Vuela con Soon sobre su hombro)

-Maximiliano: por tu culpa fracasamos la misión, el señor Huracán nos hará pedazos...

-Demetrio: si..., revivirlo ha sido una de nuestras mejores ideas... (Su sarcasmo es tan mortal como la mas afilada espada)

-Maximiliano: ...

-Demetrio: ¡No desesperéis! En unas cuantas horas llegaremos a mi guarida para que cures a tu linda asistente y yo a este excelente soldado (Bate sus alas vampíricas impulsándose rápidamente)

-Maximiliano: ¿Ahora lo aprecias? Anteriormente te vi mandar a morir a tus hombres con el simple propósito de entender como luchaba el enemigo…

-Demetrio: pero a diferencia de los demás…, este demostró tener un buen potencial… me olvide de él por completo y apareció cuando más se necesitaba, es realmente una joya…, hace tiempo envie a su hermano gemelo Waldox a realizar una pequeña tarea en el Everest, parecía un sujeto fuerte y confiable…, por desgracia jamas regreso… quizás este sea mucho mas útil.

-Maximiliano: eres un demente…

-Demetrio: (Una siniestra sonrisa se dibuja en su rostro) quizás…

-Maximiliano: solo quiero terminar esto rápido…, volemos más aprisa.

-Demetrio: (Aceleran su velocidad desplazándose por el suroeste de Euriath hasta visualizar a lo lejos un portentoso castillo) es ahi

-Maximiliano: ¿Tu fortaleza se encuentra en "Sten"?

-Demetrio: es un lugar muy tranquilo con muchos humanos cerca a los que puedo invitar a cenar…

-Maximiliano: … (Analiza la fortaleza) se ve demasiado tranquilo, para ser el lugar donde arribó un usuario de reliquia…

-Demetrio: todo está bajo control (Desciende a la entrada donde es recibido por sus sirvientes)

-Sirvientes: pase señor Demetrio y señor Maximiliano…, nosotros atenderemos a los heridos, pueden dejarlos aquí (Les entregan a los heridos)

-Maximiliano: cuento con ustedes…

-Sirviente: si señor… (Se llevan a los heridos).

-Demetrio: acompáñame… vamos al salón principal… (Se adentran en la fortaleza)

-Maximiliano: (Recorren los oscuros pasillos del castillo donde solo la iluminación de pequeñas velas alumbran su camino) … (Observa en silencio los esqueletos de humanos que adornan las paredes)

-Demetrio: ¿No te encanta mi decoración?

-Maximiliano: si…, tiene un estilo… muy peculiar.

-Demetrio: gracias, los hice yo mismo… (Se detiene frente a una grande y robusta puerta de metal) llegamos… (Abre la puerta) adelante…

-Maximiliano: (Entra al salón) no veo nada especial aquí… (Repentinamente escucha que algo cae al suelo por lo que voltea rápidamente, encontrando el cadáver de Valdir en el piso sin vida) ¿¡Que!? (Se sorprende) ¿Pero cómo es posible?

-Demetrio: ¿No es una maravilla? (Dice contento) y todo fue gracias a mi hermosa asistente (Justo en medio del salón se encuentra una preciosa mujer) eres la mejor... por eso te quiero mi amada Hitomi...

-Hitomi: solo vivo para servirlo mi señor... (Los alagos de Demetrio logran hacer que se sonroje)

-Maximiliano: ¿Tú lo derrotaste?

-Hitomi: claro... llego en muy mal estado... lo derrote fácilmente.

-Demetrio: te dije que no te preocuparas.

-Maximiliano: ¿Dónde está la capa?

-Hitomi: (Le señala un pequeño cofre de madera) dentro de ese cofre.

-Demetrio: ¿Crees que esto lo mate de felicidad?

-Maximiliano: (Se acerca a la caja) lo logramos... conseguimos la reliquia de Hades...

-Demetrio: porque uno nunca es suficiente...

-Maximiliano: (Observa la capa detenidamente mientras la duda se desliza por su rostro)

-Demetrio: ¿Crees... que sea prudente revivir a otro?

-Maximiliano: ...

-Demetrio: podríamos decirle que simplemente se nos escapo...

-Maximiliano: si volvemos con las manos vacias nos matara.

-Demetrio: (Saca 2 cartas de teletransportacion) entonces... ¿Qué decides...?

-Maximiliano: (Contempla la carta de teletransportacion mientras se sumerge dentro de sus pensamientos) ya es demasiado tarde para detenernos ahora (Toma una carta luego la caja) vamos (Activa la carta y desaparece)

-Demetrio: vuelvo enseguida... quiero el cadáver de ese humano para agregarlos a mi colección (Activa la carta para posteriormente desaparecer)

-Hitomi: claro señor...

-Maximiliano: (Llega al palacio de Huracán) ¿Dónde está su excelencia?

-Súbditos: acaba de salir... lo siento señor Maximiliano...

-Maximiliano: ¿Qué? ¿A dónde?

-Súbdito: al parecer iba a luchar contra los Grakan...

-Maximiliano: ¿¡Que!? (Se sorprende) son una tribu realmente fuerte..., desde la exitosa invacion al continente de Ayita, se han estado enviando unidades a investigar ese misterioso territorio, sin embargo, ninguna de las que enviamos a regresado con vida... asi que para ahorrarnos bajas innecesarias decidimos mejor dejarlos en paz...

-Súbdito: el señor Huracán partió hacia allá... usó un portal así que ya debería estar ahí...

-Demetrio: (Aparece) ¿Ya lo llamaste?

-Maximiliano: salió a combatir contra los Grakan...

-Demetrio: ¿Contra esos perros rabiosos? Será un combate interesante..., tal vez esta sea nuestra oportunidad de retomar el control de Genesis...

-Maximiliano: ya he tomado mi decisión..., no se hablara mas acerca del tema o será considerado traision... ¿Me escuchaste Demetrio?

-Demetrio: de acuerdo, es bueno saber que te has decidido...

-Maximiliano: ahora debemos buscar la forma de ayudarlo..., en la ocacion anterior la reyna de esas criaturas consiguió herirlo...

-Demetrio: ¿Herirlo dices? pero si le dio una golpiza, me pregunto que estará pensando...

-Maximiliano: estoy seguro que tiene un plan para derrotarla.

Mientras tanto al otro lado de Abilion, algo grande estaba a punto de suceder..., El Dios del Fuego, habia arribado a la frontera de Sonora con el ejercito mas grande de criaturas jamas antes visto en toda la historia de Abilion, a dos kilómetros de la frontera de los Grakan un sin fin de criaturas se dirije hacia su territorio con solo un objetivo en mente, destruirlos...

Las criaturas eran tantas que estremecieron la tierra con el retumbar de sus pasos, al mismo tiempo que una nube negra hecha de millones de criaturas oscurecieron los cielos, sin duda aquel ejercito era La Oscuridad encarnada...

Por otro lado la muralla de los Grankan se veía completamente vacia como si hubiera sido inesperadamente abandona, a la distancia solo se dislumbraban los verdes y frondosos arboles que se asomaban por la prolongada muralla.

Al no ver respuesta del enemigo ante la declaración de ataque inminente, Huracán levanta la mano indicándole a sus subordinados que se detengan...

-Huracán: asi que no piensan salir a combatir... ¡Cobardes! (Dice con indignación) te sacare de donde te escondas zorra maldita... tu pueblo será el primero que borre de la faz de la tierra... servirá de ejemplo para el resto de la resistencia... ¡ATAQUEN!

Desde el cielo y la tierra cientos de criaturas se dirigen a territorio Grakan, la tierra retumba con el correr de miles de criaturas y como el agua de una catarata las criaturas del cielo descienden violentamente sobre territorio enemigo...

De repente de entre los arboles enormes rocas envueltas en aceite llameante salen volando hacia las criaturas que se acercan matando a cientos de criaturas en su trayento por el aire y eliminando a cientos mas al caer...

-Criatura: ¡Están lanzado bolas de fuego!

-Demonio: ¡Cuidado! ¡AH! (Es aplastado por una piedra)

-Criatura: ¡No podemos esquivarlas todas! ¡AH! (Muere aplastado)

En cuestion de minutos miles criaturas pierden la vida aplastados por las rocas…

-Huracán: asi que nos estaban esperando… (Se eleva hacia el cielo) ¡Apártense de mi camino! (Su cuerpo se envuelve en llamas como si se estuviera quemando)

-Criaturas: ¡Muevanse! (Salen del rango de ataque de Huracán)

-Huracán: (Lanza bolas de fuego hacia las rocas destruyéndolas)

-Criaturas: ¡Bien hecho señor! (Una densa nube de polvo inunda el campo de batalla creada por las piedras pulverizadas)

-Criatura: ¿Hmm? (De entre la densa nube de polvo sale un Grakan y lo despedaza) ¡AH!

La nube de polvo inunda con muerte el campo de batalla cientos de gritos resuenan por todo el terreno, las criaturas de los cielos alejan con su aleteo la gran nube de polvo para mostrarles un desolado paisaje, miles de Grakan corren a gran velocidad y despedazan como si fueran corderos a miles criaturas terrestres…

Al dispersarse la nube de polvo se aprecia la enorme cantidad de bajas en las filas de Huracán.

-Huracán: ¿¡Como se atreven perros sarnosos!? (Lanza un enorme torrente de fuego)

-Kalua: ¡Lanzame!

-Silenciosa: … (Con un gran impulso lanza a su hermana al gigantesco torrente de fuego)

-Kalua: (Como si intentara detener un tráiler es atropeyada por el fuego absordiendo directamente el daño)

-Huracán: ¿Qué diablos fue eso? (Las llamas se desvanecen en el aire sin lograr superar a la joven mujer que se interpuso en su camino)

-Grakans: (El resto de los Grakan vuelven rápidamente hacia su territorio donde desaparecen entre los arboles)

-Huracán: ¡Maldita sea! (Lanza poderosas llamaradas que impactan la muralla de los Grakan destruyéndola rápidamente) ¡Destrocenlos!

El resto de las criaturas se lanza nuevamente al ataque rematando a los Grakans que quedaron moribundos cerca de la muralla, no obstante, velozmente llega respuesta de los Grakans al lugar luchando contra los enemigos invasores…

-Huracán: unidades aéreas… ayuden a las terrestres.

De entre los arboles salen Grakans catapultados hacia los cielos atrapando a las criaturas voladoras a las que les arrancan las alas sin piedad, para después saltar a la criatura mas cercana…

-Criatura: ¿Qué es eso? ¡AH! (Se cuelga de él un Grakan luego le arranca las alas y le corta la cabeza)

-Demonio: ¡Los están lanzando hacia nosotros!

-Huracán: están entre las unidades aéreas… si lanzo fuego aniquilare también a mi propia unidad… (Vuela hacia los Grakans que son lanzados golpeando con su martillo a todo el que se mete en su camino) ¡Los haré pedazos! (Golpea tan rápido como puede pero las unidades aéreas son eliminadas rápidamente dejando un numero de sobrevivientes de solo diez mil) ¡No puede ser! (Después mira hacia abajo y se da cuenta que las unidades terrestres casi han sido aniquiladas solamente quedan menos de 15 mil sobrevivientes) esto no puede estar pasando… ¡AAHH! (Como si hubiera sido impactado por una de las bolas de fuego, un Grakan que desprende un pequeño resplandor le conecta una patada en la espalda que lo derriba al campo de batalla)

-Silenciosa: …

-Grakans: (Ágilmente se reagrupan en el agujero hecho a la muralla)

-Huracán: Ah… ah… ¿Con que rayos me pegaron? (Siente su espalda adolorida) ¡Gck! Son mas fuertes de lo que crei… (Observa como su ejercito es frenéticamente aniquilado) ¡Los sobrevivientes agrúpense detrás de mí! Yo acabare con estas basuras… (Su cuerpo de baña en fuego mientras se dirije hacia el enemigo)

-Grakans: (A pesar que el enemigo se aproxima se quedan ahí manteniendo su posición)

-Huracán: ¿No tienen miedo de morir? Bien… será más fácil si no tengo que perseguirlos…

-Grakans: (El grupo de los Grakan se divide en dos comunas, creando un camino en medio de ambos grupos, por el cual se aprecia transitar a una niña)

-Huracán: ¿Qué es esto? ¿Me traen un sacrificio para que los perdone?

-Grakan: (Por cada fila que cruza la niña, los Grakans se arrodillan)

-Criatura: creo que le ofrecen a esa niña para que les perdone la vida su majestad…

-Huracán: pueden arrodillarse lo que quieran…, de igual forma no habrá misericordia… los hare experimentar el dolor del infierno.

-Grakans: (Finalmente la niña llega al frente de las tropas)

-Lindzay: ¿Te quemó?

-Kalua: solo un poco las manos…

-Lindzay: bien…, envía la mitad de las unidades de regreso a la ciudad, las tropas enemigas están acabadas, con solo un cuarto de nuestro ejercito será suficiente para terminar con los sobrevivientes…

-Kalua: ¡Si!

-Lindzay: (Se aleja de su ejercito el cual regresa dentro de su territorio dejando solo una paqueña fracción en los limites de la muralla) has venido de muy lejos para morir aquí Huracán… (Camina hacia su enemigo)

-Huracán: (Observa como la pequeña niña se acerca a el) ¿Morir? debes estar loca niña…

-Lindzay: en esta ocasión… no seré tan gentil como la última vez…

-Huracán: (Un viento lleno de suspenso sopla por el lugar) con que eres tu… ¡Maldita! Te ocultas tras la imagen de una niña vamos muéstrate de una vez.

-Lindzay: (Con un gran resplandor aparece una mujer de cabello largo color negro con Morado, su pupila alargada decora sus ojos verdes, mientras su piel blanca es cubierta por una pequeña armadura negra la cual le queda ajustada) vamos… muéstrame que el apodo de "Dios" no es solo de adorno…

-Huracán: ¿¡Que!? ¿Te atreves a insultarme criatura inferior? ¡Pagaras por haberme provocado! (Consumido por la rabia corre hacia su enemigo)

-Lindzay: ven… y contempla el poder de Lina Lindzay…

-Huracán: (Lanza un golpe con todas sus fuerzas, pero ese golpe es detenido con una sola mano) ¿¡Que!?

-Lindzay: ¿Eso es todo lo que puedes hacer… "Dios del fuego"?

-Huracán: ¡Muere! (Ataca enérgicamente con su martillo)

-Lindzay: (Prestar atención al martillo de Huracán que pasa en repatidas ocaciones cerca de su rostro, el cual ante sus ojos parece ir muy lento) eres lento…

-Huracán: ¡Cállate! (Continua lanzando golpes con su martillo)

-Lindzay: tu estilo de combate es malo… (Mueve su cabeza a la izquierda evitando ser golpeada por el martido, después se desliza de un lado a otro esquivando los ataques de Huracán)

-Huracán: ¡Esto no puede ser! (Dice molesto) ¡Maldición! (La desesperación llega acompañada de la impotencia) ¡Te hare pedazos! (Sus ataques golpean el viento una y otra vez)

-Lindzay: (Esquiva cada uno de los ataques) ¡Eres débil! Igual que tus soldados…

-Huracán: (El tiempo transcurre y con el crece la humillación que recibe por el enemigo que no ha hecho mas que defender) ah… ah… ah… (Poco a poco se le dificulta mas el respirar)

-Lindzay: me decepcionas…

-Huracán: ¡AH! (Se envuelve en llamas) voy a hacerte cenizas (Concentra fuego en sus manos)

-Lindzay: (Con un vistazo furtivo hacia atrás ubican la posición de su gente) oh… ¿De verdad…? (Camina ligeramente a la izquierda)

-Huracán: ¡Muere! (Le lanza un torrente de fuego)

-Lindzay: (A una gran velocidad corre con el abrumador torrente de fuego persiguiéndola)

-Huracán: no escaparas (El poderoso torrente de fuego persigue a Lindzay calcinando todo a su paso)

-Lindzay: (Con un poderoso salto abre gran distancia entre ella y el torrente de fuego luego queda suspendida en el aire)

-Huracán: con que puedes volar…

-Lindzay: ¿Eso fue lo único que viste? Pensé que te habías dado cuenta que acabas de quemar a tu propia gente…

-Huracán: ¿¡Eh!? (Mira que justamente detrás de donde paso corriendo se encontraban sus tropas) ¡Maldita! Fue por eso que empezaste a girar a mí alrededor.

-Lindzay: has sido un estúpido al venir y conforme avanza el comabate reafirmas mi creencia... no entiendo como no has visto que nunca tuviste la mas minima probabilidad de ganar… ¿Sera que tu orgullo de perder ante mi ha nublado tu buen juicio? O simplemente viniste aquí a morir…

-Huracán: ¡Cállate! (Despide una gigantesca columna de fuego hacia ella)

-Lindzay: (Sus manos se llenan de energía y emite una ligera estela la cual parte la llamarada en dos evitando que la toque el fuego) ya que la última vez no lo hice… esta vez te lo dejare muy claro… (Sus manos comienzan a ponerse de color morado oscuro)

-Huracán: esa técnica de nuevo (Se sorprende) ¿Quién te enseño esa técnica?

-Lindzay: eso es lo menos de lo que deberías preocuparte en este momento…

-Huracán: como te atre… (En ese momento es impactado por un derechazo justo en la boca) ¡AAHH! (El golpea es tan fuerte que le derriba dos dientes)

-Lindzay: (Antes de que la fuerza del impacto lo saque volando, le pega un izquierdoso lanzándolo por los aires)

-Huracán: ¡AAHHH! (Como si fuera un muñeco de trapo sale volando por los aires)

-Lindzay: (Se apoya firmemente en el suelo haciendo que el piso bajo sus pies se agriete, dando un poderoso salto a muy alta velocidad)

-Huracán: (Cuando logra reaccionar busca a Lindzay con desesperación) ¿Dónde esta? ¿Dónde esta? (Aun la estaba buscando cuando cinco filosas garras se clavan en su abdomen) ¡GYAAAAAHHH!

-Lindzay: (Recorre con sus garras el abdomen de su oponente hasta llegar a su pecho) todavía no… (Haciendo un mortal hacia adelante impacta a Huracán con su talón en la espalda)

-Huracán: ¡AH! (Escucha como los huesos de su espalda crujen de la potencia del impacto, despúes sale disparado hacia el piso con el cual se estrella fuertemente).

-Lindzay: (Aterriza ligeramente sobre la tierra) levántate dios del fuego… levántate… es muy pronto para que esto termine…

-Huracán: (Con gran dificultad consigue salir del agujero mientras la sangre recorre su cuerpo) ah… ah… ah… aun no has acabado conmigo maldita… (De sus heridas brotan llamas las cuales comienzan a curarlo muy lentamente).

-Lindzay: así que te regeneras… eso me gusta… (Extiende una de sus manos hacia Huracán luego en un movimiento brusco la jala hacia atrás)

-Huracán: (De repente la tierra que se encontraba bajo sus pies se recorta del suelo en un pequeño pedazo y se dirige hacia Lina) ¡NOO!

-Lindzay: (Su brazo derecho se cubre completamente de color morado e intercepta a Huracán cuando se encuentra lo suficiente cerca)

-Huracán: ¡AAHH! (Recibe un golpe directo en el pecho rompiendo tres de sus costillas)

-Lindzay: (Velozmente le conecta otro izquierdoso luego lo sujeta de los hombros y lo jala hacia abajo para darle un fuerte rodillazo en la cara haciendo que se eleve por los aires)

-Huracán: (Cada golpe recibido retumba en su cabeza como el sonido ensordecedor trueno de tormenta) ¡AH! (Se cubre de llamas) no… esto es imposible… no debería haber humanos como ella aquí… (Toca su cara y mira que está cubierta de sangre) ¿Por qué es tan fuerte? Esas técnicas se parasen a las de Thanatos… (Voltea a ver a Lindzay quien se encuentra parada en el suelo) ni si quiera la he tocado… si esto sigue así me matará…

-Lindzay: (Extiende sus manos hacia la muralla de los Grakan y gigantescos ladrillos comienzan a levantarse)

-Huracán: ¡Eres una cobarde Lindzay! (Le grita desde los aires)

-Lindzay: ¿Qué?

-Huracán: solo esquivas mis ataques… te la pasas corriendo… ¿Será acaso que tienes miedo de mi poder? Estoy seguro que si lograra golpearte sería capaz de matarte.

-Lindzay: … (Su semblante se torna serio)

-Huracán: lo único que he visto es que eres más rápida que yo…, pero he sobrevivido a tus golpes sin embargo tú temes a los míos.

-Lindzay: ¿Eso crees…? (Se molesta).

-Huracán: lo sabia… vamos lucha conmigo… pero todos tus soldados han visto que lo que he dicho es verdad…. Solo huyes de mis ataques… estoy seguro que con uno solo de mis ataques puedo matarte.

-Lindzay: si eso es lo que piensas… intenta golpearme… (Se cruza de brazos y se planta en el suelo)

-Huracán: claro…, ahora veras de lo que soy capaz… (Desciende a la tierra)

-Lindzay: (Se queda de pie mirando a Huracán)

-Huracán: (Coloca sus manos en el suelo y aparece un círculo a su alrededor con muchos símbolos en todo el perímetro) prepárate…

-Lindzay: (Observa a Huracán) ¿Hmm? (Se da cuenta que Huracán comienza a hundirse en ese círculo apresuradamente) ¡Es un portal!

-Huracán: (Rápidamente intenta teletransportarse en su portal cuando mira que Lindzay se lanza hacia el) ¡Rápido!

-Kalua: (Observa el combate desde lejos) la hizo enojar…

-Lindzay: (Su brazo derecho cubre de un intento poder tiñéndose de color morado) ¡Cobarde! (Sale disparada a toda velocidad hacia Huracán)

-Huracán: (Solamente su cabeza se encuentra fuera del portal)

-Lindzay: (Impacta violentamente la cara de Huracán con un golpe tan fuerte que su estruendo se escucha a unos cuantos kilómetros de distancia, la fuerza del golpe hunde la cabeza de Huracán en el portal y después de eso el portal se cierra en milisegundos) ¡Maldición! Ese desgraciado cobarde me hizo caer en su trampa… (El suelo donde se encuentra parada comienza a agrietarse) pero esto no se va a quedar así… (Camina hacia los Grakan) ¡Prepárense! Partiremos a la guerra…

-Grakans: si su majestad…

Mientras tanto en el castillo de Huracán en Genesis…

-Súbditos: (Miran que se crea un portal en la cámara principal de Huracán) el señor Huracán ha regresado de su batalla, llamen al señor Maximiliano y al señor Demetrio, nuestro señor ha vuelto victorioso (A una velocidad arrolladora Huracán sale disparado del portal destruyendo la cámara principal del castillo arrasando con todo a su paso)

-Maximiliano: (Se encuentra en una de las cámaras inferiores del castillo cuando escucha un fuerte estruendo) ¿¡Qué fue eso!?

-Demetrio: pronto lo averiguaremos…

Capitulo 32: Revolución.

Muy dentro del territorio de Genesis acaba de ocurrir lo inimaginable, el dios del fuego Huracán se encuentra a cien metros de la explanada del castillo con el rostro desfigurado, gravemente herido e inconsciente, la conmoción y el miedo se apoderan de sus seguidores…

-Maximiliano: ¡Que alguien lo atienda rápido!

-Súbdito: pero señor su cuerpo está cubierto en fuego… no podemos ni tocarlo… y aunque pudiéramos… no tendríamos ni idea de cómo tratar a un dios… dudo que su cuerpo se pueda tratar como el de algún mortal…

-Maximiliano: maldición… (Mira como su mandíbula, costillas y nariz están completamente rotas, junto con otras graves heridas)

-Demetrio: vaya… pero que suceso tan interesante, vaya golpisa le han dado… jamas pensé que los Grakan tuvieran semejante poder.

-Maximiliano: (Una terrible incertidumbre se expande por su interior) …

-Demetrio: ¿Qué pasa? ¿Te preocupa que se muera?

-Maximiliano: sin el estamos completamente indefensos, ya hemos perdido a Rogelio y Armando solamente quedamos nosotros dos para proteger todo esto.

-Demetrio: pero ellos no saben lo que ha ocurrido, además no creo que tarde mucho en recuperarse así que no entres en pánico, volvamos al castillo hasta que despierte…

-Maximiliano: ve tu si quieres… yo esperare aquí…

-Demetrio: como gustes… (Vuelve al castillo)

-Maximiliano: (Voltea a ver a Huracán) maldición…

Mientras tanto en el castillo de Kairos…

-Emilia: faltan pocos minutos para que transcurran los tres días desde que su amigo entro a la habitación… dentro de poco entrara al no tiempo y la puerta se abrirá instantáneamente… para nosotros puede ser nada, pero del otro lado incluso pueden pasar siglos…

-Dark: ya veo…

-Alice: entonces… ¿En unos minutos mas John saldrá de esa habitación?

-Emilia: exacto.

-John: chale… no he dormido en 3 días… este wey no me deja hacer nada… si sigo así me va a matar… (Dice detrás de la puerta)

-Emilia: ya que estas a punto de entrar al no tiempo te diré como detener a tu clon…

-John: ¿¡Hay una forma de detenerlo!? ¿Porque mierda no me dijeron antes?

-Emilia: ese fue tu castigo por haber entrado tan imprudente a la habitación…

-John: chale con esta vieja… ¡Te pasaste!

-Emilia: calla o no te diré…

-John: bien, bien, ya dime…

-Emilia: tienes que decir… "Paradox" y con eso el clon se desvanecerá, y para que vuelva tienes que volverla a repetir…

-John: ¡Paradox!

-Emilia: ¿Listo?

-John: hasta que se largo el desgraciado… bien chavalos… voy a dormir un rato… nos vemos en 1 minuto… (Se escucha que se aleja de la puerta)

-Emilia: una vez que entre al no tiempo, el tiempo se detendrá y todas las necesidades fisiológicas del cuerpo como dormir y comer no serán necesarias…

-Gera: en ese caso no tiene sentido desaparecer al clon…

-Emilia: no exactamente… recuerda que no en todos los entrenamientos necesitaras a un clon, habrá entrenamientos como la meditación donde no necesitas a un oponente…

-Martyn: eso tiene sentido…

-Alison: ¿Quién será el siguiente en entrar?

-Marie: si no les molesta me gustaría entrar después de John… ya que habrá cosas que tenga que hacer una vez que salga de la habitación…

-Emilia: (Dirige su vista a Marie) ¿Te ha servido el libro?

-Marie: claro que si… es por eso que quiero salir lo más pronto posible de esa habitación…

-Emilia: (Sonríe) me parece bien.

-Marie: entonces… ¿Les parece bien que entre segunda?

-Alice: claro, por mi no hay problema.

-Dark: por mi tampoco.

-Marie: muchas gracias.

En ese momento la puerta se abre…

-Gera: eso fue rápido…

-Todos: (Observan detenidamente la puerta)

-John: (De la puerta sale John exactamente igual a como entro) ¿Hmm? (Voltea a ver a Marie, Alison y Alice) oh… (Cae de rodillas al suelo)

-Alice: ¿Qué le ocurre?

-Alison: se ve algo raro…

-Marie: tal vez esta muy cansado…

-John: (Comienza a llorar)

-Gera: está llorando no lo puedo creer…

-Alice: ¿John? (Se acerca a John)

-Alison: ¿Te duele algo? (Se acerca a John)

-Marie: estoy comenzando a preocuparme… (Se acerca a John)

-John: (Voltea a verlas) ¡MUJERES! (Las abraza a las tres)

-Todas: ¿¡Pero qué rayos te pasa!? (Lo golpean impactándolo contra el suelo)

-John: (Se levanta rápidamente del suelo llorando) ¡Ustedes no saben lo que es estar solo por un año! Sin nada que ver más que a tu maldito clon… ¡No había visto a una mujer en un año! ¡UN AÑO! Solo estaba ese maldito clon ahí… y estaba comenzando a pensar cosas… cosas raras… así que mejor salí de la habitación…

-Martyn: (Ríe) esa es una buena razón para salir corriendo de ese lugar.

-Gera: típico de John.

-Dark: ¿Qué tal te fue ahí dentro?

-John: luego te cuento… voy a "Nayarit" (Desaparece)

-Todos: (Se sorprenden al ver a John desaparecer)

-Marie: ¿Dónde está?

-Alice: ¿Acaso se hiso invisible?

-Emilia: el acaba de salir del castillo volando a toda velocidad…

-Gera: increíble…

-Dark: no fui capaz de verlo…

-Martyn: su velocidad supera a la de todos nosotros…

-Alison: esa habitación del no tiempo es increíble…

-Daniel: (Llega a la cámara frente a la puerta del no tiempo) ¿Ya salió John?

-Alice: se acaba de ir a Nayarit…

-Daniel: ¿Cuándo? No lo vi pasar.

-Marie: nadie lo vio… (Camina hacia la habitación con el libro que le prestó Emilia en la mano)

-Daniel: ¿Me pueden explicar que ha pasado aquí?

-Emilia: en un momento.

-Alice: cuídate Marie y vuélvete muy fuerte…

-Marie: (Sonríe) nos vemos en tres días… (Entra a la habitación luego cierra la puerta)

Los miembros que presenciaron el poder de la habitación del no tiempo quedaron sorprendidos, sus corazones nuevamente comenzaron a albergar esperanza, ahora la posibilidad de ganar esta guerra no parecía tan distante por ahora, si embargo al estar en el castillo de Kairos, se desconectaron por completo del mundo exterior, asi que no se enteraron de los ocurrido en el territorio de los Grakan…

Los tres días que Marie estuvo en la habitación pasaron volando y sus compañeros estaban afuera de la habitación a pocos segundos de cumplirse los 3 días esperando su regreso…

-Alice: ya se abrió la puerta (Dice alegre)

-Marie: (Sale de la habitación con el libro que le prestó Emilia) valla… los extrañe mucho a todos… (Corre y hace un abrazo grupal)

-Alice: para nosotros solo fueron tres días, aunque imagino que para ti no.

-Marie: soporte estar ahí por tres años… fue realmente difícil, pero créanme que ha valido la pena…, les daría una muestra, solo que… aun le falta un complemento… e iré por el ahora mismo.

-Alice: ¿Te vas ya?

-Marie: si, hay algo que debo hacer, recuerdan que les dije…

-Dark: haz lo que tengas que hacer Marie.

-Marie: gracias (Sonríe) volveré pronto (Se va caminando)

-Emilia: ¿Quién sigue?

-Daniel: yo.

Uno a uno los miembros de La Sombra Del Viento van entrando a la habitación, cada vez que sale alguien aparenta un incremento de poder enorme y una confianza aterradora…

Despues de cumplir los tres días dentro de la habitación, cada uno de los integrantes se marcha del templo, hasta solo quedar Dark, quien espera a que Alice salga de su entrenamiento…

-Emilia: ¿Qué tal te fue ahí dentro Alice?

-Alice: (Sonríe) mejor de lo que esperaba…

-Emilia: me alegra escuchar eso…

-Alice: esta vez sin duda venceremos a Huracán…

-Emilia: no lo dudo. (Sonríe)

Mientras tanto en la puerta del territorio de los Grakan…

-Martyn: abran la puerta…

-Guardia: enseguida General Martyn. (Remueve los pasadores para posteriormente abrir la gigantesca puerta)

-Martyn: (Entra) necesito hablar con su majestad enseguida… llévame cuanto antes con ella.

-Kalua: ¡Martyn has vuelto!

-Martyn: Kalua, ¿Dónde se encuentra Lina? Necesito hablar con ella...

-Martyn: tu siempre tan confianzudo... (Su tono de voz se vuelve serio) cuando estes en mi precensia dirijete hacia su majestad con respeto...

-Martyn: lo siento..., es solo que tengo cosas muy importantes que decirle...

-Kalua: ah... (Un suspiro escapa de su boca) la culpa la tiene su majestad por darte tantas libertades... (Se escucha el estruendo de la puerta cerrarse)

-Martyn: (Con una sonrisa en su rostro insiste en hablar con ella) entonces... ¿Crees que su majestad pueda recibirme en el salón?

-Kalua: no lo creo...

-Martyn: ¿Se podría saber por qué?

-Kalua: porque se llevo a todo nuestro ejercio hace veinte días hacia Shiria... y esta arrazando con todo a su paso...

-Martyn: ¿¡QUE!? (Dice sorprendido)

En las frías tierras del Everest

-Gera: díganle al Maestro que estoy aqui...

-Monje: ¡Señor Gera! (Se sorprende) Iré de inmediato.

-Gera: hace mucho tiempo que no venía a este lugar... pero este es un buen momento...

-Krael: Gera... cuanto tiempo sin verte... (Sale de las frías puertas del templo)

-Gera: maestro...estoy listo para aprender la técnica del "Frezze"

-Krael: ¿Qué? (Se sorprende)

Muy lejos de ahí en las lejanas tierras de Poul...

Al ser una nación tan apartada de la frontera de Euriath, Poul pocas veces ha sido ataca por la oscuridad, ya que la mayor parte de su extencion es desierto, la mayoría de las personas se han asentado en la frontera este, ya que ahí llueve varias veces al año y la tierra es buena para la agricultura, aunque la mayoría de sus habitantes se dedica a la pezca, algunos otros prefieren dedicarse a sembrar y trabajar la tierra. Muchos viajeros viajan a las lejanas tierras de Poul a visitar sus famosas aguas termales que a pesar de no ser una zona volcánica se han encontrado muchos yacimientos en diferentes zonas de su territorio.

La mayoría de sus habitantes son muy trabajadores y sus gigantescas murallas, limitan el ingreso de viajeros a su territorio, ya que tuvieron tiempo de sobra para construir han sabido aprovecharlo sabiamente y protegerse tanto como Nayarit.

-Marie: (Transita por las secas tierras del desierto) he estado aquí antes y jamás pensé que en un lugar como este estuviera el gran escondite de los dragones... (Se detiene frente a una profunda grieta) según el libro debo descender por ahi... (Salta a la grieta adentrándose en las profundidades de la arida tierra) en alguna parte debe de estar la entrada (De su espalda brotan una grades y preciosas alas de fuego luego comienza a desplazarse atravez de la grieta) puedo ver varios manantiales de aguas termales…, sin embargo, este lugar no es una zona volcánica… aparenta serlo pero puedo decir con certeza que todo este calor no es debido a alguna grieta en las placas tectónicas… debe haber una gran cantidad de dragones para calentar la tierra asi… ¿Hmm? (Mira una piedra negra) es la primera vez que veo una piedra de ese color… (Desciende hacia la piedra) tal vez esta sea la entrada (Toca la piedra) valla… esta piedra está ardiendo… una persona normal se hubiera casi calcinado la mano al tocarla, sin duda esta debe ser la entrada (Sujeta fuertemente la piedra y la mueve de lugar descubriendo que bajo de ella se encuentra un pequeño túnel) lo sabía… aunque esto está demasiado estrecho (Se desliza poco a poco en el túnel luego lo cubre de nuevo con la roca) se ha puesto muy oscuro aquí adentro, iluminare un poco (Se envuelve en llamas iluminando el túnel) mucho mejor… (Continua descendiendo hasta que llega a una gran cámara) con que hasta aquí conduce el túnel… (Mira una enorme puerta de piedra) a partir de aquí, empieza lo difícil… (Abre la gigantesca puerta de piedra encontrando al otro lado una cámara 50 veces más grande a la anterior la cual contiene cientos de dragones) aquí es donde quería llegar… (Con el ruido de la puerta todos se percatan de su presencia y le lanzan un mar de llamas) que buen recibimiento… (Extiende sus manos y cambia la trayectoria del fuego haciéndolo girar a su alrededor y luego lo dispersa hasta extinguirlo)

-Dragones: pudo controlar semejante cantidad de fuego…

-Marie: ¡No vengo a luchar! (Dice con voz firme y decidida) Vengo a solicitar su ayuda.

-Dragón: (Se acerca a Marie) ¿Y por que los dragones ayudarían a alguien como tú?

-Marie: El Dios del Fuego ha regresado… y ha traído consigo la destrucción.

-Dragón: ¿Qué has dicho? (Dice sorprendido)

-Marie: si el revive al resto de los dioses, el mundo caerá nuevamente en el caos e incluso ustedes correrán peligro… imagino que saben a qué me refiero…

-Dragones: (Se escuchan murmullos en la gran multitud de dragones)

-Marie: estamos a tiempo de detenerlo…

-Dragón: para vencer al dios del fuego… se necesita más que un vil humano que controla el fuego…, aun con nuestro poder no podrás ganarle.

-Marie: no soy un simple humano…

-Dragón: entonces pruébalo… lánzame todo el fuego que puedas y veamos si vales la pena.

-Marie: está bien… (Extiende sus manos hacia el dragón creando un enorme torrente de llamas azules que arremete contra el dragón lanzándolo por los aires logrando que se impacte contra una de las paredes de la cámara)

-Dragones: ¡Llamas azules! Esas llamas pertenecen al Phoenix ¡Increíble! Es la primera vez que las veo…

-Dragón: (Se levanta de los escombros) fue muy imprudente de mi parte decirte que me atacaras con todo lo que tienes…

-Marie: (Sonríe)

-Dragón: debido a que tu eres el Phoenix, se puede considerar el prestarte nuestro poder... sin embargo eso es algo que solo nuestro líder puede hacer..., sígueme te llevare con el...

-Marie: gracias por considerarlo... (Acompaña al dragón entre la multitud)

-Dragón: (Caminan hasta llegar a otra gran puerta que está en lo mas profundo de esa gigantesca cueva) detrás de esta puerta se encuentra el gran señor de los dragones... (Abre la puerta) señor...

-Señor de los Dragones: ¿Quién osa interrumpir mi sueño? (Un par de ojos brillantes emergen dentro de la oscuridad)

-Dragón: soy yo señor... Drako...

-Señor de los dragones: ¿Qué quieres Drako?

-Drako: lo busca el Phoenix...

-Señor de los dragones: ¿El Phoenix? (Se acerca a ellos, de entre las sombras sale un majestuoso dragón negro con un gran pecho lleno de músculos al igual que sus enormes manos y patas) hace mucho tiempo que no te veía Phoenix... ¿Qué te trae por aquí?

-Marie: necesito que me preste el poder de los dragones señor.

-Señor de los dragones: (Comienza a reír a carcajadas) interesante Phoenix... muy interesante... siempre vienes con cosas interesantes del mundo exterior, y dime ¿Para qué quieres algo así?

-Marie: verá señor...

-Señor de los dragones: llámame Skayland, nos conocemos desde hace mucho tiempo como para tener formalidades.

-Marie: está bien Skayland..., lo que ocurre es que el dios del fuego a regresado...

-Skayland: Huracán... (Se torna serio) pensé que habia sido eliminado hace mucho tiempo...

-Marie: lo se..., pero hace poco, un grupo de criaturas logro revivirlo... y lo peor es que está intentando revivir a sus hermanos... debemos detenerlo antes de que lo consiga...

-Skayland: si logra revivirlos estaremos acabados... ese maldito Huracán nos dio caza hasta que casi termino con nuestra raza... si no fuera por Kairos estaríamos extintos...

-Marie: veo que comprende la gravedad del asunto... es por eso que vine solicitando su ayuda...

-Skayland: ya veo..., está bien te ayudare... la pregunta es... ¿Podrá tu cuerpo soportar esta ayuda?

-Marie: ¿A qué se refiere?

-Skayland: muéstrame tu fuego... todo el que tengas...

-Drako: señor... ¿Está usted seguro?

-Skayland: ¿Acaso me estas subestimando Drako?

-Drako: no señor, claro que no…

-Marie: está bien… lo hare… (Concentra su fuego en el puño luego lo lanza con toda su fuerza hacia Skayland)

-Skayland: (En ese momento mira con calma como un torrente de llamas azules se aproximan a él, cuando están lo suficientemente cerca abre la boca y absorbe todo el fuego devorándolo por completo) ah… (Suspira después de devorarlo todo) delicioso…

-Marie: (Se sorprende) ¿Te comiste mi fuego?

-Skayland: así es…

-Marie: y… ¿Qué le pareció?

-Skayland: noté que es completamente azul por lo que me doy cuenta que dominas por completo el poder del Phoenix…

-Marie: al inicio solamente las llamas que me regeneraban eran azules… pero después de entrenar me di cuenta que el verdadero color de las flamas del Phoenix son azules.

-Skayland: brillante conclusión…

-Marie: el crédito no es mío… de hecho todo eso lo aprendí gracias a la Guía de Fleivor J. Rusen…

-Skayland: ¿Fleivor? (Ríe) ese sujeto era muy divertido… contaba unos chistes buenísimos.

-Marie: realmente era un gran hombre…

-Skayland: es el Phoenix más fuerte que me ha venido a ver…

-Marie: lo sé, fue por eso que me enfoque mucho en su guía.

-Skayland: buen trabajo.

-Marie: volviendo a lo del fuego… ¿Qué opina de mis flamas?

-Skayland: el hecho de controlar por completo al Phoenix te hace candidata a poder soportar el poder de los dragones…

-Marie: ¿A qué se refiere con "soportar"?

-Skayland: veras… el verdadero poder del Phoenix es la regeneración… y esa inmortalidad que desafía a la muerte…, sabes que si mueres… el Phoenix renacerá en otra persona ¿No?

-Marie: efectivamente…

-Skayland: esa es la verdadera y poderosa naturaleza del Phoenix, por otro lado, nuestra verdadera naturaleza es el poder… nuestro fuego es violencia… poder puro, este fuego es tan fuerte que incluso ha matado Phoenixs que no estuvieron preparados para recibirlo… se necesita verdadera disciplina y autocontrol para dominar este fuego…de lo contrario terminaría por matarte…

-Marie: es por eso que no se lo dan a cualquiera…

-Skayland: exacto…

-Marie: correré el riesgo…

-Skayland: bien… en ese caso no perdamos tiempo… entra en modo Phoenix para comenzar con la transfusión…

-Marie: hare algo mejor que eso…

-Skayland: ¿Hmm?

-Marie: ¡Ah! (Un mar de llamas sale disparado hacia el techo de la cámara donde poco a poco comienzan a tomar la forma de un brillante Phoenix con llamas azules)

-Skayland: (Sonríe) Phoenix viejo amigo…

-Marie: (Rápidamente el gran Phoenix desciende a una gran velocidad e impacta con Marie en volviéndola en llamas azules, las cuales al disperarse muestran una hermosa armadura plateada la cual cubre su cuerpo)

-Skayland: la "Armadura quemadora" han venido aquí varios Phoenix antes…, sin embargo, solamente tú y Fleivor son los únicos a los que les he visto usar esa armadura…

-Marie: con esto podre soportar la transfusión de fuego.

-Skayland: si estas lista…, empecemos (Se levanta y coloca sus manos fuertemente en el piso a los lados de Marie luego aspira Profundo y libera una gran cantidad de fuego concentrado sobre ella)

-Marie: ¡AAHH! (El fuego comienza a quemarla) ¡Me está quemando!

-Drako: resiste… el ritual apenas comienza… tienes que soportarlo.

-Marie: ¡AAAHHH! (Resiste de pie el baño de fuego que le está arrojando Skayland) maldición duele como el demonio…

-Drako: este fuego te esta moldeando para poder residir dentro de ti…

-Marie: (Su piel comienza a quemarse) ¡Gck! Ahora veo que no bromeabas con eso de "Soportar" (Al mirar el suelo que está pisando se da cuenta que se está comenzando a derretir) incluso las rocas se están fundiendo…

-Drako: esta es la verdadera naturaleza de nuestro fuego… tienes que resistirlo primero si quieres dominarlo…

-Marie: ¡Ah! (Cae de rodillas sobre la lava) incluso con la armadura quemadora me hace tanto daño…

-Drako: es hora de la fase dos del ritual…

-Marie: ¿¡Cuál es la fase dos!?

-Drako: tienes que comerte ese fuego…

-Marie: ¿¡Qué!?

-Drako: justo como el señor Skayland lo hizo con tu fuego, los dragones comemos fuego… siempre y cuando sea un fuego menos poderoso que el nuestro, sin embargo, en este ritual… tienes que comer un fuego más poderoso que el tuyo para después poder comer fuegos más débiles… durante el ritual las reglas se contradicen…

-Marie: esta… bien… lo hare…

-Drako: espera… tiene que ser en el momento preciso que el señor Skayland deje de lanzar fuego… si lo haces unos segundos antes todos tus órganos internos se quemaran y morirás… pero si lo haces unos segundos después el fuego se extinguirá haciendo que no puedas comerlo… por lo que el ritual empezara nuevamente desde cero…

-Marie: ah… ambas opciones son malas… pero no me rendiré… aunque arriesgue mi vida en ello…

-Drako: prepárate… es casi el momento.

-Marie: bien…

-Drako: ¡AHORA!

-Skayland: (Deja de lanzar fuego)

-Marie: (Absorbe el fuego poco a poco)

-Drako: vas bien… sigue así…

-Marie: (Poco a poco el fuego que la cubría y rodeaba es absorbido hasta no quedar nada) Gck… ¡AAAAHHHH! (Cae de espaldas retorciéndose en el suelo)

-Skayland: aquí comienza lo difícil… contrólalo… de lo contrario te explotara el estomago…

-Marie: ¡AAAAAAHHHHHH! (Grita y se retuerce en el suelo de dolor)

-Skayland: si las cosas fueran fáciles… cualquiera las haría… dejémosla sola, necesita concentrarse ya que su vida está en juego… (Salen de la cámara hacia la que estaba previamente, al verlos salir el resto de los dragones murmura)

-Drako: (Se escuchan los gritos de Marie hasta afuera de la cámara) ¿Cree que lo logre señor?

-Skayland: en este momento todo depende de ella…

Mientras tanto en el templo de Kairos una puerta se abre…

-Alice: ¿Hmm?

-Dark: es hora Alice.

-Alice: (Sonríe) si…

-Emilia: ¿Cuánto tiempo tardaste ahí Dark?

-Dark: (Sonríe) cinco años.

-Alice: (Se sorprende) eres el que más ha durado.

-Emilia: ¿Al menos valieron la pena?

-Dark: más de lo que crees…

Sin que nadie lo esperara llega un "Mensajero" al templo…

-Alice: ¿Un mensajero?

-Dark: (El mensajero se detiene frente a él) es para mí… (lo toca para abrirlo, al abrirse se escucha este mensaje "Dark tenemos que movilizarnos rápido Lindzay salió con todo lo que tenemos al castillo de Huracán…, lo venció aquí y quiere terminar con el rápidamente, puede ser una trampa, tenemos que ir")

-Alice: ¿¡Que!?

-Dark: debemos que avisar a todos rápido… maldición Lindzay te estas precipitando, vámonos Alice, mandare mensajeros a todos…

-Alice: está bien.

-¿?: ¿Se van a divertir sin mí?

-Dark: asi que al fin lograste escaparte… Sasha.

-Alice: ¿Sasha? Hace tanto tiempo que ya casi no te recuerdo…

-Sasha: han pasado muchas cosas… pero es historia para otro día… ¿Qué está ocurriendo?

-Emilia: yo le explico…

-Dark: Emilia te explicara todo a detalle después, entra en esa habitación y cuando salgas ve a Nayarit ahí te dejaré indicaciones…

-Sasha: esta bien…

-Dark: vámonos Alice… (Salen de la torre)

Capítulo 33: Revelaciones primera parte.

-Lindzay: ¡Cállate, cállate, cállateee! (Su fuerza es consumida por su inmenso dolor callendo de rodillas al suelo mientras las lagrimas inunda su rostro con su llanto) ¡Gck! (Agarra su cabeza con sus dos manos al sentir un fuerte dolor) ¡Ah! (Un triste grito escapa de su boca mientras las lágrimas no dejan de brotar de sus ojos)

-Hades: ¿A dónde se fueron todas esas ganar de luchar de hace un momento? (Se acerca poco a poco a ella)

-Lindzay: (Mira como tiemblan sus manos mientras sus lágrimas caen sobre ellas) es mentira… todo es mentira…

-Hades: tú sabes que no lo es… porque… tú lo viste ¿No? ¡TU LO VISTE MORIR!

-Lindzay: (Un fuerte trueno estremece la tierra mientras llega la lluvia) ah… (Se derrumba sobre el piso)

-Hades: pero no te preocupes… pronto te reuniré con él… esta vez no tienes a nadie que te salve…

-Huracán: Matala…

-Hades: hasta nunca Lina Lindzay… ¡AH! (Clava su mano en el corazón de Lina Lindzay)

-Lina Lindzay: ¡AAHH!

Tres días antes…

-Alice: ¿A dónde iremos primero?

-Dark: a Nayarit… ahí veremos a los demás y los pondremos al tanto de la situación… (Caminan hacia la salida del templo)

-Emilia: ¡Esperen!

-Alice: ¿Qué ocurre Emilia?

-Emilia: la espada de Dark ya esta reparada… la tenemos por aquí… síganme (Los guía por los prolongados pasillos del castillo)

-Dark: comenzaba a pensar que seria imposible repararla…

-Emilia: nos costó un poco de trabajo, pero quedo como nueva… (Se detiene frente a una puerta de madera para posteriormente ingresar en la habitacion) aquí esta (Señala la espada la cual se encuentra recostada sobre una mesa)

-Dark: (Sujeta la espada firmemente) hmm… se siente como nueva (La blande hacia los lados) me gusta… (La envaina) gracias.

-Emilia: de nada, tendrán una batalla muy dura necesitaran toda la ayuda posible…

-Alice: ¿Hmm? (Mira un arco dorado que se encuentra en una vitrina) que lindo arco…

-Emilia: (Voltea a ver el arco) ese arco fue hecho por el mismo Kairos…

-Alice: (Se sorprende) valla, ahora entiende por qué es tan majestuoso.

-Emilia: (Abre la vitrina y saca el arco) ha estado aquí por mucho tiempo… (Extiende su mano hacia Alice con el arco) tal vez lo necesiten.

-Alice: ¿¡Qué!? Pero yo nunca he usado un arco…

-Emilia: solamente tienes que fijar su objetivo con la mira, cuando tengas apuntado al blanco, libera la flecha y la flecha lo seguirá a donde valla hasta impactar con el…

-Dark: Alice… un arma como esa podría sernos de utilidad… tómalo.

-Alice: esta… bien… (Agarra el arco en ese momento el arco se convierte en un collar con un dije en forma de arco) ¿Qué le ocurrió?

-Emilia: el arco se minimiza para ser mas portable, la palabra para cambiarlo de forma es "Shakan"

-Alice: la recordare…

-Emilia: esa palabra es muy poderosa Alice… cuando la digas… el arco cambiara de forma y detendrá el tiempo de todos los enemigos que estén un rango de 500 metros por 10 segundos

-Alice: ¿Enserio? (Dice sorprendida) es una técnica increíble…

-Emilia: incluso funcionará contra los dioses… solo que a ellos los detendrá solamente 5 segundos… y creo que a Amon-Ra solamente 3 segundos…

-Dark: increíble, ese arco puede darnos la victoria.

-Alice: si me la paso cambiándolo de forma, no podrán ni si quiera atacar.

-Emilia: no Alice… las cosas no son tan fáciles…, es verdad que es un poder asombroso, pero solamente podrás cambiar de forma el arco una vez cada hora…, tendrás que saber cómo utilizar ese poderoso hechizo.

-Alice: hmm… asi que tarda una hora en recargar el hechizo… en ese caso lo tendré mucho en mente

-Emilia: bien… ahora solo me queda explicarte lo de las flechas…

-Alice: ¿Qué tipo de flechas usa?

-Emilia: las flechas aparecerán en el arco una vez que tires de la cuerda, puedes lanzar las que quieras… no tiene límites, en la parte superior del arco hay un ojo con alas… el cual tiene a su alrededor 4 líneas como si fuesen las horas de un reloj, la primera línea se encuentra a ¼ la segunda línea se encuentra a ½ la tercera línea se encuentra a ¾ y la última línea esta a las 12 en punto…, cuando cambias de froma el arco siempre aparecerá con su ala izquierda en la primera línea por lo que solo lanzara una flecha, en la segunda línea lanzara dos y en la tercera tres… pero ten cuidado al llegar a la cuarta línea…

-Alice: ¿Ocurre algo malo?

-Emilia: en la cuarta línea… el arco creara una flecha especial…

-Alice: ¿Cuál es la diferencia entre esa flecha y las demás?

-Emilia: esa flecha… fue creada especialmente para matar dioses… el señor Kairos solo dejo 4 flechas en el arco, así que… fíjate bien cuando las vas a usar ya que esas flechas no se repondrán jamás… y son tan poderosas que si fallas podrías matar a algún aliado o destruir una ciudad…

-Alice: habías dicho que el arco no fallaba…

-Emilia: no se puede tener poder y precisión al mismo tiempo… este arco te regala una de las dos… la otra la tienes que complementar tu… las flechas normales son precisas, pero no tan poderosas, la flecha especial es poderosa pero la precisión… solo depende de ti…

-Dark: tendrás que practicar mucho antes de usar esa flecha…

-Alice: no me gustaría llegar a matar a alguien por error…

-Emilia: puedes usar flechas comunes para perfeccionar tu precisión y puntería… el arco no tiene ningún efecto sobre ellas.

-Alice: está bien… entonces practicare hasta dominarlo.

-Emilia: bien…

-Dark: gracias por todo Emilia…

-Emilia: les deseo suerte…

-Alice: gracias… (Salen del cuarto)

-Dark: vamos a Nayarit… ahí podrás practicar mientras organizamos la ofensiva contra Genesis… (Caminan hacia la salida del castillo)

-Alice: espero tener la suficiente habilidad para antes de la batalla…

-Dark: ya lo veremos… (Llegan a la salida) será un viaje de un día desde aquí hasta Nayarit… así que sujétate…

-Alice: está bien (Se monta en la espalda de Dark y se sujeta fuerte) estoy lista.

Mientras tanto en lo profundo de las tierras de Genesis…

-Huracán: (Abre los ojos) ¿Dónde rayos estoy?

-Súbdito: está en su castillo señor… se encuentra casi recuperado por completo llevaba casi un mes inconsciente.

-Huracán: hmm… ahora lo recuerdo… esa maldita me causo mucho daño… (Recuerda los golpes que recibió de Lindzay)

-Maximiliano: señor me alegra ver que ya ha recuperado el conocimiento…

-Huracán: ¿Maximiliano? Aun vives… ¿Eso quiere decir…?

-Maximiliano: si, tenemos la capa de Hades…

-Huracán: ¿¡Que!? (Se levanta de la sorpresa) no lo puedo creer.

-Maximiliano: fue una misión difícil… tuvimos muchas pérdidas… pero lo conseguimos…

-Huracán: lo hiciste en el mejor momento… buen trabajo Maximiliano, sin embargo, para traer a uno de mis hermanos de vuelta a este mundo necesitare recuperar todas mis fuerzas…

-Maximiliano: comprendo señor… lo dejaré descansar… (Se marcha)

-Huracán: (Ríe) el momento ha llegado… ¡Finalmente tendre mi venganza! Esta vez me las pagaras maldita…

Mientras tanto en la ciudad de Nayarit…

-Dark: ya han pasado dos días desde que dejamos el templo de Kairos… he recibido respuesta de todos… excepto de Marie… ¿Qué habrá ocurrido con ella? (Se preocupa) es raro de ella no reportarse… iré a buscar a John (Camina por las calles de Nayarit hasta llegar a la casa de John) ¿Estará en su casa? (Toca la puerta) ¡John!

-John: ¿¡Eh!? Ahí voy. (Abre la puerta en ropa interior) ¿Qué onda maniaco?

-Dark: ponte algo decente y vamos a hablar…

-John: (Se escucha la voz de una mujer hablándole) espérate tantito Mujer… ¡Al rato vengo! (Cierra la puerta)

-Dark: ¿Así te vas a ir?

-John: simón…, ¿Qué tiene de malo? Todavía estamos en verano hace calor…

-Dark: si tu dices… (Caminan por las calles de Nayarit)

-John: hubieras visto viejo, llegué a la casa bien loco…, esa pinche habitación del no tiempo es del diablo, no sé como aguante un año ahí adentro… ahorita está mi mujer bien contenta, creo que estoy enamorado otra vez.

-Dark: si… esa habitación esta dura…

-John: ¿Y qué pedo? De que querías hablar… me llego un mensaje, pero no le hice caso, estaba muy ocupado… tu sabes…

-Ciudadanos: ¡Miren es Dark y John! (Al escuchar el grito los lugareños de otras calles se corren a buscarlos)

-Ciudadano: ¡Ahí están!

-Ciudadana: ¡Esta en ropa interior!

-Ciudadano: ¡En verdad tiene una mano Metalica! ¡Tambien una pierna!

La multitud acarrae mas gente creando un poco de descontrol en las calles por lo que los inquisidores intervienen de inmediato, apartando y dispersando a la gente…

-Dark: ¿Qué te parece si vamos a las ruinas?

-John: bien. (Se elevan alejándose del suelo cuando una de las ciudadanas le baja por un momento la ropa interior) ¡HEY! Tranquilos, tranquilos (Se acomoda su ropa mientras se aleja volando) se que soy irresistible... pero guarden la compostura señores. (Vuelan hasta las ruinas a las afueras de la ciudad donde desciende a conversar) entonces... ¿De que querias hablar?

-Dark: cuando salí de la habitación recibí un mensajero de Martyn diciendo que Lindzay había ido con todo lo que tiene a atacar a Huracán...

-John: hmm... esa vieja es fuerte... no creo que le pase algo...

-Dark: podrían tenderle una trampa... además tal vez sea hora de terminar con Huracán de una vez por todas...

-John: (Ríe) ¡Uy si! salí de la habitación del tiempo y ya le puedo pegar a Huracán...

-Dark: es una oportunidad única... debemos aprovecharla (Dice serio)

-John: relájate viejo..., ya lo sé, solo estaba jugando ¿Qué te dijeron los demás?

-Dark: vienen en camino hacia Nayarit... deberían llegar hoy...

-John: ok... cuando lleguen me avisas para ver que onda...

-Dark: Marie fue la única que no me contesto...

-John: ¡A caray! Esa mujer siempre contesta... esta raro eso...

-Dark: si, lo sé, me estoy preocupando...

-John: bien... a la mejor llega al rato, cuando lleguen aquellos vemos que onda... (Mira alrededor) por cierto... ¿Dónde dejaste a la Alice?

-Dark: tiene practicando con su arco desde que llego...

-John: (Ríe) ¿Un arco? Esas cosas ya no se usan viejo, ¡No me digas! nos va a ayudar con sus flechitas (Ríe a carcajadas)

-Dark: se lo dieron en el templo de Kairos... dicen que tiene flechas hechas especialmente para matar dioses...

-John: (Lo que Dark le dice le quita la sonrisa del rostro) no pues si, a ustedes les regalan arcos que matan dioses y a mí no me dan ni madre, pinches pollos voladores ¡Las odio y las desprecio! ya mejor me voy... (Se regresa a su casa)

-Dark: (Sonríe) este John..., veamos que ocurre en un momento más... (Vuelve a su casa)

Las horas pasan... hasta que cae la noche sobre la ciudad de Nayarit... en ese momento los generales llegan uno a uno a la ciudad y se reúnen en la plaza que se encuentra en el centro...

-Dark: a partir de hoy... lo que ocurra afectara el flujo de la historia... el momento de terminar esta horrible guerra a llegado...si atacamos junto a Lindzay podremos acabar con Huracán y todo lo que él representa... los atacaremos y borraremos esta oscura mancha de la historia... ¡Para siempre! (Todos los presentes se contagian de su determinación)

-Martyn: su majestad Lindzay debería de estar muy cerca de las tierras de Huracán...

-Gera: tenemos que alcanzarla antes de que llegue…

-Daniel: si nos vamos justo ahora llegaremos mañana en la tarde…

-John: al mal paso hay que darle prisa maniacos…

-Alice: ¿Marie aun no ha llegado?

-Dark: le envié otro mensajero diciéndole que nos alcance en el campo de batalla…

-Alice: espero que este bien…

-Daniel: entonces… ¿Qué estamos esperando?

-Martyn: partamos cuanto antes…

-Dark: en ese caso… ¡En marcha! Hacia la ciudad de "Liftex"

En lo profundo de la ciudad de Liftex…

-Huracán: fue un poco mas tardado de lo esperado, pero esta vez estoy listo para traerte de regreso hermano…

-Maximiliano: comencemos con el ritual señor (Lleno de determinación se prepara para el ritual)

-Demetrio: será todo un espectáculo… (A diferencia de Maximiliano su entusiamos no es el mismo)

-Huracán: coloca la capa en el centro del círculo.

-Maximiliano: está bien… (Coloca la capa en un círculo hecho con símbolos de un lenguaje muy antiguo)

-Huracán: ah… (Extiende sus manos hacia la capa, en ese momento aparecen llamas alrededor del circulo y una gran cantidad de energía es liberada, poco a poco la capa comienza a levitar del suelo y se generan rayos dentro del circulo)

-Demetrio: ahí viene otro…

-Maximiliano: con esto estaremos más cerca de recuperar las otras reliquias…

-Súbdito: (Un desesperado grito interrumpe el ritual) ¡SEÑOR!

-Maximiliano: ¿Qué demonios te pasa? Estamos en medio de algo sumamente importante.

-Súbdito: ¡Nos atacan!

-Maximiliano: ¿Quién?

-Súbdito: ¡Los Grakan! Nadie consigue detenerlos…

-Huracán: Lindzay…

-Demetrio: no podremos vencerla…

-Huracán: el ritual lleva tiempo… deténganla lo mas que puedan…

-Maximiliano: está bien… (Dice serio)

-Demetrio: nos hará pedazos…

-Maximiliano: aun así, debemos ganar todo el tiempo que podamos… (Sale del castillo) ¿En qué dirección esta?

-Súbdito: están llegando por "Siqueros" cruzando la frontera suroeste, ellos están en dirección a esa enorme columna de humo que se eleva en la ciudad (Señala una gran columna de humo que se vislumbra a lo lejos)

-Maximiliano: aun está muy lejos, tal vez podamos lograrlo.

-Demetrio: me agrada tu optimismo…

-Maximiliano: traigan a todos los soldados que puedan… ¡Rápido!

-Súbdito: si señor… (Se va corriendo)

-Maximiliano: vamos… (Vuela a toda velocidad hacia la cortina de humo, al irse acercando se comienza a escuchar un gran estruendo y muchos gritos)

-Criatura: ¡Ahí vienen!

-Demonios: ¡Corran!

-Criatura: ¡No por favor! ¡AH!

-Maximiliano: (Cae en medio de la masacre) malditos… (Lanza un golpe en dirección a los Grakan que tenía cerca, cuando se escucha el estruendo de un cristal al romperse se creán ondas destuctivas las cuales generan vibraciones en los Grakan rompiendo sus huesos al contacto) son una maldita plaga… acabare con todos…

-Demetrio: tenías que bajar precisamente aquí… ¿No?

-Maximiliano: ¿Por qué lo preguntas? (Observa que Demetrio tiene su vista fija en una gran cortina de polvo que se disipa dejando mostrar a una mujer de cabello largo color negro con Morado)

-Lindzay: se atreven a levantar su mano contra mi gente en mi presencia…

-Demetrio: (Da un paso hacia atrás) no podremos con ella… lo siento con solo verla…

-Maximiliano: calla… y ataquemosla… debemos de ganar todo el tiempo que podamos… (Tomando un fuerte impulso salta hacia Lindzay) ¡GRAH! (En ese momento lo encuentra un puñetazo en la cara que retumba dentro de su cráneo y rompe por completo su nariz) ¡AAAHHH! (Impulsado por el golpe va a dar contra algunas casas, destruyendo todo a su paso)

-Lindzay: no he venido aquí a hablar… si no a traer la muerte a toda su organización… (Se para frente a Demetrio con su puño bañado en sangre de Maximiliano)

-Demetrio: (Piensa "Solamente le dio un puñetazo y acabo con él, no hay forma de que podamos hacerle frente a esto) espe… (Sin siquiera dejarlo hablar su cara es rebanada por las garras de Lindzay su cuerpo cae al suelo llenando el piso de sangre)

-Lindzay: avancen… cuando termine con ellos los alcanzare… tengan cuidado porque siento que se acercan oponentes fuertes…

-Kiterno: si su majestad… (Avanzan destrozando a cualquier criatura en su camino)

-Lindzay: hasta cuando vas a hacerte el muerto… levántate de una vez… (Le dice al cadáver de Demetrio)

-Demetrio: (La sangre que derramaba su cuerpo comienza a tomar forma y su cabeza se regenera)

-Lindzay: (Divisa a su ejercito avanzar arrazando con todo a su paso mientras da la espalda a su enemigo) tu eres más fuerte que el otro sujeto… siento como guardas tu verdadero poder dentro de ti… es mejor que lo liberes o morirás con el guardado…

-Demetrio: se perfectamente que tan poderosa eres Lindzay… no pensé que llegaría el día en que me enfrentaría a ti…

-Lindzay: (Sonríe) bueno… ese día ha llegado.

-Demetrio: ¡Ah! (Sus uñas se convierten en garras muy filosas, sus ojos empiezan a brillar de rojo como el fuego enfurecido de la lava de un volcán al igual que su cabello)

-Lindzay: de eso estaba hablando… tú no eres quien dices ser… eres algo mas ¿Cierto?

-Maximiliano: (Se intenta levantar del piso, con su rostro cubierto de sangre) ¿¡T-Tu!? (Sus ojos no pueden creer lo que están viendo)

-Demetrio: mi nombre es Maycross… el vampiro del linaje original…

-Maximiliano: (Con su sostro pasmado) ¡Imposible! ¡Deberias estar encerrado!

-Maycross: desde el dia que me pusieron en ese confinamiento ingenie un plan para escapar de esa mugrosa prisión… me transforme en sangre y escape por una de las rendijas del ataúd… nadie tuvo la precausion de confirmar que yo siguiera en el antes de encerrarlo en la celda de máxima seguridad… valla montón de idiotas… incluso hoy en día siguen cuidando un ataúd vacio (Ríe)

-Maximiliano: ¡Maldito! Nos viste la cara a todos… (Con esas palabras cientos de imágenes pasan por su mente) ahora entiendo todo… ningún vampiro a peleado a nuestro lado desde que asumiste el poder.

-Maycross: desde que asumí el mando he estado conspirando contra Genesis, aislando a mis vampiros de las batallas para conservar mis números, mientras que enviaba al resto de los soldados a la muerte…, lo primero que hice fue reducir el número de soldados de Genesis con la excusa de terminar con Dark en el desierto, pero eso no fue suficiente así que tuve que deshacerme también de los altos mandos, por lo que decidí mandar a luchar a Shadow al Everest junto con Waldox…

-Maximiliano: todo este tiempo has estado destruyéndonos desde adentro ¡Eres el cáncer que mermó nuestra fuerza! (La ira emerge desde lo profundo de su ser)

-Maycross: los deje hacer lo que quisieron en mil años y se les ocurrio la estúpida idea de revivir a un autoproclamado… ¡Qué idea mas estúpida! ¿Por qué dar poder a alguien mas? ¿Por qué traer a alguien que los gobierne? Ustedes nunca dejaron de pensar como humanos... debi haberlos eliminado antes de que revivieran a Huracán.

-Maximiliano: ¡Tu fuiste quien nos orillo a eso! Tu maldita ambicion de poder nos llevo cuesta abajo, sin un orden, incluso nuestras razas sucumbirían ante el caos, ¿O ya olvidaste a donde nos estaban llevando tus locuras? Si no fuera por Arthur, habrias aniquilado a todo el continente antes de pensar en un imperio.

-Maycross: no lo entendieron entonces... y jamas lo entenderán... para poder crear primero hay que borrar todo lo imperfecto de la creación...

-Lina Lindzay: (Escucha con cuidado las revelaciones de Maycross)

-Maximiliano: ¿Qué...? ¿Ahora planeas convertirte en el creador? ¿Ese es tu plan?

-Maycross: mientras Huracán viva nunca tendré el poder total sobre mi gente... (Mira a Lindzay) eso había sido hasta ahora...

-Maximiliano: maldito seas Maycross, Huracán se enterará de esto... (Repentinamente es atravesado por un enorme hueso en forma de cuchilla)

-Maycross: ese secreto te lo llevaras a la tumba Maximiliano...

-Maximiliano: ¡Ghoah! (Escupe mucha sangre) desgraciado...

-Maycross: (Al igual que un arma de disparo multiple, una lluvia de huesos tan filosos como navajas sale dispara sin piedad hacia Maximiliano) a la tumba dije...

-Maximiliano: (Cuando el primer hueso impacta se clava justo en su hombro) ¡Goah! (Los siguientes llegan a el con mas fuerza rebanando su mano) ¡AAHH! (Despues cortan sus mejillas, orejas y costado izquiero de la cintura salpicando todo el suelo) ¡AAHH! ¡AAHH! (La lluvia de huesos continúa impactándose en su cuerpo sin piedad) ¡AAAAHHHH! (Es despedazado brutalmente perdiendo la vida irremediablemente) Ahg... (Su cadáver cae sobre el ensangrentado suelo)

-Lindzay: un final inesperado...

-Maycross: sabía demasiado... (Se arrodilla) Lindzay, no soy estúpido... perderé la vida luchando contigo... Genesis es mi enemigo al igual que el tuyo... no me entrometeré en tu camino... ¡Perdóname la vida! ¡Por favor!

-Lindzay: ... (Se queda mirándolo fijamente)

-Maycross: si lo haces... en este momento me iré de aquí y dejare que continúes con tu venganza...

-Lindzay: (Camina hacia el)

-Maycross: (Cierra los ojos esperando el impacto de un golpe)

-Lindzay: (Pasa de largo, ignorándolo por completo)

-Maycross: (Al sentir pasar la poderosa aura de su oponente, abre los ojos) el templo de Huracán esta en esa dirección (Señala la dirección del castillo) esta intentando revivir a uno de sus hermanos, deberías darte prisa.

-Lindzay: (Su cuerpo se eleva poco a poco del suelo después se dirige hacia el castillo de Huracán) ¿Hmm? (Pero algo se mete en su camino) ¿Aun queda basura...? (Esquiva un gran puño hecho de humo)

-Soon: no te dejaremos seguir adelante...

-Jix: (Con su cara sumergida en llanto grita a viva voz) ¡Yo vi como matabas al señor Maximiliano! ¡Maldito seas! (Un grito desgarrador resuena en las ruinas de la ciudad)

-Soon: ¿Qué dijiste?

-Jix: ¡Demetrio mató al señor Maximiliano! (Sin que nadie lo esperara es atravesada por unas filosas garras) ¡Goah! (Escupe sangre)

-Hitomi: has visto lo que no deberías pequeña niña ciega...

-Soon: ¿¡Qué has hecho Hitomi!? (Sus ojos no pueden creerlo que están viendo)

-Hitomi: mejor mira hacia el frente...

-Soon: ¿Eh? (Es atravesado por filosas garras bañadas en una energía de color morado)

-Lindzay: fuera de mi camino...

-Soon: ¡Goah! (Escupe sangre)

-Lindzay: (Jala sus garras hacia afuera cortando muchos órganos vitales asesinándolo al instante)

-Soon: Gkc... (Su cuerpo sin vida se desploma en la tierra)

-Hitomi: será mejor que se apresure... Huracán está terminando un ritual para atraer a este mundo a otro dios..., he dado ordenes falsas para despejar el camino hasta el, no encontrará a nadie más que pueda retrasarla apresúrese...

-Lindzay: (Observa un momento a Hitomi luego se marcha a toda velocidad)

Mientras tanto en el templo de Huracán...

-Huracán: (En medio del circulo se abre un enorme portal) ¡Lo logre! ¡Abrí el portal!

-Lindzay: (Cae en el patio principal donde abrieron el portal)

-Huracán: ¡Llegas demasiado tarde Lindzay! El portal ya ha sido abierto dentro de poco mi hermano emergerá y acabaremos contigo (Sin esperarlo es impactado por un poderoso puñetazo el cual le rompe la nariz y parte del labio superior) ¡AAHH! (El golpe lo impulsa a estrellarse con una de las murallas del castillo destrozando todo a su paso)

-Lindzay: eres un maldito cobarde Huracán... no meres vivir... (Se dirije hacia el) tal vez tu hermano venga, pero me asegurare de que te encuentre muerto cuando lo haga...

-Huracán: (Surge de entre los escombros muy mal herido) no te saldrás con la tuya... (En ese instante nuevamente recibe un puñetazo en la frente que le rompe la ceja y hace vibrar el cráneo haciendo que se hunda aun mas entre los escombros) ¡AAAHHH!

-Lindzay: eres una porquería... acabare contigo de una vez... (Reuniendo una gran cantidad de energía planea eliminar a Huracán cuando de repente su puño es detenido)

-Hades: Es tut mir leid, aber ich kann nicht zulassen, dass Sie meinen Bruder töten... (Lo siento, pero... no puedo permitir que mates a mi hermano) ... (Aparece detrás de ella un hombre de dos metros de alto con un collar con pequeños cráneos humanos envuelto en una túnica negra con una capa humeante del mismo color)

-Lindzay: (Se libera del agarre de Hades y da un ligero salto hacia atrás)

-Huracán: ¡Bruder! (¡Hermano!) Hilf mir, schau, was sie mit mir gemacht hat (¡Ayudame, mira lo que me ha hecho!)

-Hades: (Mira detenidamente a Lindzay) Das wird nicht leicht, mein kleiner Bruder... (Esto no es tan sencillo hermanito...) Sie ist Lina Lindzay, die Königin des Grakan (Ella es Lina Lindzay... la reina de los Grakan...)

-Huracán: Kennst du sie? (¿La conoces?)

-Hades: Ich habe vor zweitausend Jahren mit ihr gekämpft... (Hace dos mil años... luche contra ella...).

-Huracán: Was!? (¿¡Que!? -Dice sorprendido-)

-Hades: kleiner Bruder... Sie ist so mächtig wie ich... (Hermanito... esa mujer es tan poderosa como yo...)

-Huracán: das ist nicht möglich! (¡Eso es imposible!)

Capitulo 34: Revelaciones segunda parte.

-Huracán: pero eso es imposible... ¡No puede ser!

-Hades: no se que estabas pensando al desafiarla...

-Huracán: en ese caso te ayudare... (A pesar de sus graves heridas intenta levantarse)

-Hades: no, yo me encargaré... (Se voltea hacia Lindzay) será como en los viejos tiempos ¿No? Lindzay...

-Lindzay: no se dé que tonterías están hablando... pero quiero que te apartes de mi camino... acabare con esa basura que tienes detrás...

-Hades: lo siento... pero creo que eso no se va a poder... primero tendrás que pasar sobre mí...

-Lindzay: en ese caso... (Se impulsa hacia Hades lanzándole un derechazo)

-Hades: (Observa como el golpe se acerca a el como si el tiempo se hubiera detenido lográndolo esquivar por a penas pocos centímetros) su poder no ha disminuido nada... (De repente un segundo golpe aparece a una velocidad increíble y lo impacta en la cara) ¡Ah! (Sale impulsado hacia la muralla estrellandose con ella, pero rápidamente se recupera y vuelve al campo de batalla) ah... (Se soba el lugar donde fue golpeado) eso me dolió... (Sorpresivamente arremete contra Lindzay)

-Lindzay: (Se sorprende con la velocidad de Hades da un salto hacia atrás, pero sus pies son sujetados por algo extraño) ¿Que? (Mira unas pequeñas almas agarrando sus pies impidiendo que escape, sin esperarlo es impactada por un fuerte golpe el cual es están fuerte que el impacto la hunde en el suelo)

-Hades: (Su semblante se torna serio) pareció como si fuese la primera vez que ve un alma...

-Lindzay: (Sale de entre los escombros con un poco de sangre en su mejilla) eres bueno... más, de lo que esperaba...

-Hades: ¿Más de lo que esperabas? Lindzay... estas actuando muy extraño...

-Lindzay: deja de hablar de mí como si me conocieras... (Dice molesta)

-Hades: ¿Acaso lo has olvidado?

-Lindzay: ¡Cállate! (Sale disparada a una velocidad increible hacia Hades)

-Hades: (Ve que esta vez Lindzay va enserio) que asi sea...

-Lindzay: ¡GRAAAH! (Libera una gran cantidad de energía)

-Hades: ¡GRAAAH! (Al entrar en alcance comienza un mortal intercambio de golpes, la velocidad es tan alta que pareciera que todo a su alrededor dejo de moverse)

-Lindzay: (Los golpes van y vienen tan fuertes que hacen retumbar la tierra, los poderosos golpes de Lindzay voltean por completo el rostro de Hades, sin embargo, cada uno de los golpes de Hades tiene el mismo efecto en ella, el estruendo de sus ataques se escucha a metros de distancia, el castillo de Huracán no resiste mas y comienza a caerse a pedazos por las ondas de choque creadas con los impactos)

-Huracán: No logro verlos... (El fuerte sonido generado por los imactos retumban como los truenos de una noche de tormenta) tengo que tener cuidado... si me quedo cerca de ellos podría verme en problemas... (Sale de entre los escombros y se aleja un poco de la batalla)

-Lindzay: (El coraje y valor que emite su rostro es inquebrantable) ¡GRAAHH! (Impacta fuertemente a Hades arrojándolo por los aires)

-Hades: ¡Goah! (Rápidamente reacciona y haciendo un movimiento circular con sus manos crea cientos de fantasmas que envía hacia Lindzay)

-Lindzay: Estas cosas otra vez (Los fantasmas se aferran a Lindzay luego comienzan a drenarle energía) Agh... me están debilitando (Con sus garras desintegra a cada uno de los fantasmas hasta removerlos a todos) ¿Hmm? (Mira que viene otro torrente de fantasmas) ahí vienen mas... (Crea una pequeña espera morada y la envía a Hades)

-Hades: ¿Hmm? (Mira como la esfera resplandeciente se acerca a él a toda velocidad) eso es nuevo… (La esfera lo impacta) ¡AH! (Una fuerza abrumadora lo atrae hacia el piso) esta técnica se parece a la de… (Se dirige a toda velocidad para impactarse contra el suelo en ese momento se percata que Lindzay lo está esperando con su mano teñida de color morado) ¡MALDITA SEA ESA TÉCNICA ES DE EL!

-Lindzay: (La fuerza con la que Hades iba cayendo combinada con la del puñetazo crearon un daño devastador que impacto el estomago de Hades)

-Hades: ¡GOOOAH! (Sale disparado hacia las destruidas murallas del castillo de Huracán donde choca a una fuerte velocidad, sin embargo, el enérgico ataque no fue suficiente para vencerlo) creo que me has roto dos costillas… (Escupe sangre)

-Lindzay: (Corre hacia él mientras aun recupera el aliento)

-Hades: (En un instante se teletransporta atrás de Lindzay luego la toma de los brazos y la somete haciendo que caiga al piso)

-Lindzay: ¡Ah! ¡Suéltame!

-Hades: (De repente su mano se torna transparente y penetra con ella la espalda de su oponente)

-Lindzay: (Siente una extraña sensación en su espalda acompañada de un inmenso dolor… un dolor tan fuerte que su cuerpo deja de responder) ¡AAHH! (Poco a poco siente como su fuerza comienza a consumirse y dentro de su cabeza se escuchan ciento de gritos de agonía)

-Hades: ¿Puedes sentirlo verdad?

-Lindzay: ¿Qué me estás haciendo?

-Hades: te estoy sacándo el alma…

-Lindzay: ¿Qué son todos esos gritos? (Dice en shock)

-Hades: son los gritos de todas las almas que tienes dentro…

-Lindzay: ¿¡Qué!?

-Hades: no sé quién o qué fue lo que bloqueo tu memoria…, pero te diré que he anelando las almas que contienes desde hace mucho tiempo…

-Huracán: ¿A qué te refieres hermano?

-Hades: hace mucho tiempo… cuando la tierra aun era nuestra… los Grakan eran mis esclavos…

-Lindzay: ¡AH! (Se retuerce de dolor) ¡Los Grakan no son esclavos de nadie!

-Hades: (Ríe) no siempre fue así pequeña Lina… anteriormente solo eran unos perros que cumplían mis órdenes al pie de la letra, hasta que un día tu padre… el rey de los Grakan organizo en secreto una rebelión…

-Lindzay: ¡Gck! ¿Qué?

-Hades: los muy idiotas pensaron que uniendo sus fuerzas tendrían la oportunidad de desafiarme…, pero en poco tiempo les mostré lo débiles que eran… así que no tuvieron más opción que intentar escapar…

-Huracán: asquerosos insectos…

-Hades: pero no tuvieron tanta suerte… debido a su gran cantidad… eran muy fáciles de encontrar y cada vez que los encontraba me encargaba de reducir su número significativamente… hasta que un día el Rey optó por una drástica decisión… para proteger a las nuevas generaciones, encontraron un poderoso hechizo que les permitía pasar toda su fuerza y su alma a otro sujeto…, la idea original era darle todo ese poder al rey para que luchara contra mi… pero el rey no tuvo el valor de sacrificar a su pequeña hija… "Lina Lindzay" por lo que decidió convertirla en el recipiente de tan abrumarte poder…

-Lina Lindzay: es mentira… ¡Todo lo que dices no es cierto!

-Hades: entonces… ¿Dime cuál es tu historia…? dime ¿A partir de cuándo puedes recordar? Ni si quiera te has dado cuenta que en todo este tiempo no hemos estado hablando en lengua "común" si no en "Infiny" el lenguaje de los Dioses que solo nosotros y las razas mas allegadas lo conocen… ¿Te has dado cuenta?

-Lina Lindzay: (En ese momento se da cuenta que incluso ella se encontraba hablando ese extraño lenguaje) no puede ser… (Busca en lo profundo de sus recuerdos y no puede recordar su origen, ni su infancia, ni si quiera su adolescencia) esto es imposible…

-Hades: esa es tu verdadera historia… la escuche directamente de la boca de un Grakan minutos antes de eliminarlo…, cuando encontré cientos de cadáveres de Grakans pensé que había sido un suicidio colectivo… por lo que deje de buscarlos… jamás pensé que un pequeño grupo de 50 aun siguiera con vida… fue hasta dentro de 15 años cuando averigüe que aun existían… liderados por su reina Lina Lindzay… fue increíble saber que la pequeña hija del rey de solo 4 años ahora era toda una mujer y albergaba la fuerza de todo su pueblo… una historia realmente fascinante… en seguida reanude mi búsqueda, pero nunca pude encontrar su nuevo escondite, quiero creer que estuve realmente cerca de encontrarlo debido a que un día… como un acto de predestinación… te presentaste frente a mi… (Ríe) todavía recuerdo la sensación que sentí en ese momento, era el destino que me pedía a mí el exterminio de una raza… me regocije de felicidad no temo admitirlo…, pero no tenía idea que fuera una tarea tan difícil… la mujer lucho a la par conmigo ¿Acaso era posible que una raza inferior pudiera vencer a un Dios? Eso era inaceptable e imperdonable…, el poder que tenía esa mujer dentro era abrumador… lucho contra mí como su igual… e incluso pensé que podría perder…, sin embargo, perder no era una opción, asi que me vi obligado a pedir ayuda a Helios…

-Huracán: ¿Intervino Helios?

-Hades: efectivamente, como has de saber… terminó con ella rápidamente.

-Huracán: lo sé…, el poder de Helios es abrumador.

-Hades: cuando termino el trabajo, me sermoneó y se marcho…, pensé que la victoria era totalmente mía, podía reclamar las almas de todos los Grakan sin que nadie se interpusiera, así que metí mi mano en su cuerpo para extraer lo que por derecho me correspondia…, creí que sería rápido como con una alma común y corriente, pero me equivoque… no podía retirar el alma… por más que lo intente... parecía estar fuertemente aferrada a su cuerpo, fue entonces que comprendí que no estaba removiendo un alma si no miles de ellas... así que pensé que los segundos que tomaba sacar un alma se habían convertido en minutos o incluso horas, realmente problemático..., en cuyo caso eso no me detendría... tardé aproximadamente casi una hora... para extraerla, su alma estaba casi afuera solo faltaban unos pocos minutos para separarlas, fue entonces cuando miré esa... ESA... ¡Estúpida pulsera!

-Lindzay: ¡Gck! ¡AAHH! (Un fuerte dolor de cabeza llega a ella)

En ese momento una serie de recuerdos que permanecían bloqueados en lo más profundo de Lindzay salen a la claridad de su mente...

-¿?: toma esta pulsera... si me necesitas... rómpela, lo sabré de inmediato.

-Lindzay: no necesito esas tonterías, puedo cuidarme sola.

-¿?: no lo veas de ese modo... al menos úsala como un obsequio.

-Lindzay: está bien..., solo porque tú me la das.

-¿?: esa es mi chica (Sonríe)

Los recuerdos vuelven con un enorme dolor...

-Lindzay: ¡AAHH! (Se sujeta fuerte la cabeza)

-Huracán: ¿Qué le ocurre?

-Hades: (Sonríe) parece que empieza a recordar...

-Lindzay: ¡Deja de hablar por favor! (La cantidad de información que surge en su mente la lleva al borde de la desesperación)

-Hades: no sabes lo que disfruto ver la cara que tienes en este momento...

-Huracán: ¿Sería el recuerdo de que casi muere una vez?

-Hades: no... (Una perversa sonrisa se dibuja en su rostro) no es eso, el recuerdo que ahora la está matando y por el que perdió su memoria... debe de ser por el...

-Lina Lindzay: ¡AAHH! ¡Cállate! (Un dolor crece dentro de Lindzay, un dolor tan grande que el que sentía por la extracción de su alma dejo de sentirse)

-Hades: ¿Sabes que ocurrió después en la historia Lina?

-Lindzay: ¡No! (Un mar de lagrima se deslizan por sus mejillas)

-Hades: tome esa pulsera y tire de ella... rompiéndola...

-Lindzay: ¡Detente! ¡No sigas por favor!

-Hades: lo que sucedió después fue tan rápido... que no alcance a darme cuenta..., pero estoy seguro que tu si...

-Lindzay: (Un devastador grito de llanto estremece la tierra)

-Hades: inesperadamente alguien me mato…, cuando me di cuenta Amon-Ra me acaba de revivir… ¿Quién me mato Lina? ¿Dime quien fue?

Un breve recuerdo cruza por su mente…

-Lindzay: viniste…

-¿?: un verdadero héroe siempre llega en el momento que más lo necesitan…

Esas palabras resuenan en su cabeza haciendo un prolongado Eco en su mente "Un verdadero héroe siempre llega en el momento que más lo necesitan" resonando una y otra vez "Un verdadero héroe siempre llega en el momento que más lo necesitan" como si fuese un estallido todos los recuerdos de Lindzay regresan "Un verdadero héroe siempre llega en el momento que más lo necesitan…"

-Grakan: ¡Majestad! Un sujeto se ha infiltrado en nuestro territorio…

-Lindzay: ¿Qué? échenlo de aquí… ¿Qué están esperando?

-Grakan: lo intentamos su majestad, pero no podemos detenerlo…

-Lindzay: llama a Cassius para que lo detenga…

-Grakan: acaba de ser derrotado su majestad…

-Lindzay: ¿¡Qué!? (Se sorprende) maldición… nadie en toda la aldea es capas de vencer a Cassius… tendré que ocuparme de él personalmente…

-Grakan: esta por aquí, sígame… ya avanzó la mitad del territorio. (Se ve una gran cortina de polvo) está ahí su majestad.

-Lindzay: espera aquí… esto se pondrá feo… (Camina hacia la cortina de polvo donde se escuchan varios golpes y gritos) ¿Hmm? (Mira a los Grakan en el piso, pero no tienen ninguna herida, solo quedaron inconscientes) no los está matando… (En ese momento una silueta aparece entre la cortina de polvo) ¡Hey tu! ¿Quién te crees para traer este caos a mi hogar?

-¿?: no es lo que parece, solo quiero llegar al Everest y tu territorio está en medio…

-Lindzay: ¡Entonces rodéalo! (Dice molesta)

-¿?: ¿¡Que!? (A pesar de responder con sorpresa, su voz tranquila no muestra signos de hostilidad) hace mucho frio para sobrevolarlo y no pienso nadar en esa agua congelada.

-Lindzay: ese no es mi problema.

-¿?: se los pedí por favor ¿Qué más quieren que haga?

-Lindzay: quiero que des media vuelta y te largues…

-¿?: hmm… no se que tienen ustedes que están tan amargados.

-Lindzay: ¿¡Que dijiste!? (El comentario no parece agradarle y reacciona violentamente) he tratado de ser paciente contigo, pero ya me colmaste la paciencia (Se lanza contra él)

-¿?: ¡Espera! ¿¡Que te pasa!?

-Lindzay: ¡Muere! (En ese momento todo se borra)

-Grakan: ¡Su majestad! ¡Creador no! ¡No te la lleves! ¡Responda por favor! ¿Se encuentra bien?

-Lindzay: (Abre los ojos, dándose se cuenta que esta acostada sobre el suelo) ¿Pe… pe-perdí…? ¿Ese sujeto me derroto…?

-Grakan: ¡Magesta! ¡Gracias al creador! ¿¡Se encuentra bien!?

-Lindzay: ¿A dónde fue?

-Grakan: cruzo nuestro territorio y se adentro en el Everest… ¡Por favor! ¡Ya no lo siga! ¡Es mejor dejar que se valla!

-Lindzay: ¿¡Que!? ¿Dónde esta tu orgullo de guerrero? ¿Crees que puedo dejarlo ir asi como asi después de derrotarme? ¡Nunca habia perdido un combate!

-Grakan: lo se, pero jamas habia visto a alguien luchar asi… incluso contra usted… ¡Ni si quiera se esforzó!

-Lindzay: ¡Gck! ¡Calla! Me quedare aquí a esperarlo…

-Grakan: Su majestad…

-Lindzay: si está del otro lado, tendrá que cruzar de nuevo por aquí si quiere salir… (Con su orgullo como guerrera invicta aplastado no se sentiría bien hasta vencer a ese misterioso viajero, asi que se sentó en la puerta frente al Everest a esperarlo) no escaparas de mi… te venceré… y tendre mi venganza… (Los días pasaron y Lindzay hizo guardia en la puerta durante una semana, esperando dia con dia el regreso del misterioso guerrero, paso tardes enteras contemplando el horizonte con la esperanza de verlo regresar) ya se tardo… ¿Habra rodeado por el mar…? Ah… (Sin darse porvencida continuo esperan un par de días mas, hasta que un día)

-¿?: (Se detiene frente a la puerta) hmm… otra vez por aquí… volverá a ser un problema…, tal vez deba considerar el rodear nadando por el mar…

-Lindzay: (Escucha su voz al otro lado de la puerta) ¡Es él! (Con una extraña alegría emanando de ella, da un salto ágilmente y cae del otro lado de la puerta) sabía que volverías…

-¿?: (Sus ojos se iluminan al verla de cerca, nunca en su vida habia visto a una mujer tan hermosa como ella, quedando paralisado mientras la observa) …

-Lindzay: ¿Qué? ¿No dices nada? (Se le queda viendo) ¿Qué tanto miras?

-¿?; ¿Eh? Nada… es solo que con tanto polvo no te vi bien la primera vez.

-Lindzay: ah… eso…, de hecho, creo que por eso perdí, me calló polvo en mis ojos y no pude defenderme apropiadamente… pero esta vez estoy lista…

-¿?: ¿Eres una clase de masoquista o algo así?

-Lindzay: ¿Qué dijiste? (Dice molesta)

-¿?: ¿No podemos negociarlo? Encontré unas semillas fantásticas en el Everest.

-Lindzay: ¡No quiero tus cochinas semillas! Y tampoco te dejare pasar.

-¿?: hmm... ¿Por qué simplemente no me dejas pasar y ya?

-Lindzay: ¡Porque yo nunca había perdido! (Arremete frenéticamente contra el) ¡GRAH!

-¿?: ¿Segura que no podemos hablarlo?

-Lindzay: ¡Cállate ya! (Nuevamente todo se borra) Hmm... ¿Qué ocurrió? (Dice recuperando la conciencia) ¿Hmm? (Siente que algo la va cargando)

-¿?: oh ya despertaste.

-Lindzay: ¿¡Que!? (Se sorprende al ver que la lleva cargando en sus brazos) ¡Bájame! (Forcejea hasta bajarse)

-¿?: tranquila ya te baje...

-Lindzay: (Mira que están en la puerta del otro lado del territorio) ¿¡Ya llegaste al otro lado!?

-¿?: see..., no fue tan difícil, solo tenía que decir ¡Atrás! ¡O la mujer se muere! Y todos salían corriendo (Ríe)

-Lindzay: ¿¡Pero cómo te atreves!? (Dice avergonzada) mi orgullo de guerrera lo has pisoteado... (Le da pequeños golpecitos en el pecho)

-¿?: eres como una niña pequeña (Sonrie), pero tranquila... ya me voy (Abre la puerta) fue divertido.

-Lindzay: ¿Eh? ¡Espera!

-¿?: (Se detiene) ¿Qué?

-Lindzay: ... (En ese momento una llama dentro de ella se encendio)

-¿?: ¿Si?

-Lindzay: (Fuera quien fuera el misterioso viajero, habia algo en el que jamas habia visto en otro guerrero... y sin saber porque, queria hablar con el, aunque fuera un poco mas, desafortunadamente no se le ocurria nada que prolongara ese momento)

-¿?: ¿Quieres luchar otra vez?

-Lindzay: ¡Sí! Pero no aquí...

-¿?: entonces... ¿Dónde?

-Lindzay: iré contigo... entrenare duro y te venceré.

-¿?: ¿¡Qué!? (Se sorprende) pero eres la reina de este lugar ¿No? ¡Ademas ni siquiera me conoces! ¿Quién te asegura que no soy uno de esos locos que andan sueltos?

-Lindzay: ¡No me importa! Me interesa mas enmendar la humillación de ser derrotada por alguien como tú… así que no volveré hasta que te derrote.

-¿?: ¿Estás segura?

-Lindzay: ¡Completamente!

-¿?: (La mira detenidamente)

-Lindzay: ¿Qué?

-¿?: nada…, si quieres venir, por mi está bien… (Comienza a caminar) no me molesta en lo absoluto…

-Lindzay: (Lo sigue) no te creas tanto eh...

-¿?: naa, claro que no.

-Lindzay: ("Pero que estoy haciendo…" pensó "Ni siquiera lo conozco…") ah... (Lo observa en silencio mientras lo sigue, "Aunque si hubiera querido hacerme algo ya lo habría echo…")

-¿?: (Voltea por un momento, solo para ver a la chica)

-Lindzay: (Sus miradas se cruzan por un silencioso instante) … (Su mirada fuerte y profunda la estremece al hacer contacto con sus ojos morados) … ("No se que tiene su mirar… que me llena de calor… y me transmite una inquebrantable seguridad…") Oye… (Lo alcanza y camina a su lado)

-¿?: ¿Si?

-Lindzay: ¿Cómo te llamas?

-¿?: Thanatos. (Sonríe)

Al terminar de cruzar ese recuerdo por la mente de Lindzay los demás vuelven con el...

-Lindzay: ¡AH! (Un intenso poder emerge de ella, estremesiendo la tierra)

-Huracán: ¿¡Qué está ocurriendo!?

-Hades: está despertando...

-Lindzay: ¡Hades! (El suelo bajo sus pies se hunde inesperadamente)

-Hades: ¡Pero qué rayos! (Inconsientemente la libera de su tecnica) ¿Se hundió?

-Lindzay: (Sale del piso justo frente a Hades y le conecta un increible puñetazo en la barbilla)

-Hades: ¡AH! (El golpe lo impulsa hacia arriba) ¡Maldita! (Se teletransporta frente a ella)

-Lindzay: (Al verlo desvanecerse decide jugársela y dando un veloz giro a su derecha consigue un tremendo impulso, que aprovecha para extender su pierna derecha en un pequeño salto) ¡GRR!

-Hades: (Cuando aparece justo frente a ella encuentra una letal patada que le voltea brutalmente el rostro casi como si le fuera a arrancar la cabeza) ¡GOAAHH! (El pie del enemigo se sumerge en lo profundo de su rostro derribando todos sus molares derechos) ¡BOAH! (La fuerza del ataque lo saca disparado hacia los edificios cercanos)

-Lindzay: (Toca con la punta de sus pies el suelo inclinándose hasta abajo se impulsa como un rayo hacia Hades, continuando con su ataque lo alcanzá en una fracción de segundo)

-Hades: ¡Gck! (Sacude brevemente su rostro recobrando la compostura) ¿Qué demonios paso? (Aun estaba reorganizando sus ideas cuando Lindzay lo alcanza)

-Lindzay: (Aprovechando la desorientación del enemigo le lanza otro mortifero ataque)

-Hades: (Sin nada que hacer ante el inminente impacto, le escupe en la cara las muelas llenas de sangre que le derribo en el ataque anterior) ¡Pluf!

-Lindzay: ¡Ah! (La inesperada jugada del enemigo consigue cegarla, haciendo que falle el ataque)

-Hades: (Se teletransporta un par de metros atrás, sujetándola del pie izquierdo, detiene su movimiento y la estrella contra el piso en repetidad ocaciones)

-Lindzay: ¡AAHH! (Maniobra en el aire logrando darle una pata en las costillas haciendo que la suelte)

-Hades: ¡Goah!

-Lindzay: (Da un giro en el aire y cae de pie) ¡Gck! (Cuando fija su vista al frente ve venir a toda velocidad a Hades a quien recibe con un rodillazo en el estomago)

-Hades: ¡Goah! (La sujeta de los hombros y le da un fuerte cabezaso que le rompe la nariz)

-Lindzay: ¡AAHH! (Reacciona rápidamente y usando sus dos codos golpea el interior de los brazos de su enemigo liberandoze) ¡GRAH! (Le conecta dos fuertes ganchos al estomago)

-Hades: (Siento como sus órganos internos recienten el daño, pero eso no lo detiene para voltearle el rostro a su enemigo con un izquierdazo)

-Lindzay: (Como si estuvieran en una danza mortal se sumergen en un intercambio brutal de golpes)

-Hades: (A medida que el intercambio avanza el daño recibido cada vez es mas evidente, hasta que un estruendoso choque de puños los obliga a retroceder por un momento) ah… ah… ah…

-Lindzay: ah… ah… ah… (Ambos se encuentran exautos y deteriorados con el combate)

-Hades: te has vuelto mucho mas fuerte que antes…

-Lindzay: (Reacomoda su nariz escuchándose un pequeño tronido) ¡Gck! (Limpia un pequeño chorro de sangre que se deslizo por su nariz) debiste permanecer muerto… (Choca ambas manos como si hubiese dado un aplauso creando un resplandor en medio que crece con forme sus manos se separan)

-Hades: (Sonríe) ¿Ah si…? (Se teletransporta atrás de ella) ¡Toma! (Se lanza a clavarle su mano en la espalda)

-Lindzay: mordiste el ansuelo… (Se agacha poniendo sus respladecientes palmas sobre el suelo)

-Hades: ¿Qué es esto? (Brotan del piso unas extrañas cadenas echas de energia que lo envuelven) ¡Gck! No puedo… teletransportarme (Intenta con todas sus fuerzas liberarse de las cadenas)

-Lindzay: Esa técnica la hice especialmente para ti… (Su mano derecha comienza a brillar y emana de ella una clase de polvo plateado que emite un hermoso resplandor como el polvo de hadas) "Polvo de la Luna"

-Hades: (Presiente un peligro enorme) ¡Huracán!

-Huracán: (Salta a la batalla lanzando un torrente de llamas hacia Lindzay)

-Lindzay: (Se aleja de Hades, escapando de las llamas)

-Huracán: ¡Ahora teletransportate hermano!

-Hades: no puedo, esta estúpida habilidad me tiene atrapado.

-Lindzay: ¡Esto es por mi familia maldito! (Se lanza hacia el)

-Hades: ¡AHH! (Intenta liberarse, pero es inútil) ¡Es-Espera!

-Lindzay: (Corre a toda velocidad a ponerle fin a esta batalla) ¡GRAAH!

-Hades: ¡NOO! (Ante el final inminente solo hay algo que puede hacer) ¡Amon-Ra lo mato ¿Cierto?!

-Lindzay: (Como si todo se hubiera congelado se detiene en seco) ¡Gck!

-Hades: (Contra todo pronostico logra detenerla) si…, tu memoria estaba bloqueada por algo… algo que no querías recordar… ¿Es su muerte a caso?

-Lindzay: (La concentración de Lindzay se rompe, haciendo que el polvo de la luna desaparezca y Hades se libera)

-Hades: (Se pone de pie) sabes que creo…

-Lindzay: (Sus piernas comienzan a temblar)

-Hades: creo que tú lo viste morir… si… eso fue…

-Lindzay: cállate…

-Hades: (A pesar de haber estado al borde del abismo, logra encontrar la clave de su victoria) ¿Escuchaste el último latido de su corazón?

-Lindzay: cállate…

-Hades: ¿Viste como la luz de la vida se desaparecía de sus ojos? ¿Sentiste como su cuerpo iba perdiendo su calor?

-Lindzay: ¡Cállate, cállate, cállateee! (Cae llorando arrodillada sobre el suelo, mientras agarra su cabeza con sus dos manos) ¡Ah! (Un fuerte y triste grito de dolor escapa de su boca mientras las lágrimas no dejan de brotar de sus ojos)

-Hades: ¿A dónde se fueron todas esas ganar de luchar de hace un momento? (Se acerca a Lindzay)

-Lina Lindzay: (Mira como tiemblan sus manos mientras sus lágrimas caen sobre ellas) Gck… (El recuerdo de sus manos manchadas de la sangre de su amado destrozan por completo su mente y hacen pedazos su corazón) no… no… ¡NO! (Un mar de lagrimas inunda su rostro) es mentira… todo es mentira…

-Hades: tú sabes que no lo es… porque… tú lo viste ¿No? ¡TU LO VISTE MORIR!

-Lina Lindzay: (Un fuerte trueno estremece la tierra mientras la lluvia hace acto de precencia) ah… (Se derrumba sobre el piso)

-Hades: pero no te preocupes… pronto te reuniré con el… esta vez no tienes a nadie que te salve…

-Huracán: termínala hermano…

-Hades: hasta nunca Lina Lindzay… ¡AH! (Le clava su mano derecha en el corazón)

-Lina Lindzay: ¡AH!

-Hades: aunque me gustaría quedarme con tu alma… no puedo correr el riesgo de que misteriosamente te liberes como hace un momento, asi que tendré que tomar medidas…, al igual que tu eres capaz de matarme yo también puedo terminar con tu vida, es una pena que se pierdan todas esas almas, pero lo dejaremos a la suerte… te saco el alma o mueres junto a ellas… (Extiende su mano izquierda hacia el cielo) yo te invoco… "Cárcamo" (En el cielo se comienza a formar un torrente de almas en pena, la cantidad es tanta que pareciera un rio) el rio de la muerte "Cárcamo" no importa cuántas almas tengas te asesinara en el acto…, esto es tan emocionante…

¿Podré sacarte el alma antes de que caiga el Cárcamo sobre ti? O vere como tu existencia es devorada por el rio de la muerte…

-Huracán: jamas pensé que esta mujer tuviera semejante poder…

-Hades: si, incluso a mi me tomo bastante trabajo vencerla…, ahora aléjate hermano, si el cárcamo te atrapa también te matara.

-Huracán: solo me alejare lo suficiente para evitarlo (Se aleja de ellos) quiero ver su rostro cuando la vida se le escape…

-Hades: Empecemos… ¡Ah! (Se dispone a bajar la mano izquierda y con ello lanzar el Cárcamo sobre Lindzay) ¡MUERE!

Capitulo 35: ¿El Fin?

-Hades: Lass uns anfängen… (Empecemos…) ¡Ah! (Se dispone a bajar la mano izquierda y con ello lanzar el Cárcamo sobre Lindzay) STERBEN! (¡MUERE!)

-Alice: ¡SHAKAN!

-Dark: ¡Ahora!

-Hades: ¡Gck! Ich kann mich nicht bewegen… (No puedo moverme…) (El tiempo se congela para los Dioses dándoles solo la oportunidad de mover los ojos) Das ist die Kraft von Kairos … (Este es el poder de Kairos…)

-Martyn: (Aparece frente a Hades, rápidamente libera a Lindzay y huye con ella)

-Hades: (Justo cuando escapa se reanuda el tiempo y baja su mano izquierda conduciendo al Cárcamo hacia un terreno vacio) Verdammt nochmal! (¡Maldito seas!)

-Dark: corre, llévate a Lindzay a un lugar seguro… nosotros te cubriremos la espalda.

-Huracán: ¡Malitos insectos! ¡Se atreven a desafiarnos! (Les lanza un torrente de fuego, pero en ese momento de entre la tierra se levanta una gran muralla de piedra bloqueando el fuego)

-Daniel: no tan rápido cigarro… tu camino se detiene aquí.

-Huracán: acaso creen que pueden detenerme insectos.

-Hades: (Se teletransporta frente a Martyn) Wohin gehst du? (¿A dónde crees que vas?)

-Martyn: ¡Maldición!

-Hades: (Pasa su mano por Martyn de lado a lado y le saca el alma)

-Martyn: ¡AH! (Su cuerpo se vuelve piedra en un instante)

-John: ¿¡Qué mierda fue eso!? (Se sorprende)

-Gera: le saco el alma…

-Dark: Gera ayúdame… desfragméntate en cristales tengo una idea. (Vuela hacia Hades)

-Hades: du kannst nicht entkommen… (No escaparas tan fácilmente…) … (Camina hacia Lindzay)

-Dark: (Aparece frente a Hades)

-Hades: (Al verlo tan repentinamente no puede evitar confundirlo) Du? (¿Tu?) (El miedo se apodera de él) Du bist tot! (¡Tu estas muerto!)

-Dark: ¡Ahora Gera!

-Gera: (Aprovechando la confusión en forma de viento frio levanta a Lindzay y se la lleva)

-Hades: (Intenta atrapar a Gera pero su mano solo consigue pasar de lado a lado) Was? (¿Que?)

-Dark: sabia que funcionaria…

-Hades: Es ist egal, was Sie versuchen, Sie werden immer noch versagen… (No importa lo que intentes, seguirás fallando.)

-Dark: (Su cara muestra cierto desconcierto al no entender nada de lo que dice)

-Hades: habia olvidado que los humanos no hablan nuestro idioma…, Soy Hades el Dios de la Muerte… (Observa detenidamente a Dark) valla broma me jugaron…, aunque debo de reconocer que la idea de dispersar su cuerpo para evitar que le robara el alma fue bastante ingeniosa…

-Dark: Supongo que debo sentirme alagado…

En uno de los momentos más tensos de la historia…, La Sombra Del Viento interviene en la ejecución de Lindzay salvándola de su inminente fin, sin embargo, con ella fuera de combate y dos dioses en el campo de batalla ¿Hacia qué lado se inclinará la balanza?

-Hades: aun asi nada de lo que hagan funcionara…, cuando termine con ustedes iré nuevamente por Lindzay…

-Dark: si es que lo logras…

-Hades: (Mira alrededor) ni si quiera todos juntos podrían ganarme… son solo basuras.

-John: le voy a romper la cara a ese desgraciado…

-Hades: (Levita lentamente del suelo) no se preocupen me desharé de ustedes rápidamente… (Extiende sus manos en el aire y comienza a liberar pequeñas esferas humeantes)

-Daniel: ¿Qué diablos es eso?

-Dark: no dejen que ese sujeto los toque, sus manos son sus verdaderas armas.

-Alice: bien…

-Hades: (Las esferas poco a poco comienzan a tomar formas amorfas y fantasmagóricas) a ellos…

-John: ¿Pero qué changos es eso?

-Alice: Emilia dijo que tenia el poder de crear almas que lo ayudaran en combate… creo que a eso se refería…

-John: ¡En entonces las matare dos veces!

-Hades: (Las almas se abalanzan contra ellos) destrócenlos…

-Daniel: nos esta subestimando… (Pega una patada al piso donde se alza una enorme muralla de piedra) yo los cubro ustedes ataquen.

-Alice: (Jala la cuerda del arco apareciendo una flecha en el) es la primera vez que uso una de verdad…

-Dark: (Concentra una gran cantidad de viento entre sus manos y poco a poco la comprime)

-John: (Se monta arriba de la muralla de Daniel) este desgraciado me las pagará (Levanta su mano derecha elevando su motocicleta hasta la cima de la muralla, después se comienza a desarmar) llego la artillería (La motocicleta se transforma en un conjunto de cañones que disparan grandes balas a muy alta velocidad) ¡Matenlo!

-Dark: ¡Ahora Alice! (Lanza la esfera de aire comprimido que creó)

-Alice: (Suelta la flecha)

-Hades: (Contempla como se acercan a él todos los proyectiles) esto será mas fácil de lo que pensé… (Los poderes destrozan cada alma en su camino, sin embargo, no intenta escapar) ¡Tomen! (Cuando están a punto de impactarlo pasa su capa sobre ellos)

-John: ¿¡Que rayos fue eso!?

-Alice: todos nuestros ataques desaparecieron…

-Dark: ¿Hmm? (Siente la presencia de algo extraño) ¡Cuidado! (Repentinamente la esfera de aire que lanzo Dark aparece justo enfrente la muralla de Daniel, al impactarla la muralla se destruye enviando trozos de piedra en todas las direcciones)

-Daniel: (Al estar tan cerca de la muralla no puede evitar ser golpeado y aplastado por los escombros) ¡AH!

-John: (Cuando el poder de Dark choca con la muralla sale disparado por los aires) ¡A la mierda!

-Alice: (Las balas que lanzo John aparecieron detrás de Alice) ¿Esas son…? (Alcanza a percatarse de ellas y las esquiva)

-Dark: buen movimiento Alice…

-Alice: (Sus ojos brillan de rojo como el fuego enfurecido de la lava de un volcán al igual que su cabello) de no haberme transformado… no lo hubiese logrado…

-Dark: aun asi lo hiciste bien.

-Alice: (Recuerda que falta algo) ¡Dark!

-Dark: (Finalmente la flecha que lanzo Alice aparece cerca de la espalda de Dark)

-Hades: bajó la guardia… (Sonríe)

-Dark: tranquila… (Pero la flecha se detiene en seco) ¿Recuerdas lo que dijo Emilia?

-Alice: una ves fijado el blanco la flecha lo seguirá solo a él… (La flecha da media vuelta luego sale disparada nuevamente hacia Hades)

-Hades: ¡Maldita sea! Esas son las flechas de Kairos. (Espera nuevamente a la flecha cuando esta lo suficientemente cerca la esquiva y luego la golpea de lado destruyéndola en el acto) son igual de problematicas que antes…

-Daniel: (Sale de entre los escombros con un poco de sangre en el rostro) ah… eso fue inesperado.

-John: (Desciende flotando de los cielos cubierto totalmente por una capa de metal) ¿¡Que rayos pasó!?

-Dark: regreso cada uno de nuestros ataques… si continuamos lanzándole nuestros poderes, los regresara una y otra vez…

-John: ¡No mames!

-Daniel: entonces… ¿Qué hacemos peleamos cuerpo a cuerpo?

-Dark: nos dividiremos en grupos… al parecer la única forma de ganarle es en cuerpo a cuerpo…

-John: ¡Ahí viene! (Todos saltan hacia atrás esquivando el ataque de Hades)

-Hades: solo están ganando tiempo para que Lindzay escape.

-Dark: ¡Alice tirale flechas!

-Alice: (Le lanza una flecha)

-Hades: mierda… (Logra esquivarla)

-Dark: (Observa alrededor) ¿Dónde esta Huracán?

-Hades: (Se lanza hacia Alice) tu eres la primera a la que debo eliminar

-Alice: Es muy rápido…

-Hades: (Intenta alcanzarla con su mano) te sacare el alma.

-Dark: (Con su espada detiene a Hades) ¡Gkc! (El impacto lo impulsa hacia atrás) es muy fuerte…

-Hades: Oh…, asi que tienes habilidad después de todo…

-Dark: ¡John! ¡Busquen a Huracán!

-John: ¿Qué? (Busca desesperadamente a Huracan)

-Daniel: Debe de estar tras Gera ¡Vamos! (Corren en la dirección que Gera tomó)

-John: ¿Por qué no nos dimos cuenta?

-Daniel: teníamos toda nuestra atención en esa cosa, nunca nos percatamos que Huracan fue traes Gera…

-John: dudo mucho que sepa a donde se dirije… asi que probablemente el hielito haya logrado escapar… (En ese momento encuentran a Huracán a lo lejos intentando rastrear el camino que Gera tomo) ¡Ahí esta!

-Daniel: (Se sorprende) ahora que lo veo bien… esta bastante golpeado… mira su cara…

-John: si ya vi, parece que la mujer perro le pego una buena golpisa…

-Daniel: ¿Entonces? (A pesar de haberse fortalecido, una parte de ellos conoce el poder del Dios del Fuego, lo que provoca una inyección de adrenalina a su organismo) uf…

-John: pues hay que irle a pegar unos chingasos al desgraciado para que se aliviane…

-Daniel: me agrada la idea…

-Huracán: ¿Hmm? (Es golpeado por una enorme roca) ¡Ah!

-John: (Le brinca ensima Huracán con un gran martillo de metal en la mano) con que te gustan los martillo eh (Comienza a pegarle martillazos en la cara) ¡Toma! ¿Te gusta? ¿Te gusta? ¡Eh!

-Huracán: ¡Maldita basura! (Se intenta levantar, pero sus manos y pies son apresados por cuatro grandes montículos de tierra)

-Daniel: ¿A dónde crees que vas? (Dice con un gran martillo de piedra en la mano)

-Huracán: ¿A caso creen que dos basuras como ustedes pueden hacerme frente?

-John: (Le da un martillazo en la boca) ¡Cállese! ¡Nadie le está preguntando nada!

-Daniel: déjame algo (Se lanza sobre Huracán dándole también de martillazos)

-Huracán: ¡AH! (Se molesta y explota en fuego)

-John: (Saltan hacia atrás esquivando las llamas) creo que se enojo.

-Daniel: que poco aguanta.

-Huracán: ¡Los hare pedazos! (Arremete contra Daniel)

-Daniel: (Al ver a Huracán acercarse crea una barrera de piedra)

-Huracán: (Atraviesa la barrera e impacta a Daniel con un martillazo, luego lo golpea con su mano izquierda y lo estrella contra el suelo) ¡Muere desgraciado!

-John: (Se le cuelga de la espalda y comienza a darle de martillazos en todas las partes de la cabeza) ¡Cálmese!

-Daniel: ¡Goah! ¡Quítamelo!

-Huracán: ¡AAHH! (Los martillazos en su cabeza abren las heridas previamente echas por Lindzay) cuando te atrape te pulverizaré (Intenta quitarse a John con la mano izquierda)

-John: (Aprovecha para transformar su martillo en unas esposas y le agarra la mano que quiera atraparlo, luego se desliza hacia las piernas de Huracán y con su control del metal jala una de las esposas hacia la pierna hasta esposarlo de su mano y pierna)

-Huracán: (Queda en una posición muy extraña) ¿Te estás burlando de mi maldito?

-John: (Ríe) es la posición de Yoga mas macabra que he visto.

-Daniel: (Se levanta con sangre en el rostro) ese maldito aun esta muy fuerte (Se quita sangre que corrió por su ojo)

-John: ¡Tranquilo viejo! Ya lo tengo controlado.

-Huracán: (Explota en un gran torrente de fuego derritiendo las esposas) ¡Ya me colmaron la paciencia! (Dice mientras una gran cantidad de sangre corre por su frente) ¿Hmm? (Siente su sangre) ¡Hijos de Puta! (Un mar de fuego se dirige a ellos)

-John: ¡A la mierda! ¡Has algo maniaco! (Se sorprende al ver tal cantidad de llamas)

-Daniel: (Levanta sus manos rápidamente y se levanta multiples barreras de piedra)

-Huracán: ¡AH! (Continua expulsa fuego hacia ellos)

-John: (Escucha los estruendos del fuego al impactar y derribar las barreras) ¡Estas madres se van a caer!

-Daniel: ¡Cállate! Estoy intentando mantener esto.

-John: ¡Vamos a morir! (Grita)

-Daniel: ¡Que te calles!

-Huracán: esa muralla no podrá detener mi fuego para siempre…

-John: ¡Auxilio!

-Daniel: ¡John! (Le dice molesto)

-John: (Ríe) tranquilo solo estoy jugando…, las esposas que derritió no dejan de ser metal… metal derretido, pero metal…

-Huracán: (Mantiene la emisión de fuego con su mano izquierda y con su mano derecha se prepara para lanzarles el martillo) haber si esa barrerita puede soportar esto (En ese momento el metal derretido de las esposas se levanta del suelo y salta a los ojos de Huracán) ¡Ah! (deja de lanzar fuego)

-John: ¡Ahora!

-Daniel: (Salta de la muralla para impactar el suelo con un puñetazo sacando un gigantesco pedazo de tierra que eleva hacia el cielo) lo aplastaremos como a una cucaracha…

-John: espera deja darle estilo a esa roca (Le coloca espinas de metal) con eso quedara mas que muerto…

-Daniel: (Eleva la piedra lo suficiente) ¡Muere!

Momentos antes...

-Dark: (Esquiva con extrema dificultad los ataques de Hades) maldición...

-Hades: ¿Solo puedes huir? (Agacha la cabeza esquivando la flecha que lanzo Alice anteriormente)

-Alice: no logramos alcanzarlo... (Mueve el ojo con alas que tiene el arco y lo coloca en la tercera línea) debo de aumentar el numero de flechas para ralentizarlo más (Le lanza las tres flechas)

-Hades: ¿Hmm? (Mira las flechas) vienen mas de esas cosas... (Cuando están lo suficientemente cerca pasa la capa por las flechas y las desaparece)

-Dark: (Aprovecha para atacarlo con su espada, pero Hades detiene su espada con su mano izquierda) demonios...

-Hades: (Siente un pequeño dolor en su mano y mira una pequeña cortada creada por la espada) no puedo estar deteniendo esa espada todo el tiempo con mis manos... (Concentra una gran cantidad de almas y las convierte en una espada transparente) con esto bastara...

-Alice: ¡Ah!

-Dark: ¿Qué ocurre?

-Alice: (Es sujetada por muchas almas que emergieron del suelo) ¡Gck!

-Hades: estabas tan concentrada en el arco que no te diste cuenta... (Le lanza la espada a Alice)

-Alice: ¡No puedo liberarme!

-Dark: ¡No! (Lanza su espada hacia la de Hades logrando que choquen)

-Hades: te tengo... (Clava su mano en Dark)

-Dark: ¡AAHH! (Siente un tremendo dolor)

-Hades: (Comienza a sacarle el alma) uno menos... (Se clavan las cuatro flechas de Alice en su espalda) ¡AAAHHHH! (Pierde la concentración)

-Dark: (Aprovecha para liberarse)

-Hades: maldición... estas flechas hacen demasiado daño... (Remueve las flechas) ¡Gkr!

-Dark: (Aprovecha la oportunidad para atacar) ¡Desgraciado! (Le conecta un feroz puñetazo)

-Hades: ¡AH! (El impacto lo impulsa sobre los cielos) ah... ah... ah... la pelea con Lindzay... y el daño que recibí con ese estúpido arco... me dejaron muy debilitado

-Dark: (Persigue a Hades por el aire hasta tenerlo dentro de alcance para atacarlo con su espada)

-Hades: (Esquiva el ataque de Dark) no estoy tan débil como para ser derrotado por ti… (Pero de nuevo es impactado por la espalda por tres flechas) ¡GYAAAHHH! (Las flechas de Kairos parecen hacerle mas daño del esperado)

-Alice: ¡Le di!

-Hades: (Desaparece)

-Alice: ¡Desapareció!

-Dark: (Mira a su alrededor) ¿Dónde esta?

-Alice: ¡Dark! ¿Dónde esta John y Daniel?

-Dark: ¡No puede ser! ¡Vamos Alice!

Mientras tanto… a unos kilómetros de distancia.

-John: ¡Ya lo tenemos!

-Daniel: ¿Hmm?

-Hades: (Aparece justo frente a Daniel)

-Daniel: (Todo es tan rápido que no alcanzó a reaccionar) ¿Qué?

-Hades: (Pasa su mano de lado a lado de Daniel y le saca el alma)

-Daniel: (Después de perder el alma, la gran roca que estaba cayendo se vuelve graba y su cuerpo se convierte en piedra)

-Huracán: (Logra quitarse el metal derretido de los ojos) malditos… (Se da cuenta de que Hades se encuentra ahí) ¿Qué ocurre hermano?

-Hades: ocurre que… estos dos casi te matan…

-Huracán: eso es imposible solo los perdi de vista unos segundos…

-Hades: mas que suficiente Huracán…, por suerte termine aquí en el momento mas indicado…

-John: maldita sea…

-Hades: ahora solo faltas tú… (Vuela hacia John)

-John: (Se cubre totalmente por metal)

-Hades: (Cuando intenta sacarle el alma el metal le impide entrar en su cuerpo) maldito… entonces te matare… (Golpea fuertemente el metal, doblándolo, el golpe es tan fuerte que el metal no alcanza a reducir su daño)

-John: ¡Goah!

-Huracán: (Le salta encima dándole martillazos en la cabeza) ¡Ahora es mi turno!

-John: (Es gravemente herido por los golpes de Huracán, el metal poco a poco es destruido) mierda… (Con las ultima energías que tiene intenta escapar, pero Hades lo atrapa)

-Hades: no eres tan rápido como yo. (Lo golpea haciendo que se impacte contra el suelo)

-John: ¡AH!

-Hades: ahora terminare contigo… (Nuevamente crea una espada con cientos de almas) muere payaso…

-Dark: (Detiene la espada antes de que realice el ataque) no te lo permitiré.

-Hades: mira a lo que sean reducido… ahora solo son dos los que pueden luchar… y con el alma que le quite a tu amigo… me he recuperado un poco del daño que recibí…

-Dark: Alice… ataca a Huracán con el arco… no será capaz de esquivar las flechas como lo hace Hades… no dejes que Huracán mate a John… yo me ocupare del otro…

-Alice: está bien…

-Hades: ¿Entonces… que harás?

-Dark: (Observa a su amigo que ha sido convertido en piedra, cualquier acción en la dirección equivocada podría destruirlo) … (Sin mas que hace arremete contra Hades)

-Hades: (Esquiva con facilidad el ataque y contraataca con una estocada)

-Dark: (Logra interpoder su espada ante el firme espadazo de su enemigo consiguiendo cambiar un poco su trayectoria, por desgracia alcanzó a cortar abdomen) ¡Ah!

-Alice: ¡Dark!

-Dark: estoy bien… tu encárgate de Huracán…

-Hades: un poco mas y te hubiera cortado en dos.

-Dark: ¡Cállate! (Le lanza una intensa ráfaga de viento)

-Hades: (Pasa su capa por la ráfaga haciendo que desaparezca)

-Alice: (La onda de viento aparece detrás de ella enviándola fuertemente contra el piso) ¡Ah! (Sin poder detenerse se impacta fuertemente contra la tierra)

-Dark: ¡Alice!

-Hades: conmigo tus ataques a distancia pueden asesinar a tus aliados.

-Dark: ¡Maldito! (Inician un feros intercambio de espadazos)

-Hades: (Sus espadas impactan una y otra vez) ¿Qué pasa? ¿Te molesta que use tus ataques para matar a tus amigos?

-Dark: ¡Cállate! (Sus espadas chocan una y otra vez sin lograr pasar la defensa de su enemigo)

-Huracán: (Camina hacia Alice) es una pena que este bello espécimen termine asi…

-Alice: (Sorpresivamente se levanta del suelo y le conecta un gancho en la barbilla)

-Huracán: ¡GOAH! (Lo levanta del piso)

-Alice: (Da un giro en el aire y le conecta una patada estrellandolo contra el suelo) ah… (Respira agitada) ah…

-Hades: (Mira a Alice) esa chica de ahí es bastante fuerte…

-Huracán: asi que te estabas haciendo la muerta eh… (Se levanta de la tierra) esto no tiene que acabar asi (Le extiende su mano) únete a mi y te salvare de esta muerte inminente…

-Alice: primero muerta antes que unirme a ti.

-Huracán: te arrepentiras de haber rechazado mi oferta… (Se cubre totalmente de llamas)

-Alice: (Observa con asombro el fuego)

-Huracán: ¿Qué pasa? ¿No puedes golpearme si estoy cubierto de fuego? (Ríe)

-Alice: (Sin dudar tira del arco y le impacta tres flechas en el pecho)

-Huracán: ¡GYAAAHHH! (Las flechas lo impactan con gran fuerza en el pecho) agh… ¿Dónde conseguiste ese maldito arco…? ¡Gck!

-Alice: eso no es de tu incumbencia (Le lanza tres flechas mas)

-Huracán: maldita… (Con su mano derecha usa su martillo para destruir las flechas mientras con la mano izquierda comienza a sacar las tres flechas que estan en su pecho) agh… ¡Ah! (Saca la ultima flecha) ahora si me has hecho enfadar… (Le lanza un torrente de fuego)

-Alice: (Rápidamente se resguardar detrás de la muralla anteriormente hecha por Daniel) rayos… si me alejo mucho me atacara con fuego a distancia, pero si me mantengo cerca se cubrirá de llamas para que no lo pueda tocar… ¿Qué hago? (Se le ocurre algo)

-Hades: ¿Qué ocurre? ¿Ya te cansaste?

-Dark: (Su cuerpo tiene varios rasguños de espadas) ah… (Respira agitado)

-Hades: no podrás seguir de ese modo eternamente… sabes que en un momento mi espada te atravesara y terminara con tu vida…

-Dark: (Piensa "Maldición…, tiene razón, no puedo estarlo evitando por siempre, no tengo la fuerza suficiente para luchar con un dios el doble de fuerte que Huracán, si no fuera porque Lindzay lo debilitó, ya estaríamos muertos") ah… ah…

-Alice: (Se asoma por un costado de la muralla y lanza tres flechas)

-Huracán: eso no te funcionara… (Destruye las flechas con su martillo)

-Alice: (Tira cuatro rachas de tres flechas seguidas)

-Huracán: (Ríe) es inútil (Destruye una a una hasta que golpea una flecha muy extraña) ¿Hmm? Esa no es una flecha.

-Alice: ¡Truena Centella!

-Huracán: ¿¡Que!? (Cayó en la trampa de Alice, la Centella iba detrás de la ultima flecha, siendo golpeada por él)

-Alice: (Al hacer contacto la centella con el martillo de Huracán aparece un agujero negro de cuatro metros de diámetro succionando todo lo que se encuentra cerca de él)

-Huracán: ¡Maldita! No ganaras nada con solo detenerme (En ese momento empiezan a aparecer multiples cortadas por todo su cuerpo) ¡AAHH!

-Alice: esa Centella es mucho más poderosa que la ultima que recibiste... y está intentando despedazarte.

-Huracán: ¡Ah! (El dolor incisante que provocan las cortadas cada vez es mayor) mocosa del demonio...

-Alice: (Mientras Huracán se encuentra atrapado coloca el ojo de su arco en la cuarta línea y luego tira de él apareciendo una preciosa flecha dorada)

-Hades: ¿Hmm? (Mira la flecha del arco de Alice) ¡Maldita sea! (Se teletransporta)

-Dark: (Falla un espadazo que lanzo a Hades) ¿Qué? ¿A dónde fue? (Mira alrededor hasta que lo encuentra detrás de Alice) ¡ALICE! ¡NOO!

-Alice: (Escucha el grito de Dark, pero no es lo suficientemente rápida para detener a Hades) ¡Dark!

-Hades: entrégame tu alma... (Mete su mano dentro de Alice y poco a poco comienza a sacarle el alma)

-Alice: ¡AAHH! (Pierde el conocimiento, suelta el arco y la flecha se desaparece)

-Dark: (Vuela lo más rápido que puede, pero no llegará a tiempo) ¡ALICE!

-Hades: eres mía...

-Dark: ¡NOO!

Capitulo 36: El dia de la independencia.

-Hades: (Cuando está a punto de sacar por completo el alma de Alice, es impactado por una intensa llamarada de fuego por la espalda) ¡AAHH! (Las llamas le hacen tanto daño como para hacerle perder la concentración y hacer que el alma de Alice regrese a su cuerpo) ¡Maldición! ¿Qué te pasa? ¿Por qué me atacas de esa manera Huracán?

-Huracán: (Al estar Alice inconsciente la centella se desaparece) ah... ah... (Respira agitadamente) pero hermano... recién me liberé...

-Hades: entonces ¿Quién fue?

-Marie: lamento la tardanza, pero estuve un poco ocupada… tuve que recoger a alguien…

-Dark: ¡Marie! (Se alegra)

-Hades: oh… así que mas insectos se han unido a esta masacre…, aunque eso no cambiara nada…, no pueden detenerme…

-Marie: esto aun no se ha terminado…

-Hades: les mostrare lo que les pasa a los que se meten en mi camino matando a esta mujer (Voltea a ver donde estaba Alice, sin embargo, se da cuenta de que no está) ¿Qué?

-Sasha: (Otro integrante mas se une a la batalla) esa entrada solo fue para distraerte… (Recuesta a Alice en el suelo) esta inconsciente, pero está bien…

-Dark: llegaron en el mejor momento…

-Sasha: (Mira a Huracán y Hades) entonces… ¿Esos son los dioses? Esos seres tan poderosos que existieron hace 2 mil de años.

-Dark: Huracán es muy fuerte… pero Hades esta más allá de lo que habíamos calculado…

-Sasha: veamos… (En su mano derecha se concentra una gran cantidad de electricidad)

-Dark: ¡No, espera!

-Sasha: (Lanza un gigantesco rayo hacia su enemigo)

-Hades: (Espera a que este lo suficiente cerca para pasarle la capa y desaparecerlo)

-Sasha: hmm…

-Marie: ¡Cuidado!

-Dark: (El rayo aparece frente a Dark impactándolo directamente, el poder es tan fuerte que sale disparado hacia un montón de escombros) ¡AAHH!

-Sasha: (Lo mira fijamente) ya veo…

-Marie: esa es una habilidad muy sucia…

-Huracán: (Ríe) es tan divertido ver como se matan entre ellos.

-Hades: siempre aprenden de la manera difícil…

-Dark: (Sale de entre los escombros) ah… (Respira agitado) ah… maldición…

-Sasha: ¿Algo más que debamos saber sobre él?

-Dark: puede sacar cientos de almas para usarlas a su antojo, si te toca puede sacarte el alma y convertirte en piedra… además se puede teletransportar a el mismo o cualquier cosa donde él quiera…

-Sasha: Marie… yo y Dark lidiaremos con este sujeto, dejo a Huracán en tus manos

-Marie: está bien… yo me ocupare de él.

-Sasha: te lo encargo…

-Huracán: otra mosca intenta desafiarme…, simplemente no lo entienden.

-Marie: (Camina hacia Huracán)

-Dark: Sasha… no te confíes, ese sujeto es muy fuerte en cuerpo a cuerpo también…

-Sasha: Dark…, se me ocurrio una idea que podria funcionar, si todo sale bien, debería debilitarse lo suficiente para que puedas vencerlo… asi que lo que ocurra apartir de ahora dependerá de ti…

-Dark: solo ten cuidado si te saca el alma se regenerará y terminaras como ellos (Señala a Daniel y Martyn)

-Sasha: (Despues de tanto tiempo sin ver a su amado, lo encuentra convertido en piedra) Da-Daniel… ¡Gck!

-Hades: (Se acerca a ellos) ¿Eras amiga de esas basuras?

-Sasha: (Un fuerte sentimiento de furia recorre su cuerpo) ¡Maldito infeliz! ¡Te hare pagar por lo que has hecho!

-Hades: oh… que miedo… (Sonríe)

-Sasha: (El sonido de un ensordecedor trueno estalla en Sasha mientras su cuerpo se llena de rayos) ¡Devuelve a Daniel a la normalidad! (Extiende sus manos y los rayos ondean a su alrededor)

-Hades: (Sonríe) otra vez con eso… parece que ustedes simplemente no aprenden…

-Dark: Sasha no lo hagas, el teletransportara el ataque y lo redirigirá hacia uno de nosotros)

-Sasha: Gck… (La ira la come por dentro) se lo que estoy haciendo…, tu solo concéntrate en recuperar tus fuerzas…

-Dark: (La determinación de Sasha no deja espacio para dudas) está bien… confió en ti.

-Hades: ¿Qué pasa? Te estoy esperando niña…

-Sasha: (Respira profundamente) ah… (Los rayos se concentran en sus manos, une ambas manos y extiende el dedo índice junto con el dedo del medio como si estuviera haciendo una pistola con ellos de repente hace un movimiento rápido como si hubiese lanzado un disparo escuchandose un fuerte trueno que envia un rayo disparado a gran velocidad hacia Hades)

-Hades: (Espera a que este lo suficiente cerca luego pasa su capa sobre el ataque, pero en ese momento algo extraño ocurre y es impactado por el rayo antes de que pueda teletransportarlo) ¡AAAAAHHHH! (El impacto del rayo es tan brutal que lo saca disparado hacia una pila de escombros)

-Dark: (Se sorprende) increíble…

-Hades: ¡Maldita! Ah... (Intenta ponerse de pie, pero su cuerpo no le responde) ¡Gck! (Pone la mano en su pecho y siente como la sangre fluye sobre el)

-Sasha: ah... ah... sabía que bajarías la guardia así que puse todo mi poder en ese rayo...

-Hades: la próxima vez... no tendrás tanta suerte.

-Sasha: cuento con ello... (Como si estuviera lanzando cuchillos de sus manos salen disparados poderosos rayos)

-Hades: (Los rayos son tan rápidos que no puede teletransportarlos) ¡AH! (Es golpeado por cientos de rayos los cuales provocan cortadas y heridas pequeñas en todo su cuerpo)

-Sasha: (Intensifica la lluvia de rayos hacia Hades lanzando la mayor cantidad en el menor tiempo posible)

-Hades: tus pequeños rayos no hacen el suficiente daño (Se teletransporta detrás de Sasha) te tengo... (Mete la mano en el interior de Sasha cuando inesperadamente recibe una fuerte descarga) ¡AAAHHH!

-Sasha: (Gira rápidamente y mete la mano de Hades mas profundo en su interior, luego lo abraza fuertemente, descargando toda la energía eléctrica que contenía su cuerpo)

-Hades: ¡AAHH! (Las pequeñas heridas creadas por los rayos previos sirven como puertas para toda la energía eléctrica que contenía Sasha causando todo el daño posible)

-Sasha: ¡GRAAAH! (Desde el cielo cientos de rayos impactan el cuerpo de Sasha el cual usa como conductor hacia Hades) ¡Esto es por Daniel!

-Hades: ¡GYAAAHH! (El daño que había recibido por Sasha se multiplica con rapidez) ¡Maldita!

-Dark: ahora entiendo todo... cuando Sasha lanzo el rayo que me impactó, usó toda la energía concentrada... y Hades la redirigió, Sasha se dio cuenta de ello... y pensó lo que a nadie se le había ocurrido... dispersó la energía de sus ataques antes de que estuvieran en el alcance de Hades, así él no podría teletransportar todas las partículas, utilizó su poder como un lanza granadas, al inicio todo va junto, pero a unos metros de distancia lo detona y sale disparado en partículas... algunas mas grandes que otras, pero el resultado esperado se alcanza, una idea realmente brillante...

Mientras tanto...

-Huracán: así que tu también quieres desafiarnos... ya se los dije es inútil... han sufrido muchas bajas y no hay nadie que le pueda hacer frente a mi hermano...

-Marie: ya lo veremos...

-Huracán: soy un Dios generoso, asi que te eliminare rápido y sin dolor...

-Marie: te espero...

-Huracán: ¡Muere! (Le lanza un torrente de fuego)

-Marie: (Es cubierta por las llamas)

-Huracán: (Ríe) asqueroso ser inferior…

-Marie: (En medio del ataque de Huracán un mar de llamas sale disparado hacia el cielo donde poco a poco comienzan a tomar la forma de un brillante Phoenix con llamas azules que desciende a una gran velocidad e impacta con Marie en volviéndola en llamas azules, cuando las llamas se dispersan una hermosa armadura plateada cubre su cuerpo)

-Huracán: (Se sorprende) ¿Cómo obtuviste esa armadura?

-Marie: entrenando mucho…

-Huracán: fascinante… pero eso no bastara para vencerme…

-Marie: lo sé… (Lanza un puñetazo en la dirección de Huracán y un torrente de flamas verdes salen disparadas hacia el)

-Huracán: (El fuego salió tan rápido que lo tomo con la guardia baja e intento desviarlo con su fuego, pero no fue suficiente, el fuego de Marie alcanzo a quemarle la mano) ¡AAAHHH! (Grita mientras se sujeta la mano) ¡Mi mano!

-Marie: he quemado al dios del fuego… (Sonríe) que ironía.

-Huracán: (La ira se apodero de Huracán al ser quemado por fuego) ¿Te estás burlando de mi? (Le lanza un torrente de fuego)

-Marie: (Al ver el gran torrente de fuego responde con una enorme columna de llamas verdes que frenan el fuego enemigo)

-Huracán: (Los dos torrentes de fuego chocan) este fuego lo conozco (Lanza su fuego con más fuerza pero no avanza) ¿Cómo fue capaz de conseguirlo?

-Marie: (Las llamas verdes de Marie compiten a la par con las llamas rojas del Dios del fuego) si… él tenía razón… mis llamas pueden competir con las suyas…

-Huracán: ¡Maldita sea! (Sus llamas no avanzan) es justo como ese día…

-Marie: (Da un salto dejando pasar las llamas de Huracán por abajo, aprovechando para tirarle un flamazo desde el aire)

-Huracán: Gck… (Con una onda de fuego alcanza a bloquear el flamazo de Marie) asquerosa basura…

-Marie: tu reinado ha terminado Huracán… con el resultado de esta batalla nacerá un nuevo dios del fuego.

-Huracán: insolente criatrua inferior… como te atreves a compararte con una entidad divina como yo.

-Marie: tu divinidad no ganara esta batalla.

-Huracán: ¡Cállate! (Lanza una ola de fuego)

-Marie: (Contempla que se acerca) ahí viene... (Da un giro y lanza una onda de fuego en forma vertical, la cual parte la ola abriéndose camino hacia Huracán)

-Huracán: (Ve como la enorme columna se habre paso hacia él, espera hasta que esté lo suficientemente cerca luego la impacta con su martillo dispersándola) esto es imposible... ¿Como consiguieron incrementar tanto su poder...? esto debe ser obra de ese maldito traidor... aun estando muerto sigues luchando contra nosotros ¡Kairos!

-Marie: (Crea diez esferas incandesentes de fuego a su alrededor despúes las lanza una por una)

-Huracán: (Con su martillo golpea cada una de las esferas logrando dispersarlas) ¿Recibieron ayuda de Kairos?

-Marie: quien sabe...

-Huracán: ¡GRR! (Crea un enorme látigo de fuego luego lo lanza hacia Marie) ¡Contesta!

-Marie: (Salta hacia la izquierda impulsándose con fuego lo cual la ayuda a esquivar el latigazo) tendrás que obligarme a decirte (Sonríe)

-Huracán: ¡Desgraciada! (Envia una bola de fuego hacia Marie)

-Marie: (Extiende un poco sus pies hacia los lados abriendo el compás de sus piernas luego extiente bruscamente sus manos como si fueran garras y libera un explosivo torrente de fuego de su boca como si fuese el aliento de un dragón)

-Huracán: (La esfera de fuego es devorada por el poderoso torrente de fuego de Marie y es arrollado por el, sin embargo, en el ultimo momento lanza su martillo hacia ella) ¡AAAHHH! (Las llamas verdes queman su piel, produciendo grandes heridas) ¡GOAH! (Se impacta contra una montaña de escombros)

-Marie: (Concentrada en mantener ese potente torrente para derrotarlo, no se da cuenta del martillo y es impactada por él, interrumpiéndose el torrente de fuego)

-Huracán: ah... ah... (Respira agitadamente) bajaste la guardia maldita... (Su cuerpo libera un poco de humo)

-Marie: (Se levanta de los escombros cubierta de sangre)

-Huracán: (Al ver a Marie gravemente herida comienza a reírse) tu fuego es fuerte, pero tu cuerpo sigue siendo de papel mocosa inmunda.

-Marie: agh... (Su cuerpo se estremece de dolor)

-Huracán: (Camina hacia ella) apenas puedes mantenerte en pie no cabe duda que sigue habiendo un abismo entre tu poder y el mío, pero tranquila mantendré mi promesa y no te hare sufrir, terminare contigo pronto.

-Marie: Gck... tal vez tengas razón... me duele todo el cuerpo...

-Huracán: tu sufrimiento terminara pronto... (Junta su martillo) reconozco tu esfuerzo y tu dominio sobre el fuego, pero cometiste un error al desafiar al dios del fuego (Se detiene frente a Marie)

-Marie: (Agacha la cabeza) deseo una muerte rápida…

-Huracán: tus últimas palabras… (Extiende su mano hacia Marie la cual poco a poco comienza a cubrirse de fuego)

-Marie: (Sonríe) ¡AH! (Explota una columna de fuego azul, sobre Marie, sus heridas sanan al instante y salta sobre Huracán cayendo con sus rodillas en los hombros mientras se sujeta firmemente de su cabello y le lanza un letal aliento de Dragon justo en la cara)

-Huracán: ¡AAAHH! (La piel de su cara se quema, su cabello, cejas y pestañas desaparecen en un instante)

De regreso con Sasha y Dark…

-Sasha: ¡Ghrah! (Desde los cielos descienden centenas de rayos e impactan a Sasha, su cuerpo es bañado con un poder abrumador el cual es conducido hacia Hades)

-Hades: ¡AAHH! (Su cuerpo es electrocutado sin piedad) ¡Maldición! ¡No me puedo liberar! (Intenta teletransportarse pero su cuerpo no le responde) en ese caso… ¡Gck! (Sale una gran cantidad de almas que se lanzan contra Sasha)

-Sasha: (En cuestión de segundos es cubierta por ellas) mierda… se están comiendo mi energía… (No tiene otra opción más que apartarse de él) ¡Alejense de mi! (Destroza rápidamente las almas)

-Hades: (Liberado de Sasha se teletransporta lejos de ella) ah… ah… ah… maldita sea… (Su cuerpo se encuentra herido y entumecido)

-Sasha: es ahora o nunca… ¡Gck! (Aprieta fuerte los dientes, crea unos rayos de color rojos, conduciéndolos por sus manos en la dirección de Hades y con un fuerte trueno salen disparados hacia el)

-Hades: (Mira los rayos) ¡Ah! ¡Mi cuerpo no se mueve! (Es impactado en el hombro creando una gran herida) ¡AAHH!

-Sasha: ¡AAH! (Con gran esfuerzo comienza a conducir dos rayos por sus brazos hasta que los dirige a la punta de sus dos dedos y los lanza, otro poderoso estruendo estremece el cielo)

-Hades: (Los rayos impactan su muslo junto con el otro hombro) ¡AAHH! (Cae de rodillas al piso) ah… (La sangre brota de sus heridas) maldita…

-Sasha: ah… ah… (Respira agitada) Da-Dark… (Sus rodillas se tambalean hasta el punto de no poder mas) ah… (Cae de rodillas sobre el piso, pone sus manos sobre el suelo para apoyarse)

-Dark: (Se acerca a Sasha) Sasha… (La ayuda a levantarse apoyándola en su hombro) apóyate en mi…

-Sasha: le di con todo…, lo ataqué con todo lo que tenia… y no pude matarlo… es muy fuerte…

-Dark: si… lo es.

-Sasha: dejo el resto en tus manos… protégenos a todos… Dark… (Se desmaya)

-Dark: hiciste un buen trabajo Sasha… (La recuesta junto a unas rocas) espera aquí…

-Hades: ah… ah… esa maldita… me dio muchos problemas… agh… (Se pone nuevamente de pie) pero aun tengo la energía suficiente para acabar con todos ustedes, tienen el poder para herirme mas no tienen el poder de matarme y su única esperanza se fue al inicio de esta batalla con la mente hecha pedazos…

-Dark: mientras yo esté aquí… no te permitiré matar a nadie… y si lo que leí es verdad… una vez que tú mueras las almas de mis amigos volverán a sus cuerpos…

-Hades: correcto…, pero es imposible que tú me ganes…

-Dark: terminemos con esto… (Saca su espada)

-Hades: te eliminare y me quedare con todas sus almas (Sus espadas se encuentran en el aire)

-Dark: (Empuja la espada de Hades hacia atrás) ¡No te lo permitiré!

-Hades: ¡Gck! (Su espada comienza a retroceder) ¿Qué?

-Dark: puedes sentirlo ¿Verdad?

-Hades: (Las heridas en sus hombros limitan su fuerza) esa desgraciada… me ataco en lugares específicos para debilitarme…

-Dark: sientes como el esfuerzo de todos está mermando tu poder.

-Hades: Gck… no podrán contra el poder de los Infinitys…

-Dark: (Echa la espada de Hades hacia atrás y lanza un ataque)

-Hades: (Rápidamente intenta bloquear el golpe de Dark pero no logra hacerlo por completo y el ataque corta su mejilla) ah… (Ataca a Dark pero logra bloquearlo) … (Sus espadas chocan una y otra vez)

-Dark: (Bloquea todos los ataques de Hades) te has vuelto mas lento… muy lento… (De nuevo alcanza a cortarlo ahora la nariz) la próxima podría ser tu cabeza…

-Hades: ¡Ah! Maldita sea… (Intenta atacar más rápido pero su cuerpo no le responde como él quisiera)

-Dark: (Nuevamente la espada de Dark alcanza a cortar una parte del cuerpo de Hades esta vez es su muslo)

-Hades: ¡Ah! (Cortó justo donde Sasha había impactado su rayo, su cuerpo pierde el equilibrio y cae de rodillas) ¡Agh!

-Dark: ya no tienes la fuerza para esquivar ninguno de mis ataques… (Cierra los ojos después extiende sus manos hacia el cielo de donde desciende un poderoso tornado)

-Hades: (El tornado lo atrapa) ¡AHH!

-Dark: (Entra en el tornado maniobrando con el viento corta a Hades con cada giro que da)

-Hades: ¡AH! (Recibe múltiples heridas) ¡Todavía no he acabado! (Se teletransporta fuera del tornado)

-Dark: (Rápidamente lo persigue hasta alcanzarlo en ese momento lo ataca cortando su espalda)

-Hades: ¡AAHH! (Gira para bloquear el siguiente ataque bloqueándolo con éxito, sin embargo, cuando contrataca su espada cruza de lado a Dark sin herirlo) ¿¡Que!?

-Dark: ¡GRAH! (Aprovecha la oportunidad y con una feros estocada consigue atravesarlo)

-Hades: ¡Goack! (Escupe una gran cantidad de sangre) ¿Qué fue lo que hiciste…?

-Dark: una técnica que guardaba para este momento… a la prendi de uno de los altos mandos de Genesis…

-Hades: ah… ah… (Exhausto respira agitadamente) esto es absurdo… no puedo ser vencido por una raza inferior como la tuya… (En ese momento mira una gran llamarada color verde a lo lejos) Huracán…

-Dark: se acabo… (Sostiene firmemente su espada para acabar con su enemigo cuando repentinamente desaparece) ¿¡Que!? (Se sorprende) ¿Dónde está? (Voltea a ver a Sasha y Alice para ver si estaba tras ellas) entonces… (Ve la llamarada color verde a lo lejos) ¡MARIE!

A unos kilómetros de distancia…

-Huracán: (Su piel se quema deformando su rostro) ¡AAAHHHHH! (El fuego de Marie comienza a quemar muy dentro de su cabeza, los brazos de Huracán caen a sus costados perdiendo poco a poco signos de vida…)

-Marie: ¡AH! (Descarga todo su poder sobre la cabeza de Huracán) ¡Muere! (En ese momento Hades aparece detrás de ella)

-Hades: (Con las pocas fuerzas que tiene alza sus manos y las mete en la espalda de Marie)

-Marie: (Siente una extraña sensación acompañada de un inmenso dolor… un dolor tan fuerte que su cuerpo deja de responder, el fuego inmediatamente desaparece) ¡AAAHHH!

-Hades: esta alma es poderosa… (Sin perder el tiempo le saca el alma a Marie y la absorbe) ah… (Da un suspiro de alivio)

-Marie: ah… ah… (Cae al suelo, luego su cuerpo se convierte en piedra)

-Hades: ah… (Muchas de las Heridas hechas por Sasha y Dark se desaparecen y regenera parte de su energía) lo logre… el poder de esta alma es increíble… me regeneró enormemente… (Observa a Huracán quien se encuentra agonizando) no hay nada que pueda hacer por ti mi hermano… mas que conservar tu alma hasta el dia en que Amon-Ra te vuelva a la vida… (Mete la mano en su agonizante hermano)

-Huracán: Goah… (Siente como la vida se le escapa) Bruder… (Hermano…) töte sie alle… (Matalos a todos…)

-Hades: Ja Bruder… (Si, hermano)

-Huracán: ¡Gck!

-Hades: (Saca el alma de su hermano la cual es dorada y diferente al resto)

-Huracan: ah… (La vida abandona su cuerpo convirtiéndose en una estatua de piedra que al poco tiempo se rompe por si sola)

-Hades: Ich werde dich rächen, Bruder… (Te vengare hermano…) … (Absorve el alma sanando por completo sus heridas)

-Dark: (Llega hasta donde están ellos) ¡Eres un cobarde! (Dice hirviendo de rabia)

-Hades: te estaba esperando… (Sonríe) como puedes ver… estoy listo para la batalla…

-Dark: ¡Eres un maldito cobarde!

-Hades: esto es la guerra… y como dice el dicho… "El fin justifica los medios" (Ríe) y ahora solo quedas… tu.

-Dark: desgraciado…

-Hades: reconozco, que tus aliados hicieron un buen trabajo, pero no fue suficiente…, ahora que he sanado todas mis heridas la aniquilación de todo lo que representas… se ha decidido.

-Dark: sin vergüenza… atacaste a Marie cuando tenía toda su atención en Huracán… eres un ser despreciable.

-Hades: llámalo como quieras…, pero los modales y el honor no ganan batallas, eso es algo que aprenderás con el tiempo…

-Dark: (Piensa "Debo alejarlo de Marie o podría romperla") te espero aquí…

-Hades: bien… (Se teletransporta frente a Dark)

-Dark: (Se cubre con sus brazos)

-Hades: te regresare cada golpe que me diste… (Le conecta un puñetazo lanzándolo lejos del lugar)

-Dark: ¡AAAAHHHH! (El poder del impacto no tiene comparación con todos los ataques anteriores, la fuerza con la que fue golpeado fue tan brutal que se rompieros tres de sus costillas) ¡Agh! ¡AAHH! (El dolor que siente en su interior es indescriptible) ¡Gck! (Sin esperarlo Hades vuelve a aparecer frente a él) ¡Agh!

-Hades: (Le conecta un derechazo a justo en el rostro)

-Dark: (Su rostro es cruelmente impactado rompiéndose su nariz y sus labios) ¡AAAHHH! (Rueda por el suelo hasta que una piedra lo detiene) ¡Uck!

-Hades: la muerte será poco castigo para ti… te hare sufrir hasta que me pidas a gritos que te mate (Extiende sus manos hacia el cielo, donde aparecen cientos de almas) atáquenlo.

-Dark: (Cientos de almas se lanzan hacia él, da un giro y crea una barrera de viento que lo protege del torrente de almas) agh… (Le duele todo el cuerpo) estoy en mi limite… (Las almas se abalanzan sobre el) ¡Ah!

-Hades: esta vez morirás… (Camina hacia Dark)

-Dark: (Con la poca fuerza que le queda destruye las almas) ah… ah… ah…

-Hades: ¿¡Quien es el débil ahora!? (Patea fuertemente uno de sus costados lanzándolo a una pila de escombros)

-Dark: ¡AH! (Escupe sangre)

-Hades: son los insectos mas duros que me ha tocado destruir… (Se acerca lentamente hacia el)

-Dark: ah… ah… solamente han venido a causar destrucción y sufrimiento a la humanidad…, pero eso termina hoy… (Usando su espada como apoyo utiliza todas sus fuerzas para levantarse) ah… ah…

En ese momento se escucha el sonido de una espada clavándose en la tierra…

-Hades: ¿Qué fue eso? (Voltea buscando el sonido y encuentra a la espada mas poderosa de todos… "Elizion" clavada a un costado de Dark con sus cadenas cascabeleando) ¡IMPOSIBLE! (Dice con desesperación intentando creer lo que esta viendo)

-Dark: (Las cadenas de la espada se enredan de su brazo)

-Hades: ¡NO! (Vuela a toda velocidad para impedir que Dark tome posecion de Elizion) ¡GRAAAH! (En una fracción de segundo consigue llegar con Dark preparándose para patearlo lejos de ella)

-Dark: ¡Gck! (Se da cuenta que no alcanzara a unirse a la espada) ¡Maldicion!

-Hades: ¡MUERE!

-Alice: ¡Shakan!

-Hades: ¡Agh! (El tiempo se detiene a pocos sentimetros de hacer contacto con Dark) ¡NOOOOOOOOOOO! (Grita con todas sus fuerzas)

-Dark: (Los escombros donde se había impactado comienzan a flotar luego apoyándose en la espada se pone de pie sus ojos negros se vuelven color morado)

-Alice: tu puedes…

-Dark: (Se detiene frente a él con Elizion apoyada en su hombro)

-Hades: (Recobra la movilidad) porque se aparece justo ahora… (Dice molesto)

-Dark: (Sonríe)

-Hades: ¿¡De que te ríes¡? (Inicia el combate con un derechazo)

-Dark: (Detiene el puñetazo con su mano izquierda)

-Hades: ¡Gck! (Se sorprende)

-Dark: (Levanta Hades con un gancho al estomado)

-Hades: ¡GOAH! (Un chorro de sangre escapa de su boca antes de salir disparado hacia el cielo)

-Dark: (Extiende sus manos y grandes pedazos de tierra comienzan a desprenderse elevándose en el aire haciendo un pequeño campo de asteroides)

-Hades: no... (Observa como las rocas se cubren de la energía morada que emana de la espada) el creador te hizo para ser nuestra perdición...

-Dark: (Mueve su mano izquierda y todos los objetos salen disparados a una gran velocidad hacia Hades)

-Hades: (Se teletransporta frente a Dark) ¡Porque! (Se detiene en seco) ¡Goack! (No puede mover su cuerpo) ¡Suéltame! (De pronto sale disparado hacia el campo de asteroides los cuales se dirigen hacia él a toda velocidad) ¡NO! (Colisiona fuertemente contra ellos) ¡AAHH! (Caen pedazos de escombro del cielo)

-Dark: (Mira atentamente la nube de polvo que se creó)

-Hades: (El daño recibido por los pequeños asteriodes lo dejan en un estado decadente) ah... ah... ¿Por qué...? ¿Porque tenía que tener un humano ese poder...? (Deciente hasta el suelo)

-Dark: (Camina hacia el)

-Hades: Primero Lindzay... y ahora esta basura... ¡Tú ya estás muerto! ¿¡Por que nos sigues atormentando? ¡THANATOS! (Ataca ferozmente con su espada, pero cada uno de sus ataques es bloqueado) ¡Maldito fantasma!

-Dark: (Hace un veloz movimiento con Elizion)

-Hades: (Como si fuera una rodaja de jamon cae al piso su brazo derecho) ¡AAHH! (Clava su espada en el suelo luego intenta detener la hemorragia con la mano restante) ¡Mi brazo! (Retrocede)

-Dark: (Se acerca a Hades)

-Hades: ¡No te acerques!

-Dark: (Lanza su espada hacia Hades)

-Hades: (La espada se clava en su estomago) ¡Goah!

-Dark: (Retira la espada del estomago de Hades)

-Hades: ¡Ah! (Escupe sangre) no... esto no puede terminar así... ¡La victoria era mía! (Intenta correr)

-Dark: (Con un veloz ataque le corta una pierna)

-Hades: ¡AH! (Cae al piso)

-Dark: (Camina hacia el)

-Hades: ¡NO! (Se teletransporta lejos de ahí)

-Dark: (Da rápidamente un salto elevándose por los cielos alcanzando a ver a Hades oculto detrás de una columna de piedra, toma impulso con su mano derecha y lanza fuertemente a Elizion, la espada sale disparada a una fuerte velocidad atraviesa la columna de piedras junto a Hades de lado a lado)

-Hades: ¡Goah! (Un gran agujero se abre en su estomago) todavía no... (De repente Elizion se regresa rápidamente) Ah... (Empieza a flotar) ¡Goah! (Escupe sangre) me está atrayendo hacia el (Intenta escapar, pero su cuerpo no le responde).

-Dark: (Con un corte limpio parte a la mitad a Hades separando su cadera de su cintura)

-Hades: ¡AAHH! (Cae al suelo)

-Dark: (Desciende hacia el)

-Hades: (Mira acercarse a Dark) es inútil... (Escupe sangre) el creador te hizo para convertirte en nuestra perdición... ¡Cof! ¡Cof! ¡Esto no ha terminado! ¡Gck! Ah... ah... ah... ¡Goah! (Muere).

Finalmente, la pesadilla ha terminado... el ultimo sobreviviente de la mortífera raza de los Infinitys habia exalado su ultimo aliento, perdiendo la vida sobre las devastadas tierras de Liftex, en ese momento todas las personas a las que les sacaron el alma... vuelven a la normalidad y el cuerpo de Hades se convierte en piedra para después desintegrarse por si solo...

Al morir los Dioses junto a los 4 del linaje Original, los días de La Oscuridad estaban contados, desde las alturas el Lienzo de Abilion se enclarecia al mismo tiempo que la oscuridad se disipada... una agradable sonrisa se dibujo en el celestial rostro del creador y aunque aun quedan restos de la oscuridad rondando los rincones del planeta, una lijera tranquilidad se apodero de su ser... muy dentro de el cabe la esperanza de la que humanidad es la raza elegida para mejorar con el tiempo y sobreponerse al dominio de La Oscuridad, saliendo triunfande donde otras razas han fallado encaminándose en el camino ha la eternidad...

Por otro lado, a pesar de la inesperada retirada de Lindzay, Los Grakan continuaron aniquilando todo a su paso, consiguiendo liberar en el proceso a las naciones de Matamoroz, Orton, Tuni, Siqueiros, en su travecia hacia Liftex, para después continuar hacia el norte, eliminando a todas las criaturas que encontraron en la nación de Barron, logrando asi hacer una brecha en el continente de Shiria con tan solo 300 bajas en su recorrido a travez del continente, no obstante, al poco tiempo de haber terminado con Barron, decidieron volver a Liftex a reagruparse con su reyna, la cual aun desconocían el terrible estado emocional que la aquejaba.

-Marie: ¿Qué me ocurrió?

-Gera: veo que todos están bien... (Arriba al campo de batalla)

-Daniel: lo último que recuerdo era que John y yo le estábamos dando una paliza a Huracán... después no recuerdo nada...

-Martyn: ¿De qué hablan? Yo solo recuerdo que rescate a su majestad Lindzay y luego todo se volvió oscuro...

-Gera: a ustedes les saco el alma Hades... y fueron convertidos en piedra..., John, Alice y Sasha lucharon hasta no poder mas... incluso aun siguen inconscientes...

-Daniel: ¿¡Sasha!? (Dice sorprendido) ¿Dónde está? (Despues de mas de cuatro meses sin verla dentro de el explota una insaciable necesidad de verla, hasta que sus ojos la encuentran recostada en el suelo) ¡Sasha!

-Sasha: (La voz inconfundible de la persona que mas deseaba oir en este mundo la regresa de lo mas recóndito de la inconciencia) … (Sus ojos se aprieta luchando por abrirse) ¿Da...Daniel? (Cuando sus parpados se abren sus miradas se cruzan en algunos momentos que parecía inalcanzable) ¡Gck! (Sus ojos se humedecieron y su mentón comenzó a temblar mientras sus labios se juntaban con fuerza intentando contener el llanto) mi… amor…

-Daniel: Agh... (Corre hacia ella barriéndose en el piso la envuelve en sus brazos con fuerza sintiendo como se estremese al abrazarla) ¡Sasha! (En un momento único sus lagrimas se encuentran mientras frotan sus mejillas la una contra la otra)

-Sasha: ¡Daniel! (Recorre con sus manos su espalda aferrándose a el mientras que su corazón se desahoga con su llanto) ¡Gck! (Seca sus lagrimas restregando su cara con la camisa de su amado) no me dejes… por favor…, no soportaría volver a estar sin ti…

-Daniel: me quedare contigo para siempre… (Desliza su mano secando sus lagrimas) aunque me cueste la vida… te lo prometo… jamas dejare que te aparte de nuevo de mi lado…

-Sasha: (En medio de un mar de intensos sentimientos sus labios se encuentran lentamenten fundiéndose en un apasionado beso que hace latir su corazón al borde del colapso)

Al final el mundo no es el planeta donde vivimos, si no las cosas importantes que lo crean, las personas que conocemos, los lugares que visitamos, y todos aquellos momentos que nos roban el aliento…, por que la vida esta echa de momentos y son esos momentos los que le dan sentido a la vida…

-Gera: tal vez deberíamos dejarlos solos…, vamos con Dark la batalla ya ha terminado… (Junta a John)

-Martyn: ¡Gera! ¿Qué ocurrió con su majestad? No la veo por ninguna parte… ¿Acaso murió en el combate…?

-Gera: no…, ella sigue viva, se encuentra a 20 kilómetros en línea recta hacia aquella dirección (Le señala el lugar)

-Martyn: bien, gracias, iré a buscarla.

-Gera: se encuentra muy mal… deberías darte prisa…

-Martyn: ¡Entiendo! (Se marcha a toda velocidad)

-Gera: Marie, podrías ayudar a Alice… (Camina hacia Dark)

-Marie: ¿Estas bien Alice?

-Alice: si… un poco (Se apoya en Marie) hace unos momentos desperté…

-Gera: (Llegan hasta donde está Dark) buen traba… (Observa a Elizion) Marie alto…

-Marie: ¿Qué ocurre?

-Gera: ese de ahí no es Dark…

-Marie: ¿De qué estás hablando? Claro que es el.

-Gera: vez esa espada en su mano…

-Marie: ¿Hmm? (Mira la espada) que clase de espada es esa… (Se sorprende)

-Gera: esa es Elizion… la vi en la batalla que tuvimos con Huracán…

-Marie: ¡No puede ser! ¿Qué hace aquí?

-Gera: no lo sé… lo más probable es que nuevamente haya venido a salvar la vida de Dark…, fue una batalla muy dura…

-Marie: ¿Qué hacemos entonces? Simplemente le hablamos ¿O qué?

-Gera: creo que… solo deberíamos esperar aquí… y ver que pasa… (Pone a John en el suelo) despertaré a John (Lo sacude lentamente) John… despierta…

-John: hmm… uno por uno perros… (Murmura) bola de montoneros… (Abre los ojos) ¿Hmm? ¿Dónde estoy?

-Gera: la batalla ha terminado John…

-John: ¿¡Que!? ¡Gck! (Siente todo su cuerpo adolorido) ah… por fin…

-Gera: si…

-John: (Intenta levantarse, pero tiene varios huesos rotos) ¡Agh!

-Marie: deja de moverte… estas gravemente herido…

-John: ah… me duele todo… no mames…

-Marie: Despues de tantos años por fin lo logramos…

-Alice: crei que este momento jamas llegaría…

-Marie: al final lo conseguimos…

-Alice: ¿y Dark? ¿Dónde está? (Se pone de pie)

-Marie: esta por allá (Apunta hacia Dark)

-Alice: (Camina hacia el) Dark…

-Marie: espera un poco Alice… quien esta frente a nosotros no creo que sea completamente Dark…

-Alice: ¿A qué te refieres?

-Marie: ¿Vez esa espada? (Apunta ha Elizion)

-Alice: (Observa que curiosidad la gigantesca espada de un metro con treinta centímetros) valla… ¿De dónde ha salido algo así?

-Marie: es Elizion…

-Alice: ¡Elizion!

-Marie: si…, al parecer apareció para salvar a Dark…

-John: ¿Dijiste Elizion? (Voltea a ver la espada) ¿A poco esa es la espada legendaria?

-Gera: así es…, es la segunda vez que la veo…

-John: haber… deja verla de cerca… ¡Ah! (Comienza a arrastrarse por el suelo) ¡Ah! ¡Me duele todo!

-Gera: deja te ayudo…

-John: ¡No necesito tu piedad! Puedo llegar yo solo.

-Gera: ¡Bueno arrástrate entonces! (Dice molesto)

-John: ¡AAHH! (Se arrastra hasta Elizion) hmm… (La mira detenidamente) me gusta su estilo… esta chingona…

-Alice: (Se acerca a ver a la espada) asi que esta es la espada que salvo hace mucho tiempo al mundo…

-Marie: creo que… lo ha vuelto a salvar.

-Dark: (En ese momento las cadenas que envuelven el brazo de Dark comienzan a cascabelear haciendo mucho ruido)

-Marie: ¿Qué ocurre? (Se sorprende)

-Gera: no lo sé, se volvió loca de repente (Se preocupa)

-John: ¡Esta endemoniada! ¡Corran!

-Alice: está haciendo un ruido muy extraño… (Da un paso hacia atrás)

-John: ¡Nos va a matar a todos!

-Dark: (La espada empieza a temblar)

-Marie: esta temblando… (Observa detenidamente la espada)

-Alice: (Mira a Dark y se da cuenta que está mirando en una dirección en particular) ¿Ocurre algo Dark? (Voltea en esa dirección) ¿Hmm? ¿Qué es eso?

-Marie: ¿Qué?

-Alice: eso que se ve arriba de esa pequeña montaña… (Señala con el dedo índice la cima de una montaña que se ve a lo lejos)

-Marie: (Busca por la montaña) hmm… no veo nada…

-Alice: justo en la cima…

-Gera: ya lo vi…

-Marie: hmm… (Desde la distancia se alcanza a ver a un extraño individuo) ¡Ya lo vi! es… una persona… creo…

-John: (Su semblante se torna serio) sea lo que sea está mirando justo hacia acá…

-Gera: hay que acercarnos a ver… (Crea una plataforma de hielo luego se sube sobre ella para elevarse en el cielo)

-Marie: iré contigo… (De su espalda brotan unas enormes alas de fuego después se impulsa con ellas y sale disparada hacia el cielo) vamos Gera…

-Gera: (La sigue) si (Vuelan hasta acercarse lo suficiente para determinar su forma)

-Marie: es una persona…

-Gera: tiene una estraña túnica negra y su capucha cubre su rostro…

-Marie: está armado…

-Gera: si… pero… (Analiza el arma que trae en la mano) es solo una espada de madera…, que clase de arma es esa…, no creo que intente enfrentarnos usando eso…

-Alice: ¡MARIE!

-Marie: ¿Hmm? (Mira que algo se elevo a gran velocidad) ¿Dark?

-Gera: se dirige hacia ese sujeto… ¿Qué está ocurriendo?

-Dark: (Con una expresión de odio en su rostro sale disparado hacia el misterioso desconocido)

-Marie: ahí va…

-Dark: (Lanza un poderoso espadazo hacia el sujeto que está en la cima de la montaña, pero Elizion es detenida por la espada de madera)

-Marie: (Se queda fría de la impresión)

-Gera: la detuvo… detuvo a Elizion con una simple espada de madera…

-Marie: (Mira como la espada se encuentra envuelta con un aura azul marino) ¿Qué es eso?

-Dark: (Empuja con fuerza hacia delante sin poder hacer avanzar a Elizion ni un milímetro mas, de repente es impactado por una patada)

-Marie: ¡DARK!

-Dark: ¡AAAHHH! (Sale disparado hacia el suelo donde se estrella con tal fuerza que el impacto sacude la tierra)

-Alice: ¡DARK! (Corre al lugar del impacto donde se levanta una enorme cortina de polvo)

-Marie: (De la cortina de polvo sale Elizion disparada hacia el cielo luego se pierde en el horizonte) ¡Elizion!

-Gera: (Después de ubicar el lugar del impacto voltea a ver donde estaba parado ese sujeto) ¿Hmm? (En ese momento se da cuenta que ya no se encuentra ahí) ¡Cuidado el sujeto a desaparecido! (Buscan por todos lados, desafortunadamente nadie logra localizarlo)

-Marie: (Vuela rápido hacia donde está Dark)

-Alice: (Le quita todos los escombros de encima) ¡Dark!

-Marie: ¿Cómo esta?

-Alice: (Revisa con cuidado el área del impacto) le rompió todas las costillas… tenemos que llevarlo a un hospital ¡Rápido!

-Marie: ¡Yo lo llevo! (Carga a Dark y sale volando a toda velocidad en busca de un hospital) ¡Les enviare un mensajero!

-Gera: (Llega con Alice) ¿Qué paso? ¿Cómo está Dark?

-Alice: el golpe le rompió todas las costillas…

-Gera: no lo entiendo… yo mire cuando Dark fue golpeado y no pareció un golpe tan fuerte…

-Alice: pensé que estaba bajo la influencia del poder de Elizion… pero aun así salió disparado a esa velocidad…

-Gera: ¿Qué está pasando? ¿Quién era ese sujeto?

-Alice: no lo sé…

Mientras tanto a pocos Kilómetros de distancia…

-Hitomi: (Mira pasar a Elizion) ¡La veo señor!

-Maycross: ¡Sigámosla! Tenemos que descubrir dónde se esconde…, nos apoderaremos de ella y con ello el mundo será mío… (Ríe)

Fin del Libro 1

Comentarios finales de Guty-Man

Me alegra que hayan llegado hasta este punto, les agradezco enormemente haber adquirido mi libro digital/Fisico, y espero que lo hayan disfrutado tanto como yo, que, si bien le falto o le sobro, le pondré el doble de esfuerzo en mi segundo libro, como algunos de ustedes saben soy una persona común y corriente, no soy para nada un escritor profesional ni tampoco cuento con un editor asi que les agradezco infinitamente haber pasado de largo cualquier error ortográfico que se pudieron haber encontrado a lo largo del libro, yo solo quiero compartir con ustedes estas locas historias que transitan por mi mente para hacerlos pasar un buen rato.

Tenia bastantes años intentando publicar este libro y finalmente lo logre, espero pronto traerlas mas noticias sobre los proyectos que tengo contemplados para mas adelante como el segundo libro de Code: Fearless en el cual me encuentro actualmente trabajando, a mis mas fieles seguidores les pido pasiencia ya que lo escribo en medida que mi trabajo me da oportunidad.

Tambien quiero agradecer a Jennifer Millet por su excelente trabajo como mi ilustradora, la verdad yo estoy mas que contento con su trabajo y la recomiendo ampliamente, podrán en contrarla como:

Jennifer Millet (@artdrusilla) está en Instagram

Sin más que decir por el momento me despido de ustedes haciéndoles una cordial invitación a recomendar el libro y a seguirme en mis redes sociales:

https://www.facebook.com/XxGutymanxX/

https://www.instagram.com/llgutymanll/

Que tengan un excelente día y prepárense que lo mejor aún está por venir ☺

Made in the USA
Middletown, DE
19 July 2022

69537982R00283